I

… spielte mit dem Ring an ihrem Finger.
… merkwürdig“, sagte sie zu ihrem Gatten Wil- … ch diesen Smaragd nicht ansehen kann, ohne an Gr… ers Augen denken zu müssen. Schau, sogar einen Stich ins Blaue hat er, und er funkelt, so wie Großmutters Augen funkelten, wenn sie eine ihrer kleinen Bosheiten ausheckte. Eine Frau wie sie gibt es kein zweites Mal. Sie war ein echtes Kind des neunzehnten Jahrhunderts, obwohl sie ja weit in das zwanzigste hinein lebte. Eigentlich war sie zeitlos.

Schau, William, wie er leuchtet! Als ob er mir zuzwinkerte. Wie oft habe ich ihn an ihrer Hand bewundert, und ich bin wirklich glücklich, daß sie ihn mir hinterlassen hat. Ist er nicht grün wie ihre Augen, grün wie ihre irische Heimat?“

„Ja, sie war wirklich zeitlos“, bestätigte William McConnell, der Großmutter allerdings nicht sehr oft begegnet war. „Ich sehe sie heute noch so lebendig vor mir stehen wie damals, als ich sie kennenlernte. Und ihr habt ja auch den gleichen Namen. Rose Mary. Ein wunderschöner Name.“

Großmutter Rose Mary O'Driscoll war Irin und der letzte Sproß einer Familie mit siebzehn Kindern, die alle neunzig, manche sogar hundert Jahre alt wurden. Allerdings war sie in Schottland, nicht in Irland, geboren worden, denn ihre Familie war schon vorher dorthin übersiedelt. Sie waren Schiffbauer am Clyde gewesen, und Großmutters Brüder, wenigstens einige von ihnen, wechselten dann zum Whisky- und Eisenbahngeschäft hinüber. Aber das war später. In der Zwischenzeit wuchs Rose Mary O'Driscoll in Schottland umgeben von Luxus auf. Sie war das Lieblingskind ihrer Eltern, das Kind ihrer alten Tage. Kein Wunsch, nichts wurde ihr versagt, und als sie geheiratet hatte — ihr Gatte war ein gewisser Bruce Cullen, ein Ire aus Schottland —, schlug sie sich selber auch keinen Wunsch ab. Maßhalten war ein Wort, das Großmutter nie gehört hatte. Alle ihre Brüder und Schwestern hatten energische, blaue Augen, weiße Haut und das dichte, schwarze Haar der echten Iren, in deren Adern spanisches Blut fließt. Groß und mürrisch waren sie auch und von einer Schweigsamkeit, die manchmal geradezu verletzend war. Großmutter war ganz anders als ihre älteren Brüder und Schwestern: klein, lebhaft und fröhlich. Ihre Augen waren blaugrün und funkelnd, sie hatte rotes Haar und eine große römische Nase, und ihre Haut war voll Sommersprossen.

Schon von frühester Kindheit an hatte sie ihren eigenen Stil. Sie besaß Geschmack und gesunden Instinkt, Lebhaftigkeit und Witz. Schön hat sie nie jemand gefunden, nicht einmal ihre zahlreichen Liebhaber, die sie sich nach der Geburt ihrer vier Söhne nahm. Aber diesen Mangel an Schönheit machte sie durch ihr lebhaftes Wesen, ihr lautes, fast rauhes Gelächter und ihre Späße wett. Ihre Stimme konnte heiser und laut klingen wie ein Nebelhorn, daß ihre Brüder und Schwestern mit ihren sanften irischen Stimmen zusammenzuckten. Aber sie vergötterten sie damals, nannten sie „unsere Rose" und verziehen ihr alles. Und es gab einiges zu verzeihen.

„Seit ich auf der Welt bin, hat zu Hause alles nach meiner Pfeife getanzt", erzählte sie immer ihrer Enkelin Rose Cullen, und so blieb es ihr ganzes Leben lang mit Ausnahme ihrer wenigen letzten Jahre, als sie ihren humorlosen Söhnen mit ihren strengen Prinzipien, ihrer Moralität und ihrer sturen Ablehnung der geringsten Andeutung von Frivolität oder auch nur Frohsinn ausgeliefert war. Da sie ihre Mutter nie richtig verstanden und ihren Vater respektierten und fürchteten, betrachteten sie sie mit der Zeit als eine Art Familienübel. Aber Rose Mary blieb bis zuletzt der laute, lachende, vergnügte kleine Teufel, der sie ihr ganzes Leben gewesen war. Das war es übrigens paradoxerweise gewesen, was ihren Gatten zuerst so angezogen hatte

— ihn, der selbst so ernst, kühl und humorlos war. Die Bezauberung hatte allerdings zum Unglück nur kurze Zeit gedauert. Großmutter war nie scheinheilig oder heuchlerisch. „Sei immer du selbst“, sagte sie oft zu Rose Mary, die übrigens ihre einzige Enkelin war. „Und der Teufel soll die Vernünftigen holen.“ Leider waren ihr Gatte und ihre Söhne alle „vernünftig“, was sie ihnen nie vergeben konnte.

Rose Marys hübsche Schwestern mit ihren tiefblauen Augen, der schneeweißen Haut und dem schwarzen Haar waren alle vor ihrem siebzehnten Geburtstag gut verheiratet. Die Brüder ehelichten Mädchen mit ansehnlicher Mitgift. Nur Rose Mary, die sich in Barhead mit einer Legion von Anbetern gut unterhielt, dachte noch nicht an eine Ehe. Sie wurde siebzehn und war noch unverheiratet, sie wurde achtzehn, und ihre Mutter ging jeden Morgen zur Messe, gelobte alles Erdenkliche und vergoß heimlich Tränen. Und als sie endlich neunzehn wurde, wandte sich der Vater sogar persönlich an den Bischof. Was war mit seinem kleinen Liebling los? Die jungen Männer waren wie toll hinter ihr her, aber Rose Mary schien keinen unter ihnen zu bevorzugen. Sie unterhielt sich herrlich bei Ausflügen, Tees, Empfängen und Tanzveranstaltungen. Der Bischof nahm gnädig eine Einladung zum Dinner an. Ihm waren die üppigen Tafeln Mr. O'Driscolls in allerbester Erinnerung, hatte er selber doch selten mehr in seiner Speisekammer als einen Vorrat für wenige Tage. Er sprach mit seiner tiefen, sonoren Stimme zu Rose Mary, und Rose Mary ihrerseits antwortete ihm offen, daß ihr Herz bis jetzt noch keinem Mann gehöre. Ja, der neunzehnte Geburtstag sei vorüber, aber sie habe Geduld. Der Bischof sah in ihre faszinierenden Augen, die wie Irrlichter zu tanzen schienen, und mußte an Elfen denken. Dann erinnerte er sich aber rasch daran, daß es keine Elfen gab.

Rose Mary liebte Musik jeder Art, aber für Sängerinnen hatte sie nichts übrig, nicht einmal für Jenny Lind. „Eine kreischende Säge“, sagte sie einmal zu ihrer Enkelin. „Es hat einem direkt die Ohren abgerissen.“ Rose Mary selbst sang wie ein

Papagei. Das waren übrigens Vögel, denen sie ihr ganzes Leben lang zärtlich zugetan war. Riesige Vögel, groß wie Geier und mit grellfarbigem Gefieder, die Rose, als sie noch ein Kind war, immer den Eindruck machten, als ob sie nur auf den günstigen Moment lauerten, einem kleinen Mädchen die Augen auszuhacken. Eigentlich liebte ja Rose Mary die Sänger und nicht den Gesang, was sich peinlicherweise kurz nach dem Besuch des Bischofs herausstellte.

Rose Mary schätzte besonders Pantomimen, öffentliche Tanzunterhaltungen, Theater, Konzerte und andere Veranstaltungen, bei denen möglichst viele Besucher erschienen, ganz gleich, aus welchen Kreisen diese Besucher waren. Dort brillierte sie mit ihren Pariser Roben, den mit Goldflitter besetzten Handschuhen, den Federn, die mit Brillantendiademen in ihrem leuchtendroten Haar befestigt waren, ihren Samt- und Pelzmänteln und ihren Juwelen. Da war sie in ihrem richtigen Element, wenn sich alle Augen auf die Loge richteten, in der sie mit ihren Eltern saß, und man direkt merken konnte, wie sich alle Ohren spitzten, um ihre losen Bemerkungen, ihr kehliges, lautes Lachen und das Klirren ihrer Armreifen zu hören. Ständig schien sie in Bewegung zu sein, strahlend, faszinierend, ruhelos. Sie kokettierte ungeniert mit den jungen Männern unten im Parkett, und sie waren geblendet von dem kleinen, lebhaften Mädchen, ihren lockenden Augen und ihrem raffinierten Fächerspiel. Ihre langen feuerroten Locken lagen auf den schmalen, mit Sommersprossen bedeckten nackten Schultern, und wenn ihr Busen auch noch sehr kindlich war, so wurde er doch durch die Schmuckstücke hervorgehoben, die sie von weiblichen Vorfahren geerbt hatte. Ihre Taille maß siebzehn Zoll, und der goldene Gliedergürtel, der sich um sie schlang, war mit Türkisen und Topasen besetzt. Die Turnüre war mit Diamantspangen gerafft. Sie war vielleicht keine Schönheit, aber sie hatte Stil und blendete, trotz dem schmalen, sommersprossigen Gesicht, einem großen, breit lachenden Mund mit zwei Reihen leuchtendweißer Zähne, einem spitzen Kinn mit einem tiefen Grübchen und einer etwas großen

Nase mit nicht sehr feinen Nasenflügeln. Aber sie brauchte nicht schön zu sein, sie sprühte Funken.

Das Schicksal ereilte sie, wie man später sagte, als sie knapp vor ihrem zwanzigsten Geburtstag mit ihren Eltern ein Konzert besuchte. Der Sänger-Star des Abends war ein Jüngling von ganzen achtzehn Jahren, groß, schön, Männlichkeit ausstrahlend, mit blassen, scharfgeschnittenen Gesichtszügen, ruhigen, blauen Augen, einem beginnenden Schnurrbart, der die Farbe von echtem Gold hatte, breiten, imponierenden Schultern und einem ernsten Mund, den die Melancholie des Schotten umspielte. Seine Stimme war schön und kräftig. Er sang schottische und irische Balladen, und die Zuhörer, einschließlich Rose Mary, der Zynikerin, waren zu Tränen gerührt. Sie hatte sich nie vorher auch nur das Geringste aus solchen Balladen gemacht, aber jetzt hatten es ihr die Augen eines schottischen Jungen angetan, und sie hörte nichts anderes mehr als seine Stimme. Rose Mary war sofort heftig verliebt, zum erstenmal in ihrem Leben, vielleicht auch zum letztenmal.

Sie legte später nie besonderen Wert darauf, jemandem zu erklären, wie sie es anstellte, den Jüngling, der Bruce Raymond Cullen hieß, zu treffen. Jedenfalls gelang es direkt unter den Augen ihrer Eltern und auch bei anderen Gelegenheiten. „Er war ganz verrückt nach mir, gleich von Anfang an", erzählte sie ihrer Enkelin, „er ein schottischer Presbyterianer und ich katholisch. Wir sind nach Gretna Green durchgebrannt und waren in einem Monat getraut." Aber nicht von einem Priester. Der Junge mochte vielleicht verrückt nach Rose Mary gewesen sein, aber „Priester will ich keinen", machte er ihr klar. So hatte Rose Mary ihn eben ohne Priester geheiratet, eine Tatsache, die ihre Eltern vor hilflosem Schmerz fast betäubte. Es gab auch keine zweite Trauung. Rose Mary war bis über beide Ohren verliebt, und das blieb sie die ganzen fünf Jahre hindurch, während ihre vier Söhne geboren wurden. Dann endete die Leidenschaft ebenso plötzlich, wie sie begonnen hatte, und Bruce ließ sich nur mehr selten zu Hause blicken. Er setzte seine Konzertreisen fort und starb, als sein ältester Sohn zehn Jahre alt war. Ob Rose Mary um ihn trauerte, ist nicht bekannt.

Nie hat jemand Rose Mary O'Driscoll vorgeworfen, ein geduldiges Mädchen zu sein, und so nahm sie denn ungeduldig die Erziehung ihrer Söhne — die sie beinahe von Geburt an langweilig und schwunglos gefunden hatte — zuerst einmal selbst auf sich. Sie erinnerten sie alle an ihren Mann, der ihr schon lange, bevor er starb, unerträglich geworden war. Nun, da es keinen Gatten mehr im Hause gab, an dem sie Anstoß nehmen mußten, eilten die Eltern Rose Mary zu Hilfe und beweinten ihr schreckliches Los. Sie war, auch nach heutigen Begriffen, keineswegs mit Armut geschlagen, denn sie hatte an ihrem einundzwanzigsten Geburtstag von ihrem Großvater mütterlicherseits eine Rente von zweitausend Pfund jährlich geerbt, und auch Bruce Cullen selbst hatte auf seinen Konzertreisen auf den britischen Inseln ein schönes Stück Geld gemacht, noch mehr allerdings bei den sentimentalen schottischen und irischen Einwanderern in Amerika. Zwar hatte Rose Mary das meiste von dem schönen Geld auf ihre eigene kleine Person verwendet und ihren Juwelenschatz um einiges bereichert, und ihr Haus — jetzt in Glasgow — war bescheiden und in einer keineswegs fashionablen Lage. Aber sie und ihre Kinder litten jedenfalls keinen Hunger, obwohl ihre vernarrten Eltern das glaubten. Deshalb legten sie ihr ein Vermögen an, und ihre nicht weniger vernarrten Brüder und Schwestern ergänzten es noch. Dabei spielte es natürlich gar keine Rolle, daß Rose Mary ihren Eltern verschwieg, daß ihr Gatte ihr eine recht beachtliche Summe hinterlassen hatte.

Rose Mary war ihren Verwandten zutiefst dankbar und liebevollst ergeben für alles, was sie für sie getan hatten. Nur entging diesen das grüne, spöttische Glitzern in ihren Augen. Als sie plötzlich der unwiderstehliche Wunsch ankam, ihre Söhne aus den Augen zu bekommen, schickte sie sie in Privatschulen, die weit von Glasgow entfernt waren. Dann unternahm sie eine große Reise über den Kontinent, um alte, faszinierende Bekanntschaften zu erneuern, wobei es ein Zwischenspiel mit einem

Italiener gab, von dessen Familie keiner auf den Inseln jemals etwas gehört hatte noch hören sollte. Befriedigt, übersättigt und doch voll Lebensgier kehrte sie auf die Inseln zurück, lebte einige Zeit in London und begann sich damit zu beschäftigen, ihr Vermögen durch günstige Anlagen zu vermehren. Rastlos zog sie von Stadt zu Stadt, schuf sich jedesmal ein elegantes Heim und verkaufte es dann wieder mit gutem Nutzen.

Ihre Söhne heirateten einigermaßen gut, aber Rose Mary widmete ihr Interesse weder ihnen noch ihren Frauen und ebensowenig den folgenden Kindern. Sie erklärte aber, daß sie sich immer eine Tochter gewünscht habe, und als einer der Söhne, der dritte, eine Tochter bekam, geriet Rose Mary in zeitweilige Ekstase, steckte das Kindchen in ihr eigenes Taufkleid und bestand darauf, daß es nach ihr benannt werden sollte. Das Kind, Rose Mary Cullen, hatte Großmutters Haar, grünlichbraune Augen und im großen und ganzen ihre Gesichtszüge. Unglücklicherweise hatte es aber auch die nüchterne und starrköpfige Art seines Großvaters Cullen geerbt, und so verlor Großmutter bald ihr anfängliches übertriebenes Interesse, wenn sie auch immer eine gewisse Zuneigung für ihre Namensschwester behielt. Sie beschenkte das Kind zum Geburtstag und zum Christfest, sah es aber bis zu seinem vierten Geburtstag nicht allzu häufig. Großmutter lebte damals in einem prächtigen Haus in Leeds, mitten in einem Häuserblock, den sie für einen günstigen späteren Verkauf renovierte und verschönerte.

So war denn die kleine Rose Cullen jeden Winter zu wiederholten Malen längere Zeit in Großmutters Haus in Leeds, und zwar immer dann, wenn ihre Eltern ihre heftigen und lange andauernden Auseinandersetzungen hatten. Sie bekam nie heraus, was es mit diesen Zänkereien auf sich hatte, versuchte auch gar nicht, es zu erfahren, denn sie war ein an Stille und Einsamkeit gewöhntes Kind. Sie betrachtete das Leben mit tiefem und leidenschaftlichem Interesse, aber es war kein persönliches Interesse. Sie freute sich beinahe, wenn es wieder einmal Krach gab, da sie dann zu Großmutter nach Leeds fahren konnte, deren Haus voll der bezauberndsten Schätze war, darunter ein oder zwei Papageien, die man aus sicherer Entfernung beobachten und nekken konnte. Dort herrschten Luxus und Großmutters stets lebendige, ja sogar fast liebevolle Gegenwart. Und dann waren da ihre interessanten und „exotischen“ Gäste. Außerdem hatte Großmutter eine dicke mütterliche Köchin, die Rose Leckerbissen von Großmutters Tafel, Bonbons, glasierte Kastanien, kandierten Ingwer und delikate Törtchen zusteckte. Und Großmutters Gärten waren sogar im Winter voller Geheimnisse, wenn es nebelig war und still und wilde Vögel und Saatkrähen sich einfanden. Und vor allem gab es dort keine streitenden Eltern.

Rose erzählte oft ihrem Mann: „Ich erinnere mich an eine Zeit, die ich im Jahre 1904 bei Oma verbrachte. Sie bestand übrigens darauf, daß ich ‚Großmutter‘ sagte. Sie fand, daß das nicht so nach Alter klang wie ‚Oma‘ und auch nicht so platt und süßlich. Ich kann mich noch erinnern . . .“

Ihre erste Erinnerung an Leeds und Großmutter Rose Mary O'Driscolls Haus reichte in die Zeit zurück, da ihr vierter Geburtstag vor der Tür stand und es zu Hause wieder einmal eine Explosion gegeben hatte. Ihre Eltern packten ihr Bündel, setzten sie ganz allein in einen Zug und kehrten nach Hause zurück, um den Kampf fortzusetzen, den sie nun viel hemmungsloser führen konnten. Großmutters Equipage und der schweigende Kutscher erwarteten sie am Bahnhof in Leeds, und schweigsam fuhren sie zu Großmutters Haus. Rose hatte dieses erste Mal, bei dem sie sich recht verlassen vorkam, klar im Gedächtnis. In den finsteren Straßen fiel ein kalter, rußiger Regen, und das Wasser trommelte auf das Wagendach. Lichter zogen vorüber, wenn sie an einsam stehenden Häusern vorbeifuhren, und die Luft war geschwängert von dem Gestank von Leuchtgas, nassem Leder, Wolle und Rauch, während die Hufe der Pferde über das Pflaster klapperten. Es wurde immer dunkler, und der Wagen schwankte von einer Seite auf die andere. Roses Hände waren steif vor Kälte, obwohl sie Handschuhe anhatte. Sie horchte ängstlich darauf, wie der Wind tosend den Wagen packte und noch in der Ferne heulte, wenn er nach Westen davonstürmte. Sie fürchtete sich nicht, noch bedrückte sie das Alleinsein, denn Einsamkeit war sie ja gewöhnt. Wagen mit angezündeten Laternen begegneten ihnen. Einmal fuhr einer dieser ordinären neumodischen Motorwagen an ihnen vorüber und brachte die Pferde zum Scheuen. Der Kutscher drohte mit der Peitsche und stieß einen kräftigen Fluch aus. In den Rinnsteinen gurgelte das Wasser, und das Pflaster glänzte im Schein der Laternen. Und aufgeregt war Rose, war sie doch auf ihrer ersten Fahrt zur Großmutter und zu der Wunderwelt, in der diese sagenhafte Person lebte.

Das Haus war sehr groß, fast alle Fenster waren erleuchtet, und an den Vorhängen, die noch nicht zugezogen waren, konnte man den Widerschein der Flammen des offenen Kaminfeuers sehen. Das Gebäude hatte einen kleinen Vorbau, der auf vier weißen, runden, hölzernen Säulen ruhte. Von der Straße her führte ein breiter steinerner Treppenaufgang zur Tür hinauf. Mit einem mürrischen Blick öffnete der Kutscher Rose den Wagenschlag. Dann aber rührte das verlassene kleine Mädchen doch irgendwie an sein Herz. Er nahm sie mit einem freundlichen Wort auf seine Arme, und sein stoppeliges Kinn und seine rauhe Wange kratzten ihr Gesichtchen. Er trug sie die Stufen hinauf und sagte fröhlich: „Da wären wir also, kleines Fräulein." Dann stellte er sie auf den Boden, betätigte den Türklopfer und ging zum Wagen zurück, um ihr Gepäck zu holen. Inzwischen erschien ein adrettes Mädchen in Domestikentracht an der Türschwelle und betrachtete sie nicht gerade freundlich. „Ein Kind im Haus", maulte sie. „Benimm dich ordentlich und mach keine Mätzchen!" trug sie ihr warnend auf. Großmutter hatte gerade Gäste zum Dinner, und so gab es keine Gelegenheit, sie zu begrüßen. Das unfreundliche Mädchen schob Rose gereizt über eine mächtige weiße, mit einem Veloursteppich belegte Treppe und dann in einen langen Gang mit vielen verschlossenen Türen. An seinem

Ende brannte eine Lampe mit einem großen, rosafarbenen Schirm. Das Mädchen öffnete die Tür zu einem kleinen, eiskalten Schlafzimmer und entzündete eine Kerze. Rose sah ein großes Bett unter einem Baldachin, gepolsterte Stühle, einen zierlichen kleinen Schemel zum Schuheausziehen, den Kamin, in dem kein Feuer brannte, den Brüsseler Teppich und die blauen Samtvorhänge, die vor den feinen Spitzenstores gerafft waren.

„Hast du schon deinen Tee getrunken?“ fragte das Mädchen drohend.

Rose schüttelte den Kopf, und das Mädchen seufzte. „Muß ich also auch noch Tee holen für den Fratzen“, brummte sie. „Na schön. Setz dich hin und gib Ruhe.“ Sie hob das Kind auf und setzte es grob auf einen Schaukelstuhl, dessen Roßhaare der Kleinen sofort durch die Höschen stachen.

„Kein Wort will ich hören“, warnte das Mädchen und schlug die Tür hinter sich zu. Rose war mit einemmal sehr müde, gähnte und begann zu dösen, während der Stuhl hin und her schaukelte. Als sie wieder wach wurde, sah sie, wie das Mädchen gerade ein kleines Feuer anfachte. Vor ihr auf dem Tisch standen eine Tasse mit Sandwiches, Tee, Sahne, Zucker, Keks, ein paar Schnitten Toast und Jam. Rose war auf einmal hungrig, kletterte von dem Stuhl herunter, stellte sich zum Tisch und begann die Köstlichkeiten hinunterzuschlingen. Das Feuer begann hell zu brennen, der Wind rumorte im Kamin und die Fenster klirrten. Es war eine kalte Nacht.

Dann schrubbte das Mädchen sie mit ziemlich kaltem Wasser in einem großen Waschbecken ab, rümpfte über ihr Nachthemd, das weder Spitzen noch Stickereien aufweisen konnte, die Nase und legte sie mit Schwung in das eisige Bett. „Wo ist Großmutter?“ fragte Rose.

„Die hat besseres zu tun, als sich mit deinesgleichen abzugeben. Schlaf jetzt! Der Topf ist unter dem Bett, und mach nicht daneben!“

Rose konnte lange nicht einschlafen. Sie beobachtete das kleine Feuer im Kamin und horchte auf das Knacken der Holzscheite.

Sie horchte auch auf den Wind, der an die Fenster schlug, das Heulen im Kamin und das Plätschern in der Dachrinne. Es goß in Strömen. Sie war also bei Großmutter in Leeds, auf dem ersten von vielen weiteren Besuchen, bei denen ihr auch kein herzlicherer Willkommen geboten wurde. Aber sie hatte schon gelernt, daß es für jedermann in dieser Welt nur recht wenig Willkommen gibt, und deshalb machte es ihr nichts aus. Sie betete pflichtschuldigst für den lieben Papa und die liebe Mama und alle Armen. Gott stand neben ihrem Bett, das wußte sie ganz sicher. Sie wußte schon viel von Ihm, seit sie kaum zwei Jahre alt war, und lange, bevor jemand vor ihr Seinen Namen ausgesprochen hatte. Rose drehte auf dem angenehm duftenden Kissen ihr Köpfchen zur Seite, und da stand über dem Kamin ein Kruzifix, das erste, das sie in ihrem Leben sah. Es war sehr groß, und der Leib Christi schien aus dunklem Gold zu sein. Als hätte sie ein Hüter, dessen Augen ewig wachen, gesegnet, schlief sie ein.

Das war alles von dem ersten ihrer vielen Besuche in Großmutters Haus in Leeds, woran sich Rose erinnerte. Es kam ihr vor, als ob diese Besuche ihr ganzes Leben lang nicht aufgehört hätten, und sie kehrte zu den Erinnerungen daran immer wieder zurück, so wie man zu dem Heiligtum seiner tiefsten und liebsten Erinnerungen zurückkehrt... Obgleich ja Großmutters Haus wohl kaum ein Heiligtum war.

Bei ihrem nächsten Besuch war Rose schon fast fünf, und dieser Besuch prägte sich für immer in ihr Gedächtnis ein — war er doch der Beginn ihrer Freundschaft mit Großmutters „heiligen Männern".

II

Rose war vergangenen September vier Jahre geworden, und bei englischen Kinder beginnt in diesem Alter die Erziehung. Das Mädchen wurde in eine kleine Privatschule geschickt, die von einer mieselsüchtigen, strengen Miß Brothers in einem vernachlässigten, aber doch irgendwie eleganten Haus geführt wurde. Rose gefiel die Lehrerin gar nicht, und die anderen Kinder, die zwischen vier und vierzehn Jahren waren, langweilten sie. Mit vier lernten die Kinder schnell die Buchstaben und begannen sofort zu lesen, andernfalls brachte man sie in Trab.

Nach dem Christfest wurde sie wieder zu Großmutter geschickt. Sie war froh, von Miß Brothers und ihren Mitschülern loszukommen, und plapperte lustig, während ihre Mutter ihre Sachen packte, ein Vorkommnis, das diese veranlaßte, sie nachdenklich zu betrachten. Die Fahrt in der Eisenbahn regte sie, wie früher schon, sehr auf. Sie las in dem mit lauter Erwachsenen besetzten Abteil ein Geschichtenbuch. Niemand lächelte ihr zu. Kinder werden in England nicht als Gegenstand des Interesses angesehen, nur als etwas Lästiges. Regen setzte ein, schwerer grauer Winterregen, und der Wind heulte. Ortschaften zogen langsam an den Waggonfenstern vorbei, schmale kleine Straßen, angefüllt mit Fuhrwerken und geschäftig eilenden Menschen waren zu sehen, und die Dämmerung brach langsam herein.

Der Zug rumpelte. Die Herren raschelten mit ihren Zeitungen, die Damen strickten oder dösten vor sich hin oder unterhielten sich mit gedämpfter Stimme und machten nur eine Pause, um hochmütig aus dem Fenster zu schauen, wenn der Zug in einer der rußgeschwärzten Stationen anhielt und die Angehörigen der „unteren Klassen“ ein Wettrennen auf die Wagen zweiter und dritter Klasse begannen — in der Hauptsache auf die dritte, wobei sie ihre Köpfe tief gegen den Regen und den Wind beugten und die Schultern vorstreckten. Rose bedauerte sie. Es waren die Armen, für die jeden Abend zu beten man sie ermahnte. Es schien eine Menge von ihnen zu geben, und sie sahen so fremd und armselig aus, mit ihren aufgesprungenen roten Gesichtern.

Es wurde dunkel, und der Regen und der Wind nahmen zu. „Leeds!" rief der Schaffner, und Rose nahm ihren schweren Koffer und drängte zur Tür. Natürlich fand sich kein Erwachsener bereit, ihr behilflich zu sein. Sie war ein Kind und daher ganz gut imstande, für sich selbst zu sorgen. Aber der Schaffner sagte: „Das ist aber ein schwerer Brocken für so ein kleines Mädchen. Komm, ich werde dir helfen." Sie war höchst überrascht. Ja er hob sie sogar die hohen Waggonstufen hinunter. Sie fühlte sich verlegen und kam sich klein und hilflos vor. Ein neuer Kutscher und Großmutters Equipage erwarteten sie, und der Schaffner stellte ihr Gepäck hinein, während der Kutscher unbeweglich zusah. Der Schaffner lüftete seine Kappe, als wäre sie eine erwachsene Dame, und sie wußte nicht, wie sie sich für seine Freundlichkeit bedanken sollte, daher machte sie einen Knicks. Der Kutscher lächelte spöttisch und spuckte aus. „Er will seine Sixpence", murmelte er und fuhr los. „Das gebührt ihm. Hast du sie ihm gegeben?"

„Nein", sagte sie. „Ich habe nur drei Shillingstücke für den Notfall."

Sie sprach mit dem kühlen Tonfall, den sie in Miß Brothers' Schule gelernt hatte, und der Kutscher verstummte. Als sie bei Großmutters Haus angelangt waren, stieg er sogar vom Bock und hob sie und ihr Gepäck aus dem Wagen. „Sei nur nicht so stolz", warnte er sie noch. „Die Madame hat das Geld und nicht dein Pa."

Großmutter tafelte natürlich mit ihren Gästen, den Stimmen nach zu schließen alles Herren. Doch was waren das für Stimmen! Es waren die Stimmen von Riesen, die lachten, eine Pause machten, wieder in Lachen ausbrachen und disputierten. Sie klangen auch musikalisch, hatten den kehligen Klang der Schotten und Iren. Dann und wann war auch fröhlicher Gesang zu hören, von vielen starken, mächtigen Männerstimmen. „Schon wieder die Priester", sagte der Kutscher geringschätzig zu dem Stubenmädchen. „Geht wieder mal hoch her!"

„Immer das gleiche", antwortete das Mädchen. „Was sie nur an denen findet ..."

„Einmal ein Römischer, immer ein Römischer", sagte der Kutscher im Abfahren.

„Was ist ein Römischer?" fragte Rose Elsie interessiert.

„Das kümmert dich nicht", fuhr die sie an. „Geh ihnen nur aus dem Weg. Hinauf mit dir und halte deinen Mund." Aber Rose war jetzt schon älter, fast fünf. „Halten Sie Ihren Mund", sagte sie würdevoll. „Ihnen steht es nicht zu, mich zurechtzuweisen." Sie hatte schon einiges bei Miß Brothers gelernt, und eine Dame konnte sich so eine Unverschämtheit von einem Dienstboten nicht gefallen lassen.

„Ich werde dir geben!" schrie Elsie böse. Aber diesmal schleppte sie Rose nicht hinter sich die Treppe hinauf. Sie blieb mit dem Gepäck drei Stufen hinter ihr und murmelte etwas in sich hinein. Sie machte Feuer; das Zimmer war so bitter kalt, wie es Rose noch in Erinnerung hatte. Dann ging sie, um Tee für Rose zu holen. Sie kam mit leeren Händen zurück. „Die Madame wünscht, daß du in den Speisesaal kommst", sagte sie ungläubig. „Du! Ein Kind! Wohin wird die Welt noch kommen, das möchte ich gerne wissen. Aber", fügte sie hinzu, als ob dies alles erklärte, was es vielleicht auch tat, „die Priester wollen dich wohl einmal sehen."

Die „Römischen". Rose war voller Neugierde. Sie war aber auch hungrig. „Ich möchte meinen Tee", erinnerte sie Elsie.

„Sachte, sachte!" sagte Elsie und hob die Hände. „Es ist an der Tafel für dich gedeckt. An der Tafel! Geh also jetzt schnell. Aber wasch dir zuerst die Hände."

Sie schrubbte Roses Hände und dann, noch fester, ihr Gesicht.

Dann kämmte sie ihr das Haar durch. „Rot", sagte sie verächtlich. „Und nicht eine Locke. Steif wie ein Stock. Deine Masche ist aufgegangen." Der Kamm und ihre Fingernägel gruben sich in Roses Kopf. Elsie wischte auch den Staub von Roses Schuhen, zog ihr die Strümpfe hinauf und bürstete ihren wollenen Schottenrock. „Schönheit bist du keine", sagte sie vergnügt. „Nichts wie Knie und Ellbogen, und noch nicht einmal fünf. Du wirst groß werden wie ein Mann, das sieht man jetzt schon, und die Madame ist so zierlich!" Sie sagte das so, als wäre es ein Verbrechen, fünf zu sein, aber Rose war an diese Haltung der Erwachsenen gewöhnt. Man wuchs mit der Zeit über die fünf hinaus, wurde sechs und dann sieben, und die Zeit tilgte dann wohl auch die Schuld, jetzt noch nicht fünf zu sein. Sie hatte auch schon gelernt, daß die Zeit auch andere unangenehme Dinge aus der Welt schaffte, wie zum Beispiel die Tatsache, daß man in einer Schulbank bei Miß Brothers sitzen mußte. Der Sommer würde ja mit der Zeit auch kommen. Es war schließlich auch Weihnachten geworden, nicht wahr, gerade als sie jede Hoffnung aufgegeben hatte. Papa hatte endlich seinen Widerstand gegen dieses „Pfaffentheater", das Christfest, aufgegeben, denn als richtiger Schotte verachtete und überging er Weihnachten und feierte nur das neue Jahr.

Rose ging still die Treppe hinunter. Wie würden diese „Römischen" sein, diese fremden Geschöpfe, von denen Papa mit einem Gemisch von Scheu und Abneigung und mit harter Stimme sprach? Aber sie hatte gelernt, vieles von dem, was ihre Eltern sagten, mit Vorbehalt aufzunehmen, und abgesehen davon pflegte Mama oft über Papas Sensationsgeschichten von Priestern und Nonnen zu lachen. Rose trat durch eine mit roten Samtdraperien verhangene Tür auf die Schwelle zum Speisesaal, der ihr riesig groß vorkam, allzu prächtig, geradezu einschüchternd. Alles blendete sie, vom hell strahlenden Kronleuchter, der von der Decke herabhing, bis zu dem weißen, mit Spitzen besetzten Tischtuch, auf dem es nur so blitzte und blinkte von Silber und Kristall. Am schlimmsten aber schien ihr, daß der Saal voll von imposanten Männern mit großen roten Gesichtern war. Die einzige Dame in der Gesellschaft war Großmutter. Sie war vom Wein und vom Lachen rot im Gesicht und trug eine Robe in ihrer Lieblingsfarbe, Grün, diesmal aus Seide. Sie war überladen mit Schmuck. Im Kamin brannte ein mächtiges Feuer, und es war sehr heiß im Raum. Großmutters Haar war hoch über dem Kopf aufgetürmt und leuchtete wie eine Flamme.

„Die Königin Viktoria ist auferstanden!" rief Großmutter, als sie Roses ansichtig wurde, und gestikulierte gegen die Tür hin. „Das häßliche Kleid und dazu das ernste Gesicht!" rief sie aufgeräumt und hob einen mit Sommersprossen bedeckten dünnen nackten Arm zu einem theatralischen Gruß. Ihre Schultern waren weit entblößt und mager.

Die Herren, alle ganz in Schwarz, drehten sich wie ein Mann um und blickten auf Rose. Zum erstenmal in ihrem Leben lächelten die Gesichter von Erwachsenen sie an, und die Augen aller waren heiter und freundlich auf sie gerichtet. Es kam ihr vor, als wären es Dutzende von diesen freundlichen, wenn auch riesenhaften Geschöpfen. In Wirklichkeit waren es nicht mehr als elf. Der ihr zunächst Sitzende winkte sie mit der Hand heran. Mit weicher, kehliger Stimme sagte er: „Komm her zu mir, kleines Dingelchen. Ich möchte dich aus der Nähe sehen."

Überrascht, daß ein Erwachsener sie „aus der Nähe" sehen wollte, und doch auch fasziniert, ging Rose langsam auf ihn zu. Großmutter schnitt eine Grimasse. „Na, die Welt wird sie ja gerade nicht in Brand stecken mit diesem feierlichen Gesicht", sagte sie heiser. „Das Mädel hat keinen Stil. In ihrem Alter war ich eine Schönheit."

Der Priester streichelte Roses Haar und Wange; es lag Liebe in dieser Berührung. „Sie hat ein braves Gesicht", sagte er und seufzte. „Sie sieht doch sehr gut aus."

Und so kam Rose zu ihrer Bekanntschaft mit Großmutters Priestern und mit den Geschichten, die sie zu erzählen wußten. Sie begann sie zu lieben und ihnen zu vertrauen, wie sie nie jemanden anderen geliebt, nie jemand anderem vertraut hatte.

Ihre Gesichter waren sehr verschieden, und sie waren sonderbar und zuweilen für ein Kind unbegreiflich, aber keiner hatte eine barsche Stimme oder sah unbarmherzig aus, und ungeachtet ihrer mächtigen Gestalt und der rätselhaften Autorität, die sie umgab, waren sie mild und sanft.

Kinder in vornehmen englischen Familien nahmen ihre Mahlzeiten nur in Ausnahmefällen, wie zum Christfest, am Neujahrstag, am Ostersonntag, an Geburtstagen und ähnlichen Festtagen, gemeinsam mit den Eltern ein.

Als daher Großmutter mit einem weiteren Wink ihres mit Diamanten überladenen Armes andeutete, daß Rose ungefähr in der Mitte der Tafel zwischen zwei Priestern Platz nehmen solle, war sie wie vom Donner gerührt. Sie hatte noch nie mit Erwachsenen an der Tafel gesessen, es sei denn bei ganz außergewöhnlichen Gelegenheiten. Sie kletterte auf den Damaststuhl, halb fürchtend, daß sie für diese unglaubliche Frechheit sofort heruntergezerrt und zu Bett geschickt werden würde, ohne auch nur Tee zu bekommen. Aber niemand nahm Anstoß daran. Die Konversation ging weiter, als wäre sie gar nicht zugegen. Vor sich auf dem Tisch entdeckte sie Großmutters schöne Sèvres-Teller, zart creme-weiß und mit dem breiten Rand aus Dunkelblau und Gold, und ihre schweren Kelche aus Silber und Kristall, gefüllt mit verschiedenen Weinen. Heimlich betrachtete sie das Muster des Spitzentischtuches, das so fein war wie ein Spinnengewebe. Ein Diener stellte eine Schale heißer Brühe vor sie hin, und sie starrte unsicher auf die kleinen braunen Stückchen darin; Pilze waren ihr bis jetzt noch etwas Unbekanntes. Ängstlich jedes Geräusch vermeidend, löffelte sie voll Verwunderung die Suppe. Dann kam eine Forelle in einer eigenartigen Sauce und ganz kleine Sahnezwiebelchen. Es folgten noch eine dicke Schnitte Roastbeef, Yorkshire Pudding und die üblichen englischen Gemüse. Zur Seite schielend, beobachtete sie eine große Hand neben sich, und so wußte Rose, welche Gabel zu benützen war. Den Schluß bildete ein süßes Nachgericht, und ein neuer Wein wurde aufgetischt.

Die ganze Zeit lärmte Großmutters Stimme, und sie lachte so rauh, daß die gelben damastbespannten Wände zu vibrieren schienen. Sie war in allerbester Laune. Sie hatte sich eine eigene Tochter gewünscht und dann Enkelinnen. Aber sie verabscheute Frauen. Es kam selten vor, daß sie die Gegenwart selbst der witzigsten und aufgewecktesten Frauen bei ihren Tischgesellschaften ertragen konnte, und sie nahm auch nie Einladungen zu Tees oder Dinners an, bei denen nur Frauen zugegen waren. Sie zog ihre Brüder ihren Schwestern vor, ihren Vater ihrer Mutter, ihre Cousins ihren Cousinen. Die einzigen Männer, die sie nicht leiden mochte, waren ihr Gatte und ihre Söhne. Sie mochte sie deshalb nicht leiden, weil sie ihr nicht von selbst zollten, was ihrer Meinung nach ihr zukam: Bewunderung, Zuneigung und Anerkennung ihres besonderen Charmes und ihrer Anziehungskraft. Sie nahm es einem Mann übel, wenn er sein Auge auf eine andere Frau warf, obwohl dies nicht oft vorkam, denn sie war faszinierend, überschäumend von Lebenslust und stets prachtvoll gekleidet. Großmutter wußte zu leben, und in ihrer Gegenwart konnte selbst der Traurigste plötzlich Freude am Leben finden, plötzlich entdecken, daß es zu ertragen sei, und ihm neuen Reiz und farbenfrohen Zauber abgewinnen.

Keine von allen diesen Eigenschaften hatte irgend etwas mit Tugend zu tun. Großmutter war nicht unmoralisch; sie war nur nicht moralisch. Sie war gewisser überspannter Gefühlsausbrüche fähig, die dem augenblicklichen Favoriten galten, aber im gewöhnlichen Alltag kannte sie keine Liebe. „Hilf deinem Nächsten, wenn du willst", sagte sie einmal zu Rose, „aber dann lauf um Gottes willen schnell davon, Mädel." Großmutter setzte sich niemals aus ganzer Kraft für jemanden ein, doch, obwohl sie selten jemandem half, Feinde machte sie sich nicht.

Als Katholikin, oder wenigstens als eine getaufte Katholikin aus katholischer Familie, die mit einem Presbyterianer verheiratet gewesen war, und nicht einmal das so richtig, war Großmutter der Gegenstand fortwährender und inniger Gebete ihrer Brüder und Schwestern, die alle sehr fromm waren. Die Familienlegende berichtet, daß ihre Nächsten ständig die Messe besuchten, bei keiner Novene in der Kirche fehlten und mehrmals am Tage mit dem Rosenkranz in Händen auf den Knien lagen und für Großmutters sorglose, heitere und unbeschwerte Seele beteten, für ihre Rückkehr zu den Sakramenten. Da sie alle bemittelt waren, konnten sie es sich leisten, zu ihrer Rettung einen berühmten Wallfahrtsort nach dem anderen aufzusuchen. Kamen sie zu ihr auf Besuch, dann versteckten sie an heimlichen Orten geweihte Medaillen, was dann Großmutter höchstes Vergnügen bereitete, wenn sie ein Diener ans Licht zog. „Die wollen anscheinend um jeden Preis meine Seele haben!" sagte sie und bog sich vor Lachen. Ihr Vater gab ihr das große Kruzifix, das Rose oben im Schlafzimmer gesehen hatte und das dank den demütigen Bitten ihrer Urgroßmutter vom Papst selbst gesegnet worden war.

Da ihre Familie, als sie ein kleines Mädchen war, so hingebungsvoll an allem Religiösen und den Priestern hing, war auch Rose ihnen allen herzlich zugetan. Damals waren Priester keine eleganten Herren, sondern Männer voll Lebenskraft, Stärke und Phantasie. In England und Schottland mußten sie das sein, um überhaupt bestehen zu können. Ein Schwächling hatte keine Chancen. Aber auch die, die tapfer aushielten, litten an chronischer Armut, ja oft an Hunger. Wie die meisten ihrer Pfarrkinder waren auch sie immer ärmlich, ja beinahe schäbig gekleidet, Knie und Ellbogen ihrer Anzüge waren fadenscheinig und blank und das Schuhwerk säuberlich geflickt. Was sie an Wollshawls besaßen, stammte von weiblichen Verwandten oder von den Damen ihrer armen Pfarrgemeinden. Zudem hatten die meisten der Priester eine ganze Anzahl armer Brüder und Schwestern, Neffen und Nichten, gar nicht zu reden von den armen Eltern, und zu denen wanderte das meiste der kärglichen Besoldung, wenn sie überhaupt eine hatten, und all die armseligen persönlichen Geschenke, die sie erhielten.

Sie wurden natürlich nicht verfolgt, weder in Schottland noch in England, aber sie wurden — außer von den Katholiken selbst — nicht beachtet. Sie schienen in einer Welt zu leben, für die sie unsichtbar waren. Sie hatten keine Freunde bis auf die, die ihrem eigenen Glauben angehörten, und wenn einer von den Mutigeren einmal den Versuch machte, seine Hand einem Andersgläubigen freundlich entgegenzustrecken, wurde er sofort beschuldigt, Bekehrungsversuche anzustellen. Es gab zwar protestantische Geistliche, die guten Willens gewesen wären, aber selten gab es einen, der seine Gemeinde dadurch herauszufordern gewagt hätte, daß er einen ausgehungerten jungen Priester zum Essen lud. Ein Pastor, der auf der Straße stehenblieb, um mit einem „römischen" Kollegen zu sprechen, war sofort Gegenstand des finstersten Verdachtes und ebenso finsterer Blicke. Klosterschwestern, die bescheiden in Geschäften für wohltätige Zwecke sammelten, wurden gewöhnlich barsch hinausgewiesen, außer der Ladeninhaber war selbst Katholik.

In jenen Tagen führten also Priester in England, Schottland und Wales ein sehr hartes Leben und brauchten wahrlich viel Humor und die ganze Zuneigung, Sympathie und Freundlichkeit, die sie von ihren eigenen Leuten bekommen konnten. Das war kein Leben für zartbesaitete, zaghafte, überempfindliche Seelen. Als Söhne eines streitlustigen Volkes zögerten diese Priester keinen Augenblick, das Opfer von Strolchen in einer dunklen Gasse persönlich in Schutz zu nehmen. Sie riefen nicht nach der Polizei, sie kamen dem Angegriffenen selbst zu Hilfe und pufften und schlugen sich in der Hitze des Gefechtes wacker herum. Ihr Gewand bot ihnen keinen Schutz vor Spott und Hohn. So mancher Priester trug als Lohn auf solchen Missionsgängen schlagkräftiger Nächstenliebe einen Schädelbruch oder andere Frakturen davon, aber eines ist gewiß: sie blieben ihrem Gegner nichts schuldig. Jeder von ihnen hätte voll Inbrunst sein Leben als Märtyrer für seinen Glauben und seinen Gott hingegeben und dieses Märtyrertum für die höchste Gnade gehalten.

Die tiefe Demut ihrer Herzen, die sie davon abgehalten hätte, ihre eigene Person, außer in Lebensgefahr, zu verteidigen, gestattete es diesen Priestern nicht, tatenlos dabeizustehen, wenn der Schwache angegriffen oder gemartert wurde. Viele starben in den Slums von London, Liverpool und Manchester an den Verletzungen, die sie sich bei ihren Versuchen, Hilflose zu retten, zugezogen hatten. Es mußten kampfgewohnte und tatkräftige Männer sein, Männer mit Mut, Standhaftigkeit und Härte. Oft in ihrem Leben standen sie dem Teufel Aug in Auge gegenüber, und oft opferten sie in dem Kampf gegen ihn Blut und Leben. Aber selbst unter den schrecklichsten Umständen blieben sie guten Mutes, und da sie echte Männer waren, waren sie gleichzeitig gutherzig und schlicht und immer bereit, Hilfe zu gewähren und Trost zu spenden. Sie waren freilich keine Gentlemen. Nur wenige von diesen schottischen und irischen Priestern hatten adeliges Blut. Die meisten stammten aus dem Arbeiterstand, waren in Armut geboren worden, inmitten einer Kinderschar und in Hunger und Kälte. Kaum daß sie gehen konnten, machten sie schon mit schwerer Arbeit Bekanntschaft, und sie fragten sich niemals, ob sie eine Berufung zum Priesterstand hätten, noch spielten sie mit einem solchen Gedanken. So ein Junge wußte genau, daß er berufen war, und diesem Ziel folgte er unter den härtesten Bedingungen, oft ohne einen Penny in der Tasche oder größere irdische Besitztümer als den Rock, den er anhatte. Er wußte, was das Leben mit ihm vorhatte, und so konnte er schon von Anbeginn an keine Zweifel haben. Ein Knabe oder ein Jüngling mit Zweifeln oder Bedenken wurde in jenen Tagen nie Priester.

Es ist also kein Wunder, daß ihre Leute sie verehrten und liebten, denn sie wußten, daß diese Männer sich aus Liebe zu Gott und den Menschen für sie opferten. Nur wenige Katholiken in England, Schottland und Irland waren damals reich. Waren sie es, dann wurden ihre Häuser zu Oasen der Erquickung; dort gab es Ruhe und eine Mahlzeit, dort ließ sich auch Geld für barmherzige Werke aus vollen Taschen holen. Sie war zwar nie sehr groß, diese Barmherzigkeit, denn wohlhabende Menschen, die nie Not, Kummer, Hunger und Obdachlosigkeit gekannt haben, sind häufig hartherzig. Das wenige Geld, das seinen

Weg in das Sammelkörbchen fand, stammte aus Händen, die von härtester Arbeit schwielig, ungelenk und steif geworden waren.

Doch die Häuser der reichen Katholiken standen den Priestern immer offen, unter der Voraussetzung, daß sie nicht zu eifrig auf Spenden für eine Schule, neue Glocken, ein Waisenhaus oder ein Kloster drängten und sich taktvoll benahmen, wenn der Zahn doch einmal gezogen werden mußte, und sich nach der Regel richteten, die am besten durch den Satz umschrieben ist: Ich habe nichts dagegen, daß du mir in die Tasche langst, aber laß es mich nicht merken.

Großmutter hatte ihr ganzes Leben Priester gekannt. Besaßen sie den ihr selbst eigenen Sinn für Humor, Vitalität, Intelligenz und Lebenslust, dann gefielen sie ihr. Sie erinnerten sie auch an ihre eigene verhätschelte Kindheit, da immer mindestens zwei Priester mit bei Tisch saßen. Sie, die eigentlich alle Menschen geringschätzte, respektierte die Priester. Diese wußten, wie man das Leben zu nehmen hatte.

Sie waren sich alle des traurigen Zustandes ihrer Seele bewußt, dafür sorgten schon verschiedene Familienmitglieder, die es sich zur Gewohnheit gemacht hatten, alle Priester auf das genaueste über die Sünden „ihrer Rose Mary" auf dem laufenden zu halten. Ihr Haus stand ihnen offen, und sie kamen. Es besteht nicht der leiseste Zweifel, daß jeder Priester, auch wenn er in Großmutters Haus die besten Speisen aß und den besten Whisky und Wein trank, nicht gleichzeitig auch für ihr Seelenheil und ihre Rückkehr zu Gott betete.

Kamen sie durch Leeds, dann suchten die Priester also Großmutters Heim auf, obwohl sie eine laue Katholikin war und offensichtlich in mehr als einer Sünde lebte, weil sie ja doch die Tochter einer katholischen Familie und im Glauben getauft worden war. Es bestand immerhin die Möglichkeit, daß gutes Zureden, Geduld und Gebet Großmutter wieder zur Herde zurückbringen könnten. Sie wußten immer viel zu erzählen und brachten ihr Nachrichten von alten Freunden und Verwandten aus Schottland und Irland. Und sie erzählten die abenteuerlichsten Geschichten, denn damals ereigneten sich in Schottland noch sagenhafte Dinge, und neue Sagas entstanden und wurden weitererzählt.

Obwohl Großmutter sie immer wieder mit einem Schalk in den Augen einlud, über Nacht zu bleiben, und ihnen die Annehmlichkeit eines brennenden Kamins, fließenden heißen Wassers, hoher Federbetten und feinen Leinens schilderte, wußten die Priester die Grenzen zu wahren. Man konnte es ihnen zwar ansehen, daß sie diese Herrlichkeiten keineswegs verachteten, aber dann blickten sie gedankenvoll drein und schüttelten den Kopf. Und wenn das Mahl schon lange vorbei war und viele Geschichten erzählt worden waren, suchten sie, eingehüllt in ihre dünnen Mäntel, ihre weniger sündigen Quartiere auf. „Sie wissen ja, wo ich zu erreichen bin", sagten sie beim Gehen mit einem schwachen Hoffnungsschimmer, daß es in der Nacht plötzlich Alarm geben und die einzige Hilfe nur von einem Priester geleistet werden könnte. Aber Großmutter erfreute sich einer vorzüglichen Gesundheit. „Sterben will ich heute nacht auf keinen Fall", antwortete sie und schüttelte die roten Locken, ihre eigenen und die dazugekauften. „Keine Angst, Father!" Es wäre ihnen lieb gewesen, wenn Großmutter „Angst" gehabt hätte, doch sie rief nie nach einem Priester. Sie überlebte alle, die sie je kannte. Trotzdem aber gaben sie die Hoffnung nicht auf.

Rose erfuhr dies alles im Laufe vieler Jahre. Schon als kleines Kind, bei ihrem zweiten Besuch in Großmutters Haus, und als sie dann später entdeckte, daß diese „Römer" selber nur kleine Pfarrer waren, fragte sie sich, was in aller Welt sie wohl an Großmutters Tafel zu suchen hatten. Es wurde Rose klar, daß Großmutter eine wirklich sehr frivole Dame war.

Rose hatte nie mit Großmutter bei Tisch gesessen, denn selbst wenn diese ihre Söhne in London besuchte, hatte sie nie ein Kind, „so ein lästiges Geschöpf", in ihrer Nähe geduldet. Rose konnte also an diesem Abend in Leeds kaum glauben, daß Großmutter ihr erlaubt hatte, mitten unter den elf Priestern an ihrer schimmernden Tafel zu sitzen. Die Priester hatten darum gebeten, daß Rose kommen solle, und daher konnte Großmutter sich nicht dagegen wehren, daß ihr „so ein Balg bei Tisch herumsaß". Aber sie ignorierte Rose vollkommen, wie sie eine Schmeißfliege ignoriert hätte. Und sie ließ sich durch das Kind nicht davon abhalten, ihren Freunden die ausgefallensten Skandalgeschichten vorzusetzen.

Doch die Priester vergaßen Rose nicht. Eine mächtige Hand griff hilfsbereit nach ihrem Messer, um ihr den Braten zu schneiden, und sie freute sich über diese lächelnd gebotene Aufmerksamkeit. Schüchtern sah sie zu ihrem Helfer auf. Sein großes rotes Gesicht strahlte sie an, als sei sie gar kein Kind, sondern eine Person, deren Gesellschaft angenehm war. Der Priester zu ihrer Linken wurde mit Monsignore angesprochen, und trotzdem lächelte er ihr kurz zu, wenn sie ihn ansah. Er wirkte zurückhaltender als Father McGlynn und ein wenig kühl und streng. Es war Monsignore Harrington-Smith, einer der wenigen Engländer unter all diesen Schotten und Iren. Da er Priester war, wurde er von seinen Kollegen geduldet. Er war auch entfernt verwandt mit einer von Großmutters Cousinen, die einen Engländer geheiratet hatte. Rose sah bald, daß er in der Gesellschaft den Ton angab, nicht nur, weil er der einzige Monsignore unter den Anwesenden war, sondern auch wegen seiner vorzüglichen Manieren und seiner ruhigen Überlegenheit.

Ein herrlich aussehendes Zwischengericht wurde vor Rose hingestellt. Sie war von dem Lärm, dem Licht, dem Gelächter und der Hitze im Speisesaal schon ganz erschöpft und ein wenig beduselt von dem Wein, an dem sie genippt hatte. „Ich glaube", sagte Monsignore Harrington-Smith, „daß ich das an deiner Stelle nicht essen würde, Rose." Eines Erwachsenen Wort war Befehl. Sie legte ihre Gabel weg.

Großmutter, immer bestrebt einem Priester gefällig zu sein, läutete einem Diener und fragte, ob etwas Mandelpudding im Hause wäre, eine wunderbare Speise, die gewöhnlich nur für die

Dienerschaft bestimmt war. Der Diener bejahte. Ein zitterndes Etwas wurde auf einem goldenen Teller gebracht, und der Monsignore nickte beifällig. Gehorsam aß es Rose. Es schmeckte wie Kleister. Dann kam Champagner, und der Monsignore verhinderte sehr geschickt, daß Rose davon kostete. Sie kam zu dem Schluß, daß er trotz seiner Freundlichkeit doch zu sehr Miß Brothers glich, die trockene Sardinen und noch trockeneren Toast als Vorspeise servieren ließ.

Für Monsignore Harrington-Smith war Champagner offensichtlich nichts Fremdes, denn er prüfte ihn wählerisch, bevor er ihn gelten ließ. Seine Kollegen aber tranken ihn mit Genuß und ohne kritische Bedenken. Diese armen Schlucker hatten in ihren kärglichen Verhältnissen keine Gelegenheit gehabt, ihren Gaumen zu kultivieren.

„Schmeckt er Ihnen, Monsignore?" fragte Großmutter und zwinkerte ihm zu.

„Ein gutes Jahr", sagte er ein wenig wichtigtuend. Er prüfte die Flasche, die ihm ein Diener hinhielt. „Ein guter Jahrgang", wiederholte er, „wenn auch nicht der beste. Ich vermute, er hatte in den letzten Wochen zuwenig Sonne."

„Ich bin entzückt, daß Sie ihn überhaupt trinken wollen", sagte Großmutter feierlich. „Man weiß ja schließlich, daß Euer Lordschaft bei der Taufe in Champagner gebadet worden sind."

„Sie wissen sehr gut, Rose Mary, daß ich ein zweiter Sohn bin", entgegnete er.

Sie verzog den Mund und verneigte sich mit gespielter Reverenz. Dann erhob sie sich seidenrauschend und unter Juwelengeklingel. Sogar ihre Pantöffelchen waren mit Edelsteinen besetzt. Die Priester standen ebenfalls auf. Auch Rose. Monsignore Harrington-Smith faltete die Hände und betete. Rose beeindruckten alle diese plötzlich feierlich gewordenen Gesichter. Als sie sich dann in der dem Gebet folgenden allgemeinen Bewegung selbst überlassen war, fühlte sie einen harten Druck auf ihrer Schulter und roch Großmutters betäubendes Parfüm.

„Jetzt hinauf mit dir", sagte Großmutter.

Rose schickte sich an, unverzüglich zu gehorchen, da berührte eine Hand ihre Schulter. Ihr neuer guter Freund hielt sie zurück. „Warum soll die Kleine nicht bei uns bleiben?“

„Einen siebengescheiten, altklugen Kopf“, sagte sie düster und schüttelte dabei den eigenen, „wenn den ein Kind auf den Schultern hat, das taugt nichts, das ist, als hätte es was vom Teufel persönlich.“ Sie sprach mit einer merkwürdigen Mischung von irischen und schottischen Kehllauten.

Sie warf dem Kind einen schnellen, drohend-warnenden Blick zu, und Rose murmelte etwas von Schlafenszeit. Aber sie wurde in den Salon geführt, den zu betreten ihr bisher nur selten erlaubt worden war. Er schien ihr mindestens so groß wie die halbe Straße, in der sie in London wohnten.

Der Raum sah etwas überladen aus. Überall standen kleine vergoldete Stühle, bespannt mit farbigem Damast und Gobelinstoff, rosa Seidentapeten glänzten an den Wänden, an denen Spiegel und Familienporträts hingen. Sofas und große Kristall-Stehlampen gab es und reich verzierte Tische, und in den Ecken standen mit Perlmutter eingelegte Vitrinen, voll mit Kunstgegenständen und spanischen Fächern. Ein mächtiges Feuer loderte in einem Kamin, in dem man einen mittelgroßen Ochsen hätte braten können, und über dem Sims hing ein schönes Bild der Königin Viktoria, der Großmutter nicht im geringsten glich. Hatte der Speisesaal Rose schon Scheu eingeflößt, der große Salon mit seiner ganzen Pracht und Herrlichkeit ließ sie vor Staunen starr werden. Die mit gerafften rosa Seidenvorhängen verdeckten Fenster, über denen blaue Draperien aus Damast hingen, schienen ihr bis in unendliche Höhen zu reichen.

Father McGlynn führte Rose zu einem kleinen Gestell aus poliertem Stahl, einer Art Tischchen, das ganz nahe an das Feuer gerückt werden konnte und dazu diente, darauf gestellte Speisen und Getränke warm zu halten. Er legte ein Kissen darauf und hob sie dann hinauf. „So, da hast du's bequem“, sagte er und tätschelte ihre Wange.

Verwirrt und gespannt auf das, was da kommen sollte, hockte

sie auf ihrem kleinen Hochsitz. Die Priester saßen mit Großmutter in der Mitte in einem Halbkreis um das Feuer. Alle hielten große Gläser in der Hand, und nur auf dem Boden der Gläser war eine kleine Menge einer goldbraunen Flüssigkeit zu sehen, die sie herumschwenkten, an der sie rochen und gelegentlich nippten, um dann mit tiefer Stimme „ah" zu sagen. Rose war starr vor Staunen.

Großmutter schob ihren Rock hinauf, um ihre dünnen Waden zu wärmen — trotz der unglaublichen Menge von Alkohol, die sie täglich verbrauchte, war ihr immer kalt —, und sagte zu Monsignore Harrington-Smith: „Heute sind Sie dran, Ihre Geschichte zu erzählen, Monsignore."

„Sie wissen doch, daß ich nicht abergläubisch bin, Rose Mary", sagte er zu Großmutter. Die Priester sahen bedrückt drein. „Aberglaube" war natürlich von der Kirche streng verboten, aber sie glaubten mit Shakespeare, daß es im Himmel und auf der Erde mehr Dinge gebe, als ein Sassenach, ein Engländer, je zugeben, sehen oder hören würde. Oder vielleicht glaubten sie, daß ein Engländer überhaupt nicht imstande wäre, eine Geschichte zu erzählen, die auch nur einen Hund hinter dem Ofen hervorlocken oder ein einziges Haar auf dem Kopf eines empfindsamen Kindes zu Berge stehen lassen könnte.

Ein Priester sagte schnell: „Ich glaube aber doch, daß ich an der Reihe wäre."

„Nein", sagte Großmutter mit einem boshaften Blinzeln. „Ich erinnere mich ganz genau, daß Monsignore Harrington-Smith drankommt."

Als ob er das kleine Intermezzo gar nicht bemerkt hätte, wiederholte der Monsignore: „Ich bin nicht abergläubisch, aber nichtsdestoweniger ..."

Die Priester setzten sich erwartungsvoll auf und sahen schon weniger hoffnungslos drein. Der Monsignore schüttelte den Kopf und runzelte die Stirn.

„Also?" sagte Father McGlynn mit tiefer, erwartungsvoller Stimme. Etwas, das einen Engländer in Erstaunen setzen konnte, mußte schon etwas wirklich Außergewöhnliches sein. Wenn ihnen der heilige Michael erschiene, würden sie bestimmt seinen Panzer auf seine Echtheit prüfen, vermuten, daß er aus Schloß Windsor gestohlen sei und zweifelsohne sein Schwert skeptisch mit den Fingern betasten und schließlich „Stahl aus Sheffield“ sagen.

„Also gut“, sagte der Monsignore und begann seine Geschichte zögernd und fast widerwillig, als ob solche Dinge einem Engländer von Stand und Erziehung normalerweise nicht passieren dürften. „Es war in Irland. Natürlich“, begann er.

„Ja“, sagten die Priester wie aus einem Munde und rückten ihre Stühle näher zusammen. Wäre es in England geschehen — dann wäre nichts geschehen. Aber in Irland!

MONSIGNORE HARRINGTON-SMITH UND EINE SCHRECKLICHE BEGEGNUNG

Edward Albert Harrington-Smith war der zweite Sohn eines britischen Peers. Schon sehr früh in seinem Leben fühlte er sich zum Priestertum berufen. Er war der hübschere der beiden Jungen, und sein Vater hatte gehofft, daß seine Abstammung, sein Aussehen und Benehmen zusammen mit seiner unleugbaren Intelligenz ein Mädchen von Familie und mit Geld, oder vielleicht eine reiche Amerikanerin anziehen würde. Der Vater hatte auch genügend Mittel, um den Jungen in Verfolgung dieser Absichten nach Amerika zu schicken. Aber Edward wollte Priester werden. „Wenn wir wenigstens zur Hochkirche gehörten“, meinte der Vater ein wenig niedergeschlagen. „Wir Katholiken, selbst wenn wir einen hervorragenden Namen, Vermögen und Schlösser haben, werden in dieser Gesellschaft nicht besonders gut behandelt. Wenn wir zur Hochkirche gehörten, könnten wir außerdem sicher sein, daß Edward in kurzer Zeit Bischof wäre, dann läge die Sache ganz anders.“

Edward trat ins Seminar ein, und auf seine geistlichen Oberen machte es keinen besonderen Eindruck, daß er „ein zweiter Sohn“ war. Sie verlangten Glauben, Charakter, eine wirkliche Berufung, Hingabe und Ernst. Er besaß das alles. Schließlich wurde er zum Priester geweiht. Doch er hatte Charaktereigenschaften, die nicht ganz die Zustimmung seiner Oberen fanden. Er neigte dazu, stolz zu sein, zurückhaltend, und ein wenig auf „Untergeordnete“ herabzusehen. Seine Oberen glaubten, daß eine Pfarre in einer der ärmeren Gegenden Irlands auf ihn eine heilsame Wirkung ausüben könnte. „Irland!“ rief sein Vater entsetzt und keinen Augenblick vergessend, daß er Engländer war. „Ich werde sofort Seiner Exzellenz einen Brief schreiben! Irland!“

Seine Exzellenz war liebenswürdig, blieb aber ungerührt. „Ein Priester muß sich daran gewöhnen, überall hinzugehen“, schrieb er seinem Freund. „Es wird Edward nur gut tun.“

Edward war dessen nicht so sicher. Aber er behielt seine Zweifel bei sich und vertraute sie nur seinem Beichtvater an, bei dem die Iren auch nicht allzu hoch im Ansehen standen. So befand sich Edward also bald in einer wirklich hinterwäldlerischen Pfarre, in der seine Pfarrkinder blind an die „Kleinen Leute“ glaubten, an Elfen, Heul- und Poltergeister, und in jeder Beziehung ausgesprochen abergläubisch waren. Es machte ihnen zwar Eindruck, daß sie einen Engländer als Pfarrer hatten, noch dazu einen Mann aus Oxford, aber andererseits waren sie darüber verärgert. Edward versuchte verzweifelt, demütig zu sein, wie sein Herr demütig gewesen war, doch er konnte sich sein stolzes Benehmen nicht abgewöhnen, sich nicht abgewöhnen, seinen Kopf hoch zu tragen und sein kaltes und hübsches Gesicht zu zeigen, und er ließ es an warmer und schlichter Anteilnahme fehlen. Er betete um eine innere Wandlung, daß er eins werden möge mit seiner Pfarre. Er empfing zwar die gewöhnlich einem Priester zukommende Verehrung, wie daß die Leute mit den Fingern an ihre Mütze tippten, den Hut zogen oder einen Knicks machten, aber auch nicht mehr.

Sein Pfarrhaus war klein und verfallen. Er hatte keinen

Dienstboten. Die armen Frauen aus dem Dorf, aber nur die alten, wechselten sich beim Saubermachen der winzigen Zimmer ab. Das Strohdach hatte Löcher. Das Haus war sehr kalt. Die Besoldung zählte praktisch überhaupt nicht. Die kleinen Schecks, die ihm seine Eltern sandten, schickte er zurück. So kam es, daß er ewig hungrig war. Von seinen Pfarrkindern verlangte er niemals etwas für sich, und sie glaubten, daß er steinreich sei. Niemand bot sich an, seinen Abtritt im Hof zu reinigen, und so besorgte er dieses unangenehme Geschäft selbst. „Das wird ihm seinen Stolz austreiben", lachten die Leute in seiner Pfarre und waren heilfroh, von einer Aufgabe befreit zu sein, die von Rechts wegen ihnen zukam.

Seine Kirche war kaum prächtiger als sein Pfarrhaus. Er hatte Schwierigkeiten, Ministranten zu bekommen. Die alten Frauen wuschen und plätteten die einfachen Altartücher, und der alte Mann, den er zum Küster bestellte, murrte, obwohl er fast sein ganzes Leben in diesem Beruf gedient hatte. Die Schwestern mit ihrem armseligen Kloster und der kleinen Schule waren alle Irinnen und liebten den englischen Pfarrer nicht, von dem es hieß, daß er genau sei und auf strenge Disziplin sehe. Kurz, Father Harrington-Smiths Leben wurde ihm von seinen Pfarrkindern zu einer Art Vorhölle gemacht, besonders von der Mutter Oberin des Konvents, einer starrsinnigen alten Dame mit einem Willen wie eine Toledaner Klinge. Sie nannte ihn nur „dieses Knäblein". Kicherten die Schwestern dazu, runzelte sie nur zum Schein die Stirn. Edward hob den Handschuh auf, und Edward verlor.

Edward hatte nur zwei Freuden: die Messe lesen und in der wilden und unglaublich schönen Umgebung umherwandern. Sie war etwas flach und bestand aus Wiesen. Aber die tausendgestaltigen herrlichen Wolken! Langsam begann er zu verstehen, daß diese Wolkenbilder der Ursprung der seltsamen irischen Legenden waren. Einmal, vor Sonnenuntergang, blieb er ergriffen stehen, um ein Schauspiel zu beobachten, das er nie wieder sehen sollte.

Die grüne Landschaft war in feine Nebelschleier gehüllt und blieb fast unsichtbar und ohne feste Konturen und verebbte in blaß smaragdfarbigen Wellen am Rande des Gesichtsfeldes in dem milchigen Nebel. Nun haben überall sonst auf der Welt die Wolken die Eigenschaft, am Himmel zu stehen. Aber in Irland schienen sie die Erde zu berühren, aus ihr emporzuwachsen, eins mit ihr zu sein, in ihr aufzugehen. Edward sah in den riesigen Wolken eine andere Welt, ein neues Land. Vor ihm ragte vor dem Hintergrund des roten Himmels ein vollkommenes Kastell mit Türmen, Bastionen, Wällen und hohen schmalen Fenstern auf. Unterhalb lag ein richtiges Dorf mit winzigen Häusern mit roten Dächern, engen, gewundenen Gäßchen und einem grünen Fluß, der sich durch noch grünere Wiesen wand. Edward konnte tatsächlich die Schafe auf den Wiesen erkennen und die kleinen Gestalten der Hirten. In den Fenstern der Häuser sah er schwache Lichter, am Ende der Straße brannte eine Laterne. Doch es herrschte tiefe Stille!

„Unmöglich", murmelte Edward ergriffen. „Eine Fata Morgana."

Dann aber, während er hinschaute, zerrann der Turm in Nichts. Die Wälle versanken, das Dorf verschwand hinter rötlichen Schleiern und war nicht mehr zu sehen, und die grünen Wiesen wurden undeutlich und verschwommen. Die Wolken wurden immer dunkler, und die untergehende Sonne stach durch sie wie ein glühendes Auge. Ein kalter Wind erhob sich, und Edward hörte Kuhglocken und das klagende Muhen der Tiere, die ihren Stallungen zustrebten. Irgendwo bellte aufgeregt ein Hund. Ein zweirädriger Karren rumpelte vorbei, auf dem ein alter Mann saß, der, als er des jungen Priesters ansichtig wurde, seine Kappe zog und dann die Achseln zuckte. Purpurfarben senkte sich die Dämmerung hernieder, und Edward versank in Gedanken.

Daß er nicht viel Phantasie hatte, wußte er. Dazu war er zu nüchtern und zu sehr Engländer. Doch jetzt erfüllte ihn eine merkwürdige Erregung. Konnte es möglich sein, daß vergangene Szenen und vergangene Zeiten unauslöschlich in die Netzhaut der Zeit eingegraben sind, so daß die Zeit sie nach Laune widerspiegeln konnte? In seinen recht seltenen Mußestunden begann Edward durch das Land zu wandern, und dabei machte er seine Beobachtungen und horchte.

Natürlich durfte der „Aberglaube“ der Einheimischen von einem frommen und intelligenten Priester nicht unterstützt werden, auch wenn er in einem alten strohgedeckten Haus wohnte, in dem es bei Mondenschein knarrte und ächzte, auch wenn er unheimliche und seltsame Laute im Dunkel hörte, die wie das Heulen geisterhafter Wölfe und das Schreien von Hexen klangen. „Es gibt mehr Dinge im Himmel und auf Erden“ ... „Unsinn“, sagte er, und schloß bei Tagesanbruch die Kirchentür auf und hielt besorgt auf der Dorfstraße Ausschau nach den saumseligen Ministranten und dem Küster. Dieser ließ sich nur selten blicken, und Edward mußte häufig selbst die Glockenstränge ziehen, was die Dorfbewohner im geheimen zu freuen schien. „Er hat kräftige Muskeln“, sagten dann die alten Frauen, zogen sich die Tücher über den Kopf und kramten in den Taschen nach ihren Rosenkränzen. „Es wird ihm nicht schaden.“

Edward hatte die Messe, die heiligste Feier der Kirche, immer vom Intellekt her wahrgenommen. Jetzt, da er über die Wolkenbänke nachsann und das Unerklärliche an ihnen, erschien ihm die Messe als ein ungeheures, überwältigendes Mysterium. Er war immer ehrfurchtsvoll und demütig gewesen. Jetzt aber befand sich seine Seele in einem Zustand dauernder stiller Ekstase. Er nörgelte weniger an seinen Pfarrkindern herum und beklagte sich weniger bei ihnen, und so begann er in seiner winzigen Küche auf dem selbst gescheuerten Tisch eine einfache Mahlzeit zu finden, offenbar von den „kleinen Leuten“ hingestellt. Ein Stück kalte Gans oder Huhn, am Freitag oder an Fasttagen einen Fisch, eine zugedeckte Schüssel mit heißen Kartoffeln, eine Schnitte einfachen Kuchen; war die Zeit darnach, frisches Obst, ein Stück Käse, einen Krug Ziegenmilch und auf dem gemauerten Herd eine Kanne Tee. Ohne jemals zu fragen, aß er gierig, denn er war jung. Er nahm es dankbar — und schweigend — zur Kenntnis, daß sein Dach in seiner Abwesenheit auf rätselhafte Weise repariert worden war. Wie waren wohl diese Leute schließlich daraufgekommen, daß er einer von ihnen war, daß er zu ihnen gehörte? Es war ein Rätsel, doch es war Tatsache. Selbst das runzelige Gesicht der Mutter Oberin verzog sich zu einem Lächeln, wenn sie ihn sah. Aber das war viel, viel später, erst nach der Tragödie der Cunninghams.

Er versuchte es zwar, aber er wußte, daß er nie richtig demütig sein würde. Das war sein Kreuz und er trug es. Doch er ließ in seinen Bemühungen nicht nach. Er blieb stehen, um mit kleinen Jungen zu reden, die im schmutzigen Rinnstein mit Murmeln spielten. Er besuchte Kinder, die er getauft hatte, hörte sich mit unermüdlicher Geduld die Klagen der Hausfrauen an und redete den Männern, die gerne zu tief ins Glas schauten, verständnisvoll ins Gewissen. Deswegen wohl fand er oft am Abend eine Kanne Bier auf seinem Tisch und gelegentlich einen kleinen irdenen Topf mit irischem Whisky. Im Beichtstuhl war er weniger streng. Er seufzte nur. Statt scharfer und kalter Worte seufzte er nur, wenn ihm ein Mädchen vorjammerte, „ich bin recht ungezogen gewesen, Father“ ... zwischen Gänseblümchen und Dotterblumen, draußen in einer milden Mondnacht im Frühling.

Bei den auferlegten Bußen ließ er ein gewisses Maß von Gnade walten. Manchmal, im Morgengrauen vor der Messe, betrat er die altersschwache Kirche und stand in Nachdenken versunken vor dem Kruzifix. Und was er dachte, war merkwürdig für einen Engländer. Er hielt Armut nicht länger für schmachvoll und die gemächliche Art seiner Leute nicht für „stumpfsinnig“. Es gab noch andere Dinge im Leben als ein blitzblankes Haus und daß man dauernd geschäftig auf den Beinen war.

Als er einmal in ein Haus zu einem verstörten Vater gerufen wurde, der fürchtete, daß sein Weib bei der Entbindung sterben würde, und sah, wie sie mit den Wehen kämpfte, rief er von ganzem Herzen und in Demut Mariä Hilfe an: „Salve, sancta Parens, enixa puerpera regem qui caelum terramque regit in saecula saeculorum. Eructavit cor meum verbum bonum ...“ Denn wer konnte wissen, was aus dem kommenden Kind werden würde? Vielleicht ein großer und demütiger Mensch, vielleicht ein leuchtendes Vorbild und eine Freude für sein Volk, vielleicht ein Erretter vor dem Kriege, vielleicht ein Priester, der eines Tages auf Petri Stuhl sitzen würde. Oder vielleicht vor allem ein sanftes Mädchen, das der Kirche einen Heiligen schenken würde. In der Stunde ihrer Niederkunft waren alle Frauen eins mit Maria. Sie war nicht droben in des Himmels Weite, sie war hier bei ihrer leidenden Tochter. Solche Gedanken waren ihm bisher noch nie gekommen. Aber dieses neue Verstehen kam dem Priester erst viel später, nach der Sache mit den Cunninghams.

Es gab nur eine Familie in der Umgebung, die man zum Adel zählen konnte. Das Oberhaupt der Familie war Michael Lord Cunningham. Außerdem waren da noch seine junge Frau Dolores und sein Bruder, der Honourable Henry Lawrence.

„Guter Name“, sagte Monsignore Harrington-Smith zu seinen Zuhörern, zu Großmutter und ihren Priestern, „und eine gute irische Familie, sehr alt. Sie gehen bis auf die keltischen Könige von Irland zurück, auf die allerfrüheste Geschichte, die Legenden und Kreuzzüge. Sie waren aber sehr arm, so arm, wie ich selbst war.“

Michael Lord Cunningham lebte mit seiner Frau Dolores in einem Schloß, das einmal vor Jahrhunderten vornehm und prächtig gewesen war. Jetzt war nicht einmal ein Viertel davon bewohnbar. Das andere zerbröckelte langsam, die Mauern zerfielen zu Schutt, der Schloßgraben trocknete bis auf einige Lachen aus, verbreitete im Frühling üble Gerüche und wurde im Sommer zu einem Dschungel wildwachsender Blumen. Das Schloß stand auf einem niedrigen Hügel über dem Dorf. Zwei von den drei Türmen waren nur mehr Stümpfe. Der eine, der übriggeblieben war, war erst drei Jahrhunderte später als die anderen erbaut worden. Nichtsdestoweniger hatte er sich langsam selbständig gemacht, und zwischen ihm und dem eigentlichen Schloß klaffte im Mauerwerk eine vier Fuß weite Spalte. Die Dächer über verschiedenen Räumen des Schlosses waren eingestürzt, so daß dort, wo einmal große Hallen von festlichen Lustbarkeiten erfüllt gewesen waren, Mauerreste gegen den Himmel ragten. Es hatte einmal auch eine Kapelle gegeben. Die Jahrhunderte hatten aus ihr eine Ruine gemacht. Die herrlichen Gärten waren verlassen, und übriggeblieben war eine Wildnis mit einem Dickicht absterbender Bäume. Still ragte das Schloß in den Himmel, und nur das Schreien der Krähen war zu hören oder das Gebell der Füchse. Die Mauern sahen grau und trostlos aus und waren mit Efeu überwachsen. Es war schwer zu glauben, daß hier überhaupt jemand wohnen konnte und nun gar zwei junge Leute, die voll Freude und Lebenslust waren.

Der jüngere Bruder lebte in einer Hütte, eine Viertelmeile vom Schloß entfernt, ein genauso primitives Leben wie seine Schäfer. Was die Familie an geringem Einkommen hatte, stammte aus den Pachtzinsen im Dorfe, dem Verkauf von Wolle und Hammelfleisch an hartherzige englische Händler. Doch selbst diese schmalen Einkünfte wurden durch Steuern an die London Town arg geschmälert. Es war nur ein alter weiblicher Dienstbote im Schloß. Lady Dolores, neunzehn Jahre alt, war so ärmlich gekleidet wie ein Dorfmädchen. Ging der achtundzwanzigjährige Lord Cunningham einmal auf die Jagd, dann war es aus Notwendigkeit und nicht als Sport. Er war zu arm, um mit den auch nicht gerade mit Glücksgütern gesegneten Standesgenossen in anderen Grafschaften Verkehr zu pflegen, und da er zurückgezogen und scheu war, ließ man ihn allein und kümmerte sich nicht um ihn.

Lady Dolores stammte aus einer genauso verarmten Familie wie die Lord Cunninghams, vornehm und alt, wenn auch ohne Titel. Sie war in der Grafschaft Mayo geboren worden und war schon als Kind außerordentlich schön, mit dunklen blauen

Augen, einer Haut, so weiß wie die Blütenblätter einer Margerite, und Haaren, die wie schwarze Seide glänzten. Ihre Familie hatte sie in eine Klosterschule in Dublin geschickt und davon geträumt, daß ihre Dolores eines Tages reich werden und einen Titel heiraten würde. Sie legten dafür ihre letzten Pfunde zusammen und gaben für ihre Tochter, als sie achtzehn geworden war, einen Empfang, zu dem sie den Adel aus der ganzen Gegend einluden. Lord Cunningham und sein Bruder Henry Lawrence waren ebenfalls eingeladen und hatten mit der Aussicht auf einige vergnügte Stunden, einige Gratismahlzeiten, ein wenig Tanzen und Lustigsein, angenommen. Bezüglich der angemessenen Kleidung hatte es einigen Wirbel gegeben, ein paar Schafe mußten verkauft, einige Schulden gemacht werden. Als sie aber in dem schon Zeichen des Verfalles aufweisenden Haus von Mr. und Mrs. Patrick MacMuir erschienen, erregten die beiden jungen eleganten Männer Aufsehen. Henry war noch hübscher als sein Bruder. Michael war drei Zoll kleiner, trotzdem noch immer groß. Henry aber hatte Haare wie Gold, seine Augen zeigten ein tieferes Blau, seine Nase war edler. Michael hatte ein weicheres Kinn und eine reserviertere Art als sein Bruder und fiel in der Gesellschaft nicht so auf.

Jedenfalls hätte man ihn als sehr schön bezeichnet — wäre nicht die glänzende Erscheinung Henrys gewesen, der wie ein junger irischer Tara aussah, mit dem Profil eines Apollo.

Beide jungen Männer teilten die irische Gleichgültigkeit gegenüber dem Reichtum und die irische Vorliebe dafür, das Leben in Gemütsruhe und Gelassenheit zu genießen. Michael war zum Entsetzen seiner Leute in die Marine Ihrer Majestät eingetreten, hatte an irgendeinem „heidnischen Ort" eine Kugel abbekommen und bezog in der Folge eine Rente, was man von Henry nicht sagen konnte. Keiner der jungen Männer war so erzogen worden, daß er sich einmal sein Leben selbst hätte verdienen können. Aber schließlich haben Lords fürs Geschäft nichts übrig, schon gar nicht irische Lords. Und Henry liebte das bukolische Leben.

„Niemandem außer mir und noch einem einzigen anderen Menschen fiel es je auf, daß der arme Henry ausgesprochen dumm war", sagte Monsignore Harrington-Smith. „Schön wie ein griechischer Gott, aber dumm." Er dachte einen Moment nach, dann setzte er entschlossen fort: „Man findet das oft in aussterbenden Familien. Michael hatte Hirn, obwohl er kaum Gebrauch davon machte. Er zog es vor, in ihrem verfallenen Schloß zu hausen, statt in London Quartier zu beziehen und einen Beruf zu ergreifen. Er liebte sein Land." Der Monsignore überlegte. „Das ist bestimmt sehr begrüßenswert, selbst in diesen geschäftigen modernen Zeiten. Die Liebe zum Landleben scheint ja allgemein im Schwinden begriffen zu sein, und wenn das der Fall ist, dann beginnt die Barbarei."

Dolores MacMuir war tatsächlich eine große Schönheit. Aber sie hatte kein Vermögen, und ihre Landsleute, die für sie in Frage kamen, hatten auch keines. Ihre Eltern konnten ihr höchstens eine Jahresrente von zweihundert Pfund aussetzen. Adlige Söhne gab es genug, die gerne Bier und Whisky umsonst tranken, denen aber wohl kaum ein Penny aus der Tasche fiel. Es gab natürlich in Dublin reiche Familien, doch Söhne reicher Familien wollten selbstverständlich auch reich heiraten, und selbst die größte Schönheit und die beste Familie beeindruckten die Dubliner nicht, die viel von den Engländern, diesen erstklassigen Kaufleuten gelernt hatten. Dolores tanzte wie eine Fee. Sie konnte Französisch parlieren. Sie konnte feine Handarbeiten machen. Sie war sehr fromm. Sie wußte, wie man einen Haushalt führt. Sie schien eher zu schweben, als zu gehen. Sie hatte Charakter und viel Sinn für Unfug. Sie war achtzehn und anbetungswürdig. Aber sie hatte kein Geld.

Auf dem Ball stellte es sich bald ganz offensichtlich heraus, daß sich Dolores von dem Honourable Henry Lawrence angezogen fühlte. Der arme Henry aber war wie verrückt auf das Mädchen. Er ging wie betäubt umher. Man konnte sehen, wie er zitterte, wenn er mit ihr tanzte. Er folgte ihr wie ein Hündchen nach, wenn sie vor ihm herging. Und sie lächelte ihm strahlend zu. Die Eltern wurden im Verlauf der Festlichkeiten langsam unruhig. Irische Festlichkeiten dauern nicht nur einen Tag, sondern manchmal sogar mehr als eine Woche. Henry war nur ein Honourable, wenn auch ohne jeden Zweifel ein sehr achtbarer Honourable. Sein Bruder Michael war Peer. Er würde eines Tages heiraten, um einen Erben für seinen Titel zu bekommen, der einer der ältesten und vornehmsten in Irland war.

Henry würde nie etwas besitzen. Mit seinem Lächeln konnte er einem das Herz lachen machen, aber das war auch alles. Selbst ein irisches Lächeln konnte einem Mädchen kein Kleid an den Leib, keine Mahlzeit auf den Tisch, noch einen Sovereign in die Tasche zaubern.

Michael war auch verliebt — und auch in Dolores. Da er schüchterner war als sein strahlender Bruder, konnte er Dolores nur aus der Ferne anstarren. Manchmal trat sie auf ihn zu und neckte ihn. Als Antwort konnte er aber nur mit Mühe irgend etwas hervorstottern, oder er wurde überhaupt nur rot. Sie quälte ihn, und er sah unglücklich drein. Dann schwebte sie davon, und seine Augen folgten ihr voll Zärtlichkeit. Henry war ständig an ihrer Seite, lachte lebhaft, tanzte ausgezeichnet, und wenn er lächelte, so war es, als schien die Sonne. Die Eltern glaubten, Dolores habe sich in Henry verliebt.

Ihre Unruhe wuchs, sie suchten ihren Priester auf und trugen ihm voller Verzweiflung die Sache vor. Er besprach die Sache ganz ruhig mit Dolores unter vier Augen. Die jungen Männer kehrten in ihr verfallenes Schloß zurück. Doch bald begann Henry Dolores täglich zu schreiben. Michael einmal im Monat. „Und was unternehmen Sie denn eigentlich, um uns zu helfen, Father?“ riefen die verängstigten Eltern. „Geduld“, sagte der Priester. Da Dolores mit ihm unter dem Siegel der Verschwiegenheit gesprochen hatte, konnte er nichts verraten. Er lächelte nur. Die Eltern verzichteten auf die fragwürdige Mithilfe des Priesters und machten selbst einen Versuch zur Rettung ihrer in Träumen versponnenen Tochter. Wenn sie überhaupt einen dieser verarmten Burschen heiratete, dann Michael, Lord

Cunningham, und damit basta! Sie fügte sich dem Vorschlag ihrer Eltern. Michael sollte es sein oder keiner. Sie wäre eine gehorsame Tochter. Sie bemerkten nicht den Schalk in ihren Augen.

„Ach, da hat es dem armen Mädchen wohl das Herz in der Brust zerrissen", sagte Großmutter gefühlvoll. Sie war so sentimental wie ein Krokodil.

Der Monsignore schien es nicht zu hören. Er sagte nachdenklich: „Es gibt Leute, die nichts davon verstehen und daher die Meinung vertreten, daß die Iren eine lustige, temperamentvolle, aufbrausende Rasse sind und bei jeder Gelegenheit ihre überschäumenden Gefühle zeigen.

Sie vergessen, daß der Ire viel von dem ernsten Spanier hat und von seinem sentimentalen Temperament und von seiner Würde, die ihn davor bewahren, vulgär zu werden und seine Gefühle und Herzensgeheimnisse offen zu zeigen. So etwas wird er nur im Lied und im Gedicht zum Ausdruck bringen."

Die beiden Brüder Michael und Henry hingen sehr aneinander, ihre Natur verbot es ihnen aber, diese Anhänglichkeit anderswo als bei gemeinsamer Jagd oder gemeinsamer Sorge über Rechnungen und Steuern zu zeigen. „Selbst Unser Herr", pflegte Michael zu sagen, „fand, daß die Steuereinnehmer und Zöllner die Menschen sind, die am meisten Gottes Barmherzigkeit nötig haben, denn sie sind von Natur aus böse und zur Hölle verdammt, wenn sie nicht Reue zeigen." Das war für Henry zu hoch, obgleich auch er den Zöllner haßte. Er konnte nur den Kopf schütteln und an den Streitkolben denken, eine hübsche Eisenkugel mit eisernen Stacheln. „Der Zöllner" bedeutete für Henry „der Engländer". Die Brüder waren seit frühester Kindheit an enger miteinander verbunden gewesen als andere Brüderpaare, denn sie hatten in der Einsamkeit und umgeben von der ehrfurchtgebietenden Schönheit der Natur gelebt. In ihren Herzen gab der Gesang der Vögel einen nachhaltigeren Widerhall als die Stimmen der Menschen, und das Rauschen der Eichenwälder war stärker als der Lärm der Städte.

Ihre Burg war im buchstäblichen Sinne des Wortes eine Burg, die sie vor der Welt schützte und barg, vor einer Welt, die jeden Tag weiter und sinnloser und deren Pulsschlag immer lauter und schneller wurde.

Sie wurden Waisen, als Michael erst achtzehn war, und da sie keine anderen Verwandten hatten, klammerten sie sich still und fest aneinander. Sie hatten dieselbe Schule besucht, sie gingen zusammen zur Beichte und zur Messe. Sie arbeiteten zusammen, aßen zusammen, und kaum je konnte man den stilleren älteren Bruder ohne den immer strahlenden jüngeren antreffen.

Die Leute im Dorf erwarteten nicht, daß sie in der Dorfschenke erschienen, man konnte aber erwarten, daß sie unter dem Adel der Grafschaft ihre Freunde hatten. Doch man sah und hörte sie nur selten. Manchmal konnte man im Dorf hören, wie Henry seine Schafe zusammenrief, man hörte das Bellen seines Hundes und zuweilen das Knallen von Michaels Büchse in den Wäldern hinter dem Schloß. Und man sah die zwei Brüder bei der Messe, wo sie zu gegenseitigem Schutz dicht nebeneinander saßen.

„Sie waren streng in der Erfüllung ihrer religiösen Pflichten", sagte der Monsignore. „Es verging kein Samstag, an dem sie nicht zur Beichte gingen, und ich kann mich an keinen Sonntag erinnern, an dem ich sie in der Messe vermißt hätte. Sie kamen auch während der Woche sehr oft, und nicht selten waren sie die einzigen, die Seite an Seite die heilige Kommunion empfingen. Trotz ihrer Armut waren sie so freigebig als möglich, und sie lieferten der Kirche getreulich ihren Zehnten ab.

Die Schwestern wandten sich niemals vergeblich an sie und gingen nie mit leeren Händen weg, wenn es auch manchmal nur eine Hammelkeule war oder ein Laib Brot, eben irgend etwas, das sie sich gerade absparen konnten. Und wenn sie das hergaben, weiß ich bestimmt, daß sie selbst hungerten. Es ist für Sie, meine Freunde, wichtig zu wissen, wie gut sie waren und wie sie einander und die Kirche liebten. Henry mag vielleicht etwas einfältig gewesen sein, aber er war genauso edel wie sein

Bruder." Der Monsignore seufzte. „Niemand weiß, was Henry, der einfache und verliebte, dachte, als sich sein Bruder Michael mit der schönen Dolores verlobte. Eines ist gewiß", sagte der Monsignore: „daß er nicht zu toben begann oder mit seinem Bruder laut haderte, sein Schicksal verwünschte oder davonlief. Bei der Hochzeit in der Kirche, in der Dolores getauft worden war wie schon ihre Vorfahren auch, war er sein Beistand. Es fiel auf, daß Henry weiß wie die Wände der Kirche war und abgemagert aussah, und trotz seines Lächelns war in seinen Augen ein Ausdruck von Schmerz. Er kehrte nie mehr in das Schloß zurück. Als das junge Paar von einer sehr kurzen Hochzeitsreise nach London zurückkam, hatte Henry sich schon in einer Schäferhütte einquartiert. Das hielten die drei für die beste Lösung, obwohl ich zweifle", sagte der Monsignore mit Betonung, „daß darüber je ein Wort gewechselt wurde. Michael und Dolores glaubten, daß Henry mit seiner angeborenen Zurückhaltung das junge Paar zartfühlend allein lassen wollte. Nach einer gewissen Zeit sublimiert ein intelligenter Mensch ein Unglück, das ihm zugestoßen ist. Er nimmt hin, was er hinnehmen muß. Er erwartet keine Wunder in diesem Leben. Der einfachere Mann aber ist wie ein Kind. Blind vertraut er dem Leben. Es kann nicht unbarmherzig sein, es kann ihm nicht alles nehmen, was er hat. Das Schicksal ist milde, es ist ihm zugetan. Das Leiden ist nur ein Traum. Einmal wird er aus diesem Alptraum erwachen und sich in Mutters Armen finden. Solche Gedanken sind ausgezeichnet, wenn sie vergeistigt werden. Aber sie können einen einfach denkenden Menschen töten, wenn er sie auf die reale Welt bezieht."

Zu des Monsignore Überraschung erschien Henry eines Tages im Pfarrhaus. Er saß da, rang die Hände und sah den Priester mit dem rührenden, verwirrten Blick eines Lammes an, das nicht begreift, warum es gemartert wird. Freundlich befragt, konnte er nur stumm seine Lippen bewegen. Was war es, das ihn so quälte? Henry schüttelte stumm den Kopf. Der ganze Glanz, der ihn früher immer wie ein Strahlenkranz umgeben hatte, war wie ausgelöscht. Es hätte ebensogut ein ganz simpler Bauer gewesen sein können, der hier im Sprechzimmer des Pfarrhofes im fahlgrauen Licht des enden wollenden Jahres saß. In höchster Not und Verwirrung suchte er Hilfe.

„Ich war damals viel jünger", sagte der Monsignore traurig, „ich sah nur einen sehr einfältigen jungen Menschen vor mir, der auf irgendeine Art verletzt worden war. Ich sah nicht einen Menschen, der sich sechs Monate nach der Hochzeit seines Bruders anschickte zu sterben. Wie konnte ich bei einem jungen Menschen, dessen Hauptvergnügen es war, mit seinen Hunden zu spielen, seinen Bruder auf die Jagd zu begleiten und sich in den ersten Frühlingstagen mit einem jungen Widder herumzubalgen, ein so unwahrscheinlich tiefes Gefühl vermuten? Da saß er also in seinen plumpen Homespun-Breeches, Wollstrümpfen und derben Schuhen, die nach Schafmist rochen. Sein blondes Haar fiel ihm kraus in die Stirn, sein Mund stand halb offen. Der dumpfe Schmerz in seinen Augen war wie der Schmerz eines verwundeten Tieres — so sah ich es wenigstens. Gott verzeihe mir, aber ich wußte nicht, daß er an seiner Liebe zu Lady Dolores litt! Ich dachte es wäre etwas anderes, und ich wußte nicht, was es war!"

Der Monsignore stand vor einem Rätsel, wollte aber von ganzem Herzen gern helfen und sprach tröstend auf Henry ein. Jeder Mensch habe sein geheimes Leid, er wolle ihn nicht bedrängen. Wenn Henry sprechen wolle, er würde angehört werden. Aber ein Mann müsse auch Mut haben ... „Wollten Sie etwas sagen?" Henry schüttelte den Kopf. Schließlich stand er schwerfällig auf, reichte dem Priester die Hand, ging hinaus und ritt davon. „Ich hatte ihn im Stich gelassen", sagte der Monsignore seufzend. „Ich hatte ihm einen Stein gereicht, als er nach Brot schrie. Ich hatte ihn mit Gemeinplätzen abgespeist, als er sich darnach sehnte, es solle ihm jemand sagen, er wüßte von seinem Schmerz und daß Gott in sein Herz sehen könne und ihn trösten werde."

Verwirrt, gequält, von allen verlassen und unverstanden,

erhängte sich Henry in seiner Verzweiflung in der Nacht mit einem Strick, den er an einem Nagel am Dachsparren seiner Hütte befestigt hatte.

Nach dem ersten fürchterlichen Schock sah sich der Monsignore einem ernsten Problem gegenüber. Henry war ein Selbstmörder. Hatte er sich im Besitze seines völlig freien Willens und auf Grund eines Entschlusses getötet, zu dem er nach kühler Überlegung und im Besitze seiner geistigen Kräfte gelangt war, dann konnte ihm kein kirchliches Begräbnis gewährt werden. Michael besprach weinend die Lage mit dem Priester. Henry war niemals sehr intelligent gewesen. Er war geistig höchstens auf die Stufe eines Zwölfjährigen gelangt. Er hatte niemals die oberen Schulklassen besucht, denn er war als hoffnungsloser Fall, wie seine Lehrer sagten, mit dreizehn Jahren nach Hause geschickt worden. Nicht ein Mann hatte Selbstmord begangen. Ein unverständiger Knabe hatte, ohne sich seiner schweren Sünde bewußt zu werden, die Welt verlassen. Henry hatte Gott innig geliebt. Er wollte zu seinem Vater gehen, der ihm schenken würde, was Menschen nicht konnten.

„Und ich wußte nicht, daß es wegen Dolores war“, sagte Michael heiser. „Er kam letzten Abend wie zufällig ins Schloß. Er lächelte mir zu. Dann beugte er sich über mich und küßte mich auf die Wange. Er ergriff Dolores' Hand und küßte sie auch. Er ging ohne Gruß. Ich würde das auch jetzt nicht wissen, wenn einer der Schafhirten mir nicht gemeldet hätte, daß Henry im Schlaf stöhnte und verzweifelt nach meiner Frau rief und daß ihm selbst im Schlaf die Tränen über die Wangen liefen. Wenn dieser Halunke es mir nur früher gesagt und nicht gewartet hätte, bis mein Bruder diesen verzweifelten Schritt machte. Mein Bruder war nicht bei Sinnen, er wußte nicht, was er tat.“

So wurde Henry, der an Gestalt ein Mann, geistig aber ein Kind gewesen war, neben seinen Eltern und allen seinen Vorfahren unter den mächtigen Eichen auf geweihtem Grund beerdigt. Wenn er an die schreckliche Seelenpein dachte, die seinen Geist verwirrt hatte, konnte der Monsignore über seinen Tod keinen

Schmerz empfinden. Aber er war zutiefst ergriffen von der Seelenangst der Armen im Geiste, für die sie keine Worte finden, und er konnte nur darum beten, daß Henry jetzt den Frieden gefunden habe. So eindringlich er konnte, sagte er zu Michael: „Henry ist in Gottes Schoß. Die Zukunft und das Leben aber liegen noch in Ihrer Hand, Mylord. Ihre junge Frau erwartet in fünf Monaten ein Kind. Gehen Sie möglichst zart und sanft um mit ihr, denn dies alles hat auch sie zutiefst erschüttert."

„Ich hätte es ahnen sollen", sagte der Monsignore bitter. „Ich bin Engländer, und ich kannte damals den endlosen dumpfen Schmerz der Iren nicht."

Eine Woche nach dem Begräbnis kam die junge Frau in der einzigen armseligen Kutsche, die sich ihr Gatte leisten konnte, zu dem Priester gefahren. Sie saß weinend da und brachte lange Zeit kein Wort über die Lippen. Endlich stammelte sie heraus, daß sie Henry überhaupt nie geliebt habe und daß vom ersten Augenblick an Michael ihre große Liebe gewesen sei. Die Heirat war, das wußte der Father, nicht über ihren Kopf hinweg beschlossen worden. Nur aus Spieltrieb und zum Spaß hatte sie damals die demütig gehorsame Tochter gespielt, als ihre Eltern die Heirat vorgeschlagen hatten. „Glauben Sie denn wirklich, Father, daß ich Michael geheiratet hätte, wenn mein Herz bei Henry gewesen wäre? Kann eine Frau ihrem Herzen so etwas antun?" Sie schüttelte immer wieder den Kopf, und ihre schwarzen Locken fielen über ihre bleichen, tränenbenetzten Wangen.

Sie saß in Hut und Mantel da und weinte bitterlich. „Und jetzt ist es Michael, der mir das Herz zerreißt. Er will nicht reden. Bei Nacht geht er im Zimmer umher und seufzt und stöhnt. Jeden Tag geht er auf den Friedhof. Ich kann nicht zu ihm finden."

„Es fiel mir nicht ein", sagte der Monsignore, der vor Großmutters Kamin saß und den Weinbrand in seinem Glase vorsichtig schwenkte, „dem Kind zu sagen, daß sie ihrem Gatten versichern solle, daß sie nur ihn allein geliebt habe. Ich dachte, das wäre für Michael selbstverständlich. Ich wußte nicht, daß sie mich bat, etwas zu tun, von dem ich annahm, daß sie es schon getan habe. Alles, was ich ihr also zu sagen wußte, war, daß die Zeit alle Wunden heile, übrigens das albernste aller Sprichwörter. Sie müsse Michael Zeit lassen. Sie müsse Geduld haben, und vor allen Dingen, sie müsse an ihr Kind denken. Ich redete so zu ihr, als spräche ich mit einer englischen Lady, die sich immer unter Selbstkontrolle hat. Ich vergaß, daß ich zu einem kleinen irischen Mädchen sprach, das scheu, unsicher und erschreckt war. Das irische Herz ist verschlossener und einsamer als das englische, lebt mehr in sich, ist ein Opfer von Stimmungen, weil es das Schweigen dem Sprechen vorzieht.

Die kleine Frau hatte ruhig zugehört, dann ging sie weg. „Sie war nicht ihrethalben in Unruhe", sagte der Monsignore, „aber wie hätte ich als Engländer das ahnen können? Sie war nur wegen ihres Gatten in Unruhe. Henry hatte sich nicht allein wegen seines eigenen Kummers umgebracht, sondern auch deshalb, weil er glaubte, daß Dolores noch mehr leide, da sie ihn liebe. Wenn er sich aus dem Wege räumte, hatte er gemeint, würde er dadurch auch Dolores den Kummer aus dem Wege räumen. Größere Liebe . . ."

Das Schreckliche an der Sache war, daß sich Michael genauso irrte wie sein Bruder.

„Die Menschen", sagte der Monsignore, „reden miteinander stets über die unwichtigsten Dinge. Die Welt hört sich gewöhnlich an wie ein Dschungel voll von schwatzenden Menschenstimmen. Nur selten sprechen sie sich über das, was am wichtigsten ist, aus. Täten sie das, gäbe es weniger Schmerz im Leben, weniger Sünde, Grausamkeit und Mißverstehen."

Michael war es damals nicht entgangen, daß Dolores in ihrer unschuldigen und fröhlichen Art mit Henry heftig geflirtet hatte. Aber sie hatte ja dann auch mit ihm und anderen jungen Männern geflirtet. Wenn Henry während des Festes im Hause Dolores' wie im Traum zu wandeln schien, Michael war selbst zu sehr in Träume eingesponnen gewesen, um es zu bemerken. Die Brüder waren dann auf ihr Schloß zurückgekehrt, und keiner von ihnen hatte dem anderen gegenüber Dolores erwähnt. Der Grund war nicht nur ihr scheues Wesen, sondern auch die drückenden Schulden, die sie den ganzen Tag in Atem hielten. Henry blickte zu seinem Bruder wie ein Knabe zu seinem Vater auf, voll Bewunderung und Respekt für seine überlegene Intelligenz und seinen Reichtum an Ideen. Er vertraute Michael blind. Für ihn war es ausgemacht, daß Michael nichts Unrechtes tun konnte, und er stellte seine Überlegenheit nie auch nur einen Augenblick lang in Frage. Als Michael also ruhig erklärte, er müsse eine Reise antreten, hatte sich Henry nicht einmal nach dem Wohin erkundigt. Michael war natürlich zu den Eltern von Dolores gefahren und hatte um ihre Hand angehalten, wie es damals üblich war. Man fragte ein Mädchen nicht direkt. Er wurde als Freier angenommen, wenn es auch eine unliebsame Unterhaltung über finanzielle Fragen gab. Michael kam heim und kündigte in der knappsten Form an, daß Dolores bald seine Frau sein werde. Er war in einem derartigen Glückstaumel, daß er Henrys Schmerz nicht bemerkte. Henry aber glaubte zweifellos, daß es nur recht und billig sei, daß sein bewunderter Bruder seine eigene Liebe heiratete, selbst wenn er in seiner Einfalt überzeugt war, daß Dolores ihn liebte. Hatte sie ihm nicht als Antwort auf seine eigenen kindischen nette Briefe geschrieben?

Als Dolores in die Hoffnung kam, wurde auch sie bleich, und eine Mattheit befiel sie, eine gewisse Apathie. Michael hielt es nicht für notwendig, seinem Bruder mitzuteilen, daß er einen Erben erwarte. Zudem gab es Unannehmlichkeiten mit den Schafen. Viele Schafe waren der Unbill des strengen Winters erlegen. Ein großer Teil war von einer merkwürdigen Krankheit befallen. Die Steuern waren von den Engländern erhöht worden. Die Ernte versprach nicht viel in diesem Jahre. Das alles waren wichtige Dinge für die Brüder. Landleute sprachen nicht über ihre Frauen, nicht einmal mit ihren Blutsverwandten, und besonders nicht in dieser längst vergangenen Zeit.

Henry sah Dolores selten. Als er sie am letzten Tage sah,

war sie in Tränen aufgelöst und sehr bleich. Sie hatte am Morgen mit Michael eine Auseinandersetzung gehabt, die kaum der Rede wert war, und als sie Henry traf, rief sie gereizt aus: „Wenn ich ihn nur nicht geheiratet hätte." Es fiel Henry, der vorher nie die Liebe erlebt hatte und sich mit Frauen nicht auskannte, nicht ein, daß es ihr körperlicher Zustand war, der an dem exaltierten Benehmen der blutjungen Dolores die Schuld trug. Sie hatte Sehnsucht nach ihrer Mutter, hatte Angst und übertrieb jede Kleinigkeit. Er kam zu dem für ihn allein möglichen Schluß, daß sie ihn liebte und zu einer unwillkommenen Heirat gezwungen worden war. Existierte er nicht mehr, dann wäre ein Hindernis für ein zukünftiges Glück zwischen Michael und Dolores aus dem Wege geräumt. Und so erhängte er sich in der Nacht aus Liebe zu den zwei Menschen, die ihm alles waren.

„Es war mein Fehler", sagte der Monsignore. „Ich war aus der Stadt, aus Oxford, ein Bücher- und Verstandesmensch. Ich hatte noch nicht gelernt, daß Menschen wie diese ein völlig unkompliziertes und geradliniges Leben leben und daß ihre Gefühlsregungen unmittelbar und stürmisch sind. Ich versuchte noch immer, mir aus diesen Iren, die viel ehrlicher in ihrem Herzen sind, Engländer zu machen. Ich versuchte noch immer, mit den alten Landleuten in ihren zweirädrigen Karren zu plaudern wie mit ihren Brüdern in England: selbstbewußt und sarkastisch. Kein Wunder, daß sie verlegen oder mürrisch dreinsahen, als wollte ich sie foppen."

Nach seines Bruders Tod war Michael überzeugt, daß Henry und Dolores einander geliebt hatten, daß die Eltern Dolores zu dieser Heirat gezwungen hatten, weil er, Michael, der ältere Bruder mit dem Titel war, und daß er zwei junge Leben zerstört hatte. Hätte er damals mit Dolores gesprochen, oder sie mit ihm, so wäre es nie zu diesem schrecklichen und erschütternden Ereignis gekommen. Sie wußte, daß ihren Gatten etwas bedrückte, und daher war sie zu Monsignore Harrington-Smith gegangen, hatte ihn, ohne sich richtig auszusprechen, um Hilfe gebeten, um eine Hilfe, die er nicht leisten konnte, da er die Lage nicht erfaßte. Ihr Wunsch war es gewesen, daß er Michael sagen möge, was sie selbst nicht über die Lippen brachte, daß er ihr mit seinem Kummer das Herz bräche und daß sie ihn heiß liebe, wenn sie in ihrer jugendlichen Unerfahrenheit auch nicht wisse, wie sie ihm Trost bringen könne.

Und so wurde denn bald darauf der junge Priester um Mitternacht durch stürmisches Klopfen an seiner Tür aus dem Schlaf gerissen. Im Nachthemd eilte er die Treppe hinunter, denn er wußte schon, daß es sich um nichts Beiläufiges handeln konnte und ein Leben bedroht war, wenn man ihn auf diese Art heraustrommelte. Er fand einen von Michaels Schäfern, einen jungen Burschen, atemlos nach Luft ringend vor der Tür. „Seine Lordschaft will sich jetzt auch aufhängen", keuchte er heraus, während er die Kappe in den Händen zerknüllte. „Und die Lady — sie selbst verlangt dringend nach Ihnen, Father. Kommen Sie doch, bitte, um Gottes Barmherzigkeit willen sofort."

Draußen stand ein zweirädriger Karren, davor ein halbwildes Pferd. Mit zitternden Händen zog sich der Priester hastig an. Er betete dabei. In der Eile riß er Knöpfe ab. Die Nacht war kalt und nicht ganz klar. Der bleiche Mond wanderte durch die langsam dahinziehenden Wolken, und Bodennebel verbarg die Erde in wallenden Schleiern. Der Priester wand sich einen breiten grauen Schal um die Schultern und stolperte hinaus zu dem Gefährt, das nach Heu, Dünger und verfaulten Äpfeln roch und zwei große wackelige Räder besaß. Er setzte sich auf einen der beiden Längssitze und mußte sich mit allen Kräften anhalten, als der Schäfer das Pferd mit der Peitsche antrieb und der Wagen sich von einer Seite auf die andere neigend über die holperige Straße raste. Zum erstenmal war er der alten Frau aus dem Dorfe herzlich dankbar für den Schal, den sie ihm gestrickt hatte. Die beißende Kälte dieser naßkalten schwarzen Nacht ließ seinen Körper mit Ausnahme von Schultern, Nacken und Brust, die der Schal bedeckte, erstarren. Das Pferd schnaubte und scheute plötzlich. Der zweirädrige Karren wurde hin und her geschleudert. Das klapperige Fahrzeug machte einen regelrechten Sprung, so daß der Priester die schwarzen Zweige der Bäume dicht über seinem Kopf sah, und stürzte beinahe um. Dann löste sich ein Rad ab, das Pferd brach aus, und der Priester wurde auf den Boden geschleudert.

Kaum atmend lag er da. Einen Fluch ausstoßend, half ihm der junge Schäfer wieder auf die Beine und entdeckte einen Stein, auf den er ihn setzen konnte. „Kümmere dich nicht um mich!" sagte der Priester wütend. „Geh sofort zu Lady Dolores zurück und sage ihr, daß ich auf dem Wege bin. Und wenn du deinen Herrn liebst, dann rede mit ihm. Rede und rede und rede mit ihm!"

„Er hat sich in sein Zimmer eingesperrt", wimmerte der Schäfer.

„Er wird sich nichts antun, solange du mit ihm redest", sagte der Priester. „Verstehst du denn nicht, du Narr, daß seine Seele in tödlicher Gefahr ist? Vorwärts, geh schon!"

Der Junge stotterte irgend etwas, und er hätte ihn in seiner verzweifelten Angst fast geschlagen. „Geh, sag Lady Dolores, daß sie auch mit ihrem Gatten reden soll! Du hast flinkere Beine als ich. Renn — renn, als wäre der Teufel hinter dir her!"

Der Priester fürchtete, daß sein Bein gebrochen war, denn es war völlig gefühllos. Der eiskalte Mond trat manchmal aus den Wolken, und die Schatten wurden tiefer. Er rieb das Bein und betete. Er saß auf seinem Stein und schob sich das Hosenbein hinauf. Eine klaffende, tiefe Wunde war zu sehen. Schwer atmend vor Schmerz und Verzweiflung, wand er sich sein Taschentuch um das Bein. Dann versuchte er es vorsichtig abzubiegen. Es war nicht gebrochen. Doch als er sich erheben wollte, wurde er fast ohnmächtig vor Schmerz. Offenbar hatte er eine Bänderzerrung. Im Knöchel und im Knie pochte, brannte und schmerzte es, daß es kaum zu ertragen war. Das Dorf war weit entfernt, und wenn er versuchte, dort Hilfe und ein Fuhrwerk zu erreichen, würde er viel Zeit verlieren. Das Schloß lag näher, obgleich es in dem Wald mit seinen mächtigen Bäumen und dem dichten Unterholz noch nicht zu sehen war. „Selbst wenn ich auf allen vieren kriechen muß, ich muß hin“, sagte er verbissen zu sich und betete eifriger und inbrünstiger, als er je in seinem Leben gebetet hatte.

Er setzte sich langsam und unsicher in Bewegung. Vor Schmerzen und Angst in Schweiß gebadet, glaubte er jeden Augenblick umsinken zu müssen. Er fühlte, wie ihm das Blut über das Bein hinunterrann, und keuchend und vor Schmerz stöhnend kam er von einem Baum zum anderen langsam weiter. Dornen griffen nach ihm. Wenn der Mond verschwand, stieß er an Bäume und schlug sich den Kopf an. Er hörte Eulen schreien und das heisere Gekrächze von aufgestörten Krähen, im Gebüsch raschelte es. Mit dankbarer Erleichterung fiel ihm ein, daß es in Irland keine Schlangen gibt. Ohne zu wollen, rief er ein- oder zweimal schwach um Hilfe, aber nur die Eulen oder sonst ein aufgeschreckter Vogel antworteten ihm. Ein- oder zweimal vergaß er, welche Richtung er einschlagen sollte, wo er eigentlich war, denn der Schmerz wurde schlimmer und beinahe unerträglich. Sich von Baum zu Baum schleppend und an kräftigem Buschwerk anhaltend, zog er sein Bein nach. Die Tränen, die ihm von der Anstrengung über die Wangen liefen, waren eiskalt, und sein Kopf dröhnte ihm wie ein riesiger Gong. Der Schuh an seinem verletzten Bein wurde zu einem Eisenpanzer, denn der Fuß schwoll rasch an.

Vielleicht waren es der Schmerz und die Verzweiflung, die dem Mondlicht unheimlichen, wie verzauberten, zitternden Schein verliehen, in dem sich alles zu bewegen schien und zu tanzen. Gott sei Dank, er konnte jetzt ein wenig besser sehen. Seine Stirn war von den Zusammenstößen mit Bäumen aufgeschlagen. Sein ganzer gemarterter Körper schrie nach Rast. Aber er schleppte sein Bein, das wie Feuer brannte, mit zusammgebissenen Zähnen weiter wie einen Holzklotz hinter sich her.

Den Boden konnte er nicht sehen, denn er ging bis zu den Knien in wirbelnden Nebelschwaden. Manchmal sah er im Wald weiße Nebelfetzen wie menschliche Gestalten dahinschweben. Und dann erreichte er eine kleine offene Lichtung, die von dem wechselnden und sich merkwürdig bewegenden Mondlicht übergossen war.

Dort saß ein junger Mann auf einem Baumstamm, der lässig, als wäre er zu Hause vor seinem Kamin, seine Pfeife rauchte. Es war ein hübscher junger Mann, elegant gekleidet, in einem englischen Jagdkostüm: roter Rock, gut sitzende Breeches, glänzende Stiefel und Handschuhe. Er hatte ein längliches Gesicht, weiches blondes Haar und ein intelligentes Aussehen, das gute Abstammung verriet. Eine Hand spielte mit der Peitsche, die über seinen Knien lag, neben ihm auf dem Baumstamm lag seine Jagdkappe.

Der Priester kniff die Augen zusammen und erwartete, daß der junge Mann verschwinden würde. Statt dessen wurde die Gestalt immer deutlicher. Ich träume ja gar nicht! dachte er. Was macht aber ein Mensch hier in der abgelegenen Wildnis Irlands um Mitternacht, gemütlich seine Pfeife rauchend, als wäre es Mittag und als warte er auf seine Jagdgefährten? Oh, ich träume ja doch, ich fiebere!

Der junge Mann blickte auf und lächelte freundlich. „Guten Abend oder, besser, guten Morgen, nicht wahr, Father Harrington-Smith?"

Dem Priester stand der Mund vor Staunen offen. Dann aber plötzlich sah er einen Hoffnungsschimmer. „Sie haben doch Ihr Pferd hier?" fragte er und vergaß seine Verwunderung und sein Staunen. „Ich — ich habe mich verletzt. Ich muß zu dem Schloß da drüben, sofort."

„Ja, ich weiß", sagte nachdenklich der junge Mann. „Deswegen bin ich ja hier."

„Ihr Pferd!"

„Ich vermute", sagte der junge Mann, als ließe er sich die Idee durch den Kopf gehen, „daß ich ein Pferd herschaffen könnte, um Sie zurück zu Ihrem Pfarrhaus zu bringen. Sind Sie ernstlich verletzt?" fügte er in besorgtem Ton hinzu.

„Was macht das schon?“ rief der Priester, in seiner Aufregung nur mit halbem Ohr hinhörend. „Ich muß sofort zum Schloß.“

Der junge Mann seufzte und schüttelte den Kopf. „Es tut mir leid. Obwohl Sie es nicht glauben werden, muß ich zu meinem Leidwesen auch gestehen, daß ich dem Rad den Befehl erteilen mußte, sich von diesem schrecklichen Karren zu lösen. Was für ein Fahrzeug für einen englischen Gentleman! Ruhen Sie sich aus, bitte. Ich fürchte, Sie haben sich ein Blutgefäß in Ihrem Bein zerrissen. Auch das tut mir leid!“

Ich bin bestimmt verrückt, träume oder deliriere, dachte der Priester. Er riß die Augen auf und sah, wie sich der Fremde erhob, wie er lächelte und seine weißen schimmernden Zähne zeigte. Der Mond schien auf einmal riesig groß zu sein und in den Kronen der knorrigen Bäume zu hängen. „Ich bitte Sie, setzen Sie sich doch und ruhen Sie sich aus“, wiederholte der junge Mann mit sympathischer Wärme in seiner Stimme und in vollendetem englischen Tonfall. „Wir wollen miteinander über die Angelegenheit reden.“

Der Priester klammerte sich an seinen Baum, atmete schwer und schloß einen Augenblick lang die Augen. Vor seinen geschlossenen Lidern tanzten und drehten sich rote Wirbel. Als er die Augen wieder öffnete, sah er, daß der junge Mann ihn ernst betrachtete. Der kalte dunkle Forst und der schreckliche große Mond verschwammen vor seinem Blick, und er mußte alle Kraft zusammennehmen, um nicht ohnmächtig zu werden.

„In Gottes Namen“, stöhnte er, „helfen Sie mir. Ich muß zu dem Schloß dort. Ein junger Mann...“

Der Fremde lächelte noch immer, aber es war ein kaltes Lächeln. „Michael Cunningham? Ja, ich weiß. Er ist im Begriff, sich umzubringen — aufzuhängen. Eine widerliche und unerfreuliche Art, sich zu beseitigen. Doch schließlich gehört ja jedem Menschen sein Leben, nicht wahr?“

„Nein“, sagte der Priester kraftlos, „es gehört Gott.“ Er biß die Zähne zusammen, um nicht umzufallen. „Wissen Sie das nicht, wer immer Sie auch sind? Wenn Michael sich selbst tötet, freiwillig und mit vollem Bewußtsein, wird er für immer von der Gegenwart Gottes ausgeschlossen."

„Das glauben Sie?" fragte der junge Mann nachsichtig. „Ach ja, ich hatte ja vergessen, daß Sie Priester sind. Mein lieber Freund! Sie sind ein Gentleman von Familie und haben Kultur. Sie sind in Ihrer Art ein Philosoph und besitzen einige Logik. Sie sind doch nicht wirklich abergläubisch und glauben an all diesen Unsinn mit Gottes ewigem Zorn?"

Eine Übelkeit, wie er sie noch nie vorher erlebt hatte, überkam den Priester, so daß er glaubte, zusammenbrechen zu müssen. Er preßte seine Hand gegen den Magen und konnte das wilde Pochen seines Herzens spüren. Dann ließ er die Hand ganz langsam sinken.

„Woher wußten Sie das von Michael Cunningham?" flüsterte er.

Der Fremde zuckte die Achseln. „Zu Ihnen kam doch ein Schäfer, nicht? Vielleicht habe auch ich mit ihm gesprochen."

„Und wenn Sie das wissen, können Sie ihn mit einer Todsünde sterben lassen?"

Der Fremde lächelte. „Ist denn das meine Sache, lieber Freund? Ich habe einigen Respekt vor eines Menschen Würde. Was immer er tut, es ist seine Sache. Gewiß, ich weiß, Sie sind Priester, und Priester haben eigentümliche Ansichten. Aber andererseits wieder sind Sie auch ein Gentleman und aus einer Familie von Gentlemen. Es überrascht mich, daß Sie solche Dummheiten wie Gottes Zorn und Todsünde verdauen können. Hat Gott Sie in sein Vertrauen gezogen, daß Sie seine Gedanken kennen? Kennen Sie das Ausmaß seiner Barmherzigkeit? Haben Sie eine Vorstellung von dem Leben eines Menschen, mit seinem Elend und Jammer, und ob es wert war, gelebt zu werden? Lassen Sie Michael Cunningham den Frieden haben, den er sucht. Ist es denn Ihre Sache, ihn davon abzuhalten?"

Der Priester schluckte und machte eine schwache Bewegung mit seiner Hand. „Lassen Sie mich vorbei", sagte er heiser. Er versuchte einen Schritt. Es war, als stünde er vor einer Platte unsichtbaren Glases, die ihm den Weg versperrte. Als er schaudernd die Hand hob, um sie wegzuschieben, glaubte er einen Stein anzufassen. Doch sie war durchsichtig, und hinter ihr sah er den Fremden, der ihn ernst anblickte und neuerlich sprach.

„Sie sind ein junger Mensch, obwohl Sie Priester sind. Sie haben sich oft über den vernunftwidrigen Aberglauben der Leute, besonders der alten Weiber in diesem Dorf geärgert, oder nicht? Sie haben sie getadelt wegen ihres Glaubens an Geister und Feen und die ‚Kleinen Leute', an die Rückkehr vom Tode, an Vampire, und wegen ihrer Überzeugung, daß in manchen Dingen die Tugend und in anderen das Böse wohnt. Ausgezeichnet. Sie haben ganz recht. Ich habe oft Ihre Gedanken belauscht, Ihre Zweifel mitten im Gebet. Sie wissen, die Kirche lehrt, daß Satan nur reiner Geist ist wie Ihre Engel. Daher kann er die Menschen unmöglich mit kleinen lächerlichen Streichen und Possen ärgern oder beunruhigen, wie Ihr dummes Volk glaubt. Tatsächlich haben Sie doch einmal erwogen, ob das Böse nicht einfach nur in der verderbten Natur des Menschen liegen könne.

Ihre Oberen waren beunruhigt, als Sie mit ihnen darüber diskutierten, und sie sagten Ihnen, daß es der größte Triumph Satans wäre, wenn er die Menschheit überzeugen könnte, daß er nicht existiere. Damals haben Sie diese Worte durch einen Willensakt akzeptiert, aber Sie glaubten nicht wirklich an die Person Satans."

Eine kalte und tödliche Gewißheit überkam den Priester. Seine Lippen bewegten sich lautlos. Der Mond hing tiefer wie eine unheildrohende weiße Scheibe.

„Lassen Sie mich vorbei", sagte der Priester endlich und legte die Hand an den Hals.

Der Fremde runzelte die Stirn. „Ich denke nicht daran, mein Herr, Sie in diesem fürchterlichen Zustand, in dem Sie sich befinden, daran zu hindern hinzugehen, wohin Sie wollen. Sie hindern sich selbst." Er griff in seine Tasche und zog eine goldne Uhr hervor, die im Mondlicht hell glänzte. „Oh! Michael ist im Begriff, sich den Strick um den Hals zu legen. An der versperrten Tür wird geredet. Seine kleine dumme Frau und dieser Schäfer. Sie reden ihm alles mögliche ein. Er will nicht hören. Er schreit, daß er seinen Bruder getötet habe, daß er eines Mordes schuldig sei und deshalb sterben müsse. Ach, dieses Geschwätz!"

„Vater der Lüge, ein Lügner von Anbeginn!" rief der Priester und stieß mit der Schulter gegen die unsichtbare Mauer.

„Aber, mein Herr! Jetzt sprechen Sie wie einer von Ihren Bauern! Ich hielt Sie für etwas Besseres, Edward Albert Harrington-Smith. Ihr Verstand hat in den letzten Monaten abgenommen." Der Fremde warf den Kopf zurück und lachte nachsichtig. Selbst in diesem Moment unbeschreiblichen Schreckens sah der Priester, wie schön er war, wie ungezwungen und jung. Dann erinnerte er sich, was man ihn gelehrt hatte: Der Satan ist reiner Geist und kann jede Gestalt annehmen, zu jeder Zeit und bei jeder Gelegenheit.

„Sie sind der Satan", sagt der Priester erschauernd.

Der junge Mann sah ihn hochmütig an. „Das ist völlig absurd, mein lieber Edward! Ich hielt mehr von Ihrem Verstand. Der Satan ist nur eine Abstraktion."

Michael war im Begriff, sich umzubringen und für immer in ein Reich einzugehen, das in Ewigkeit ohne Gott war. Noch vor einer Woche, dachte der Priester von tiefer Verzweiflung überwältigt, glaubte ich, daß Gottes Barmherzigkeit unendlich sei, und daß es, obwohl es eine Hölle gibt, doch möglich wäre, daß keine Menschenseele in ihr wohnt! Und noch vor einer Woche dachte ich, daß das Böse nur im Menschen liege.

„Gott, sei barmherzig!" schrie er mit lauter, heiserer Stimme. „Gott, sei barmherzig mit mir! Christus, sei barmherzig! Herr, sei barmherzig, Christus, sei barmherzig ...!" Er sank in die Knie, bekreuzigte sich und bedeckte sein Gesicht mit den Händen. Mit letzter Kraft stieß er heraus: „Herr, sei barmherzig! Christus, sei barmherzig! Verzeih mir! Hilf mir! Ich bin der unwürdigste Deiner Diener, der verabscheuungswürdigste. Aber laß mich Michael retten! Erlöse mich vom Übel — vom Übel — vom Übel!“

In seinem Schmerz, seiner Angst und Zerknirschung stieß er stöhnend Wehlaute aus, er lag auf den Knien, seine Hände fielen herab auf die Steine, die Nadeln und welken Blätter des Waldes und verschwanden in der dünnen Nebelschicht, die den Boden kniehoch bedeckte. Langsam hob er sein gemartertes Haupt und sah, wie ihn der junge Mann kalt beobachtete. Zoll um Zoll richtete er sich langsam auf, biß sich in die Lippen, um nicht vor Schmerzen zu schreien. Keinen Augenblick ließ er den Fremden aus den Augen. Seine Lippen bewegten sich zu einer Litanei, dem simpelsten Gebet, das er jemals gebetet hatte. Er fand einen Baumstrunk und zog sich an ihm in die Höhe. Er versuchte einen Schritt. Die Wand war weg. Noch immer den Fremden mit größter Angst und tiefstem Abscheu beobachtend, wankte er auf ihn zu. Nun standen sie Brust an Brust und blickten einander schweigend in die Augen. Der Fremde trat einen Schritt zurück, und der Priester taumelte an ihm vorbei, in kalten Schweiß gebadet.

Schritt für Schritt schleppte er sich weiter. Nach einer kleinen Weile blickte er sich ängstlich um. Der Fremde beobachtete ihn noch immer. Dann aber war er plötzlich nicht mehr da, und der Mond schien trüber. Von irgendwoher war ein Heulen wie das eines Wolfes zu hören. „Erlöse mich“, flüsterte der Priester, „erlöse mich von dem Übel.“

Er nahm seinen Schmerz als Strafe für seine rationalistischen Spekulationen hin. Er empfand Freude über sein Leiden. „Aber bitte, lieber Gott, laß Michael nicht meine Sünde entgelten. Er — dieser Grauenvolle — wo ist er? War er gegangen, sich Michaels Seele zu holen? Maria, zärtlichste aller Mütter ...“

Auf einmal war eine Leere vor ihm, eine dunkle Ausgelöschtheit, durch die purpurne Blitze zuckten. Als er wieder sehen konnte, erblickte er das Schloß auf dem niedrigen Hügel vor sich. Erschöpfung und Schmerzen überkamen ihn neuerlich, und er sank in die Knie. Er hörte, wie Schritte über den steinigen

Boden eilten und Kiesel rollten, hörte das Knacken von trockenen Zweigen. Wieder packte ihn die Angst, und er fuhr zurück. Dann aber sah er, daß ein anderer von Michaels Schäfern vor ihm stand. Der Junge entsetzte sich über seinen Zustand und half ihm eifrig und mitleidig auf die Füße.

„Schnell. Eilen wir", stieß der Priester hervor. „Sorg dich nicht um mich. Laß mich nur an deiner Schulter lehnen und leih mir deinen Arm."

„Gern. Es hat Sie arg erwischt, Father . . ."

„Nein, nein. Es ist nichts. Hilf mir nur ein wenig."

Der Schäfer war jung und stark. Halb zog er den Priester, halb schob er ihn die Anhöhe hinauf. Manchmal rastete er keuchend, so daß der Priester mit dem peinigenden Schmerz in seinem Bein frei stehen mußte. Das vom Monde beschienene, graue, verfallene Schloß schien ihnen langsam entgegenzukommen. Nur hie und da war ein schmaler, schwach erleuchteter Schlitz in den dunklen Mauern zu sehen. Der stille Koloß mit dem einen erhaltenen Turm nahm die Sicht auf die glitzernden Sterne, und oben wanderte der Mond durch die nun schneller dahinziehenden Wolken, verschwand manchmal hinter ihnen, und dann versank die Welt in fahlem Dunkel.

„Schnell, schnell, um Gottes willen", flüsterte der Priester, und der von Schweiß triefende Schäfer nahm wieder seine ganze Kraft zusammen. Sein Gewand roch nach Schaffett, gebratenem Hammel und Kohl, sein Atem nach ordinärem Whisky. Wie oft schon hatte der Priester im Beichtstuhl, von Ekel gepackt, sich die Nase vor diesem Gestank zugehalten. Heute sog er ihn dankbar tief ein, denn es war der Geruch eines Menschen, der ihm dabei half, einen anderen Menschen vielleicht noch knapp vor dem Höllentor zu erreichen.

Wenn ich nicht rechtzeitig komme, dann darf ich nicht länger Priester sein, sagte er zu sich selbst, während sie über die Steine und das Geröll weiterstolperten. Dann bin ich nicht würdig, dann bin ich verstoßen — wenn Michaël stirbt. Er drängte die entsetzliche Erinnerung seiner Begegnung mit dem unaussprechlichen Bösen im Walde aus seinem Denken, denn schon der bloße Gedanke daran ließ ihn in Angst und Schrecken erzittern. Wie der Satan angedeutet hatte, wußte er, daß die unsichtbare Wand seine eigenen verstandesmäßigen Zweifel an der absoluten persönlichen Realität des Bösen gewesen waren. Als er die schreckliche Wahrheit erkannt und anerkannt hatte, war die Wand verschwunden.

Er war schon einige Male in dem Schloß gewesen. Nachdem er aber bemerkt hatte, daß die Brüder kaum weniger arm waren als er selbst und daß sie, um ihn anständig zu bewirten, ihre halbleere Speisekammer plündern mußten, hatte er feinfühlig immer einen Weg gefunden, solche Einladungen zu vermeiden. Überdies war das Schloß nicht viel anziehender als sein kleines, schäbiges Pfarrhaus. Die ständig eiskalte Halle mit ihren stockfleckigen Fahnen und zerfetzten Bannern, den rostigen Rüstungen und trüben Laternen, mit ihren von Wasser triefenden Wänden und der Decke, von der jedes Wort widerhallte, und mit ihrem Modergeruch von Feuchtigkeit und Verfall, hatte stets noch tagelang danach sein Gemüt bedrückt. Einmal hatte diese Halle hell geglänzt vom Schein der Fackeln und dem Funkeln der Juwelen schöner Frauen, ein Feuer hatte in dem mächtigen Kamin gelodert, Musik und Gesang waren aufgeklungen und das Lachen irischer Könige, Edelleute und Ritter, Dudelsäcke hatten aufgespielt und die Paare sich im Tanze gedreht. Ein Barde hatte dort gesessen und die Sagas von dahingegangenen mächtigen Männern erzählt, und Wein war aus edelsteinverzierten Bechern getrunken worden. Alles das war vorbei. Hohe Abgaben und Steuern und Unterdrückung hatten die Armut ins Haus gerufen, der Reichtum war dahingegangen. Jetzt wohnten in der Halle nur mehr trauernde Geister, die unhörbar zur Harfe von der Freiheit und der Glorie Alt-Irlands sangen.

In dieser Nacht schien alles noch düsterer und trauriger zu sein als sonst. Die steinerne Treppe verlor sich in der Finsternis. Von oben hörte man undeutlich die tränenerstickte Stimme der Frau und eindringliches Reden einer jungen Männerstimme. „Ich werde Lady Dolores sagen, daß Hochwürden hier sind", sagte der Schäfer, doch der Priester schüttelte den Kopf. Er hatte nicht mehr die Kraft, zu sprechen. Er konnte nur mit einer schwachen Bewegung seiner Hand auf die Treppe weisen und sich an die Wand lehnen. Von seinem verletzten Bein tropfte das Blut auf den feuchten Steinboden. Der Schäfer mußte ihn trotz seines Einspruches zu der Treppe führen. Wie ein verzweifelter Büßer erklomm der Priester unter Zuhilfenahme der Hände und Knie Stufe um Stufe, während rote und schwarze Wellen sein Bewußtsein auszulöschen drohten. Die Kanten der Stufen verursachten ihm neuen Schmerz. Er spürte ihn jetzt kaum. Er hatte nur ein Ziel. Jahre schienen vorbeizuziehen, während er sich mit einem unhörbaren Gebet auf den Lippen hinaufschleppte. Dann halfen ihm zwei Paar Hände über die letzten Stufen, und zwei starke männliche Schultern unterstützten ihn. Er sah über sie hinweg auf eine geschlossene Tür aus Eichenholz, vor der im Lichte einer an der Wand hängenden Laterne Dolores bleich und heftig schluchzend zusammengesunken war.

Als sie des Priesters ansichtig wurde, stieß sie einen heiseren Schrei aus und warf sich ihm, hilfeflehend und ohne ein Wort herausbringen zu können, zu Füßen. Schwer atmend schob er sie weg und schlug mit der Faust gegen die Tür. „Michael! In Gottes Allerheiligstem Namen!" schrie er.

Stille folgte, dann hörte man eine gedämpfte, bittere Stimme hinter der Tür: „Sie konnten meinem Bruder nicht helfen! Sie konnten ihn nicht retten! Mein Bruder! Ich habe an ihm gesündigt, und mein Leben ist verwirkt!"

Der Priester keuchte schwer, und sein Auge fiel auf die weinende Dolores. „Lassen Sie sich von Ihrem liebenden Frauenherzen leiten!" flüstert er ihr zu. „Der Turm — er liegt dem Fenster seines Zimmers gegenüber. Gehen Sie auf den Turm!"

„Father", schluchzte sie, „der Turm ist alt und baufällig, es gibt nur mehr ein paar Stufen." Sie faltete die Hände über ihrem Leib, als wollte sie ihr Kind schützen. „Finster, finster und zerfallen — wie soll ich da hinauf?" Ihr tränennasses Gesicht zeigte fürchterliche Angst.

„Gott wird mit Ihnen sein, so wie er mit mir war." Sein Fuß war jetzt nicht mehr ganz so gefühl- und kraftlos. „Gehen Sie. Ich bleibe hier."

Sie richtete sich auf. Im Lichte der Laterne konnte man ihr auf die Schultern fallendes, gelöstes schwarzes Haar sehen, die verschreckten blauen Augen, die weißen Lippen und das graue Wollkleid, das sich über ihren gesegneten Leib spannte. „Ja", flüsterte sie und wandte sich wankend der Treppe zu. Der Priester sagte zu einem der Schäfer: „Geh mit ihr auf den Turm. Hilf ihr."

Er schöpfte tief Atem und lehnte sich an die Tür. „Michael", begann er mit ernster ruhiger Stimme. „Sie haben sich selbst belogen. Das ist schon eine Sünde. Aber jetzt denken Sie an eine Todsünde. Wenn Sie in ihr ohne Absolution sterben, dann trennen Sie sich für ewig von Gott."

„Das hat mein Bruder auch getan", sagte Michael müde. „Gehen Sie fort, Sie Gottesdiener."

„Ihr Bruder ist nicht in der Todsünde gestorben", sagte der Priester. „Sie wissen das sehr gut. Er war an Verstand und Seele ein Kind. Er wollte seinen Tod nicht wirklich. Sie aber wollen Ihren. Ihre Eltern, Ihren Bruder, Unseren Herrn — nie werden Sie sie sehen, und immer und ewig werden Sie von ihnen getrennt sein."

„Ich glaube an nichts", sagte Michael mit schrecklicher Stimme. „Gäbe es einen Gott der Barmherzigkeit, dann hätte er nie meinen Bruder sterben lassen, einsam und in Not, ein Kind, das er war ..." Es klang, als ob er schluchzte. „Ich habe ihm seine Liebe genommen. Ich heiratete das Mädchen, das ihn liebte. Alles aus Gier und Unachtsamkeit, an nichts habe ich gedacht als an mich."

„Dumme Lügen", sagte der Priester. „Sie belügen sich selbst." Solange er das Gspräch mit Michael in Gang halten konnte, würde sich nichts ändern. In der dicken Mauer war ein Fenster, und der wenige Schritte entfernte verfallene Turm hatte Spalten. Durch diese Spalten konnte der Priester ein Licht in die Höhe steigen sehen. Aber langsam, viel zu langsam. Einmal schwankte das Licht, fiel zurück. Doch dann stieg es wieder Zoll um Zoll empor. Er dachte an die Dunkelheit dort, die geborstenen Stufen, die enge gewundene Treppe, die Fledermäuse, die Spinnweben, das Rauschen des Windes, der durch das runde verfallene Dach hereinfuhr, an die Schatten, die das kalte Licht des unheimlich hellen Mondes an die Wände warf, wo er durch die Spalten in das Innere des düsteren Turmes drang, und an die sich abmühende Frau. Was, wenn sie stürzte und starb und mit ihr das Kind? Mein Gott! Habe ich unrecht getan? Es war ein Gedanke von mir — habe ich unrecht getan?

Er wußte, daß Michaels Zimmer einen großen Erker mit einem Fenster hatte, das so nahe dem Turm gegenüberlag, daß man ihn fast greifen konnte. Er stellte sich Michael mit dem Strick um den Hals im Zimmer vor.

„Sie reden von Lügen", sagte Michael mit leiser und sterbender Stimme. „Es gibt Lügen, die nicht gesagt werden. Was taten Sie für meinen Bruder, ihn zu retten und zu trösten? Er kam mit einem gebrochenen Herzen, und Sie speisten ihn mit Gemeinplätzen ab. Seine Seele war verwundet, und Sie droschen Phrasen."

„Ja", sagte der Priester. „Verzeihen Sie mir. Ich habe vor Gott gesündigt. Aber ich wußte ja nichts! Sie, Michael, Sie wußten. Ich sündigte in meiner törichten Unwissenheit, Sie aber wollen mit vollem Willen sündigen."

„Geben Sie mir also die Absolution", sagte Michael höhnend. „Verzeihen Sie mir, Father, denn ich bin im Begriff zu sündigen."

„Öffnen Sie die Tür, Michael. Beichten Sie."

„Nein, das werde ich nicht. Halten Sie mich für ein Kind? Sie wollen mich packen und festhalten."

„Das könnte ich nicht", sagte der Priester. „Ich habe mir das Bein verletzt." Er hielt einen Augenblick inne. „Und ich begegnete in Ihrem Wald dem Teufel selbst, der mich davon abhalten wollte, zu Ihnen zu kommen."

Michael schien sich vor Lachen zu schütteln. „Sind das Sie, Father, der so redet? Sie, der immer von Aberglauben sprach? Wer hat denn immer die alten Weiber ausgescholten wegen ihrer Geschichten von Begegnungen mit dem Satan und den reißenden Wölfen, die in der Nacht im Walde heulen? Wo bleibt Ihre Oxford-Erziehung, Father, und Ihre vornehm erhabene Verachtung für diese Märchen?"

„Ich war im Irrtum", sagte der Priester. „Ich habe den Satan gesehen. Er wartete auf Ihre Seele. Er schlug mich nieder, Michael, und ich stehe hier mit einem verletzten Bein, mein Blut rinnt auf Ihren Boden." Er sagte es demütig und mit sanfter Stimme und atmete schwer.

Wieder war es still. Dann hörte man Michaels Stimme jetzt näher bei der Tür. „So war es also? Erzählen Sie mir, Father, wie sah denn der Satan aus? Hatte er die Hörner und den Schweif und atmete er Feuer?" Der beißende Spott war nicht zu überhören.

„Nein", sagte der Priester. Die Laterne war nur mehr fünf Fuß unter dem eingestürzten Spitzbogen des hohen Turmfensters. Sie flackerte und bewegte sich. „Nichts davon. Er erscheint uns in einer höchst angenehmen Gestalt, Michael, damit er uns um so leichter täuschen kann."

„Da redet aber nicht der Engländer in Ihnen", sagte Michael und lachte wieder auf die gleiche schreckliche Art wie vorhin. „Ist er Ihnen vielleicht in der Gestalt eines Doktors der Universität Oxford erschienen?"

„Nein", sagte der Priester und wunderte sich wirklich. „Er sah so aus wie die jungen Männer, die ich in meinen Oxford-Tagen zu Freunden hatte. Ja! Genau so!"

„Wie wird er dann mir erscheinen, Father? In der Gestalt meines Bruders? Dann werde ich ihn willkommen heißen, bestimmt." Er sprach nicht mehr im Tonfall seiner Schulen in London und Dublin, sondern wie einer seiner eigenen Landsleute. „Wissen Sie, was ich jetzt tue, Father? Ich habe gerade den Strick über den Sparren geworfen. Jetzt steige ich auf den Stuhl. Confiteor Deo omnipotenti ... quia peccavi nimis cogitatione, verbo et opere ...“

Der Priester fiel auf die Knie, faltete die Hände und lehnte seine Wange gegen die verschlossene Tür. „Domine, convertere, et eripe animam meam; salvum me fac propter misericordiam tuam ...!“ Der Schäfer war im Begriff, auch niederzuknien, als er einen lauten Schrei ausstieß und auf das nahe gelegene Fenster deutete.

Auf den abbröckelnden Steinen des zerbrochenen Fenstersimses im Turm stand Dolores gerade gegenüber dem Fenster ihres Gatten. Ihre kleinen Hände stemmten sich gegen die Seiten des Fensters, sie schwankte im Licht des Mondes und sah in ihrem grauen Kleid und dem gelösten schwarzen Haar, das der Wind peitschte, selbst wie ein Gespenst aus.

„Schauen Sie, Michael!“ rief der Priester. „Ihre Frau! Dolores im Turmfenster! Sie wird hinunterstürzen!“

In die plötzliche Stille hörte man im Zimmer das Geräusch eilender Schritte, ein Stuhl fiel um, und dann ertönte ein markerschütternder Schrei, der im ganzen Schloß widerhallte.

„Dolores! Meine Geliebte! Dolores! Tritt zurück!“

Dolores' Stimme klang schwach, aber deutlich. „Nein, das werde ich nicht tun, Michael, außer du kommst zu mir und führst mich hinunter. Wenn du dich tötest, wie du geschworen hast, dann werden auch ich und unser Kind mit dir sterben. Ich werde mich vom Turm hinunterstürzen, und wir werden für ewig zur Hölle fahren — miteinander!“

„Dolores!“

„Du hast mich nicht gekannt, nicht gewußt, daß ich dich liebe, daß du meine Liebe und mein Leben bist, und daß es für mich kein Leben ohne dich gibt, Michael. Jetzt aber bist du es, der mich nicht liebt, warum sollte ich also leben? Töte dich nur, Michael, und nimm mich mit dir.“

Sie stand zitternd und sich mit beiden Händen festhaltend

hoch über Michaels Fenster, der Priester am Fenster des Ganges erbebte bis in die Tiefe seiner Seele und betete wie in tiefer Betäubung. Die Frau blickte zum Mond hinauf, dessen bleiches Licht auf ihr Gesicht fiel. Ihre Augenhöhlen wirkten wie zwei dunkle Löcher, und ihr Lächeln war wie von einem unheimlichen Irrlicht verzerrt. Der Wind peitschte ihr graues Kleid, daß es aussah, als gleite sie nach vorne, und Michael stieß einen heiseren Schreckensschrei aus.

Dann legte sich der Wind, und sie war noch, wo sie gestanden hatte, aber sie wankte auf dem morschen Fenstersims.

„Wie?" sagte sie. „Du hast es noch nicht getan, Michael? Ich will dir endlich folgen!"

„Dolores", schluchzte ihr Gatte. „Meine Geliebte, mein Leben."

Sie schüttelte den Kopf. „Nicht deine Geliebte, nicht dein Leben, Michael. Wäre es so, würdest du mich holen kommen, denn ich bin müde und allein, und ich kann nicht über diese Treppe hinunter. Ich bin müde, Michael. Es ist so leicht zu sterben. Ein Schritt, und ich stürze." Sie trat einen kleinen Schritt vor, und Michael schrie wieder auf. Dolores schluchzte erschütternd und lehnte sich nach vorne.

Plötzlich kreischte ein rostiges Schloß, die Tür flog auf und Michael, den Strick noch um den Hals, stürzte aus dem Zimmer. Er bemerkte den Priester gar nicht und rannte ihn nieder, so daß dieser hart auf dem Steinboden aufschlug. Man konnte hören, wie er die Treppe hinab hastete. Das äußere Tor wurde aufgerissen, das Geräusch eiliger Schritte war zu hören.

„Dolores! Dolores! Warte! Ich komme!"

Es war nicht zu begreifen, wie er so schnell über die baufällige Stiege, in der überall Stufen fehlten, hinangekommen sein konnte. Der Priester, der sich aufgerafft und an das Fenster gelehnt hatte, glaubte seinen Augen nicht trauen zu dürfen, als er sah, wie Michael hinter der Frau auftauchte und sie erst vom Sims hob und dann in den Armen hielt, während beide weinten.

„Ein paar Monate darauf taufte ich ihren prächtigen, kleinen Sohn", sagte der Monsignore. Großmutters große Stehuhr schlug Mitternacht. „Ich blieb noch fünf Jahre in der Pfarre und taufte noch ein hübsches Mädchen und dann noch einen Sohn."

Aber das interessierte Großmutter nicht mehr. Sie winkte ungeduldig mit ihrer von Juwelen funkelnden Hand und beugte sich zu Monsignore Harrington-Smith. „Und Sie haben wirklich den Teufel gesehen in diesem Wald, Monsignore?" fragte sie und zwinkerte ihm ein wenig spöttisch mit ihren grünen Augen zu.

„Ja, das war der Fall", sagte er mit vollendeter Ruhe. „Ich habe ihn weder vorher je gesehen noch später. Soweit mir bewußt ist", fügte er langsam hinzu. „Wer weiß, wie oft wir alle ihn sehen? Wer kann es wissen, wenn er ihm begegnet? Er spricht immer in einer uns geläufigen Sprache und mit dem Hochmut unserer eigenen Herzen. Wenn er uns voll Haß und Schrecken erschiene, dann wäre diese unsere Welt weit eher eine Stätte reiner Tugend als ein Ort des Grauens, der Verzweiflung und des Todes — denn wir könnten ihn meiden. Aber er erscheint uns in der Maske, in der wir ihn am schwersten erkennen können, und manchmal ist es die Maske eines unserer Freunde."

Die anderen Priester hatten mit feierlichen Gesichtern und glänzenden Augen zugehört.

„Nicht immer", sagte Father McGlynn. „Ich erinnere mich . . ."

Monsignore Harrington-Smiths Blick fiel auf Rose. „Ist es für das kleine Mädchen nicht Zeit, ins Bett zu gehen?" fragte er.

„Hm", macht Großmutter. „Sie ist nicht sehr aufs Schlafen aus, und ich bezweifle, ob sie heute nacht viel schlafen wird."

Rose schlief aber doch. Aber vorher hatte sie inbrünstig gebetet.

III

Es regnete natürlich, als Rose am nächsten Morgen erwachte. In ihrem Schlafzimmer war es gräßlich kalt und feucht, und deshalb wusch sie sich eiligst, zog sich rasch an und ging hinunter in die Küche, die ihr Lieblingsaufenthalt war. Zu allererst einmal war es dort warm, und Wärme ist eine Sache, die in England auf gar keinen Fall zu verachten ist. Außerdem war sie sehr groß, mit roten Klinkerwänden und rotem Klinkerboden, hatte einen Kamin, in dem immer ein prasselndes Feuer brannte, und von dem schwarzen Eisenherd her roch es stets nach allerhand Köstlichkeiten. Eine der langen Wände war völlig bedeckt mit Kupfergeschirr, das dort hing. Es gab da Gefäße, die gerade noch groß genug waren, um ein Ei darin zu kochen, und dann alle Größen bis zu solchen, in denen eine mittlere Wäsche erledigt werden konnte. Alle waren mit Zahlen versehen, die die Größe angaben. Es gab ein Küchenmädchen, das nichts anderes tat, als dieses Geschirr mit Essig und Polierpulver zu putzen, sobald es nicht mehr gebraucht wurde. Auch stand immer ein kupferner Teekessel mit heißem Wasser am Rande der Herdplatte, der aus seinem vollen, kleinen Herzen heraus lieblich und leise sang, während ein großer, brauner, irdener Teetopf daneben dampfte, der mit gutem, starkem Tee gefüllt war, wie ihn nur die Bewohner der britischen Inseln machen können, und dessen bloßer Anblick einem schon die Seele wärmt.

Und dann war dort Frau Mary, die Köchin, eine dicke, schwerfällige Frau, die eine heimliche Liebe für Kinder hatte, die sie allerdings hinter einer mürrischen Miene verbarg. Sie war jederzeit bereit, auf der Herdplatte rasch einen kleinen runden dicken Kuchen zu backen, den sie aus Butter, Zucker, Mehl und Kondensmilch herstellte und der unaussprechlich delikat schmeckte. Die Köchin Mary führte ein strenges Regiment über die Küchenmädchen und die Spülfrau und ein energisches Kommando über den „Mann", einen bescheidenen kleinen Menschen, der im Hause alle möglichen Arbeiten verrichtete. Nach Roses persönlicher Erfahrung hatte er offenbar überhaupt keine Zunge, denn sie hörte ihn nie sprechen. Dafür hatte er aber einen riesigen, schwarzen Schnurrbart, der weit über seine Wangen hinausragte. Welche Art Wichse oder Wachs er anwendete, um diesen Schnurrbart so steif, glänzend und ordentlich zu erhalten, bekam sie nie heraus. Sein Name war Egbert.

Durch ein in Blei gefaßtes Fenster in der Wand, an der das Kupfergeschirr hing, konnte man in Großmutters Gemüsegarten hinaussehen. Es war ein sehr breites Fenster, das fast bis zur Decke reichte, und es hatte eine Fensterbank mit vielen Kissen. Dort thronte Rose gewöhnlich, trank in Gemütsruhe ihren guten heißen Tee und aß den Kuchen, den ihr Frau Mary gebacken hatte, wobei sie jeden Schluck und jeden Bissen genußvoll auskostete.

So nahm sie also auch an diesem Morgen erwartungsvoll ihren Platz ein und schnüffelte nach dem Duft ihres kleinen Kuchens auf dem Herd, dem rauchigen Geruch des Feuers und dem herben Aroma des Tees. Die Küchenmädchen gingen mit eingezogenen Köpfen umher, und Frau Mary konnte man anmerken, daß das Barometer auf Sturm stand. Rose kannte diese Anzeichen schon. Großmutter hatte einmal wieder „ihre Leber".

Großmutters Leber verwandelte das Haus immer in ein wahres Tollhaus. Sie war Rose irgendwie ein Begriff, obwohl sie weder von der Funktion dieses interessanten Organs die geringste Ahnung hatte noch von seinem Sitz noch ob es überhaupt in irgendeinem körperlichen Zusammenhang mit Großmutter stand. Es lebte anscheinend irgendwo versteckt, aber doch drohend wie ein schlummernder, böser Kobold, und in seinem Gefolge kamen immer Großmutters Flüche, die man bis herunter in die Küche hören konnte. „Tobt sich schon wieder mal aus, ihre Leber", knurrte Frau Mary. Sie gab Epsomsalz in ein Glas Wasser, rührte um und befahl Egbert, es Großmutter zu bringen. Er zögerte. „Na, los", sagte Frau Mary befehlend, aber nicht ohne Mitgefühl. „Sie wird Sie schon nicht fressen."

Das jüngste Küchenmädchen kicherte.

„Feiglinge seid ihr alle miteinander", sagte die Köchin in ihrem Lancashire Dialekt. Egbert sah das Glas an, das er in der Hand hielt, und schien in Tränen ausbrechen zu wollen. „Also los schon", schrie die Köchin, „sonst haben wir sie gleich persönlich hier herunten!"

Diese furchtbare Möglichkeit ließ Egbert — soweit das überhaupt möglich war — noch mehr erzittern, und er verschwand blitzschnell mit dem schäumenden Getränk aus der Küche. „Und warum haben Sie es nicht selber hinaufgetragen, Frau Mary?" fragte die Geschirrspülerin mit einer gewissen Unverschämtheit. Die Köchin, die gerade in einem eisernen Suppenkessel umrührte, erhob drohend den Kochlöffel. „Behalten Sie Ihre Bemerkungen für sich", ermahnte sie die Frau. Dann sah sie Rose finster an. „Da steckst du dahinter, nicht wahr?"

Es war ganz offensichtlich so. Rose sah diskret weg, auf die Gutmütigkeit der Köchin hoffend, und betrachtete angelegentlich den nassen Märzgarten vor dem Fenster, der grau in grau und voll von verwelkten Stengeln unter einem unheilverkündenden Himmel dalag. Der Regen trommelte an die Fensterscheiben, das Feuer prasselte, und siedendes Wasser wurde auf frischen Tee gegossen. Oben im Haus konnte sie Großmutter kreischen hören. „Das ist der Alkohol und das schwere Essen", murmelte die Köchin, die ebenfalls beidem sehr ergeben war.

Da sah Rose neben sich auf dem Fensterbrett eine große Schüssel, die bis zum Rande voll von ermordeten Lerchen war, toten kleinen Sängern, die nie mehr in den Himmel steigen und ihre jubelnden Stimmen ertönen lassen würden, stille kleine Flügel, die sich niemals wieder in einem Rausch der Freude von der warmen Erde erheben, kleine Füßchen, die nicht mehr ihre zarten Hieroglyphen in den Staub drücken würden. Rose sah die drei oder vier Dutzend Vögel in der Schüssel und stieß einen Schrei des Ekels und der Trauer aus. Sie fiel fast von ihrem Sitz.

„Ja, um Gottes willen", sagte die Köchin ärgerlich. „Was ist denn mit dem Fratzen los? Heraus damit, was ist los mit dir?"

Rose konnte nur weinend auf die Lerchen zeigen. Frau Mary zuckte die Achseln und starrte sie fragend an. „Was ist denn da schon dran? Frische Lerchen, heute früh vom Markt gekommen. Für eine Pastete für Madame und ihre Gäste. Eine Pastete", wiederholte sie, damit das Kind verstehen sollte. „Eine große Pastete. Wirklich gut. Eine herrliche Pastete!"

Rose war völlig verschreckt. Mord hätte sie vielleicht gelegentlich akzeptieren können, aber nicht, daß man die Gemordeten noch aß. Sie rutschte von der Fensterbank herunter, setzte sich auf einen Schemel neben dem Feuer und weinte herzzerreißend. Sie fand keine Worte, um ihren Schmerz und ihren Jammer auszudrücken, und drehte ihr Gesicht weg.

Die Köchin verstand sie nicht. „Was kann denn nur in sie gefahren sein?" fragte sie die Mädchen. „Sie hat's doch nicht am Ende auch mit der Leber, oder?"

Die Mädchen kicherten. Eine von ihnen ging zum Fensterbrett und nahm die Schüssel weg. „Zimperliche Person", meinte sie.

„Das ist doch nicht ärger, als wenn es Hühnchen wären, und das sind doch weiß Gott die gemeinsten Vögel, die es gibt", sagte die Köchin. „Nun aber Schluß, jetzt hör endlich zu heulen auf. Da hast du deinen Kuchen, der ist wirklich fein, und frisch aufgegossenen Tee." Aber der Kuchen blieb Rose im Halse stecken, und auch den Tee konnte sie nicht hinunterbringen. Sie ging zurück in ihr Zimmer und weinte, ohne mehr recht zu wissen, weshalb. Das einzige, was sie wußte, war, daß sie sich verlassen vorkam, daß der Wind heulte, der Regen gegen die Fenster schlug und daß es auf der ganzen Welt niemand gab, außer ihr selbst, die sich in einer Decke eingerollt auf einem Stuhl zusammenkauerte, um sich warm zu halten.

Sie mußte eingeschlafen sein, denn plötzlich schüttelte sie jemand, und vor ihr stand die Köchin mit einem Tablett in der Hand und einem verlegenen Lächeln im Gesicht. „Da habe ich dir ein bißchen heiße Brühe mit Hammelfleisch und Rollgerste gebracht", sagte sie. „Und ein paar Brötchen und Apfelsinenmarmelade und Tee. Brötchen direkt aus dem Ofen, mit Butter drauf. Also, sei jetzt ein liebes Kind, und iß das alles für Mary auf."

Die Köchin setzte sich auf die Bettkante und fütterte Rose wie ein Baby. Und Rose konnte der guten Mary nicht nein sagen und sie damit kränken. Nach einer Weile sagte die Köchin: „Es nutzt nichts, wenn man über etwas weint, was man doch nicht ändern kann, Rosie. Und je eher du dein Herz ein bißchen abhärtest, um so weniger wirst du dann im Leben leiden müssen. Na siehst du, die Suppe hast du aufgegessen. Also jetzt ein Stückchen von dem Brötchen."

„Ich will sie aber nicht essen", sagte Rose flehentlich.

„Die Pastete? Keine Spur!" antwortete die Köchin. „Weißt du, ich werde dir eine ganz kleine Pastete aus Rindfleisch und Nieren machen, eine nur für dich allein. Also komm, lach ein bißchen. Und wenn du ein braves Mädel bist, dann darfst du mit mir in der Küche das Dinner essen." Das war in der Tat eine gewaltige Gunst, denn sonst aß die Köchin allein wie eine Königin, und nicht einmal Großmutter wagte, sie bei ihren feierlichen Mahlzeiten zu stören.

Rose ging wieder mit hinunter in die Küche, wo Frau Mary die Lerchenpastete gebacken hatte, während Rose schlief. Sie hatte sie taktvoll in der Speisekammer versteckt. Am späten Nachmittag war es in der Küche immer sehr vergnüglich, der Widerschein des Feuers tanzte an den Wänden, der Wasserkessel sang, und die Mädchen waren gut aufgelegt und machten Scherze. Die Köchin drohte dem sanftmütigen Egbert alles mögliche an, der ununterbrochen mit seinen Bürsten, Eimern und Scheuertüchern aus und ein ging. Seine kleine Figur war in eine blau-weiß gestreifte Schürze gehüllt, die ihm vom Hals bis zu den Knöcheln reichte. Der Wind und der Regen wurden immer stärker, aber das erhöhte die Gemütlichkeit in der Küche nur noch mehr. Das Kupfergeschirr schimmerte wie Gold an der Wand, und durch den ganzen Raum zog ein herrlicher Duft von Kuchen, Suppe und Braten. Zum Tee aß Rose Marmeladebrötchen und eine Schnitte Kuchen und noch obendrein ein weiches Ei. Das war wohl der wunderbarste Platz in der ganzen Welt. Und dann würde sie ja noch mit der Köchin zusammen essen. Rose erinnerte sie so oft an ihr Versprechen, daß sie schließlich schon zu stöhnen begann.

Sie hatten ein sehr gutes Dinner, mit der Nierenpastete, und die Lerchen waren fast vergessen. Da läutete die Küchenglocke Sturm und die Köchin bekam einen roten Kopf. „Sie weiß doch, daß es meine Essenszeit ist", sagte sie und rührte sich nicht. „Sie kann ruhig warten." Die Glocke läutete wild weiter. „Na, na", sagte Frau Mary und strich sich noch ein Brötchen. Die Scheuerfrau, die das Herdgeschirr rein machte, ging vor dem Dinner, das Serviermädchen war nicht da, und die Geschirrspülerin durfte nur in die Wirtschaftsräume, nicht aber in den übrigen Teil des Hauses. Sie steckte den Kopf durch einen Spalt der Türe heraus, hinter der sie arbeitete, und fragte: „Ob sie wohl noch den Glockenstrang abreißen wird?"

„Wird gleich so weit sein", sagte die Köchin gemütlich.

„Vielleicht hat sie einen Anfall", bemerkte das Mädchen mit einer gewissen Befriedigung.

„Ach die, niemals", meinte Frau Mary. „Die bringt höchstens andere an den Rand des Wahnsinns. Aber sie wird warten, bis ich fertig bin."

Mit dieser Bemerkung hatte sie allerdings unrecht, denn Großmutter wartete keineswegs. Nach ungefähr fünf Minuten platzte sie wie eine Furie in die Küche, angetan mit einem roten Seidenschlafrock, der ihrem Haar, das sie auf Lockenwickler gerollt hatte, einen Stich ins Orangefarbene gab. Rose hatte ihre Großmutter noch nie zuvor ohne Schminke und Puder gesehen. Die Leber, der Wutanfall und das Fehlen jeder Aufmachung ließen ihre Haut gelblich und schlaff erscheinen, und das ganze

Gesicht war mit großen, braunen Sommersprossen übersät. Ihr Mund verzog sich krampfhaft vor Zorn, und ihre grünen Augen sprühten direkt Funken.

„Zum Teufel", schrie sie die Köchin an, „Sie haben mich wohl nicht läuten gehört?"

Die Köchin wendete sich auf ihrem enorm großen Sitzstück nach ihr hin, wie ein Ozeandampfer, der in Position schwingt. Sie betrachtete die rasende Großmutter mit gelassener Würde.

„Es ist meine Essenszeit, Madame", sagte sie und deutete auf die Küchenuhr an der Wand. „Wie ich eingetreten bin — so glaube ich, haben wir es vereinbart, Madame —, also wie ich hier eingetreten bin in diesem Haus, nachdem mir Lady Humphrey ein viel besseres Angebot gemacht hatte — heute weiß ich noch nicht, wo ich damals mein Hirn gehabt habe —, also damals ist ausgemacht worden, daß ich auf gar keinen Fall bei meinem Dinner gestört werden darf. Ich selber halte mein Wort, und das erwarte ich auch von anderen." Dabei stellte sie ihre Teetasse elegant auf den Tisch zurück.

Großmutter hielt einen Augenblick inne. Köchinnen, wie Frau Mary eine war, konnte man nicht so ohne weiteres auftreiben. Noch immer kochend, aber ein wenig leiser, sagte sie: „Elsie hat heute Ausgang, das wissen Sie doch. Den Gefallen hätten Sie mir schon tun können, ob Sie nun gerade Ihr verdammtes Dinner essen oder nicht. Kein Wunder, daß Sie ein Hinterteil haben wie die Kruppe von einem Lastpferd."

„Mein Körper ist meine Sache", sagte Frau Mary majestätisch. „Das lassen Sie bitte meine Sache sein. Dazu habe ich Ihnen kein Recht gegeben, zu solchen Bemerkungen, auf die ich nicht neugierig bin." Rose sah die Köchin voller Bewunderung an. Diese vornehme Redeweise flößte ihr direkt Ehrfurcht ein.

„Ach Sch . . ." sagte Großmutter und grinste plötzlich.

„Was kann ich für Sie tun, Madame?" fragte die Köchin. „Leben und leben lassen, so hab ich's ja immer gehalten."

Großmutter schnaufte. Dann sah sie Rose mit ihren grünblauen Augen an. „Ich wollte eigentlich gar nicht Sie, Köchin. Das Kind habe ich gesucht und nicht finden können, deshalb habe ich geläutet. Meine Freunde haben einen Narren an ihr gefressen und möchten, daß ihre Ladyship heute abend erscheint. Übrigens nach dem Dinner", setzte sie rasch hinzu, denn sie erinnerte sich wahrscheinlich daran, daß sie am vergangenen Abend wegen der Anwesenheit der unschuldigen kleinen Rose ihrer losen Zunge doch ein klein wenig die Zügel hatte anlegen müssen. „Und wo waren Ihre Hoheit?" fragte sie Rose, und ihre wilden Augen sahen wie grünes Feuer aus.

„Bei mir, Madame. Ich habe sie eingeladen, mit mir zu essen", sagte die Köchin.

„Also, das ist ja allerhand", rief Großmutter verwundert aus. „Sie, die Sie nicht einmal den Erzengel Gabriel neben sich haben möchten, nicht einmal wenn er Sie auf den Knien darum bitten würde!"

Frau Mary hob mit Grandezza ihren dicken Arm und goß sich noch eine Tasse Tee ein.

„Es gibt eben Ausnahmen", meinte sie und fügte hinzu: „Manchmal."

„So, so", sagte Großmutter und wunderte sich noch mehr. Dann sah sie Rose kritisch an und fragte: „Hast du irgend etwas Besseres anzuziehen als dieses häßliche Karierte?"

„Nein, Großmutter. Außer das blaue Wollene, das für die Sonntagsschule. Und heute ist ja erst Donnerstag."

„Also, dann zieh das verflixte Blauwollene an. Sonntag!" Sie schnaufte wiederum. „Eine Schande, daß du keine anständigen Kleider hast in deinem Alter."

„Ich glaube", meinte die Köchin, „es gibt in Leeds Geschäfte. Jetzt sind sie natürlich zu, aber morgen . . ."

Dieser Wink mit dem Zaunpfahl paßte Großmutter gar nicht. „Sie kümmern sich bitte um Ihre eigenen Angelegenheiten, Köchin", sagte sie scharf. „Es geht ja schließlich nicht aus Ihrer Tasche. Und du", sagte sie zu Rose, „kommst also um halb zehn."

Obwohl Großmutter der Doktrin huldigte, daß Kinder vor ihrem einundzwanzigsten Lebensjahr möglichst wenig oder vielleicht noch besser gar nicht in Erscheinung treten sollten, machte sie sich offenbar über die Frage, wann sie zu Bett gehen sollten, wenig Kopfzerbrechen. Sie drehte sich mit einem Ruck um und verließ die Küche. Frau Mary schüttelte den Kopf. „Gut, daß du ein kleines Schläfchen gemacht hast heute nachmittag, Rosie."

Sie erlaubte Rose, beim Geschirrabtrocknen zu helfen, und dann ging sie mit ihr hinauf, wusch sie, machte ihr das Haar und band ihr eine blaue Schleife. Dann knöpfte sie ihr die vielen Knöpfe zu, die Roses feines blaues Wollkleid hinten hatte. Es wurde schon ein bißchen zu kurz. „Manche Leute", sagte sie freundlich „können rotes Haar nicht leiden. Aber mir gefällt es wunderbar. Morgen werde ich dir mit dem Brenneisen schöne Locken machen. Heute ist es dazu leider schon zu spät."

Sie führte Rose zur Tür des Salons, ermahnte sie, sich gut zu betragen, und Rose war wieder sich selbst überlassen.

Einige von den Priestern kannte Rose schon vom vorhergehenden Abend. Aber drei fehlten. Dafür waren drei neue, unbekannte da.

Ihre alten Bekannten begrüßten sie freundlich, und sie wurde den Neuen vorgestellt, die alle recht kräftig gebaute Männer waren. Später erfuhr sie dann, daß einer davon gerade aus Schottland gekommen war, mit Neuigkeiten und Grüßen, und daß er rasch bei Großmutter einen Besuch gemacht hatte, in der Hoffnung — wie die anderen ja auch —, ihre Seele zu retten. Sein wohlklingendes dunkles Kehlkopf-R tönte kräftig durch das Zimmer, obwohl er ein sehr alter Mann war, und Rose hörte ihm von ihrem Platz am Kamin aus zu. Es fiel ihr auf, daß der schottische Priester viel weniger lachte als die anderen, und sie hielt ihn zuerst trotz seiner mächtigen Gestalt und seiner Vitalität für kränklich. Bei Großmutter hatte sie übrigens eine ans Wunderbare grenzende Veränderung seit dem Nachmittag feststellen können, denn ihre Nase war jetzt sehr weiß und ihre Lippen knallrot, und sie hatte sich eine phantastische Frisur aufgesteckt. Sie trug ein schwarzes Samtkleid, das etwas dezenter geschnitten war als das am Abend zuvor, denn die Schotten sind recht tugendlich, und auch diejenigen unter ihnen, die nicht Diener der Kirche sind, geben sich dem Laster so sittsam wie nur möglich hin. „Aber Sie werden uns doch nicht enttäuschen, Father MacBurne“, sagte Großmutter.

Father MacBurne war lang und hager und hatte das auffallend rote Gesicht der Schotten, die semitische Nase der echten Kelten und die wilden, keltischen Augen. Sein Haar war ganz weiß, aber noch dicht, und seine etwas knorrigen Hände waren ein wenig geädert. „Also gut, Rose Mary“, sagte er, „aber es ist nicht eine traurige Geschichte, wie die anderen sonst immer.“

FATHER MACBURNE UND DER WACKERE SCHOTTENHÄUPTLING

„In meiner Kindheit“, begann der Priester, „ignorierten die Schotten des Hochlands, der Orkney-Inseln und der inneren und äußeren Hebriden noch Englands Machtanspruch, und wenn sie gelegentlich mit Gewalt dazu gezwungen wurden, seine Existenz zur Kenntnis zu nehmen, dann parierten sie nur verdammt bockbeinig. Sie wollten mit dem Sassenach, wie sie den Engländer voll tiefster Verachtung nannten, nicht das geringste zu tun haben, weder mit seinem Parlament und seinem König noch mit seinen Steuereinnehmern und seiner Religion. Sie glaubten noch immer an ihre alten, längst verschwundenen Könige, Häuptlinge und ihre Clane, die Stammes- und Familienverbände, und es war bei Gott eine Gesellschaft von unerschrockenen englischen Burschen, die es wagten, den Schotten in ihren finsteren Bergen vor die noch finstereren Gesichter zu treten. Der Streitkolben und der Dirk, der kurze Dolch der Bergschotten, waren damals noch häufig bei Auseinandersetzungen in Gebrauch, und mancher Sassenach, der die Gefahr nicht ahnte, starb eines gewaltsamen Todes in einer der wilden Bergschluchten, ohne seine Steuern einzukassieren oder seinen Vollstreckungsbefehl ausführen zu können."

Die Clane besaßen noch große Macht und hatten ihre eigenen Gesetze, die von den örtlichen Häuptlingen streng eingehalten wurden. Damals war es in diesen abgelegenen Gegenden für einen Schotten etwas höchst Ungewöhnliches, sich an die Behörden in den Städten zu wenden, außer wenn es sich um schwere Verbrechen handelte, auf die der Galgen stand oder lange Gefängnisstrafen und dergleichen. Wenn aber jemand nur mit seinem Nachbarn Streit hatte, in einer der üblichen Angelegenheiten, dann suchte er ausnahmslos seinen Häuptling auf und legte ihm den Fall vor. Wenn es sich jedoch um Mord handelte — und das kam nicht selten vor —, dann geschah es gelegentlich, aber wie gesagt, nur gelegentlich, daß man sich an die Gerichte in den Städten wandte. Schon die Tatsache allein, in die Stadt mit ihren Granitstatuen an jeder Kreuzung und dem granitgrauen Himmel darüber gebracht zu werden, war für einen Schotten des Hochlandes oder der Inseln eine grauenhafte Sache. Überdies haßten sie die Städte, denn sie waren größtenteils Katholiken, während den Städten der üble Geruch von Calvin oder Knox anhaftete. Dort gab es auf keinem Kirchturm ein Kreuz, nicht einmal auf denen der katholischen Kirchen. Außerdem hatten die Schotten ihr eigenes Parlament, genauso wie heute.

Gelegentlich war man schockiert in London, wenn wieder einmal besonders viel Blut geflossen war, „dort oben bei den verdammten Schotten", und es wurden Untersuchungen angeordnet. Aber im großen und ganzen zog man es in London vor, sich nicht in diese Affären einzumischen. Es konnte immer gefährlich werden. Kam es denn schon auf einige Dutzend mehr oder weniger von diesen Schotten an? Was sollen wir uns die Finger verbrennen, dachte man klugerweise in London, wobei man sich an die Grenzkämpfe erinnerte, die sich noch vor gar nicht allzulanger Zeit zugetragen hatten, an brennende Dörfer und an das irrsinnige Pfeifen der Dudelsäcke in den dunklen

Schluchten der Berge. London verlangte vernünftigerweise nur das eine, daß Steuern gezahlt werden sollten, und ging auch mit seinen Eintreibungsmethoden nicht zu weit, wenn die Steuern schleppend eingingen. Die Beamten hatten schon gelernt, nicht allzu genau hinter die Hecken zu sehen, wo vielleicht Kisten mit Goldsovereigns verborgen sein mochten. Sie waren mehr oder weniger gezwungen, das zu akzeptieren, was die Leute selber als ihre Steuerschuldigkeit angaben. Wenn das auch manchmal reichlich wenig war, wenn man in Betracht zog, daß der Mann eine ansehnliche Herde Schafe, üppige Weidegründe und ein stattliches Haus besaß, so war es bei der Einschätzung immer noch das beste, sich auf halbem Weg zu einigen.

Die Leute aus dem Hochland verachteten die Städter, an denen weder Schrot noch Korn war mitsamt ihren Büchern und Kontoauszügen und ihrem ängstlichen Bemühen, auf der richtigen Seite des Gesetzes zu bleiben. Wo hatten diese Halunken ihren Charakter? Wo war ihr Blut, ihr Stolz? Wo die Leidenschaft ihrer Seele, das Andenken an die Ahnen? Die waren übrigens ja auch alle in den Städten gestorben und im Bett! Ja, und da stolzierten sie in ihren Kilts herum, deren Muster sie gestohlen hatten, wie Hochstapler, die sich ein Wappen aneignen, das ihnen nicht gebührt. Die Dudelsäcke pfiffen und die Füße stampften, aber trotzdem waren es knieweiche Jämmerlinge mit ihren milchweißen Stadtgesichtern und den weichen Weiberaugen. Das waren, zum Teufel, keine echten Söhne Schottlands.

Der Schotte ist — im Gegensatz zum Iren, der ja sonst sein Blutsbruder ist — selten sentimental. Er gehört einer rauheren, strengeren Rasse an, hat ein langes, kaltes Gedächtnis und ein Herz, das nicht so leicht vergibt. Ein Streit mit einem Iren kann oft bei guter Laune und ein oder zwei Gläschen geschlichtet werden, besonders, wenn sich ein Priester im Geiste brüderlicher Liebe und Versöhnung einschaltet. Ein Streit mit einem Schotten aber dauert ein ganzes Leben. Er gibt nur zögernd sein Wort, aber dann hält er es auch. Aber Gott gnade demjenigen, der einem Schotten etwas verspricht und dann sein Wort nicht hält.

Und wenn er sich etwas in den Kopf gesetzt hat, dann setzt er es auch durch.

Diese Charaktereigenschaft der Schotten hat die folgende Geschichte zum Gegenstand. Es ist die Geschichte von dem wackeren Schottenhäuptling.

Douglass MacDougall war der Laird — das ist eine Art Lord und Stammeshäuptling — auf einer so entlegenen Insel, daß sogar die Bewohner der Insel Skye nicht recht wußten, wo sie lag. Sie war sehr kalt, felsig und umtost von der See, so daß viele bezweifelten, ob dort überhaupt Kartoffeln, Rüben, Gerste und Hafer gedeihen konnten. Nur wenige glaubten, daß die wetterharten Schafe, von Rindern erst gar nicht zu reden, in dem bitterkalten Klima dort zu existieren imstande wären. In früheren Zeiten hatte das Geschlecht der Somerled die Lairds von Lorne hervorgebracht, die Bluts- und Waffenbrüder waren und Kampfgenossen auf vielen Raubzügen nach Norwegen und Schweden. Alle hatten sie sich damals MacDougalls genannt. Aber dann kamen die Clane von Argyll, die MacLeans, MacNoughtons, MacDonalds und viele andere und sorgten dafür, daß weder sie selber noch die Ausländer ein ruhiges Leben hatten. Robert the Bruce war angesegelt gekommen und hatte den Lairds von Lorne und besonders den MacDougalls allerhand blutige Sachen angetan. Jedermann glaubte, daß die letzteren von Robert the Bruce ziemlich gründlich ausgerottet worden seien, der sich in den langweiligen Zeiten, in denen mit dem sächsischen Wolf Friede herrschte, seiner eigenen Landsleute liebevoll annahm. Ein Schotte, mag er noch so tapfer und draufgängerisch sein, wird immer wissen, wann er sich zurückziehen und seine Wunden lecken muß, und daher zogen sich die wenigen überlebenden MacDougalls auf diese abgelegene Insel zurück und brüteten mörderische Rachegedanken. Doch wurden die wenigen übriggebliebenen von weiteren Schicksalsschlägen nicht verschont. Nachdem eine lange Zeit vergangen war, dachten sie daran, von einigen der großen Sippen, den MacLeods, MacNeills und anderen, Hilfe zu erbitten. Sie mußten aber zu ihrem

Leidwesen erfahren, daß diese inzwischen unter den Einfluß von König William III. und Queen Anna geraten waren und ganz nette Subsidien dafür bezogen, daß sie untereinander Ruhe gaben und die ewigen Kleinkriege einstellten und sich auch England gegenüber gesittet verhielten. Obendrein war auch noch der Protestantismus in die alten Clane eingedrungen, und die MacDougalls waren streng katholisch. Es blieb ihnen nichts anderes übrig, als weiterzugrollen, Haßgesänge von Krieg und Mord zu singen, wild auf ihren Dudelsäcken zu pfeifen und sich in der Hoffnung, daß die neue Welt sie vergessen würde, möglichst unsichtbar zu machen.

Und das taten sie denn auch durch Jahrhunderte, aber ihr Groll blieb der gleiche.

Ein Volk von Kriegern pflegt sich nicht stark zu vermehren, denn wenn man den ganzen Tag bis zur Erschöpfung damit beschäftigt ist, in der Schlacht Köpfe abzuschlagen und mit der Streitaxt Schädel einzudreschen, dann bleibt einem am Abend wenig Zeit und Kraft für die Liebe. Im übrigen stecken in dem echten Krieger eine ziemliche Portion Keuschheit und eine gewisse Angst vor Weibern, die das Resultat einer einfachen und primitiven Erkenntnis ist — daß er nämlich den kürzeren ziehen würde. All das fördert natürlich nicht die Bildung von großen Familien um einen häuslichen Herd. Viele Jahrhunderte nach Bruce hatte Douglass MacDougalls Insel kaum mehr als dreitausend Einwohner, die alle tiefschwarze Katholiken waren, und zwar unter Einrechnung der Säuglinge in den Wiegen und der ältesten Männer. Das Vieh und die Schafe konnten einen weit höheren Stand und eine bessere Geburtenzahl aufweisen, trotz des grauenvollen Klimas und der Tatsache, daß im Sommer die Sonne fast nicht unterging, was sich übrigens im Winter in der Weise ausglich, daß sie kaum über den Horizont kam.

Der junge Robert MacBurne hatte gerade seine Priesterweihe in Edinburg empfangen, als ihn der Bischof zu sich nach Hause mitnahm. Seine Lordschaft war Roberts Onkel, der älteste Bruder seiner Mutter, und eine freundliche Seele. Sein Bischofssitz war armselig, leer und kalt, denn die Feuer in seinen Kaminen waren klein und gaben wenig Wärme, weil er sich nicht genügend Kohlen leisten konnte. Er sah sich Robert voller Liebe von oben bis unten an, fragte nach der Familie und plauderte ein wenig. Er war ungewöhnlich redselig, so daß Robert unheilvolle Vorahnungen bekam. Als Neffe des Bischofs hatte er auf keinen Fall mit einer Bevorzugung gerechnet, einem Sprengel etwa, in dem er luxuriös leben konnte, denn er wußte genau, daß Schotten alles andere eher tun würden, als Protektion in Fällen zu üben, wo sie bei anderen Völkern eine ganz natürliche Sache und völlig selbstverständlich ist. Also begann er zu befürchten, daß ihm sein Onkel eine Pfarre zuteilen würde, in der er sich glücklich preisen konnte, wenn er einmal im Monat ein armseliges Stück Hammelfleisch auf den Tisch bekam, wo die alten Frauen lieber Knöpfe in den Klingelbeutel warfen statt Pennies, geschweige denn Shillingen, und wo die Kirche das am meisten reparaturbedürftige Gebäude in der ganzen Umgebung war.

Der Bischof war klein, aber er war auch recht rundlich, was einen wundern mußte, wenn man die geringen Geldmittel bedachte, die ihm zur Verfügung standen, und die gähnende Leere in seiner Speisekammer. Robert war sein ganzes Leben lang davon überzeugt, daß die Engel seinen Onkel auf irgendeine wunderbare Art in seinem unschuldigen Schlafe mit Nahrung versorgten oder daß die Frömmigkeit allein schon seiner Gestalt und seinem Gesicht die Rundung gab. Es konnte nichts anderes sein — entweder die Engel oder die Frömmigkeit; denn Roastbeef oder Pasteten und andere üppige Sachen konnten es nicht gewesen sein, nicht einmal Kartoffeln. Der Bischof hatte eine rosige Gesichtsfarbe und war ein fröhlicher Mensch, welch letzteres bei Schotten übrigens eine Seltenheit ist, und er hatte einen feinen Humor, auch ein Zug, der bei seinen Landsleuten nicht allzuhäufig vorkommt. Er war ein Philosoph, ein Gelehrter, besaß eine ans Wunderbare grenzende Geduld und große Milde, und diese Milde ihres Bischofs war bei den äußerst bescheidenen Vermögensverhältnissen der Kirche in Schottland eine Art von himmlischer Kompensation für die geplagten Priester. Wenn *er* dieses Dasein „wie ein Mann“ ertragen konnte, dann blieb ihnen auch nichts anderes übrig, als sich nach der Decke zu strecken, und diese Decke war recht dünn und kurz.

Robert, der immer hungrig war, weil er jung war und arm obendrein, wurde von seinen fürchterlichen Vorahnungen abgelenkt, als er entdeckte, daß sein Onkel auf irgendeine mysteriöse Art imstande gewesen war, eine Keule von einem jungen Lamm, Kohlsprossen, Kartoffeln, Weißbrot und Bier zu beschaffen, alles zu Ehren des Besuches seines Neffen, gar nicht zu reden von den delikaten Quarktörtchen mit Zitrone, bei deren bloßem Anblick einem das Wasser im Munde zusammenlief. Dazu stellte der Bischof mit vornehmer Geste eine Viertelflasche Kognak auf den Tisch, die er für diesen besonderen Zweck aufgespart hatte. Und nicht weniger wunderte es Robert, als ihm ein Glas des besten schottischen Whiskys angeboten wurde. Er war so überwältigt von dankbarer Zuneigung und Erstaunen, daß er fast seine dunklen Ahnungen vergaß. Dann traf ihn plötzlich die Erkenntnis wie ein Blitzstrahl: er wurde wie ein Lamm zum Schlachten gemästet. Oder, um ein anderes Bild zu benutzen: es war seine Henkersmahlzeit.

Die Tatsache übrigens, daß er das Opferlamm, oder wenn man will der Verurteilte war, störte seinen Appetit in keiner Weise. Robert unterließ es sogar, seinem Onkel einen entschuldigenden Blick zuzuwerfen, als er sich das vierte Mal von dem Lammbraten nahm, nachdem er zuerst eine riesige Terrine Suppe erledigt hatte, in der der Löffel fast stand, weil sie so dick mit Rollgerste, Karotten und Kartoffeln eingekocht war. Dieses Gericht hätte allein schon jeden anderen außer einen hungrigen Priester zur Strecke gebracht. „Mein Gott“, wunderte sich der Bischof, als Robert fünf Törtchen verschlungen hatte, wozu er sich mehrere Tassen Tee mit nicht unbeträchtlichen Mengen von Sahne und Zucker zu Gemüte führte, „das freut einen alten Mann direkt, so einen Appetit zu sehen. Sie haben dir wohl nicht genug zu essen gegeben im Seminar, Bob?"

Robert, der bis zum Rande voll war mit Suppe, Braten, Bier, Whisky, Brandy und Törtchen, schüttelte kummervoll sein Haupt. „So ein Essen habe ich nicht gehabt, seit ich ein kleiner Junge war."

Und nicht einmal damals, dachte der Bischof seufzend. Und auch ich, fügte er zu sich selbst hinzu, werde so ein Mahl wohl nicht ein zweitesmal erleben. Es hatte ihn drei Pfund gekostet, die er sich durch lange Zeit für diesen Abend zusammengespart hatte.

Sie zogen sich in einen Raum zurück, den der Bischof seine Bibliothek nannte. Es war aber nur ein kleines Loch von einem Zimmer, dessen sämtliche Wände von Büchern eingenommen wurden. Im Kamin brannte eine Handvoll Kohle, und es war kalt wie in einer Eishöhle. In der Mitte stand ein Tisch, und vor dem Feuer standen zwei harte Stühle. Robert, der sich satt und schläfrig fühlte, hätte gerne ein wenig so nahe wie möglich am Feuer gedöst. Aber sein Onkel war jetzt ganz Geschäft. Er breitete auf dem Tisch eine Karte aus und beugte sich eifrig darüber, wobei sein kahler Kopf im Lichte der schwachen Lampe wie ein großes Ei aussah. Als Robert die Karte und die Geschäftigkeit des Bischofs bemerkte, wurden seine düsteren Vorahnungen plötzlich wieder in voller Stärke lebendig.

„Du wirst doch sicher aus alter Zeit von den MacDougalls gehört haben", sagte der Bischof und glättete die Karte mit seinen kleinen, dicken Händen.

Robert hatte gedacht, daß die MacDougalls von Robert the Bruce und den mächtigeren Clanen bis auf den letzten Mann ausgetilgt worden wären, aber sein Onkel belehrte ihn bald eines Besseren. Da auf der Karte, wenn Robert so freundlich sein wollte, herzukommen, gab es eine kleine Insel. Auf der Karte sah sie aus wie ein winziger Fliegendreck am äußersten Rande der Äußeren Hebriden, dort, wo sich das Land im Ozean auflöst. Mit Stolz teilte ihm sein Onkel mit, daß nicht einmal

Haakon IV. von Norwegen imstande gewesen war, auf dieser Insel seine Jarle zu landen, und zwar wegen der Tapferkeit der MacDougalls und, wie er dann nach einigem Nachdenken hinzufügte, wegen der Unzugänglichkeit der Küste. (Später kam Robert dann darauf, daß es wohl die Küste gewesen war.)

„Alles Katholiken, bis auf den letzten Mann", sagte der Bischof mit einem glücklichen Lächeln. „Dort gibt es keine ‚Vereinigte Freie Kirche', mein Junge!"

Einem Schotten ist es immer lieber, wenn er die schlechten Nachrichten gleich bekommt, anstatt zu warten in der Hoffnung, daß sie sich verflüchtigen werden, wenn man sie ignoriert. „Mit anderen Worten also", sagte Robert zu seinem Onkel, „das Inselchen braucht einen Priester, und ich soll das Opfer sein." Der Bischof versuchte zuerst den Erschrockenen zu spielen, dann aber setzte er sich auf einen der Stühle und gab zu, daß das der Fall wäre. Robert verlangte, den ganzen Umfang der Unglücksbotschaft auf einmal zu erfahren. Es war ja sinnlos, einem kleinen Hund den Schwanz zentimeterweise abzuschneiden, um ihm den Schmerz eines großen Schnittes zu ersparen. Nachdem er zuerst versucht hatte, die wilde, überirdische Schönheit der Hebriden auszumalen, womit er Robert übrigens nicht täuschen konnte, führte sein Onkel also endlich den großen Schnitt. Robert saß mit den Händen auf seinen Knien steif da und starrte seinen Onkel nur mit grimmigen Augen an.

Die Insel MacDougalls lebte von Schafzucht und produzierte die stärkste Wolle, die es überhaupt gibt. („Das wundert mich nicht im geringsten", bemerkte Robert.) Diese Wolle war sehr gesucht, sowohl für Über- als auch für Unterzeug („Kratzt einem ohne Zweifel die Haut wund", kommentierte Robert und vergaß in seiner Wut das gute Dinner.) Dann gab es dort ein blühendes Geschäft mit Fischen, einige Schieferbrüche und, last not least, Branntweinbrennereien. Robert sah etwas weniger gequält auf. Der Bischof nickte. „Ja, es war ihr Whisky, den du heute getrunken hast." Robert lächelte ein schwaches

Lächeln und dachte an ein herzhaftes Glas von diesem Whisky, jeden Abend vor dem Dinner, vor seinem eigenen Kamin und vielleicht mit einem Freund, der wenigstens teilweise zivilisiert war. Dann fragte er nach dem Wetter. Das Wetter auf den Hebriden war ja allgemein bestens bekannt. Die ganze Nation war stolz darauf, daß sich dort schon oft Leute zu St. Johannis die Nase erfroren hatten, und alle erfreuten sich einer guten Gesichtsfarbe, weil sie ununterbrochen aufgesprungene Haut hatten. Und was ihre Stürme angeht — ja, da gaben sie ganz offen und nicht ohne einen gewissen Stolz zu, daß Gott die Insel als Versuchsgelände für Stürme benutzte, für solche nämlich, die er in polaren Regionen toben lassen wollte. Er wollte herausfinden, wieviel Wind, Regen, Schnee, Hagel, Orkan und anderes meteorologisches Teufelszeug jeder Art ein Stück Erdoberfläche aushalten konnte, ohne zu kleinen Brocken zu zerkrümeln.

Und die MacDougalls-Insel war wohl eines der bevorzugten Versuchsgelände Gottes für derartige Tests, bemerkte Robert. Der Bischof setzte sich, als wäre er plötzlich müde, und nickte: „Bisher ist sie noch nicht von der Erdoberfläche verschwunden", sagte er, und Robert antwortete, daß dies verdammt unangenehm sei — für ihn selbst nämlich. Und wer regierte denn dieses Paradies auf Erden?

Der Bischof zögerte. Warum? Natürlich, der Laird sei Douglass MacDougall. Übrigens ein feiner Junge, Mitte der Zwanzig. Allerdings sei er etwas wild und noch unverheiratet. Robert meinte, er trage den Dolch wohl zwischen den Zähnen, um die Hände für andere und tödlichere Waffen wie etwa die Streitaxt oder einen Schießprügel frei zu haben. Ohne Zweifel könne er weder lesen noch schreiben, wie irgendein Kongoneger oder Buschmann. Bei dieser Bemerkung wurde der Bischof plötzlich lebhaft. Das sei ganz und gar nicht der Fall, im Gegenteil, der Junge habe sogar einen zwar kurzen, aber dafür sehr umfassenden medizinischen Kursus in Edinburg absolviert. Der Grund dafür war dem erschrockenen Robert völlig klar. Es gab auf der Insel keinen Arzt, und der junge Häuptling fungierte offenbar neben seiner Tätigkeit der Beaufsichtigung und Führung der Fischereibetriebe, der Steinbrüche, der Rinder- und Schafherden auch noch als Geburtshelfer, Knocheneinrichter, praktischer Arzt, Hebamme und Tierarzt. „Ja, so ungefähr", gab der Bischof zu.

„Dann hat er wenigstens keine Zeit, um anderen Unfug zu treiben", bemerkte Robert düster. „Sicher eine männliche Jungfrau aus Zeitmangel."

Er möge etwas weniger witzig sein, ermahnte ihn der Bischof, der sich plötzlich daran erinnerte, daß er ein Bischof sei und dieser junge Mann, wenn er auch sein Neffe war, ein soeben aus dem Ei gekrochener junger Priester und Grünschnabel. Man müsse den MacDougall bewundern. Außer seinen medizinischen Studien hatte er mit großem Eifer die schönen und freien Künste studiert, Jus, Latein, Griechisch und verschiedene andere Dinge. Robert staunte und wollte es nicht recht glauben.

Dann kam ihm noch eine schreckliche Sache in den Sinn. Auf welche Weise hielt die Insel mit der übrigen Welt Kontakt, wenn es zum Beispiel irgendeine Katastrophe gab? Sie hatte doch einen Telegraphen, nicht wahr? Nein, gestand der Bischof. Aber es gäbe die Fischerboote und Segelboote, mit denen alle auf der Insel umgehen könnten — wenn das Wetter nicht zu wild sei und der Seegang nicht zu hoch. Durch mindestens vier Monate des Jahres kamen Boote von den großen Schiffen aus Glasgow in den einzigen verwendbaren Bootshafen, brachten das zum Leben Notwendige und nahmen die Salzheringe, die Wolle, den Schiefer und den dicken handgewebten Tweed mit. Und wenigstens fünf Monate lang holten die Boote von der MacDougalls-Insel die Post von der nächstgelegenen größeren Insel. „Ich glaube", sagte Robert, „ich würde den Kongo vorziehen." Aber er sagte es ohne viel Hoffnung. Acht Monate im Jahr hatte man also nur diesen MacDougall, wenn einem irgend etwas zustieß oder man in Kindnöten war. Nein, entgegnete der Bischof, da sei er nicht recht unterrichtet, es gäbe auch noch sechs Dominikanerinnen. Robert stöhnte und begrub sein Gesicht in den Händen, während ihn der Bischof liebevoll betrachtete.

Aber das Wirtschaftsleben sei gesund und recht prosperierend, sagte der Bischof. Der MacDougall sei ein Mann der Ordnung, der Sparsamkeit und des Fleißes, und er sei kein Idiot. Außerdem fromm — auf seine Art. Die Kirche sei klein, aber gut in Ordnung. Es hätte alles viel schlimmer sein können, sagte der Bischof und versuchte Robert aufzuheitern, der in immer tieferes Brüten versank. Außerdem sei das Klima dort sehr gesund. Der letzte Pfarrer, der vor zwei Monaten gestorben war, sei hundertzehn Jahre alt geworden, was übrigens auf der Insel gar kein so besonders bemerkenswertes Alter sei. Wenn man dort vor fünfundneunzig sterbe, so sagten die Leute, man sei im besten Mannesalter dahingegangen. Robert sagte, daß ihm das alles keinen Eindruck mache, es blieben offenbar nur die Stärksten übrig und zartere Seelen gingen kurz nach ihrer Geburt zugrunde, davon sei er überzeugt. Übrigens, diese Dominikanerinnen? — Der Bischof wechselte hastig das Thema.

Robert war nur zwei Tage zu spät gekommen, sonst hätte er den MacDougall in Edinburg getroffen. Der MacDougall hatte den Bischof besucht und um einen neuen Pfarrer gebeten, weil er wußte, daß er da war, um einem neuen Wurf junger Seminaristen die Weihe zu geben. „Woher wußte er denn das?“ fragte Robert. „Aber vielleicht gibt seine Insel Rauchsignale ab, wie es die Indianer tun, und die anderen Inseln antworten auf die gleiche Weise.“

Der Bischof lachte herzlich. Aber Robert sah ihn noch immer ernst und vorwurfsvoll an. „Ja“, sagte der Bischof, den das deprimierte, und fuhr mit offensichtlich erzwungenem Optimismus fort, von dem MacDougall zu berichten.

„Ein prächtiger Junge.“ Der MacDougall war mehrere Zoll größer als sechs Fuß, sehr muskulös und kräftig und dabei ein bemerkenswert hübscher Mensch mit Augen, die so grau waren wie der Atlantische Ozean, dichtem, schwarzem, gelocktem Haar, einer kräftigen Nase und einem fröhlichen, aber energischen Mund. Es gäbe nichts, was er nicht fertigbringe, oder wenigstens versuche. „Was immerhin ein kleiner Unterschied ist", bemerkte Robert ahnungsvoll. Der Bischof hätte ihn gerne zum Bleiben veranlaßt, damit er seinen — ahem — neuen Pfarrer kennenlernen könne, aber der MacDougall sei plötzlich auf seine Insel zurückgerufen worden. Wegen Schwierigkeiten mit den Lämmern und Hunden, die Schafe rissen, und allerhand anderer Probleme. Er hatte ein Telegramm bekommen, das auf einer anderen Insel aufgegeben worden war. Robert interessierte das Ganze blutwenig ...

Am nächsten Tag war er auf dem Wege nach den Äußeren Hebriden, mit einem kleinen Koffer bewaffnet, in dem er seine Kleider und die anderen Habseligkeiten verpackt hatte. Die alte Haushälterin des Bischofs hatte ihm ein riesiges Paket mitgegeben — es war größer als sein Koffer, und zwar bei weitem —, mit den Resten des Lammbratens von gestern, Butterbroten, Marmelade, einer halben Flasche Whisky, Haferflockenkuchen, Brötchen mit Honig und als Glanzstück einem ganzen Topf ihrer besten, selbstgemachten Erdbeermarmelade. Die Quarktörtchen, die er nicht aufgegessen hatte, waren auch dabei. Das alles würde ihm sicherlich gute Dienste leisten in dem kalten und zugigen Bahnwagen dritter Klasse auf seiner Reise „ans Ende der Welt".

Der Bischof hatte seinem Neffen einen dicken Plaid geschenkt, den Robert zurückzuweisen versuchte, weil er wußte, wie sehr der alte Herr ihn selber brauchte. Aber der Bischof bestand darauf, während er den dicken Stoff liebevoll streichelte. Noch einen Schatz gab er Robert, und zwar einen Rosenkranz mit echt orientalischen Perlen, die einen wundervollen Glanz hatten, und das Kruzifix war aus schwerem, solidem Gold, während die Gestalt des Heilands mit großer Kunstfertigkeit aus Perlmutter geschnitten war. Es waren die einzigen Reichtümer, die der Bischof je besessen hatte, und er ließ sich nicht davon abbringen, sie Robert zu geben, weil er sie sein ganzes Leben für diesen Freudentag aufgehoben hatte. Der Plaid roch überwältigend nach Kampfer, aber im Zug war er ein wahrer Segen. Dieses gewürfelte Umhängetuch der Bergschotten, das den verschiedenen Clanen entsprechend verschiedene Muster hat, war herrlich warm, wenn er es beim Sitzen um die Schultern hatte, und wenn er sich hinlegte, um auf der harten Bank ein wenig zu schlafen, hüllte es ihn von Kopf bis Fuß wie eine Decke ein. Auch wenn er auf einsamen Stationen mit seinem großen Freßpaket hinauslief, um eine Tasse warmen Tee zu trinken, schützte der Plaid ihn gegen den kalten Regen.

Er war ganz allein im Wagen, denn die Leute auf dem Lande hatten um diese Jahreszeit alle Hände voll zu tun und machten keine Reisen. Da er an Einsamkeit gewöhnt war — alle Schotten sind ja übrigens von Natur aus Einzelgänger —, fühlte er keine Langweile. Er betete, las ein gutes religiöses Buch, schlief ein wenig und nahm gelegentlich ein tadelnswertes gelbbroschiertes Buch mit einem Roman heraus, in den er sich versenkte und der seine unschuldige Seele schaudern machte. Die etwas gewagteren Stellen waren auf französisch, und nur aus Interesse an der sprachlichen Verwandtschaft zwischen Latein und Französisch studierte Robert sie eifrig, wobei er manchmal über den modernen Geschmack den Kopf schüttelte und die Verderbnis der heutigen Jugend beklagte. Trotz des Plaids begannen seine Füße, die in dicken schwarzen Stiefeln steckten, im Laufe der holpernden Reise nach dem Norden eiskalt zu werden. Aus dunkelgrauem Stein gebaute Häuser zogen an den Fenstern des Wagens vorüber, hohe, gestutzte Hecken, die das erste zarte Grün zeigten, angeschwollene, trübe Bäche und hie und da noch Flecken von Schnee, die noch nicht ganz weggeschmolzen waren. Es war ein viel wilderes, männlicheres Land als England, das da düster, einsam und abweisend unter einem grauen Himmel lag. Es begann Regen mit Schnee vermischt zu fallen, und es wurde noch dunkler und die moosbedeckten Stämme der Bäume schienen noch näher an die Fenster heranzurücken, während sie in dem kalten Wind hin und her schwankten. Wie wüst das Land doch ist, dachte Robert traurig. Er war an trübe Dinge gewöhnt, aber doch nicht in diesem Maßstab.

Föhren zogen vorüber, Birken und Lärchen. Ob sie wohl jemals grün wurden? Auf den Wiesen sah er dicke Schafe und Lämmer mit lustigen, schwarzen Gesichtern, und mitten unter ihnen standen die von Kopf bis Fuß in ihre Plaids gehüllten einsamen Hirten, während die Hunde umherjagten und ihr scharfes Gebell die eisige Stille durchbrach. Riesenhafte Männer waren diese Hirten, viel größer als ihre Vettern in den Städten, und ihr scharfes Profil und ihre Gesichtszüge schienen Robert ebenso vom Wetter gegerbt zu sein wie die braunen Berge ihrer Heimat. Nun tauchten in der Ferne wilde Formationen dieser Berge auf, rotbraun, gelblich und mit einem Anflug von Purpur, und dazwischen konnte Robert ein- oder zweimal den schreckenerregenden Atlantischen Ozean sehen, der die Farbe von Granit hatte, dessen Wogen sich tobend an riesigen schwarzen Felsblöcken brachen, sich brüllend in die Buchten stürzten und in schäumender Gischt am Strande verebbten. Gott soll ihm verzeihen, daß er mich hierhergeschickt hat, dachte Robert, als ihm sein Onkel in den Sinn kam, aber er dachte es nicht im Geiste wirklicher Aufrichtigkeit und ehrlicher Zuneigung.

Der Zug kam in einer namenlosen Ansiedlung holpernd zum Stehen, und ein Dutzend Männer und Frauen kletterten in den Wagen. Sie waren alle dick angezogen und hatten Hauben und Kappen auf. Als sie ihn sahen, machten einige der Frauen einen Knicks, und von den Männern zogen ein oder zwei die wollenen Kappen, während die anderen ebenso finster und wild dreinsahen wie ihre Bergheimat. Robert hatte sich auf seiner Bank ausgebreitet gehabt und sammelte nun die Überbleibsel seiner Mahlzeiten zusammen, versteckte seinen gelbbroschierten Roman und öffnete pflichtschuldig sein Brevier. Die älteren Frauen machten untereinander Bemerkungen über seine offensichtliche Jugend und ihre Augen wurden ein wenig milder. Eine von ihnen sagte mütterlich zu ihm: „Einen feinen Plaid haben Sie da, Father. Den hat doch sicher Ihre Mutter gemacht?"

Die Protestanten schauten finster drein, aber der jugendliche Geistliche war trotz seiner Größe und seines ernsten Gesichts noch so jungenhaft, daß ihnen das ein wenig schwerfiel.

„Nein, Mistreß“, sagte Robert, der langsam warm wurde, und brachte seine schmerzenden Sitzflächen in eine andere Stellung auf der harten Bank. „Ich habe ihn von meinem Onkel bekommen, dem Bischof von Edinburg.“

„Den kenne ich gut!“ sagte ein älterer Herr. „Er hat meinen Jüngsten gefirmt!“

„Ein guter Mann, der gegen die Sassenach ist!“ sagte einer der Protestanten, und sein gefurchtes Gesicht strahlte auf.

Robert begann milder über seinen Onkel zu urteilen. Er ließ die Frauen seinen Plaid besichtigen, dessen Qualität ihnen zusagte. Nur konnten sie sich nicht darüber einigen, zu welchem Clan das Muster gehörte, und auch die Männer mischten sich in die Diskussion. „Royal Stuart, das sieht doch ein Blinder, das ist doch ganz klar!“ — „Aber der blaue Faden hier“, sagte eine alte Frau eifrig. „Ich habe doch selber schon einen gewebt, und da ist bestimmt kein blauer Faden dabei!“

„Vielleicht ein presbyterianischer Plaid“, sagte ein Mann in mittleren Jahren mit dem trockenen Humor seiner Landsleute.

„Jaja, ganz sicher“, meinte ein anderer. „Das Blau kommt von ihren Nasen.“

Da eine gewisse Kampfstimmung entstanden war, wollte es Robert nicht zu weiteren Anzüglichkeiten kommen lassen und wechselte das Thema, nachdem ein Schaffner hereingekommen war, um die Petroleumlampe anzuzünden, die an der verrauchten Decke baumelte. Er ließ seinen Tabaksbeutel herumgehen, und die Männer zündeten sich ihre Pfeifen an. Dann erkundigte er sich nach der MacDougalls-Insel. Sie starrten ihn an. Nein, so eine Insel gäbe es nicht, nicht einmal in den äußersten Äußeren Hebriden. Da müsse er sich irren. „Bin selber auf Skye geboren“, sagte einer. „Aber von einer MacDougalls-Insel habe ich noch nie etwas läuten hören. Die MacDougalls haben sie doch schon vor vielen Jahren alle umgebracht.“

Zuerst war Robert deprimiert, und dann begann er zu hoffen. Wenn es keine MacDougalls-Insel gab, dann gab es auch keinen MacDougall und keine grauenhafte Pfarre mit Dominikanerinnen. Aber alle seine Hoffnungen stürzten zusammen wie ein Kartenhaus, als ein alter Mann seine schwielige Hand hob.

„Aber was redet ihr denn da daher", sagte er triumphierend. „Sie liegt ganz im Norden, ich habe sie selber gesehen, wie ich ein Junge war." Er sah Robert mitleidsvoll an. „Sie fahren doch nicht etwa hin, Father?"

„Doch", sagte Robert jämmerlich. „Der alte Pfarrer ist gestorben."

Sie zeigten ihm alle ihr Mitgefühl. Der alte Herr sprach des längeren über den Gegenstand „MacDougalls-Insel", und die Frauen, sogar die Protestantinnen meinten, es sei eine Schande, einen so blutjungen Menschen dorthin zu schicken. „Nein, nein", sagte der alte Herr, „es ist ein Paradies, nur ist der junge MacDougall ein rechter Despot."

„Wohl so ähnlich wie der Eissee in Dantes Inferno", bemerkte Robert, aber diese Anspielung fand kein Echo. Sie wollten mehr hören über den MacDougall und seine Insel. Dann erinnerten sie sich an Erzählungen aus ihrer Kindheit. Niemand konnte die MacDougalls unterkriegen! Weder Robert the Bruce noch die anderen, und die Sassenach zählten überhaupt nicht mit. Alle hatten es versucht, aber keinem war es gelungen, sie kleinzukriegen. Nein, die MacDougalls nicht. Wenn noch viele von ihnen am Leben waren, dann würde man eines Tages noch von ihnen hören, daran war nicht zu zweifeln! Sie hatten den rechten Geist in sich. Traurig, daß es nicht mehr von der Sorte gab in dieser dekadenten Zeit. Wenn der Stein von Scone je vom Thron der Sassenach in Westminster Abbey zurückgebracht werden sollte, dann würde es ganz sicher ein MacDougall sein, der diese Tat vollbringen würde! Dann würde Scotia endlich wieder frei sein und nach langer Zeit wieder seinen eigenen König haben.

Roberts neue Freunde stiegen bei der nächsten Station aus,

nicht ohne ihm ihre wärmsten Wünsche für seine weitere Reise ausgedrückt zu haben. Das Ende der Reise war auch gleichzeitig das Ende der Eisenbahnlinie, und er sah diesem Ende mit recht gemischten Gefühlen entgegen. Eine Weile betete er. Dann fand sich eine Zeitung aus Dundee, die mit fetten Schlagzeilen die Geschichte von zwei jungen englischen Damen berichtete, die vor drei Tagen in Edinburg verschwunden waren. Sogar Scotland Yard war zugezogen worden. Es handelte sich um Miß Mary Joyce und ihre Kusine, Miß Pamela Stone. Beide stammten aus angesehenen Londoner Familien. Sie hatten Freunde in Edinburg besucht und ohne Begleitung eine Wagenfahrt durch die Stadt unternommen. Der Kutscher hatte dann noch den Freunden berichtet, daß die beiden Damen einen Spaziergang auf der Princes Street unternommen hätten, und dann hatten sie sich in nichts aufgelöst und blieben wie vom Erdboden verschwunden. Er blätterte lustlos weiter und las dann mit tiefem Interesse die Verlustanzeigen, denn er war jung und phantasiebegabt. So unterhielt er sich, bis es wieder Zeit für das Brevier war. Draußen vor dem Fenster war kohlschwarze Nacht. Die Kälte wurde immer ärger. Robert zog sich die Stiefel aus und rieb seine Füße, die schon ganz gefühllos geworden waren. Dann wickelte er sie in seinen Plaid und segnete in Gedanken seinen Onkel. Schließlich aß er noch den Rest von dem Lammbraten und ein übriggebliebenes Törtchen. Stationen, wo er hätte Tee trinken können, kamen keine mehr. Der Zug holperte noch immer langsam weiter, und gelegentlich stieß die Lokomotive einen Pfiff aus. Die Lampe an der Decke schaukelte hin und her und blakte.

Über den Bergen erhob sich ein heller, strahlender Mond, der die öde Landschaft in sein weißes Licht tauchte. So ähnlich wird es wohl dort oben auf dem Erdtrabanten aussehen, dachte der junge Priester deprimiert. Nur gelegentlich war in weiter Ferne ein Licht zu sehen. Die Bahnlinie führte jetzt näher an die See heran, deren starker Geruch in den Waggon drang. Robert sah ein paarmal zackige Klippen, auf denen eisige Silberreflexe spielten, und er konnte das Brausen der Brandung hören. Das tosende Donnern wurde von Minute zu Minute lauter, bis sogar die Wände des Wagens erzitterten. Weit draußen auf der See sah er die blitzenden Feuer von Leuchttürmen, und der Mond wurde immer heller, ja fast blendend in seiner arktischen Pracht. Und die Schneeflecke waren hier größer und weißer, obwohl es schon Mai war. Ein scharfer, betäubender Duft von Fichten und Föhren erfüllte die Luft. Dann blieb der Zug plötzlich mit einem letzten Seufzer stehen, und man konnte das Zischen von ausströmendem Dampf hören. Robert setzte sich auf. Dann kam ein Schaffner herein, machte eine höfliche Kopfbewegung und sagte: „Endstation!"

„Na, dann hätten wir es ja geschafft", meinte Robert und erhob sich. Er taumelte ein wenig, weil seine Glieder so kalt und steif waren. Er warf den Plaid über die Schultern, setzte seinen Hut auf, sammelte die letzten Überbleibsel seines Reiseproviants in seinen Koffer und murmelte ein Gebet. Dann warf er einen Blick durch das Fenster. Der Zug hatte bei einer kleinen Ansammlung von Steinhäusern gehalten, die wie Hütten wirkten. Außer dem Mond war nur eine einzige Laterne zu sehen, Menschen nicht.

Während er durch den Korridor zum Ausgang ging, blieb er plötzlich wie vom Schlag gerührt stehen. Ein ohrenbetäubendes Geheul schlug ihm entgegen, als hätte man alle bösen Geister der Hölle auf seine armen Trommelfelle losgelassen. Der Widerschein roter Flammen erhellte die Fenster des Ganges, und Robert erkannte, daß es Fackeln waren. Jetzt mischten sich Kriegstrommeln in das Geheul und das Dröhnen stampfender Füße, und es wurde ihm klar, daß eine Abteilung außerordenlich großer Highlander mit Trommeln und Dudelsäcken (zweifellos auch mit Dolchen und Kriegsbeilen) draußen ungeduldig warteten und ohne Zweifel jemandem zur Begrüßung ein Ständchen bringen wollten. Wer es wohl sein mochte? Ein Laird vielleicht oder ein Besitzer von großen Ländereien. Daß diese wilde Musik und die noch wilder wirkenden scharlachroten

Fackeln ihm selber gelten könnten, kam ihm in seiner kindlichen Demut gar nicht in den Sinn.

Der Gang war noch immer leer. Der ganze Zug schien leer zu sein. Es waren keine Begrüßungsrufe zu hören, aber die Fakkeln leuchteten tief karminfarben und flatterten wie Banner. Die Musik wurde noch triumphierender, noch wilder. Die Highlander hatten sein bleiches Knabengesicht bemerkt, das durch das Fenster des Ganges hinaussah. Jetzt gerieten die Trommeln völlig außer Rand und Band, und ein gewaltiges Geschrei erhob sich. Im Lichte der Fackeln konnte Robert jetzt erkennen, daß die Highlander in voller Ausrüstung aufmarschiert waren. Ihre Kilts schlugen um die gewaltigsten Knie, die er je in seinem Leben gesehen hatte. Und aus jedem der wie aus Erz gehauenen Gesichter tönte ihm ein Willkommensgebrüll entgegen. Der Majordomus warf seinen Taktstock in die Luft und fing ihn mit einem schrillen Schrei wieder auf. Robert wußte, daß es Schotten aller Größen gab, aber das hier waren einfach Riesen. Keiner war unter sechs Fuß, und die meisten waren viel größer und ihre enorm großen Kopfbedeckungen aus Bärenfell ließen sie noch gigantischer erscheinen.

„Nein, lieber Gott, nein, das kann doch nicht für mich sein", betete Robert, während die Männer vor dem Fenster hin und her marschierten. Der Schaffner strahlte ihn an, machte eine kleine Verbeugung, nahm ihm den Koffer ab, nahm ihn voll Ehrerbietung beim Ellbogen und führte ihn zur Tür. „Der MacDougall ist persönlich gekommen, um Sie abzuholen, Sir", sagte der Schaffner, der sich heimlich darüber wunderte, daß dieser ganze wilde Begrüßungssturm einem gelten konnte, der so mager und schwarz und schäbig aussah und kaum dem Knabenalter entwachsen war.

„Nein, nein", murmelte Robert. Dann stieß er selber einen Schrei aus, denn er wurde von zwei riesigen Fäusten ganz einfach gepackt und von den Stufen hinuntergehoben, als wäre er ein Kind, noch dazu ein sehr kleines und zartes. Die Fäuste setzten ihn zu Boden, und obwohl er nicht gerade klein war, mußte er in das Gesicht ihres Besitzers hinaufschauen. Es war ein hübsches Gesicht, mit grauen, lebhaften Augen, einer kräftigen Nase und einem lachenden Mund, in dem zwei Reihen blendend weißer Zähne blitzten. „Herzlich willkommen, Father, an diesem schönen Abend heute!" Die Stimme dröhnte, und Robert wurde es klar, daß es der MacDougall persönlich und höchstoffiziell gewesen war, der ihn da wie ein Kind heruntergehoben hatte.

Die Dudelsäcke ertönten schrill und kreischend, die Trommeln tobten in donnernder Ekstase, die Fackeln flackerten im Wind und die Männer marschierten im Kreis um ihren Laird und ihren Pfarrer herum. Sie warfen die Knie hoch und ihre Fersen trafen wie Stöße eines Erdbebens auf den harten, steinigen Boden. Der MacDougall stemmte seine Riesenfäuste in die Hüften, betrachtete seinen neuen Pfarrer kritisch und lachte dabei von einem Ohr zum anderen. „Sie haben mir doch keinen Graubart geschickt", rief er triumphierend. „Einen Jungen haben sie mir geschickt, mit einem Gesicht wie Milch! Keine Angst, Father, wir werden Sie schon auffüttern!" Mit diesen Worten klopfte er Robert herzlich auf den Rücken, fing ihn aber dann geschickt im Fallen auf und setzte ihn behutsam wieder auf die Beine. Robert blieb die Luft weg, er mußte husten, und als er wieder zu Atem gekommen war, erinnerte er sich daran, daß er immerhin ein Priester war und ihm ein gewisser Respekt gebührte, auch wenn das der MacDougall in Person war. „Ihre Hände behalten Sie bitte gefälligst bei sich", sagte er und machte einen schwachen Versuch, Ernst in seine Worte zu legen, während er einen letzten Hustenanfall unterdrückte.

Die Parade marschierte noch immer um ihn herum, ein bitterkalter Wind zerrte an seinem Plaid, seinem Hut und seinen Hosen. Seine Knie zitterten ihm vor Kälte, von dem Flackern der Fackeln traten ihm die Tränen in die Augen und seine Ohren dröhnten. Aber so einen großen Plaid, wie den, den man jetzt vor ihm entfaltete, hatte er noch nicht gesehen. Den konnte man buchstäblich nur in Hektaren messen. Sein eigener Plaid, erwiesenermaßen ein Royal Stuart, erbleichte davor wie der Mond vor der Sonne, und er fuhr direkt zurück. Soviel war sicher: die MacDougalls huldigten den tollsten, grellsten Farben. Quasten schwangen im Marschtakt, Stiefel dröhnten, Schals flatterten wie Fahnen im Wind. Und über jeder der mächtigen Schultern hing ein Gewehr.

Der MacDougall, den sein junger Pfarrer zurechtgewiesen hatte, verbeugte sich tief aus der Hüfte heraus, aber nicht schnell genug, daß Robert nicht das schalkhafte Blitzen in seinen ausdrucksvollen Augen bemerkt hätte. „Es ist nur ein Willkommen für Sie, Father", sagte er, und den Männern schrie er zu: „Und es freut uns, daß ihr gekommen seid, Jungs." Die „Jungs", von denen jeder einzelne für eine Statue des Atlas hätte Modell stehen können, blieben mit einem Ruck stehen und stießen einen Schrei aus, daß Robert die Haare auf dem Kopf zu Berge standen. Das Echo kam von den Bergen zurück und übertönte sogar das Brüllen der See.

Sein Koffer war verschwunden. Erst jetzt bemerkte er, daß sie sich ganz in der Nähe des Ozeans befanden. Schwarze Felstrümmer, die wie kleine Berge aussahen, standen in der Gischt der schäumenden Wellen, die sich an der Küste brachen. Roberts Nase und Hände verloren jedes Gefühl. In der kleinen Bucht lagen Boote und dort, in der Nähe der Boote, bemerkte Robert sechs Dominikanerinnen. Sie sahen finster drein und hatten ihre Hände würdig in ihre Ärmel gesteckt. Ihre Hauben glänzten im Lichte des Mondes und der Fackeln. Alle sind sie mit festen Schuhen gegen dieses Wetter versehen, dachte er.

Am liebsten hätte er sich niedergelegt, irgendwo, um zu schlafen — und um in seinem kleinen Zimmer im Seminar oder im Haus seines Onkels zu erwachen. Er war völlig erschöpft. Daran, daß er in ein Boot kletterte, das unter ihm schaukelte, konnte er sich gar nicht erinnern. In seinem Kopf drehte sich alles und schmerzte, und er zitterte derartig vor Kälte, daß er davon überzeugt war, daß er im Begriffe stand, zu erfrieren. Dann packten die großen Wogen das Boot, die anderen Boote folgten, und er konnte nur mehr stöhnen. Die Männer sangen jetzt. Es war irgendeine barbarische Ballade, in der die Freiheit Schottlands vorkam und besonders die der MacDougalls.

Obwohl Robert ein Schotte war, war er nicht seefest. Schon bei einer Fahrt auf einem kleinen See und an einem schönen Sommertag hob es ihm den Magen. Verzweifelt rief er sich selber zu, daß es für einen neuen Pfarrer, sein Amt und seine Berufung nicht zuträglich sei, wenn besagter Priester sich über die Bootskante beugte und Reste von kaltem Lammbraten, Haferkuchen und Marmelade von sich gab. Besonders tat es ihm um die beiden Quarktörtchen leid, die er erst vor ein paar Stunden gegessen hatte. Er klammerte sich an den Bootsrand und betete darum, daß er nicht seekrank werden möge. Der MacDougall saß wie ein Riese neben ihm und lächelte ihm im Mondlicht zu. Und die Männer sangen. Den Kehrreim sang der MacDougall ganz alleine.

Der fürchterliche Ozean wurde vom Mond hell erleuchtet, so daß die Boote in blitzendem, flüssigem Silber auf und ab zu tanzen schienen. Das Licht war so stark, daß Robert die Augen schließen mußte. Dieser Mond, den die Polarwinde blankgefegt und mit arktischem Eis poliert hatten, war Robert ein Alpdruck, und das Ganze kam ihm wie ein wüster Traum vor. Der Mond ließ die Sterne erblassen und den ganzen Ozean erglänzen. Insel um Insel kam in Sicht und verschwand wieder hinter ihnen. Andere wieder erhoben sich dunkel und drohend, als wären sie aus Basalt gehauen und näherten sich den Booten wie Seeungeheuer oder riesige Schildkröten, aber auch sie versanken wieder hinter ihnen.

Wir werden nie ankommen, wir werden auf dem Meer zugrunde gehen, dachte Robert in seiner Angst und tastete nach dem Rosenkranz, den ihm sein Onkel geschenkt hatte. Er war jetzt schon so verzweifelt und fertig mit seinen Kräften, daß er seinen revoltierenden Magen vergaß. Er horchte auf den gleichmäßigen kräftigen Ruderschlag der Männer. Von starken Armen vorwärtsgetrieben, schossen die Boote in die Wogen, wurden hochgehoben und glitten dann in die dunklen Klüfte der Wellentäler, um neuerlich auf die im Mondlicht glitzernden Kämme gehoben zu werden.

Der MacDougall hatte schon einige Zeit allein gesungen, und nun sang er eine melancholische Liebesballade, deren Echo von den Wassern zurückhallte. Er gab sich so dem Gesang hin, daß seine Stimme leise zitterte.

„Und wenn im eis'gen Schicksalssturm
Dein Herz will schier verzagen, schier verzagen,
Soll meine Brust dein Hafen sein.
Wollen's gemeinsam tragen, ja, gemeinsam tragen."

Robert schwindelte es, aber er drehte seinen Kopf dem Sänger zu und mußte unwillkürlich und nicht ohne eine gewisse Boshaftigkeit denken, daß die so besungene Angebetete, die eingeladen wurde, an diesem Busen Schutz zu suchen, bei dem beträchtlichen Areal, das auf dem breiten und muskulösen Brustkasten zur Verfügung stand, sich die verschiedensten, ihr zusagenden Plätze würde wählen können. Sie könnte sich dort ohne Zweifel direkt ein Bett aufstellen. Der MacDougall fuhr fort, seiner Dame die Kraft seines Armes, sein Schwert und andere Kriegsinstrumente anzubieten, und er sang, wie ein Mann singt, der wirklich verliebt ist.

Er war offenbar ein Mann von besonderer Ausdauer, denn obwohl er die Angst und das Elend seines Pfarrers bemerkte und die Anstrengungen, die dieser machte, um der Priesterschaft keine Schande zu bereiten, lächelte er Robert nur ermutigend zu und sang ruhig weiter. Jetzt war das Lied von Mary O'Argyle an der Reihe, und Robert konnte nicht umhin zu bemerken, daß er eine ungewöhnlich schöne Stimme hatte.

„Es waren deine Augen, süße Mary . . .!" sang der MacDougall, und es lag tatsächlich ein feines Tremolo in seiner Kehle. Seine Augen glitzerten im Mondlicht, als wären sie feucht vor Rührung und leidenschaftlicher Liebe.

Süße Mary! mußte der Pfarrer denken. Hier, an diesem gottverlassenen Platz, in dem eisigen Wind und mitten im Ozean, wo die schwarzen Inseln dunkel und lautlos vorüberzogen? Anscheinend gingen die Bewohner der Insel mit der Sonne ins Bett, und das war vernünftig. Der junge Priester mußte ihnen recht geben. Sehr vernünftig sogar. Nur dicke Decken und Daunenbetten konnten für Menschen, die an so einem Ort leben mußten, ein Trost sein. Und die Boote fuhren stetig und schnell weiter über das Wasser.

Gerade als Robert alle Hoffnung fahren gelassen hatte, hielt der MacDougall mit seinem Gesang inne — mitten in einer Strophe, in der er schilderte, wie betörend schön seine Lady von Angesicht war — und deutete auf etwas, was Robert wie eine riesige Felsmasse vorkam, die über den silbernen Spiegel des Ozeans emporragte.

„Die MacDougalls-Insel", sagte er stolz, „mit allen Ihren Pfarrkindern, Father."

„Doch nicht... das da?" fragte Robert mit zitternder Stimme. „Das ist doch nur ein Felsenberg vor dem Mond."

„Die MacDougalls-Insel", wiederholte Douglass fröhlich. Er hob seine riesige Hand, als wollte er Robert noch einen Willkommenshieb versetzen, hielt aber mitten in der Luft inne, als er bemerkte, daß der Priester aus Angst, ins Meer geschleudert zu werden, zurückzuckte. Der MacDougall hüstelte entschuldigend. „Es ist meine Heimat, die Heimat der MacDougalls, und keiner kann landen, der nicht die Bucht und die Zufahrt kennt." Er strahlte den Priester an. „Dauert nicht mehr lang, Father. Wir haben Westwind, und bald werden Sie sich an Ihrem eigenen Feuer wärmen können, in Ihrer eigenen Hütte und mit einem guten Dinner unter den Rippen."

Robert durchlief wieder ein Schauer. „Und morgen", sagte der MacDougall, „da will ich Sie auf der Insel herumführen, damit Ihre Leute Sie sehen und stolz auf Sie sein können." Er war wirklich sehr gutherzig. Persönlich konnte er sich kaum vorstellen, daß seine Leute auf diesen mageren, zaundürren

Jungen stolz sein würden, der trotz seines guten, kantigen, echt schottischen Profils zu schmal in den Schultern war.

Gleichzeitig — und wenn sie es gewußt hätten, dann wären sie erstaunt gewesen — mußten sowohl Robert als auch der MacDougall an den armen alten Bischof weit drunten im Süden, in Edinburg, denken. Und ihre Gedanken waren nicht freundlicher Natur. Sie haderten beide mit dem Bischof. Der MacDougall, weil er ihm so ein Milchgesicht geschickt hatte, und Robert, daß er auf die MacDougalls-Insel gehen mußte. Offenbar habe ich für viele Sünden Buße zu tun, dachte Robert, und dann opferte er seine wirklichen Leiden für die Seelen im Fegefeuer auf, die sicherlich in ihrer Situation ein oder zwei Atemzüge von dieser eisigen Polarluft sehr genießen würden. Dieser kalte Wind müßte sogar Satan in der Hölle das Blut in den Adern erstarren lassen, überlegte Robert und zweifelte, ob ihm selber je wiederum warm werden würde.

Die Kiele der Boote knirschten über groben Sand, und die Insel türmte sich über ihnen auf wie eine dunkle, drohende, totenstille Festung. Diesmal protestierte Robert nicht, als ihn der MacDougall behutsam aus dem Boot hob und auf den schlüpfrigen Boden stellte, wobei er so vorsichtig mit ihm umging, als wäre er ein kleines Kind. Wenn er ehrlich war, so mußte Robert zugeben, daß er ihm dankbar gewesen wäre, wenn er ihn gleich in sein Pfarrhaus getragen hätte. Er hätte den MacDougall für eine solche Güte gesegnet. Er fuhr wieder heftig zusammen, denn die Pfeifer hatten wieder angefangen, die Fackeln brannten und die Trommeln donnerten. Man beabsichtigte, ihn bis zu seinem Pfarrhaus mit Dudelsäcken und Trommeln zu begleiten, und einen Augenblick lang wünschte er, er wäre tot und ruhe an irgendeinem stillen, lieblichen Ort unter einer Zypresse.

Wagen gäbe es keinen, mit dem er fahren könne, erklärte ihm der MacDougall mit der ekelhaften Freundlichkeit, die ihm eigen war. Auf der ganzen Insel gäbe es keinen Wagen, denn die Wege, etwa ein halbes Dutzend, wären zu steil, und man benötige Fahrzeuge überhaupt nicht. Man brauche nur Pferde, und die Pfarre habe ein wunderbares Pferd, das so fromm wie ein Lamm sei. „Klettert auch sicher wie eine Ziege", bemerkte Robert müde. Der MacDougall fand, daß das ein glänzender Witz sei, brüllte vor Lachen auf, faßte dann den jungen Priester fest unter dem Arm und half ihm einen schmalen, felsigen Pfad hinauf, der fast senkrecht in die Höhe führte und nur vom Mondlicht gepflastert war. Die Trommler und Pfeifer folgten ohne die geringste Schwierigkeit, aber Robert stolperte ununterbrochen. Was wohl mit den Dominikanerinnen ist, die zu seiner Begrüßung gekommen waren, dachte er, aber dann machte er sich keine weiteren Gedanken, als er sah, wie sie resolut ihre Röcke bis zu den Stiefelschäften hochgenommen hatten und ebenso mühelos zu gehen schienen wie die Männer, die gleich hinter dem Pfarrer und dem MacDougall kamen. Auf die Nonnen folgten die Musikanten. Nie wieder, gelobte sich Robert, will ich mich an dem Klang der Trommeln und Dudelsäcke begeistern, nein, niemals mehr.

Sein erstes Gefühl, als er am Rand des Abhanges angelangt war und sich auf einigermaßen ebenem Boden befand, war, daß er eine kleine Welt betrat, die ausschließlich aus glitzerndem schwarzem Fels und strahlendem, silbernem Licht erbaut war. Eine Straße mit Kopfsteinpflaster, kleine niedrige Häuser. Die Mauern aller Gebäude waren aus dunklem, glänzendem Granit und die Dächer mit schwarzem Schiefer gedeckt. Aber in den Fenstern standen Lampen zu Ehren des neuen Pfarrers, und in Schals gehüllte Männer und Frauen riefen ihm ein Willkommen zu. Robert allerdings, der nach der Bootsfahrt noch taumelte, konnte nicht anders erwidern als dadurch, daß er seinen zitternden Arm hob. Er sah den Turm seiner Kirche, die am Ende der hell erleuchteten Straße stand, bemerkte, daß das Gotteshaus klein und stämmig dastand, und wußte nun, daß es nicht mehr weit zu seinem Pfarrhof sein konnte, wofür er Gott von Herzen dankte. Er stolperte auf dem Katzenkopfpflaster, aber der MacDougall hielt ihn fest am Arm, die Pfeifer pfiffen, die Fakkeln warfen ihren grellen Schein auf die dunklen Häuser und die Trommeln hallten von den Mauern und dem Berg wider. Im Vorbeigehen sah Robert, daß mehrere schmale Straßen von der Hauptstraße abzweigten. Alle Fenster waren festlich erleuchtet. Er hoffte, daß niemand mit ihm ins Pfarrhaus kommen würde, daß sich womöglich keiner um ihn „kümmern" würde, sondern daß sie soviel Mitleid aufbringen könnten, ihn einfach ins Bett fallen zu lassen, im ärgsten Fall sogar auf den Fußboden.

Obwohl er so mager war und so jung, war er eigentlich stark und zäh, aber die lange Reise, die Kälte und vor allem die Fahrt mit dem Boot hatten ihn an den Rand seiner Kräfte gebracht. Sein Magen revoltierte noch immer, und die Straße schien sich unter seinen Füßen zu heben und zu senken. Dann wurde eine Tür aufgerissen, und das warme Licht der Lampen und des Feuers umfing ihn wie liebende Arme. Endlich war er in seinem Pfarrhaus. Er sah das Feuer, riß sich vom MacDougall los, stürzte an den Kamin und beugte sich so nahe über die Glut, als er konnte, ohne anzubrennen. Und das war also der Mai, der fröhliche, liebliche, blumenreiche Mai — der Monat der Himmelskönigin.

Die Pfeifer draußen ließen weiter ihre schrillen Mißtöne erklingen und die Trommeln grollten weiter, aber die Mauern waren fast so dick, wie der Arm eines Mannes lang ist, was ein Segen für Robert war, wie sich später herausstellen sollte. Daher war das tolle Gepfeife in dem kleinen Wohnzimmer nur gedämpft zu hören. Es war sehr gemütlich eingerichtet, mit Schaukelstühlen und Deckchen, gewebten Wollteppichen in hellen Farben, breiten Tischen und mehreren guten Lampen. Und vor allem gab es ein mächtiges Feuer. Die Schwestern kamen mit dem MacDougall herein, der Herr der Insel schrie irgend etwas Unverständliches, und eine kleine, rundliche Person mit weißen Haaren, grauem Kalikokleid und einer großen, weißen Schürze kam eiligst herein.

„Mistreß MacDougall", sagte der MacDougall mit seiner

mächtigen, männlichen Stimme, „ein Fußbad für den kleinen Jungen, aber heiß, und sofort! Er ist halb erfroren.“

Mistreß MacDougall, die eine ältere Dame war und ein hochrotes Gesicht hatte, machte vor dem zitternden Priester einen Knicks, nickte und verschwand strahlend in der kleinen Küche. Robert beugte sich noch tiefer über das Feuer. Der Brechreiz war jetzt verschwunden, und sein Magen gab gesunde, klagende Laute von sich und verlangte Ersatz für das, was er während der Bootsfahrt von sich gegeben hatte. Als Robert über seine Schultern zurücksah, erschrak er fast über den Anblick der schrecklichen Nonnen, von denen jede beinahe ebenso groß war wie er selber. Aus ihren sauren Mienen konnte man schließen, daß sie sich jetzt schon ein nicht sehr schmeichelhaftes Urteil über den neuen Pfarrer gebildet hatten. Die Mutter Oberin, eine gewaltige Dame, blickte ihn finster durch die halben Gläser ihrer Brille an, und Robert mußte unwillkürlich denken, daß so ein Blick einen unter Umständen in Hackfleisch verwandeln könnte.

Der MacDougall, der anscheinend nicht zu reden aufhören konnte und dem die Schwestern gelegentlich ein zwar frostiges aber doch ergebenes Lächeln zukommen ließen, half der alten Haushälterin, eine dampfende Kupferwanne mit heißem Wasser hereinzutragen. Dann schleuderte er Robert in einen Stuhl vor dem Feuer. Es nutzte ihm nichts, daß er protestierte, es wurden ihm die Schuhe ausgezogen, dann kamen seine langen, gestopften schwarzen Socken an die Reihe und schließlich wurden seine Hosenbeine und die Unterhosen fein säuberlich hochgerollt, wodurch seine weißen, mageren Waden den ungerührten Blicken der Schwestern ausgesetzt waren. Der MacDougall packte beide Waden mit einer seiner mächtigen Hände und tauchte Roberts Füße in die Kupferwanne. Robert stieß einen lauten, langen, kläglichen Schrei aus, er konnte nicht anders. Der MacDougall nickte zustimmend und meinte: „Eine kräftige Stimme!“ — und auch die Schwestern sahen Robert zum erstenmal nicht so finster an. Er war sicher, daß ihm das Fleisch in

Fetzen von den Knochen fallen würde in dem heißen Wasser, aus dem riesige Dampfwolken aufstiegen und ihm fast den Blick verhüllten. Aber nach dem ersten schrecklichen Augenblick gewöhnte er sich an die Hitze und bekam wieder Gefühl in die Füße.

„Also das wär's", sagte der MacDougall, nachdem er die Hand in das heiße Wasser getaucht hatte, um sich zu versichern, das Roberts Füße in der Wanne nicht zu Suppenfleisch gekocht würden. „Wir überlassen Sie jetzt Ihrem guten Dinner und dem warmen Feuer, Junge. Morgen ist übrigens um halb fünf Uhr Messe, denn die Männer müssen an die Arbeit. Um sechs Uhr ist dann die Messe für die Frauen und für die Kinder. Gute Nacht, Junge, und angenehme Ruhe. Es ist schon reichlich spät geworden."

Er schritt hinaus, die schweigenden Schwestern folgten ihm, und kaum war er in der Tür erschienen, als die Pfeifer auch schon wieder mit ihrem Höllenlärm anfingen. Die Tür knallte zu. Junge! dachte Robert indigniert. Ich, ein Priester! Er war auch verbittert darüber, daß man ihn „klein" genannt hatte, wo er immerhin mehr als sechs Fuß groß war. So ein Monstrum wie der MacDougall war er natürlich nicht. Plötzlich schrie er zum zweitenmal auf, denn Mistreß MacDougall goß aus dem Kessel frisches heißes Wasser in die Wanne nach. „Genug, Frau!" schrie er gellend.

Dann deckte Mistreß MacDougall neben ihm den Tisch. Noch hatte er ihre Stimme nicht gehört, aber er wußte ja aus Erfahrung, daß seine Landsmänninnen ebenso wortkarg waren wie seine männlichen Landsleute. Mit Ausnahme des MacDougall, dachte er mit beträchtlicher Erbitterung. Wenn er nicht redet, dann singt er, eines so schlimm wie das andere. Das war übrigens gar nicht richtig, denn der MacDougall sang nicht schlecht, und Robert bedauerte seinen unfairen Gedanken sofort. Die Pfeifer hatten zwar laut gebrüllt, mußte er denken, aber gesprochen hatte noch kein Mensch mit ihm, außer dem MacDougall. Die Mutter Oberin hatte ihn nicht einmal willkommen geheißen, obwohl es doch von Rechts wegen ihre Pflicht gewesen wäre, wenigstens ein paar Sätze zu sagen.

Obwohl er nicht besonders redselig war, sehnte sich Robert doch nach einer menschlichen Ansprache. Deshalb sagte er zu seiner Haushälterin: „Sie sind also auch eine MacDougall, Mistreß?“ „Wir alle sind MacDougalls, Father“, antwortete sie im Dialekt des schottischen Hochlandes, „alle Männer und Frauen auf der Insel und die Kinder und Säuglinge, ohne Ausnahme.“ Sie schien darauf stolz zu sein und goß dicke Hammelsuppe in eine weiße Schale, die neben Robert stand. „Aber keiner ist so stolz und gut wie Douglass MacDougall, unser Laird.“ Sie senkte ehrfürchtig die Stimme, und zum erstenmal überkam Robert ein leichtes Unbehagen, das er sich aber noch nicht recht zu deuten wußte. Er ließ sich's aber nicht anfechten, sondern tauchte seinen großen Zinnlöffel in die Schale mit Suppe, aus der unbeschreiblich delikate Düfte aufstiegen, und griff zuerst einmal herzlich zu, bevor er weitersprach. Seine Füße in der Wanne durchwärmten sich langsam, und von seiner rechten Schulter, die er dem Feuer zugewendet hatte, begann sich die Feuchtigkeit der Nacht und des Meeres in einer kleinen Dampfwolke zu verflüchtigen. Er genoß diese freundlich von den Lampen erleuchtete Behaglichkeit in vollen Zügen. Er aß die Suppe auf und bemerkte, daß Mistreß MacDougalls blaue Augen mit Wohlgefallen auf ihm ruhten. Dann brachte sie eine Schüssel mit kaltem Hammelbraten, Senf, heißen, gedünsteten Kohl mit Kartoffeln, Brötchen aus Hafermehl, Kuchen und eine Flasche Whisky. Sie goß Robert ein Glas ein, nicht zu knapp, und er nahm es, roch daran und schwenkte es.

„Der beste in der ganzen Welt“, bemerkte Mistreß MacDougall stolz. „Er ist aus dem Keller Seiner Lairdschaft, hier auf der Insel gebrannt.“

Das war natürlich gegen das Gesetz, außer der MacDougall hatte eine Lizenz von den Sassenach. Robert nahm an, daß er eine solche ohne Zweifel nicht besaß. Und sicherlich war die MacDougalls-Insel nicht nur deshalb so wenig bekannt, weil sie so weit im Norden lag. Es gab auch etwas, das man Diskretion nennt.

„Halb fünf ist aber eine ungewöhnlich frühe Stunde für die Messe", sagte Robert.

„Der MacDougall hat es so zu unserer Bequemlichkeit angeordnet." Aus dem Klang ihrer Stimme konnte man einen leichten Tadel heraushören. Die hellen blauen Augen in ihrem runden, roten, ein wenig runzeligen Gesicht waren plötzlich kalt. „Ich will Ihnen einen guten Rat geben. Widersetzen Sie sich dem MacDougall nicht!"

Robert versuchte, schnell mit einem Stück Hammelbraten und einem Brötchen mit Butter, das er gerade zwischen den Zähnen hatte, fertig zu werden. Nachdem er ein paarmal geschluckt hatte und sein Mund wieder frei war, sagte er: „Ich werde mich dem MacDougall widersetzen, wenn es notwendig ist!"

Die Haushälterin faltete die Hände unter ihrer Schürze.

„Damit werden Sie sich nur ins eigene Fleisch schneiden, Father", meinte sie. „Der MacDougall" — wieder senkte sie ihre Stimme so, wie Robert es schon vorhin bemerkt hatte —, „der MacDougall wird keine Einmischung dulden. Er ist der Laird."

„Es gibt noch einen Laird über ihm", sagte Robert. „Ihm diene ich, nicht dem MacDougall."

Mistreß MacDougall bekreuzigte sich pflichtschuldig, aber ihre Augen funkelten. Robert kam es vor, als ob sie ihn so betrachte, wie man etwa ein schwächliches Kalb prüfend ansieht, und seine Empfindlichkeit war schon wieder geweckt. Sie lächelte, nickte und brachte dann die zinnene, dampfende Teekanne herein, füllte eine große Tasse mit Tee und stellte Rohzucker und ein Kännchen Sahne auf den Tisch, die so dick war, daß man sie fast nicht gießen konnte. Dazu gab es Kuchen mit reichlich Rosinen drin. Robert vergaß seine Empfindlichkeit eine Weile, als er diese Herrlichkeiten sah.

„Sie haben einen guten Appetit, Father", sagte Mistreß MacDougall. „Gott sei Dank."

„Wird auch notwendig sein, hier", bemerkte Robert und biß in die fünfte Schnitte Kuchen.

„Ja, also Ihr Unterzeug — es ist nicht allzu warm", bemerkte die Haushälterin. „Aber der MacDougall wird das schon in Ordnung bringen. Und übrigens die Meßkleider! Nicht einmal ein Prinz könnte sich schönere wünschen als die, die in der Sakristei auf Sie warten."

„Ich habe meine eigenen", entgegnete Robert ernst.

Mistreß MacDougall schüttelte nachsichtig den Kopf. „Sie werden schon die anziehen, die der MacDougall, der Laird, in London gekauft hat, und nicht diese armseligen, die ich in Ihrem Koffer gesehen habe, Father."

Robert faßte sofort den festen Entschluß, seine eigenen Sachen zu tragen, wenn auch der MacDougall oder der Teufel in Person über ihn kommen sollten. Nicht umsonst war er ein Schotte. Wieder übermannte ihn das unbehagliche Gefühl, dem er keinen rechten Namen geben konnte. „Sind denn hier alle so in den MacDougall verliebt wie Sie, Mistreß MacDougall?"

Sie machte ein Gesicht, das eher zum Empfang der heiligen Kommunion in der Kirche gepaßt hätte.

„Ja, alle! Er ist unser Laird und Herr, Father!"

„Und warum?"

„Warum, Father? Sein Wort ist doch das Gesetz." Ihre Stimme klang jetzt geradezu untertänig, und die Haare im Nacken von Roberts schottischem Skalp begannen sich aufzustellen. Schotten waren doch sonst die stolzesten Leute auf der ganzen Welt, und ein untertäniges Wort war wohl das letzte, was man aus ihrem Munde erwarten konnte. Aber trotzdem klang das Geständnis von Mistreß MacDougall servil.

„Das ist doch Tyrannei!" rief Robert aus, dessen Landsleute die Unabhängigkeitserklärung der Vereinigten Staaten unterzeichnet und bei Bannockburn mit Robert Bruce und mit Bonnie Prince Charlie gekämpft hatten.

„Tyrannei, Father?" Mistreß MacDougall sah ihn verständnislos an. „Wir schulden dem MacDougall doch so viel, und seinem Vater und seinem Großvater und allen MacDougalls vor ihnen. Er ist das Gesetz ..."

„Ja, und die Propheten sicherlich auch noch", sagte Robert, dessen schwarze Augen zu blitzen begannen. „Na, wir werden ja sehen! Und ihr nennt euch Schotten!"

Mistreß MacDougall warf dem jungen Priester einen Blick zu, der ihm kein langes Leben verhieß, sagte aber nichts mehr. Schweigend und nur mit Handbewegungen zeigte sie Robert sein Pfarrhaus, nachdem er seine Strümpfe und Stiefel wieder angezogen hatte. In seinem Schlafzimmer brannte ein kleines Feuer, für das er dankbar war, denn er dampfte jetzt buchstäblich, äußerlich und innerlich. In seinem Bett türmten sich Federbetten, Steppdecken, Kissen und Wolldecken. Hier war der Fußboden aus Holz, nicht aus glattem Granit, wie in seinem Wohn- und Empfangszimmer. Auf dem Waschtisch stand ein weißes Becken mit einem Wasserkrug, und daneben hingen grobe, weiße Handtücher. In der Ecke stand ein Schaukelstuhl, der offenbar für einen Riesen berechnet war, und auf dem Tisch brannte eine freundliche dicke Kerze. Er besichtigte die Küche mit ihren steinernen Wänden und dem großen, hellen Feuer und schließlich die Speisekammer, die so voll war, wie es die seines Bischofs nie gewesen war. Und der Westwind heulte draußen vor den kleinen, in Blei gefaßten Fenstern und konnte der Behaglichkeit, die im Hause herrschte, nichts anhaben.

Als sie wieder ins Schlafzimmer zurückkamen und Robert vor dem großen Himmelbett stand, überwältigte ihn mit einemmal der Wunsch, unter diese Federn und Wolldecken zu kommen. Er entließ Mistreß MacDougall, die nebenan mit ihrem Mann und ihren drei Söhnen wohnte. Etwas reichlich schnell sagte er seine Gebete, was er später ehrlich und von ganzem Herzen bereute, und fiel in die weißen Federbetten. Er war noch so weit wach, daß ihm der Luxus, der ihn umgab, voll zu Bewußtsein kam, rollte sich ein paarmal behaglich hin und her, horchte noch einen Augenblick auf den Wind draußen und fiel dann in den tiefsten Schlaf seines Lebens. Daß der große, weiße Mond bei seinem kleinen Fenster hereinschien, bemerkte er nicht mehr.

Es war noch völlig dunkel, als er durch die Glocken in dem kleinen eisenfarbenen Glockenturm, der auf dem Dache seiner Kirche wie ein Reiter im Sattel saß, geweckt wurde. Er tappte nach den Streichhölzern, fand dann mit der anderen Hand in der Dunkelheit die Kerze und zündete sie an. Es war vier Uhr an einem eisigen Maimorgen. Das Feuer war schon vor langer Zeit ausgegangen. Er erinnerte sich daran, daß Mistreß MacDougall erst nach sechs ins Pfarrhaus kommen sollte und er sich daher allein zurechtfinden mußte. Es blieb ihm nur eine halbe Stunde, um sich anzuziehen, in seine Kirche hinüberzulaufen und dort die notwendigen Vorbereitungen zu treffen.

Zögernd — denn er war noch jung und das Bett herrlich warm — entwand er sich der Umarmung der Daunenbetten und begann sofort vor Kälte zu zittern, obwohl er ein Flanellnachthemd anhatte. Das kalte Wasser verursachte ihm eine Gänsehaut nach der anderen, weshalb er sich mit dem Waschen und dem Rasieren möglichst beeilte. Dann sah er sich nach seinem Unterzeug um, das er am Abend zuvor so hastig abgelegt hatte, dachte unglücklich, daß es wirklich für dieses Klima zu dünn war, obwohl es für Edinburg, wo es doch kaum jemals wirklich warm war, genügt hatte. Da entdeckte er, daß seine Unterwäsche, während er geschlafen hatte, gegen Kleidungsstücke ausgetauscht worden war, die aus Haferflocken gewebt zu sein schienen und dick waren wie Decken. Zuerst zögerte er zwar, kam dann aber zu dem Schluß, daß die Kirche ja gegen Behaglichkeit an und für sich nichts einzuwenden habe und es eine der Pflichten des Priesters sei, seine Gesundheit nicht durch unvernünftiges Leben zu gefährden. Besonders weich waren die Unterkleider zwar nicht, aber kaum war Robert hineingeschlüpft und hatte sie zugeknöpft, da wirkten sie wie Schwanendaunen in dieser Kälte. Die Wollstrümpfe, die seine Mutter so liebevoll gestrickt hatte, waren gegen andere ausgetauscht worden, die so dick waren, daß man sie am Abend neben die Schuhe stellen konnte. Er zog sie rasch an, denn seine Zehen begannen schon kalt zu werden. Auch sein Anzug war gegen einen anderen, der sich besser für das Klima eignete, ausgewechselt worden. Auch den hätte man übrigens in die Ecke stellen können. Übrigens war auch noch ein Jumper da, aus dicker schwarzer Wolle. Er besann sich nicht lange und schlüpfte hinein. Dann aber runzelte er die Stirn. Es war eine Sache des Prinzips und ein gewisser Trost für ihn, sich vorzunehmen, daß er sich trotzdem heute noch bei Mistreß MacDougall beklagen müsse. Übrigens nicht nur bei ihr, sondern bei jedermann, wenn schon davon die Rede war.

Obwohl er so warm angezogen war, zitterte er dennoch, als er die Tür des Pfarrhauses hinter sich schloß, denn der Wind war ein Polarsturm und scharf wie ein Rasiermesser. Hätte ich mein eigenes Zeug angehabt, mußte er sich gestehen, dann hätte ich mir noch vor Abend eine Lungenentzündung geholt. Schweigende Männer, die wie riesige Kleiderbündel aussahen, so daß man kaum noch die menschliche Gestalt erkennen konnte, lenkten schon ihre Schritte durch die stillen dunklen Straßen der Kirche zu, als Robert in diese eintrat. Der Sakristan wartete schon. Er war ein alter, rüstiger Mann, und die beiden Ministranten waren so warm angezogen, daß es aussah, als säßen ihre Köpfe auf kleinen runden Fäßchen. Sie grüßten ihn voller Respekt. Er sah, daß die Alba aus dicker, weißer Wolle war, nicht aus Leinen, wie das üblich ist, und zögerte einen Augenblick. Aber da schüttelte ihn schon wieder die Kälte, er zog sie über und sagte seine Gebete.

Es war der vierte Dienstag nach Ostern. Robert warf einen Blick auf die Meßkleider, die von den stolzen Ministranten für ihn hingelegt worden waren, und dachte, daß nicht einmal sein Onkel, der Bischof, je so feine, wunderbar gestickte getragen haben dürfte. Er wagte kaum, sie anzurühren. Als er betete, kam ihm der kleine Raum angenehm warm vor, und er dachte nicht daran, daß dies seinen Grund in der dicken Unterwäsche hatte, die er trug. Während man ihn in Pracht und Herrlichkeit einkleidete, blickte er durch die Tür der Sakristei in die Kirche.

Sie war klein und ganz aus glitzerndem schwarzen Granit erbaut. Sogar der Hochaltar war aus Granit, der so glatt war wie die Hand eines Kindes, und der Boden und die Wände waren aus demselben Material, das im Lichte der Kerzen glitzerte und funkelte. Trotzdem wirkte die Kirche nicht kalt und ernst, denn vor jeder Heiligenstatue und vor dem Altar standen Körbchen mit zarten, bunten Maiblumen. Übrigens waren die Statuen erlesene italienische Kunstwerke, und das große Kruzifix über dem Altar war eine herrliche Arbeit und einer Kathedrale würdig. Draußen war es noch dunkel, aber die Kerzen beleuchteten die Glasmalereien der kleinen Fenster, so daß sie wie farbige Edelsteine wirkten. Robert bemerkte auch, daß die Altartücher von feinstem, spitzenbesetztem Leinen waren und weiß glänzten wie frischgefallener Schnee. Die Bänke füllten sich schon mit Männern, und in der ersten saßen natürlich mit zwar andächtigen aber doch wachsamen Gesichtern die mächtigen Dominikanernonnen. Ein Mann hustete heiser.

Dann bemerkte Robert, daß es so aussah, als glühten die Meßgefäße, und er dachte ehrfürchtig, daß sie mindestens aus schwer vergoldetem Silber sein müßten.

Es war eine stille Messe, weil es ein gewöhnlicher Wochtentag war, und daher schwieg die Orgel. Ob es überhaupt eine Orgel in seiner Kirche gab, dachte Robert, aber als er endlich eingekleidet war, kam ihm der MacDougall in den Sinn, gegen den er eine ganz und gar unchristliche — darüber war er sich im klaren — Abneigung zu empfinden begann, und er war überzeugt davon, daß der für eine Orgel gesorgt hatte — für das feierliche Hochamt an Sonn- und Feiertagen, feierliche Totenmessen und Hochzeiten. Den jungen Priester überkam ein leises Bangen. War dies doch seine eigene Kirche, seine Pfarr-Kinder, seine Pfarre, und er war ganz einfach ohne jede Einführung oder Vorstellung mitten hineingestellt worden. Dann aber ermannte er sich und betrat tapfer die Kirche. Die versammelten Andächtigen erhoben sich polternd. Da wurden ihm die Augen feucht, aber nicht wegen des Kerzenlichtes. Er betete darum, sich seines Amtes würdig zu erweisen.

„Alleluja, alleluja, Dextera Domini fecit virtutem, dextra Domini exaltavit me ..."

Seine Stimme widerhallte klar und laut von den Granitwänden, und das machte ihm Mut. Als er sich am Ende der Messe zu der versammelten Gemeinde umdrehte, die er nun schon als seine Gemeinde betrachtete, um ihnen den Segen zu geben: „Es segne euch der allmächtige Gott, der Vater und der Sohn und der Heilige Geist", kamen ihm fast die Tränen. Die alte Mutter Oberin sah seine Erschütterung, und während sie ihr Haupt beugte, betete sie, ein wenig traurig, für ihn und daß er seiner Aufgabe gewachsen sein möge.

Es war noch immer dunkel, als Robert die Kirche wieder verließ. Es gab natürlich keine Straßenbeleuchtung, aber die Männer hatten Laternen mit, die sie sparsamerweise auf ihrem Wege in die Kirche noch nicht angezündet hatten, weil der Mond noch genügend Licht gab. Jetzt aber entzündeten sie die Kerzen in ihren Laternen, berührten mit der Hand ihre Kappen und verbeugten sich vor ihrem Pfarrer. Er fürchtete sich vor einem Zusammentreffen mit den Dominikanerinnen, weil er sich an die erzwungene Zuschaustellung seiner nackten Waden am Abend vorher erinnerte, und beeilte sich daher, wieder in sein Pfarrhaus zu kommen. Im Osten begann sich am Himmel ein schwaches Blaugrau zu zeigen, und es war noch kälter als vorher. Im Pfarrhaus war noch niemand, und es war erst zehn nach fünf. Fast eine Stunde mußte er noch bis zur nächsten Messe warten, und er fühlte jetzt schon einen heftigen Hunger. Im Kamin seines Wohnzimmers war ein Feuer vorbereitet — Mistreß MacDougall war offenbar erst gegangen, nachdem er eingeschlafen und sie dann noch einmal zu ihm in sein Schlafzimmer gekommen war, um seine alten Kleider wegzunehmen und die schon vorbereiteten neuen zu hinterlassen. Robert knirschte mit den Zähnen. Aber nichtsdestoweniger, sie hatte ein

Feuer zurechtgebaut, und er zündete es jetzt an und beobachtete, wie das Holz unter der bröckligen Kohle Feuer fing. Sein Frühstück würde er erst um dreiviertel sieben bekommen, das heißt fast drei lange Stunden, nachdem er aufgestanden war. Robert beschloß, das zu ändern, und zwar sofort. Frauen oder nicht Frauen, Kinder oder nicht Kinder, die zweite Messe würde um halb sechs beginnen und nicht eine Sekunde später. Übrigens, wenn schon Ordnung geschaffen wurde, dachte er, so konnte er darauf bestehen, daß die erste Messe um fünf beginnen müsse. Sehnsüchtig dachte er an sein großes, warmes, weiches Bett und noch sehnsüchtiger an das Frühstück. Er war gar nicht mehr bewegt, und das war eine Sünde, wie er ohne allzuviel Zerknirschung feststellte.

Das kalte Frühlicht begann durch die Spalten der Läden seiner kleinen Fenster zu dringen, und sein hungriger Magen rumorte. Er machte zuerst in der Küche Feuer und dann in seinem Schlafzimmer. Er betete, er ging auf und ab. Endlich war es wieder Zeit, in die Kirche zu gehen. Es dämmerte schon, und er mußte denken, wie steinig und traurig doch diese kleine Ansiedlung war, die sich da an den Berghang schmiegte. Er hatte jetzt schon eine gewisse Vorstellung von dem Terrain und dachte an den — wie hieß er nur? —, der erfolglos versucht hatte, mit seinen Mannen auf dieser Insel zu landen. Schade, daß er nicht wußte, was ihm da durch die Gnade Gottes entgangen war, dachte Robert fromm.

Was er für einen Berg gehalten hatte, war eine große, zerklüftete Felskuppe, und die Ansiedlung lag mit ihren armseligen, schmalen und gewundenen Gassen auf einem simsartigen Absatz dieser Anhöhe. Die übrige Insel war zwar keinesfalls eben, im Gegenteil, sie schien fast unzugänglich zu sein, aber sie hatte doch Bergwiesen und anderes urbares Land, kleine Seen, Teiche und Quellen. Unten in der kleinen Bucht sah man eine Reihe von vertäuten Fischerbooten, und jetzt konnte er auch die gegenseitigen Zurufe der Männer hören, die laut und männlich durch die kalte Morgenluft hallten. Und dahinter bis zum Horizont nichts als der unendliche Ozean mit turmhohen Wogen und weißen Schaumkämmen. Es war offenbar die am weitesten vom Lande entfernte Insel. Der Bischof war nicht genau informiert gewesen, denn hier konnte kein großes Schiff aus Glasgow landen. Sie mußten weit draußen auf See bleiben und ihre großen, flachen Boote um die Salzheringe, den Schiefer, die Wolle und die Tweeds, oder was dieses gottverlassene Eiland sonst noch produzierte, in die kleine Bucht schicken. Wie konnte der MacDougall nur existieren in dieser Wasser- und Steinwüste? Robert kam ein Gedanke. Ja, das mußte die Erklärung sein! Sie machten ja Whisky in ihren Brennereien in den Bergen, natürlich illegal, und schmuggelten ihn dann auf das Festland. Das erklärte auch die Pracht, mit der die Kirche ausgestattet war. Und wahrscheinlich, dachte Robert, der jetzt wieder die Kirche betrat, schmuggelten sie auch andere Dinge. Feuerwaffen aus Norwegen zum Beispiel, die dann unter der Hand auf den Inseln und dem Festland verkauft wurden. Wie hatten die Leute im Zug nur gesagt? „Die MacDougalls haben sie nie unterkriegen können!“ Und besonders den MacDougall nicht, dachte Robert düster weiter, der allein schon mehr als eine Kompanie handfester Männer aufwog.

Der MacDougall erschien persönlich zur zweiten Messe zusammen mit allen den ehrfurchtsvoll andächtigen Frauen und Kindern und umgeben von seinen Männern. (Die schienen offenbar nicht zu arbeiten. Ob sie wohl seine Leibgarde waren?) Er war die Frömmigkeit selbst, kam zur Kommunion und warf Robert einen kurzen, blitzenden grauen Blick zu, der so kühl und wild war wie der graue Ozean. Robert wurde ein wenig unsicher, als er diesem Blick begegnete. Es lag darin keine Spur mehr von der herzlichen Freundlichkeit des vorhergehenden Abends.

Als Robert aus der Kirche trat, wartete er auf ihn, umgeben von seinen Männern, die alle Gewehre geschultert hatten. Aber jetzt war der MacDougall plötzlich fröhlich wie ein Junge und voll Freundlichkeit. Der Pfarrer möge ihm doch die Ehre erweisen, heute abend zum Dinner zu kommen, um mehr über seine Pfarre zu hören und das Pferd zu besichtigen, das in den Ställen des Lairds auf ihn wartete. Robert wollte eigentlich ablehnen, aber der MacDougall hob seine riesige Hand und legte sie kurz und schwer auf die Schulter des Priesters. Seine Jungen würden ihn am Abend abholen. Und was den Rest des Tages anginge, so könne der Pfarrer die Schulen inspizieren und sich mit der Mutter Oberin beraten, die übrigens seine, des MacDougall Kusine zweiten Grades sei.

Robert schaute auf die Hand auf seiner Schulter, sagte nichts und rührte sich nicht. Der MacDougall hörte zu reden auf, und Robert schaute noch immer schweigend auf die Hand. Da zog der Häuptling der Insel sie zurück und sagte lachend: „Der frühere Pfarrer war nämlich ein Vetter meines eigenen Vaters."

„Aber ich jedenfalls nicht, Sir", sagte Robert. Die großen Leibwächter sahen ihn erstaunt an.

„Das ist schade", meinte der MacDougall. „Sonst sind wir nämlich alle MacDougalls hier auf der Insel." Er meinte es offenbar ganz ehrlich und lächelte freundlich.

„Inzucht", bemerkte Robert kalt.

„Nicht mehr als bei den Iren." Er betrachtete Robert eingehend. „Ist nicht vielleicht ein kleiner Tropfen irisches Blut in Ihnen, Father", erkundigte er sich.

„Jetzt müssen Sie mich bitte entschuldigen", antwortete Robert, ging in sein Haus und knallte die Tür hinter sich zu. Er konnte noch hören, wie das Echo des Knalles von der Felskuppe zurückgeworfen wurde, die sich über der Ansiedlung erhob. Ob er sich wohl jemals hier eingewöhnen würde?

Mistreß MacDougall hantierte schon eifrig in der Küche, und es roch köstlich nach Hafergrütze, Brötchen, die im Rohr gebacken wurden, geräucherten Heringen und Tee. Robert, dessen Wangen noch von der Kälte und dem Ärger gerötet waren, schnupperte interessiert. Er überlegte, daß es „unter seiner Würde" wäre, noch weiter von dem Kleidertausch zu reden, sondern nahm Platz und verzehrte wohl die herzhafteste Morgenmahlzeit seines Lebens. Mistreß MacDougall war stolz auf seinen Appetit. Sie wurde sogar redselig und erzählte ihm von einigen der Dorfbewohner, den Bauern auf ihren steinigen Äckern und ihren Schafen, aber in jedem zweiten Satz kam der MacDougall vor, so daß Robert den Namen bald nicht mehr hören konnte.

„Hat denn keiner von euch Männern, Frauen, Kindern, Schafzüchtern, Bauern und Geschäftsleuten sein eigenes Leben?" fragte er.

„Aber Father, er ist doch der MacDougall, der Laird!"

„Ja, das haben Sie mir schon gestern abend gesagt. Aber er ist doch nicht der Herr und Meister über ihr ganzes Leben, Mistreß MacDougall."

„Wenn nicht der MacDougall wäre, und sein Vater und alle vor ihm, dann wäre keiner von uns heute am Leben", sagte die alte Frau vorwurfsvoll. „Der eine oder der andere unserer Feinde hätte uns sicherlich alle umgebracht."

„Bitte, ich gebe zu, daß er ein Held ist und daß auch seine Vorfahren Helden waren. Aber er ist doch immerhin nur ein Mensch, wenn er auch euer gegenwärtiger Laird ist."

Der Gedanke, daß der MacDougall nur ein Mensch wie alle anderen sein könnte, schockierte die alte Frau. Offenbar hielt sie ihn für eine Art Übermenschen.

„Und außerdem ist er nicht verheiratet und zeugt keinen neuen MacDougall", sagte der Pfarrer. „Das wäre doch seine Pflicht euch gegenüber?"

Mistreß MacDougall wurde rot und wechselte rasch den Gegenstand des Gespräches. Aber Robert war neugierig geworden. „Na ja", sagte er mit Befriedigung, „er wird wahrscheinlich nach Skye oder auf irgendeine andere Insel gehen, um sich eine Braut zu holen. Schließlich muß die Blutsverwandtschaft ja auch ihre Grenzen haben."

„Darf ich Ihnen noch Tee nachschenken", wich Mistreß MacDougall eiligst aus.

Er sah schon, daß er nicht mehr aus ihr herausbringen konnte und zog sich in sein Schlafzimmer zurück, um zu beten. Danach ging er noch einmal in die Kirche und besichtigte sie eingehender. Dann war die Sache aber nicht länger aufzuschieben. Er mußte seine Pfarrkinder kennenlernen und die Dominikanerinnen besuchen, besonders die Mutter Oberin. Schließlich war es ja nicht seine Schuld, daß man ihn vor den geistlichen Schwestern in so unanständiger Weise bis über die Knie entblößt hatte. Sie waren ja an die Kilts gewöhnt und sahen täglich und stündlich nackte Knie. Andererseits waren hochgerollte Hosenbeine bei einem Priester doch etwas anderes, und ganz besonders aufgekrempelte Unterhosen. Das war nicht gerade ein Anblick für Damen. Das Ganze war im wahrsten Sinne des Wortes sehr verwickelt und auch unvernünftig, aber er konnte sich nicht helfen.

Es gab keinen einzigen, der nicht vom MacDougall geredet hätte, und schließlich konnte Robert den Namen schon wirklich nicht mehr hören. Sogar die geistlichen Schwestern sprachen bei jeder passenden und unpassenden Gelegenheit von ihm. Die Mutter Oberin machte Andeutungen über eine „merkwürdige Erregung", die sich der Leute im Dorf und auf den Höfen bemächtigt hätte, aber was die Ursache war, wußte sie nicht. Die Kinder blieben stumm und die Männer und Frauen ebenfalls. „Geben Sie acht, Father", meinte sie, „ich habe es zuerst nicht glauben wollen, und aus den Leuten ist ja kein Wort herauszubringen. Aber wir müssen aufpassen. Der MacDougall bereitet irgendeine Überraschung für uns vor."

„Immer muß er irgendwelche Überraschungen im Schilde führen", sagte der Pfarrer, und zwar so streng, daß die alte Dame ihm einen mißbilligenden Blick zuwarf. Zugegeben, er hatte sie überrascht, als er die Kirche für den alten Pfarrer gebaut hatte, denn sie hatte allerhand Geld gekostet und die Leute hatten monatelang Granit poliert. Aber war es nicht eine schöne Kirche geworden? Und die Schiffe hatten die in große Holzkisten verpackten Statuen aus Italien gebracht und die Glasfenster. Es gäbe keine schönere Kirche, meinte die alte Dame, aber das hätte man ja auch von dem MacDougall erwarten können.

„Wenn er Ihnen etwas verbirgt, Mutter, das alle anderen wissen, dann kann es nichts Gutes sein", sagte Robert und erntete dafür wieder einen vorwurfsvollen Blick. Allerdings war er diesmal nicht mehr ganz so vorwurfsvoll.

„Ihnen hat er nichts gesagt?" fragte sie.

„Nein, aber heute abend esse ich bei ihm."

„Dann wird er es Ihnen schon sagen", meinte die alte Nonne mit solcher Erleichterung, daß sich Robert allerhand grauenhafte Gedanken machte. Wenn eine so heilige Frau Zweifel hegte und üble Vorahnungen hatte, dann mußte die Lage höchst bedrohlich sein. Sie war so aufgeregt und durcheinander, daß sie ihn noch ein zweitesmal durch die Schule führte und ihm die Pulte und andere Einrichtungsgegenstände so geistesabwesend und zerstreut zeigte, daß Roberts Besorgnis wuchs und er sich allerhand schreckliche Dinge auszumalen begann.

Er hatte das Gefühl, daß an den großen Leibwächtern des MacDougall etwas Unheimliches war, die ihn am Abend erwarteten, als er aus der Kirche trat — obwohl ihre roten kantigen Gesichter einen recht ehrfurchtsvollen Ausdruck hatten und sie alle respektvoll die rosigen, aufgesprungenen Knie unter ihren Kilts ein wenig beugten. Pfeifer waren diesmal keine dabei, und dafür war Robert herzlich dankbar. Aber trotzdem kam er sich wie ein zwar mit Ehrfurcht behandelter, aber doch wohlbewachter Gefangener vor, als er durch die Straßen zu einem Gebäude geführt wurde, das der Anführer als das Schloß des MacDougalls bezeichnete. Dieser Anführer war fast so groß wie sein Herr und blickte auf Robert herunter, der immer geglaubt hatte, außergewöhnlich groß zu sein. Ich komme mir direkt wie ein Zwerg vor, dachte Robert. Gibt es hier denn nur Riesen?

Die Tritte seiner Eskorte dröhnten auf dem Kopfsteinpflaster, als hätten die Männer eiserne Hufe. Die Schornsteine auf den

Schieferdächern rauchten überall behaglich, aber farbenfreudig war das Bild der Straßen nicht, alles war grau in grau. Nur in den kleinen Gärten blühte es erstaunlicherweise scharlachrot, purpurn und gelb. Doch bestand, wie gesagt, die vorherrschende Farbenskala nur aus Schwarz und Grau. Höchstens, daß einmal eine Tür cremefarben gestrichen war, vielleicht die eine oder andre sogar in einem munteren Blau. Aber die Aussicht war großartig und ehrfurchtgebietend, denn von überall konnte man den Ozean sehen, dessen ferne Schaumkronen von der Sonne in ein zartes Rosa getaucht wurden, und der hohe und weite Himmel war bläulich-bleich und kalt. Aber einfach überwältigend war der Blick nach Westen. Es war wie eine gewaltige Feuersbrunst, und man hatte das Gefühl, als stünde die ganze Welt in Flammen, als ginge sie in einer ungeheueren lautlosen Explosion roter, grüner und gelber Feuerschwaden zugrunde. Und mitten drin wie das Auge des Jüngsten Gerichtes die Sonne, die größer war, als Robert sie je gesehen hatte, ein rotes Riesenauge, so groß wie ein Dutzend gewöhnliche Sonnen.

Nicht eine einzige andere Insel war in Sichtweite. Die MacDougalls-Insel stand als ein einsamer schwarzer Felsen mitten im Ozean und in dem himmlischen Feuerwerk. Sie war der letzte Vorposten des Menschen im Reich der gewaltigen Elemente.

Die Stimmung Roberts schwang von Ehrfurcht zu Niedergedrücktheit und einer Art quälender Angst vor etwas, dem er keinen Namen geben konnte. Eine apokalyptische Atmosphäre, dachte er. Wie war es nur möglich, daß die Leute hier dieses gewaltige, gleichzeitig Ehrfurcht und Angst einflößende Schauspiel jeden Abend ertragen konnten? Im Winter kamen dann noch die eisigen Stürme, die Dunkelheit und das Nordlicht dazu. Katholiken waren sie zwar, aber gab es nicht noch manche Überbleibsel aus heidnischer Vorzeit, Erinnerungen an die Druiden, den Donnergott Thor und die ganze übrige Göttergesellschaft?

„Schöne Aussicht", sagte er zu dem Anführer, aber der und seine Männer blickten starr auf den Sonnenuntergang. Robert betrachtete ihre Gesichter und dachte: vielleicht sind sie Katholiken, vielleicht sogar gläubige. Aber in ihren Köpfen irrlichtern merkwürdige Gestalten, und merkwürdige Dinge werfen ihre Schatten auf ihre Seelen. Das sind eigentlich doch nicht meine Landsleute. Aber ganz plötzlich und ohne ersichtlichen Grund schwand seine Niedergedrücktheit und verwandelte sich in eine Art von Exaltation, als auch er sich an Dinge erinnerte, an die in dieser grauen und prosaischen modernen Welt keiner mehr denkt, gewaltige, herrliche Dinge und das Frohlocken des Triumphes, die der Mensch nur in der Morgenröte seiner Rasse, im Lichte der aufgehenden Sonne seiner Welt fühlen konnte, Dinge, die verloren waren und die man dennoch in leidenschaftlichem, tiefem Verlangen zurücksehnte. Die Söhne Adams hatten ihre Erinnerungen, aber in den Städten waren diese Erinnerungen verschüttet und dem Spott preisgegeben. Hier jedoch lebten sie.

Die Häuser der Ansiedlung waren nun Hecken gewichen, deren junge Knospen am Aufspringen waren. Es roch nach Flieder und der in Unschuld fruchtbaren Erde.

Endlich erreichten sie das Schloß mit seinen Anlagen und Kieswegen. Es war ein schwarz-graues zweistöckiges Gebäude aus Granit, das klobig und wenig einladend aussah. Aber alle Fenster waren erleuchtet, und davor standen zwei Riesen in voller Kriegsbemalung Wache, die Gewehre geschultert hatten. Sie grüßten zackig, als Robert sich mit seiner Leibwache näherte. Vier Schornsteine rauchten energisch. Dann flog die eisenbewehrte Eichentür auf und sie standen in der granitenen Vorhalle, die von Kerzen in schmiedeeisernen Laternen erleuchtet war. Alte Banner hingen an den Wänden, ein riesiger Kamin war zu sehen mit einem Wappen darüber, überall standen thronartige schwarze Eichenstühle, auf dem Boden lagen Teppiche aus Bärenfell, und die Mauern und Einrichtungsgegenstände waren mit Wappen geschmückt.

Die Leibwache verließ Robert nun, ein großer Mann in einem Kilt näherte sich ihm, verbeugte sich gemessen und führte ihn in einen großen Raum, der ähnlich aussah wie die Vorhalle und einen Kamin hatte, an dem mindestens sechs Männer nebeneinander stehen konnten. Auch hier brannte ein mächtiges Feuer, und an den holzgetäfelten Wänden hingen uralte Ahnenbilder — der ganze Stolz der MacDougalls — mit bleichen, geschminkten Gesichtern, wilden schwarzen Augen, langen oder kurzen Locken, mit Plaids, Schwertern, stämmigen Knien oder zarten Busen. Auch die Kerzen und das Feuer waren ein Teil der Vergangenheit und doch lebendig. Das Feuer war in dem gegenwärtigen MacDougall, der die da oben an den Wänden, die schon längst zu Staub geworden waren, repräsentierte, nicht gestorben.

Jetzt trat er selber ein, strahlend, lebhaft, gut aussehend in seinem Kilt. Natürlich trug er seinen Dolch, war aber ohne Kopfbedeckung. Er streckte dem Pfarrer freundlich und mit der Handfläche nach oben seine Hand hin — damit wollte er zeigen, daß er keine verborgene Waffe trug — und schüttelte die seines Gastes mit großer Herzlichkeit. „Willkommen in diesem Hause, für das Ihr Besuch eine Ehre bedeutet. Und ich hoffe, daß Sie Ihren Segen hinterlassen werden."

Robert wollte irgend etwas Gereiztes antworten, wie es Schotten gern tun, auch wenn sie auf gutem Fuß mit einander stehen, aber es blieb beim Händeschütteln, und Robert konnte nicht umhin, die edlen Züge und die Statur seines Gastgebers zu bewundern und die Kraft und Männlichkeit, die er ausstrahlte. Dann allerdings kam er wieder zu sich und sagte: „Ist mir vielleicht eine andere Wahl geblieben, Douglass?"

Der MacDougall lachte fröhlich, rief um Whisky und zog einen großen Stuhl für den Priester ans Feuer. Dann nahm er Robert gegenüber Platz, und seine roten Knie strahlten Gesundheit aus. Er schüttelte den Kopf: „Sie hätten den alten Pfarrer kennen sollen, der war jeden Sonntag abend hier und hat das Haus gesegnet! Der arme alte Mann!"

„Er war doch über hundert, als er starb, glaube ich."

„Der arme alte Mann", wiederholte der MacDougall, als

redete er von einem Menschen, der in den besten Mannesjahren vorzeitig abberufen worden war.

„Wie alt war denn Ihr Vater, als er starb“, erkundigte sich Robert.

Die großen schwarzen Augen des MacDougall wurden noch trauriger. „Ja, das war ein Unglücksfall, könnte man sagen. Er war erst sechzig. Aber mein Großpapa — vor einem Jahr hat er noch gelebt — war hundertacht, auf den Tag genau, und über und über mit Narben bedeckt.“

„Daran habe ich keinen Augenblick gezweifelt“, sagte Robert. Aber der MacDougall wollte jetzt offenbar dieses traurige Thema verlassen und erkundigte sich bei Robert, was für einen Eindruck er von seiner Pfarre, von den guten geistlichen Schwestern und überhaupt gewonnen habe. Robert gab zu, daß alles viel besser war, als er es erwartet hatte, und fragte dann, wann es hier Sommer werde, was den MacDougall wieder heiter stimmte. Er versicherte dem Priester, daß es eigentlich schon jetzt Hochsommer sei. Ein Wetter für einen König, erfrischend und stärkend für die Lungen. Das Feuer brannte zwar hell, aber Roberts neues warmes Unterzeug war auch nicht einen Millimeter zu dick. Wenn das der Sommer sei, wie sähe denn dann der Winter aus? „Da müssen Sie die Lungenflügel einziehen!“ sagte der MacDougall. „Alles ist weiß, weit und breit, und der Frost klingt einem in den Ohren.“ Robert konnte es sich vorstellen und schauderte.

Dann versprach ihm der MacDougall einen Pelzmantel für den Winter. „Wahrscheinlich werde ich auch darin schlafen“, bemerkte Robert. Nein, davon könne keine Rede sein, für sein Bett würde er Pelzdecken bekommen. „Frieren werden Sie bei uns nicht“, meinte der Laird mit leichter Geringschätzung für den Stadtmenschen. Dann füllte er Roberts Glas nach. Der Whisky war wirklich ausgezeichnet, und die Augen des Gastgebers blitzten vor Freude, als Robert ihn lobte. „Dem alten Pfarrer habe ich jeden Tag eine Flasche geschickt — für sein Blut“, fügte er hinzu. Vor nur vierundzwanzig Stunden hätte diese Feststellung Robert entsetzt, aber jetzt beglückwünschte er den alten Priester im Geiste für seine Klugheit und die Aufmerksamkeit, die er seiner Gesundheit in diesem Klima geschenkt hatte. „Man wird Sie aus meinem eigenen Keller ordentlich versorgen", stellte der MacDougall Robert großzügig in Aussicht. Robert hätte gerne geantwortet, daß er nicht erwarte, bis zu seinem hundertsten Lebensjahr hier zu bleiben, schluckte diese Worte aber angesichts der Liebenswürdigkeit und der Gastfreundschaft des Hausherrn unausgesprochen hinunter. Das hätte doch zu unfreundlich geklungen.

„Und jetzt werden wir den Sherry für die Damen kommen lassen", sagte der MacDougall und schüttelte die Glocke, die auf dem Tisch gestanden hatte, so heftig, daß sie wie ein Gong klang.

„Die Damen?" Robert war erstaunt.

„Meine zukünftige Braut, Mary Joyce, und ihre Anstandsdame, Pamela Stone", sagte der MacDougall mit einem leisen Anflug von Ungeduld in der Stimme. „Hat Ihnen denn niemand erzählt, daß sie in meinem Haus sind?"

Irgendwie kamen ihm die Namen bekannt vor, er konnte sich aber nicht erinnern, wo sie ihm untergekommen waren, besonders da der Whisky schon eine gewisse Wirkung zeigte. Daher verneinte er die Frage.

„Sassenach Ladies", erklärte der MacDougall. „Meine Gäste. Nie im Traume hätte ich mir vorstellen können, daß sich ein MacDougall von den Sassenach eine Braut holen könnte, aber Gott lenkt, nicht wahr?"

„Tatsächlich", sagte Robert, „kein Mensch hat mir etwas gesagt."

„Ja, ja", meinte der MacDougall dunkel und ein wenig stolz, daß Robert nicht gleich verstand. „Schwätzer sind sie nicht, meine Leute."

Mit einem Male erinnerte sich Robert an die Zeitung aus Dundee, die er im Zug gelesen hatte, und er zuckte so plötzlich zusammen, daß er sich den Whisky aus seinem Glas auf die Hand schüttete. „Die Damen, die in Edinburg verschwunden sind und hinter denen Scotland Yard her ist?" rief er aus.

„Verschwunden sind sie nicht", entgegnete der MacDougall sehr logisch. „Wenn das der Fall wäre, dann könnten sie nicht hier sein."

„Aber ihre Freunde, die sie besucht hatten. Die hatten doch keine Ahnung, wo sie hin waren."

„Sind die Leute in Edinburg vielleicht allwissend?" fragte der MacDougall großartig.

Robert starrte ihn an. Ein schrecklicher Gedanke begann ihm aufzusteigen. Er konnte es zuerst nicht fassen, und dann stotterte er: „Sind die Damen freiwillig gekommen?"

„Ich habe sie begleitet", sagte der MacDougall und schüttelte nochmals heftig die Glocke. „Ich und meine Jungs."

„Sie! Nein, Sie haben doch nicht...!" sagte Robert erschrocken.

„Ja, das habe ich", meinte der MacDougall ungerührt. „Ich sehe schon, daß wir einen Pfarrer haben, der keine lange Leitung hat. Gott sei Dank dafür", fügte er fromm hinzu. „Ich habe es nicht gern, wenn ich jemandem erst den Schädel eindreschen muß, wenn ich will, daß er etwas kapiert."

Robert stellte seinen Whisky hin. Er war sehr bleich. „Sie sind mit einer Todsünde behaftet zur Kommunion gegangen!"

Der MacDougall warf ihm einen vernichtenden Blick zu. Jetzt sah er so aus, daß man wirklich Angst vor ihm bekommen konnte. „Ein MacDougall wählt sich seine Braut", sagte er, „und nicht umgekehrt. Das ist nicht die Sache des Mädchens!"

„Das ist Entführung!" rief Robert. „Ein Verbrechen! Eine strafbare Handlung!"

Der MacDougall sagte mit einem Blick, der sein Gegenüber noch mehr einschüchtern mußte als der vorher: „Nur nicht so barsch, Father, und keine so bösen Worte. Ich habe meine Braut gewählt und habe sie hierher gebracht, damit sie mich heiratet. Und Sie werden Zeuge dieser Eheschließung sein. Ist das genug?"

„Das ist nicht genug", sagte der junge Priester und ballte die

Fäuste auf seinen Knien. „Ich denke nicht daran, einen verbrecherischen Entführer mit einem sich sträubenden Mädchen zu verheiraten."

„Sie will ja", sagte Douglass. „Welches Mädchen würde wohl den MacDougall zurückweisen? Sie ist nur zurückhaltend und sittsam. Wenn Sie vielleicht glauben sollten, Father, daß ich schon Gewalt angewendet hätte, dann schlagen Sie sich solche unchristliche Gedanken aus dem Sinn. Das Mädchen ist so tugendhaft und rein wie an dem Tag, an dem sie geboren wurde. Damals, wie ich sie zum erstenmal gesehen habe . . ."

Robert war aufs höchste bestürzt und sein Verstand konnte die Ungeheuerlichkeit der Geschichte kaum fassen. Vor mehr als einer Woche war der MacDougall nach Edinburg gefahren, um den Bischof wegen des neuen Pfarrers zu besuchen und ihn gleich mitzunehmen. An einem herrlichen sonnigen Vormittag ging er auf der Princes Street spazieren, als ein Wagen vorbeifuhr, in dem zwei hübsche junge Damen saßen. Knall und Fall verliebte er sich in eine der beiden, die, wie sich später herausstellte, Miß Mary Joyce aus London war. Die jungen Damen stiegen aus, spannten ihre Sonnenschirme auf, gingen im Park umher und sahen sich die Blütenpracht an. Der MacDougall war ihnen gefolgt und hatte es irgendwie fertiggebracht, sich ihnen vorzustellen. Robert war überzeugt davon, daß seine Erscheinung die spröden jungen Damen sofort fasziniert hatte. Er erfuhr den Namen der Freunde, bei denen sie wohnten, und es kam heraus, daß sie entfernt mit ihm verwandt waren. Kurz und gut, er hatte bei diesen entfernten Verwandten diniert, noch am Abend des gleichen Tages, und die jungen Besucherinnen sofort bezaubert. Wenigstens war es ihm so vorgekommen, als ob Mary Joyce sehr von ihm eingenommen gewesen wäre. Douglass beschloß sofort, sie zu heiraten, und weil wenig Zeit zur Verfügung stand, war seine Werbung ein wenig plötzlich über sie hereingebrochen.

Mary hatte fröhlich gelacht. So einfach war die Sache wieder nicht, so eine war sie nicht, der man nur kurz den Hof zu machen brauchte und sie sank einem in die Arme, besonders wenn der Freier so ein Barbar war. Douglass sollte einen Besuch bei ihren Eltern machen, am besten zu Weihnachten, an ihrem zwanzigsten Geburtstag. Schon die Vorstellung allein, nach London fahren zu sollen, versetzte den MacDougall in größte Bestürzung, und der Gedanke, mehr als ein halbes Jahr auf seine Braut warten zu müssen, brachte ihn außer Rand und Band. Er konnte diese Sprödigkeit, diese Scheu und dieses Herumspielen nicht verstehen. Aber er wollte sofort nach London fahren und ihren Eltern mitteilen, daß er sie heiraten und mit nach Hause nehmen würde. Ohne Zweifel würden sie von dieser leutseligen Herablassung des MacDougall überwältigt sein.

Die beiden Mädchen und der Gastgeber und seine Frau fanden alles das einfach unbeschreiblich komisch. Sie nahmen ihn einfach nicht ernst. Douglass kochte innerlich. Er kehrte in seinen kleinen Gasthof zurück und brütete die ganze Nacht vor sich hin. Zu einer für Besuche sonst sehr wenig geeigneten frühen Stunde erschien er wieder, und die Frau des Hauses — sie hatte geäußert „. . . mit mir ist er Gott sei Dank nicht verwandt, sondern mit meinem Mann, übrigens auch nur durch einen Scheffel Weizen" — empfing ihn mit einer Kälte, die er unmöglich übersehen konnte. Man meldete den englischen Mädchen seinen Besuch, und Mary war „zu Tode erschrocken" und bat ihre Gastfreunde, dem MacDougall mitzuteilen, daß sie für ihn nicht mehr zu sprechen sei und er auch in Zukunft Besuche unterlassen möge, weil sie sich verleugnen lassen werde.

Douglass hatte diese Abweisung überhaupt nicht zur Kenntnis genommen, sondern einen Beobachtungsposten auf der Princes Street bezogen, weil er hoffte, dem Wagen wieder zu begegnen. In der Zwischenzeit hatte er auch den Bischof besucht, der ihm versprach, ihm seinen Neffen zu schicken. (So eine Falschheit, dachte Robert, über die Geheimniskrämerei seines Onkels verbittert, damals habe ich nicht einmal selber eine Ahnung davon gehabt, was mir bevorsteht.) In der Princes Street ließen sich die Damen nicht sehen, weshalb er sein Beobachtungsfeld auf die angrenzenden Straßen ausdehnte.

Aber dann war ihm das Glück hold gewesen, und als er an einem der folgenden Tage mit seinen Männern auf Posten stand, hatte er den Wagen doch endlich zu Gesicht bekommen. Die Mädchen waren mit ihrer Gastgeberin auf dem Wege zum Bahnhof, denn es war ihnen in Edinburg schon langweilig geworden. Der Equipage folgte ein zweiter Wagen, in dem sich das Dienstmädchen Aggie und das nicht unbeträchtliche Gepäck der beiden jungen Damen befand. Als die Träger alle die Koffer, Hutschachteln und Taschen endlich auf dem Bahnsteig aufgebaut hatten, bildeten die Ladies, ihre Gastgeberin, das Dienstmädchen und der Berg von Gepäcksstücken eine richtige kleine Insel in dem Gewühl der auf dem Perron hin und her eilenden Reisenden. Es war ein dunkler, regnerischer und stürmischer Spätnachmittag. Ein Hochlandschotte in Stadtkleidern machte sich an die Gastgeberin unter dem Vorwand heran, ihr eine „Botschaft" von ihrem Mann in der Stadt zu bringen, und weil sie angeblich vertraulich war, zog er sie ein paar Schritte auf die Seite. Auf der Station herrschte zu dieser Zeit ein großes Gedränge, weil Züge in die verschiedensten Richtungen abgingen. Die Fahrgäste liefen mit Gepäck und Regenschirmen umher wie Ameisen, die Lokomotiven pfiffen und ließen Dampf ab, kurz und gut, es herrschte ein rechtes Durcheinander auf dem dunklen Bahnsteig. Außer der Gastgeberin, der der Mann irgendetwas Unsinniges mitteilte, fiel es niemandem auf, daß das Dienstmädchen einen schrillen Schrei ausstieß, und als die Dame an den Platz zurückkam, wo sie ihre Gäste verlassen hatte, waren die jungen Mädchen wie vom Erdboden verschwunden. Das Dienstmädchen stotterte etwas von „maskierten Männern", die die Ladies ergriffen hätten, und auch das ganze Gepäck war wie weggefegt. Die Maskierten hätten die beiden wie kleine Kinder weggetragen, berichtete das erschrockene Dienstmädchen. (Diese „Maskierten" existierten übrigens nur in Aggies überhitzter Phantasie. In Wirklichkeit hatte sie nur große Männer in Stadtkleidung gesehen, die die beiden jungen Damen ganz einfach über die Schulter warfen und mit ihnen in dem Gewühl von Menschen verschwanden, die alle anderes zu tun hatten, als auf ihre Umgebung zu achten.)

„Pamela Stone habe ich auch mitgenommen", sagte der tugendhafte MacDougall, „denn es wäre nicht in Übereinstimmung mit den Regeln des Anstandes und des guten Tones gewesen, wenn Mary allein und ohne Gardedame mit Männern gereist wäre." Die Männer hatten blitzschnell gehandelt. Sie hatten die jungen Damen, ihre Habseligkeiten und einen Gentleman, der ihnen behilflich sein sollte, in einen Mietwagen gesetzt, den der MacDougall innerhalb von Minuten für eine offenbar so exorbitante Summe gekauft hatte, daß es der Besitzer, Böses ahnend, vorgezogen hatte, still und ohne weiteres Aufsehen aus Edinburg zu verschwinden. Jedenfalls tauchte er erst nach Monaten wieder auf — was der junge Priester übrigens erst viel später erfuhr. Er behauptete auch dann noch, daß ihm der Wagen gestohlen worden sei, als er in einem Gasthaus eine Tasse „Tee" getrunken habe.

Der MacDougall und seine Männer waren zu Pferd aus dem Norden in die Stadt gekommen, und so ritten sie denn auch den ganzen Weg zurück und eskortierten den Wagen und die weinenden jungen Mädchen, ihre Gefangenen. Am dritten Tag hatte Pamela zu weinen aufgehört und zu singen begonnen. Der MacDougall war darüber höchst erfreut gewesen und hatte mitgesungen. Aber Mary hatte nur geweint, die Hände gerungen und sich wie eine „Verrückte" benommen, wie sich der MacDougall etwas ungehalten ausdrückte.

„Das nennen Sie verrückt, wenn sich jemand dagegen wehrt, entführt zu werden!" rief Robert verzweifelt.

„Der Mann hat sich die Braut zu wählen", sagte der MacDougall und schien höchst erstaunt darüber zu sein, daß jemand so vernagelt sein konnte, daß er diese einfache Tatsache nicht anerkannte.

„Das wäre also alles", beendete der MacDougall seinen Bericht. „Außer der Hochzeit, natürlich. Wenn der alte Pfarrer noch am Leben wäre, dann würde es hier niemanden geben, der von Entführung reden würde, von Verbrechen und solchen Dummheiten. Der hätte uns sofort getraut!"

Ärgerlich läutete er zum drittenmal, und schließlich erschien ein Diener, der mitteilte, die Damen bäten darum, vom Dinner mit ihrem Gastgeber, in dessen Haus sie nicht freiwillig gekommen seien, entschuldigt zu werden. „Den Pfarrer werden sie mir nicht beleidigen", schrie der MacDougall und erhob sich in seiner ganzen Größe. „Bring sie sofort her, oder ich komme selber hinauf und trage sie über die Treppe herunter!"

Der Diener hustete. Die Damen seien — er kostete jedes Wort genußvoll aus — Mitglieder der Englischen Hochkirche. Sie legten aus diesem Grunde keinen besonderen Wert auf die Gesellschaft von Katholiken, am allerwenigsten auf die von Priestern.

Robert wußte nicht, ob er zornig oder erleichtert sein sollte. Aber der MacDougall sagte dem Diener, daß er die Botschaft ausrichten solle oder er würde noch an diesen Tag denken. Robert hatte eine Vision, wie der MacDougall die Gemächer der Damen stürmte und sie beide, eine unter jedem Arm, wie Katzen herunterbrachte. Die Damen waren offenbar — nicht zu Unrecht — der Meinung, daß er zu allem imstande sei, denn sie erschienen schon nach wenigen Minuten, zwar beleidigt und schweigend, aber doch.

Die erste, die hereinkam, war ohne Zweifel Pamela Stone, dachte der junge Priester. Sie war groß, schlank und geschmeidig, hatte ein blaues Seidenkleid mit einer Turnüre an und trug blaue Pantöffelchen, die ihren schmalen Füßchen schmeichelten. Sie war typisch englisch mit ihrem schmalen Gesicht, das die Farbe der Teerosen hatte, ernsten, roten Lippen, großen, blaßblauen Augen und prachtvollem, goldenem Haar, das ihr in Kaskaden von reizenden Locken über die Schulter fiel. Den MacDougall sah sie nicht einmal an, aber Robert warf sie unter ihren marmorweißen Augenlidern heraus einen eisigen Blick zu und wendete sich dann halb von ihm ab. Sie war Robert sofort unsympathisch.

Die zweite, offenbar Miß Mary Joyce, war ganz anders, wofür Robert, der etwas verwirrt war, Dankbarkeit empfand. Sie war kleiner, hatte eine zarte Figur und war in gelbe Seide gekleidet. Ihr Gesicht war oval, sie hatte gute Farben und prachtvolles schwarzes Haar, dessen glänzende dunkle Flechten ihre reizend geformten Ohren noch mehr zur Geltung brachten. Sie machte auf den ersten Blick einen gewinnenden Eindruck und war wirklich reizend anzusehen. Ihr Mund war weich, sie hatte Grübchen in den Wangen, ein Stupsnäschen, das irisches Blut vermuten ließ, und große glänzende schwarze Augen, die so voll Schelmerei und Lebensfreude waren, daß sie Robert sofort für sich gewonnen hatte und er bereit war, sie mit seinem Leben zu verteidigen und aus ihrer peinlichen Lage zu erretten. An ihren Ohren hingen goldene Gehänge mit Diamanten, und um ihren mädchenhaften, schlanken Hals trug sie ein Halsband von Brillanten.

Aber nicht diesem entzückenden Mädchen wandte sich der MacDougall zu und verbeugte sich tief, sondern der hochnäsigen, schönen Lady, die da starr und steif wie ein Stück Holz im Zimmer stand. Sie wies zwar die ausgestreckte Hand des MacDougall zurück, aber Erziehung und eine gewisse Höflichkeit veranlaßten sie, sich umzuwenden und den Pfarrer, zwar kalt und abweisend, aber doch wenigstens überhaupt anzusehen.

„Miß Mary Joyce", sagte der MacDougall fast demütig und voller Stolz. „Unser neuer Pfarrer, Father MacBurne, der Sie in meinem Haus willkommen heißt!"

Ich denke nicht daran! dachte Robert ärgerlich und wußte selber nicht genau, ob sein heftiger Zorn der Entführung galt oder der Tatsache, daß der MacDougall, dieser ansonsten prächtige Mensch, so ein Mädchen liebte. Schön, ja, das war sie, aber ansonsten wie Granit, anscheinend auch so hartherzig wie Granit.

Das andere Mädchen verfolgte diese Szene mit heiterem Interesse, und als sie Robert vorgestellt wurde, vertieften sich ihre reizenden Lachgrübchen. Als sie mit ihrer warmen, weichen Hand die seine berührte, mußte Robert unwillkürlich denken: Das wäre die Richtige für den MacDougall, nicht die andere, diese herzlose, blutlose Schönheit. Sie machte sogar einen leichten Knicks, den sie zwar mit einem neckischen Lächeln begleitete, als spiele sie eine kleine Komödie, aber dann sagte sie ganz ernst und mit einer Stimme wie die einer Taube: „Schönen guten Abend, Father.“ Ihr englischer Tonfall klang seinen Ohren nicht unangenehm, sondern war wie weiche Musik.

Pamela setzte sich auf einen angebotenen Stuhl, ohne den MacDougall direkt anzusehen, ordnete munter ihr gelbes Kleid und war offenbar entschlossen, sich bei diesem merkwürdigen Gastmahl gut zu unterhalten. „Wie finden Sie unser Gefängnis?“ fragte sie den jungen Priester und nahm vom MacDougall ein Glas Sherry, wobei sie ihm einen fröhlichen Blick zuwarf; sie mußte allerdings den Kopf in den Nacken werfen, um in diese Höhe hinaufsehen zu können.

Robert hatte keine Ahnung, was er sagen sollte. Im Seminar hatte man ihn nicht gelehrt, wie sich ein Priester in einer derartigen Situation zu verhalten habe. Er wurde rot, suchte vergeblich nach Worten und sagte dann endlich: „Kalt.“

Pamela lachte herzlich und aus vollem Halse, ein Lachen, aus dem keine Zurückhaltung und Reserve herauszuhören war, das Lachen einer Frau, die jeden Tag herrlich und bezaubernd fand, auch einen wie diesen.

Miß Joyce sagte nichts. Als ihr Sherry angeboten wurde, drehte sie nur, wie ein kleines Kind, den Kopf weg. Ihre Stimme hatte Robert überhaupt noch nicht gehört. Er war sicher, daß sie eiskalt und metallisch sein würde, und er fuhr erschrocken zusammen, als sie ihm ihr aristokratisches Gesicht zuwandte und ihn mit diesen blaßblauen kühlen Augen fixierte.

„Der da“, sagte sie und meinte den MacDougall, den sie aber nicht ansah, sondern nur durch eine leichte Handbewegung bezeichnete, als wäre er ein Hausdiener, „der da hält uns hier gesetzwidrig gefangen, ich sage ausdrücklich, gegen unseren Willen. Ich hoffe, daß Sie uns helfen können und dann für seine Bestrafung sorgen werden."

Ihre Stimme war genau so, wie es Robert erwartet hatte. Er konnte sich nicht helfen, sie wurde ihm immer unsympathischer.

„Ich werde in meiner Pfarre keine Ungesetzlichkeit dulden", sagte er.

Er sah Douglass an, der am Kamin stand und dem Mädchen, das er zu heiraten beschlossen hatte, ununterbrochen einfältig zulächelte. Aber sie hatte offenbar nicht die mindeste Absicht, ihn zu nehmen. Trotzdem hörte er ihr mit einem Gesichtsausdruck zu, als hätte sie gerade eine charmante und liebenswürdige Bemerkung gemacht.

„Dann retten Sie uns also!" sagte Miß Joyce befehlend und in einem Ton, als spräche sie zu einem Untergebenen, der zu gehorchen hatte.

Robert wurde wieder rot, diesmal aber aus Ärger über ihren Ton. „Ich bin davon überzeugt, daß der Laird Sie gehen läßt, wenn Sie das wünschen." Und am liebsten hätte er hinzugefügt: „Und ich bete aus ganzem Herzen zum lieben Gott darum, daß er das auch wirklich tut!"

„Douglass hat uns heute versprochen, daß wir Briefe an unsere Verwandten in London schreiben dürfen, wenn das nächste Boot zur Postinsel geht", sagte Pamela.

Robert war überzeugt davon, daß diese Briefe einen etwas langen Postgang erleben würden. Er runzelte die Stirn und sah Douglass zornig und vorwurfsvoll an. „Wie? Die Familien dieser jungen Damen wissen nicht, wo sie sind? So herzlos können Sie doch nicht sein, daß Sie sie in Angst und Ungewißheit leiden lassen!"

„Nein, so herzlos bin ich nicht, sie wissen es schon", sagte Douglass und ließ seine Augen nicht von der schönen, kalten Mary. „Sie haben mit ihren eigenen kleinen Händen Briefe geschrieben, und die sind in Dundee aufgegeben worden."

„Er ist genauso ein Lügner, wie er ein Verbrecher ist, der gehenkt werden sollte", sagte Mary. „Das ist schon richtig, daß er mir erlaubt hat, an meine Eltern zu schreiben. Aber ich durfte nur schreiben, daß Pamela und ich zu anderen Freunden nach Dundee gefahren seien. Was Pamela angeht, so hat sie nur eine Urgroßmutter, Lady Clarice Stone, und der alten Dame wird das genügen, sie wird sich weiter nicht beunruhigen." Erbittert fuhr sie fort: „Er hat mir sogar gütigst erlaubt, daß ich meinen Eltern schreibe, sie sollten sich keine Sorgen machen. Wahrscheinlich haben sie meinen Brief heute bekommen, und wenn die Polizei uns gesucht haben sollte, so wird sie nach diesem Brief die Suche wahrscheinlich einstellen." Sie warf Pamela einen kalten Blick zu. „Lady Clarice ist schon altersschwach, Pamela. Sie wird sich natürlich nicht aufregen, aber meine Eltern werden sich fragen — und mit Recht —, wie zwei junge Mädchen so unvorsichtig sein konnten, nach Dundee zu fahren, ganz allein noch dazu."

„Von London nach Edinburg sind wir ja auch allein gefahren", antwortete Pamela und gab ihrer Cousine den Blick zurück und zwar einen, der nicht wesentlich wärmer war als der, den sie vor einem Augenblick empfangen hatte. „Denn dein blödes Dienstmädchen, diese Aggie, zählt ja nicht mit. Wenn sie jetzt nicht in London allerhand haarsträubende Schaudermärchen herumerzählt, dann werden sich deine Eltern keine Sorgen machen, liebe Mary; und ich hoffe, daß unsere Freunde in Edinburg verständig genug sein werden, diese dumme Gans dort zurückzuhalten, bis wir selber Gelegenheit haben, unseren Familien mitzuteilen, wo wir sind und wann wir zurückkommen werden."

Mary sah jetzt zum erstenmal den MacDougall an, dessen Albernheit immer größer wurde. War es möglich, dachte Robert, oder irrte er sich, aber es kam ihm so vor, als ob sie jetzt etwas milder gestimmt wäre, wenigstens eine Nuance. Ja, es war tatsächlich der Fall, obwohl sie noch immer die Lippen zusammenpreßte. Sie wird als Gattin eine unfreundliche Kommandeuse abgeben und sich in der Ehe bald in einen anspruchsvollen

Hausdrachen verwandeln, unter dessen Herrschaft die Gefühle eines jeden Mannes dahinwelken müssen, auch die des MacDougall.

„Wann werden Euer Herrlichkeit uns gütigst gestatten, abzureisen", sagte sie mit schneidender Stimme, die einen Unterton hatte, als schlüge man mit etwas Hartem auf Silber. „Das haben wir Sie ja schon früher gefragt, aber jetzt frage ich in Gegenwart eines Zeugen."

„Wenn wir geheiratet haben, Liebste", sagte der MacDougall mit sanfter Stimme. Robert erschrak über das tiefe, warme Gefühl, das in seinen Worten mitklang. „Dann werden wir miteinander Ihre Eltern besuchen."

„Dann werde ich also meine Eltern nie wiedersehen", antwortete Mary ungerührt. „Sie werden sich Gedanken darüber machen, wer unsere erfundenen Freunde in Dundee eigentlich sind, wenn sie von uns keine Post mehr bekommen, und ich versichere Ihnen, daß ich nicht die Absicht habe, ihnen noch einmal zu schreiben. Sie werden Nachforschungen anstellen, sie werden nach Edinburg fahren — wenn sie nicht überhaupt schon dort sind ..."

„Na, deine süße Mama sicherlich nicht, meine Teuerste", sagte Pamela und lachte fröhlich. „Sie ist doch gelähmt seit der Geburt deines letzten lieben Brüderchens. Sie muß doch unter der Obhut von drei Pflegerinnen, die einander ablösen, dauernd das Bett hüten. Und was deinen Papa angeht, so glaube ich nicht, daß er es so fürchterlich eilig haben wird, sein Geschäft zu verlassen und sich auf die Suche nach dir zu begeben, besonders da er wahrscheinlich heute deinen Brief bekommen hat. Der wird sicher lieber weiter Geld zählen. Erinnerst du dich übrigens daran, wie damals dein Bruder Will bei einem Eisenbahnunglück verletzt wurde und man zwei Wochen lang nichts von ihm hörte, bis schließlich herauskam, daß er irgendwo in einem Bauernhaus im Bett lag. Damals hat dein Papa jedenfalls nicht alles liegen und stehen lassen und ist zu ihm gefahren, obwohl ihm an Will mehr liegt als an euch allen zusammengenommen." Sie wendete ihre fröhlich blitzenden Augen Robert zu. „Sie brauchen keine Angst zu haben, Father, daß unsere Familien in Angst sind. Nur Mary hat Angst, glaube ich."

Mary lief vor Zorn rot an. Keine besonders angenehme Charaktereigenschaft für eine Gattin und ein schlechtes Vorzeichen für eine Ehe, dachte Robert. Er hatte es nicht gern, wenn eine Frau vor Wut die Fäuste ballte, und das tat Mary. Es war ihm klar, daß sie auf Pamela so zornig war, weil sie sich vor Fremden über sie lustig gemacht hatte.

Pamela warf Douglass von unten her einen Blick zu und hob ihr Glas: „Noch etwas Sherry, Douglass, wenn ich bitten darf." Ihre Stimme klang einschmeichelnd, und Robert sah sie an. Er bemerkte, daß ihre glänzenden, dunklen Augen leuchteten, und verstand sofort, daß dieses reizende, fröhliche und vernünftig denkende Mädchen in den MacDougall verliebt war, und zwar leidenschaftlich und bis über beide Ohren. Er hatte von dem Licht gehört, in dem die Gesichter von Liebenden erstrahlen, es aber noch nie selber erlebt. Aber er erkannte es sofort, als wäre es ihm längst vertraut gewesen.

Der MacDougall aber nahm sie nicht zur Kenntnis. Er füllte zwar ihr Glas, blickte aber nur auf seine Mary, die ihrerseits Pamela höchst interessiert betrachtete. Ihr Gesichtsausdruck veränderte sich, wurde hart und gespannt. „Ein Glas wäre meiner Meinung nach genug, Pamela", sagte sie.

„Niemals genug", sagte Pamela. Es war ihr gelungen, mit ihren Fingern die des MacDougall zu berühren, aber er schien es überhaupt nicht zu bemerken.

Mary verzog ihren Mund zu einer zwar formvollendeten, aber nicht ganz echt wirkenden Kurve des Abscheus und zeigte dabei Zähne, die für eine Frau viel zu groß waren. Pamelas Zähne dagegen, die sie jetzt zeigte, als sie ihre Cousine schnippisch anlachte, waren klein und glänzend wie Perlen. Mary drehte sich mit ihrem langen Hals wieder Robert zu.

„Sie sehen doch die schreckliche Situation, in der wir uns befinden. Sie müssen Ihren Einfluß auf diesen Mann geltend machen, damit er uns freigibt und zu unseren Familien zurückfahren läßt."

„Ich meinerseits habe es nicht so eilig", sagte Pamela und versuchte Douglass einen koketten, schelmischen Blick zuzuwerfen, den dieser aber leider völlig übersah.

„Eine Schamlosigkeit!" schrie Mary, ballte die Fäuste und wendete sich wieder Robert zu. „Helfen Sie uns doch", flehte sie ihn an.

„Ich werde tun, was ich kann", antwortete er und wurde sich dessen gar nicht bewußt, daß seine Stimme grimmig und fest klang.

„Und wie werden Sie das machen?" fragte der MacDougall mit lebhaftem Interesse. „Nicht ein einziger MacDougall wird für Sie eine Botschaft auf die nächste Insel befördern, geschweige denn Sie in Person, Father. Einen MacDougall können Sie nicht bestechen, wenn Sie das vielleicht versuchen sollten, denn so einer könnte sich hier nicht mehr blicken lassen, und das heißt für einen MacDougall soviel wie sterben. Sie können auch keine von den geistlichen Schwestern bitten, in Ihrem Namen etwas auszurichten, denn so eine Botschaft würde auch von den Schwestern keine übernehmen. Sie könnten natürlich in der Kirche eine donnernde Strafpredigt halten und die Absolution verweigern, aber ich — ich bin hier der MacDougall. Fassen Sie sich in Geduld, Father. Meine Mary und ich werden bald verheiratet sein."

Robert erinnerte sich daran, wie Marys Blick und ihre Züge vorhin eine Spur weniger abweisend geworden waren, und an die Blicke, die sie ihrer munteren Cousine zugeworfen hatte, und dachte trübsinnig, daß der MacDougall wohl Recht behalten werde. Aber er wünschte ihm ein besseres Schicksal, übrigens auch ein anderes und besseres Ziel seiner Wünsche.

„Ich bin hier die Obrigkeit", sagte der MacDougall gut gelaunt. „Ich bin das Gesetz. Kommen Sie mir jetzt nicht und erzählen Sie mir etwas vom Gesetz Gottes. Es gibt genug Männer in dem Heiligen Buch, die sich ihre Frauen genauso geholt haben, wie ich mir meine Mary, und trotzdem hat damals der LAIRD selber die Ehe gesegnet, die Er gestiftet hatte."

„Hört, hört", sagte Pamela. „Aber im Ernst, Douglass, ich finde, daß es am besten wäre, wenn Sie Mary zurückschickten."

Gescheites Mädchen, dachte Robert und lächelte innerlich. Mary soll abreisen und fort mit Schaden. Wenn sie hier bleibt, wird sie eine Plage für dieses Haus werden.

Mary drückte in einer etwas übertriebenen dramatischen Geste ihre gefalteten Hände an ihren wohlgeformten Busen und beugte sich zu Douglass.

„Lassen Sie uns frei, lassen Sie uns frei, wir werden keine Anzeige gegen Sie erstatten", rief sie. „Lassen Sie uns endlich gehen."

„Du redest da nur für deine eigene Person", murmelte Pamela, was aber nur Robert hörte.

Der MacDougall sah Mary so verliebt an, daß sich Robert über die Dummheit verliebter Männer wundern mußte.

„Mary", rief er schmerzlich, „bitten Sie mich um alles, aber nicht um das."

„Sie müssen sie gehen lassen", sagte Robert und erhob zornig seine Stimme. „Je früher, um so besser! Und wenn ich sie den ganzen Weg selber rudern müßte."

Diese Bemerkung belustigte den MacDougall in höchstem Grade. „Sie würden in der ersten Welle ertrinken, armer Father, wenn Sie nicht schon vorher Ihre sämtlichen Innereien von sich gegeben hätten."

Die beiden Mädchen sahen Robert interessiert an. Er war so tief gekränkt, daß er aufstand und sagte: „Ich bleibe nicht in einem Hause, wo ich beleidigt werde, wo man mein Priesterkleid mißachtet und über meine Ratschläge lacht. Aber das eine sage ich Ihnen, mein Laird, dieses Mädchen muß aus Ihrem Hause, und zwar je früher, je besser für alle."

„Aber Sie wollen doch noch nicht gehen, Junge", antwortete MacDougall unbeeindruckt, „es gibt wunderbaren Braten und guten, frischen Fisch und dazu die feinsten Weine."

Robert hatte den berückenden Duft des Dinners schon wahrgenommen, aber sein Entschluß stand fest. Er wandte sich an Mary und sagte förmlich: „Miß Joyce, ich werde irgend einen Weg finden, um Sie zu befreien. Und im übrigen möchte ich feststellen, daß in meiner Gegenwart jedenfalls keine Trauung stattfinden wird, die erzwungen ist und gegen den Willen der Braut." Dann fiel ihm noch etwas ein. „Und außerdem werde ich eine Trauung zwischen einem Katholiken und einer Frau, die einer anderen Kirche angehört, auf keinen Fall durchführen, das verspreche ich Ihnen, und deshalb wird ihm nichts anderes übrigbleiben, als Sie gehen zu lassen, darüber ist er sich auch selber im klaren."

Mary hörte dem Priester aufmerksam zu, aber ihre Augen, die in die des Pfarrers blickten, wurden plötzlich trüb und verschleiert, und Robert war voll Mitleid.

„Aber Father", sagte Pamela, die ein wenig bleich geworden war, „ich habe eine Freundin, die Protestantin ist und einen Katholiken geheiratet hat. Damals hat es keine Schwierigkeiten gegeben."

„Gewisse Einschränkungen bestehen", sagte Robert und konnte nicht umhin, Pamela zuzulächeln, als wollte er sie trösten, „aber ein Mädchen kann zum Beispiel Unterricht nehmen und in die Kirche eintreten, oder wenn sie das nicht will, dann kann sie versprechen, daß die Kinder als Katholiken erzogen werden sollen."

Pamela lachte. „Da siehst du's, Mary", sagte sie munter, „du brauchst alles das nur abzulehnen, und es kann keine Hochzeit stattfinden, nicht einmal vor einem anderen Pfarrer. Sei stark, Mary, mein Liebling, sei stark, und alles wird gut enden."

Mary nickte, aber ihre Augen blitzten ihre Cousine plötzlich voll Haß an. „Ich werde daran denken und stark sein", sagte sie.

„Lieber Gott", sagte Pamela, und jetzt sah Douglass sie zum erstenmal an und schien sie für einen Augenblick zur Kenntnis zu nehmen. „Was mich angeht, so würde ich — und wenn der

Mann einen heidnischen Gott aus Stein und Feuer anbetete — zu diesem Manne sagen ‚Dein Volk soll mein Volk sein und dein Gott mein Gott. Führe mich hin, wo immer du willst, Geliebter, und wenn es ans Ende der Welt wäre'."

Ihre Stimme zitterte, und die Tränen traten ihr in die Augen. Sie schluchzte erschütternd und stürzte aus dem Zimmer.

Ein kurzes Schweigen folgte, und nur das Prasseln des Feuers war zu hören. Dann läutete die Glocke zum Dinner. Mary blickte den MacDougall an. Sie war strahlend schön, und es konnte kein Zweifel darüber bestehen, daß ihre Augen jetzt sanft waren und manchmal leicht aufblitzten. Douglass aber sah auf die Tür, hinter der Pamela verschwunden war, kratzte sich hinter dem Ohr und murmelte irgend etwas vor sich hin.

Robert, der aus seinem Herzen inbrünstige Gebete zum Himmel sandte, entfernte sich und blieb nur in der Halle einen Augenblick stehen, um mit einem gewissen Bedauern eine Nase voll von den Düften des Dinners mitzunehmen. Dann verließ er das Haus. Auch er hatte seinen Stolz.

Mistreß MacDougall, die ihn nicht so früh zurückerwartet hatte, war nach Hause gegangen, weshalb er seinen jugendlichen Löwenhunger mit kaltem Lamm, noch kälterem Gemüse, Tee und Brot stillen mußte.

Am nächsten Tag erzählte Robert den geistlichen Schwestern, was alle die getreuen MacDougalls auf der ganzen Insel schon lange wußten. Sie waren bis in die tiefsten Tiefen ihrer dominikanischen Herzen schockiert, und zwar nicht, wie Robert bald bemerkte, über die „Untat", sondern über die junge Dame, die nicht katholisch war und auch nicht beabsichtigte, katholisch zu werden, auch wenn sie den MacDougall heiraten sollte. „Bei den MacDougalls hat es noch nie einen Protestanten oder einen Ketzer gegeben, seit es überhaupt MacDougalls gibt, Father", sagte die Mutter Oberin und brach fast in Tränen aus. „Ist es denn wirklich sicher, daß der Laird sie heiraten wird?"

Robert redete vom Gesetz. „Ach was, das ist von den Sassenach", sagte sie, und jetzt rannen ihr wirklich die Tränen die Wangen herunter.

Robert machte ihr wegen dieser Worte und ihrer Einstellung Vorwürfe, aber sie verstand ihn nicht oder wollte nicht verstehen. Noch ein zweitesmal versuchte er, ihr den Standpunkt des Gesetzes klarzumachen, aber sie blieb verständnislos. Der MacDougall sei doch das Gesetz, versicherte sie ihm, und das mache die Sache ja eben noch schrecklicher. Sie werde sofort zu ihm gehen. Sie tat es auch, und als sie zurückkam, erstattete sie Robert in einem Zustand Bericht, der schon so nahe an Hysterie grenzte, wie das bei einer Schottin überhaupt der Fall sein kann.

„Ich habe das Mädchen selber gesehen, wie sie mit ihrer Cousine, der kleinen, schwarzen, spazierengegangen ist. Das ist keine wirkliche Frau, Father, obwohl ich sie nur einen Augenblick gesehen habe. Hochnäsig und kalt ist sie und hat kein Wort geredet mit der kleinen, schwarzen, die mich begrüßt hat und angelächelt wie ein Engel. Warum nimmt er sich denn nicht so eine wie die und läßt lieber die andere laufen?"

„Ja, das weiß nur der liebe Gott allein", sagte Robert düster. Dann trug er der alten Dame seine Idee vor, sie solle irgendwelche Fischer dazu veranlassen, auf dem nächsten größeren Eiland, wo es Behörden gab, eine Botschaft für sie auszurichten. Die Mutter Oberin war neuerlich aufs tiefste schockiert. „Aber der MacDougall ist doch das Gesetz", rief sie aus.

Es war aussichtslos. Was der MacDougall auch immer machte, es war in den Augen seines Volkes das Gesetz. Er war ein großer, stolzer Mann und obendrein ein Despot. Zur Messe erschien er nicht mehr, nicht einmal am Sonntag, und selbstverständlich kam er auch nicht zur Beichte. Robert schrieb ihm einen Brief.

„Sie leben im Stande der Todsünde, Mylord, und das wissen Sie ganz gut. Sie haben ein Verbrechen begangen, nicht gebeichtet, keine Reue gezeigt oder Besserung versprochen und auch nicht die Absolution erhalten. Deshalb schwebt Ihre unsterbliche Seele in fürchterlicher Gefahr. Was wird sein, wenn Sie sterben sollten, ohne der heiligmachenden Gnade teilhaftig zu sein? Kein menschliches Wesen sollte Ihnen wichtiger sein als Gott. Außerdem sind Sie noch anmaßend und überheblich und ein Tyrann. Ich möchte auch sagen, daß Sie ein Despot sind.

Sie werden mir antworten, daß alle MacDougalls Despoten gewesen seien, aber damit ist die Sache weder gerechtfertigt, noch verzeihlich geworden. Sie werden sagen, daß Sie mildtätig sind, wenn auch ein Despot, aber da muß ich Ihnen schon erwidern, daß ein mildtätiger Despot ärger ist als ein grausamer, denn gegen Grausamkeit werden sich die Leute auflehnen, wenn sie zu arg wird, aber gegen Mildtätigkeit — schon aus Habgier — niemals. Das liegt in der verderbten menschlichen Natur. Sie sind ein intelligenter und studierter Mann, und daher ist die Tatsache, daß Sie Ihre Leute korrumpieren, um so tadelnswerter. Und man kann sagen, daß Sie es mit vollem Bewußtsein und absichtlich tun. Ich brauche Ihnen nicht zu sagen, daß derjenige, der sein Volk mit Geschenken und Freigebigkeit unfähig für die Freiheit macht, die ihm Gott als ein Recht gegeben hat, das man mit der Geburt erwirbt, verdammt ist. Er hat die Natur des Satans angenommen.

Um Ihrer Seele willen müssen Sie die beiden jungen Damen freigeben und sie zu ihren Freunden nach Edinburg zurückbringen. Sie müssen auch Ihr Volk frei machen. Kann es denn Ihr Herz freuen, wenn Sie sehen müssen, wie servil die Leute sind, wie sie Ihnen, ohne zu denken, ohne Fragen zu stellen, unbedingt gehorchen, und zwar deshalb, weil Sie sie beschenken und so ihre Untertänigkeit erkaufen? Wenn einen jemand wirklich liebt, dann benimmt er sich nicht unterwürfig, die aber, die einen nicht wahrhaft lieben und bedingungslos gehorchen, sind wie Sklaven. Wollen Sie so etwas? Ich bin nun schon tagelang mit Ihren Leuten zusammengetroffen, von denen Sie sagen, daß sie Sie nicht verraten werden, aber ich sage Ihnen, daß die Kriecher Sie dennoch um einen Judaslohn verraten werden, denn sie sind nicht Menschen guten Willens, sondern nur schlau und habgierig im Grunde ihrer Seele.

Auf vielerlei Weise haben Sie Gott gröblichst beleidigt! Gehen Sie hin und machen Sie Ihren Frieden mit IHM."

Er unterstrich die Stelle, wo er gesagt hatte, daß die Kriecher den MacDougall um einen Judaslohn verraten würden. Das muß ihn doch endlich zur Vernunft bringen, dachte Robert und versiegelte den Brief, bevor er ihn Mistreß MacDougall zur Zustellung übergab. Dieser hochherzige Mann! dachte der junge Priester voll Mitgefühl, und dann ging er in die Kirche, um für den MacDougall zu beten. Auch für Pamela Stone betete er und dafür, daß sich ihre Hoffnungen erfüllen sollten. Den Versuch zu machen, jemanden dazu zu bestechen, den MacDougall zu verraten, dieser Gedanke wäre ihm nicht einmal im entferntesten in den Sinn gekommen, auch wenn er Geld besessen hätte, was nicht der Fall war. Dieser wohltätige Despotismus mußte sich selbst läutern und frei machen, denn das Volk würde von sich aus nichts dagegen tun.

Erst viel später erfuhr er, daß der MacDougall seinen Brief nicht etwa verächtlich beiseite gelegt hatte, sondern beim Lesen ernst und nachdenklich geworden war.

Eines Tages schließlich, es war schon fast Juni, besuchte ihn der MacDougall wieder. Als wäre nichts geschehen, begrüßte er ihn überschwenglich, und es hätte nicht viel gefehlt, und der Priester hätte wieder einen freundschaftlichen Schlag auf seine hosenträgerbewehrte Schulter abbekommen.

„Meine Mary will mich also jetzt doch endlich, Father!" rief er freudig.

Robert wurde fast schlecht. Er tappte nach einem Stuhl in seinem Sprechzimmer und setzte sich mit einem Ruck nieder. Sprechen konnte er nicht.

„Die Bedingungen werden erfüllt", sagte der MacDougall, und er schien den ganzen Raum auszufüllen.

Der junge Priester schüttelte verzweifelt den Kopf.

„Sie wird mich vor Ihnen in der Kirche heiraten, Father, und das mit den Kindern wird sie versprechen. Und nach der Hochzeit wird sie Unterricht nehmen und übertreten."

Eine Seele zu gewinnen, das war immerhin nicht zu verachten. „Warum nicht gleich, vorher?“ fragte Robert.

„Ich will nicht warten“, sagte Douglass. „Für den Unterricht ist später immer noch Zeit, finden wir.“

„Und das andere junge Mädchen?“ Robert fühlte sich noch elender, als vorher.

„Pamela?“ Der MacDougall schwieg längere Zeit. Dann sagte er: „Wenn ich mich nicht zuerst in Mary verliebt hätte oder wenn ich Pamela zuerst gesehen hätte, dann würde ich sie nehmen, denn sie hat ein gutes Herz und ein reizendes Gesicht.“ Seine Stimme hatte sich stark verändert, und Robert blickte hoffnungsvoll auf. „Aber nicht so ein schönes Gesicht wie Mary“, fuhr der MacDougall fort.

„Es gibt ein chinesisches Sprichwort“, sagte Robert und sandte ein Stoßgebet zum Himmel. „‚Ein Mann, der eine Frau wegen ihres Gesichtes heiratet, ist wie einer, der ein Haus wegen der Farbe kauft.‘ Die Schönheit wird vergehen, aber was wird mit dem Herzen sein, in den langen Jahren, die folgen werden?“

„Sie hat ein stolzes, starkes Herz“, sagte der MacDougall.

„So wie Ihres. Wünschen Sie sich das?“

Der MacDougall lachte: „Mit Frauen werde ich fertig.“

„Der Mann ist noch nicht geboren worden“, sagte Robert, als wäre er ein alter, lebenskluger Mann, „der je mit einer Frau fertig werden kann. Also gut. Jetzt lassen Sie mich das Schlimmste hören.“

Der MacDougall schwieg wieder, und Robert beobachtete ihn aufmerksam. Er fuhr sich mit der Hand mehrere Male durch seine dichten, schwarzen Locken, und seine Wangen hatten sich gerötet.

„Es gibt also ein Schlimmstes“, fragte Robert hoffnungsvoll.

Der MacDougall lachte laut und lange, aber es klang ein falscher Unterton mit.

„Sie haben doch von Lady Godiva gehört, Father?“ sagte er, als er zu lachen aufgehört hatte. Übrigens brach das Gelächter ganz übergangslos und plötzlich ab, wodurch der Eindruck vorgetäuschter Fröhlichkeit noch verstärkt wurde. „Also kurz und gut, meine Mary — die so ein stolzes und starkes Herz hat —, hat die Absicht, mich zu demütigen. Sie haben ja selbst gesagt, daß ich ein Despot bin. Das meint meine Mary auch, und sie will mich erniedrigen. Sie hat mir also die Bedingung gestellt, daß ich bei Sonnenuntergang, wenn alle zu Hause sind — Männer, Frauen und Kinder —, daß ich da durch die Straßen gehen soll, wie Gott mich geschaffen hat, nackt, wie mich meine Mutter geboren hat. Nicht einmal Stiefel darf ich anhaben. Und das Ganze soll am ersten Juni stattfinden."

Robert konnte ihn nur anstarren und ungläubig den Kopf schütteln. Der MacDougall lachte wieder, aber diesmal klang es eine Spur schwächlich. „Ich habe keine Angst davor, daß meine Leute mich in meiner Demütigung sehen werden, obwohl Sie geschrieben haben, daß einige davon servil sind und mich für eine Handvoll Pfundnoten verraten würden. Ich bin übrigens froh, daß Sie kein Geld haben."

„Ich anstelle der Leute würde Sie überhaupt ohne Bestechung verraten", sagte Robert und war dann bestürzt über seine eigenen Worte.

Der MacDougall wurde jetzt sehr ernst, direkt feierlich ernst, sah tief in die Augen des jungen Priesters, und seine eigenen grauen und wilden wurden mild. „In Wirklichkeit würden Sie mich nicht verraten, und wenn man Sie vierteilte. Gott segne Sie, Father!"

Robert stöhnte. Er war verwirrt, traurig und elend.

„Merkwürdig", sagte der MacDougall, „aber das kleine Mädchen, diese Pamela, hat auch gesagt, daß mich meine Leute verraten würden, wie ich ihr von Marys Bedingung erzählt habe. Aber ich habe zu ihr gesagt: ‚Nein, bestimmt nicht. Sie werden die Vorhänge vorziehen und die Türen zumachen und kein einziger Mann, keine einzige Frau und kein Kind werden mir nachspionieren, sondern sie werden sich in ihren Häusern verstecken, als ob sie alle zu Bett gegangen wären, und ich werde durch die Straßen gehen, und niemand wird es sehen.' "

„Und Sie wollen sich so tief demütigen und selbst strafen?" fragte Robert ungläubig.

„Das ist gar nicht anders, als würde ich in meiner eigenen Kammer splitternackt herumgehen, bei Sonnenuntergang, Father, so allein werde ich sein."

„Aber wie konnte sie denn nur so etwas von Ihnen verlangen? Eine Frau, die behauptet, daß sie Sie liebt?"

„Um mich zu demütigen, hat das liebe Mädchen gesagt. Das ist ein geringer Preis für meine Mary. Aber wenn wir dann verheiratet sind ..."

Robert sprang auf und schrie: „Nein, das hat sie nicht verlangt, damit Sie ihr Ihre Liebe beweisen sollen oder um Ihren Despotismus zu brechen. Diese stupide und schamlose Sache hat sie deshalb verlangt, Sie armer blinder Narr, damit sie Ihnen dann jeden Tag den Fuß auf den Nacken setzen kann Ihr ganzes Leben lang, damit sie Ihnen ins Gesicht lachen kann für das, was Sie Dummkopf da in Ihrer blöden Einfältigkeit tun wollen. Ja verstehen Sie denn das nicht, Mann? Ich habe Sie einen wohltätigen Despoten genannt. Aber Ihre Mary ist ein grausamer, und wahrlich, das wird Ihnen noch jeden Tag leid tun bis an Ihr Ende. Und möge Gott Ihrer armen Seele gnädig sein!"

Das Gesicht des MacDougall verfinsterte sich gefährlich.

„Sie lieben sie ja nicht einmal!" sagte Robert in seiner Verzweiflung. „Das weiß ich, das fühle ich. Sie sind ein Despot, ja, aber ein milder, und Sie sind ein herzensguter Mensch. Das ist doch unmöglich, daß so ein Mann eine solche Frau lieben kann. Es ist nur Ihr Stolz, dieser scheußliche Stolz, der nicht zur Vernunft kommen will und zu Verstand. Sie haben gesagt, daß Sie sie heiraten werden, und das werden Sie auch, wenn Gott nicht ein Wunder tut und Ihrem Starrsinn Einhalt gebietet. Sie glauben nämlich, daß es unmännlich ist, Ihre Meinung zu ändern, wenn Sie sich etwas einmal in Ihren sturen Kopf gesetzt haben!"

„Ruhe!" schrie der MacDougall, und Robert fuhr zurück vor seiner wütenden Donnerstimme. Aber er faßte sofort wieder Mut.

„Tun Sie, was Sie wollen. Es hat ja überhaupt keinen Sinn,

Ihnen gut zuzureden, denn Sie sind völlig verstockt und wollen einfach nicht hören in Ihrem Stolz und Ihrer Einfältigkeit. Aber das sage ich Ihnen, wenn ich Sie trauen werde, was ich leider muß, denn ich bin Ihr Pfarrer und Sie sind Katholik, trotz aller Ihrer Sünden, dann wird es schweren Herzens sein, voll tiefer Traurigkeit, wie ich sie noch nie gefühlt habe. Aber zuerst einmal müssen Sie mit Gott Ihren Frieden machen und beichten und die Absolution empfangen und Buße tun, und ein Teil dieser Buße wird sein, daß Sie das kleine Mädchen Pamela Stone endlich gehen lassen."

Der MacDougall war jetzt wieder in seiner vorherigen guten Stimmung. „Das will ich alles tun, und am Tage nach meiner Hochzeit mit meiner Mary, nicht einen Tag später, werde ich Pamela nach Edinburg bringen lassen." Er nahm seine schottische Mütze ab und sagte: „Bevor wir heiraten, Father, wird meine Mary Sie besuchen. Oder möchten Sie lieber mit uns zu Abend essen?"

„Nein", sagte Robert. Seit er ein zehnjähriger Junge gewesen war, hatte er nicht mehr geweint, aber nun stand er im Begriffe, in Tränen auszubrechen.

Vor Sonnenuntergang noch hatte die Neuigkeit die Runde durch das Dorf gemacht, und die Leute schworen bei allen Heiligen, daß sie sich einschließen und nicht heimlich schauen würden. Aber Robert traute nicht allen, und zwar den servilen, untertänigen nicht, die trotz aller ihrer gegenteiligen Beteuerungen und ihrer scheinheiligen Ergebenheit darüber jauchzen würden, wenn sie den mächtigen Mann in seiner Erniedrigung sähen.

Robert dachte daran, alle aufzusuchen und ihnen zu sagen, sie sollten sich einschließen und nicht gucken, wenn der Laird vorüberging, aber er verwarf diesen Plan wieder, denn die Kriecher würden das ebenso wie die Anständigen versprechen, es aber dann trotzdem tun. Diesen Leuten konnte er nicht trauen! Sie würden zuschauen, entweder „zufällig" oder „unbeabsichtigt". Dann würden sie untröstlich sein und das auch selber glauben. Sie würden beichten, daß sie ihrem Laird ihr Versprechen nicht gehalten hätten, und sie würden so ehrlich zerknirscht sein, wenigstens nach ihrer eigenen Meinung, daß dem Pfarrer nichts anderes übrigbleiben würde, als ihnen eine Buße aufzuerlegen und die Absolution zu erteilen. Und dann würden sie fortgehen und mit ihrer Buße ein großes Theater machen — wenn sie überhaupt wagten, die Sache weiterzuerzählen —, und dann würden sie sich wieder sehr tugendhaft vorkommen. Wer konnte schon in die dunklen, verborgenen Falten ihrer Herzen schauen? Nicht einmal ein Priester.

Später dann, wenn sie ihre eigene Niedertracht und die Zerknirschung vergessen hätten, dann würden sie heimlich und gemein kichern, zusammen mit ihrer Frau, dem Nachbarn oder einem Freund. Ein kriecherisches Volk, das die Ehrfurcht und den Respekt vor ihrem Despoten verlor, würde in chaotische Zustände absinken, die ganze Insel würde darunter leiden und ganz besonders die Unschuldigen. Es waren ja immer die Unschuldigen, die von den Niederträchtigen und Unbarmherzigen zu leiden hatten.

Robert war sich nicht im klaren darüber, was er unternehmen sollte. Er beriet sich mit der Mutter Oberin, die genauso dachte wie er und von den Menschen im allgemeinen nicht viel hielt. „Ich habe schon ein langes Leben hinter mir, Father", sagte sie, „und ich habe schon viel gesehen, aber wenig davon war gut. Seit sechzig oder mehr Jahren habe ich mit Kindern zu tun gehabt, und manchmal war eines darunter, das meine Seele froh gemacht hat. Der MacDougall war eines von diesen wenigen Kindern. Und jetzt sagen Sie, er ist ein Despot, und das ist er auch, und mein altes Herz ist sehr traurig."

Robert wußte, daß kaltherzige Frauen selbstsüchtig sind und daß selbstsüchtige Menschen niemanden lieben können außer sich selber. Ohne Zweifel war Mary Joyce — in Widerspruch zu ihrer kalten Natur — vom MacDougall fasziniert, aber das war eine Faszination, vielleicht konnte man auch sagen eine Dankbarkeit, deren Grund in ihrer Eigenliebe lag und in ihrem

Stolz; ja, sie war dankbar und stolz, daß so ein Prachtmensch wie der MacDougall sie begehrte und sich auf derartige Überspanntheiten einließ, um sie zu gewinnen. Er schätzte das an ihr, für was sie sich hielt, und daher konnte sie einen Teil ihrer Eigenliebe dem zukommen lassen, der sie in ihrer eigenen, selbstgefälligen Meinung über sich selbst bestärkt hatte. Und trotzdem hätte sie ihn wahrscheinlich weiter abgewiesen, wenn sie nicht Pamelas offenkundige Liebe für ihn bemerkt hätte, was sie in ihrer Selbstgefälligkeit erzürnt hatte. Es lag also auch in ihrer Faszination Haß und Ärger. Sie hätte es nicht ertragen können, wenn der MacDougall am Ende nicht sie, sondern Pamela vorgezogen hätte.

Gerüchte haben schnelle Beine, auch in abgelegenen Gegenden, wo selten eine Zeitung hinkommt. Man behauptete, daß der Vater von Mary Joyce in seinen vielen Bankhäusern viele Söhne sitzen habe und daß er, wie es viele Schotten tun, die Söhne seiner Tochter vorzog. Mary sei, trotz des ganzen Tamtams und ihrer hochnäsigen Herablassung, keine Erbin. Ihr Vater sei der Meinung, daß sich eine solche Schönheit, wie Mary es sei, auch ohne Mitgift gut verheiraten könne. Der MacDougall war jedenfalls kein schlechter Fang. Ein reiches Mädchen und eine reiche Erbin wäre schon längst von anderen Männern geheiratet worden, wenn sie eine große Mitgift zu erwarten gehabt hätten. Aber es gab eben keine Mitgift.

Was konnte also die zwar schöne aber mitgiftlose Mary besseres tun, als den MacDougall heiraten? Er betete sie an. Auf seiner Insel würde sie die Königin sein. Die von ihr so aufgeregt und zornig gestellte Forderung, zu ihrer „zärtlichen und sie mit Sehnsucht erwartenden" Familie zurückgebracht zu werden, war nur Theater gewesen. Nachdem sie sich von dem Reichtum des MacDougall überzeugt hatte und nachdem sie sich an seiner männlichen Schönheit und der ihr gezollten Anbetung berauscht hatte, einer Anbetung, die sie in ihrem Narzißmus bestärkte, war sie jetzt recht zufrieden mit sich selbst und dem ergiebigen Fischzug, den sie gemacht hatte.

Trotz dieser ziemlich deprimierenden Vorgeschichte ihrer Einwilligung in eine Eheschließung hoffte Robert in seiner Verzweiflung, daß sie vielleicht doch eine Spur Liebe für Douglass fühle. Der Gedanke an eine Ehe aus Habgier war Robert unerträglich, aber immerhin, es hatte manchmal schon Wunder gegeben. Vielleicht würde sich Mary ändern, obwohl er daran zweifelte. Sicher würde sie eher eine noch größere Despotin werden, als der MacDougall einer war, und zwar eine grausame und habgierige. Sie würde die Hälfte des Jahres in London verbringen, eine schlechte Gattin sein und ihre Kinder vernachlässigen. Und um freie Hand zu haben, mußte sie ihn erst demütigen und zu ihrem Sklaven machen, das war die einzig mögliche Erklärung ihres Verhaltens. Die Zukunft, der er entgegenging, würde den edlen, hochgemuten Geist des MacDougall kläglich verkümmern lassen.

Ein wohlwollender Despot, dachte Robert, ist schlimm genug und kann unerträglich werden, aber eine grausame, unbarmherzige Despotin, zu der sich Mary ohne Zweifel entwickeln würde, wenn sie ihrem einfältigen Mann die Macht aus der Hand genommen hatte, würde das Leben auf der Insel zur Hölle machen.

Inzwischen war die Bevölkerung in einen Zustand größter Aufregung geraten, wie man es nicht erlebt hatte, seit vor etwa zwanzig Jahren flüchtige norwegische Verbrecher den Versuch gemacht hatten, auf der Insel zu landen und die Bewohner zu zwingen, sie vor ihren Verfolgern zu verbergen. (Die Inselbewohner hatten sie allerdings rasch überwältigt und hübsch zusammengebunden brav an die Behörden in Skye ausgeliefert. Die Überfahrt in einem Segelschiff hatte eine Nacht und einen Tag gedauert, und wenn dabei einige der Norweger leicht beschädigt worden waren, so hatten sie das niemandem anderen zuzuschreiben als sich selbst.) Jetzt sollte also die Insel zu ihrem Laird noch eine Lady bekommen. Ein hübsches Mädchen — eine bonnie lassie, wie die Schotten sagen — war sie ja wirklich und hatte ein Gesicht und ein Auftreten wie eine Königin. Einige, die Pamela gesehen hatten, fanden zwar, daß sie mehr „bonnie“ wäre und ihnen selbst in ihrer Erscheinung und der Art, wie sie sich gab, ähnlicher sei, aber der MacDougall hatte sich eben in Marys goldenes Haar und bleiches Gesicht vergafft. Und es war ja schon Zeit, daß der MacDougall heiratete und einen Erben bekam, damit auf der Insel Friede und Ordnung herrsche und alles wie von alters her weitergehe.

Einen Tag vor dem Abend, an dem der MacDougall seiner Zukünftigen dadurch Reverenz zu erweisen gedachte, daß er nackt durch die wenigen Straßen der Ansiedlung ging, überlegte Robert, ob er das Zuschauen als Todsünde erklären könnte, aber im ganzen Unterrichtsprogramm des Seminars war ein derartiger Fall nicht vorgekommen, weshalb er nach der Messe in entsprechend abgewandelter und adaptierter Form die Geschichte von Susanna im Bade erzählte und ausführlich darüber berichtete, wie der Prophet Daniel für die Bestrafung dieser Zuschauer gesorgt hatte. Leider waren die Zuhörer mehr von der Geschichte selbst als von ihrem moralischen Hintergrund beeindruckt. Er redete auch von „Respekt“ und „Rücksicht auf die Wünsche der Obrigkeit“, aber nur die Kriecher, also die eventuell in Frage kommenden Schlüssellochgucker, nickten beifällig und mit treuherzigem Augenaufschlag. Diejenigen aber, die den MacDougall wirklich liebten und denen daher auch sein Despotismus nicht mißfiel, waren ungehalten darüber, daß der Pfarrer überhaupt glauben konnte, sie würden schauen.

Als der Pfarrer an diesem Nachmittag durch die kleine Geschäftsstraße ging, traf er Pamela, die lustlos die kleinen Auslagenfenster besichtigte. Sie hatte einen Sonnenschirm ausgespannt, und ihr schwarzes Haar floß unter einem mit Blumen besetzten und mit blauen Bändern geschmückten Hut hervor. Sie trug ein rosa Kleid unter einem schwarzen, halb geöffneten Mantel, der fast bis zu den Knöcheln reichte und mit Rosen bestickt war. Als sie Robert bemerkte, lächelte sie, und die Grübchen erschienen einen Augenblick lang, aber dann traten ihr die Tränen in die Augen.

„Ich werde bald abreisen", sagte sie. „Es tut mir leid, Sie alle verlassen zu müssen, Father."

„Sie sind traurig, diese kalte Gegend zu verlassen? Es ist ja schon bald St. Johannistag und kalt wie in Edinburg im April."

„Es gefällt mir aber trotzdem", sagte Pamela. Sie atmete die würzige, kühle Luft tief ein und meinte: „Ich komme mir schon selbst wie eine MacDougall vor, und die Leute sind mir vertraut geworden."

Die Tränen hingen wie Diamanten in ihren langen Wimpern und glitzerten in dem hellen, kalten Sonnenlicht. „Ach ja", sagte sie und versuchte wieder zu lächeln, „ich werde diese Insel nie vergessen. Wenn schon nicht körperlich, so werde ich im Geiste hier sein. Douglass hat unsere Briefe an unsere Angehörigen in London geschickt, obwohl meine Großmutter, die liebe alte Dame, es ja kaum noch auffassen kann, daß ich überhaupt weg bin. Sie verwechselt mich oft mit ihrer toten Mutter und anderen weiblichen Verwandten, so daß ihr jede Sorge um mich erspart geblieben ist. Aber Mary — sie hat ihren Eltern geschrieben, daß sie einen ‚reichen und mächtigen schottischen Adeligen' heiraten wird und daß alle Geschenke hierher geschickt werden sollen."

Die hat's aber eilig, dachte Robert. Pamelas Tapferkeit und ihre verzweifelten Versuche zu lächeln brachen ihm das Herz. „Zur Hochzeit bleiben Sie also nicht mehr?" fragte er und wurde sich der Herzlosigkeit dieser Frage sofort bewußt.

„Nein." Pamela schwieg und ein Ausdruck von tiefem Unglück trat in ihre schönen, schwarzen Augen. „Wenn ich hierbliebe, würde ich bei jedem Aufgebot Einspruch erheben, und wenn das keinen Erfolg hätte, sogar noch vor dem Altar."

„Ja, ich verstehe", sagte Robert ernst. Dieses temperamentvolle, leidenschaftlich liebende Geschöpf war sicher imstande, das zu tun. „Sie lieben also Ihre Cousine nicht besonders?"

„Mary? Ach, sie ist ganz nett in ihrem eigenen Milieu in London. Ich hatte mir so gewünscht, nach Edinburg zu fahren", fügte Pamela nachdenklich hinzu. „Aber ich konnte unmöglich allein hinfahren und ich verabscheue es, Dienstmädchen mitzunehmen. Ich wollte eine Begleiterin haben, und da habe ich Mary angeboten, sie mitzunehmen, sie und das Dienstmädchen ihrer Mutter — Aggie, diese dumme Gans —, und deshalb sind wir jetzt hier. Wenn ich gewußt hätte ...“

Das großzügige junge Mädchen hatte also die ganzen Kosten dieser Reise getragen und nicht Mary, die sich so arrogant und hochnäsig benahm. „Ich habe ihr meine Diamantohrgehänge geschenkt“, sagte Pamela, „als Hochzeitsgeschenk.“ Sie sah auf ihre zarten Füße hinunter, die in Halbschuhen steckten, und ihre Stimme zitterte. „Also dann, einen schönen guten Abend, Father. Ich glaube, es ist Zeit für den Tee.“

Sie eilte mit kleinen, festen Schritten und erhobenem Kopf davon, und die Leute auf der Straße, die sie sahen, blickten sie mit unverhohlener Sympathie an. Wenn sie gegrüßt wurde, dankte sie mit gewinnender, liebenswürdiger Höflichkeit. Sie, dieses hochherzige Mädchen, das jedermann für sich einzunehmen verstand, das wäre die richtige Lady für die Insel, dachte Robert und haderte ein wenig mit Gott. Aber trotzdem ging er in die Kirche und betete inbrünstig.

Die Stunde für das, was Robert als eine Schmach für den MacDougall empfand, war auf den Sonnenuntergang festgesetzt worden. Mistreß Dougall war heute im Hause sehr geschäftig und beeilte sich mit ihrer Arbeit: „Also, damit keiner von uns in Versuchung kommt, wollen wir dann die Gardinen vorziehen und uns zum Fenster setzen — wird es denn nie endlich einmal warm werden? —, und wenn dann der MacDougall vorbei ist, dann können wir unseren Tee trinken.“

Mistreß Dougall sah ihn erschrocken und verlegen an. Robert betrachtete sie mit bitterer Befriedigung. Sie befolgte genauso wie die anderen servilen Seelen jede Andeutung eines Wunsches des MacDougall. (Merkwürdig, daß die Kriecher, die gleichzeitig die Zerstörer der Gemeinschaft sind, die Legalität so lieben und den Buchstaben des Gesetzes!)

„Mein Mann ist zu Hause“, murmelte sie.

„Ach so, da wollen Sie sich beide zusammen tugendhaft hinter Ihren Gardinen verstecken? Laden Sie ihn doch ein, er soll zusammen mit mir Tee trinken kommen. Ich habe ihn noch gar nicht recht kennengelernt."

Mistreß MacDougall machte einen unglücklichen Eindruck. Dann schüttelte sie den Kopf. „Er ist sehr schüchtern, ich glaube er bleibt lieber zu Hause und wartet auf mich." Da beschloß Robert, daß er sich morgen eine andere Haushälterin suchen wolle. Es mußte doch im Dorf eine aufrechte Frau geben, die den MacDougall wirklich liebte und die deshalb im geheimen, wenn schon nicht offen, gegen ihn rebellierte, wie es sich für eine echte, freie Schottin geziemte, eine alte Frau, die ihr Herz auf der Zunge trug und nicht so hinterhältig war.

Er begann jetzt wirklich Angst zu bekommen. Wenn diese Kriecher einmal den Fall des MacDougall mit eigenen Augen gesehen hätten, dann würden sie alle Gesetze der Moral und der Selbstachtung mißachten und verspotten, und das würde ein schreckliches Unglück für die Insel bedeuten. Ach, wenn die selbstherrlichen Despoten nur wüßten, was sie anrichteten! Sie bildeten sich ein, am besten zu wissen, was für ihre Leute gut und richtig ist, und töteten so die innere Freiheit, die jedem Menschen angeboren ist. Gott hat uns einen freien Willen gegeben, aber den können die Despoten nicht brauchen.

Robert hatte gehofft, daß es donnern und blitzen würde, daß dunkle Wolken aufziehen und es in Strömen gießen würde, so daß man nichts sehen könnte, aber von der rosigen Morgendämmerung an war herrliches Wetter gewesen, angenehm und warm. Eine kleine Wolke, die sich über der schwarzen Felsenkuppe bildete, hatte ihn zwar mit ein wenig Hoffnung erfüllt, aber sie verschwand auf den Ozean hinaus, der blau war wie die Augen eines neugeborenen Kindes. Und der Sonnenuntergang hätte aus einem Ochsen einen Dichter machen können. Als die Turmuhr sechs schlug, zog Robert die Gardinen vor die kleinen verbleiten Fenster des Hauses, zündete eine Lampe an, sah Mistreß MacDougall scharf in die Augen, setzte sich hin und nahm sein Brevier zur Hand. Sie starrte ins Feuer, aber ihre dicke, rote Unterlippe bewegte sich ununterbrochen, während sie schweigend vor sich hin grollte.

Draußen herrschte völlige Stille, keine Schritte, keine Stimme, keine Bewegung war zu hören. Die Anständigen, die den MacDougall liebten, starrten jetzt auch in ihre Feuer, und die Hinterhältigen waren auch still, aber sie glotzten hämisch hinter den Gardinen hervor. Dann aber hörte Robert ganz leichte Schritte draußen auf der Straße, von ledernen Schuhen, und es hörte sich an, als ginge ein Kind vorüber. Es konnte nicht der MacDougall sein, denn er würde mit seinen nackten Füßen lautlos über das Pflaster gehen. Welche Gans von einer Mutter hatte ihr Kind an diesem Unglücksabend auf die Straße geschickt? Robert dachte einen Augenblick sogar daran, hinauszugehen und das Kind hereinzubeordern, bis der MacDougall vorbei war, und in Mistreß MacDougalls Augen zeigte sich ein Hoffnungsstrahl. Aber Robert setzte sich wieder vor das Feuer. „Irgend ein dummes Kind, das davongelaufen ist“, sagte er. Die Uhr tickte und das Feuer sang sich selbst ein Lied.

Dann, nach etwa einer halben Stunde, waren die Straßen voll von aufgeregten lauten Stimmen und von fröhlichem Gelächter. Robert lief zur Tür und sah, wie sich die Männer vor Lachen bogen und die Frauen mit schrillem Gekicher einstimmten. Er rief laut nach seinem Sakristan, den er unter den Leuten bemerkt hatte, und der alte Mann kam sofort herüber. Er lachte so herzlich, daß er ganz rot im Gesicht war und ihm die Tränen über die Wangen liefen.

„Wohlgemerkt“, sagte er, nachdem ihm Robert ein paar heftige Schläge auf den Rücken versetzt hatte, die fast so stark waren wie die, die der MacDougall auszuteilen pflegte, „ich habe es nicht mit eigenen Augen gesehen, aber andere, die es gesehen haben, erzählen es.“

„Was?“ fragte Robert voll der düstersten Vorahnungen. Die Hinterhältigen hatten also, wie erwartet, die Gelegenheit benützt, um sich über ihren Laird lustig zu machen.

Und dann hörte er sich die Geschichte an und staunte.

Genau bei Sonnenuntergang, als die Sonne hinter der Felskuppe verschwand, um sich auf ihren einsamen Weg über den Ozean zu begeben, war der MacDougall allein im Tor seines Hauses erschienen, nackt wie an dem Tage, an dem er auf die Welt gekommen war. Er blieb einen Augenblick stehen, warf einen Blick in die leere Straße und trat heraus.

Er mußte einen großartigen Anblick abgegeben haben, mußte ausgesehen haben wie die Statue eines Heros oder eines alten römischen Gottes, mächtig, mit weitausladenden Schultern und voll Kraft, wie ein Held der Sagas in seiner sieghaften Mannheit, und erfüllt von dem Vertrauen, daß niemand ein Auge auf seine Nacktheit werfen werde! Robert mußte an seine Zeit in Rom denken und die Ehrfurcht, die ihm die Werke der Antike eingeflößt hatten.

Aber es gab Augen, die glotzten, Leute, die sich hinter ihren Gardinen daran weideten, wie ihr Laird von einer schwachen Frau gedemütigt wurde. Doch plötzlich glaubten die heimlichen Zuschauer ihren Augen nicht mehr trauen zu dürfen. Denn kaum hatte der MacDougall seinen Fuß auf das Pflaster gesetzt, da war die kleine „Lassie“ wie ein Blitz hinter ihm aufgetaucht und hatte ihm ihren schwarzen Mantel mit den Rosen über die Schultern geworfen — „er ist ihm ungefähr soweit heruntergegangen, wie ein Kilt“, sagte der Sakristan und wischte sich die Tränen ab, die ihm vor erleichterter Freude und Fröhlichkeit aus den Augen traten. Und dann hatte sie ihn fest und ohne ein Wort zu sagen bei der Hand genommen — „und er hat auf sie heruntergesehen mit einem Blick, als wäre ihm plötzlich ein Engel erschienen“ —, und sie war den ganzen Weg mit ihm Hand in Hand durch die stillen leeren Straßen gegangen.

„Sie haben sich nicht beeilt“, sagte der Sakristan. „Wie ein Liebespaar sind sie wie im Traum durch die Dämmerung gegangen. Der Mantel hat dem MacDougall knapp über den Knien um die Schenkel geschlagen, und die kleine Lassie ist neben ihm gegangen, ihr Gesicht hat direkt geleuchtet im Sonnenuntergang, und manchmal hat sie ihren Kopf an seine Schultern gelehnt."

Robert konnte sich die Szene ausmalen, der herrische, aber dennoch edle MacDougall und neben ihm das tapfere, gescheite Mädchen, und er jubelte innerlich. Welche Offenbarung war ihm zuteil geworden, welche Einsicht hatte er doch gezeigt in diesem Augenblick! „Wie ein Liebespaar sind sie durch die Dämmerung gegangen." Er hatte das Mädchen und ihren Mantel nicht von sich gewiesen, hatte ihre Hand gehalten, auf das Gewirr von schwarzen Locken an seiner Schulter hinuntergesehen, hatte die leidenschaftliche, tiefe Liebe und den zärtlichen Eifer in ihrem schönen, fraulichen Gesicht bemerkt. Er, der früher blind dafür gewesen war, hatte die Liebe gesehen, und er hatte sie erkannt und erwidert. In einem Augenblick der Erleuchtung war ihm alles klargeworden ...

„Und so", sagte der alte Father MacBurne zu der Gesellschaft, die um Großmutters Kaminfeuer versammelt saß, „und so wurde der MacDougall in seinem Herzen gedemütigt, aber nicht, wie es Mary Joyce vorgehabt hatte. Er war demütig geworden, wie wir es alle sein müssen, wenn wir grenzenlose, bedingungslose Liebe erleben dürfen. Sie kommt von Gott. Douglass hatte sie erkannt, und diese Hellsichtigkeit ist wenigen gegeben.

Es waren ihre Schritte gewesen, die ich für die Schritte eines Kindes gehalten hatte in der Stille, die draußen war.

Am nächsten Tag wurde Mary Joyce mit allen ihren Koffern und Taschen weggeschickt, aber sie fuhr nicht mit dem Gatten, den sie gewollt hatte, sondern nur mit zwei Fischern, die sie auch in den Zug nach Edinburg setzten. Es war ja eine Sünde, aber Robert konnte manchmal nicht umhin, sich mit einer gewissen Schadenfreude ihre Wut auszumalen. Sie war am Ende die Zurückgewiesene, die man wegschickte, die Verlassene, sie, die nie etwas anderes zu geben gehabt hatte außer ihrem kalten Herzen und ihrem häßlichen Stolz.

Die ganze Insel jubelte über die Hochzeit zwischen dem Mac-

Dougall und seiner lieblichen Braut, die ebenso schön war wie sie eine tiefe, treue Seele hatte", sagte der alte Robert. „Der Glaube ihres Gatten wurde der ihre, wie sie es dem Mann, der damals taub war, in seinem eigenen Hause versprochen hatte, damals an dem Abend, als ich sie zum erstenmal sah. Und sein Volk wurde ihr Volk, und sie brachte den Unterwürfigen Selbstachtung und Freiheit, weil sie selbst mit sanfter Festigkeit auf Freiheit bestand. Der MacDougall war ihr nicht untertan, sondern sie leitete ihn nur, sie sagte ihm, was sie dachte, und er verstand. Mögen alle Despoten dieser Welt verstehen lernen, bevor es zu spät ist!"

Der alte Robert seufzte. „Aber das ist vielleicht zu viel gehofft. Ich selber kann mich übrigens nicht beklagen, denn obwohl ich doch die MacDougalls-Insel anfangs gar nicht mochte, konnte ich mich dann später nie mehr dazu aufraffen, sie zu verlassen, und blieb dort übrigens gerne. Ich habe die Kinder des MacDougall getauft und seine Enkel, und bald werde ich auch sein Urenkelkind taufen. Und der MacDougall und seine Lady sehen immer noch genau so jung aus wie der junge Tag, das macht die Luft auf der Insel. Ich habe überhaupt keine Beschwerden des Alters und bin auch noch genauso jung wie die beiden, wenigstens in meinem Herzen."

„Was ist denn mit den diamantenen Ohrgehängen geschehen, die Miß Joyce von ihrer Freundin bekommen hatte", fragte Großmutter neugierig, nachdem sie sich eine Träne weggewischt hatte.

„Die hat Mary mitgenommen", sagte Father MacBurne. „Was sonst hätte man denn von ihr erwarten können?"

IV

Die kleine Rose war ganz bezaubert von der romantischen Geschichte von dem edlen Schottenlord und der rechten Braut, so daß sie in dieser Nacht von Dudelsackmusik, prächtigen Highlanders in ihren Kilts und von dem grauen Ozean träumte.

Ob wohl der MacDougall einen Sohn oder einen Enkel hatte, den sie eines Tages heiraten konnte? Sie kuschelte sich am Morgen in ihren Daunen zusammen und wollte gerne weiterträumen.

Tagsüber ging sie ihrer Großmutter aus dem Wege, um nicht zu riskieren, daß ihr die Teilnahme an der interessanten Abendgesellschaft verboten würde. Es sollten heute zwei neue Priester kommen, hatte sie von der Köchin gehört. Father MacBurne war mit einer Handvoll Pfundnoten für eine von seinen karitativen Unternehmungen abgereist.

Einer der Gäste hieß Father Hughes, und er hatte am Abend vorher sehr interessiert zugehört, als die Geschichte von dem MacDougall erzählt wurde. Und als die Gesellschaft nach dem Dinner wieder um den Kamin versammelt war, sagte er: „Ich kenne auch eine Liebesgeschichte, aber es ist eine sehr merkwürdige und man kann sie kaum begreifen, obwohl ich im Laufe meiner langen Erfahrung ähnliche gehört habe. Wer weiß, ob der Himmel nicht um uns ist und wir ihn nur mit unseren blinden Augen nicht sehen und ihn nicht hören können mit unseren tauben Ohren? Wenn wir es wüßten, würden wir vielleicht wie kleine Kinder erschrecken. Gott ist wohl gnädig, wenn er uns das meiste verbirgt, damit wir nicht vor Angst zugrunde gehen oder die Lust am Leben, das wir führen sollten, verlieren."

Father Hughes war ein Engländer von feinem Wesen und eleganter Lebensart. Er hatte schlanke, weiße Hände und wirkte manchmal leicht zerstreut. Er war alt, wie alle die anderen Priester, aber er war so lebhaft und seine Augen wirkten so jugendlich, daß man vergessen konnte, daß er kein junger Mann mehr war.

„Ja“, sagte er, „es ist wirklich eine sehr merkwürdige Liebesgeschichte, und manchmal kommt es mir fast so vor, als wäre alles ein Traum gewesen, denn die Geschichte ist vor langer, langer Zeit passiert, und sie ist mir nie erklärt worden, noch habe ich selber eine Deutung gefunden.“

FATHER HUGHES UND DIE GOLDENE TÜR

„Ich war der einzige Neffe meiner alten, verwitweten Tante Amanda“, sagte Father Hughes mit zärtlicher Wärme. „Sie hatte noch eine Anzahl von Nichten, meine Cousinen, aber sie waren ihr von ganzem Herzen zuwider, obwohl sie selbst ihrer Tante recht zugetan waren.“ Father Hughes hustete. „Tante Amanda war sehr reich und ich der einzige, der ihren Mädchennamen — Hughes — trug, denn meine Cousinen waren die Töchter von Tante Amandas Schwestern, während ich der Sohn ihres einzigen, innig geliebten Bruders war. Für meinen Vater war sie wie eine Mutter gewesen, denn da sie fünfzehn Jahre älter war als er, hatte sie ihn nach dem frühen Tode meiner Eltern aufgezogen, und als sie ihr einundzwanzigstes Lebensjahr erreicht hatte, war sie, entsprechend dem letzten Willen ihres Vaters, sein Vormund geworden. So bestand also in mehreren Beziehungen ein Mutter-Sohn-Verhältnis zwischen ihnen. Was die beiden anderen Schwestern meines Vaters angeht — nun ja, sie schienen ihr nicht besonders am Herzen zu liegen, obwohl sie natürlich alles für sie tat. Aber das geschah nur aus Pflichtgefühl, während mein Vater ihr ausgesprochener Liebling war.

Tante Amanda und mein Vater entstammten einer Familie, die seit alters her der Freien Schottischen Kirche angehört hatte, und sie war daher aufs äußerste schockiert, als mein Vater eine katholische Waise heiratete. Sie schrieb ihm sofort, daß sie ihn enterbt habe. Allerdings handelte es sich nicht um den sprichwörtlichen Pflichtteil von einem Shilling, denn das Erbe war schon früher zu gleichen Teilen unter die vier Geschwister aufgeteilt worden. Sie sprach nie wieder von meinem Vater, und ebensowenig taten dies die beiden anderen Schwestern, die ihr immer alles nachmachten, wofür sie aber nichts als Tante Amandas Verachtung einheimsten. Denn Sie müssen verstehen, daß Tante Amanda einen enorm reichen Kaufmann aus der City geheiratet hatte und keine eigenen Kinder hatte, während meine Tanten nur verhältnismäßig wenig bemittelte Männer bekamen und dazu eine Reihe von Töchtern.

Tante Amanda hatte damals an ihren Bruder geschrieben: ‚Wenn du schon die geheiratet hast, die du nun einmal geheiratet hast, so werden deine Kinder doch bestimmt nicht Katholiken werden!' Ich war das einzige Kind und wurde natürlich katholisch getauft. Tante Amanda hatte damals, wie ich später gehört habe, fast einen Schlaganfall bekommen, aber pflichtbewußt, wie immer in ihrem Leben, schickte sie für mich das Taufkleid, das mein Vater und sie und die beiden anderen Tanten bei der Taufe angehabt hatten. Das Kleid wurde zurückgeschickt, nachdem ich es bei dem heiligen Akt angehabt hatte, und von da an beantwortete Tante Amanda keinen der liebevollen Briefe mehr, die ihr mein Vater schickte.

Mein Vater, James Hughes, war ein sanfter, träumerischer Mensch, der Gedichte schrieb, anstatt seine Prozeßakten und ähnliche Dinge in dem Bureau zu studieren, wo er als junger Rechtsanwalt beschäftigt war. Er war ein genauer und gewissenhafter Arbeiter und bekam immer Aufgaben, die genaue Untersuchungen und viel Herumrechnerei erforderten und seine älteren Kollegen maßlos langweilten. Aber das machte ihm nichts aus. Er liebte solche Kleinarbeit, und außerdem nahm sie nicht seine volle Aufmerksamkeit in Anspruch, sondern ließ ihm Zeit für andere Gedanken. Er schrieb weiter Gedichte, die von den Redaktionen der literarischen Zeitschriften und den Verlegern immer unbarmherzig zurückgeschickt wurden." Es war ganz offensichtlich sehr schlechte Poesie, und als sein Sohn nach vielen Jahren einiges davon las, fand er es erschütternd naiv und primitiv. Aber das liebenswerte, warme Herz des Mannes sprach aus jeder Zeile.

Seine Frau Dorothy war genauso wie er, und sie war zufrieden mit ihrem kleinen Haus in einer entlegenen schmalen Gasse in London. Sie war eine fröhliche kleine Frau und hielt nichts von Geld. Ihre Liebe galt nur ihrem Gott, ihrer Kirche, ihrem Mann und ihrem Sohn. Wenn sie vielleicht gelegentlich etwas bedrückte, dann war es die Tatsache, daß sie nur ein Kind geboren hatte, das sie nach ihrem Lieblingsheiligen Benedikt nannte. Ihr Leben und das ihres Mannes waren so eng ineinander verflochten wie die Zweige zweier junger Bäume, die dicht nebeneinander in die Höhe wachsen, und diese Gemeinschaft umfaßte Körper und Geist aufs engste.

James glaubte, daß es für seine Familie von Vorteil sein würde, und investierte sein sehr kleines Vermögen in eines der Seifenblasenunternehmen, wie sie damals auf den Inseln gelegentlich von sich reden machten. Er verlor alles und hatte nun nichts anderes als den Ertrag seiner Arbeit. Ihm und Dorothy machte es nicht sehr viel aus. Sie lebten abseits der Welt ein träumerisches Leben in gegenseitiger inniger Liebe. In vieler Beziehung war ihr Zusammenleben ideal. Nach dem Tee saßen sie zusammen am Feuer und lasen sich gegenseitig Gedichte vor. James wurde Katholik, denn es kam ihm undenkbar vor, daß ihn und Dorothy auch nur das Geringste trennen sollte. Er nahm Unterricht und trat mit seiner gewöhnlichen, redlichen Hingebung der Kirche bei. Wenn so jemand wie Dorothy Katholikin sein konnte, so war sein Gedankengang, warum sollte er nicht auch in die geöffnete Tür eintreten.

Aber ein großer Kummer bedrückte ihn, und das war die Entfremdung von seiner Schwester Amanda. Bis zu seinem Tode schrieb er ihr jede Woche einen Brief, ohne allerdings je Antwort zu bekommen. Als er starb — er wurde von einem Zug getötet, zehn Minuten nachdem er in einer Kirche in der Nachbarschaft die heilige Kommunion empfangen hatte —, war sein Sohn zehn Jahre alt. Als ein Mann von strengster Tugend hatte er erst am vorhergehenden Abend gebeichtet, und der Pfarrer sagte seiner Frau und seinem Sohn, daß James wahrhaftig im Stande der Gnade gestorben sei. Es sei möglich, meinte der warmherzige Priester, daß James aus dem Erdenleben gleich in das himmlische eingetreten wäre. Sein Leben war immer so rein gewesen wie klares Quellwasser.

Dorothy, die eine gute Katholikin war, fand Trost in diesen Worten. Aber die Freude am Leben war in der armen Frau erstorben, obwohl sie erst achtundzwanzig Jahre alt war. Auch als Tante Amanda zu dem kleinen Begräbnis kam — James kannte ja so wenige Menschen —, schien sie sich ihrer Gegenwart gar nicht besonders bewußt zu werden und sah die strenge große Frau nur gelegentlich mit tränenverschleierten Augen an, als ob sie ihre Anwesenheit nur unklar und auf kurze Augenblicke zur Kenntnis nähme. Als Amanda, die sonst so selbstbeherrscht war, plötzlich in heftiges Schluchzen und in Tränen ausbrach, war Dorothy irgendwie beunruhigt gewesen und hatte versucht, sie zu trösten, wobei sie die anderen Trauergäste angesehen hatte, als wollte sie fragen, warum denn diese Fremde so weine. Als jemand sanft und zu wiederholten Malen gesagt hatte: „Das ist doch die Schwester von James, Liebste", hatte Dorothy genickt und gesagt: „Ja, natürlich." Aber es war wohl nur eine höflich gemurmelte Phrase. Es ist sehr leicht möglich, daß Dorothy bis zu ihrem Ende Tante Amanda nicht mehr bewußt als ihre Schwägerin und die Schwester von James zur Kenntnis nahm.

Einen Monat nach dem Begräbnis schrieb Tante Amanda an Dorothy: „Da ich nun deine finanzielle Lage kenne, werde ich für deinen Lebensunterhalt jeden Monat einen ausreichenden Scheck schicken, und ich will auch die Kosten der Erziehung des Sohnes meines Bruders, Benedikt, übernehmen." Dorothy las den Brief verständnislos und rief dann in das obere Geschoß hinauf: „James, Liebling! Ich hab da einen wirklich merkwürdigen Brief bekommen! Bitte komm herunter und lies ihn auch." Als niemand antwortete, schüttelte sie den Kopf und sagte zu ihrem von Trauer und Schmerz erschütterten kleinen Jungen: „Hast du gehört, daß Vater fortgegangen ist, Liebling? Er ist nicht droben."

Benedikt war erst zehn, aber er verstand, daß der Geist seiner Mutter sich plötzlich verwirrt hatte, als Folge des Schmerzes und der Einsamkeit. Mühevoll schrieb er seiner Tante Amanda einen ungelenken Brief, der mit seinen Tränen benetzt war. Tante Amanda erschien vier Tage später in ihrer blitzenden Victoriachaise — sie wohnte am Grosvenor Square —, aber Dorothy war vor ein paar Stunden im Schlaf gestorben. Das kleine, zerbrechliche Herz hatte zu schlagen aufgehört. Gott in seiner Gnade verstand, daß Dorothy ohne James nicht wirklich leben konnte, sondern nur ein gequälter armer und erschütterter Rest von ihm war, und hatte sie zu sich genommen.

„Es gibt unter den Lämmern solche, die den weißen Stürmen des Winters widerstehen können und seiner Härte, die ihn überdauern und noch kräftiger werden und lebendiger und voll Übermut und Lebensfreude, wie der Dichter sagt. Aber die kleineren Lämmer, die zarten und sanften und die verirrten, die sterben im ersten eisigen Sturm. Unser Herr, heißt es, war zu ihnen besonders gütig und hat sie auserwählt, um sie vor dem Sturm zu retten. Meine Mutter war eines von diesen Lämmern, und Unser Herr hatte sie heimgenommen ... Ich denke oft an meine Eltern im Himmel", fügte Father Hughes hinzu. Sein weißes Haar leuchtete im Lichte des Feuers, und das Netz von Linien, das die Jahre in sein hageres Gesicht gegraben hatten, trat deutlicher und dichter hervor. „Werden wir uns dort wiedersehen?"

Tante Amanda verstand offenbar jetzt, welcher Art Lämmer ihr Bruder und seine Frau gewesen waren, und war voll Schmerz und Reue. Nach Dorothys Begräbnis nahm sie den kleinen, bleichen Benedikt mit zu sich in ihr Haus, das er noch nie gesehen hatte. Damals hatte sie ihm am Abend die Hände auf die Schultern gelegt und gesagt: „Ich bin eine alte, schlechte, scheußliche Frau, die man nur verachten kann. Ich hoffe, daß mir dein Vater in seinem Herzen vergeben wird.“ Dann aber hatte sie die Stirn gerunzelt und fortgesetzt: „Aber denk daran, mein junger Herr, daß du dir aus dem, was du vielleicht für eine augenblickliche Schwäche deiner Tante halten könntest, nicht irgendwelche unpassenden Vorteile verschaffen kannst. Ab nächster Woche wirst du in die und die Schule gehen, und dort ist sogar ein Prinz von königlichem Blut.“

Benedikt aber hatte mit der auch seinem Vater eigenen Sanftmut und Festigkeit geantwortet: „Nein, Tante Amanda, ich will Priester werden.“

Tante Amanda schlug entsetzt die Hände zusammen, und ihr großes, rundes Gesicht wurde purpurrot. Sie drohte, sie machte allerhand Versprechungen. Da ihr Mann ein vollblütiger und temperamentvoller Mensch gewesen war, hatte sie von ihm einige recht rauhe Redewendungen gelernt, die sie mit Donnerstimme von sich gab. Aber der kleine Robert fürchtete sich nicht — wenigstens nicht sehr — und wiederholte: „Ich will Priester werden. Papa und Mama haben es gewußt und sind glücklich darüber gewesen.“

Tante Amanda gab ihm ein paar ordentliche Ohrfeigen, brach dann in Tränen aus und drückte ihn heftig an ihren großen Busen. Sie ließ sich Brandy und für den Jungen ein kleines Glas leichten süßen Weins kommen, und dann saßen sie beisammen in dem riesigen, übermöblierten Salon ihres Hauses vor dem brennenden Kamin und weinten.

Aber sie war nicht eine von denen, die so leicht aufgeben, und Robert war noch klein. In den folgenden Tagen versuchte sie, ihn zu überreden. Sie schilderte ihm ihre Einsamkeit in den rührendsten Tönen, sie umarmte und ohrfeigte ihn, stieß ihn weg und riß ihn wieder an sich. Der Junge würde gehorchen, oder sie wäre gezwungen, Gewalt anzuwenden. Aber

Robert blieb fest. Amanda schrie: „Du bist genau so widerspenstig wie dein armer Vater, der auch keinen Verstand im Kopf gehabt hat, du undankbarer Grünschnabel!"

Am achten Tag verkündete sie plötzlich, daß Benedikt in eine gute Jesuitenschule in London gehen würde, und damit basta. Als er nach Oxford an die Universität kam, begann der Tanz von neuem. Die beiden liebten einander zwar nun, wie nur einsame Menschen lieben können, aber sie stritten fast ununterbrochen über den unwandelbaren Entschluß, den Robert gefaßt hatte. Priester kamen, um mit ihr zu reden, und sie stieß sie vor den Kopf, gab ihnen Brandy und Whisky, kommandierte sie zum Dinner und gab ihnen beträchtliche Geldbeträge. Das tat sie aber nicht, um sie etwa zu bestechen, sondern sie dachte nur, daß es vernünftige Männer wären, die ihre Stellung und die Benedikts, als ihres Erben, verstehen würden. Sie waren verständig und sie verstanden — daß Benedikt einer echten Berufung folgte.

Benedikt ging also in das Seminar, das er gewählt hatte, und Tante Amanda schrieb ihm monatelang nicht. Dann aber schenkte sie dem Seminar, das sehr arm war, eine so erstaunlich hohe Summe, daß der Bischof sie persönlich besuchte, um ihr seinen Dank auszusprechen und wahrscheinlich auch, um sich zu vergewissern, daß er nicht träume und daß der Scheck echt sei. Amanda, die sich die Tränen aus den Augen wischte und gleichzeitig finster dreinschaute, sagte: „Es ist das Geld, das ich seinem Vater geben wollte, Sir. Hätte ich es ihm gegeben — dem dummen armen Lämmchen —, dann wäre er damals, an dem Tag, nicht zu Fuß gegangen im Nebel und würde heute noch leben. Denn er hätte seinen eigenen Wagen gehabt."

Benedikt brachte dann seiner alten Tante sehr zart und vorsichtig bei, daß er Missionspriester werden wolle. Amanda bekam wieder einen Schlaganfall, diesmal einen echten und ernsten, was Robert veranlaßte, sie oft zu besuchen, und diese Besuche besänftigten sie ein wenig und gaben ihr neue Hoffnung. Aber als sie wieder gehen konnte, allerdings mit einem

Stock, sagte ihr Benedikt, daß sein Entschluß noch immer feststünde. Sie versetzte ihm einen Schlag mit dem Stock und benutzte ihn von diesem Tage an nie mehr zum Gehen. „Ich weiß wirklich nicht, wo Gott eigentlich steckt, daß er so etwas zuläßt", sagte sie. „Mein einziger Junge, der den Namen meines Vaters trägt!"

Benedikt empfing die Priesterweihe und Tante Amanda war dabei, und auch bei seiner ersten Messe war sie in der Kirche. Die dicke, große Frau saß aufrecht da und beobachtete kritisch jede seiner Bewegungen. Tränen der Freude und des Schmerzes rannen über ihre roten Wangen. „Jetzt kann ich in Frieden sterben", sagte sie bei dem prächtigen Empfang, den sie nach der Messe zu seiner Ehre gab. Sie kniete nieder, um seinen Segen zu empfangen, und rührte sein Herz, als sie dabei andächtig zu ihm aufblickte. Sie wurde vierundneunzig Jahre alt, und Benedikts Orden profitierte von ihren großzügigen Dotationen und blühte auf. Ihm, ihrem Neffen, hinterließ sie ein großes Vermögen und jeder ihrer Nichten tausend Pfund. Die klagten ihn natürlich wegen Erbschleicherei, verloren aber den unsinnigen Prozeß.

Während der langen Jahre, die sie allein mit ihrer Dienerschaft in ihrem Palais am Grosvenor Square lebte, besuchte sie Benedikt, sooft er konnte, und schrieb ihr mehrere Male in der Woche. Schon seit langer Zeit, seit seinem elften Lebensjahr, nannte er sie nicht mehr Tante, sondern Mutter. „Und wohl kaum ein Junge hat so eine liebevolle, gute und zärtlich sorgende Mutter gehabt", sagte Father Hughes. „Sie verwöhnte mich mein ganzes Leben lang, und sie zankte auch fürchterlich mit mir."

Als sie sechsundsiebzig war und Benedikt vierzig, kehrte er von einem zweijährigen Aufenthalt in Afrika zurück und wohnte während seines Urlaubes, den man ihm bewilligt hatte, bei Amanda in ihrem Palais. Am Tage nach seiner Ankunft wollte sie ein festliches Dinner zu seinem Empfang geben. „Ich möchte, daß du einen lieben alten Narren kennenlernst", sagte sie zu

Benedikt. „Warum müßt ihr denn übrigens so unbequeme Kragen tragen? Ein wahres Glück, daß es nicht eine Halskrause sein muß. Ich verstehe wirklich nicht, warum die armen Geistlichen von der Hochkirche die tragen müssen. Sieht dumm aus, habe ich immer gefunden. Also, damit wir wieder auf meinen lieben alten Narren kommen. Er ist ein paar Jahre jünger als ich und war nie verheiratet. Er erinnert mich an deinen Vater. Ich möchte hier feststellen, ohne jede Spitze, daß du den Träumereien und der Überspanntheit deines Vaters entwachsen bist, und das ist gut so. Aber Sir Joshua Fielding ist noch beinahe genau so, wie dein Vater war. Habe ich erwähnt, daß er Junggeselle ist? Ja, richtig, das habe ich schon gesagt. Verwandte hat er auch keine. Aber es macht ihm nichts aus. Er läßt sich durchs Leben treiben wie diese Verdammte, die sich in den Ritter Lancelot verliebte . . ."

„Du meinst die Lady of Shalott", sagte Benedikt und goß seiner Tante Kognak nach.

„So eine dumme Person", sagte Amanda, „sie konnte doch sowieso den verdammten Mann im Spiegel sehen, nicht wahr? War es da wirklich notwendig, daß sie sich ihm nachstürzte und starb? Was war das übrigens für ein Fluch?"

„Keine Ahnung", sagte Benedikt, der seiner temperamentvollen Tante gegenübersaß und sie liebevoll anlächelte, „aber ich glaube, es steckt eine Moral dahinter, nämlich die, daß diejenigen, die es nicht wagen, dem Leben ins Antlitz zu sehen, es nur durch ihre Spiegel betrachten sollten. Die Wirklichkeit übt auf manche Menschen eine schockartige Wirkung aus, nicht wahr? Das ist sehr bedauernswert. Ich wundere mich oft darüber, daß manche Menschen so schwach sind."

„Hm", machte Amanda etwas verächtlich. „Ich jedenfalls war nie eine von denen, die in Spiegel schauen. Wie hat dir der Braten heute abend geschmeckt?"

„Hervorragend! Aber ist dieses mächtige Dinner morgen wirklich unumgänglich notwendig, Mutter?"

„Selbstverständlich ja. Ich habe dir eine Reihe von reichen

Katholiken eingeladen. Es wird ihnen nicht weh tun, wenn sie dir ein paar Sovereigns für deinen Orden geben. So reiche Leute kleben an ihrem Geld wie die Fliegen am Honig. Na ja, das kann man ja schließlich verstehen. Joshua ist übrigens auch Katholik und sehr gut und reizend und großzügig. Ganz die Lady of Shalott."

„Will er sich mit dem Leben nicht auseinandersetzen?"

Amanda dachte nach. Dann schüttelte sie unschlüssig den Kopf: „Ich weiß nicht, mein lieber Junge. Aber wie er sich mit der Realität des Lebens mit einer solchen Heiterkeit und gelassenen Friedfertigkeit auseinandersetzen kann, geht über meinen Horizont. Von Religion spricht er nie. Er zitiert ziemlich viel Shakespeare, besonders Hamlet. Wie sagt er nur immer? Ich weiß nicht, ob ich es so ganz richtig sage: ‚Es gibt mehr Dinge zwischen Himmel und Erde, Horatio . . .' Da hast du es ja! An den Rest kann ich mich nicht erinnern."

Benedikt setzte sich auf. Er war sehr interessiert. „Ja, natürlich, ich erinnere mich schon. Es war nicht gerade eines meiner Lieblingszitate." Er machte eine Pause. „Ist Sir Joshua abergläubisch?"

„Mein Gott, liebes Kind", sagte Amanda irritiert, „das weiß ich wirklich nicht. Du redest da von Dingen, die belanglos sind. Was hat denn Aberglaube mit Sir Joshua zu tun, der in einer Traumwelt lebt? Ich möchte gerne, daß du ihn kennenlernst, damit du einen Begriff davon bekommst, wie dein Vater wäre, wenn das liebe Lamm noch leben würde. Es könnte dir vielleicht die Augen öffnen", fügte sie mit einem Anflug von Bosheit hinzu.

Irgend so ein zittriger alter Mann, der wahrscheinlich senil ist und auf seinen Reisen die eine oder andere exotische Idee aufgegabelt hat, dachte Benedikt und fragte: „Ist Sir Joshua in Indien gewesen?"

„Er ist in der ganzen Welt herumgefahren, obwohl ich wirklich nicht weiß, zu welchem Zweck. Die übrige Welt ist doch so ganz und gar unenglisch, nicht wahr? Es muß da draußen sehr ermüdend und langweilig sein, und das Wasser ist verseucht, und sündig sind die Leute in höchstem Grade, habe ich mir sagen lassen."

Robert mußte plötzlich lachen und an Disraelis beißende Bemerkung über die englische Moralität denken.

„Redet er oft von Indien?"

„Nein, gar nicht. Und er hat auch keinen von diesen fürchterlichen riesigen Messingtellern mit eingravierten Symbolen und Schlangen und komische Möbel und Wandbehänge aus Indien, die heutzutage so modern sind. Die machen mich krank. Es ist wirklich sehr deprimierend, wenn man jeden Augenblick darauf gefaßt sein muß, daß plötzlich unter dem Sofa eine Kobra vorgekrochen kommt. Nein, Sir Joshuas Haus ist genauso gemütlich und vernünftig eingerichtet wie meines und mit gutem Geschmack." Amanda sah wohlgefällig um sich. Benedikt schaute sich auch um und dachte, was er schon immer gedacht hatte — wie überladen und geschmacklos eingerichtet dieses luxuriöse Zimmer doch war und wie er es trotzdem liebte, weil es sein Heim war.

„Ich glaube nicht", meinte Amanda, „daß ihm Indien besonders gefallen hat. Aber was hat Indien eigentlich damit zu tun, Benedikt? Wie deine Gedanken herumirren. Das kommt von den verschiedenen Fiebern, die du dir in allen diesen heidnischen Gegenden geholt hast."

Das letztere stimmte allerdings, denn Benedikt hatte sich tatsächlich „verschiedene Fieber" geholt, in Wüsten und im Dschungel, und er war jetzt zu Hause, weil seine Vorgesetzten der Meinung waren, er brauche eine längere Erholungszeit. Diese Vorgesetzten schätzten Amanda jetzt sehr und waren ihr immer dankbarer, und sie war nun alt geworden.

Keiner der Teilnehmer an der Party war auch nur annähernd in Benedikts Alter, obwohl er auch nicht mehr zu den Jüngsten gehörte. Nicht einer der Anwesenden, weder der Damen noch der Herren, war unter fünfundsechzig, die meisten viel älter. Sie waren alle ziemlich rund und gesetzt und hatten auch abgerundete Ansichten wie Amanda. Sie verbreiteten alle eine gewichtige Atmosphäre, die hohe Bankguthaben und den Besitz von soliden Anlagepapieren ahnen ließ. Sie lachten fröhlich und behaglich und waren satt und zufrieden. Sir Joshua glich ihnen in keiner Weise.

Er erinnerte Benedikt auffallend an eine Reihe von betagten, höflichen Monsignori aus alter italienischer Familie, wie er sie häufig in Rom getroffen hatte. Er hatte ihre schlanke, hohe Gestalt, ihr edles römisches Profil, ihre gescheiten, rätselhaften Augen, dieselben ausgezeichneten Manieren, das gleiche gesetzte und wohlwollende Wesen. Benedikt wunderte es, daß er nicht Priester geworden war, dieser königliche alte Junggeselle, dessen Stimme sanft und doch sonor, ruhig und doch tragend war, und um den eine fast sichtbare Aura schwebte, die erhabene Heiligkeit derer, die wahrhaft gut und unschuldig im Geiste sind. Genauso wie jene italienischen Monsignore schien er, entgegen der Meinung Amandas, Sinn für die Wirklichkeit dieser Welt zu haben. Diese Mischung von innerlicher Unschuld und Weltgewandtheit war äußerst interessant, und er faszinierte Benedikt nach kurzer Zeit schon allein durch seine feinen Züge, seine sparsamen, eleganten Bewegungen, die Art, wie er sein Glas hob und den Kopf neigte, das Lächeln, das manchmal unvermittelt über sein Gesicht huschte, und das gedämpfte Lachen, das ständig in seinen Mundwinkeln auf der Lauer lag. Er war einer der Menschen, von denen man in ihrer Jugend gewöhnlich sagt: „Er ist gar nicht richtig ein Kind", und dann, wenn sie alt sind: „Er wird immer jung bleiben."

Sir Joshua und Benedikt wurden fast sofort Freunde. Er sprach mit Interesse von Benedikts Leben und hatte die seltene Gabe, zuhören und sofort interpretieren zu können. Wenn er lauschte, wurden die jugendlichen, lebhaften Augen sanft und ernst. Und dann, mitten während des Dinners, verstand Benedikt plötzlich, daß seine Tante in einer Beziehung recht gehabt hatte: Sir Joshua lebte für einen Traum und auch in ihm, und zwar völlig abseits seines sterblichen Lebens, dessen er sich übrigens zu erfreuen schien. In diesem Traum gab es keine Reue, keine Trauer und keine Sehnsucht, das konnte Benedikt sehen, und auch keine Überhebung, keine fanatische Besessenheit und keine Trennung von der Wirklichkeit.

Ob er wohl ein Mädchen geliebt und verloren hatte? Oder war es eine tugendhafte verheiratete Frau gewesen, die er nicht haben konnte? Ja, es lag ein ferner Glanz von Liebe in seinem Blick, aber es war der Glanz der Erfüllung, des Besitzes und der Freude. So sah ein Mann nicht aus, der seine Geliebte verloren hatte.

Benedikt begann sich taktvoll, behutsam und vor allem neugierig vorzutasten, als die Herren allein waren mit ihrem Kognak und die Damen sich in den Salon zurückgezogen hatten. Er hatte neben Sir Joshua, der auch von diesen mehr materiell interessierten Leuten als Hauptperson akzeptiert wurde, einen Stuhl gefunden. Der riesige Kronleuchter warf sein von den geschliffenen Gläsern in allen Regenbogenfarben gebrochenes Licht auf das schimmernd weiße Tischtuch, und an den holzverkleideten Wänden flackerte der Widerschein des Feuers im Kamin. Das Dinner war ausgezeichnet gewesen. Die Herren, sowohl die Katholiken als auch die anderen, fühlten sich in Gegenwart eines Priesters, noch dazu eines relativ jungen, etwas gehemmt. Sie konnten keine anzüglichen Geschichten erzählen, wie es ältliche Männer gerne tun, und deshalb herrschte eine leicht trübsinnige Stimmung. Um ihnen also Gelegenheit zu geben, sich gegenseitig ihre unschuldigen Anzüglichkeiten zuzuflüstern, neigte sich Benedikt zu Sir Joshua und begann seine Sondierungen auf eine Weise, die er für die am wenigsten aufdringliche hielt. Plötzlich begannen Sir Joshuas Augen in väterlichem Vergnügen zu funkeln, und Robert wurde rot. Der alte Mann schob seinen Stuhl näher an den Roberts, so daß sie eine kleine Insel bildeten, umgeben von vergnügtem Geflüster und gelegentlichen, plötzlichen Ausbrüchen von lautem Gelächter.

Draußen, in der Frühherbstnacht, fiel der ewige englische Dauerregen, und Benedikt konnte durch die Läden der Fenster sein rätselhaftes, anheimelndes Geflüster hören. Es war ein friedliches, beruhigendes Geräusch; „a soft night", wie die Engländer sagen.

„Unsere Freunde sind sehr rücksichtsvoll gegen Sie", sagte Sir Joshua. „Ich bin überzeugt davon, daß Sie ihnen viel schändlichere Dinge erzählen könnten als die, die sie sich da gegenseitig in die Ohren flüstern. Es sind sehr gute Männer, verstehen Sie, mein lieber Junge. Das kräftig schlagende Herz Englands. Ein frisches, starkes Herz, und ich hoffe, daß es immer weiterschlagen wird! Ich hoffe, daß das Empire nie zerfallen wird wie andere Reiche in der Vergangenheit. Wenn das einmal geschehen sollte, dann wird viel Ordnung und Charakter, Disziplin und Freiheit verloren sein. Ja, sie sind das Herz Englands. Ich finde, es ist sehr freundlich von ihnen, mich so herzlich aufzunehmen, meinen Sie nicht auch?"

Benedikt war erstaunt. Er blickte in das aristokratische Gesicht Sir Joshua Fieldings, das ihm entgegenlächelte, und dann auf die etwas groben und recht feisten Gesichter des „Herzens von England".

„Verstehen Sie", sagte er und entfernte mit einer eleganten Bewegung die Asche von seiner Zigarre, „mein geliebter und wunderbarer Vater war nur ein Reisender. Jedes Jahr schleppte er sein Bündel durch drei Grafschaften auf dem Rücken und ging jeden Schritt des mühevollen Weges zu Fuß. In jedem, auch dem schlimmsten Wetter. Und er war nur ein kleiner Mann. Sein ganzes Leben war voll Entbehrung, Hunger und Armut, und die härteste Arbeit hatte seinen Wuchs verkümmern lassen. Nicht aber seine Seele. Ich glaube, daß er jetzt ein Heiliger ist, den zwar die Kirche nicht kennt, wohl aber Gott. Und meine Mutter nähte und wusch zu Hause für fremde Leute. Sie konnte nicht zur Bedienung in die reichen Häuser gehen, denn ich war ein kränkliches Kind. Ich schulde mein Leben und was es mir bedeutet nur ihrer liebevollen aufopfernden Pflege. Ich war das einzige Kind meiner Eltern.

Sie verstehen also jetzt wohl, warum ich gesagt habe, daß

meine Freunde sehr tolerant sind, wenn sie mich akzeptieren, als wäre ich, wie sie, in den Reichtum hineingeboren."

Benedikt war erstaunt. Er schaute auf den Anzug Sir Joshuas, der aus feinstem Tuch geschneidert war, und sein untadeliges blütenweißes Hemd, seine langen, weißen Hände, die so merkwürdig jung und geschmeidig waren, seine edlen Züge und die blanken Augen. Am dritten Finger seiner linken Hand steckte ein wunderbarer Ring, wie ihn Frauen, die verlobt sind, zu tragen pflegen. Der Stein blitzte und glühte in tausend wechselnden Lichtern. Er war kein Opal, hatte aber die rastlosen, wechselnden Farben eines solchen und denselben kalten und feurigen Schimmer. Benedikt mußte unwillkürlich den Ring ansehen, während er über das nachdachte, was ihm Sir Joshua erzählt hatte.

„Sie möchten sicher gerne wissen", fuhr Sir Joshua fort, „wie es gekommen ist, daß ich jetzt reich bin und mir alles das leisten kann; meinen Wagen und so weiter. Ich habe es nicht selber verdient, nicht einen einzigen Penny davon. Mein Vater, verstehen Sie, hatte auf seinen Reisen festgestellt, daß die armen Frauen auf den Pachthöfen und in den Dörfern sich, wie das ja alle Frauen tun, nach ein bißchen Wohlgeruch sehnten, nach einem kleinen Luxus, den sie sich leisten konnten und der ihnen das Gefühl gab, verwöhnt zu sein. Wenn also mein Vater daheim war, dann fabrizierte er mit Hilfe meiner Mutter eine feine, oval geformte Seife aus gutem, wenn auch billigem Material, die reichlich parfümiert war. Es war ein süßer, überwältigender Duft nach Rosen, Lilien und Flieder."

„Ach ja, natürlich . . . Fieldings Parfüme!" rief Benedikt aus. „Und Seifen und Duftsäckchen."

„Ganz richtig", lächelte Sir Joshua, „Sie kennen sie also."

„Wer kennt sie nicht?" sagte Benedikt. „Die ganze Welt kennt sie, nicht nur das Empire. Die Seife — Sixpence das Stück, die Duftsäckchen — zwei Stück einen Shilling. Und der Duft hält ewig, heißt es."

Sir Joshua lächelte. „Ewig ist eine lange Zeit, Gott sei Dank", sagte er und sah den Ring an, den er am Finger trug. Eine

Weile versank er völlig in sich. Der alte Herr schien sich hinter die elegante Fassade seines Gesichtes und seines irdischen Leibes zurückgezogen zu haben und machte den Eindruck, als koste er eine tiefe, innige Freude aus.

„Als ich ungefähr zwölf Jahre alt war und schon bald mitarbeiten konnte, machte mein Vater die ersten Seifen und Duftsäckchen", sagte Sir Joshua endlich. „Ich half, die Masse in Formen zu gießen, die mein Vater hergestellt hatte. Er hatte sich auch einen rohen Stempel für die Seifen gemacht, und dieser Stempel ist heute noch in Verwendung. Es ist der Name, umkränzt von Knospen und Blumen, Blättern und zarten Ranken. In den ersten Jahren, bis ich achtzehn war, war der Umsatz mäßig, aber ständig leicht steigend, so daß meine Mutter die Wäscherei und die Näharbeiten aufgab und zusammen mit mir zu Hause arbeitete, während mein Vater weiterhin umherreiste und die Seifen und Duftsäckchen zusammen mit seinen anderen Waren verkaufte. Und dann kam Fortuna ganz plötzlich, wie sie das ja gewöhnlich tut. Die großen Seifenfirmen wurden auf die Seife und die Duftsäckchen aufmerksam, da die Frauen rund herum in den Grafschaften keine andere Marke mehr kaufen wollten als die meines Vaters. Ihr Ruhm war sogar bis nach London und Edinburg gedrungen.

Mein Vater mag vielleicht ein Heiliger gewesen sein, aber er kannte den Wert seiner Arbeit. Er nahm schließlich ein hervorragend günstiges Angebot an, das ihm dauernde Tantiemen sicherte: einen Penny für das Paket Seife und zwei für die Duftsäckchen, für sich und seine Erben auf ewige Zeit.

Aber leider meldeten sich die Folgen seines früheren, entbehrungsreichen Lebens, und er starb gerade an der Schwelle eines neuen, bessseren Lebens. Meine Mutter, die ebenso gelitten hatte wie er, starb an Schwindsucht. Ich war damals einundzwanzig Jahre alt und ein Millionär, oder wenigstens sehr nahe daran, einer zu werden. Ich war nicht ohne Erziehung, denn während der langen Zeiten, die ich in meiner Jugend krank im Bett lag, hatte ich ohne Unterlaß gelesen. Mit der Kühnheit der Jugend und ausgerüstet mit meinem Vermögen, tat ich das, was der Wunsch meiner Eltern gewesen war. Ich fuhr ins Ausland und besuchte die berühmten Schulen Frankreichs und Italiens, denn in England hätte man mich natürlich nicht akzeptiert, und als ich dann nach mehreren Jahren zurückkehrte, engagierte ich mir einen englischen Gentleman, der mein Lehrer wurde, meinen Akzent polierte und mich selber zu einem Gentleman machte. Etwas snobistisch von mir, nicht wahr?" Sir Joshua lachte leise. „Natürlich war es das. Und ich baute mein Haus, dasselbe, in dem ich heute noch lebe, genau so, wie es sich meine Eltern vorgestellt hatten, und ich lebe so, wie sie sich ihr eigenes Leben erträumten. Auch die Königin hat meine Gesellschaft gerne. Sie ist zwar eine Königin, aber sie stößt sich nicht an der Abstammung eines Menschen, wenn er andere Tugenden hat, und Ihre Majestät scheint der Meinung zu sein, daß ich solche Tugenden besitze."

„Die haben Sie ganz bestimmt", sagte Benedikt mit großer Wärme. Dann aber wurde er verlegen und errötete. Er benahm sich wirklich in höchstem Grade ungezogen. Da hatte er diesen feinen alten Herrn direkt dazu gezwungen, ihm sein Leben zu erzählen, und jetzt behandelte er ihn obendrein noch gönnerhaft. Er schämte sich. Die italienischen Monsignori hätten so etwas trotz ihrer alten Familien und ihres Ruhmes niemals getan. Sie hätten Sir Joshua mit Respekt und Bewunderung behandelt und ihn als den prächtigen Gentleman anerkannt, der er war.

„Verzeihen Sie mir bitte, daß ich zudringlich war", sagte Benedikt, „aber meine Mutter ... meine Tante war so eingenommen von Ihnen. Sie hat ausdrücklich gesagt, daß es ihr Wunsch wäre, daß wir miteinander bekannt werden sollten."

„Ja, sie hat sehr oft von Ihnen gesprochen", sagte Sir Joshua, „ich bin sehr froh darüber, daß wir uns kennengelernt haben. Ich kenne Amanda erst seit etwa zwei Jahren, denn ich reise sehr viel. Ich möchte herausfinden, ob es auf der Welt noch einen zweiten Ort gibt, der so schön ist, wie ..."

„Wie was?" fragte Benedikt, als Sir Joshua plötzlich abbrach.

„Wie ein anderer Ort, den ich kenne", sagte der alte Herr. „Davon muß ich Ihnen einmal erzählen. Und Sie werden der erste sein, der die Geschichte zu hören bekommt." Er sah wieder auf seinen Ring.

Die Herren standen auf, um zu den Damen in den Salon zu gehen.

Später dann sagte Benedikt vorsichtig zu seiner Tante: „Ein erstaunlicher alter Herr, dieser Sir Joshua Fielding."

„Ja, nicht wahr?" meinte Amanda erfreut. „Ich wußte ja, daß ihr gleich aneinander Gefallen finden würdet. Und dann das ganze Geld. Millionen, sage ich dir. Die Dienstmädchen beten ihn an." Sie machte eine Pause und lachte. „Übrigens ich auch. Ist zwar ein bißchen aufdringlich, der Geruch, aber eine wirklich gute Seife. Besser als die von Pears und die importierte französische, finde ich." Sie faßte sich mit beiden Händen am Kreuz, lächelte ein wenig leidend und sagte: „Jetzt muß ich aber wirklich ins Bett. Ich bin nicht mehr so jung wie früher. Hat Sir Joshua dir von seinen verschiedenen karitativen Unternehmungen erzählt? Er gibt übrigens eurer Kirche jedes Jahr ein Vermögen. Wirklich ein feiner, lieber Mensch."

Kurz bevor er einschlief, erinnerte sich Benedikt an die merkwürdigen Worte Sir Joshuas: „Ich möchte herausfinden, ob es auf der Welt noch einen zweiten Ort gibt, der so schön ist wie . . . Wie ein anderer Ort, den ich kenne."

Es gibt offenbar Seelen, die so rein, unschuldig und edel sind, so voll der Gnade, daß ihnen in der Verzückung manchmal gewährt wird, den Himmel zu schauen. War Sir Joshua eine von ihnen? Sein Gesicht hatte wie das eines Liebenden ausgesehen, eines, der geliebt wurde, eines jungen Mannes.

Benedikt besuchte in London einige Priester, die er kannte, und auch den Bischof. Er versuchte bei ihnen so viel wie möglich über Sir Joshua zu erfahren, und jedesmal, wenn sein Name fiel, leuchteten ihre Augen auf. Der Bischof sprach mit allergrößter Hochachtung von dem alten Gentleman. „Wirklich ein treuer Sohn der Kirche“, sagte er zu Benedikt. „Ein Heiliger. Er hat mir von seinem Testament gesprochen. Sein ganzes Vermögen, einschließlich der Tantiemen hinterläßt er der Kirche. Es hat in den letzten Jahren ein paar bittere Winter gegeben, hier in London, und wenn nicht Sir Joshua gewesen wäre, dann, fürchte ich, wären wir fast verhungert. Er wartet nicht darauf, gebeten zu werden, denn er weiß es sofort, wenn andere in Not sind.“

„Würden Eure Lordschaft ihn für einen Mystiker halten?“ Der Bischof machte große Augen. „Einen Mystiker? Nein, das glaube ich kaum. Wir sind so enge Freunde, daß ich es wissen müßte. Was meinen Sie eigentlich, Benedikt?“

„Manchmal kommt es mir vor, als hätte er so einen mystischen Gesichtsausdruck“, sagte Benedikt ziemlich lahm.

Der Bischof lächelte: „Ja, das habe ich schon selber bemerkt. Aber er ist sehr gelehrt, und Gelehrte haben oft einen entrückten, nachdenklichen Blick. Das ist es wohl. Nein, nein, wenn Sir Joshua ein Mystiker wäre, dann müßte ich es wissen. Übrigens ist er ein sehr gescheiter Mensch, wenn auch sein Haus höchst geschmacklos eingerichtet ist. Er hat mir einmal erklärt, daß er das Haus so gebaut und eingerichtet hat, wie es sich seine Eltern erträumt haben, deshalb also ist es so. Ich bin davon überzeugt, daß das nicht sein eigener Geschmack ist, aber er hat eben seine Eltern so innig geliebt. Er besitzt eine Privatgalerie von fabelhaften alten Meistern und eine Sammlung von Kunstgegenständen, die in London nicht ihresgleichen hat. Wunderbare Sachen. Das ist alles in einem anderen Teil des Hauses. Ein Mystiker haben Sie gesagt? Nein, wirklich nicht. Sir Joshua ist sehr geschäftstüchtig, darauf können Sie sich verlassen, und er hat die hervorragendsten Anwälte, die die Bücher der Seifenfirma jährlich sehr genau prüfen.“

Der Bischof lachte. „Er legt sein Geld ausgezeichnet an, und das macht er alles selber. Vor ein paar Jahren hat ihn irgendein Gauner hineinzulegen versucht, und als Sir Joshua das herausbekam, hat er es ihn ordentlich büßen lassen — auf gesetzliche Weise. Für Betrüger kennt er keine Gnade, und er verachtet sie mehr als andere Verbrecher. Manchmal kann Sir Joshua sogar sehr hart sein, hart wie ein Aristokrat, der er ja auch eigentlich ist."

„Haben Eure Lordschaft schon den auffallend schönen und großen Ring bemerkt, den er trägt. Der Stein scheint aus allen Opalen der ganzen Welt zu bestehen."

„Ja", sagte der Bischof, „er will damit begraben werden."

Benedikt dachte einen Augenblick über das Gehörte nach und wollte dann dem Bischof von Sir Joshuas merkwürdigem Ausspruch bei dem Dinner seiner Tante Amanda erzählen. Aber er hielt nach den ersten Worten inne. Sir Joshua hatte ihn zwar nicht gebeten, die Sache für sich zu behalten, aber er hatte doch irgendwie angedeutet, daß er Benedikt nicht für einen eitlen Schwätzer halte, der das ihm geschenkte Vertrauen mißbrauchen würde... wenn es überhaupt etwas gab, das seiner Verschwiegenheit wert war, dachte der junge Priester.

Einige Tage später erbat sich Sir Joshua das Vergnügen des Besuches von Mrs. Amanda Seldridge und Father Benedikt Hughes zum Dinner in seinem Hause. Sie nahmen die Einladung an, aber an dem Tag, an dem sie den Besuch machen sollten, war Amanda leicht erkältet, und ihr Arzt schickte sie ins Bett. Sie bestand aber darauf, daß Benedikt keine Rücksicht auf sie nehmen und sie ruhig alleine zu Hause lassen solle. „Er hat herrliche Kunstschätze, unser lieber Joshua", sagte sie, „du mußt sie unbedingt sehen, Benedikt! Und sein Glashaus, mitten im Herzen von London! Die allerschönsten Blumen, sage ich dir. Er pflegt sie wie ein Vater. Eine Blume hat er, die es sonst überhaupt nirgends gibt. C'est Egal nennt er sie. Sie ist wunderbar, wirklich wunderbar!"

„C'est Egal", wiederholte Benedikt. „‚Es ist ganz gleich'. Merkwürdig! Eine Rose?"

„Nein, ich kann sie einfach nicht beschreiben, Kind. Er sagt auch nie, wo er sie gefunden hat. Vielleicht in irgendeinem dunklen Dschungel, in das er auf seinen Reisen gekommen ist. Sie ist wie leuchtendes Gold. Als ich einmal während deiner Abwesenheit recht krank war, hat er mir beinahe ein Dutzend davon geschickt. Das ganze Haus war erfüllt von dem herrlichen Duft. Man kann das gar nicht beschreiben. Und obwohl es Schnittblumen waren, sind sie wochenlang frisch geblieben. Wochenlang. Und dann ... also das grenzt wirklich ans Wunderbare." Amanda machte eine Pause.

„Was?"

„Ich habe mich nur erinnert. Also, am letzten Abend habe ich sie noch gesehen, sie standen im Schlafzimmer neben meinem Bett, und sie waren so frisch wie am ersten Tag und dufteten auch genau so. Und als ich am Morgen aufwachte, waren sie weg. Ich fragte die Pflegerin und dann die Dienstboten, aber sie schworen alle, daß sie sie nicht berührt hätten. Aber es gibt eine einfache Erklärung. Die Pflegerin war nämlich etwas übertrieben diensteifrig. Sie hat sie wahrscheinlich weggeworfen, während ich geschlafen habe. Pflegerinnen haben immer etwas gegen Blumen am Bett, nicht wahr? Immer müssen sie sie wegnehmen."

„Die Sache wird immer merkwürdiger und merkwürdiger", murmelte Benedikt.

„Ja, Alice im Wunderland", sagte Amanda und freute sich, daß sie noch ein so gutes Gedächtnis hatte.

Benedikt kam sich selber so ähnlich wie Alice im Wunderland vor, als er auf dem Weg zum Dinner bei Sir Joshua Fielding war. Er wußte nicht genau, was er sich erwartet hatte, erfuhr dann aber, daß er der einzige Gast in dem großen Hause war, das ihn enttäuschte, wenn es auch kostbar möbliert war. Es war ebenso scheußlich wie das seiner Tante. Der ganze schlechte Geschmack, die vulgäre Überladenheit, der ganze Krimskrams von Nippsachen, die schauderhaften Möbel, die einander gegenseitig im Wege standen, kurz die ganzen Scheußlichkeiten der viktorianischen Ära waren hier versammelt. Das Ganze war der phantasievolle Wunschtraum eines kleinen Arbeiters. Nirgends gab es auch nur eine Andeutung von wirklichem Geschmack. Keine Eleganz, kein Charme, keine Feinheit. Sir Joshua begrüßte den jungen Priester so freundlich, als wären sie schon lange Freunde, sprach sein Bedauern darüber aus, daß Amanda nicht kommen konnte, und bot Whisky an. „Ich bin ein richtiger Plebejer", sagte er, „nicht einmal Soda nehme ich, sondern trinke ihn ganz ohne. Und Sherry rühre ich überhaupt nie an. Sie haben sich bestimmt gewundert, wie ich zu meinem Titel gekommen bin, nicht wahr?"

„Nein, daran habe ich nie gedacht."

„Höchst einfach. Ich habe für die Wohlfahrtsunternehmungen, an denen die Königin besonders interessiert ist, eine sehr große Summe gespendet. Eine Großtuerei von mir, finden Sie wahrscheinlich. Aber ich bin wirklich ganz ehrlich interessiert an karitativer Tätigkeit. Sie hat sich so gefreut, daß sie mich in den Adelsstand erhoben und zum Ritter gemacht hat. Und dann sind wir gute Freunde geworden."

Er wurde plötzlich ernst und sagte dann, nachdem er eine Weile an seinem Glas genippt hatte: „Sie kann Prinz Albert nicht vergessen, und sie wird es auch nie. Manche Leute sagen, daß lange Trauer nichts anderes sei als Selbstbemitleidung. Aber dieser Meinung bin ich gar nicht, Benedikt. Können Sie sich an die Geschichte von dem alten Mann und seiner Frau erinnern, die von einem der Götter besucht wurden und ihn so freundlich aufnahmen, obwohl er als Bettler gekleidet war, daß er sie am nächsten Morgen nach ihrem sehnlichsten Wunsch fragte. Sie sagten ihm, daß sie darum bäten, nie von einander getrennt zu werden, worauf er sie in Bäume verwandelte, die Seite an Seite standen und deren Zweige sich ineinander verflochten."

Er machte eine Pause, und Benedikt mußte an seine jungen Eltern denken, die kaum dazu gekommen waren zu leben, außer in ihren Träumen.

Sir Joshua sprach weiter: „Es gibt viele, die nur einmal lieben. Das sind diejenigen, die, wenn sie einmal — zum Beispiel Gott — lieben, Ihn nie wieder kränken oder ihm weh tun, sondern Ihm mit Eifer und Freude und in Fröhlichkeit bis ans Ende ihres Lebens dienen. Und es gibt Menschen, die auf dieser Welt nur einmal lieben. Wer kann denn sagen, daß irdische Liebe vergänglich ist und verweht! Liebe ist das feurige lebendige Herz der Gottheit, ist ewig. Ein Mann und eine Frau, die einander zutiefst lieben, können nie vergessen, auch wenn der Überlebende nach dem Tode des einen wieder ruhig geworden ist, und manchmal werden sie nie wieder ruhig, auch wenn sie sich einzureden versuchen, daß sie sich dem Willen Gottes beugen wollen. Schließlich sind wir alle nur Menschen. Noch einen Whisky, Benedikt?"

Benedikt ließ sich einschenken und grübelte. Hatte Sir Joshua eine Frau geliebt, die gestorben war, und lebte er dieser Erinnerung? Seine Worte schienen das anzudeuten. Wenn das stimmte, dann lebte er in Gedanken bei ihr, und jeden Tag und jede Nacht erfüllte ihn nicht nur die Erinnerung an sie stündlich und ohne Ende, sondern auch ihr lebendiger Pulsschlag.

„Das Herz des Menschen, seine Seele und sein Fleisch sind Unserem Herrn wohl bekannt", sagte Sir Joshua, „denn sind sie nicht Sein Eigen? Wer könnte bezweifeln, daß Er seine Gebenedeite Mutter liebte und an sie dachte, wenn Er nicht bei ihr war? Und als er dann in den Himmel aufgestiegen war, erinnerte Er sich dann ihrer nicht? Wer könnte das alles bezweifeln, wenn er auch nur einen Augenblick nachdenkt? Ich weiß schon, daß es kein kirchliches Dogma ist, noch eine Lehre oder ein Glaubensartikel, aber eines Tages — bald — wird man erkennen, daß Gott Seine Mutter nicht vergessen hat, noch je aufhörte, sie zu lieben, denn Er war und ist Fleisch von ihrem Fleische, Herz von ihrem Herzen. Die Überlieferung, daß sie körperlich gen Himmel gefahren ist, wird voll und ganz bestätigt werden und wird dann ein Dogma sein. Wenn er, der Ewige, Seine Mutter nicht vergaß, dann werden wahrlich auch wir diejenigen nicht vergessen, für die wir echte Liebe empfinden, und die in einer besseren Welt wiederzufinden wir uns ersehnen, in einer weit besseren Welt, als die unsere, dieser Ort der Sünde und der

Schlechtigkeiten, der Sorge und des Bösen, es ist. Unsere Lieben zu vergessen heißt sie beleidigen, ihr Andenken herabsetzen, ihre Liebe von uns stoßen. Ich fürchte, Sie werden finden, daß ich da sehr erhaben daherrede, aber ich gehöre eben der alten Generation an, verstehen Sie."

Ich habe ihn erst zweimal gesehen, dachte Benedikt, und er ist fast alt genug, um mein Großvater sein zu können. Vertraut er mir so, weil ich ein Priester bin?

„Ich habe oft mit Amanda von Ihnen gesprochen", sagte Sir Joshua. „Sie hat mir von Ihren Eltern erzählt, von Ihrer Kindheit und wie Sie Ihrem Vater und Ihrer Mutter nachgetrauert haben. Damals habe ich mir vorgenommen, daß ich Ihnen, wenn ich Sie je kennenlernen würde ... eine sehr merkwürdige Geschichte erzählen wolle, und eine sehr wahre. Wenn Sie", jetzt lächelte Sir Joshua, „wirklich so wären, wie mir Ihre in Sie vernarrte Tante erzählt hatte."

„Und bin ich das?" fragte Benedikt.

Sir Joshua betrachtete ihn aufmerksam. „Ich glaube es", sagte er nach einer kleinen Weile. „Aber ich werde es bald besser wissen. Was halten Sie von meiner Ansicht?"

Benedikt zögerte. „Sie wissen ja, daß man uns gelehrt hat, für die Dahingeschiedenen zu beten, und daß wir uns ihre Gebete erbitten. Aber wir sollen nicht immerfort trauern und hadern, sondern fröhlich sein, daß sie in Gottes Schoß geborgen sind."

„Glauben Sie nicht, daß die Gebenedeite Mutter sich nach ihrem Sohn sehnte und daß Er vielleicht sich im Himmel nach ihr sehnte?"

„Wie Sie schon sagten", erwiderte Benedikt, „besaß Unser Herr — und er besitzt es noch — ein menschliches Herz und eine menschliche Seele. Daher möchte ich Ihre Frage mit ‚Ja' beantworten, obwohl Gott natürlich zeitlos ist; er ist die Ewigkeit."

„Ich glaube, man hat das Dinner schon aufgetragen", sagte Sir Joshua. Sie gingen in den großen Speisesaal, der in jeder

Beziehung genau so scheußlich und überladen eingerichtet war wie der Amandas. Benedikt dachte, daß das Essen wenigstens ausgezeichnet sein würde, französisch, mit einer Messerspitze italienischer Gewürze, denn man soll ja schließlich die kindliche Liebe zu den Eltern auch nicht übertreiben. Das Haus war schon schrecklich genug. Aber das Dinner war genau so, wie man es bei Amanda bekommen konnte, ohne Inspiration, und der Wein lustlos und langweilig.

Sir Joshua, der Mann mit dem edlen Profil und dem patrizischen Anstand, genoß sichtlich jeden einzelnen Happen von dem blutigen Roastbeef, den Kohlsprossen, dem Rübengemüse und den Kartoffeln. Mit sichtlichem Behagen führte er sich den englischen Pudding zu Gemüte, den Benedikt nicht zu essen wagte, weil er mit der Galle zu tun hatte und das Nierenfett nicht essen durfte, mit dem er gemacht war. Joshua sagte: „Ich habe von Ihrem Fieber gehört, möchten Sie vielleicht lieber eine Aprikose oder einen Pfirsich statt dieses delikaten Puddings?"

„Zu dieser Jahreszeit?" staunte Benedikt. „Lassen Sie sie in Silberpapier aus Spanien kommen?"

„Wo denken Sie hin! Ich ziehe sie mir selber in einem Gewächshaus." Sir Joshua läutete, und der Butler brachte eine Schüssel mit den herrlichsten, taufrischen und duftenden Aprikosen und Pfirsichen herein.

„In Ihrem Gewächshaus, hier in London?" sagte Benedikt mit gut gespielter Verwunderung.

„Natürlich. Es ist eine Zwergart, die hier nicht sehr bekannt ist. Ich züchte sie selbst. Versuchen Sie sie einmal!"

Benedikt schälte die Früchte sorgfältig mit dem Obstmesser und aß sie. Weder in Spanien noch in Italien oder im Orient hatte er je so schmackhaftes Obst gegessen. Es war nicht nur saftig und erfrischend, die Früchte hatten auch einen herrlichen Geschmack und sahen wunderbar aus. Sie waren so gut, daß man ihren Geschmack auch nicht mit dem besten Käse verderben konnte. Ein blaßrosa gefärbter Wein wurde dazu serviert. „So einen Wein habe ich noch nie getrunken", meinte Benedikt.

„Er kommt aus Chile", sagte Sir Joshua und freute sich, daß er dem jungen Mann schmeckte.

„Von Ihrem Glashaus hat mir meine Tante erzählt, Sir Joshua."

„Wollen Sie es nach dem Dinner ansehen?"

„Ja, mit größtem Vergnügen."

„Und meine kleine Galerie alter Meister? Nein. Ich glaube nicht. Sie haben schon das Beste, was es gibt, im Vatikan und im Louvre gesehen, warum sollten Sie sich das Zweitbeste ansehen. denn mehr habe ich nicht. Im übrigen ziehe ich eigentlich moderne Künstler vor, aber sie sind ein wenig zu stark für den Magen nach dem Essen. Wir werden uns lieber mein Glashaus ansehen."

Nach dem Dinner führte Joshua Benedikt durch eine Reihe großer, düsterer Zimmer, in denen flackernde Kaminfeuer brannten. Dann gingen sie durch einen langen Gang in ein Treibhaus, das ein außergewöhnlich großes Ausmaß hatte. Die Luft war schwül, warm und feucht, so daß Benedikt an das Dschungel denken mußte. Dann aber bemerkte er, daß dies nicht ein gewöhnliches Treibhaus war, wie man sie sonst fand, mit steifen Palmen, bleichen Gardenien, mit Gewalt zum Blühen gebrachten Rosen, Orchideen und anderen exotischen Blumen und Pflanzen. Die kannte er alle, aber die Blumen, die in diesem Gewächshaus blühten, waren ihm völlig unbekannt. Er ging die Beete entlang und betrachtete sie genau. Die Luft war geschwängert mit schweren, betäubenden Düften. Es gab auch eine Reihe von dicht mit dunkelgrünen Blättern belaubten Obstbäumen, an denen Früchte der Tropen oder Subtropen hingen, und im Lichte der vielen Gaslampen hatte man das Gefühl einer Überfülle von Leben.

„Ich habe die ganze Welt nach diesen Blumen durchstreift", sagte Sir Joshua und nannte die Namen einiger. „Viele davon sind in ihrer natürlichen Umgebung sehr klein, aber durch sorgfältige Zucht und Veredelung sind diese großen Blüten entstanden." Er blieb vor einer Abteilung stehen, die mit dunkler, fruchtbarer Erde gefüllt war, und Benedikt hielt auch inne.

Das ganze Beet war voll von Pflanzen mit langen, steifen Blättern. Die Blüten standen mitten unter diesen Blättern, groß und leuchtend, als lebten sie ihr eigenes Leben, und sie waren gelb wie Gold. Es kam Benedikt so vor, als stünde um sie ein leise zitternder Hauch, der noch zarter war als sie selbst. Die Blätter waren ähnlich wie die einer Rose und fest aneinandergedrängt. Nicht ein einziges Blatt war verwelkt, alle waren sie vollkommen makellos. Die Staubfäden sahen aus, als wären sie in Goldstaub getaucht worden. Und der Duft war unbeschreiblich, süß, frisch und rein.

„C'est Egal", sagte Benedikt ehrfurchtsvoll. „Meine Tante hat es mir erzählt." Er brauchte sich nicht zu bücken, um an den Blüten zu riechen, denn sie waren hochstielig. Er betrachtete sie liebevoll, und — sicher war es nur seine Einbildung! — sie schienen sich vor ihm zu neigen, als nähmen sie seine Liebe zur Kenntnis und erwiderten sie. Und — was die Einbildung alles zustande bringen konnte! — sie schienen auch heller zu leuchten, als lächelten sie ihm zu.

„Ja, C'est Egal", wiederholte Sir Joshua.

„Sie haben sie sicher aus einem weit entfernten Lande hergebracht?" fragte Benedikt.

„Nein", antwortete Sir Joshua. „Hier in London, als ich sechsundzwanzig Jahre alt war, gab mir ein Mädchen eine einzige Blume, auf der Straße, und das sind die Nachkommen dieser Blume."

„Aber wie, in aller Welt, sind Sie denn zu der Blume gekommen, Sir Joshua?"

Sir Joshua blickte auf die Blumen, dann neigte er sich zu Benedikt, als wäre er schwerelos und ein leichter Windhauch hätte ihn bewegt. Er lächelte, nahm Benedikts Arm und sagte: „Kommen Sie, wir wollen ins Haus zurückgehen, dann will ich es Ihnen erzählen. Ich habe das Treibhaus gebaut, damit sie Gesellschaft mit anderen Blumen haben." Dann löschte er die Lichter. Unmittelbar umgab sie eine matte, grüne Dunkelheit, aber die C'est Egal leuchteten noch immer, als fluoreszierten ihre Blüten oder würden von einem verborgenen Licht angestrahlt, und sie leuchteten in dem hellsten Gold, das Benedikt je in seinem Leben gesehen hatte. Als die beiden Männer durch den Gang gingen, sagte Sir Joshua: „Wenn die Blüten Sie nicht — sagen wir — erkannt hätten, dann hätte ich nie auch nur im entferntesten daran gedacht, Ihnen ihre Geschichte zu erzählen."

Was für ein phantasievoller alter Mann, dachte Benedikt, aber er sah sich noch einmal um, in der Hoffnung, noch einen Blick auf die wunderbare Blume werfen zu können. Als sie wieder im Salon saßen und an ihrem Kognak nippten, wurde Sir Joshua sehr still und sah lange in die Flammen des Kaminfeuers. Er schien Benedikt vergessen zu haben.

Endlich richtete er sich auf und sagte: „Ich fühle es, daß ich es Ihnen erzählen soll. Ich habe zwar kaum Zeit gehabt, Sie kennenzulernen, aber mein Herz sagt mir, daß ich Ihnen anvertrauen muß, was noch niemand von mir gehört hat." Er drehte seinen edlen Kopf so, daß Benedikt im rötlichen Schein der Flammen die eine Hälfte seines Gesichtes sehen konnte. Es war verzückt und strahlte eine tiefe innere Heiterkeit aus.

„Ich war damals sechsundzwanzig", sagte Sir Joshua. „Meine Eltern waren tot, und ich war durch ihre Arbeit sehr reich. Zu der Zeit baute ich gerade dieses Haus, dieses geliebte, häßliche Haus, und wohnte in einem Appartement, das ich mir im Claridge gemietet hatte. Ja, im Claridge, ganz richtig. Ich war vor kurzem aus Deutschland, Frankreich und Italien zurückgekommen, und mein Lehrer wohnte mit mir zusammen. Manchmal überkamen mich mit der Erinnerung an meine Eltern Unruhe und Rastlosigkeit, und dann pflegte ich mein Hotel zu verlassen, die Straßenbahn zu nehmen und schließlich den weiten Weg zu dem alten Haus zu wandern, wo ich mit meinen Eltern gelebt hatte.

Die Nachbarschaft dort war unsäglich traurig, und die Häuser verfielen immer mehr. Damals, als meine Eltern dort gewohnt hatten, war es schon fast ein Elendsquartier gewesen, aber nun waren es ganz einfach Slums. Viele der verfallenen, alten Häuser waren abgerissen worden, und zwei Straßen von dem alten Haus meiner Eltern entfernt war vor kurzem ein neues Lagerhaus gebaut worden. Hinter einer hohen Mauer konnte man seine trostlose Silhouette in die Höhe ragen sehen, aber nur die obersten Stockwerke und das graubraune Dach. In das Grundstück innerhalb der Mauer konnte man nur durch ein eisernes Tor in der Straße dahinter gelangen. Dort wuchs weder Gras noch Baum oder Busch, denn man hatte eine dicke Lage hartgestampften Lehm und Kies aufgeschüttet. Durch das Tor fuhren Rollwagen und Karren und brachten die Waren, die gelagert und dann an die Detaillisten verkauft werden sollten.

Es waren sehr billige Waren", sagte Sir Joshua. „Bedruckte Kattune, billige Regenschirme, wackelige Möbel, schlechtes Porzellan zweiter Wahl, Töpfe und Kasserollen, alles Dinge, die die Ärmsten der Armen brauchen und kaufen müssen. Das verwahrloste Äußere der aus alten Ziegeln errichteten Mauer, der leblose Hof dahinter und das scheußliche Lagerhaus machten sogar dieses absterbende Elendsquartier noch bedrückender. An Wochentagen war es dort sehr lebhaft auf der Straße, die Pferdewagen fuhren ein und aus, und die Kinder spielten auf dem Fliesenpflaster. Die Frauen kreischten aus den schmutzigen Türen heraus und die Männer brüllten. Es war ein übler Ort, wie alle Armut und aller Handel damals übel waren. Man sagt so oft: ‚Der besoffene arme Teufel', aber was bringt einen Armen denn dazu, daß er zu trinken beginnt? Er will vergessen, und die Armen müssen genauso ihre schmerzstillenden Mittel haben wie die Reichen. Sie brauchen sie sogar noch viel mehr, sie werden lieber hungern, als sich den Trunk versagen, denn wie könnten sie sonst ihr Leben ertragen? Ohne Hoffnung kann der Mensch nicht leben ... In diesen Straßen aber gab es keine Hoffnung. Mich zog nicht eine zufällige Stimmung hinaus, sondern ich wollte mich nur meiner Eltern erinnern, ihrer Nachbarn und ihrer Freunde, damit ich das Elend nie vergessen und es verstehen lernen sollte. Ich war zwar jetzt reich, aber ich war fest entschlossen, nie zu vergessen, um meiner Seele willen."

„Und Sie haben auch nie vergessen", sagte Benedikt.

„Nein, ich habe den Schrecken nie vergessen. Aber auch nicht die Freude, die mir Gott dort geschenkt hat."

An Sonntagen war das Elendsviertel wie ausgestorben. In dem großen Hof war es still, und auf das Lagerhaus brannte entweder die Sonne, oder der Regen peitschte dagegen, und schmutziges Wasser rann an seinen Wänden in den Lehm und den Kies herunter. Die schrecklichen kleinen Häuser lagen still da, die Slumkinder, ausnahmsweise einmal gewaschen, saßen bescheiden und ruhig auf den gescheuerten Türstufen, und die ganze Gegend stank nach Rauch von schlechter Kohle, Schmutz und Müll.

An einem Sonntag, der ebenso naßkalt und grau war wie feuchte Asche, war Sir Joshua dort entlang der hohen, endlosen Ziegelmauer spazierengegangen, die das Lagerhaus umgab. In der Ferne konnte man den Lärm der Großstadt hören, aber hier war es fast ganz still. Kein Mensch war zu sehen. Sir Joshua blickte über die Straße und dann zu Boden. Als er wieder aufblickte, sah er das junge Mädchen, das nur wenige Schritte vor ihm ging. Er blieb erstaunt stehen. Einen Augenblick vorher war sie noch nicht dagewesen. Sie mußte die Straße überquert haben, als er zu Boden gesehen hatte.

Sofort fiel ihm etwas höchst Merkwürdiges auf: nur seine eigenen Schritte waren auf dem Pflaster zu hören. Das Mädchen ging so lautlos, als ob es schwebte. Sie war schlank, eine Spur größer als der Durchschnitt, hatte eine schöne Gestalt, gerade, ebenmäßige Schultern und schmale Hüften. Sie trug ein gelbes Kleid aus einem Material, wie er es noch nie gesehen hatte, und dessen Art er nicht genau feststellen konnte. Aber es war sicherlich nicht Baumwolle oder Leinen oder Wolle, auch nicht Seide. Es schwang um ihre Knöchel, und ihre Füße steckten in gelben Sandalen. Obwohl es ein kalter Tag war, trug sie keinen Mantel und ihr Kopf war unbedeckt. Ihr Haar war auffallend. Es glänzte silbrig und golden, war dicht und glatt und fiel ihr bis unter die Taille über die Schultern hinunter.

Joshua war über den leisen Gang des Mädchens erstaunt, ebenso über ihr Kleid und ihr Haar. Sie bewegte sich ungezwungen und leicht, als wäre sie eine Prinzessin, die in ihrem Garten spazierenging. Plötzlich fühlte er den brennenden Wunsch, ihr Gesicht zu sehen, und sie drehte sich lächelnd um, als hätte er ihr das zugerufen. Er war sprachlos vor Staunen.

So ein anmutiges Gesicht hatte er noch nie gesehen, nicht einmal auf den Bildern der alten Meister auf dem Kontinent.

„Ich kann es Ihnen einfach nicht beschreiben", sagte er zu Benedikt, und seine Stimme klang wie die eines jungen Mannes. „Es gibt einfach keine Worte dafür. Wenn ich Ihnen sage, daß ihre Augen die Farbe des Flieders hatten, ihre Nase so zart war, als wäre sie aus Alabaster gemeißelt, daß ihr Mund wie eine Rose und ihre Haut so weiß wie eine Lilie war, dann sagt das alles gar nichts. Es sind nur Worte. Es ist nicht anders, als würde ein Blinder versuchen, die Pracht eines Sonnenunterganges zu beschreiben. Ich brachte nichts anderes zuwege als dazustehen und sie anzusehen, und ich kann nur sagen, daß ich mich sofort in sie verliebte, daß ich nie mehr eine andere geliebt habe und immer und in alle Ewigkeit nur dieses Mädchen lieben werde."

„Aber was wollte denn dieses Mädchen, das an einem kalten, unfreundlichen Sonntag so merkwürdig angezogen war, in dieser Gegend?" fragte Benedikt.

„Sie wartete auf mich", sagte Joshua.

„Auf Sie?!"

„Ja, auf mich. Mein armer Junge. Sie kommen nicht mehr

mit. Aber Sie müssen Ihren Realismus einen Augenblick vergessen und sich nur auf die einzige Tatsache beschränken, daß ich dort war, daß mir das Mädchen zulächelte und daß sie stehenblieb und auf mich wartete. Es war so offensichtlich, daß sie auf mich wartete, daß ich meine ungeschickten Füße in Bewegung setzte und zu ihr hineilte. Und mein Mund war genauso weit offen wie der Ihre jetzt.

Sie hielt eine Blume an einem langen Stiel in der Hand — die Ahnin von den Blumen, die ich C'est Egal genannt habe. Als ich das Mädchen erreichte, konnte ich den Duft der Blüte riechen und sehen, wie wunderbar die Farben in ihr glühten. Ich war wie betäubt, ich blickte in ihre Augen, und sie legte die Blume in meine Hände. Und dann sagte sie: ‚Warte auf mich, vergiß mich nicht.'

Niemals vor diesem Tag habe ich je eine solche Stimme gehört und auch seither nicht. Ich habe die größten Sängerinnen gehört, aber so eine Stimme hatten sie nicht. Ich hörte, was sie sagte und war noch mehr verwirrt und überwältigt als vorher, und schrecklich verliebt. Und als ich so dastand, mit der Blume in meinen Händen, ging sie ein paar Schritte weiter und berührte die häßliche Mauer mit der Hand. Erst da sah ich, daß dort eine kleine Tür war, die genauso gelb und leuchtend war wie die Blume. Die Tür ging auf, das Mädchen lächelte mir noch einmal zu und ging durch die Tür, die sich hinter ihr schloß.

Da wich der Bann, ich konnte meine wie in dem Boden verwurzelten Füße wieder bewegen und stürzte zu der Tür. Aber als ich hinkam, war nichts mehr dort, nichts als die feste Ziegelmauer."

Benedikt schwieg. Tausend verschiedene Gedanken gingen ihm durch den Kopf. Selbstverständlich mußte es eine vernünftige Erklärung geben. Ein hübsches, junges Mädchen, das zu seinem Vergnügen mit einer Blume in der Hand in dieser fürchterlichen Gegend spazierengeht ...

„Es war dort keine Tür", sagte Sir Joshua, „aber ich hatte sie gesehen, hatte gesehen, wie sie hindurchgegangen war."

Die arme Seele ist nicht ganz bei Sinnen, dachte Benedikt besorgt ... oder er träumt.

Als hätte er Benedikts Zweifel erraten und könnte in seinen Gedanken lesen, lächelte Sir Joshua. „Ich bin völlig bei Sinnen, Benedikt. Und ich bin auch nicht senil. Man hält mich für sehr vernünftig und realistisch. Und ich spreche die Wahrheit. ‚Es gibt mehr Ding' im Himmel und auf Erden, als eure Schulweisheit sich träumen läßt, Horatio ...' "

„Ja, ich weiß", sagte Benedikt etwas ungeduldig. „Alle ... hm ... Mystiker und abergläubischen und sentimentalen Menschen zitieren das häufig, habe ich gefunden."

„Sie sind doch Priester", sagte Sir Joshua, „und man hat Sie gelehrt, daß uns das Übernatürliche so nah ist wie unser Herz in der Brust. Sie wissen, daß die Engel tausendfache Zeugen sind. In der Heiligen Schrift wird oft von diesen Dingen gesprochen. Und dann ist da Lourdes ..."

„Sie wollen doch nicht sagen ...!" rief Benedikt schockiert und erzürnt.

„Gott behüte, nein! Wie könnte ich denn an so etwas denken, Benedikt!"

Benedikt wurde rot. „Es tut mir leid, Sir Joshua. Aber Sie müssen zugeben, daß das, was Sie mir erzählt haben, etwas im höchsten Grade Äußergewöhnliches ist. Wäre es möglich, daß es ein Traum war?"

„Ich habe ja die C'est Egal."

In Benedikts Kopf wirbelten alle möglichen Gedanken durcheinander, von Blumenmädchen, die sich einen Scherz erlaubten, Phantasien und Tagträumen, und er sagte: „Sie haben sie natürlich nie wiedergesehen."

Joshua amüsierte sich. „Ich habe sie seit damals viele Male gesehen, so häufig, daß ich gar nicht sagen kann, wie oft. Und ich bin auch durch die goldene Tür gegangen."

Benedikt starrte ihn an. Dann wanderten seine Augen in dem warmen, häßlichen Zimmer herum, sahen die geschmacklosen Möbel, die grellen Farben der indischen Teppiche, die Geweihe und den Spiegel über dem Kamin, die gräßlichen Vasen, in denen vergoldete Binsen und Pfauenfedern steckten, die überall herumstehenden Nippsachen und Schemel.

Vorsichtig sagte der junge Priester: „Und was war hinter der goldenen Tür, dieser Tür in der Ziegelmauer, die den lehmigen, kiesbestreuten Hof umgab?“

Sir Joshua zündete sich eine Zigarre an, nachdem er Benedikt eine angeboten hatte, die der aber ablehnte. Sie wollte zuerst nicht recht anbrennen, und der alte Herr zog und paffte energisch. „Ah“, sagte er schließlich, „nichts ist so herrlich wie eine gute Zigarre. Was hinter der Tür war? Ja, also, ich wurde zuerst nicht gleich eingelassen. Ich ging jeden Sonntag, der auf diesen ersten folgte, regelmäßig hin. Es dauerte fast ein Jahr, bevor mir meine Geliebte wieder erschien, ein Jahr des Elends, der Sehnsucht und der Hoffnung. Aber eines Tages war sie genauso plötzlich wieder da wie das erstemal, von einem Augenblick zum nächsten. Diesmal rief sie mich bei meinem Namen und legte ihre kleine, weiße Hand auf meinen Arm. Voll Liebe! Und sie sagte mir ihren Namen, den ich noch niemandem verraten habe und nicht einmal Ihnen sagen werde. Und dann ging sie mir voraus, während ich wieder wie angewurzelt dastand, öffnete die goldene Tür und schloß sie hinter sich.“

Benedikt kamen die wildesten Gedanken, an Teufel und Dämonen und Besessenheit, und er hätte sich am liebsten bekreuzigt.

„Dann dauerte es mindestens sechs Monate, ehe ich meine Geliebte wiedersah, in dieser Straße bei der Mauer. Diesmal lächelte sie nicht, sondern sagte nur: ‚Gott hat gute Weile, Joshua. Du mußt geduldig sein. Und du mußt beten.‘

Selbstverständlich hatte ich nie aufgehört, zu beten. Manchmal kam es vor, daß ich darüber nachdachte, warum meine Geliebte überhaupt zu mir gekommen war, zu einem jungen Mann, dessen Vermögen von Seife und Duftsäckchen stammte und anderen vulgären Dingen. Es war doch wirklich nichts besonders Bemerkenswertes an mir, ich war nicht außergewöhnlich gut, tugendhaft oder fromm. Natürlich ging ich jeden Sonntag in die Messe, wie es mich meine Eltern gelehrt hatten, aber es war eben eine Pflicht, und ich hatte über das Allerheiligste Sakrament nie besonders tief nachgedacht. Es war eben einfach da, etwas, das ich von Kindheit an gewohnt war. Wir nehmen diese schöne, rätselvolle Welt, die Luft, die wir atmen, die Pracht des Himmels, die Majestät des Meeres als Selbstverständlichkeiten. Und doch sind es alles Wunder. Auch die Sonne, der Mond und die Sterne, diese wunderbaren und majestätischen Gebilde aus der Hand Gottes, sind uns etwas Alltägliches. Wir Menschen sind blind und taub. Die kleinste Feldblume ist ein Wunder Gottes, ein Vogel eine Offenbarung und ein Sturm über alle Begriffe erhaben. Aber wir nehmen das alles hin, gleichgültig und ohne zu denken."

Genau so, wie ich es immer gemacht habe, dachte Benedikt und wurde demütig. Seine Eltern hatten diese Dinge nicht so gleichgültig hingenommen. Sie hatten jeden Tag als ein neues Wunder begrüßt, erwartungsvoll und fröhlich, und sein Vater hatte seine stammelnden Gedichte zur Verherrlichung dessen geschrieben, was er gesehen, und wenn es auch nur das war, was ihm der Schatten eines Baumes erzählt hatte. Seine Eltern hatten beglückende Augenblicke seligmachender Visionen erlebt, er aber noch nie. Er war ein pflichteifriger, hart arbeitender, hingebungsvoller Priester gewesen, war mit viel Elend in Berührung gekommen und hatte sich immer bemüht, Licht in das Dunkel zu bringen. Er war gehorsam gewesen, hatte aus tiefstem, gläubigem Herzen gebetet und auch Frieden gefunden. Aber er hatte zu allem einen genauso erdgebundenen Standpunkt eingenommen, wie seine Tante Amanda alles einfach hinnahm. So lagen die Dinge eben. Die Arbeit mußte getan werden. Er, Benedikt Hughes, war wie eine männliche Martha gewesen, voller Geschäftigkeit und mit dringenden Angelegenheiten im Kopf. Er hatte so hart gearbeitet, daß er seit Jahren nicht zu den Sternen aufgeblickt, ja nicht einmal an sie gedacht hatte. Er mühte sich zwar im Weingarten Gottes, doch nahm er nicht den Duft der reifen

Trauben wahr. Er hatte demütig gelitten und seine Schmerzen Gott für die Lebenden und die Toten aufgeopfert, aber das Antlitz Gottes hatte er nie gesehen durch den Staub der Erde und all der Arbeiten, denen er sich mit Fleiß hingegeben hatte. Und doch war Christus auf Seinem Wege stehengeblieben und hatte die Schönheit der Lilie im Felde bewundert. Er war an das herrliche, stille, heilige und das Herz bewegende galiläische Meer gegangen, um die Bergpredigt zu halten. Er hatte die unschuldigen Gesichter der Kinder geliebt und von der zwitschernden Schwalbe gesprochen, und Er hatte den schönen Garten unaussprechlich geliebt, den lieblichen Garten, der die Welt war, die Er selbst erschaffen hatte. Und am Vorabend des Tages, an dem Er sein Leben für die Menschen hingab, betete Er in Gethsemane zwischen Olivenbäumen, Zypressen und Blumen. Seine Worte waren voll Schönheit und Poesie, denn Er war die Schönheit an sich.

Kein Wunder, dachte Benedikt, daß Tante Amanda ein bißchen maliziös gewesen war, als sie sagte, daß er Sir Joshua kennenlernen sollte, der seinem Vater so ähnlich sei! Wußte sie, wie stumpf er innerlich geworden war, und wollte sie ihm helfen, auf den rechten Weg zu kommen? Sie hatte Sir Joshua „mein lieber alter Narr" genannt, aber es war ein merkwürdiger Ausdruck in ihrem Blick gewesen, als sie das sagte.

Und er, der überhaupt keine Poesie besaß, hatte es gewagt, sich der Poesie seines Vaters zu schämen. Er war auf seinen Realismus stolz gewesen — und dieser Realismus hatte seine Augen mit irdischem Staub blind gemacht.

Er sah Sir Joshua an. Vielleicht hatte der ältere Mann nur geträumt, aber welch ein Traum war es gewesen!

„Nachdem ich meine Geliebte zum zweitenmal wiedergesehen hatte", sagte Sir Joshua, „besuchte ich jeden Tag die Messe und empfing die Heilige Kommunion. Das schien mich ihr näher zu bringen, sie herbeizuziehen, und gab mir ein rätselhaftes Gefühl der Freude, ein Gefühl, das ich schon früher hätte empfinden können, wenn ich mich nicht so in meine Arbeit vergraben und mir mehr Zeit genommen hätte. Wenn wir die heilige Kommunion empfangen, dann empfangen wir nicht nur unseren göttlichen Heiland und Seine Liebe, sondern wir gewinnen auch die Kraft aus dieser unendlichen Gnade, andere noch inniger zu lieben. Wir sind nicht nur mit Ihm in Liebe vereinigt, sondern auch mit denen, die Er liebt. Damals verstand ich erst, was das Sakrament der Kommunion wirklich bedeutet. Das unbefleckte Lamm opfert sich nicht nur für unsere Sünden, sondern Er bringt uns auch Fröhlichkeit und Helle und die Hoffnung auf die bevorstehende Seligkeit im Himmel. Wenn wir das nicht gefühlt haben, dann haben wir überhaupt nichts gefühlt.

Von da an ging ich nicht nur in die Messe, um der Pflicht des Katholiken Genüge zu leisten, ohne tiefer nachzudenken; ich ging nun aus Liebe zu Gott, meiner neuen Liebe zu Ihm, und weil ich neues Verstehen gewonnen hatte und mir die Augen aufgegangen waren. So gewann ich den inneren Frieden und die Geduld, zu warten. Gott hat gute Weile, so hatte mir doch das Mädchen gesagt ...

Meine Eltern hatten ein Vermögen in meine Hände gelegt, und ich wollte ihnen Freude bereiten. Aber nachdem ich meine Geliebte zum zweitenmal wiedergesehen hatte, wußte ich, daß ich nur *einem* Freude machen mußte — Gott.

Es wurde mir klar, daß mir das ganze Vermögen eigentlich gar nicht wirklich gehörte. Es gehörte Gott, der es mir nur anvertraut hatte und für den ich es verwaltete. Er hatte es mir zu treuen Händen gegeben, damit ich es in Seinem Namen für die Armen und Verzweifelnden, zur Erleuchtung derer, die im Dunkel leben, verwenden sollte und um denen beizustehen, die den Glauben verbreiten, die Menschen aufrichten und ihnen helfen. Ich war, um einen sehr irdischen Ausdruck zu gebrauchen, nur Gottes Bankier, der aus Seinem Guthaben Zahlungen zu leisten hatte."

Eine Weile rauchte er friedlich vor sich hin. „Verstehen Sie, Benedikt: als mir das alles klargeworden war — und das dauerte eine Weile —, änderte sich meine ganze Erscheinung. Natürlich nicht radikal, das ist ja selbstverständlich. Ich war immer ganz hübsch gewesen, aber irgendwie grob und gewöhnlich, bis zu einem gewissen Grad wenigstens. Übrigens erzähle ich das Ganze nicht aus Eitelkeit, es ist einfach eine Tatsache. Ich bekam nicht eigentlich andere Gesichtszüge, sie verloren nur irgendwie die unmittelbare Sinnlichkeit, verinnerlichten und belebten sich. Ich habe in meinem langen Leben eine derartige Veränderung schon oft bei jungen gesunden Mädchen mit roten Wangen beobachtet, wenn sie Nonnen wurden, und auch bei jungen, robusten Männern, die Priester geworden waren. Nicht bei allen Nonnen und allen Priestern. Aber bei so vielen, daß es auch anderen, nicht nur mir, aufgefallen ist. Natürlich sind das heilige Menschen, und ich bin das nicht. Aber ich teile mit ihnen eine Offenbarung, ich, der ich nichts war. Und das ist ein großes Mysterium."

„Sie sehen aus wie ein italienischer Kardinal, den ich vor einigen Jahren getroffen habe", sagte Benedikt.

„Sie sind sehr nett zu mir, mein lieber Junge. Aber ich muß weitererzählen. Je näher ich Gott kam, um so häufiger traf ich meine Geliebte auf der Straße. Zwei Jahre vergingen, drei. Mein Haus war fertig und ich möblierte es. Ich lebte eigentlich zwei Leben. Das eine bestand nur aus den kurzen Zusammenkünften mit meiner Geliebten, während ich mich in dem anderen damit beschäftigte, mein Vermögen zu vergrößern, damit ich der Kirche besser helfen konnte. Doch waren die beiden Leben eigentlich nur eines, wie zwei Blätter an einem Stiel.

Eines Sonntags sagte meine Geliebte zu mir: ‚Heute darfst du mit mir durch die Tür kommen.'

Sie gab mir ihre Hand, die ich noch nie berührt hatte, denn sie schien mir zu kostbar zu sein, als daß ich gewagt hätte, sie auch nur zu streifen. Sie war warm, weich und fest. Ich hatte immer Angst gehabt, ich würde in Luft greifen, wenn ich sie berührte. Aber ihre Hand war ebenso aus Fleisch und Blut wie meine eigene. Sie führte mich zu der goldenen Tür, drückte leicht dagegen, die Tür ging auf, und wir gingen beide hindurch.

Ich weiß nicht mehr, was ich eigentlich zu sehen erwartete. Irgendwie erinnerte ich mich wohl so halb an den Lehm und den Kies und das Lagerhaus. Ich hatte merkwürdigerweise eigentlich gar nicht weiter darüber nachgedacht — außer daß mir eben klar war, daß ich sie aus den Augen verlor, wenn sie durch die Türe trat. Sie können sich deshalb wohl vorstellen, mit welchem ehrfürchtigen Staunen ich um mich sah, als wir durch die Tür getreten waren.

Stellen Sie sich — wenn Sie es können — einen herrlichen Garten vor, aber einen Garten, der keine Grenzen hat, keine Mauern und keinen Horizont. Es war der Garten Eden vor dem Sündenfall, weit und endlos wie die ganze Erde. Das Gras zu meinen Füßen war übersät mit Blumen, darunter auch meine C'est Egal, und über mir wölbten sich die Kronen von großen Bäumen, derengleichen ich noch nie gesehen hatte. Ich sah Quellen und Wiesen, kleine Hügel und Täler. Um mich sangen die Vögel, und das Rauschen des Windes klang wie tausend leise tönende Harfen. Am meisten aber beeindruckte mich das Licht, das nicht ganz dem der Sonne glich, sondern den Raum gleichmäßig erfüllte, so daß es keine Schatten gab. Es war gedämpfter und doch intensiver als das der Sonne. Und der Friede, die Fröhlichkeit, der Glanz, der mich umgab! Nirgends war der geringste Makel, keine auch nur kleinste Häßlichkeit, keine Spur des Todes. Keine Vorahnung des Welkens, auch nicht bei Blumen, die voll erblüht waren. Und es schien auch keine Zeit zu geben, nur die Ewigkeit.

Ich weiß nicht, wie lange ich bleiben durfte. Wir gingen in ungetrübter Fröhlichkeit dahin und Hand in Hand. Die süßesten Düfte erfüllten die milden Lüfte. Ich habe Ihnen nie erzählt, was wir auf der Straße miteinander redeten, und ich werde Ihnen auch verschweigen, was wir in dem Garten sagten. Nur das eine sollen Sie wissen: Wir sprachen von unserer Liebe zu einander, alles andere gehört nur uns allein, außer daß wir auch von Gott sprachen und Seiner Liebe. Von irdischer Liebe fiel kein Wort zwischen uns.

Dann mußte ich wieder in die Zeit zurück und wir gingen zu der Tür. Bevor sie sie öffnete, sagte sie: ‚Wir werden uns nicht mehr wiedersehen, bis du für immer zu mir kommst. Aber erinnere dich meiner und sei geduldig.'

War ich traurig? Ein wenig vielleicht. Aber wie lange dauert schon das Leben des Menschen? Nur wenige Jahre, wenige Jahre des Wartens liegen noch vor mir. Und es ist ein friedliches, vertrauensvolles, fröhliches Warten. Als ich wieder auf der Straße war, wußte ich, daß meine Geliebte in dem Garten war und dort auf mich wartete, und daß das Warten nicht ewig dauern würde. Dann aber, wenn ich wieder in den Garten komme, wird das Warten zu Ende sein, und es wird nur mehr die Ewigkeit geben."

Der alte Herr seufzte und lächelte: „Ich gehe oft in die Straße, das können Sie sich wohl vorstellen, und jedesmal hoffe ich, daß es das letztemal sein wird. Aber es ist dort nur die Ziegelmauer und die graue Stille des Sonntags. Es scheint, als solle ich meinen letzten Gang dorthin noch nicht gehen. Ich bin schon sehr alt geworden, es kann wohl nicht mehr lange dauern, nicht wahr?"

Benedikt antwortete nicht. Er kämpfte mit sich. Sein gesunder Menschenverstand sagte ihm, daß er einen Traum gehört habe, ein Märchen. Ein harmloses, denn es hatte einen ehrgeizigen jungen Mann fast zu einem Heiligen gemacht, harmlos und unschuldig, denn es hatte einen ziemlich gewöhnlichen jungen Menschen zu Gott geführt. Es war nichts tatsächlich Schlechtes an all dem und schon gar nichts Böses. Denn das Böse hebt das Herz des Menschen nicht zu Gott empor, das Böse lenkt den Fuß des Menschen nicht auf den Pfad der Gerechtigkeit. Und auf dem dornigen Baum des Bösen reift auch nicht die Frucht der Fröhlichkeit, des Mitleids und der Liebe zu Gott. Das Böse macht auch nicht, daß der Mensch durch die langen Jahre seines

Lebens hindurch lauter und fröhlich ist und seinem Gott dient, und das Böse bringt keinen Frieden.

Und wer konnte schließlich wissen ...? Benedikt befahl seine Gedanken auf den Weg der Vernunft zurück.

„Und Sie haben von all dem außer mir noch keinem Priester etwas erzählt, Sir Joshua?“

„Nein, das hielt ich nicht für notwendig. Wohl aber fand ich es notwendig, Ihnen davon zu erzählen.“

„Warum eigentlich?“

„Ich weiß es nicht, Benedikt.“

„Bitte entschuldigen Sie meinen Einwand, aber haben Sie nie daran gedacht, daß Sie einer Illusion erlegen sein könnten?“

Sir Joshua lachte herzlich. Dann aber hielt er Benedikt seine Hand hin.

„Meine Geliebte hat mir diesen Ring gegeben, damals, als ich sie zum letztenmal in dem Garten sah.“

Benedikt betrachtete den Ring, den er schon früher bewundert hatte. Er sah seinen Glanz und sein Glühen und wie seine Farbe ständig wechselte wie die des Himmels, wenn die Sonne sinkt. Es leuchtete in allen Tönen, blau und golden, scharlachrot, perlfarben und rosa, und es blitzte wie Feuer und Flammen. Die Farben verschmolzen, wurden durchsichtig und klar und wirbelten dann wieder durcheinander, als lebten sie. Der Stein war in ein Metall gefaßt, das hell und blank war und keinem anderen glich, das Benedikt je gesehen hatte.

„Der Stein erinnert ein wenig an einen Opal“, sagte der junge Priester, „aber es ist keiner.“

„Nein“, sagte Sir Joshua, und dann nach einer kleinen Pause: „Ich bin durch die ganze Welt gereist, um einen Ort zu finden, der so wunderbar schön ist wie der Garten, denn, verstehen Sie, ich habe Heimweh. Wenn ich einen Ort gefunden hätte, der meinem Garten auch nur im entferntesten ähnlich gewesen wäre, dann wäre ich dort geblieben.“

„Haben Sie je darüber nachgedacht, warum gerade Sie alles das erlebt haben, Sir Joshua?“

„Natürlich, sehr, sehr oft. Und ich finde, daß ich in keiner Weise würdig bin."

Benedikt runzelte die Stirn. „Sie wissen doch, daß es im Himmel keine Ehe gibt."

„Ja, das weiß ich. So hat es Unser Herr gesagt, aber Er hat uns auch versprochen, daß wir die wiedersehen sollen, die wir geliebt haben. Werden nicht Eltern ihr Kind wiedererkennen und von neuem lieben, ein Mann seine Tochter und ein Sohn seine Mutter? Wird Er, der Seine Mutter liebte und sie zu sich in den Himmel nahm, uns Menschen diese Freude verweigern? Wird Er, der jetzt von Seinen Heiligen umgeben ist, die Er auf Erden kannte, es verweigern, daß sich Freunde wiedersehen und wieder lieben? Sollen ein Mann und eine Frau, die einander auf dieser Welt in Gott geliebt haben, einander nicht wieder in Seligkeit und Freude in die Arme fallen dürfen? Gott, der die Liebe selbst ist, wird der Liebe nie wehren, auch nicht unserer irdischen, denn Sein Sohn hat unsere Natur und unser Fleisch angenommen und weiß um sie."

„Ich weiß aber noch immer nicht, warum Sie mir das erzählt haben, Sir Joshua."

Der alte Mann sah ihn ernst und sanft an: „Ich weiß es auch nicht, Benedikt."

„Und wer ist dieses Mädchen?"

„Das kann ich Ihnen nicht sagen. Fragen Sie mich nicht, Benedikt."

Die alte Tante Amanda war noch wach und wartete auf Benedikt, als er nach Hause zurückkam. Er bemerkte den Lichtstreifen unter ihrer Tür und hörte zu gleicher Zeit ihre dröhnende Stimme: „Komm herein, Junge, komm herein!"

Er ging hinein und sagte streng und liebevoll zugleich: „Du solltest eigentlich schon längst schlafen, Mutter!"

„Unsinn. Aber was ist denn das! Du siehst ja ganz verstört aus. Hat mein lieber alter Narr dich aufgeregt, mein Kind?"

„Nein, ich glaube nicht. Aber ein wenig merkwürdig ist er schon.“

Sie kniff die Augen zusammen, lächelte ein bißchen boshaft und sagte: „Willst du wirklich wissen, warum ich wollte, daß ihr beide euch kennenlernt? Ich werde es dir ganz genau sagen. Deshalb, damit du sehen kannst, welchem Schicksal du nicht entgangen wärest, wenn dein lieber Vater nicht gestorben wäre. Er glich Joshua aufs Haar. Und dich hätte er auch zu einem Träumer gemacht, aber dies ist keine Welt für Träumer, obwohl ich zugeben muß, daß Joshua in jeder Beziehung seinen Mann stellt.“

„Es gibt ärgere Sachen als Träume“, sagte Benedikt.

Amanda sah ihn mit ihren klaren Augen scharf an, und dann sagte sie ruhig: „Freut mich, daß du das weißt, lieber Freund. Ich hatte gedacht, du hättest es vergessen, obwohl du ein Priester bist. Denn, verstehst du, ich zum Beispiel habe nie Träume gehabt wie dein Vater und deine Mutter, die so glücklich waren. Aber ich bin nie wirklich glücklich gewesen, Benedikt. Wir Realisten, du und ich, haben vielleicht viele Tugenden, besonders du, aber wenn man keinen Traum hat, dann ist man halb blind. Nein, ich bin nie glücklich gewesen, und in der letzten Zeit war ich häufig sehr unglücklich, wenn ich daran dachte, daß ich aus dir einen vollendeten Realisten gemacht habe. Aus dir, der du die Messe zelebrieren darfst! Stell dir das nur vor!“

In den Tagen, die folgten und in denen sich sein Gesundheitszustand ständig besserte, mußte Benedikt oft an dieses Gespräch denken.

Eines Tages suchte er den alten Bischof auf und sagte: „Wollen Eure Exzellenz bitte ganz offen mit mir sein? Was ist Ihre Meinung über mich?“

Der Bischof schien nicht erstaunt zu sein. Er sagte freundlich: „Benedikt, Sie sind ein intelligenter, würdiger, fleißiger und hingebungsvoller Priester. Sie haben im Dienste Gottes Ihre Gesundheit geopfert und fast Ihr Leben. Sie sind gehorsam und standhaft gewesen, und keine Arbeit war Ihnen zu viel. Ich glaube kaum, daß irgendeine Sünde auf Ihnen lastet, nicht einmal eine läßliche. Sie haben Gott gedient und werden Ihm weiterhin dienen.“

„Ich danke Ihnen, Exzellenz. Glauben Sie, daß ich Gott aufrichtig liebe?“

Der Bischof zögerte. Dann sagte er: „Was glauben denn Sie selbst, Benedikt?“

„Ich weiß nicht recht“, sagte Benedikt kleinlaut und unglücklich: „Ich glaube schon. Aus welchem anderen Grunde sollte ich sonst versuchen, so gut ich kann seinem Werke zu dienen? Aus welchem anderen Grunde hätte ich Priester werden sollen?“

„Ja“, sagte der Bischof, „ich glaube zu wissen, daß Sie Gott zutiefst lieben. Ihre Berufung war eine echte, von Anfang an. Wir alle lieben ja Gott jeder auf seine besondere Weise. Genauso wie die Blumen nicht alle gleich sind, so ist es auch mit der Liebe. Außerdem gibt es auch noch Abstufungen, verschiedene Intensitätsgrade davon. Nach dem, was ich über Sie weiß, möchte ich es so ausdrücken: Sie lieben Gott auf Ihre Weise. Aber trotz der Opfer, die Sie gebracht haben, glaube ich nicht, daß Sie Ihre Mitmenschen sehr lieben. Stimmt das?“

Benedikt war erschrocken. An das hatte er überhaupt nicht gedacht. Schamvoll sagte er: „Ich glaube, ich habe es versucht. Ich habe ihnen so viel meiner selbst geschenkt, als ich konnte. Ist das nicht Liebe?“

„Nicht ganz. Jemand kann Gott lieben, nicht aber seinen Bruder. Das ist schon oft vorgekommen, auch bei sehr frommen Männern. Wissen Sie, was die Protestanten sagen? Sie sagen: ‚Protestanten lieben die Menschen, nicht Gott, und die Katholiken lieben Gott, nicht aber die Menschen.‘ Das ist natürlich so eine allgemeine Redensart und, wie alle derartigen Verallgemeinerungen, nicht in jeder Beziehung richtig. Das Ideal ist vollkommene Liebe zu Gott und vollkommene Liebe zu den Menschen. Aber, lieber Benedikt, es ist auch sehr verdienstvoll und tugendhaft, den tiefen Wunsch danach zu besitzen. Es genügt zu wollen, glaube ich. Und dann, wenn man lieben will, wird mit der Zeit auch die echte Liebe kommen."

Benedikt dachte darüber nach und betete in seinem Herzen um die Gnade der vollkommenen Liebe zu Gott und den Menschen. Dann sagte er: „Haben Eure Lordschaft Sir Joshua Fieldings merkwürdige Blume gesehen, die er C'est Egal nennt?"

„Ach, der alte Joshua! Ja, natürlich habe ich sie gesehen. Sie ist prachtvoll, nicht wahr? Er sagt nie, wo er sie gefunden hat."

„Ist er immer so merkwürdig gewesen?"

„Joshua? Aber lieber Benedikt! An dem ist doch überhaupt nicht die geringste Überspanntheit! Der steht mit beiden Beinen auf der Erde. Wie kommen Sie darauf, zu glauben, daß er — merkwürdig sei? Ich würde mir wünschen, wir hätten mehr reiche Männer in der Kirche, die so ‚merkwürdig' wären, wie er es ist! Dann würden nicht Hunderte unserer Priester in der ganzen Welt auf dem besten Wege sein, zu verhungern. Er ist ein Heiliger, davon bin ich überzeugt. Wir haben unzählige Male miteinander gesprochen. Er ist erfüllt von der heiligmachenden Gnade."

Ich wünschte, ich wäre es auch, dachte Benedikt. Er machte lange Spaziergänge und betete viel während der nächsten Woche. Und er dachte nach. Und dann, eines Vormittags sagte seine Tante erfreut zu ihm, als er heimkam: „Benedikt! Während du dich herumgetrieben hast, hat mein lieber Joshua dir vier von seinen schönen Blumen gebracht und einen Brief für dich hinterlassen. Mach ihn auf und lies ihn mir vor."

Amanda hatte die Blumen in eine ihrer schönsten Kristallvasen gestellt, und in dem viktorianischen Halbdunkel des Salons leuchteten sie wie lebendig gewordenes Gold. Benedikt berührte eines der Blütenblätter und erwartete, daß es sich nicht wie die Blätter anderer Blumen anfühlen würde. Aber das war doch so. Nur war es merkwürdig warm, als stünde es in der heißen Sonne. Die Blüten dufteten, als atmeten sie. Benedikt öffnete den Brief und las:

„Mein lieber junger Freund!

Wenn Sie diesen Brief bekommen, werde ich für immer aus dem Gesichtsfeld Ihrer sterblichen Augen gegangen sein. Keiner auf dieser Erde wird mich je wieder lebendig sehen. Heute nacht, als es zwölf schlug, ist der Ruf an mich ergangen, und heute werde ich durch die goldene Tür gehen und nicht wiederkehren.

Jubeln Sie mit mir und loben Sie Gott den Herrn.

Joshua Fielding."

„Allmächtiger Gott!" schrie Amanda erschrocken. „Was in aller Welt hat das zu bedeuten? Wohin rennst du denn!?"

Aber Benedikt lief schon aus dem Haus, und das Echo der Tür, die er hinter sich zugeschlagen hatte, hallte ihm nach, als er in der Richtung nach Sir Joshuas Haus die Straße hinunterstürmte. Ein beunruhigter Diener öffnete ihm. Nein, niemand habe Sir Joshua heute schon gesehen. Es sei sehr ungewöhnlich, daß er das Haus schon so früh verlassen habe. Man habe in seinem Klub nachgefragt, aber dort hätte ihn niemand gesehen. Er habe nicht um sein Frühstück geläutet, und man habe überhaupt keinen Laut aus seinem Zimmer gehört, nachdem er zu Bett gegangen sei, gestern abend. Robert erkundigte sich, wo er als junger Mann gelebt habe. Der Diener starrte vor sich hin und dachte scharf nach. Nein, das wisse er nicht. „Aber einen Augenblick, Father, Sir Joshua hat doch immer den Kindern in irgendeiner Straße an Sonntagen so gern kleine Geschenke gemacht. Er hat ihnen Shillinge gegeben und Pennies und hat ihnen Süßigkeiten mitgebracht. Und dann hat er auch Pakete mit neuen Kleidern — stellen Sie sich vor, neuen Kleidern! — für die alten Leute dort hingeschickt. Wie war nur der Name der Straße. Er liegt mir auf der Zunge. Also gleich werde ich ihn haben, Father . . ."

Benedikt wußte ganz gut, daß Priester normalerweise harmlose Menschen nicht bei den Schultern packen und sie anschreien sollen, aber das vergaß er jetzt völlig. Er schüttelte den Namen der Slum-Straße buchstäblich aus dem Diener heraus und rannte davon. Wenige Straßen weiter fand er einen Mietwagen, warf sich auf den feuchten Ledersitz und versprach dem Mann ein Pfund, wenn er sich beeilen würde. Der Klepper galoppierte davon, und Benedikt wurde auf seinem Sitz hin und her geschleudert und mußte sich anhalten, als der Wagen im Eiltempo über das unebene Pflaster dahinholperte und durch die Straßen rasselte. Wenn ich nur rechtzeitig komme! dachte der junge Priester verzweifelt. Aber warum er rechtzeitig dort sein wollte, wußte er nicht.

„Da wären wir, Hochwürden", sagte der Kutscher und grinste erfreut über die Geldnote, die er bekam. Es war nicht seine Sache, darüber nachzudenken, warum ein Priester es so verflucht eilig hatte, in diese Slumgegend voll von rotznasigen Kindern, Arbeitern, üblen Kneipen und kreischenden, alten, in Lumpen gekleideten Weibern zu kommen. Mission der Barmherzigkeit nannten sie das, wie sich der Kutscher zu erinnern glaubte. Benedikt sprang aus dem Wagen und rannte die Straße hinunter. Heute ist nicht Sonntag, fiel ihm ohne rechten Zusammenhang ein. Auf der Straße ging es lärmend zu. Kinder rannten herum, Schreie, Gekreisch, das Poltern von Lastwagen, Gebrüll von Männern, die schrillen Stimmen von schlampigen Weibern. Da war die lange Mauer und darüber das rußige Dach und die Schornsteine des Lagerhauses. Es war eine unendlich lange Mauer, so lang wie die ganze Straße. Die Steinplatten, die den Gehsteig bildeten, waren zerbrochen, und aus der übervölkerten Häuserreihe auf der anderen Seite ertönte Lärm und Geschrei. Merkwürdigerweise ging außer Benedikt niemand neben der Mauer, und er lief fast, während er Ausschau hielt und betete. Um was, wußte er nicht.

Und dann sah er Sir Joshua, wie er fröhlich vor ihm spazierte, und er blieb stehen und staunte und traute seinen Augen nicht. Er ging wie ein junger Mann, er schwang seinen Spazierstock, und sein Zylinderhut glänzte seidig in der rauchverschleierten Sonne.

„Sir Joshua! Warten Sie!" rief Benedikt heiser.

Der alte Mann drehte sich um und lächelte ihm ohne Erstaunen zu. Sein Gesicht war das eines glücklichen jungen Mannes. Er berührte grüßend den Rand seines Hutes, drehte sich dann wieder um und ging weiter. Benedikt lief ihm nach. Da blieb er wieder stehen.

In der Ziegelmauer war eine Tür, die aus der Entfernung schmal und klein aussah. Joshua drückte mit der Hand dagegen, sie öffnete sich, er ging hindurch und die Tür schloß sich wieder hinter ihm. Er war verschwunden.

Benedikt lief zu der Tür. Er erreichte sie und drückte keuchend mit der Hand dagegen. Sie leuchtete wie Gold, war glatt und griff sich wie Metall an. Benedikt warf sich mit seiner ganzen Kraft dagegen, aber sie bewegte sich nicht. Er trommelte mit den Fäusten darauf und schrie: „Sir Joshua! Sir Joshua! Kommen Sie heraus!"

Plötzlich legte sich ihm eine Hand schwer auf die Schulter, und als Benedikt den Kopf wandte, sah er einen stämmigen Arbeiter, der seine Kappe tief in die Stirn gezogen hatte und eine stinkende Pfeife rauchte. „Was is'n los, Mann?" fragte er. „Wohl übergeschnappt, was?"

Benedikt rief: „Helfen Sie mir, diese Tür zu öffnen!"

Die kleinen Schweinsaugen des Mannes starrten ihn an. „Was für 'ne Tür, Hochwürden?"

Benedikt riß es herum. Es war gar keine Tür da! Rechts und links die ganze Straße entlang und vor ihm selbst war nur die Mauer. „Da war doch eine Tür", rief Benedikt aus. „Hier! Haben Sie sie denn nicht gesehen, Mann?"

Der Arbeiter schüttelte den Kopf und warf ihm von der Seite einen prüfenden Blick zu. Er brummte: „Hier war nie 'ne Tür, seit sie die Mauer gebaut haben. Nur das Tor auf der anderen Seite. Ihnen ist wohl nicht ganz gut, Hochwürden?"

„Ich habe die Tür doch gesehen", sagte Benedikt. „Sie war bestimmt da." Er blickte auf seine Hände. Es war Staub von Mörtel und verwitterten Ziegeln darauf, und an den Seiten bluteten sie ein wenig von den kleinen Verletzungen, die er sich zugefügt hatte. „Die Tür", murmelte der Priester wie betäubt. „Ich habe sie also auch gesehen!"

„Da war nie eine Tür", sagte der Arbeiter. Komische Sache das. Dieser Pfarrer schwatzte da mitten auf der Straße herum wie ein Besoffener. Vorsichtig neigte er sich ein bißchen vor, um Benedikts Atem einzuschnüffeln. Besoffen war der Kerl nicht, aber vielleicht war er übergeschnappt? Und er schnaufte ja, als hätte ihn der Schlag gestreift.

„Möchten Sie nicht hineingehen, Hochwürden?" sagte der Arbeiter, der sich daran erinnerte, daß man mit Verrückten ruhig reden mußte. „Durch das Tor auf der anderen Seite?"

„Ja", sagte der Priester und war auch schon wieder unterwegs. Er lief die ganze Straße entlang und um die Ecke, gefolgt von dem Gespött und Geschrei der Kinder und Weiber. Er hörte es nicht. Er erreichte das eiserne Tor, das offenstand, weil gerade ein hochbeladener Lastwagen durchfuhr, und befand sich in einem Hof, der genau so aussah, wie Sir Joshua ihn beschrieben hatte, nichts als Lehm und Kies. Gefolgt von den neugierigen Blicken und Zurufen der Arbeiter lief er quer über den Hof, um die Stelle an der Mauer zu erreichen, wo er die Tür gesehen hatte.

Und dann sah er eine Gruppe von Menschen, die um etwas herumstanden, und hörte ihr Gemurmel und ihre Flüche. Benedikt blieb stehen. Er wußte genau, was er zu sehen bekommen würde. Die Menschenmenge wurde größer, und jemand rief nach einem Arzt. Langsam und schweren Herzens näherte sich Benedikt den Männern, die zur Seite wichen, damit er sehen konnte, was es zu sehen gab.

Sir Joshua lag tot auf dem Kies. In seinem Gesicht war der Abglanz eines beglückten Lächelns und seine offenen Augen waren gen Himmel gerichtet. Das große leuchtende, lebendige Juwel an seinem Finger war nur mehr ein grauer Stein. Sein Feuer war erloschen, seine Farben auf ewig dahingegangen, wie die Seele des Mannes, der es getragen hatte.

„Wie ist denn dieser Stutzer da hergekommen?" fragte einer.

„Hab ihn nicht durchs Tor kommen sehen. Du bist doch danebengestanden, Harold. Hast du den Kerl vielleicht gesehen?"

„Nein, keine Spur", sagte der andere verwundert. „Der ist ja übrigens tot wie eine Flunder, hab ich recht? Verdammt nochmal, vor einer Minute war er noch nicht da, und einen Augenblick später liegt er hier auf dem Boden. Das geht doch nicht mit rechten Dingen zu!"

Und dann zogen die Männer langsam ihre staubigen Mützen, denn Benedikt war neben Sir Joshua niedergekniet und hatte seine Gebete für den Toten begonnen.

„Ich las seine Totenmesse", sagte der alte Father Hughes zu Großmutters Freunden. „Und ich wußte nun, warum er mir geschrieben hatte. Er wollte, daß ich die Tür mit meinen eigenen Augen sehen und glauben sollte, was er mir erzählt hatte. Ich glaube es. Aber ich kann es noch immer nicht verstehen. Nicht ganz! Nur ein wenig.

Eines aber weiß ich mit Sicherheit. Er hat mein Leben in eine andere Bahn gelenkt. Nie wieder wurde ich ein Realist und verlangte für alles Beweise."

Er sah auf seine welken Hände, die so verzweifelt und vergeblich gegen die goldene Tür gehämmert hatten, und blickte dann auf, als eine Frage gestellt wurde. Das Ergebnis der Totenbeschau? Ach, der Tod hatte natürliche Ursachen gehabt. Aber niemand wurde gefunden, der Joshua lebend innerhalb der Mauer gesehen hatte, und niemand, der ihn durch das einzige Tor hätte gehen sehen! Keiner hatte ihn fallen und sterben sehen. Ich wurde auch als Zeuge vernommen. Ich sagte aber nur, mir sei bekannt gewesen, daß Sir Joshua häufig in dieser Gegend der Stadt spazierengegangen war und daß ich versucht hätte, ihn dort zu finden, da es sich um eine wichtige Angelegenheit handelte. Bis auf diesen Tag habe ich die wahre Geschichte niemandem außer meinem Bischof erzählt, die Geschichte von der goldenen Tür, durch die Sir Joshua mit Jubel im Herzen getreten war."

„Und was war mit den Blumen, die er Ihnen geschickt hatte, Father?“ fragte Großmutter.

„Richtig, die Blumen.“ Father Hughes schwieg eine Weile. „Als ich in das Haus meiner Tante zurückkehrte, waren sie verschwunden. Das Wasser war noch da und die Vase, aber die Blumen nicht mehr. Tante Amanda war wütend. Sie beschuldigte die Dienstboten, und ich mußte ein Machtwort sprechen, als alle schon in Tränen aufgelöst waren. Nur der Duft schwebte noch im Zimmer und hielt sich noch viele Tage, nachdem man Sir Joshua neben seinen Eltern zur letzten Ruhe gebettet hatte. Niemand hat C'est Egal je wieder gesehen. Die Blumen in seinem Treibhaus verschwanden ebenfalls. Nicht ein einziges Blütenblatt blieb zurück.“

V

„Also morgen fährst du nach Hause", sagte die Köchin. Rose starrte sie entgeistert und erschrocken an. Sie wußte nicht, daß es nicht schön von ihr war, daß sie sich nicht schon danach sehnte, zu ihren Eltern zurückzukehren.

„Aber Father Lewis hat uns doch für morgen eine Geschichte versprochen!" sagte sie protestierend, und man konnte aus dem Klang ihrer Worte heraushören, daß sie im Begriffe war, ihren Dickkopf aufzusetzen.

„Ja hast du denn gar keine Sehnsucht, deine liebe Mama und deinen Papa morgen wiederzusehen?" fragte die Köchin vorwurfsvoll.

„Nein", sagte Rose bockbeinig.

Die Köchin runzelte die Stirn, aber Rose brach nur in Tränen aus. „Warum willst du denn nicht nach Hause", fragte die Köchin neugierig.

„Ich bin so gerne hier", schluchzte sie.

„Bei *ihr*?"

„Großmutter? Ach, sie hat mir doch heute morgen alle ihre Schmetterlinge gezeigt, die goldenen mit Rubinen und Smaragden und ihren großen Smaragdring. Sie hat gesagt, daß sie den Ring für mich aufhebt. Ich will nicht nach Hause fahren!" rief Rose unter neuerlichem Schluchzen. „Bei uns zu Hause haben wir nicht so schöne Sachen wie Großmutter!"

„Das ist wahrscheinlich auch gut so", sagte die Köchin philosophisch. „Aber *sie* hat heute morgen einen Brief bekommen, daß sie dich heimschicken soll. Tränen hat sie ja beim Lesen gerade nicht vergossen. Was ist denn eigentlich los mit dir?" fragte sie, als Rose schmerzliche Schluckbewegungen machte.

„Ich habe Halsweh", sagte Rose.

„Aha", sagte die Köchin in einem Tonfall, der andeutete, daß sie verstand. Moderne Psychiater wären von ihr begeistert gewesen. „Also gut, wollen mal sehen, was sich machen läßt. Aber weißt du was, ich glaube, daß es deinem Hals besser gehen wird, wenn du morgen nicht heimfährst. Dann brauchst du auch die Geschichte nicht zu versäumen!"

Am nächsten Morgen stand es so schlimm mit dem Hals, daß Großmutter verärgert ein Telegramm an Roses Eltern abschickte. Kaum aber war es unterwegs und nicht mehr zu widerrufen, als der Hals auf wunderbare Weise wieder gut wurde. Als man dies Großmutter mitteilte, kam sie zu Rose herein, sah sie mit ihrem sommersprossigen Lächeln an und sagte: „Ich habe gar nicht gewußt, Lassie, daß du mich so gern hast. Gut, du darfst aufbleiben und Father Lewis zuhören. Aber ich warne dich, Father Lewis ist aus Wales, und die Leute von dort sind verdreht und erzählen merkwürdige Geschichten."

FATHER IFOR LEWIS UND DIE LEUTE VON GWENWYNNLYNN

„Es begann", sagte Father Lewis mit seiner weichen, singenden walisischen Stimme, „als mir mein Cousin Father Andrew Lewis, ein schon etwas älterer Herr, einen höchst merkwürdigen Brief schrieb. Er hatte Sorgen. Er erklärte sich nicht näher, denn wir Kelten sind ein geheimnisvolles Volk und lieben Geheimnisse. Aber es war ganz offensichtlich, daß er Kummer hatte, ernstlichen Kummer, und er wollte meinen Rat haben. Es hansich um irgendeine Kontroverse mit seinem Bischof, einem betriebsamen und energischen Mann, der immer alles gern nett und ordentlich hatte. Ich glaube, seine Mutter war eine Engländerin."

Bei dieser Bemerkung nickten die anderen Priester weise und verständnisvoll. Alle Engländer liebten Ordnung und Sauberkeit, aber im Reiche des Geistes und der Mystik kann es leicht vorkommen, daß die Dinge mit solchen irdischen und langweiligen Maßstäben nicht zu messen sind.

„Außerdem", sagte Father Lewis, „war der Bischof recht jung und obendrein noch ein Jesuit, und es ist ja allgemein bekannt, daß es kaum so lebhafte und elegante Leute gibt wie die jungen Jesuiten. Und mit beiden Beinen stehen sie mitten im irdischen Leben. Mein Cousin war keiner, und der Bischof jagte ihm einen tödlichen Schrecken ein, als er erschöpfende Aufklärung, Fälle, Namen, Details und so weiter forderte. Und alles sollte fein säuberlich, eines nach dem anderen und klar verständlich aufgeschrieben sein!" Father Lewis machte eine Pause. „Mancher gute Geschäftsmann ist an diesen Jesuiten verlorengegangen. Natürlich", fügte er hinzu, „brauchen wir solche Köpfe, aber sie wollen immer, daß alles nach ihrer Pfeife tanzt, und das hassen die Leute auf dem Lande. Sie wissen ganz genau, daß die ganze Aufschreiberei und Betriebsamkeit noch nie eine Kornähre rascher hat reifen lassen oder die Wut eines Sturmes gebrochen hat — nach dem Plan der Menschen. Landleute haben Respekt vor der Natur."

„Ganz richtig", sagten die Priester, die vom Lande kamen.

Father Andrew hatte wirklich ein Problem. Aber bevor er sich dazu überwinden konnte, in „erschöpfender" Weise Beispiele, Fälle und Details von sich zu geben, wollte er gerne den Rat oder wenigstens die Unterstützung und Ermutigung seines Verwandten erbitten, den er in das Amt der Priesterschaft geleitet hatte und der zwanzig Jahre jünger war als er. So eilte ihm also Father Ifor zu Hilfe und begab sich in die kleine walisische Stadt Gwenwynnlynn, die inmitten rauher Berge in der Nähe der See lag und in deren Umgebung hauptsächlich Bergbau betrieben wurde.

„Ich habe von ‚wilden' Iren und ‚düsteren' Schotten gehört", sagte Father Ifor lächelnd und warf seinen Freunden, die mit ihm um Großmutters Kaminfeuer versammelt waren, einen freundlichen Blick zu. „Aber die Waliser sind doch anders geartet, obwohl sie mit ihnen verwandt und auch Kelten sind. Ein

Waliser ist im allgemeinen viel streitsüchtiger als ein Ire, obwohl es einem eigentlich kaum möglich zu sein scheint, daß die Iren in dieser Hinsicht übertroffen werden könnten. Er ist weniger gut gelaunt und zu einem Scherz bereit, und er ist sogar noch betriebsamer als die Schotten, was allerhand sagen will. Er ist oft schlecht aufgelegt, leicht beleidigt, dogmatisch und untolerant, und wenn man ihn schief anschaut, dann kann es vorkommen, daß man sofort eine hinter die Ohren bekommt. Im Durchschnitt ist er kleiner als die anderen Kelten, seine Rassegenossen, die Iren und die Schotten. Er hat gewöhnlich dichtes, rotes Haar, zornige blaue Augen, ein rotes Gesicht und die breite, kräftige Nase, wie sie kriegführenden Völkern eigen ist. Solche Menschen sind sonst oft Abenteurer, aber das ist der Waliser normalerweise nicht. Er wandert selten aus. Vielleicht nimmt ihn irgendein Streit zu sehr in Anspruch oder er muß in seinem wilden und einsamen Land zu hart arbeiten, um sich noch Träumen von goldenem Überfluß jenseits des Ozeans hingeben zu können. Er neigt auch dazu, Reichtum zu verachten — bei anderen — und ihn als eine gegen ihn persönlich gerichtete Beleidigung zu betrachten. Und was seinen Stolz angeht ...“ Father Ifor schüttelte den Kopf. „Gott steh ihm bei. Wie ich höre, ist gerade jetzt die amerikanische Presse voll von Berichten über die Kämpfe seiner Gewerkschaften in den Kohlengebieten. Wo immer Waliser sich niederlassen, muß man mit eingeschlagenen Schädeln rechnen.“

„Meine Schwester“, warf Father McGlynn ein und lächelte bei der Erinnerung, „war mit einem Waliser verheiratet. Aber sie hatte eine schwere Hand, und er war sechs Zoll kleiner als sie. Wenn es daher in der Familie ein blaues Auge gab, dann bekam der Mann es ab.“

„Es hat seinen guten Grund, daß die Engländer den Waliser den ‚roten Hahn‘ nennen“, sagte Father Ifor Lewis. „Und Gwenwynnlynn war voll von solchen roten Hähnen und roten Hennen, und ein lärmenderes Volk kann man sich kaum vorstellen. Ich glaube, die könnten mit dem leibhaftigen Teufel selbst so lange streiten, bis er sich geschlagen gibt — sogar die Kinder. Man hat es zwar geleugnet, aber ich habe es selbst erlebt und gesehen. Ein Land mit einer ungestümen Natur bringt eben ungestüme Menschen hervor, oder vielleicht ist es so, daß nur harte Menschen in einem harten Land wohnen bleiben, während die anderen mit der Zeit auswandern und sich anderswo niederlassen. Alle Italiener sind geborene Künstler, denn es ist unmöglich, in einem so schönen, einem so mit Farben gesättigten und von Gesang erfüllten Land zu leben, und in einer Landschaft so edler Formen, ohne sich zu einem Künstler zu entwickeln. Die Menschen gleichen in höherem Grade dem Land, in dem sie wohnen, als es unsere ‚modernen' Wissenschaftler wahrhaben wollen.

Mein Cousin Andrew aber war ein merkwürdiger Waliser. Er war sanft, einfach und gut, obwohl er in seiner Jugend das rote Haar, die feurigen blauen Augen und das Temperament der Waliser besessen hatte. Die Jahre hatten die roten Haare und das Feuer der Augen mit sich genommen, hatten seinen Rücken gekrümmt und seinen Gang langsam werden lassen, aber seine milde Güte hatte er nie verloren, diese Sanftmut, die bei Gott nicht von seinem Volk stammte. Doch war in ihm die Auflehnung aller Waliser gegen jede Art von Unterdrückung, die Privilegien eines anmaßenden Reichtums und alle Ungerechtigkeit. Er glaubte daran, daß man das Böse durch das Gute und durch Geduld bekämpfen könne ..." Father Lewis machte eine Pause und sah seine Zuhörer, die sofort fromme Mienen aufgesetzt hatten, freundlich an. Er lächelte in sich hinein. „Nicht mit der Faust, der Streitaxt und dem Dolch", fügte er mit einem vergnügten Augenzwinkern hinzu.

„Also, um weiter zu erzählen", setzte er dann mit seiner musikalischen Stimme fort, „ich kannte das Dorf meines Cousins gut, weil es mein Geburtsort war und ich ihn dort auch schon besucht hatte. In den letzten zwölf Jahren allerdings nicht mehr. Rauchende Schlackenhalden, der scharfe Geruch der Kohle, die Förderanlagen, Schutt, Ruß, Staub, kleine ärmliche Häuschen, rußgeschwärzte winzige Gärten, der Geruch des Meeres, schmutziger Regen und im Hintergrund die drohenden, kahlen Berge, die sich wie eine Mauer auftürmten, das war das Gwenwynnlynn, das ich kannte. Es war ein sehr armes Dorf mit ungefähr fünfundvierzig Prozent Katholiken. Die Bevölkerung war viel ärmer als ihre Nachbarn, sehr blindgläubig und bigott. Die Kirche meines Cousins war fast eine Ruine, und für die Kinder gab es keine Schule. Die anglikanische Kirche aber war blitzblank, und auch ihre Besucher schienen immer besser gekleidet zu sein. Sie waren nämlich keine Bergleute, sondern Handwerker und Geschäftsleute, was mich an den bekannten Ausspruch Napoleons erinnert. Na ja, auch Geschäftsleute sind notwendig, obwohl sie in dem Dorf meines Cousins eigene Wege haben und sehr englisch aussehen. Sie sind auch sehr geschmeichelt, wenn man sie in dieser gottverlassenen Gegend für Engländer hält. Das scheint mir zu beweisen, daß auch die Waliser Menschen sind, was in London bestritten worden ist."

Father Ifor Lewis richtete sich ein wenig auf und hob den Kopf. „Man sollte Stolz immer in seine Schranken weisen, aber der Stolz der Waliser flößt einem Achtung ein. Er ist nichts Verachtenswürdiges, denn seine Wurzel ist der Mut. Und ein Waliser in einem der Kohlengebiete braucht wirklich den ganzen Mut, den ihm Unser Herr nur geben kann. Die Gruben selbst gehören natürlich Engländern — sie sind sozusagen in ausländischem Besitz.

Wales ist ein herrliches, wenn auch wildes Land. Gebirgig, steinig und kahl. Aber es ist wunderbar, wenn es auch kalt ist, weil es an die grauen Weiten des Ozeans grenzt, und seine Seele ist herb. Sein Antlitz ist gewaltig, fast unheimlich und furchterregend, und es hat eine eindrucksvolle Geschichte voll Heldenmut und kühner Taten. Ich kenne es gut, denn ich bin dort geboren und ich trage sein Bild tief in meinem Herzen.

Die Iren haben wegen ihres Glaubens und ihrer Frömmigkeit immer zur Kirche gehalten, die Schotten zum Teil nur deshalb, weil sie die Sassenach verachten und niemandem untertan sein wollen, aber die Waliser haben sich ihre Religion einfach nur durch ihre unbeugsame Halsstarrigkeit erhalten. Sie lassen sich von niemandem etwas vormachen. Der Ire benimmt sich im Beichtstuhl ehrfurchtsvoll, der Schotte ist zurückhaltend und vorsichtig, aber der Waliser streitet laut mit dem Priester, wenn seine und seines Beichtvaters Meinungen über die Schwere einer Sünde auseinandergehen sollten, und besonders über die auferlegte Buße kann es oft heftige Meinungsverschiedenheiten geben. Es wird nur in den seltensten Fällen vorkommen, daß ein Ire seinem Bischof schreibt, um sich über seinen Pfarrer zu beklagen, aber das ist in Wales gang und gäbe. Der Waliser hat immer irgendeinen Grund, sich zu beschweren. Er ist in seinem Innersten davon überzeugt, daß man ihn übers Ohr hauen würde, wenn er sich nicht mit Zähnen und Krallen zur Wehr setzte, und er macht da seinem Pfarrer gegenüber keine Ausnahme. Als Pfarrer weiß man ja übrigens leider auch Bescheid über die gewaltigen Mengen Alkohol, die sich ein Waliser zu Gemüte führen kann. Wenn der Alkohol in Irland schon schreckliches Unheil anrichtet — der Schotte ist ja auf diesem Gebiet etwas weniger anfällig, denn Whisky ist teuer —, so ist er für den Waliser erst recht ein fürchterliches Gift, wie für alle Menschen, die einen ungestümen Charakter haben. Und die Waliser trinken alle, außer wenn sie Baptisten oder Methodisten sind, und auch dann gibt es häufige Rückfälle, die einfach auf die Veranlagung zurückzuführen sind und auf die äußeren Umstände, unter denen sie leben müssen."

Father Ifor war recht niedergeschlagen, als er einen Zug nach Wales bestieg. Er erinnerte sich an die Armut, den Ruß, die trostlosen Straßen, die wackeligen, kleinen Hütten, die Kirchenruine, das bittere Elend im Pfarrhause seines Cousins und die Atmosphäre von Groll und Elend, die sich überall bemerkbar machte. Es war zwölf Jahre her, seit er alles das gesehen hatte, und er hatte inbrünstig gehofft, womöglich überhaupt nicht mehr hinfahren zu müssen. Aber sein alter Cousin Andrew war, wie alle seine Landsleute, viel zu stolz, um seine persönlichen Sorgen an die große Glocke zu hängen, und wenn er Ifor überhaupt gebeten hatte, zu kommen, so hatte das sicherlich eine höchst beunruhigende Ursache. Als der Zug die Grenze von Wales passiert hatte, änderte sich das Aussehen der Menschen. Es stiegen kleinere, mehr untersetzte und vierschrötige Passagiere ein, man konnte mehr rote Haare und Gesichter sehen, mehr auffallend blaue Augen, mehr mürrisch zusammengepreßte Lippen. Auch die Kleidung der Reisenden war ärmlicher, geflickter. Father Ifor seufzte. Er sah auf die große silberne Uhr, die ihm sein Vater geschenkt hatte, und stellte fest, daß der Zug in einer Stunde in Gwenwynnlynn sein würde. Bei der nächsten Station sah er zum Fenster hinaus. Es war eine kleine Station, aus Granitquadern gebaut und mit dickem Schiefer gedeckt, wie er dort in der Gegend vorkam. Es hatte zu regnen begonnen, ein kalter vorsommerlicher Sprühregen fiel, und eine graue Wolkendecke verhüllte den Himmel. Aber über die Leute, die auf dem Bahnsteig warteten, mußte Father Ifor staunen. Sie waren gut gekleidet und schienen zufrieden zu sein. Vielleicht irgendein Grafschaftstreffen? Dann aber sah er, daß es Arbeiter, nicht Bürgerliche waren, und daß sie wollene Kappen aus gutem Material trugen und geputzte Schuhe anhatten. Ein Feiertag vielleicht? Father Ifor dachte nach. Nein, nicht einmal ein anglikanischer. Es war die letzte Station vor Gwenwynnlynn, und deshalb waren wohl die meisten der Männer und Frauen, die da fröhlich und laut miteinander redend einstiegen, Einwohner des Pfarrdorfes seines Cousins. Sie waren alle sichtlich gut ernährt, und man konnte es ihren Augen ansehen, daß sie sich körperlich und seelisch wohlfühlten. Einige von den Frauen hatten Hauben auf, die schon eine gewisse Anlehnung an die Mode in der Stadt zeigten und offenbar von einer Modistin gemacht waren, und mehrere der Mädchen trugen Schals, die an wollene Spitzen erinnerten.

Sie stürzten sich auf die Waggons dritter Klasse, aber Father Ifor bemerkte auch einige, die mit gewichtig breiten Schultern und erhobenen Hauptes in die zweite einstiegen. Diejenigen, die in die dritte Klasse kamen, in der Father Ifor saß, sahen ihn entweder finster an — was sie als Nicht-Katholiken charakterisierte —, oder sie legten die Finger an ihre Kappen oder machten einen Knicks, woran sie als Katholiken zu erkennen waren. Er rückte auf der Holzbank ein wenig an seinen Nachbarn, einen Mann mittleren Alters, heran und fragte: „Sind Sie vielleicht aus Gwenwynnlynn?"

Der Mann reckte die Brust heraus wie ein Hahn und nahm einen Augenblick seine Kappe ab. Dann kreuzte er seine mächtigen Arme. „Das will ich meinen", sagte er mit Stolz. „Und das ist das beste Dorf in der ganzen Grafschaft! Ich bin nur ein Bergmann, Father, aber kein schlecht bezahlter, das können Sie mir glauben. Ich wohne auch nur in einem kleinen Häuschen, aber das Dach ist dicht und die Wände sind anständig getüncht, und in der Speisekammer gibt's reichlich Schinken und Beef! Nicht mehr so, wie es früher einmal war. Seither haben wir den englischen Grubenbesitzern Kollektivverträge vorgeschrieben und Forderungen gestellt. Die mit ihren Millionenvermögen! Oder glauben Sie vielleicht", fügte er mit wenig Überzeugung hinzu, „daß sie sich auf einmal zu christlicher Nächstenliebe und Anständigkeit bekehrt haben?" Er sah hochmütig um sich, und die anderen lachten und nickten. „Meiner Meinung nach war es unsere Standhaftigkeit und Stärke, die uns den Erfolg gebracht haben, als wir damals höhere Löhne und moderne Maschinen verlangten. Wenn man nur den rechten Kampfgeist hat, kann man diesen Engländern schon seine Bedingungen diktieren."

Ein mürrischer Mann in einem geflickten Arbeitsanzug, etwa in den mittleren Jahren und über und über voll Kohlanstaub, sagte laut: „Da irren Sie sich aber gewaltig, Sie Mann aus Gwenwynnlynn. Früher haben wir nämlich auch den richtigen Geist gehabt und die Grubenbesitzer waren die gleichen, und was haben sie für uns getan? Nichts! Der Grund ist ein ganz anderer, nämlich der, daß ihr in eurem gottverlassenen Nest den Heiligen habt. Ich fahre nämlich gerade hin, weil ich meinen Vater besuchen will, und der hat mir die ganze Sache erzählt."

Der gut angezogene Mann nahm wieder seine Kappe ab, legte sie sorgfältig auf sein Knie und starrte drauf. Er zuckte die Achseln: „Also gut, Sie sollen recht haben. Aber meiner Meinung nach ist es unser Kampfgeist gewesen, und die Grubenbesitzer ..."

„Ach was, Sie mit Ihrem Kampfgeist", brummte der andere, „wir haben auch Kampfgeist, und was das Ringen angeht, fällt mir gerade ein: da haben wir doch neulich die Ringwettkämpfe gehabt mit Gwenwynnlynn, und ..."

Father Ifor bemerkte, daß sich eine herzhafte, handfeste Auseinandersetzung anbahnte, und obwohl er sehr gerne beim Ringen und Boxen zusah, war er doch allzusehr an dem in Entwicklung begriffenen Gespräch interessiert, als daß er eine Rauferei zugelassen hätte. So eine allgemeine Schlägerei hätte sicherlich auch zu einem fürchterlichen Durcheinander im Waggon geführt, und es waren zwei oder drei junge Frauen im Wagen, die offensichtlich schwanger waren. Daher sagte er hastig zu dem gutgekleideten Mann: „Ich bin Father Ifor, ein Cousin dritten Grades von Ihrem Pfarrer. Er hat mich gebeten, ihn zu besuchen. Er scheint Sorgen zu haben. Vielleicht können Sie mir sagen, was es ist. Er ist ein alter Mann ..."

Der Mann lachte. „Ich bin Harlock James, zu dienen, Father. Also Hochwürden sind der Junge, von dem uns der alte Father immer erzählt!" Sein Gesichtsausdruck veränderte sich, wurde ehrfürchtig und fromm. „Die Leute in Gwenwynnlynn glauben, daß wir durch die Gnade Gottes einen Heiligen unter uns haben, und zwar ist es Ihr Cousin Father Andrew."

Father Ifor starrte ihn verblüfft an, und Mr. James setzte sich gewichtig zurecht. Alle hörten andächtig zu, als er sagte: „Er hat das Herz eines wahren Heiligen und auch die Seele, hat mein Vater gesagt, bevor er gestorben ist, und möge Gott sie in Gnaden aufnehmen. In Father Andrews Speisekammer war es immer genauso leer wie in unseren, und er hat getreulich mit uns zusammen gehungert. Auch die Kirche und das Pfarrhaus wurden nie neu hergerichtet, ebensowenig wie unsere wackeligen Hütten. Es gab überhaupt nichts anderes als Fronarbeit", sagte er mit leichter Bitterkeit, „Fronarbeit in den Bergwerken, den verdammten, und dann gab es den Dreck und das Gejammer der Kinder, die nie genug zu essen hatten, und wenn es hoch herging, ein Glas Bier am Sonntagabend. Daß einer einmal zwei Shillinge gehabt hätte, die er hätte aneinander reiben können, das kam überhaupt nicht vor." Er warf einen Blick auf seine mürrisch dasitzenden Mitreisenden.

„Ja, er hat ehrlich gelitten, mit uns zusammen, und das hat seinen Rücken gebeugt. Nicht einmal ein Fahrrad hat er sich leisten können für seine Besuche bei den Kranken und Sterbenden, damit er es etwas leichter gehabt hätte in dem verdammten Regen. Immer mußte er zu Fuß gehen. Nie hat er geklagt und auch nie was verlangt. Und dann hat er angefangen, den englischen Grubenbesitzern Briefe zu schreiben. Viele Briefe und durch viele Jahre. Nicht, daß sie ihm vielleicht gar geantwortet hätten. Und in dieser ganzen Zeit hat Father Andrew unser Elend mit uns geteilt, aber wenn er gehungert hat, hat er nie einen Bissen von uns nehmen wollen, auch wenn wir es ihm angeboten haben, und nie hat er ein Glas Bier gehabt oder irgend etwas, das Geld gekostet hätte. Wirklich, ein Heiliger! Und er hat weiter Briefe geschrieben." Mr. James machte, wie um die Spannung seines Zuhörers zu erhöhen, eine Pause und fuhr dann fort: „Einer von diesen Briefen muß dann doch das steinerne Herz der englischen Kohlenbarone gerührt haben, denn auf einmal kamen Männer ins Dorf und richteten die Werkswohnungen her, und neue Maschinen wurden angeschafft, damit es nicht mehr so staubte, und die Kirche ist renoviert worden, und ein Kloster hat man gebaut, und vier Schwestern sind gekommen und haben die Kinder unterrichtet in der neuen Schule. Und für zwei Shilling hat man auf einmal in den Geschäften und auf dem Markt ebensoviel bekommen wie früher um sechs, und jeden Sonntag hat es in jedem Haus Gänsebraten gegeben und Schinken und reichlich Kartoffeln, und die Kirche hat ein neues Geläute bekommen, Glocken aus Italien, und der Father eine neue Soutane.“ Er machte wieder eine Pause und sah den verblüfften Priester triumphierend an. „Ja, und einen Wagen hat es auch gegeben, einen kleinen, und ein Pferd, ein kleines gutes Pferd, alles für den Father. Auf den Straßen hat man neues Pflaster gelegt, und ein Doktor ist gekommen und hat sich bei uns niedergelassen, und wir brauchen nicht einen Penny zu zahlen! Einfach ein Geschenk! Er nimmt überhaupt kein Geld, nicht einmal für die Pillen und den Hustensaft und schon gar nicht für Medizin, die bitter ist. Und wenn er gerufen wird, dann kommt er in einem vornehmen Wagen gefahren, als wäre er der Prinz von Wales mit seinem Bart. Heute war Zahltag, deswegen sind einige von uns herübergefahren. Denn unsere Löhne sind nun schon zum zweitenmal erhöht worden.“

Er warf seinem brummigen Nachbarn einen verächtlichen Blick zu: „Ja, ja, ich gebe es schon zu. Wir haben wirklich einen Heiligen, unseren Father Andrew, und können Sie vielleicht sagen, warum wir eigentlich keinen eigenen verdienen sollten?“

„Heilige“, sagte Father Ifor hastig, „kommen nicht immer zu denen, die sie verdienen.“ Ihm kamen die ungeheuerlichsten Gedanken. „Haben Sie — haben Sie über das alles schon mit Father Andrew gesprochen?“

„Natürlich haben wir das“, sagte Mr. James mit Betonung. „Halten Sie uns denn für Idioten, Hochwürden?“ Er bekreuzigte sich. „Aber er sagt kein Wort, nur, daß wir täglich die Messe hören sollen, und Buße tun und gute Werke und Nächstenliebe üben.“

„Ja, so reden die Heiligen immer“, sagte sein Nachbar, „das ist so ihre Sprache.“

Mr. James beachtete ihn nicht. Wie man eben einen ignoriert, der unter einem steht, weil er keinen eigenen Heiligen hat — offenbar deshalb, weil er einen ganzen Haufen von schweren und läßlichen Sünden auf dem Gewissen hat und daher nicht als Christ angesprochen werden kann. Ein anderer der Mitreisenden sagte höhnisch: „Ich bin Methodist, und ich bekomme genau das gleiche, was ihr Katholiken auch bekommt, und wenn es ein Heiliger ist, den ihr da habt, dann kümmert er sich nicht darum, in welcher Kirche man ist."

Wieder mischte sich Father Ifor schnell in das Gespräch. „Heilige", sagte er, „kommen zu allen Menschen, genauso wie unser Heiland... Und wie geht es meinem Cousin Andrew?"

„Ein ganz neuer Mensch!" rief Mr. James aus. „Da ist die alte Großmutter Burke, die ihn versorgt, und er hat jetzt auch ihr Enkelkind ins Haus genommen, eine Waise." Seine Augen funkelten. „Und jetzt erklären Sie mir einmal", sagte er und wandte sich an den Methodisten und seinen brummigen Nachbarn, „jetzt erklären Sie mir einmal, wie die Kleine geheilt wurde? Krumm war sie von Geburt an wie eine alte Frau, und krumme Beine hat sie gehabt und Flügelschultern; wie gesagt, von ihrer Geburt an, bei der ihre Mutter gestorben ist, Gott sei ihrer armen Seele gnädig. Herumgekrochen ist sie auf der Straße oder auf der Gehsteigkante gesessen, als hätte man sie zu einem Knoten geknüpft, und hat das kleine Gesicht verzogen, solche Schmerzen hat sie gehabt. Und dann, eines Morgens..." Mr. James' Stimme wurde leise und ehrfurchtsvoll, während sich die anderen bekreuzigten, „eines Morgens hat sie mit roten Backen auf der Straße gespielt, und ihre Arme und Beine waren nicht mehr krumm, und gesungen hat sie wie ein Engel! Und sie hat erzählt, und das glauben wir ihr auch, daß sie einmal in der Nacht einen Mann gesehen hat, um den her war alles voller Licht, und er hat sie angerührt und hat sie gesegnet. Und wie sie dann aufgewacht ist..." Er konnte nicht weiterreden, so erschüttert war er, und ein Mädchen begann zu schluchzen.

„Hm", machte Father Ifor, dem die Sprache fast wegblieb. „Hat sie denn meinen Cousin in ihrem Traum gesehen?"

Mr. James räusperte sich. „Wie kann denn so ein kleines Ding das Gesicht von einem Heiligen im Traum erkennen? Es war ein Mann mit Licht rund herum, und sie hat auch erzählt, daß Father Andrew sie jeden Tag besonders gesegnet und für sie gebetet hat, und sie ist ein gescheites Kind; sie hat einen schiefen Körper gehabt, aber ihr Verstand, der war gerade. Und jetzt geht sie in die Schule." Er seufzte tief. „Wir sind alle zu Father Andrew gegangen und haben uns niedergekniet und um seinen Segen gebeten, und er hat ihn uns auch gegeben, aber er will nicht zugeben, daß er ein Heiliger ist. Im Gegenteil, er sagt, er ist keiner, und er bittet uns nur, daß wir beten sollen".

„Vorigen Sommer hat es doch da eine Betrügerei gegeben, und das war einer aus Gwenwynnlynn", sagte der brummige Fremde, „das ist eine recht faule Sache, also euer Heiliger taugt doch nichts, kommt mir vor."

„Heilige", sagte Father Ifor wieder rasch und mit erhobener Stimme, „halten sich nicht immer nur an die Würdigen. Unser Herr hat selbst gesagt, daß Er gekommen ist, um die Sünder zu retten, nicht die Guten, die ja ohnehin schon gerettet sind." Trotz seiner Bestürzung konnte er sich eines Lächelns nicht erwehren. „Es könnte ja sein, daß die Leute in Gwenwynnlynn ein Haufen von Sündern sind, ärger als in den anderen Dörfern."

Der Brummige riß den Mund auf und schlug sich auf sein geflicktes Hosenbein. „Das sind sie auch! Darauf können Sie sich verlassen."

„Für die Katholiken kann ich nicht sprechen", sagte der Methodist steif, „aber was uns anlangt, so halten wir uns streng an die Gebote, und am Sonntag werden Sie keinen von uns auf der Straße herumlungern sehen oder vielleicht mit dem Fußball draußen auf der Wiese herumrennen und raufen und Ringkämpfe aufführen und auf alle mögliche und unmögliche Art den Sabbat brechen. Und getrunken wird schon gar nicht", setzte er mit Betonung hinzu.

„Der Sabbat", sagte Father Ifor, der trotz allem in seinem Innersten ein kampflustiger Waliser geblieben war, „ist für die Menschen eingesetzt worden und nicht umgekehrt. Ich hoffe übrigens", sagte er zu Mr. James, „daß sich wenigstens bei den Kommunikanten eine zunehmende Andacht und Frömmigkeit gezeigt hat und daß die tägliche Messe nicht nur in Gegenwart des Sakristans und der Ministranten abgehalten wird."

„Die Kirche ist doch voll bis zur Tür!" rief Mr. James. „Längs der Wände stehen die Leute und finden kaum Platz! Und mancher Methodist oder Baptist ist auch dort und versucht, sein Gesicht zu verstecken!" Er lächelte plötzlich. „Die Kirche müssen Sie sehen, Father! Die wunderbaren neuen Statuen! Der Gips war schon abgebröckelt von unserer lieben Muttergottes, und die Farben waren auch schon ganz ausgebleicht, und jetzt haben wir eine neue Statue von ihr und von den anderen, und das ganze Dorf ist stolz darauf. Und erst die Altartücher! Alles irisches Leinen und feinste Spitzen. Und die heiligen Gefäße sind aus Silber, dick vergoldet, genauso wie die Monstranz. Die Kerzenleuchter sind aus purem, feinstem Silber und die Fenster aus buntem Glas ... nicht vielleicht aus gewöhnlichem Fensterglas wie bei den Baptisten und Methodisten", fügte er boshaft hinzu.

„Wir sind nicht für Statuen und solche weltliche Sachen", sagte der Methodist, der ein bißchen niedergeschlagen zu sein schien. Father Ifor sagte freundlich zu ihm: „Man kann auch in seinem Herzen Schönheit tragen, mein Sohn." Der Methodist lächelte ihm mit einer Schüchternheit zu, die sonst unter Walisern selten zu finden ist, und sah ihn voll tiefer Dankbarkeit an. „Der Herr hat in den kahlen Bergen gepredigt", fuhr Father Ifor fort, „auf dem Felde und auf dem staubigen Markt, und so sieht es ja in den Herzen der meisten Menschen aus."

Mr. James runzelte die Stirn, und Father Ifor, der das bemerkte, sagte ernst: „Es sieht fast so aus, Harlock James, als hätte der ... Heilige, den ihr da habt, noch nicht viel ausgerichtet bei euch. Ich meine in bezug auf christliche Nächstenliebe und Toleranz gegenüber den Mitmenschen."

Mr. James wurde puterrot und ballte die Fäuste. Father Ifor

bändigte ihn mit einem vernichtenden Blick, und die anderen beobachteten ihn interessiert. Mr. James gab nach. „Das hätte ich aber nicht erwartet, daß der Cousin von einem Heiligen so etwas sagt", meinte er matt.

„Ich glaube", sagte Father Ifor, „daß mein Cousin weder Ihnen noch mir angedeutet hat, daß er ein Heiliger sei. Im Gegenteil, er hat mir geschrieben, daß er Sorgen hat."

„Alle Heiligen haben Unannehmlichkeiten, wenn die Leute bemerken, daß sie welche sind", sagte Mr. James in einem Ton wissender Überlegenheit.

„Dann sollten diese Leute ihnen nacheifern und nicht mit Bankguthaben prahlen", sagte Father Ifor. „Und man sollte zur Kenntnis nehmen, daß das, was die Katholiken in Gwenwynnlynn jetzt haben, immerhin auch den Protestanten zugute gekommen ist."

„Nur, damit sie endlich Erleuchtung finden", sagte Mr. James hartnäckig.

Father Ifor dachte einen Augenblick nach. Dann meinte er: „Es kann auch eine ganz vernünftige Erklärung geben. Die Grubenbesitzer sind menschenfreundlicher geworden."

„Aber nicht in anderen Dörfern", entgegnete Mr. James stolz. „Dort sind auch dieselben Besitzer."

„Vielleicht hat mein Cousin so eine Überredungsgabe?"

„Ganz richtig, eben weil er ein Heiliger ist, Father."

Father Ifor schwieg. Mr. James begann ihn zu ärgern. Natürlich konnte man das alles erklären. Father Andrew war recht zungenfertig, wie alle Waliser redebegabt sind. Aber die Sache mit dem Kind? — Wie war es möglich, daß es in so kurzer Zeit gesund wurde?

Als hätte Mr. James seine Gedanken erraten, sagte er: „Es hat ja übrigens auch noch andere Wunder gegeben. Mrs. Brandiffs Kühe zum Beispiel. Sie war eine Witwe, und die Kühe waren am Eingehen, und wir haben nicht gewußt, warum. Und dann waren sie mit einemmal gesund und haben gekalbt. Und dann der alte Benjamin, der blind war, seit er ein kleiner Junge war. Eines schönen Morgens hat er die Augen aufgemacht und konnte wieder sehen. Und die Sünder und die Gefallenen, die gingen auf einmal zu Father Andrew und beichteten und sind jetzt fromm und gottesfürchtig."

Eine junge Frau sagte schnell: „Ich habe nie ein Kind gehabt und bin doch schon zehn Jahre verheiratet. Immer habe ich sie im dritten Monat verloren." Sie wurde rot und sah Father Ifor unsicher an, denn schließlich war er ein Mann, und Frauen redeten sonst nicht von solchen Dingen vor Männern, nicht einmal vor Priestern. „Und jetzt", sagte sie, resolut ihre Schüchternheit überwindend, „jetzt habe ich das süßeste Kind in der Welt."

„Und ich", berichtete eine Frau in den mittleren Jahren, „ich hatte Krebs." Sie berührte ihre Brust vorsichtig und scheu. „Hoffnung war keine mehr, hat der Doktor gesagt. Aber eines Morgens bin ich aufgewacht, und es war weg!" Sie machte eine Pause. „Es war ein großer, scheußlicher Knoten."

„Die Kirche", sagte Father Ifor, „richtet sich nicht nur nach Wundern, wenn sie einen Mann oder eine Frau zu Heiligen erklärt. Auf die Ausübung heldenhafter Tugenden kommt es an. Es gibt viele Wunder, die gar keine Wunder sind. Nur der ganz natürliche Heilungsprozeß."

In dem rüttelnden Waggon stand plötzlich ein Mann auf und kam zu Father Ifor hin. Er zog sich umständlich einen Schuh aus und dann den Socken, und die anderen nickten und sahen zu. Schließlich hielt er Father Ifor einen rosafarbenen Fuß mit ganz normal geformten Zehen hin. „Sehen Sie sich das einmal an", sagte er. „Ich habe Zeugen. Bei einem Feuer im Bergwerk ist mir der Fuß halb verbrannt. Zwanzig Jahre bin ich herumgehumpelt, und wenn nicht meine Nachbarn gewesen wären, die auch nicht viel mehr hatten als ich, dann wären meine gute Frau und ich verhungert. Und auf einmal, eines Morgens nach der Messe, da hatte ich Gefühl in meinem Fuß, und ich habe mich auf den Randstein gesetzt und Schuh und Socken ausgezogen und . . " er sah sich im Kreise um und die anderen nickten, „... und da war mein Fuß genauso, wie er vor dem Unglück gewesen war! Das ist also Ihr ‚natürlicher Heilungsprozeß'! Daß ich meinen halben Fuß und drei Zehen innerhalb von ein paar Minuten zurückbekommen habe!"

„Ist das wirklich wahr?" fragte Father Ifor die anderen, und sie riefen wie aus einem Munde: „Jawohl, das ist wahr!"

„Und mein Mann ist im Sterben gelegen", mischte sich eine Frau resolut in das Gespräch. „Der Pfarrer ist zu ihm gekommen, um ihm die Letzte Ölung zu spenden. Und was geschah? Er hat die Augen aufgeschlagen, sich aufgesetzt und ist aus dem Bett gestiegen. Er hatte die Schwindsucht, und die ist jetzt ganz weg und er ist gesund. Jetzt um diese Zeit ist er draußen auf unserem Feld und mäht."

„Es ist schon vorgekommen", sagte Father Ifor ein bißchen lahm, „und das ist bekannt, daß sich Kranke nach dem Empfang der Sterbesakramente rasch erholt haben ..." Die Frau schüttelte heftig den Kopf. „Das will ich Ihnen gar nicht abstreiten, Father. Aber mein Mann war schon ein halbes Jahr lang gestorben. Er hat schon seine Lungen ausgehustet, und zum Schluß war er mager wie ein Skelett und schon nicht mehr bei Besinnung. Und dann war er mit einemmal gesund. Das ging von einem Augenblick auf den anderen."

„Es wäre ja möglich", sagte der Methodist und lachte ein wenig, „daß damals, als Sir Oswold Morgan starb, daß damals ein Fluch von dem Dorf genommen worden ist."

„Ja, das will ich meinen, das war ein schlechter Mensch!" sagte Mr. James. „Der war der Leibhaftige in eigener Person. Ein böser, gotteslästerlicher, grausamer Mensch. An so einen Fluch könnte ich ganz gut glauben, denn er war ja selber ein Fluch."

„Ja, das war ein böser Mann", sagten die anderen im Chor, „der hat kein Herz im Leib gehabt, sondern einen Eisklumpen."

„War das ein Baronet, der hier gelebt hat?" fragte Father Ifor ungläubig.

„Ja, ganz richtig. Er ist hier geboren und ist dann weggegangen mit einem Fluch auf den Lippen für das, was sein Vater und seine Mutter gewesen waren, und auf seine ganze Heimat — ein abstoßender, widerwärtiger, häßlicher Bursche. Noch nie hat man hier einen Mann so gehaßt wie ihn." Mr. James' Gesicht nahm selbst einen abstoßenden Ausdruck an. „Ich kann mich ganz gut an ihn erinnern. Nichts als Niedertracht und Gemeinheit! Und dann ist er zurückgekommen, um sich über uns lustig zu machen und sich an unserer Armut zu weiden, mit seinem vornehmen neuen Haus und seinem höhnischen, gemeinen Lächeln über Father Andrew — ja, ausgelacht hat er Father Andrew, und dabei ist er als Katholik getauft, obwohl er natürlich nie in die Messe ging."

„Wie ist er denn eigentlich Baronet geworden und zu dem vielen Geld gekommen?" fragte Father Ifor.

„Das weiß nur der liebe Gott", sagte Mr. James. „Vielleicht hat er es gestohlen oder es steckt noch etwas Ärgeres dahinter. Aber es zieht einen ja in die Heimat zurück, wenn es zu Ende geht, oder vielleicht wollte er nur alle die noch einmal beleidigen und anspucken, die tausendmal besser sind, als er selber war."

„Father Andrew hat er — hat er wohl nicht leiden können?" fragte Father Ifor.

„Nicht leiden können! Gehaßt hat er ihn! Ausgelacht hat er ihn mitten auf der Straße und öffentlich beschämt. Wo immer er hingekommen ist, hat es Unglück und Elend gegeben."

„Was, zum Beispiel?" fragte Father Ifor.

Aber gerade in diesem Augenblick zogen die Bremsen an, der Zug hielt und sie waren in Gwenwynnlynn. Father Ifor sah durch das Fenster und traute seinen Augen nicht. Der alte, schwarze, hölzerne Bahnsteig war nicht mehr da und durch einen neuen ersetzt worden, der aus verschiedenfarbigen Klinkersteinen bestand, die zwanglos zu einem gefälligen Muster verlegt waren. Die ungepflegte, trostlos schmutzige Böschung, an die er sich erinnerte, war jetzt ein Dschungel von herrlichen, pausbäckigen Sommerrosen, und dazwischen Beete mit bunten Stiefmütterchen und dahinter Gruppen von Zwergföhren. „Na? Ist es nicht schön jetzt?“ sagte Mr. James und platzte fast vor Stolz. „Das haben die Grubenbesitzer gemacht!“

„Merkwürdig, daß sie für die anderen Dörfer nichts getan haben“, meinte Father Ifor. Er sah sich nach seinem kleinen Koffer um, aber Mr. James hatte ihn schon geschultert und strebte dem Ausgang zu. „Ein Cousin von unserem Heiligen trägt hier seinen Koffer nicht selber“, sagte er und marschierte weiter. „Aber Sie werden erst Augen machen, wenn Sie nach Gwenwynnlynn selber hineinkommen!“

Vor dem Bahnhof wartete ein hübscher kleiner Wagen, mit einem kleinen, hübschen Pferd davor und einem Kutscher auf dem Bock. Der Kutscher übernahm den Koffer und zog strahlend den Hut. „Der Father konnte leider nicht selbst kommen, Father Ifor“, sagte er. „Er fühlt sich nicht ganz wohl. Ist ja auch schon fast achtzig, das wissen Sie ja.“

„Fährt Father Andrew mit diesem Wagen?“ fragte Father Ifor, als das Pferd sich in Trab gesetzt hatte und sie über das tadellos glatte Pflaster der Straße rollten.

„Ja, aber nicht immer. Er hat das Fahrrad lieber, sagt er“, antwortete der Kutscher, und in seiner Stimme schwang die Liebe zu dem mit, von dem er sprach. „Er will Bewegung machen, sagt er immer.“

Father Ifor käute alles, was er gehört hatte, im Geiste wieder, während sie durch die blitzsauberen gewundenen Straßen fuhren, die von hübschen Häuschen unter solid aussehenden Schieferdächern gesäumt waren. Die kleinen Läden schienen zu florieren. Aber noch größeren Eindruck machten ihm die guten und ordentlichen Alltagskleider der Frauen und Kinder. Sogar gute Schuhe hatten sie an! Unendlich viel Geld hatte das armselige und elende Gwenwynnlynn in den heutigen Zustand versetzt. Daß die Grubenbesitzer das gemacht hatten, war unmöglich! Nein, das war völlig ausgeschlossen. Dazu kannte Father Ifor die Grubenbesitzer zu gut, hatte er doch selbst in den Gruben gearbeitet.

Eines aber nahm er den Leuten ein wenig übel. Sie nahmen

alles das, was da auf so mysteriöse Weise für sie geschehen war, mit einer Art von Stolz hin, so, als ob sie würdiger gewesen wären als andere. Eben diesen Stolz fand er wenig am Platze, denn er wußte, daß sie sich überhaupt nicht von den Bewohnern der jämmerlichen Dörfer unterschieden, durch die der Zug gerumpelt war. Ein prahlerischer, aufgeblasener und völlig unbegründeter Stolz! Sie — groß geschrieben — hatten ihren eigenen privaten Heiligen, und was das Schlimmste war: sie waren überzeugt davon, daß sie ihn verdient hätten!

„Wie geht es dem Father?" fragte er den Kutscher.

„Leider nicht allzu gut. Es tut mir leid, daß ich Ihnen das sagen muß. Ich habe selbst einen alten Vater gehabt, und als er in dem gleichen Alter war und müde wurde, da hat er genau so einen Blick gehabt, genau so, als ob er Sachen denken würde, die gar nicht mehr auf diese Welt gehören. Ganz weit weg war er, wenn Hochwürden verstehen, was ich meine."

Da steckte irgendein Geheimnis dahinter, und zwar ein großes. Es war natürlich bekannt, daß Heilige in vergangenen Zeiten das Wunder vollbracht hatten, bei Hungersnöten das Brot zu mehren, und daß sie auch andere wunderbare Dinge getan hatten, aber Father Ifor bezweifelte in höchstem Maße, daß irgendein moderner Heiliger das Bargeld hervorzaubern könne, das notwendig gewesen war, um den Ort derartig zu verändern. Schließlich und endlich hatten die Geldnoten der Bank von England Nummern und konnten nicht nachgemacht werden. — Nicht einmal von einem Heiligen, dachte Father Ifor und mußte lächeln. Konnte wirklich sein Cousin hinter der Sache stecken? Gewiß, Father Andrew hatte mehrere von den heroischen Tugenden, die die Priester aller Religionen besitzen und mit Weisheit anwenden müssen, wenn sie ihrer Aufgabe gerecht werden wollen, die ihnen anvertrauten Leute zu ertragen und darauf hinzuarbeiten, ihre Seelen zu retten. Priester wurde man ja nicht so, wie man eben einen Beruf ergreift, um seinen Lebensunterhalt zu erwerben, wie man in den Gruben oder Fabriken arbeitete. Father Ifor kannte prostestantische

Geistliche und ein paar Rabbis. Sie beklagten sich oft heimlich, wenn sie unter sich waren. Zwar wußten sie, daß ihnen Gott seine besondere Gnade zugewendet hatte, aber andererseits konnten sie nicht verstehen, daß in den unaufrichtigen Herzen der Menschen in alle Ewigkeit eine derart stumpfe Sturheit wohnen konnte, und zwar trotz allem, was die Propheten verkündet hatten, und trotz der Schmerzensopfer, die der Herr auf seinem Leidenswege dargebracht hatte.

Eine ganze Reihe heroischer Tugenden besaß Father Andrew also ohne Zweifel. War es möglich, daß diese Tugenden die Ausmaße wahrer Heiligkeit angenommen hatten? Möglich war es natürlich. Aber dennoch — Father Ifor blickte auf die Wände des Lavendelberges, der im Lichte der untergehenden roten Sonne ein wechselndes Farbenspiel zeigte. Sie fuhren an einem kleinen, blauen See vorbei, in dem sich der Berg in violetten Tönen spiegelte, während der letzte Rand der Sonne wie scharlachrotes Feuer zurückgeworfen wurde. Endlich bogen sie in die Straße ein, in der die Kirche stand und das Pfarrhaus Father Andrews.

Die Kirche war wunderbar restauriert worden. Das Dach war hoch und steil, und die Schiefer, mit denen es gedeckt war, sahen im Glanze der sinkenden Sonne so aus, als wären sie mit rosenfarbenem Wasser gewaschen worden. Das Kreuz war wie in Flammen gehüllt und machte einen Eindruck ernster Würde, die es früher nie besessen hatte. Auch der Pfarrhof war neu hergerichtet worden, und im Vorgarten blühten Blumen in Menge. Father Ifor sah eine Gruppe respektvoller Männer und Frauen, die vor dem Gartentor standen, aber die Fensterläden gegen die Straße zu waren alle fest geschlossen.

Der Kutscher fuhr in elegantem Bogen vor, sprang dann geschmeidig vom Bock, ignorierte die anderen Dorfbewohner und half Father Ifor mit einer Geste großartiger Wichtigtuerei aus dem Wagen, was den Priester ein bißchen irritierte, denn er war im besten Mannesalter und kein Krüppel. Die Männer auf der Straße zogen die Mützen, während die Frauen und Mädchen einen devoten Knicks machten. Sie starrten ihn mit ernster, beinahe lästiger Feierlichkeit an. Er versuchte ihnen zuzulächeln, aber das war unter den gegebenen Umständen ein wenig schwierig, weshalb er rasch das Gittertor öffnete und in den Vorgarten trat. Sofort versuchte die kleine Menschenmenge, ihm nachzudrängen. „Heda, halt, wohin denn?" rief der Kutscher. „Ihr dürft doch unseren Father nicht belästigen. Seht zu, daß ihr wieder 'rauskommt alle miteinander."

„Wir möchten ihn doch nur einen kleinen Augenblick lang sehen, Tom", versuchte es eine Frau schüchtern.

„Dazu habt ihr morgen bei der Messe Gelegenheit", sagte der Kutscher und schloß das Tor hinter sich. Hört, hört, dachte Father Ifor erfreut. Er legte seine Hand auf die Klinke der Türe des Pfarrhofes, öffnete sie und trat in das kleine Empfangszimmer. Im Kamin brannte ein gemütliches Feuer, und es standen zwei bequeme Lehnstühle davor, die es früher nicht gegeben hatte, soweit er sich erinnern konnte. Eine rotbraun gestreifte Katze erhob sich schnurrend. Der Kutscher stellte das Gepäck neben die Tür des Schlafzimmers, das der Priester seinerzeit immer benutzt hatte, und fragte: „Genügt es Ihnen einstweilen, wenn Sie sich die Hände waschen können?"

„Ja, aber wo ist Father Andrews?"

„Hier, Ifor", sagte eine alte, brüchige Stimme. Father Andrew saß im Halbdunkel an der Wand neben dem kleinen Fenster, das auf den eigentlichen Garten hinaussah. Erschrocken dachte Father Ifor: Er scheint sich ja zu verstecken. Warum wohl?

Dann kam ihm Father Andrew entgegen. Er ging langsam und mühselig, und der junge Priester sah sein Gesicht. Es war abgezehrt und eingesunken und erbarmenswert versorgt und traurig. Doch als er lächelte, erschien wieder der frühere Ausdruck heller Begeisterung in seinen getrübten Augen. Er umarmte seinen Cousin: „Gott sei Dank, daß du kommen konntest, Ifor!"

„Na, nimm's nur nicht zu schwer", sagte Father Ifor mit einer Munterkeit, die er sich abzwingen mußte, und fügte hinzu: „Es wird schon alles gut werden."

„Hoffentlich“, seufzte der alte Mann. Dann machte er eine Pause, schob seinen Cousin auf Armeslänge von sich, betrachtete ihn eingehend und sagte endlich: „Sie haben dich jetzt ein bißchen besser herausgefüttert, wie ich sehe.“ Seine alten Hände zitterten sichtlich.

„Ja, ich esse jetzt ganz regelmäßig“, sagte Father Ifor. Aber sein Cousin hatte sich dem Kutscher zugewendet. „Danke, Tom“, sagte er. „Das wäre alles.“

Der Kutscher sah enttäuscht aus. Er hatte auf irgendeine mysteriöse Manifestation gewartet, irgendein „Zeichen“, von dem er am Abend im Gasthaus hätte erzählen können. Aber beide Priester schwiegen, und daher beugte er den Kopf, um den Segen Father Andrews zu empfangen, und verschwand, nachdem er ehrfurchtsvoll und leise die Tür hinter sich zugemacht hatte.

Dann sagte Father Andrew: „Der Teufel soll das alles holen.“ Es kam von Herzen und war mit der alten Leidenschaftlichkeit gesagt, die Father Ifor von früher her an ihm kannte.

Father Ifor warf sein walisisches Löwenhaupt zurück und lachte laut auf vor Erleichterung. Father Andrew hörte sich das Gelächter an, sein Gesicht entspannte sich, und er begann leise zu kichern. Er gab seinem Cousin einen Schubs am Arm. „Also, jetzt sieh schnell zu, daß du dich wäschst“, sagte er, „und dann wollen wir Abendbrot essen und reden. Und bei Gott, ich hab's wirklich nötig!“

„Ich habe schon einen Großteil von der Geschichte gehört“, sagte Father Ifor. „Es waren Leute aus dem Dorf im Zug. Bist du wirklich ein Heiliger?“ fragte er zum Schluß scherzend.

Father Andrew stöhnte und legte seine weiße Hand auf die Stirn. Father Ifor ging in das kleine Schlafzimmer, wo er so viele kalte Morgen und eisige Nächte erlebt hatte. Staunend betrachtete er den dunklen, auf Hochglanz gewichsten Fußboden, das neue Himmelbett, das große Kruzifix an der Wand und den bequemen ledernen Klubsessel. Er legte seine Soutane ab, und dabei fiel ihm etwas ein, das er schon früher bemerkt hatte. Die seines Cousins sah tadellos aus, wenn auch ein bißchen zerdrückt, und war aus dem allerbesten Tuch. Damit verglichen war seine aus Sackleinwand. Immer wieder mußte er sich wundern. Dann ging er zum Waschtisch, goß sich aus dem hübschen Wasserkrug Wasser ins Becken, wusch sich energisch und gründlich und trocknete sich in einem makellos weißen Leinenhandtuch ab. Dann ging er zurück ins Empfangszimmer, wo Father Andrew mit der Katze auf dem Schoß vor dem Kamin saß und düster in die Flammen sah. Seine magere Greisenhand, auf der die Adern zu sehen waren, streichelte das Tier geistesabwesend. „Die Katze gehört Mrs. Burke", sagte er, als wollte er sich entschuldigen. „Aber das Tier hat an mir einen Narren gefressen." Er machte eine Pause. „Also nimm Platz, Ifor. Auf dem Tisch neben dir stehen eine Flasche mit Whisky und zwei Gläser."

Auf dem Kaminsims war eine Lampe angezündet worden, und die Fensterläden vor den kleinen Fenstern waren sorgfältig geschlossen. Draußen war ein Geräusch zu hören, und Father Andrews Nase zuckte irritiert. „Ich verstehe das nicht", sagte er. „Haben die denn nichts zu tun oder sind sie obdachlos, daß sie nicht nach Hause gehen?"

Die Whiskyflasche war fast voll. Die Gläser waren aus glattem Bleikristall und lagen angenehm in der Hand, und die beiden Priester würdigten schweigend das Getränk und nahmen von Zeit zu Zeit einen Schluck. Das Feuer knisterte und die Katze schnurrte. „Ich habe Mrs. Burke für heute abend weggeschickt", sagte Father Andrew, „damit wir in Ruhe reden können. Aber ihr Enkelkind . . ."

„Ich habe von ihm schon gehört. Auch im Zug. Wenn ein Waliser sonst nichts kann, reden kann er, und zwar recht fließend und anschaulich. War es wirklich ein . . ."

Auf die eingefallenen Wangen Father Andrews war ein wenig Farbe gekommen, und er sagte mit jugendlicher Kraft und Betonung: „Ein Wunder? Ja, das war es. Ein Wunder. Genau so wie die anderen Sachen."

Father Ifor fühlte sich ein wenig deprimiert. Er hatte gehofft, daß sein Cousin ihm für alles, was er gehört hatte, eine sachliche Erklärung werde geben können. Aber das Rätsel wurde immer undurchdringlicher.

„Dann", sagte Father Ifor zögernd, „dann ist ... dann ist also ein Heiliger hier."

„Ein Heiliger", sagte Father Andrew, „da gibt es gar keinen Zweifel. Aber ich war ja blind, bis es fast zu spät war. Sir Oswold Morgan."

Father Ifor war stumm vor Staunen. „Böse! Ein Mann des Satans! Ein Gotteslästerer!" klang es in seinen Ohren.

„Gott hat genug Fingerzeige gegeben", sagte Father Andrew seufzend, „aber ich habe sie nie bemerkt, bis es fast zu spät war. Und jetzt will der Bischof einen genauen Bericht haben, und dann wird er einen von diesen scharfsinnigen jungen Priestern schicken, der entscheiden wird, ob der Bericht nach Rom weitergehen soll." Er schwieg eine Zeitlang. „So wird es auch kommen, davon bin ich überzeugt. Dieser Finger Gottes! Und dann werden wir hier unseren eigenen Landesheiligen haben, und den braucht Wales weiß Gott dringend in diesen Zeiten. Es kann gar keinen Zweifel geben, daß Sir Oswold nach Ablauf der üblichen Frist kanonisiert werden wird."

„Ich habe im Zug schon von ihm gehört, und was ich gehört habe ..." sagte Father Ifor.

„Das ist ja mein Kummer", sagte Father Andrew. Er sah seinen Cousin an und seine blauen Augen leuchteten auf. „Die Kirche hat ja immer gelehrt, daß die Heiligen von den blinden Menschen nicht erkannt und anerkannt wurden. Genau das ist hier der Fall. Und keiner war blinder als ich, möge Gott mir vergeben."

„Die Leute haben gesagt, daß er dich gehaßt hat, Andrew."

Father Andrew schüttelte traurig den Kopf. „Er hat niemanden gehaßt, nicht einmal die, die ihn gehaßt haben. Nur die Ungerechtigkeit hat er gehaßt und die Armut und die Ausbeutung, das Verbrechen, das der Mensch am Menschen begeht. Die

Härte des menschlichen Herzens hat er gehaßt und seinen Mangel an Liebe. Und die Sünde. Aber für den Sünder hatte er nur Vergebung und Güte. Wie du gesehen und gehört hast."

Er erhob sich stöhnend. „Mrs. Burke hat für uns zum Abendessen gedeckt. Wir müssen uns nur selber den Tee aufgießen." Er betrachtete seinen Cousin einen Augenblick lang. „Es ist ein gutes Essen, und wir wollen ihm erst einmal Gerechtigkeit widerfahren lassen, bevor ich weitererzähle."

Sie gingen in die kleine Küche, wo das Feuer im Herd noch brannte und eine angenehme Wärme verbreitete. Auf der Herdkante dampfte ein Wasserkessel, und der Tisch war mit weißem Leinen gedeckt, auf dem Schüsseln mit Schinken, kaltem Braten, Zunge und Bücklingen standen. Es gab auch frischgebackene heiße Brötchen, die mit einer sauberen, weißen Serviette zugedeckt waren, Senf in einem Fäßchen aus Porzellan, das auf einem silbernen Untersatz stand, kalten Blumenkohl in einer pikanten Sauce und verschiedene andere delikate Sachen. Ifor bekam sofort Appetit wie ein Wolf und merkte sich im Geiste vor, daß er bei der Beichte erwähnen mußte, daß ihm beim Tischgebet von dem Duft all dieser guten Sachen das Wasser im Munde zusammengelaufen sei. Als eine Art sofortiger Buße war er seinem Cousin beim Platznehmen behilflich und bestand darauf, daß dieser sich zuerst bediene. Father Andrew, der verstanden hatte, worum es ging, lächelte ihn boshaft verschmitzt an und drehte dann den Docht der Petroleumlampe etwas höher, damit man die Speisen in all ihrer verführerischen Herrlichkeit besser sehen könne und keine Scheibe von dem rosigen Schinken unbeachtet bleibe und keine Schnitte Braten wegen unzureichender Beleuchtung übersehen würde. „Also, du mußt jetzt aufessen", sagte Father Andrew. „Das ist alles für dich, denn ich esse nur wenig, was mir Mrs. Burke dauernd ausstellt."

Father Ifor aß auch und ließ die unglaubliche Geschichte von der Heiligkeit des bösen Mannes einstweilen Geschichte sein. Sein Messer und seine Gabel, mit denen er rasch hantierte, erzeugten manchmal ein Geräusch, das an Kastagnetten erinnerte. Father Andrew, der nur ein kleines Stückchen von dem Schinken kostete und dazu ein halbes Brötchen aß, war sichtlich animiert und glücklich. Ifor besaß zwar viel gesunden Menschenverstand, war aber sonst ein rechter Mystiker. Es war ein Seelentrost, ihn im Hause zu haben, denn obschon man ja wußte, daß Gott und alle seine Heiligen und Engel und besonders seine heilige Mutter immer auf die Gebete hörten und für die Notschreie des menschlichen Herzens keine tauben Ohren hatten, so tat es der Seele doch gut, jemanden neben sich sitzen zu haben, der wie ein Mensch redete und dem man vertrauen konnte. Ifor war nicht mehr der jüngste, aber für Father Andrew war er ein Jüngling. Er erinnerte sich noch gut an den Tag — der Junge war damals erst zwölf Jahre gewesen —, an dem er zu ihm gekommen war und gesagt hatte: „Ich will Priester werden wie du, wenn es der Wille Gottes ist.“ Er war ein hoch aufgeschossener Junge gewesen, hatte schon in der Grube gearbeitet, hatte schwielige Hände gehabt und schon vor drei Jahren die Schule verlassen. Aus dem Volke selbst kam seine Stärke, und aus seiner Bescheidenheit und Demut war ihm der Erlöser erstanden — in einer sich ewig erneuernden Welt.

Sie tranken ihren heißen, starken, süßen Tee, langsam und mit Behagen. „Das Geschirr werden wir Mrs. Burke zum Abwaschen hinterlassen. Wenn ich es anrührte — obwohl ich es ja jahrelang selber gewaschen habe, bevor sie gekommen ist —, so würde sie das als Sakrileg ansehen oder vielleicht auch ärger: als Kritik an ihrer Haushaltsführung.“ Father Andrews eingesunkene Wangen hatten jetzt Farbe bekommen, und er schien glücklicher zu sein.

Nachdem sie der Katze ihren Anteil an der Mahlzeit und eine Untertasse mit dicker, gelber Sahne gegeben hatten, gingen sie ins Empfangszimmer zurück. Father Andrew fand eine Flasche feinen Portwein. „Der ‚Heilige‘ scheint ja auch in bezug auf dich eine gute Wirkung gehabt zu haben“, sagte Father Ifor erfreut.

„Ich habe alles abgelehnt", sagte Father Andrew, der plötzlich ernst geworden war. „Aber es stand so in seinem gesegneten Testament. Er hat es mir vermacht. Die eine Hälfte seines Vermögens ist für ewige Zeiten an das Dorf gegangen und die andere an die Kirche. Zurückzuweisen, was er mir vermacht hatte, hätte geheißen, ihn noch nach seinem Tode zu beleidigen, und ich habe ohnehin schon so wenig tun können für ihn, wegen meiner Dummheit und Blindheit."

Father Andrew nippte an dem Portwein. „Du wirst dich wahrscheinlich nicht mehr an die Morgans erinnern, denn Sir Oswold war älter als du, Ifor, und als du geboren wurdest, hatte er Gwenwynnlynn schon längst verlassen. Er war das einzige Kind seiner Eltern. Sein Vater war Grubenarbeiter und wurde seinerzeit bei dem fürchterlichsten Grubenunglück, das Wales je erlebt hat, getötet. Oswold war damals erst elf Jahre alt, und um sich und ihn zu ernähren, ging auch seine Mutter in das Bergwerk, denn damals arbeiteten sogar noch Kinder unter Tag, und nur selten erhob sich dagegen eine anklagende Stimme. Sie wollte Oswold nicht in der Grube arbeiten lassen, denn sie wünschte sich, daß er studieren sollte. Er sagte immer, daß er Priester werden wolle. Ich habe davon nichts gewußt, bis ..."

Welche Gedanken mögen wohl damals den armen Jungen bestürmt haben, wenn seine Mutter mit schwarzem Gesicht, zerrissenen Händen und zerfetzter Kleidung, vor Erschöpfung wankend nach Hause kam? Er wollte das zum Opfer bringen, was er so sehnlich erwünschte, und selber in die Grube gehen, damit seine Mutter daheimbleiben konnte. Sie aber, in ihrer Liebe, sagte nein. Und dann gab es noch einmal schlagende Wetter, sie wurde getötet, und er blieb allein zurück, ein großer, häßlicher Junge von zwölf Jahren.

Schon seit seiner frühesten Kindheit war er ernst und still gewesen und hatte sich wenig für Dinge interessiert, mit denen sich andere Jungen in seinem Alter beschäftigen. Obwohl er beim Laufen, Werfen und Ringen seinen Altersgenossen weit überlegen war, sogar Jungen, die weit älter waren als er, wendete er sein Interesse anderen Dingen zu, besonders Büchern und in allererster Linie Gott und der Gerechtigkeit, der Liebe und der Barmherzigkeit. Wenn er um sich blickte, dann sah er im Dorfe nichts als Elend und Verzweiflung, die Frauen und Kinder in den Gruben, die an der harten Arbeit zerbrochenen Männer, den Ruß und die Schlacke und die ganze Scheußlichkeit, die die Gier gezeugt hatte. Er sah die verfallenen Dächer der Hütten, die Verdummung der Menschen und das viehische Leben, das man ihnen aufzwang, anstatt sie als Kinder Gottes anzuerkennen und sie anständig zu behandeln. War nicht auch der Waliser ein Mensch und hatte nicht auch er das Recht auf ein bißchen Gesang und Freude und ein paar Shillinge in der Tasche und ein Stück Fleisch auf seinem armseligen Tisch?

Das waren die Gedanken, die ihn von den anderen Jungen trennten, die sein Gesicht traurig und finster machten, so daß man von ihm sagte, er sei häßlich und unnatürlich. Er ging zum Priester, meinem Vorgänger, der kein Waliser war, und sprach mit ihm über seinen gerechten Zorn, aber der wies ihn zurecht und redete von Demut und Unterwerfung und von der ewigen Seligkeit. Und Oswold sagte in heftigem Zorn: ‚Und wie soll ein Mensch wie ein Mensch denken können, wenn er dazu gezwungen wird, wie ein Tier zu leben, ohne wie das Vieh die Sicherheit eines warmen Stalles und einer vollen Krippe zu haben, obwohl er sich das doch im Schweiße seines Angesichts verdient hat?‘ Das Leben, das die Grubenarbeiter führten, konnte man überhaupt kein Leben nennen, sagte Oswold. Es hieß Gott beleidigen, wenn man verlangte, daß Seine Kinder friedfertig Hungers sterben und die Früchte ihrer harten Arbeit nicht erhalten sollten. So verließ also Oswold das Pfarrhaus in hellem Zorn, und die alte Haushälterin tratschte es aus, und man sagte, daß er den Priester beleidigt und sich vom Glauben abgewandt habe. Jetzt war er also nicht nur ein Fremder unter ihnen, sondern obendrein noch ein Abtrünniger vom Glauben, und die Leute begannen ihn zu hassen, obwohl sie der Priester wegen ihrer

Lieblosigkeit zurechtwies. Der junge Oswold lehnte die Heilige Firmung ab. Wenn Gott auch gegen ihn war, sagte er sich in seinem Herzen, und nicht mehr Liebe für Seine Kinder aufbrachte als diejenigen, die sie unterdrückten und ausbeuteten, dann wollte er mit Gott nichts mehr zu tun haben. So fühlt das gerechte, ungeduldige Herz oft, wenn es noch jung ist und wund von Schmerz und Gram, Mitleid und rechtschaffenem Zorn.

Oswold ging mit einem stillen, festen Entschluß in die Grube. Aber niemand, weder Frau noch Mann noch Kind, sprach mit ihm, nicht einmal die Protestanten, von denen man vielleicht hätte erwarten können, daß sie seine Partei gegen den Priester nehmen würden. Er war ein Ausgestoßener. Alle Beleidigungen, die man ihm in der Grube zufügte, trug er tapfer und ließ sich in seiner Nächstenliebe nicht irre machen, was wahrhaftige Tugend ist. Er steckte die Hiebe, die er von böswilligen und sturen Arbeitskameraden abbekam, ein und gab sie nicht zurück. Kannte er doch das Elend, das an allem schuld war, denn in seiner Verzweiflung wendet sich der Mensch gegen den Menschen und haßt seinen Bruder. In seinem tiefen Verständnis und seinem Mitgefühl war Oswold ein wahrer Heiliger.

Als der Priester, der langsam zu verstehen begann, in ein vor kurzem eröffnetes Bergwerk kam, um dort für die Sicherheit der Knappen zu beten, stand Oswold mit kaltem, verächtlichem Gesicht abseits, was die Leute noch mehr gegen ihn aufbrachte. Der Priester versuchte mit ihm zu reden, aber er lehnte es ab. Er schrieb ihm und lud ihn ein, zu ihm zu kommen, aber er erschien nicht. Ich habe die Briefe gesehen, die Oswold aufgehoben hatte. Sein Zorn richtete sich nicht gegen den Priester, sondern gegen Gott. Und wenn er arbeitete, dachte er ununterbrochen nach und grübelte immer tiefer. Als Schlafstelle diente ihm ein verfallener Schuppen. Was er entbehren konnte, es waren ja immer nur ein paar Kupfermünzen, steckte er heimlich den Kindern zu. Und wenn es vorkam, daß vor der Tür des Pfarrhauses oder der einer hungernden Witwe eine Weihnachtsgans lag, die auf mysteriöse Weise hingekommen war, dann dachte niemand auch nur im Traume daran, daß Oswold lange Zeit gehungert hatte, um sie kaufen zu können, Oswold mit dem ‚häßlichen, bösen Gesicht', der ‚Gotteslästerer', der sich mit niemandem näher einließ. Ich hätte es auch nie erfahren, hätte ich im Nachlaß Sir Oswolds nicht einen Brief des Pfarrers gefunden, in dem der reuevolle alte Mann seinen Verdacht in dieser Beziehung aussprach und den Jungen bat, zu ihm zu kommen. Aber Oswold wollte nicht. Er war ein halsstarriger junger Waliser, und er konnte Gott nicht vergeben, daß Er Elend und Verzweiflung, Hunger und Tod zuließ.

Als er fünfzehn war, verschwand Oswold. Aber in der schönen, sorgfältigen Schrift, in der er sich geübt hatte, schrieb er dem Priester einen Brief, und das war der Brief eines Mannes, nicht der eines Jungen. Ich habe ihn in einem der Bücher des Pfarrers gefunden, dort in der Truhe drüben, wo er vergessen war und vergilbte. Er schrieb: ‚Ich werde erst zurückkehren, bis ich meine Landsleute vor der Grausamkeit derer, die sie unterdrücken, und vor der Gleichgültigkeit Gottes erretten kann. Ich bitte Sie, mir meine harten Worte zu vergeben, aber nicht die Worte selbst, nur, daß ich so hitzig war. Wenn Sie es können, dann beten Sie für mich. Ich selbst werde nicht für mich beten! Ich bin einsam, wie alle Menschen einsam und verlassen sind.'

Als ich diesen Brief gelesen hatte", sagte Father Andrew, „war mir alles klar. Aber das war erst vor drei Jahren, es war eine lange Zeit vergangen, und es war schon fast zu spät.

Ich würde tagelang brauchen, Ifor, wenn ich alles erzählen wollte, was Oswold machte, nachdem er Gwenwynnlynn bei Nacht und Nebel mit vier Shilling in der Tasche verlassen hatte. Sein ganzer übriger Besitz war sein abgezehrter Körper. Damals, in seiner Jugend, war die Arbeit des Bergmannes schwere, aufreibende Fron, die mit der Hand und mit Schaufel und Spitzhacke verrichtet wurde. Arbeitskraft war eine billige Ware, weshalb sich auch niemand darum kümmerte, Maschinen zu erfinden, die diese Arbeit erleichtern konnten. Wen scherten schon die Männer, Frauen und Kinder, die in den Gruben zugrundegingen oder nach einem kurzen Leben an Schwindsucht dahinstarben, die sie sich dadurch zugezogen hatten, daß sie jahrelang den Staub einatmen mußten. Sie beklagten sich nicht, und deshalb nahm man an, daß alles in schönster Ordnung sei. Den Bergarbeitern in Newcastle in England ging es besser, und sie hatten bessere Löhne, denn sie waren Engländer, nicht so weit von London entfernt, und prostestierten laut. Aber für die Waliser lag London in einer anderen Welt. Oswold ging nach Newcastle in die Bergwerke. Er studierte und las, beobachtete und dachte nach, und eines Tages wurde ihm klar, wie man mit einer Maschine die Arbeit in der Grube erleichtern und die Gesundheit der Bergleute schonen könnte.

Und er erfand diese Maschine. Die Grubenbesitzer wollten sie nicht anschaffen. Das kam gar nicht in Frage. Aber damals gewannen die Gewerkschaften langsam an Macht in England. Oswold ging zu ihnen, und sie forderten die Einstellung dieser Maschine. Natürlich gab es Unruhen, Streiks und Drohungen, und die Polizei bekam zu tun, aber die Gewerkschaften waren fast so dickschädelig wie die Waliser. Damals durften in England Frauen und kleine Kinder schon nicht mehr in den Gruben arbeiten, und die Männer begannen draufzukommen, daß sie auch das Recht hatten zu leben, genauso wie der kleine Landadel, der Hochadel, die anglikanischen Geistlichen, die Gutsbesitzer und die Züchter von edlen Rennpferden. Der nächste Schritt, den Oswold machte, war der, daß er an das verachtete englische Bürgertum appellierte, an die Kaufleute, die Eigentümer größerer Geschäfte sowie an die Fabrikbesitzer, denn die industrielle Revolution begann in England um sich zu greifen. ‚Vor dieser mächtigen Mittelklasse Englands sollten alle Menschen guten Willens den Hut ziehen', sagte mir Sir Oswold vor zwei Jahren. Denn sie hatten keine ‚Tradition', keine ‚Familie' und keine Titel und bildeten sich auf ihre Abstammung nichts ein; sie waren auch keine Intellektuellen, die nur reden und nicht handeln. Sie hegten selbst einen Groll gegen die Oberklasse, die sie verachtete, und standen eher den Arbeitern nahe, denn viele waren anfangs noch arm und unterdrückt gewesen. Daher fühlten sie Sympathie, leidenschaftliche Teilnahme und eine gewisse Brüderlichkeit für die Arbeiter. So reichten sich also Groll und Nächstenliebe einmal zum Wohl der Unterdrückten und Leidenden die Hände, und manchmal frage ich mich, Ifor, ob Groll überhaupt etwas ganz Schlechtes ist. Wenn man zum Beispiel an die amerikanische Revolution denkt ...

Mit seinen Entwürfen und seiner Beredsamkeit interessierte Oswold bald die Fabrikanten, die sich noch obendrein der Unterstützung der Gewerkschaften erfreuen konnten. Sie erkannten die einmalige Gelegenheit, ganz groß zu verdienen, sofort, denn im Gegensatz zu der allgemein verbreiteten Meinung des Herrn Jedermann von den ‚faulen' und ‚gedankenlosen' Reichen, haben diese einen sehr wachen Instinkt für alles, was ihren Besitz bedrohen oder vermehren könnte, wenn es sich auch nur um einen Penny handelt. Sie mögen vielleicht Ehebrecher sein oder ärgeres und in der Sonne herumliegen, der sie nachreisen, wenn es bei uns kalt wird, und es mag so aussehen, als stünden sie den Ereignissen auf der Welt gleichgültig gegenüber. Aber wenn sich auch nur das Geringste ereignet, das einen Einfluß auf ihre Investitionen haben könnte, dann werden sie plötzlich sehr resolut und aktiv und gehen ungerührt über Leichen. Wenn auch Nationen stürzen und Despoten ihr Haupt erheben, wenn auch Tausende massakriert werden, sie leben vorzüglich weiter wie bisher, vorausgesetzt, daß diese Katastrophen nicht ihren Geldbeutel tangieren.

Daher versuchten die Grubenbesitzer den Arbeitern einzureden, daß die neuen Maschinen sie von ihren Arbeitsplätzen verdrängen und dem Elend preisgeben würden.

Aber sie kannten Oswold nicht. Er hatte seine Tatsachen bei der Hand. Er erinnerte die Zeitungen, die bereit waren, das, was er sagte, zu drucken — über die freie Presse wollen wir nicht weiter reden, Ifor! —, daß sich derselbe Streit auch anläßlich der Erfindung der Nähmaschine, der Lokomotive, der Dampfmaschine und des Webstuhls erhoben hatte. ‚Im Gegenteil, statt den Menschen Arbeitsplätze wegzunehmen, schufen sie eine gewaltige Anzahl von zusätzlichen', sagte er. ‚Sie erhöhen auch die Bequemlichkeit des Menschen, erweitern seinen Gesichtskreis und befreien ihn von den schwersten Arbeiten.' Die anderen Zeitungen, die Oswold nicht freundlich gesinnt waren, griffen ihn als Arbeiterfeind an, und das Groteske an der Sache war, daß gerade diese Zeitungen Leuten gehörten, die die Arbeiter und alles, was mit ihnen zusammenhing, verachteten. Dieser plötzliche Gesinnungswechsel mußte auch die Denkfaulsten stutzig machen. Und das Ende war, daß die Fabrikanten Oswolds Maschinen bauten und ihm die hohen Tantiemen bezahlten, die er verlangte.

Er machte noch andere Erfindungen, die die Sicherheit in den Gruben erhöhen sollten. Sie waren teuer. Und nun schwiegen auch die Zeitungen, die ihn bisher unterstützt hatten. Also kämpften Oswold und die Gewerkschaften allein weiter, und sie gewannen. Völlige Sicherheit wird sich in einem Bergwerk nie erreichen lassen, aber die größten Gefahren konnten ausgeschaltet werden. Oder ist der Mensch vielleicht nicht einmal wert, daß man sein Leben vor Gefahren zu sichern sucht?

Oswold wurde sehr reich und wurde von Ihrer Majestät in den Adelsstand erhoben. Für seine Verdienste um seine Landsleute, wie sie sagte. Er heiratete nie, denn er war ein überzeugter Junggeselle. Der Zölibat entsprach seiner Natur. Endlich war er fünfundsechzig geworden, und die Kämpfe hatten ihn aufgerieben. Er erinnerte sich an Gwenwynnlynn und kehrte dorthin zurück, um dort angesichts seiner geliebten Berge und der Gräber seiner Eltern, Großeltern und ihrer Vorfahren zu sterben. Und auch angesichts der Kirche, deren alter Priester, der jetzt schon tot war, ihn nicht verstanden hatte — damals, am Anfang. Er sah Gwenwynnlynn, wie es damals war, und er beschloß, es zu erneuern und zu verschönern, denn im Herzen jedes Heiligen wohnt eine tiefe Liebe für Gott und Seine Kinder. Er brachte die Kohlengruben in seinen Besitz. Aber niemand wußte etwas davon. Verstehst du, mein lieber Ifor, nicht einmal ich wußte bis vor drei Jahren davon, und damals lag Sir Oswold schon im Sterben."

Von dem starken, kalten Regen knisterte das Feuer im Kamin, Father Andrew warf frische Kohlen hinein und schürte es durch. Er sah den „jungen" Ifor an, der nachdenklich in sein Portweinglas starrte.

„Sir Oswold versuchte auch", fuhr Father Andrew fort, „die anderen Gruben zu kaufen, aber es ging über seine Kräfte, denn wie reich einer auch sein mag, er kann nicht alles allein tun. Die Freunde, die davon wußten, was er getan hatte, hatte er zum Schweigen verpflichtet. Diese Freunde waren die selbst besitzlosen Führer der Gewerkschaften, und sie liebten ihn aufrichtig und innig und gaben ihm ihr Wort. Andere Freunde hatte er nicht. Heilige haben selten Freunde. Meistens werden sie sogar gehaßt und verlacht, denn sie lieben, und Liebe wird von den Hartherzigen immer zurückgewiesen. Man braucht nur an Unseren Herrn zu denken — und an den Zustand der Welt, der nicht wesentlich besser geworden ist. Wer interessiert sich schon für einen Zeitungsbericht über Nächstenliebe und Opferbereitschaft. Wenn aber irgendein Mitglied der königlichen Familie oder eines der gekrönten Häupter Europas auch nur die kleinste Dummheit macht, wenn eine neue Mode eingeführt, oder ein Mord unter ungewöhnlichen Umständen begangen wird, wenn sich eine Affäre zwischen einer Schauspielerin und einer ‚bekannten' Persönlichkeit abgespielt hat und die Leute überkochen vor stupider Aufregung und Sensationsgier und in den Wirtshäusern und auf der Straße von nichts anderem gesprochen wird, dann ist das etwas ganz anderes. Sir Oswald brauchte keine Angst zu haben, daß das, was er getan hatte, in den Zeitungen breitgetreten werden könnte. Er hatte niemanden umgebracht, hatte sich keine skandalumwitterte Geliebte genommen, hatte keinerlei Ärgernis erregt, sich nicht mit der Zucht von Pferden beschäftigt, von denen man erwarten konnte, daß sie beim Derby gewinnen würden, hatte nichts

Diffamierendes oder Böses getan. Warum also sollte man auf ihn Raum in den Spalten der Gazetten verschwenden?“

„Er ist also nach Gwenwynnlynn zurückgekommen“, sagte Ifor und füllte die Gläser nach. „Er war am Ende seiner Kräfte, er war müde. Aber hier hatte man ihn doch gehaßt!“

„Sein Wunsch war es, ein modernes Musterdorf zu schaffen, das dann anderen als Vorbild dienen konnte. Das wird auch im Laufe der Zeit der Fall sein. Vielleicht nicht heute, vielleicht nicht morgen, aber einmal wird man es ihm nachmachen. Was für Gwenwynnlynn geschehen ist, wird allgemein bekannt werden. Es wird einige Zeit dauern, aber dann wird man sich dafür interessieren. Sir Oswold hatte in London seine Büros. Er hat den Beweis hinterlassen, daß die Rentabilität durch die Schaffung besserer Bedingungen nicht nur erhalten geblieben ist, sondern sogar verbessert wurde! Und kein reicher Mann wird solchen Möglichkeiten auf die Dauer seine Augen verschließen.“

„Aber hier hat es doch niemand gewußt, Andrew. Was ist denn dafür der Grund?“

Der alte Priester seufzte. „Heilige machen eben nicht für sich selber Reklame. Wahrhaft gute Menschen streben nicht danach, sich in der Welt einen Namen zu machen. Nicht einmal ich habe die Wahrheit gekannt.

Sir Oswold baute sich in Gwenwynnlynn ein Haus, er, der nie Frau und Kinder gehabt hatte. Erst viel später erzählte er mir, daß er noch nie ein Haus besessen habe, sich aber nun eines wünschte. Das ist der Instinkt des Menschen, der instinktive Wunsch nach einem Obdach, wenn er krank und alt ist, oder wenn er jung ist und eine Familie und Kinder hat. Aber — Gott hatte er nicht vergeben.“

„Und du hältst ihn für einen Heiligen?“

Father Andrew lächelte. „Vor langer Zeit, als ich noch ein Kind war, las ich einmal eine Geschichte von einem Mann, der um sein Volk weinte und trauerte. Es war Unser Herr. Und dann las ich eine andere Geschichte von einem Mann, der auch um seines Volkes und seiner Leiden willen weinte und mit Gott haderte, und er half den Seinen, obwohl sie es nicht wußten. Und als er gestorben war und vor seinem Richter stand, fragte dieser: ‚Ist jemand hier, der für diesen Mann ein Wort einlegen will?' Und ein Chor von Stimmen erhob sich und rief: ‚Er hat uns aus Liebe und Barmherzigkeit aus unserer Pein erlöst, er hat uns den Frieden gebracht, aber unsere Augen waren damals mit Blindheit geschlagen.' Und der Richter sprach: ‚Du hast wohlgetan, mein heiliger Diener, denn du hast den Geringsten von diesen Obdach gegeben und hast sie genährt und gekleidet, und alles dieses hast du auch Mir getan.' "

Ein heulender Sommersturm trommelte stoßweise im Kamin. Die rotbraune Katze sprang Ifor auf den Schoß, und er begann, sie geistesabwesend zu streicheln. Er erinnerte sich an den Haß und die Verachtung des Volkes für Oswold Morgan, diesen verbitterten Wohltäter, und kam sich gering und klein vor.

„Die Leute in Gwenwynnlynn erkannten ihn nicht, genauso, wie ich ihn nicht erkannte", sagte Father Andrew. „Die Burschen warfen mit Steinen nach seinen Fenstern und zerbrachen sie. Denn er hatte ein hartes, kaltes Gesicht, und er wollte nicht sprechen und wanderte allein über seine Felder. Und er betete nicht. Er konnte seinen Vater und seine Mutter nicht vergessen.

Ich hätte nie etwas erfahren, nicht einmal damals, als er sich noch zeigte, wäre ich nicht einmal wieder auf eine meiner Bettelrunden gegangen, denn ich hoffte, daß es uns gelingen würde, eine neue Schule für die Kinder zu bauen. Wir hatten zwar die Schwestern hier, aber kein Gebäude für eine Schule. Ich ging also zu Oswolds prächtigem Haus, und er öffnete mir persönlich. Ich nahm mir ein Herz und bat ihn um Geld, worauf er antwortete: ‚Der Kirche gebe ich kein Geld.' Ich sagte: ‚Gott hat Sie nicht verlassen, sondern Sie ihn.' Er machte irgendeine verächtliche Bemerkung und knallte mir die Tür vor der Nase zu.

Aber schon eine Woche später bekamen die Schwestern ein wunderbares Stück Land neben ihrem kleinen Kloster. Man schrieb ihnen aus London, daß ihnen ein anonymer Wohltäter das

Grundstück geschenkt habe. Sie brauchten sich auch wegen der Schule keine Kopfschmerzen zu machen. Man würde sofort eine für sie bauen. Und das geschah auch, und die Schule wurde so schön, daß der ganze Ort vor Stolz, Staunen und Freude den Mund aufriß. Aber das war nur der Anfang. Den Rest hast du ja im Zug von den Leuten aus Gwenwynnlynn selber gehört. Morgen will ich dich vor der Messe durch die Kirche führen — du mußt mir übrigens assistieren —, und ich werde dir dann zeigen, was Oswold Morgan dort alles getan hat."

„Und wie bist du dann endlich dahintergekommen?" fragte Ifor gespannt.

„Entweder enthüllt Gott uns die Dinge ganz plötzlich, so daß Er allein mit einem Schlage die Augen öffnet, oder Er tut es auf Seine geheimnisvolle Art. Er offenbart sie nur wenigen und auch diesen nur Schritt um Schritt, damit ihr einfältiger, blinder Verstand — wie meiner einer ist — begreifen lernt. Denn der Mensch ist in seine Torheit verrannt und zieht seine Vorurteile der Wahrheit vor.

Der erste Verdacht meldete sich bei mir an einem für Wales ungewöhnlich warmen und sonnigen, herrlichen Sonntagabend, nach dem Dinner. Ich ging — zu Fuß, denn damals hatte ich nicht einmal ein Fahrrad —, um die Alten, die Kranken und die Sterbenden zu besuchen. In einer der Straßen stand Oswolds prächtiger Wagen mit den zwei schwarzen Pferden davor, und er saß im Fond und hatte beide Hände auf seinen Stock gestützt. Er sah ein paar Kindern beim Spielen zu, den Kindern, die er vor Hunger und Krankheit und allzufrüher schwerer Arbeit bewahrt hatte. Er sagte nichts, lächelte auch nicht, sondern schaute nur. Ich blieb stehen, und da war es, als hätte jemand meine Soutane berührt und mir zugeflüstert: ‚Siehe, was du sehen sollst.'

Die Kinder spielten weiter, der Kutscher thronte auf dem Bock, und Oswold saß reglos auf seinen Kissen, und sein Haar glänzte im Lichte der sinkenden Sonne unter der Krempe seines eleganten Zylinderhutes. Und dann kamen die Kinder ganz langsam näher an den Wagen heran und begannen, den ernsten Mann, der da saß, zu betrachten. Ohne ein Wort zu sagen, kamen sie näher und näher. Sie hatten aufgehört zu spielen. Sie lehnten sich gegen den Wagen und sahen mit feierlichem Ernst in das in sich zurückgezogene, bittere Gesicht, und er blickte sie auch an. Es war, als ob irgendein Austausch stattfände, denn plötzlich zog ein ganz kleines Mädchen die rote Masche von seinem Zopf herunter und legte sie in Oswolds Hand. Er streichelte mit der anderen Hand leicht darüber, nickte und fuhr dann weg. Die Kinder spielten weiter, und ich stand da und begann nachzudenken. Es war nur eine kleine Szene gewesen, aber sie war bedeutungsvoll. Die Kinder hatten seine Liebe für sie erkannt, obwohl ihre gescheiten, aber blinden Eltern nie etwas bemerkt hatten. Er hatte sie mit dieser Liebe angezogen, wie das Feuer den Frierenden anzieht.

Noch in derselben Nacht wurde ich in das Haus eines Grubenarbeiters gerufen, der an Schwindsucht erkrankt war und im Sterben lag, genau so, wie es dir seine Frau im Zug erzählt hat. Er war schon ohnmächtig, und die ganze Familie lag vor seinem Bett auf den Knien und betete. Wir hatten das Gebet für die Sterbenden gesprochen. Während der Mann schon seinen letzten Seufzer auszustoßen schien, sagte ich: ‚Ich empfehle dich, teurer Bruder, dem Allmächtigen Gott und vertraue dich Ihm an, der dich geschaffen hat, auf daß du mit deinem Tode...‘ Plötzlich öffnete der Sterbende die Augen, Farbe trat in seine Wangen, er setzte sich auf, blickte um sich und rief mit lauter Stimme — jawohl, der Sterbende mit lauter, kräftiger Stimme — ‚Was ist denn?‘ Und er sah seine weinende Frau, seine Kinder, die Freunde und mich erstaunt an.

Du kannst dir wohl den Jubel vorstellen, als er seine Decke zurückschob, lachte und sofort zu essen verlangte! Ich aber hatte einsame Schritte draußen im Dunkel der Straße gehört und stürzte, so alt ich war, zur Tür und versuchte etwas zu sehen. Am Himmel stand eine helle Mondsichel — und ich sah Oswold Morgan, der mit gesenktem Kopf, mit dem Stock auf das Pflaster tappend, langsam wegging. Ich ihm nach, und obwohl ich ein alter Mann bin, lief ich wie ein junger. Als ich ihn erreicht hatte, schob ich meine Hand unter seinen Arm. Er sah mich auf seine finstere Art stirnrunzelnd an und ich sagte: ‚Der im Sterben lag, ist wieder gesund . . .‘ Er befreite seinen Arm von meiner Hand, sagte: ‚Sie sind wohl nicht ganz bei Sinnen, alter Father?‘ und ging weiter.“

Father Andrew schüttelte den Kopf „Er wußte es natürlich nicht. Aber später, viel später, hat er mir erzählt, daß er immer so herumzugehen pflegte und in der Nacht mit Gott haderte, warum er all das Leid und die Trauer und den Schmerz, den die Unschuldigen erleiden mußten, zuließ. Er wußte auch nicht, daß er mit Blindheit geschlagen war, noch, daß er betete! Er wußte nicht, daß er um Barmherzigkeit für die betete, an deren verfallenen Hütten er vorüberging, und daß seine ganze Seele voll Glauben in diesem inbrünstigen verzweifelten Gebet auf den Knien lag. Denn ein Mensch, der mit Gott hadert und um Barmherzigkeit für andere schreit, der ist ein Gläubiger, mag er sagen, was er will. Er ist Liebe, und Gott antwortet immer auf den Schrei selbstloser Liebe, wenn auch jedesmal auf andere und besondere Weise.“

Die beiden Priester stopften sich ihre Pfeifen, und die rotbraune Katze schnurrte behaglich. Auf dem Kaminsims schlug die kleine Uhr zart und melodisch neun Uhr. Der Wind pochte noch immer im Kamin wie ein rastloses Herz, und der Regen schlug gegen die Scheiben, sogar durch die geschlossenen Fensterläden.

„Und so kam es“, fuhr Father Andrew fort, als seine Pfeife endlich ordentlichen Zug hatte und nachdem er seine Pantoffel ausgezogen hatte, um sich die Füße am Schutzblech des Kamins zu wärmen, „so kam es also, daß jedesmal ein Wunder geschah, wenn Oswold in der Nacht irgendwo vorüberging. Ich habe das selbst erfahren. Viermal sah ich ihn mit meinen eigenen Augen, und bei anderen Gelegenheiten habe ich die Sache auf das gewissenhafteste und in diskreter Weise untersucht. Ob jemand an diesem Tag Oswold Morgan in der Nähe gesehen hätte, pflegte ich zu fragen, worauf mich die Leute gewöhnlich ungeduldig und erstaunt anstarrten und sagten: ‚Was kümmert uns das. Ja, ganz richtig, jetzt, wo Sie mich darauf aufmerksam machen, erinnere ich mich, daß ich ihn vorübergehen sah. Es ist nur gut, daß er von dem Wunder, das Sie verrichtet haben, nichts wußte, Father, denn er hätte uns dafür nur verflucht!'

„Damals begann ich langsam Angst zu bekommen, denn Gott weiß, daß ich kein Heiliger bin. Jedenfalls wurde mir damals zum erstenmal bewußt — obwohl ich es vielleicht gelegentlich schon früher geahnt hatte, ohne daß ich darauf aufmerksam wurde —, daß man mich als einen der Gesegneten ansprach. Ich sagte meinen Leuten: ‚Das habe ich nicht getan, noch ist es durch mich geschehen. Gott kann zwar durch die, die Er auserwählt hat, Wunder wirken, mich aber hat Er nicht auserwählt!'

Aber alles, was ich sagte, zuerst geduldig, dann schon verärgert und schließlich mit einer energischen Warnung vor der Sünde, fand taube Ohren. Ich, Andrew Lewis, ein niederer Priester, ein unwürdiger Mensch und ein Sünder, war kein Heiliger! Aber irgendein Unbekannter war einer, und obwohl ich mich am Anfang dagegen wehrte, es zu glauben, wurde mir offenbar, wer es war, obschon er es selber nicht wußte.

Gründliche und diskrete Erkundigungen beanspruchen Zeit, und so dauerte es denn auch lange, bis der Bischof und seine Freunde in London zu verstehen begannen, wer dieses Dorf in einen so freundlichen Ort verwandelt hatte. Aber der Bischof war zum Schweigen verpflichtet, und er bat mich, ihn in Cardiff zu besuchen. Ich fuhr hin, und er weihte mich ein. Es war Oswolds Wunsch gewesen, daß die Leute im Dorf nicht wissen sollten, wer ihr Wohltäter war. Sollte es allgemein bekannt werden, so hatte er seine Rechtsanwälte und andere gewarnt, dann würde er sich sofort zurückziehen und Gwenwynnlynn für immer verlassen. Wenn ich daheim war, kam ich ununterbrochen in die fürchterlichste Verlegenheit. Die Leute fielen auf die Knie, um meinen Segen zu empfangen, und ich gab ihn ihnen natürlich. Wenn sie mich aber mit Heiliger und Sanctus anreden, dann muß ich protestieren. Du hast sie ja gesehen, heute abend vor dem Haus ..."

„Aber Oswold Morgan ist doch jetzt tot", sagte Ifor, „jetzt kannst du es ihnen doch sagen."

Father Andrew schüttelte den Kopf. „Das ist nicht so leicht zu entscheiden. Ich will dir erst einmal weitererzählen."

„Eines Nachmittags besuchte ich Oswold Morgan ein zweitesmal. Ich war entschlossen, in das seltsame, kalte Gesicht zu blikken, und ich betete um Kraft und Erleuchtung. Ich fand ihn krank, dem Tode nahe und nur von einer Frau betreut, einer alten Witwe, die sich dazu hatte überreden lassen, nach ihm zu sehen. Denn die Leute sagen, ‚er ist des Teufels', verstehst du. Ich schickte die alte Frau weg, und dann sagte ich etwas, was ich gar nicht beabsichtigt hatte. Ich sagte: ‚Ich weiß um Sie, Oswold Morgan, und bin nicht länger blind.'

Er blickte mich von seinem Bett aus an, seinem großen Himmelbett, das mit weißestem Leinen bezogen war und die feinsten Decken hatte, und er sagte dasselbe, was er schon einmal zu mir gesagt hatte: ‚Sind Sie nicht bei Sinnen, alter Father?' Ohne dazu eingeladen worden zu sein, nahm ich neben seinem Bett Platz, und wir blickten einander lange in die Augen. Er war der erste, der nach einiger Zeit mit finsterem Gesicht die Augen abwandte. Ich sah, wie krank und schwach er war und wie nahe er dem Tode stand. Ich sagte zu ihm: ‚Komm heim, mein Sohn, denn dein Vater erwartet dich. Er ist immer mit dir gewesen, aber du hast es nicht gewußt.' "

Father Andrew strich mit den Fingern über den heißen Kopf seiner Pfeife. „Lange Zeit sagte Oswold nichts. Er muß wohl in seiner Erschöpfung ein wenig geschlafen haben. Dann aber öffnete er plötzlich die Augen und sagte wie ein Kind: ‚Segnen Sie mich, Father, denn ich habe gesündigt.'

Ich hörte seine Beichte. Von da an besuchte ich ihn jeden Tag, und er erzählte mir das, was ich dir erzählt habe. Seine Tugenden beichtete er so, als wären es Sünden, und manchmal lächelte er mich kurz und rätselhaft an. Aber er wußte noch immer nicht, daß er nur durch sein Vorübergehen an den Häusern der Kranken, Sterbenden oder Verkrüppelten und seine nie endende Fürbitte für sie die Heilung gebracht hatte. Ich habe es ihm nicht gesagt. Ich wollte Gott nicht vorgreifen, der ihm, wenn die Zeit kam, die Augen öffnen würde.

Und dann, eines Nachmittags, als ich mich fertig machte, ihn zu besuchen, hatte ich die Eingebung, die geweihte Hostie und das heilige Öl mitzunehmen. Es klang wie ein Befehl in meinen Ohren, und Tränen stürzten aus meinen Augen. ‚Nein, es kann nicht sein', sagte ich in meinem Herzen, denn der Doktor hatte mir gesagt, daß es Oswold besser gehe und daß sein starkes Herz sich in der letzten Zeit erholt habe. Doch ich gehorchte dem inneren Befehl, setzte mich auf das Fahrrad, das ich eines Morgens an meine Haustür gelehnt vorgefunden hatte, und fuhr zu ihm. Als die Leute mich sahen und sahen, was ich mit mir führte, zogen sie die Kappen und fragten sich, wer wohl im Sterben liege.

Es war so, wie ich im stillen befürchtet hatte. Mein Freund lag im Sterben, und er war allein. Schweigend — er konnte nämlich kaum Luft bekommen — sah er mir zu, wie ich über den Tisch neben seinem Bett ein weißes Tuch breitete, und schweigend starrte er auf das Kruzifix, das ich aufgestellt hatte, auf die Flasche mit dem geweihten Wasser und die Schale mit gewöhnlichem, in dem ich mir die Hände wusch. Ich trocknete sie ab. Wir waren allein. Ich sagte: ‚Friede sei diesem Hause ... Du wirst mich mit Hyssop netzen, o Herr und ich werde rein sein. Du wirst mich waschen, und ich werde weißer sein als der Schnee.' " Father Andrew machte eine Pause. Er zog ein riesiges Taschentuch heraus und schneuzte sich. „Möge mich Gott davor bewahren", flüsterte er, „je wieder so einem die letzten Riten erteilen zu müssen, den ich, wie ich jetzt weiß, vor allen anderen innig liebte und verehrte."

„Aber es war doch eine Gnade", sagte Ifor, der noch immer eine Spur zweifelte.

Andrew nickte. „Aber schließlich habe ich ein menschliches Herz. Ich segnete Oswold. Ich betete, wie ein Priester beten soll. Ich salbte ihn. Allein sprach ich das Gebet für die Sterbenden. Und da wurden zum erstenmal diese erlöschenden Augen hell, und Oswold flüsterte: ‚Ich habe nur eine einzige Gnade von Gott erbeten. Daß Sie verstehen und zu mir kommen sollten. Heute.‘

Einem Heiligen die Letzte Ölung zu geben ist eine Gnade, die nicht vielen zuteil wird“, sagte Father Andrew erschüttert. „Warum hat er sie über mich ausgegossen, in diesem kleinen, abgelegenen Dorf, in diesem einsamen Haus? Aber laß mich weitererzählen. Ich hatte gerade gesagt: ‚Ziehe hin, christliche Seele, aus dieser Welt‘, als Oswold mit einem unendlich tiefen, glücklichen Lächeln etwas murmelte — wie ein zufriedenes müdes Kind — und die Augen schloß. Kein Todeskampf, kein Stöhnen, kein letzter Seufzer. Er starb in tiefstem Frieden, und bevor er dahinging, wendete er den Kopf, als wäre jemand eingetreten, und er lächelte, als hätte er jemanden erkannt, den er liebte und der gekommen war, um ihn zu holen.

Ich blieb noch eine Weile bei ihm und betete. In seinem toten Antlitz sah ich einen fröhlichen Frieden, wie er ihn in diesem Leben nie gekannt hatte. Dann drückte ich ihm die Augen zu, faltete seine Hände und ließ ihn allein. Ich schickte noch in derselben Nacht ein Telegramm an den Bischof“, sagte Father Andrew, den die Erinnerung sichtlich erschüttert hatte, „und der Bischof antwortete, daß Oswold Morgan ein christliches Begräbnis zuteil werden solle und daß ich in kurzer Zeit Näheres erfahren würde.

Beim Begräbnis war niemand anderer zugegen als ich, die Sargträger — die ich zu diesem Dienst direkt zwingen mußte, denn sie wollten nicht —, der Mesner und die Schwestern. Keiner von allen denen, die durch seine Fürbitte Heilung gefunden hatten, keiner, der jetzt Brot hatte, obwohl er früher hungerte . . .“

„Aber sie wußten es doch nicht“, sagt Ifor sanft.

„Das ist ganz richtig“, meinte Father Andrew. „Du siehst, wie menschlich ich bin, daß ich das überhaupt erwähnt habe. Nach einer Woche kamen aus London drei angesehene Anwälte, die Dokumente und Oswolds Testament mitbrachten. Von seinem Inhalt habe ich dir schon erzählt. Aber sie gaben mir auch einen Brief von ihm, den er kurz vor seinem Tode geschrieben hatte. Darin bat er mich und bezeichnete es als seinen tiefsten Wunsch, daß ich den Bewohnern von Gwenwynnlynn nie verraten sollte, daß er es gewesen war, der ihnen zu einigem Wohlstand und Glück verholfen hatte, der so viele Leben gerettet, ihre Häuser vor dem Verfall bewahrt, ihre Straßen und ihre Kirche wieder instandgesetzt, ihre Schule gebaut und ihnen eine endlose Reihe segenbringender Geschenke gemacht hatte. Bis zu seinem letzten Atemzug wußte er, wie ich dir schon gesagt habe, nicht, daß seine Fürbitte noch viel größere Wunder vollbracht hatte.

So habe ich denn ihnen gegenüber sein Geheimnis gewahrt. Aber dem Bischof habe ich davon Mitteilung gemacht, und er hat mich aufgefordert, einen ausführlichen Bericht über die Wunder und sein tugendhaftes Leben zu erstatten. Ich jedoch bin in einer sehr verdrießlichen Lage. Es irritiert mich jeden Tag mehr, wie ein Heiliger behandelt zu werden, der Wunder verrichtet hat. Aber ich muß Oswolds letzte Bitte erfüllen.“

Ifor zog an seiner Pfeife. Er sagte sachlich: „In dem Testament steht es doch nicht, daß die Leute es nicht wissen dürfen, daß Morgan ihr Wohltäter war?“

„Ifor!“ rief Father Andrew ein wenig erschrocken. „Nein, in dem Testament steht nichts Derartiges. Aber sein Brief an mich ...“

„War die Bitte eines großen Mannes, der nicht wußte, daß er ... daß er ein Heiliger war“, setzte Ifor fort. „Da er aber jetzt ohne Zweifel im Himmel ist und darauf wartet, Gebete zu empfangen und für elende Sünder Fürsprache einzulegen, bleibt dir nichts anderes übrig, als diesen Brief als den eines Sterblichen zu ignorieren. Jetzt liegt die Sache in der Hand des Bischofs und im weiteren Verlauf in der Hand Roms. Inzwischen kannst du dein Teil dadurch beitragen, daß du deine Herde Schritt um Schritt darüber aufklärst, was Oswold für sie getan hat und auch weiterhin durch sein Testament für sie tun will. Es wird ein Schock für sie sein, daran zweifle ich nicht", sagte Ifor mit einer gewissen Befriedigung. „Aber die Menschen brauchen in regelmäßigen Abständen einen heilsamen Schreck. Sie nehmen nicht so ohne weiteres jemanden in Liebe auf, den sie gehaßt haben, denn sie schämen sich, und das ist ihnen unerträglich. Und für Waliser ist es noch ärger als für andere."

Er goß sich wieder ein wenig Portwein nach und sah in das bedrückte Gesicht seines Cousins. „Übrigens mußt du es auch von einer anderen Seite betrachten. Wenn nun dieser übergescheite junge Priester des Bischofs nach Gwenwynnlynn kommt und die Leute haben keine Ahnung davon, wer Oswold in Wirklichkeit war, dann werden sie ihm lauter skandalöse Geschichten erzählen, und das wird wahrscheinlich das Ende der Angelegenheit sein. Das wäre doch eine fürchterliche Ungerechtigkeit gegen deinen Freund, den Heiligen!"

„Ifor", sagte Father Andrew nach kurzem Schweigen. „Du bist doch wirklich ein kluger Junge! Du hast natürlich recht!"

Aber Ifor war noch nicht fertig. „Hat es nach dem Tode Oswolds noch Wunder gegeben?" fragte er.

Andrew dachte längere Zeit nach. Endlich sagte er: „Ich bin nicht ganz sicher. Es ist schon drei Jahre her . . ."

„Also auch ein Fingerzeig Gottes", murmelte Ifor. „Wenn es seit drei Jahren keine Wunder — bewiesene, authentische Wunder — gegeben hat, dann . . . ach was, das soll der Bischof entscheiden." Sein Gesicht nahm einen verschmitzten Ausdruck an, als er sagte: „Schließlich und endlich — es besteht ja auch die Möglichkeit, daß du der Heilige bist."

Der heftige sommerliche Regen hatte aufgehört, Ifor war wieder allein und machte sich fertig zum Schlafengehen. Nur das kalte, blaue Licht der Blitze eines fernen Gewitters drang gelegentlich einen Augenblick lang durch die Fensterläden. Nach all dem, was er heute abend gehört hatte, fiel es ihm schwer, sich für seine Gebete zu sammeln. Und dann, gerade als er einschlafen wollte, begann ihn seine rechte Schulter zu irritieren. Es war nichts Neues. Eine ganz leichte Entzündung, die er schon ein paar Wochen hatte, eigentlich nur ein ganz schwaches Jukken, denn Schmerz konnte man es nicht nennen. Wäre er müde gewesen, dann hätte er es sicher gar nicht bemerkt. Jetzt kam noch ein leichtes Prickeln dazu, aber das bildete er sich vielleicht nur ein. Er griff unter das Nachthemd und berührte die Stelle, und es war, wie er sich von früher her erinnerte: eine ganz kleine Schwellung auf der Haut. Er hatte seit einiger Zeit absichtlich nicht hingegriffen. Jetzt kam sie ihm ein bißchen höher vor. Aber das Prickeln — wenn es überhaupt existierte — war nicht in der kleinen Schwellung, sondern rund herum. Ärgerlich machte Ifor wieder Licht, zog das Nachthemd aus, stellte sich vor den Spiegel über dem Waschtisch und sah sich, über seine Schulter blickend, die Stelle an.

Die Sache war jetzt bedeutend weiter ausgebreitet, als er sie in Erinnerung hatte, ein tiefdunkler Fleck an seinem Schulterblatt. Und gerade darunter war jetzt ein neuer, der einen Durchmesser von etwa zwei Millimeter hatte, während der des alten sich zu seinem Erstaunen auf ungefähr einen Zentimeter vergrößert hatte. Versuchsweise drückte er ein bißchen drauf. Es schmerzte, wenn auch nur wenig, aber das Prickeln war keine Einbildung.

Die blauen Lichtblitze, die durch die Fensterläden drangen, kamen jetzt in immer rascherer Folge und wurden heller, und plötzlich folgte unmittelbar auf einen Blitz ein fürchterlicher Donnerschlag. Das Haus schien zu wanken. Ifor murmelte ein Gebet. Er zog sein Nachthemd wieder an. Dann fiel ihm etwas ein, das ihn sehr erleichterte. Vor einigen Jahren hatte er an den Händen Warzen bekommen, und dann waren welche in seinem Gesicht und einige auf dem rechten Schulterblatt aufgetreten. „Essen Sie Pilze“, hatte der weise Doktor gesagt, der wußte, daß Warzen eben kommen und gehen und oft auf den lächerlichsten Hokuspokus hin verschwinden. Im Vertrauen auf die Klugheit des Doktors hatte Ifor also Pilze gegessen, und die Warzen waren verschwunden, mit Ausnahme von zwei etwas dunkleren auf dem Schulterblatt. Seit Jahren hatte er nicht mehr an diese Sache gedacht. Es waren also offenbar die zwei zurückgebliebenen, und sie waren schwarz geworden. Schwarz. Seine Erleichterung schwand dahin. Es lag irgendetwas Unheilverkündendes in dem Wort, irgendeine Gedankenverbindung ... Er stieg wieder in sein Bett und schlief mitten unter dem Gewitter ein.

Als er am Morgen erwachte, hatte er die ganze Sache vergessen.

In den folgenden Tagen lebte er fröhlich und behaglich dahin. Es wurde ihm klar, daß er schon abgespannt und überarbeitet gewesen sein mußte, als er herkam, denn er fühlte immer eine angenehme Mattigkeit, bevor er zu Bett ging. Die Menschen dieses wilden, großartigen Landes, die strahlend blauen Seen, die einsamen Berge, die überall in die Landschaft gestreuten, rostbraunen Felsen, die reißenden Bäche, die sanften, musikalischen Stimmen, alles das erweckte alte Erinnerungen in ihm, und von Tag zu Tag mehr verwandelte er sich zurück in einen Waliser und entwickelte sogar den walisischen Jähzorn, den er längst überwunden zu haben glaubte. Auch seine Sprache fand die alten Akzente wieder. Er assistierte bei der Messe und wurde den Leuten so vertraut, daß die Männer auf der Straße die Kappen zogen, die Frauen einen Knicks machten und die Kinder ihm schüchtern zulächelten. An ein paar Tagen las er für Andrew die Morgenmesse. Der alte Mann protestierte zwar, aber jedermann konnte ja sehen, daß das sterbliche Fleisch Father Andrews schon sehr müde war. Und die Kirche, zwar eng und klein, war wie ein Juwel — dank Oswold Morgan.

Er besuchte den Doktor, der mit seiner Familie in einem kleinen Haus an einem Bach wohnte, und er und Andrew vertrauten ihm den Inhalt des Briefes Oswolds an. Der Doktor, der selbst Katholik war, war übereinstimmend mit Ifor der Meinung, daß man jetzt im Interesse sowohl Oswolds als auch in dem der Dorfbewohner seinen Inhalt unbeachtet lassen solle. „Gott kann doch nicht wollen“, sagte er, „daß man das Licht seiner Heiligen unter einen Scheffel stellt“, und dann erzählte er Ifor von der wunderbaren Heilung Marys, der kleinen Enkelin von Mrs. Burke. „Das ist ein absolut authentisches Mirakel“, sagte er. „Ich habe das Kind selber untersucht, als ich herkam. Nicht einmal der beste Chirurg hätte ihr helfen können, und die besten Mittel konnten sie bei ihren periodischen Anfällen nicht schmerzfrei machen. Sie haben doch das kleine Mädchen selbst gesehen, Father. Na, was sagen Sie? Ist es nicht ein Bild von Gesundheit und Lebensfreude? Es gibt übrigens noch einen Punkt, der Father Andrew Sorge macht. Er kann — bei aller Hochachtung vor dem Willen des Briefschreibers — den wahren Oswold nicht gut weiterhin vor den Dorfbewohnern verbergen, sonst werden sie ihn auch in Zukunft für einen Heiligen halten und damit unglücklich machen. Wenn die Wahrheit nicht herauskommt, dann ist es sicher nicht gut für ihre Seelen und vielleicht auch nicht für seine. Ich will Ihnen helfen“, sagte er dann später, als er dem jüngeren Priester sein Ordinations- und Operationszimmer zeigte. „Wenn meine Patienten kommen, dann will ich ihnen sagen: ‚Diese Heilung oder diese Hilfe verdankt ihr Sir Oswold, der mich bezahlt hat und nach seinem letzten Willen auch weiterhin bezahlt, und ihr müßt ihm in euren Gebeten Dank sagen!‘ “ Der Doktor mit seinem roten, walisischen Gesicht sah spitzbübisch drein. „Das hätte ich ihnen schon längst gerne einmal versetzt, aber Sir Oswold hatte von mir verlangt, es nicht zu tun. Jetzt kann ich es endlich.“

„Ein schlauer Fuchs“, sagte Father Andrew später zu seinem Cousin, aber es war nicht bös gemeint. „Sein Gehalt ist enorm. Er war in Cardiff ein sehr bekannter Arzt, und der Bischof kennt ihn gut. Das wird ein Vorteil sein, wenn der scharfe junge Priester kommt. Übrigens, wie Oswold ihn hergebracht hat, das verstehe ich nicht. Das allein schon ist ein Wunder.“

Am folgenden Sonntag nach dem Hochamt stand Father Andrew auf der Kanzel und sagte ganz einfach und schlicht: „Wir haben eine wunderschöne Kirche hier, und trotz ihrer Kleinheit gibt es nicht einmal in Cardiff eine schönere. Dafür müssen wir dem, der uns dazu verholfen hat, in unseren Gebeten danken. Es war Sir Oswold Morgan, der uns, die wir seiner Liebe so wenig würdig waren, innig geliebt hat."

Der Doktor hatte die Geschichte schon unter seine Patienten gebracht, und sie hatten sie ungläubig und mißtrauisch und mit eingestreuten skeptischen Bemerkungen an ihre Freunde und Verwandten weitergegeben. Was, der alte Oswold mit seinem widerwärtigen Gesicht, dieser Gotteslästerer, der zwar in ihrem Friedhof begraben lag, der aber nach seinem Testament keinen Grabstein wollte? Sie waren menschliche, nur allzumenschliche Wesen, sie hatten ihn gehaßt und sie klammerten sich an diesen Haß und wollten ihn nicht so ohne weiteres und freiwillig aufgeben. „Der Doktor ist ein Rindvieh", sagten sie in ihren Gasthäusern. „Er treibt nur seinen Spaß mit uns." Ein Spaß, ein Scherz, das war das willkommene Wort, das sie mit einem Seufzer der Erleichterung akzeptierten. „Er will seinen Spaß haben", sagte der Gärtner des Arztes. „Ich erinnere mich ..." Seine Geschichte wurde mit größter Freude und Aufmerksamkeit bis zu Ende angehört. Und dann kam Father Andrew am Sonntag in der Kirche mit seiner sensationellen Erklärung. Er war ein Priester und hatte deshalb nicht gelogen.

Father Andrew seufzte, als er die verblüfften, verwunderten oder auch gleichgültigen Gesichter vor sich sah. Die waren schon schlimm genug, aber über die entrüsteten wurde er zornig. Entrüstet, warum entrüstet! Weil es sich erwiesen hatte, daß ihre Besitzer sich alles andere als christlich benommen hatten, in ihrer Lieblosigkeit, ihrem Haß und ihrer Dummheit. Vor nachträglichem Ärger wurden Gesichter, die ohnehin schon von Wind und Wetter rot waren, noch röter, und unheildrohender Zorn blitzte in stolzen Augen auf.

„Wenn sie es wagten", sagte Father Andrew später bei Tisch

zu Ifor, „dann würden einige von ihnen sein Grab schänden, so außer Rand und Band sind sie vor Wut. Oswold ist einer von ihnen gewesen. Er hat es gewagt, reich zu werden, und hat sich damit von ihnen getrennt. Seine Arbeit, seine Phantasie, sein genialer Geist, alles das bedeutete ihnen so gut wie nichts. Sie haben es vorgezogen, die niederträchtigsten Geschichten darüber zu erzählen, wie er zu seinem Geld gekommen ist. Er war in ihrem Dorf geboren, deshalb — so ging ihr stupider Gedankengang weiter — konnte er kein bedeutender Mensch sein. Aber das ärgste Verbrechen, das er in ihren Augen begangen hat, war, daß er ihnen geholfen hat, aus einem tierischen zu einem menschlichen Leben zu gelangen. Nein, seit dem ersten Karfreitag haben sich die Menschen nicht geändert. Noch immer würden sie die, die ihnen helfen, am liebsten in Stücke hauen."

„Und vielleicht haben sie recht", sagte Mrs. Burke scharf, denn sie hatte das Vorrecht, ihre Meinung zu äußern. „Vielleicht haben sie ganz recht, entschuldigen Sie, daß ich das sage. Vielleicht wissen sie ganz gut, daß sie nichts verdienen, warum sollten sie also etwas bekommen, wozu sie nicht das Geringste beigetragen haben, das ist doch nur recht und billig!"

„Aha, ein Philosoph in Unterröcken", sagte Ifor, aber dann beeilte er sich, der alten Dame schnell ein Kompliment für die treffende Bemerkung zu machen. „Mrs. Burke, ich glaube, Sie haben eine große Wahrheit ausgesprochen und den Nagel auf den Kopf getroffen."

Sie setzte sich vor Freude in Positur, aber Father Andrew, dachte Ifor, würde ihr sicherlich einen Dämpfer aufsetzen. „Ich erinnere mich", sagte der alte Priester auch prompt, „daß Sie es gewesen sind, Mrs. Burke, die gesagt hat, daß es eine Gotteslästerung wäre, Sir Oswold in geweihter Erde zu bestatten."

Aber Mrs. Burke war ihm in weiblicher Wendigkeit gewachsen und sagte unbeeindruckt: „Damals habe ich ja nicht gewußt, daß er das Werkzeug zu einem Wunder an dem kleinen Mädchen war, Father."

„Ach so!? Jetzt schreibt man Sir Oswold auch Wunder zu?"

Mrs. Burke ereiferte sich. „Father! Bedenken Sie doch! Ein Mann, der seinen Landsleuten soviel gibt, wie Sir Oswold ihnen gegeben hat, der muß doch einfach ein Heiliger sein, und wenn Wunder vorgekommen sind, dann muß er die Ursache sein, und Wunder sind vorgekommen!“ Sie seufzte. Es war ein Enttäuschungsseufzer, weil sie jetzt den Ruhm verloren hatte, die Haushälterin eines Heiligen zu sein. Aber Ihr Gesicht hellte sich gleich wieder auf, und ihre alten Augen hefteten sich blitzend auf Father Andrew. „Aber könnte es nicht sein, Father, daß Sie es waren, der ihm gesagt hat, was seine Pflicht ist, daß er es dann also getan hat und daß Sie deshalb . . .“

Father Andrew stöhnte und hob abwehrend die Hand. „Mrs. Burke“, sagte er langsam und bestimmt, „ich habe den armen Mann nicht einmal besucht, bis er schon auf dem Sterbebett lag, und vorher haben wir überhaupt nicht miteinander gesprochen. Und das war alles erst lange, nachdem er aus der kleinen Hölle hier einen kleinen Himmel gemacht hatte, und auch lange Zeit, nachdem die Wunder geschehen waren.“

Die Leute übertrugen in gewisser Beziehung ihr Ressentiment gegen Sir Oswold auf die beiden Priester, und an den folgenden drei Tagen waren nur wenige außer den Ministranten, dem Mesner und den Schwestern bei der Messe zugegen. „Wir werden es ihnen schon zeigen“, sagten sie in den Wirtshäusern, aber was es war, das gezeigt werden wollte, war nicht ganz klar. Auch auf den Doktor waren sie böse, und seine Ordination wurde gemieden. Am Sonntag aber war die Kirche wieder voll, nicht weil sie nicht mehr böse waren, sondern aus Gewohnheit und Pflicht und weil man es sie so gelehrt hatte.

Diejenigen, die geheilt worden waren, begannen von den großen Fähigkeiten des Arztes zu reden, und das führte zu einiger Verwirrung, denn der Doktor war ja auf der Seite der unmittelbaren Objekte des öffentlichen Ärgernisses, der Priester. Und dann kamen ganz langsam wieder einzelne, einsame Beter in die Kirche, und auch die tägliche Messe erfreute sich wieder eines regeren Besuches. Aber die Waliser waren Dickköpfe, wie Father

Ifor immer sagte. Man mußte ihnen Zeit lassen, damit sich ihr Zorn gegen sich selbst — weil sie sich dumm und unchristlich benommen hatten — legen konnte, und man mußte ihnen auch wieder Zeit lassen, damit sie sich selbst vergeben konnten, dann würde schon alles wieder ins Geleise kommen. So hoffte Father Andrew wenigstens zaghaft. Aber er war überglücklich, als er nach dem „Aufruhr“ seine erste Beichtstunde hielt und der Beichtende sagte: „Ich bekenne mich der Lieblosigkeit schuldig, weil ich Oswold Morgan gehaßt habe, der mein Haus neu gedeckt hat und die schöne Schule für meine Kinder baute.“

„Ich bekenne mich schuldig — ich bekenne mich schuldig — ich bekenne mich schuldig.“ Dieser Refrain wiederholte sich immer häufiger und wurde mit immer größerer Zerknirschung ausgesprochen. Und dann war eines Tages Sir Oswolds einsames, namenloses Grab, auf dem nichts anderes stand als ein kleines hölzernes Kreuz, das Father Andrew hineingesteckt hatte, mit Blumen des Spätsommers überhäuft, und die Menschen waren wieder glücklich, denn sie hatten sich selbst verziehen.

Inzwischen half Father Ifor seinem Cousin dabei, seine Notizen zu sichten und den Bericht an den Bischof zu schreiben. Sie arbeiteten daran immer am Nachmittag nach dem Tee und beeilten sich, so sehr sie konnten, denn es war schon ein etwas ungeduldiger Brief vom Bischof gekommen, und außerdem war der Urlaub Father Ifors bald zu Ende. Er war ohnehin schon auf seine Bitten und Erklärungen hin verlängert worden.

Es kam schon die erste Kälte vom dunklen grauen Ozean und von den düsteren Bergen her, als Father Ifor seinem Cousin mitteilen mußte, daß er am nächsten Montag abreisen würde. Father Andrew war ganz niedergeschlagen. „Und ich habe dich so hart arbeiten lassen, Junge“, sagte er, „viel zu hart. Trotz des guten Essens hast du ja abgenommen, und du siehst so müde aus um die Augen, und so bleiche Lippen hast du.“ Der alte Mann besah ihn sich näher und war zum Schluß ganz aus dem Häuschen. „Du mußt dich unbedingt von Dr. Brecon untersuchen lassen, sonst habe ich keine ruhige Stunde mehr.“

Father Ifor protestierte zwar, ging aber schließlich doch noch am gleichen Nachmittag, um ihn zu beruhigen, mit ihm in Dr. Brecons Ordination. Das Wartezimmer war wie gewöhnlich voll, aber ein Priester brauchte nicht zu warten, und so kam Ifor gleich dran. „Also gut", sagte der Arzt, „sonst haben wir keine Schmerzen." Aber er betrachtete Ifor mit wachsendem Interesse.

„Ach, es ist ja nur Unsinn", sagte Ifor. „Es geht mir ausgezeichnet. Ich bin nur gekommen, weil Father Andrew es so wollte."

Der Doktor untersuchte ihn mit neuen blitzblanken Instrumenten, die den jüngeren Priester faszinierten. „Ist alles in bester Ordnung", sagte er endlich. „Herz, Lunge, Magen, Darm. Für einen Mann in Ihrem Alter erstaunlich gut. Ziehen Sie Ihr Hemd wieder an." Aber dann sagte er rasch: „Einen Augenblick, was ist denn das?" Er nahm den Priester bei der nackten Schulter und zog ihn näher ans Fenster.

„Zwei Warzen, die ich vor ein paar Jahren gehabt habe. Ich hatte damals eine ganze Menge", sagte Ifor ungeduldig. Aber der Doktor nahm eine Lupe zur Hand und besichtigte schweigend die Warzen. Noch immer schweigend, griff er Ifor in die Achselhöhle und tastete sie mit den Fingern ab. Dann ließ er sich hart auf seinen Stuhl fallen.

„Ist etwas nicht, wie es sein soll?" fragte Ifor.

Aber der Doktor ging in das Wartezimmer hinaus und holte Father Andrew herein, der vor Aufregung zu zittern begann, als er sah, was der Doktor für ein Gesicht machte. „Ist etwas los mit Ifor?" fragte er mit gebrochener Stimme.

Der Doktor öffnete den Mund und schloß ihn dann wieder. Er sah seine Hände an, als ob er sie haßte.

„Wir sind Männer", sagte Father Andrew. Father Ifor legte langsam seine Soutane wieder an. „Was ist es?" fragte Father Andrew.

„So ziemlich das Ärgste", sagte der Doktor, und sein fuchsartiges Gesicht verzerrte sich vor Schmerz. „Ärger könnte es gar nicht sein. Ein Melanom. Und es hat schon Metastasen gebildet. Unter der Achsel — da ist schon ein großer, scheußlicher Knoten entstanden.“

„Und was hat das zu bedeuten?“ flüsterte Father Andrew. Father Ifor knöpfte seine Soutane zu. Seine Finger zitterten ein wenig. Schwarz! Ja, jetzt wußte er es, und er erinnerte sich.

„Manchmal wünsche ich mir, ich hätte seinerzeit so viel gesunden Menschenverstand gehabt und wäre auch Bergarbeiter geworden. Setzen Sie sich doch, Father Andrew, bitte!“ Er warf Father Ifor einen Blick zu und sagte dann verzweifelt: „Es ist nur gut, daß Sie Priester sind, die wissen, daß Leben und Tod ...“ Er konnte nicht weitersprechen.

„Ifor ist der einzige, der von meiner Familie noch übrig ist. Er ist alles, was ich habe“, sagte Father Andrew, und er war nicht länger ein Priester, sondern ein zu Tode erschrockener, armer, einsamer alter Mann. „Was ist das, Melan ...“

Father Ifor sprach jetzt zum erstenmal und sagte sanft: „Schwarzer Krebs ist der volkstümliche Ausdruck dafür, Andrew.“

„Ich bitte Sie ...“ sagte der Doktor, der fast seine Nerven verloren hatte.

Ifor nahm den Arm seines Cousins und blickte ihm in die tränenfeuchten blauen Augen. „Es gibt keine Behandlung dafür, Andrew. Das bedeutet den Tod. Es hat schon um sich gegriffen. Das heißt, daß ich wahrscheinlich bald sterben werde, Andrew.“ Aber Father Andrew schlug seine alten, mageren Hände vor das Gesicht, und seine Schultern zuckten.

„Wir sind Priester“, sagte Ifor eindringlich. „Wir kennen den Tod so gut wie einen Bruder. Wir wissen, daß er die Pforte zum ewigen Leben ist und zum seligmachenden Angesichte Gottes.“

„Wird er Schmerzen haben?“ fragte Andrew, ohne die Hände, durch deren Finger ihm die Tränen liefen, von seinem Gesicht zu heben.

„Ja“, sagte Dr. Brecon, „aber es geht schnell. In dem Stadium, in dem es schon ist.“

„Haben wir jemals Schmerzen gefürchtet?" fragte Ifor seinen Cousin. Aber trotz allem war er schließlich nur ein Mensch, und er fühlte die menschliche Furcht in seinen Eingeweiden, die sich zusammenkrampften, so daß ihm fast übel wurde. „Gottes Wille geschehe", sagte er und fürchtete sich, wie er sich nie zuvor gefürchtet hatte, nicht einmal damals, als er durch eine Grubenexplosion verschüttet worden war und man ihn gerade noch im letzten Augenblick gerettet hatte.

Dr. Brecon ging an seinen Arzneischrank und schüttelte aus einer Flasche einige sehr kleine graue Tabletten, gab sie in eine kleine Dose und drückte sie Ifor schweigend in die Hand. „Morphium", sagte der Priester und der Doktor nickte.

„Schmerzen habe ich bisher noch nicht."

„Die werden kommen", sagte der Doktor traurig. Er zögerte. „Darf ich noch einmal?" Mehr um Andrew abzulenken, sagte Ifor ja. Der Doktor fand noch mehrere befallene Lymphdrüsen und Knotenbildungen an verschiedenen Stellen. „Ja, Schmerzen", sagte er mit der flachen Stimme eines Menschen, der seine Gefühle nicht auszudrücken wagt. „Sehr bald schon. Ich möchte anregen, daß Sie den Bischof bitten, Sie Ihrer Pflichten zu entheben. Ich werde Ihnen einen Brief geben, den Sie ihm schicken können." Er setzte sich an seinen Schreibtisch, sichtlich erleichtert, die beiden Priester nicht ansehen zu müssen, und schrieb.

„Ist denn nicht ein Irrtum möglich?" flehte Father Andrew, als der Arzt fertig war. Dr. Brecon schüttelte den Kopf.

„Father, ich habe in Edinburg studiert und ich habe viele derartige Fälle gesehen. Ein Irrtum ist ausgeschlossen. Aber wenn Father Ifor noch einen anderen Arzt konsultieren will, in Cardiff oder in London, so kann ich das arrangieren."

Nach dieser freundlichen aber niederschmetternden Zurechtweisung zitterte Father Andrew nur mehr. Und Father Ifor ging es genauso. Er schrieb zuerst seinem Bischof und konsultierte dann in London, in Harley Street, noch andere Ärzte. Er blieb nur vier Tage weg und besuchte auf der Rückreise nach Gwenwynnlynn seinen Bischof.

Als er in den Pfarrhof zurückkam, lächelte er. Andrew klatschte in die Hände und rief: „Es war ein Irrtum!"

Ifor umarmte ihn und sagte ruhig und fest: „Nein, Dr. Brecon hat recht gehabt. Ich war bei zwei Fachärzten in Harley Street. Es ist sogar noch ärger, als er gemeint hat. Aber wir sind Männer und, was mehr ist, wir sind Priester. Aber ich habe in gewisser Weise trotzdem gute Nachrichten für dich. Der Bischof hat mir gestattet, hier bei dir zu bleiben, bis..." Er konnte nicht weitersprechen, denn Andrew war wie vom Schlage gerührt. Es war sehr still im Zimmer.

„Bis du stirbst", flüsterte der alte Priester.

„Wie vielen von uns ist es schon vergönnt, bis zu unserem Tode mit denen vereint zu bleiben, die uns teuer sind und die wir lieben?" fragte Ifor und versuchte, nicht an die Nächte zu denken, die er schlaflos verbracht hatte, an seine tiefe Niedergeschlagenheit und an das Pochen in den Knoten.

„Operieren kann man nicht?" versuchte es Father Andrew.

„Nicht in diesem Stadium, Andrew. Man kann es zwar, an einzelnen Stellen, diesen schwarzen Stellen, aber es tritt sehr schnell wieder auf. Und es streut. Heilung gibt es keine für diese Krankheit. Andrew! Nimm es doch nicht so schwer! Ich bin ja nur ein Mensch, wenn ich auch ein Priester bin, und ich habe auch menschliche Angst. Sieh doch, jetzt bin ich wieder hier bei dir, und du mußt mich trösten und mir helfen..." Er hielt inne, denn plötzlich strahlte Andrews Gesicht und seine Augen leuchteten.

„Ich weiß etwas!" rief er. „Wie konnte ich denn nur so dumm sein, daß ich nicht daran gedacht habe. Ich werde zu Oswold beten, daß er Fürbitte einlegt für dich. Da haben wir auch gleich ein Wunder!"

Father Ifor war deprimiert. Seine Müdigkeit überkam ihn wieder, und er mußte sich setzen. Er war der Fürsprache eines Heiligen nicht würdig. Priester nahmen Gottes Willen hin. Und Oswold war noch gar nicht als Heiliger anerkannt, außer von Andrew und ein paar Leuten in diesem abgelegenen Dorf. Aber er sagte freundlich: „Wenn du es meinst und wenn es dich beruhigt, Andrew, kannst du es tun. Aber erwarten darfst du dir nichts davon."

„Seit seinem Tode hat es kein Wunder gegeben, das ich als Wunder anerkennen kann", rief Father Andrew. „Das steht auch schon in dem Bericht, den wir dem Bischof noch nicht geschickt haben. Vielleicht ist es Gottes Wille, daß es noch eines geben soll, das niemand bestreiten kann?"

„Wir sollen Gott nicht versuchen, Andrew", sagte Ifor.

Andrew war ganz außer sich. „Heißt denn Beten Ihn versuchen, demütiges, inbrünstiges Beten darum, daß Er uns, Seinen Priestern, ein Zeichen gibt, daß Oswold einer von denen ist, die Er gesegnet hat, ein Heiliger?"

„In diesem besondren Fall, fürchte ich, ist es so. Wir wollen, daß Oswold als Heiliger anerkannt, seliggesprochen und kanonisiert wird. Wir sind Waliser, und wir können reden und wir können eine gute Sache vertreten. Und das allein schon kann Mißtrauen hervorrufen."

„Deine Atteste aus Harley Street und das von Dr. Brecon", sagte Andrew, der gar nicht zuhörte, „die werde ich jedenfalls in sichere Verwahrung nehmen. Und dann, Ifor", sagte er leidenschaftlich, wie ein junger Mann, „dann sollst du mit mir in die Kirche gehen, und ich will zu Oswold beten, daß er für dich Fürbitte einlegt, damit du durch die Gnade und die Barmherzigkeit unseres Göttlichen Herrn wieder gesund wirst."

Ifor dachte an den gelehrten Advokaten des Teufels, der geschickt die „Heiligkeit" Oswold Morgans angreifen und in Frage stellen und zwei einfache Priester mißtrauisch betrachten würde, die sich offenbar der Hoffnung hingaben, daß einem ihrer Landsleute der höchste Adel, den die Kirche zu vergeben hat, verliehen würde. Ifor, der Waliser, der seinen weltlichen Patriotismus nie völlig überwunden hatte, dachte daran, wie lächerlich Wales dastehen könnte. Er stellte sich vor, daß er und Andrew, der fast schon zitterte und senil war, in Rom vor den Erzbischöfen und Kardinälen standen und Fragen über Fragen auf sie herunterregneten. Fragen, Fragen und wieder Fragen! Er schauderte.

„Tu das nicht“, flehte er Andrew an. Denn für einen Waliser ist der Tod besser als die Demütigung. Er dachte auch an den „scharfen“ jungen Priester aus Cardiff, der aller Wahrscheinlichkeit nach gar kein Waliser sein würde, der über die beiden niederen Priester mit ihren abgelegenen Pfarren überlegen lächeln und andeuten würde, daß sie sich mit einem selbstfabrizierten Wunder interessant machen wollten. Ifor erschrak. Aber dann war er erleichtert. Es würde ja kein Wunder geben, seinetwegen, und deshalb würde er auch nie verhört werden. „Also gut“, sagte er liebevoll, „gehen wir in die Kirche und beten wir, wie wir immer beten, daß Gottes Wille geschehen möge.“

Sie gingen in die Kirche, und Father Andrew hatte es so eilig, daß er Ifor wie ein Kind an der Hand hinter sich herzog.

Es war ein kalter, schöner Tag, und jedes Fenster in der kleinen Kirche — sie waren alle sehr schmal und hoch — glänzte wie ein vielfarbiges Juwel. Sie sahen eher wie die Illustrationen aus, die die Mönche im Mittelalter auf Pergament gemalt hatten als wie Glasfenster, denn es lag Tiefe in ihnen und lebhafte Farbe. Lebendig und eindringlich standen sie zwischen den massiven Steinpfeilern wie glühende, sichtbar gewordene Gebete. Die Pfeiler strebten in die Höhe und verflossen in die Rippen des Kreuzgewölbes, von dessen Schlußsteinen im Scheitel der Kuppel an goldenen Ketten alte Leuchter herunterhingen, die viele Kerzen tragen konnten. Die Bilder der Stationen des Kreuzweges, vor denen Ifor schon oft gekniet hatte, schienen zu leben, so fein und zart war die Mosaikarbeit. Die Leute sagen immer, die Statuen der Heiligen Jungfrau und des Heiligen Joseph seien aus „Stein“, in Wirklichkeit aber waren sie aus feinstem, weißem Carraramarmor und herrliche Bildhauerarbeit, ebenso wie die Podeste, auf denen sie standen. Aber das Auge wurde unwiderstehlich von dem großen Hochaltar angezogen, über dem das sichtlich aus Ebenholz und Elfenbein gefertigte Kreuz in die Höhe ragte. Wenn man sich einen Augenblick lang sammelte, dann konnte man in diesem Kunstwerk das wirkliche Kreuz sehen, und der Heiland, der daran hing, war Fleisch und Blut. Das Kreuz zog den Blick weg von den silbernen Kandelabern, in denen hohe weiße Kerzen steckten. Alles andere verschwand daneben.

Eines Tages, dachte Ifor, als er neben seinem Cousin kniete, würde dies ein berühmter Altar sein, ein Ort, an dem zu beten man nicht versäumen durfte, ob nun Oswold ein Heiliger war — was Ifor noch nicht ganz glauben konnte — oder nicht. Sicherlich hatte es verschlossene Heilige gegeben und auch zornige, Heilige, die die Menschen mit beredten Zungen gegeißelt hatten in heiligem Zorn, solche, die die Menschen weder liebten noch leiden konnten, solange sie lebten, aber bestimmt war keiner so bitter und finster gewesen wie Oswold Morgan, so von allen gehaßt außer einem Priester und einem Doktor. Gewiß, da waren noch die Kinder, aber Father Andrew war ein Romantiker, und er konnte aus der kleinen Episode mit den schweigenden Kindern und dem Mädchen, das seine Haarschleife verschenkte, etwas herausgelesen haben, das überhaupt keinen Bezug zur Wirklichkeit hatte. Vielleicht hatte Oswold in seiner Einsamkeit die Gewohnheit gehabt, den Kleinen in den Straßen Münzen zuzuwerfen — einfach nur aus menschlicher Auflehnung gegen die allgemeine Mißgunst, die ihn umgab, und die Kinder waren nur in gieriger Erwartung zu dem Wagen hingegangen. Ein ganzes Dorf konnte einen Menschen nicht mit solcher Einhelligkeit hassen, wenn er irgendwelche heilige Eigenschaften besaß, die für ein waches Auge zu erkennen waren. Er hatte zwar viel für seine engere Heimat getan, aber das konnte eine Art von verschrobener Rache sein. Ein so kluger, intelligenter Mensch, der imstande gewesen war, durch seinen erfinderischen Genius ein Riesenvermögen zu erwerben, mußte vorausgesehen haben, daß die von ihm Beschenkten eines Tages herausfinden mußten, wer er eigentlich war, und dann in ihren Herzen Reue darüber empfinden würden, daß sie ihn so lieblos behandelt hatten. Das müßte doch für eine rachelüsterne Seele eine tiefe Befriedigung sein. Und er hatte dafür Sorge getragen — aufgemerkt, mein lieber alter Andrew, der du so leidenschaftlich in deine Gebete vertieft bist —, daß der Wunsch, sein Name möge denen, die von ihm Wohltaten empfangen hatten, unbekannt bleiben, nicht in seinem Testament stand! Nach einiger Zeit wollte er schon bekannt werden, wenn es auch erst nach seinem Tode war, und er wollte seine Rache haben, nicht nur an dem Dorf, sondern auch an der Kirche. Lachte er vielleicht in ...? Wo war Oswold Morgan wohl zu dieser Stunde?

Halb beschämt darüber, daß ihm solche Gedanken kamen, wo er doch beten sollte, warf er einen Blick auf Father Andrew. Der blickte zu dem großen Kreuz empor, seine Lippen bewegten sich, der Rosenkranz hing von seinen Händen herunter und dessen Perlen glitten ihm eine nach der anderen durch die Finger. Seine müden Augen waren hell und klar und voll Gläubigkeit. Die Inbrunst seiner Liebe zu Gott warf einen hellen Schein auf seine Züge. Da ist der Heilige, dachte Ifor, wenn es je einen gegeben hat, wir brauchen gar nicht weiter zu suchen.

Aber andererseits — es gab da doch merkwürdige Dinge, für die es keine Erklärung gab. Die Heilung der Sterbenden und der Krüppel dem Satan zuzuschreiben, der das Volk täuschen wollte, hieß, sich unter die Pharisäer stellen und zu rufen, „Er ist vom Teufel besessen!“ Und das war ja bekannt, daß Satan und seine gefallenen Engel, wenn sie Aufsehen erregen wollten, das nie an abgelegenen, unbekannten Orten taten, die abseits der begangenen Pfade der Menschen lagen. Sie liebten großartige Auftritte, das Staunen der Menge und Fanfaren. Die Heiligen dagegen verrichteten ihre Taten fast heimlich und verlangten nichts anderes, als daß die Menschen Gott lieben sollten. Übrigens konnte die Verschönerung einer Kirche, in der die heilige Eucharistie aufbewahrt wurde, wohl kaum ein Täuschungsmanöver des Widersachers sein. Hingegen ...

Ifor zwang seine Gedanken energisch zum Gebet zurück. Er unterwarf sich dem Willen Gottes, aber er mußte an die Ungnade denken, die ein schrecklicher Tod unter Schmerzensschreien bedeutete. Laß mich, wenn es Dein Wille ist, in der Stille der Nacht sterben und Andrew an meiner Seite sein! Oder auch allein, in Deiner Gegenwart, mit Deinem Heiligsten Namen auf meinen Lippen. Der stolze Waliser, der an die Nähe und die Qual seines Todes dachte, hatte seinen Hochmut noch immer nicht abgelegt, und er fürchtete, daß er im Sterben vergessen würde, daß er ein Priester war und nur so sein würde wie andere Menschen.

Und dann hörte er eine strenge Stimme in seinem Inneren. „Ein Pharisäer?"

Er schlug sich mit den Fäusten an die Brust und betete um Vergebung. Obwohl es in der Kirche kühl war, begann er leicht zu schwitzen, und er konnte das unheilverkündende Pochen in seinen krebsbefallenen Drüsen fühlen. Er konnte auch dieses innerliche Verbluten fühlen, das Verbluten seines Lebens in den Sand des Todes. Sein ganzer menschlicher Leib erschrak, wie es jetzt so oft vorkam. Es war eine zitternde Vorangst, als ahnte er die fürchterliche Gefahr, in der er schwebte, und bemerkte das stetige Vorrücken seines Feindes. Der Körper wußte lange vor der Seele Bescheid. Der Feind war nicht mehr fern, Ifor konnte seine herannahenden Schritte in dem Pochen seines Fleisches fühlen. Instinktiv schrie der Körper nach Flucht, aber es gab keinen Ort, wo er sich hätte verbergen können außer dem Grab.

Der Schweiß rann Ifor jetzt in Strömen von der Stirn und von den Schultern, wo der Tod schon sein Siegel eingebrannt hatte. Es ist ganz natürlich, daß ich Angst habe, sagte er jetzt zu sich selber, wie er es schon so oft und zu so vielen anderen gesagt hatte. Hatte nicht Unser Heiland selbst die menschliche Seelenangst und das menschliche Zuückschrecken vor dem Ende im Garten von Gethsemane kennengelernt? Ja, es war natürlich leichter, alles das zu anderen zu sagen als zu sich selbst.

Er fühlte eine Berührung an der Schulter, und Andrew flüsterte ihm lächelnd zu, er müsse die alte Mrs. Forde besuchen, aber Ifor solle bleiben, wenn er wolle. Ifor, der vor Angst und unter der Wirkung seines langsam fortschreitenden Todes ganz schwach war, nickte und Andrew ging. Er konnte noch die schleifenden Schritte Andrews auf den Fliesen sich entfernen hören, drückte seine fiebernde Stirn gegen das Pult des Kirchenstuhls, in dem er kniete, und war dankbar für die Kühlung.

Endlich hob er den Kopf. Er konnte nicht sagen, daß er ruhig war, diese Betäubung des Geistes und der Seele konnte man nicht Ruhe nennen. Nicht einmal Resignation. Außer ihm war niemand anderer in der Kirche. Er blickte in das flackernde Licht der Kerzen am Altar, seufzte, sah weg, und dann blickte er wieder hin. Er hatte den Mann nicht kommen hören, diesen Mann, der am Altargitter stand und zum Kreuz hinaufsah. Er mußte eingetreten sein, als er und Andrew Seite an Seite gebetet hatten, und er hatte sich wohl in die erste Bank gesetzt und besichtigte nun den Altar, nachdem er sein Gebet verrichtet hatte. Also ein Fremder. Ifor hatte diesen großen Mann mit der leicht gebückten Haltung nie zuvor gesehen. Er hatte einen dunklen, städtischen Anzug an, sein weißer Kopf schimmerte ein wenig in dem zerstreuten Licht, und der Griff seines Stockes hing ihm über dem Arm. Er wendete Ifor den Rücken zu, und dieser, der ihn ein wenig neugierig betrachtete, bemerkte, daß sein Anzug von einem erstklassigen Schneider gemacht sein mußte. Dann kniete der Fremde am Altargitter nieder, faltete die Hände und senkte den Kopf. Worum er wohl betete? Und im übrigen, was machte ein solcher Mann wohl hier, in diesem abgelegenen Dorf? Hier gab es weder großartige Landhäuser noch Hotels, wo einer wie er absteigen konnte oder zu Besuch weilen. Irgendein Schiffsreeder vielleicht. Aber das war auch nicht sehr wahrscheinlich, denn die schickten gewöhnlich ihre Vertreter, und man sah selten einen — in den besonders ertragreichen Kohlengebieten, und Gwenwynnlynn war bestimmt nicht eine der reichsten Gruben.

Oder war es vielleicht ein Fremder, der von dieser wunderschönen kleinen Kirche gehört hatte und hierher eine Wallfahrt machte?

Der Fremde erhob sich, blickte nochmals zum Kreuz hinauf und beugte das Knie. Dann ging er ganz langsam, als wäre er in tiefe Gedanken versunken, das Kirchenschiff hinauf auf Ifor zu, der so tat, als versuche er seinen Rosenkranz zu entwirren. Es war eine Ungezogenheit, Fremde anzustarren, besonders für einen Priester. Die Menschen, die hereinkamen, um zu beten, mußte man ungestört ihrer Andacht überlassen.

Die langsamen Schritte kamen näher und hielten dann inne. Ifor, der nicht aufblickte, sah nur sorgfältig polierte Schuhe, die Spitze eines Stockes und das erstklassige Tuch der Hosen. Der Mann wollte offenbar mit ihm reden oder zumindest ein Lächeln tauschen. Deshalb blickte Ifor nach einer kleinen Weile auf.

Er sah in ein dunkles, verschlossenes Gesicht und die blauesten Augen, die er je gesehen hatte. Ein Gesicht wie aus dem Grabe und melancholische Augen. Die Nase war kräftig und kriegerisch, das Kinn markant und der schmale Mund ernst und verschlossen. Da, als ihn Ifor hilflos anstarrte, begann der Fremde zu lächeln, und im gleichen Augenblick waren die ganze Schwermut und der abweisende Ernst aus seinem Gesicht geschwunden. Das männliche Antlitz war jetzt mild und freundlich.

Ifor erhob sich unwillkürlich, aber der Fremde schüttelte gütig den Kopf. Dann blickte er Ifor lange und tief in die Augen und lächelte wieder. Es war ein brüderliches, verstehendes Lächeln. Dann ging er an Ifor vorüber den Mittelgang hinauf, trat durch die offene Tür in den Sonnenschein hinaus und war verschwunden.

Nun gut, dachte Ifor verwundert. Er blieb noch ein paar Augenblicke und verließ dann auch die Kirche. Die Straße draußen war leer. Nur in einiger Entfernung spielten Kinder, denn ihre Mütter waren um diese Zeit damit beschäftigt, Tee zu machen, und die Männer waren aus dem Bergwerk noch nicht nach Hause gekommen. Ifor ging ins Pfarrhaus. Mrs. Burke deckte gerade in der Küche den Tisch, damit die Priester ihren Tee trinken konnten, und der Wasserkessel summte am Herdrand. Die alte Frau warf ihm einen besorgten, mütterlich lächelnden Blick zu, denn jetzt wußten es ja schon alle, daß Father Andrews jüngerer Cousin sehr ernstlich krank war. Ifor war zwar sicher, daß der Doktor nichts gesagt hatte, doch hatte er Andrew im Verdacht, seine Pfarrkinder gebeten zu haben, für ihn zu beten.

„Sie sehen ja richtig erfrischt aus, Father Ifor", sagte sie, „und ich hoffe auch, daß Sie zum Tee einen guten Appetit mitbringen."

Ifor begann zu lächeln, wurde dann aber wieder ernst. „Weil Sie gerade davon reden, Mrs. Burke", sagte er und staunte über sich selbst, „ich habe einen fürchterlichen Hunger." Er beobachtete sich und seine Gefühle einen Augenblick lang. Merkwürdig! Von dem Geruch der geräucherten Heringe, die in der Pfanne brieten und bei dem Anblick der kleinen Schüssel mit rosarotem Schinken drehte sich ihm nicht der Magen um, wie das in der letzten Zeit immer der Fall gewesen war. Er war tatsächlich und wirklich hungrig! „Ich werde mich schnell waschen", sagte er, „und dann wird Father Andrew auch hier sein. Ich freue mich schon auf den Tee!"

Er ging auf sein Zimmer, und erst als er die Tür hinter sich geschlossen hattte, bekam er fast einen Schock vor Staunen, als er bemerkte, daß das Pochen in seinen Drüsen aufgehört hatte und daß ein plötzliches, unglaubliches Gefühl von Wohlbehagen, als hätte er neues Blut, durch seinen ganzen Körper strömte. Er fühlte sich wieder wie ein Jüngling oder wenigstens wie ein lebensfrischer reifer Mann. So ein Gefühl hatte er schon seit Wochen nicht mehr gehabt, nein, seit einem Jahr oder sogar zwei Jahren. Bleib ruhig, sagte er zu seinem Herzen, das vor Erstaunen schneller schlug, wahrscheinlich gibt es Zeiten scheinbarer Besserung. Das hier muß eine sein.

Er knöpfte seine Soutane auf. Aber seine Finger hielten inne. Wo war nur der Sommer so plötzlich hingegangen, oder war er gegangen, ohne daß er es bemerkt hatte? Das helle Licht der Abendsonne war ihm nie so klar und rein vorgekommen, wenigstens nicht seit langer Zeit. Die Blumen des frühen Herbstes durchfluteten das kleine Zimmer mit ihrem Duft. War es auch gestern schon gewesen und er hatte nicht darauf geachtet? Alles Leben wurde ihm mit einem Male lebhafter, näher, lebendiger, innigst lieb und von tiefster friedlicher Ruhe erfüllt.

Es war so lange her, seit er frohe Erwartung und Ungeduld gefühlt hatte, die sich jetzt in seinem Herzen ausbreiteten, wie eine Flut der Freude. Seine Finger zitterten, während er sein Hemd öffnete und das Kollare entfernte. „Ich danke dir, Herr", sagte er, „daß du meine Gebete erhört hast und mir in diesen meinen letzten Tagen Deinen Frieden und Deinen Segen gegeben hast. Diese zu besitzen ist mehr als ein ganzes Leben, und ich will es nie vergessen."

Er zog das Hemd aus und blickte in den Spiegel über dem Waschtisch und staunte von neuem, denn es war Farbe in seinen Wangen und seine Augen glänzten. Er betastete langsam und verwundert seine Wangen und seine Stirn. Sie fühlten sich kühl und frisch an. Und dann sank seine Hand ganz langsam herunter, er starrte sich im Spiegel an, seine Augen weiteten sich, und sein Mund blieb offenstehen.

So stand er lange Zeit. Endlich drehte er sich mit einem Ruck um und sah im Spiegel seine Schulter. Die bösen schwarzen Flekken waren verschwunden. An der schrecklichen Stelle, wo sie gewesen waren, war die Haut nur mehr ein wenig zartrosa verfärbt, wie wenn man einige Zeit mit dem Finger auf die gesunde Haut gedrückt hätte. Aber unter den Augen Ifors verschwand auch diese Verfärbung, und die Haut war glatt und makellos.

„Nein", flüsterte Ifor, „nein, das ist nicht möglich!"

Er wankte zu seinem Bett, fiel auf die Knie, legte seine Arme auf die wollene Decke und weinte.

Er hörte das Klopfen an der Tür nicht, denn seine Tränen und seine Gebete hatten sich zu einer einzigen, großen, lobpreisenden und demütigen Danksagung vereint, die wie eine Flammensäule gen Himmel stieg, und seine Sinne dieser Welt verschlossen.

„Ifor!“ rief Andrew voll Angst. „Ifor, was ist mit dir?“

Ifor erhob sich, seinen Augen entströmten noch immer Tränen, und er ergriff Andrew bei den Armen. „Sag mir“, rief er drängend, „sag mir, wie Oswold Morgan ausgesehen hat, was für ein Gesicht hat er gehabt?!“

Andrew starrte ihn verständnislos an. „Sag es mir doch“, drängte Ifor, „denn ich glaube, daß ich ihn gesehen habe.“

„Ifor, Ifor“, stammelte der alte Priester. „Oswold — groß und leicht gebeugt, ein dunkles Gesicht, dichte schwarze Brauen, blaue Augen wie ein See, das Kinn eines strengen Mannes, ein ernstes Gesicht, weiße Haare, ein schmaler, verschlossener Mund ... Aber, Ifor, was hast du da vorhin gesagt?“

Ifor schwieg zuerst und rang nach Luft. Dann aber sagte er demütig: „Er war es, den ich in der Kirche gesehen habe, als ich dort allein war. Es war seine Fürbitte — dein Gebet ...“ Er holte tief Atem. „Sieh her!“ rief er und drehte sich so, daß Andrew seinen Rücken sehen konnte. „Sieh nur her, es ist ganz weg, die Schwellung, der Schmerz ... Andrew, dein Oswold ist wirklich ein Heiliger!“

„Ja“, sagte Father Ifor zu den gespannten Gesichtern um das Feuer, „das war also vor zehn Jahren, und für einen Mann in meinen Jahren bin ich bei bester Gesundheit, das kann niemand leugnen. Jedes Jahr werde ich von drei hervorragenden Ärzten untersucht, denn Rom ist weise und vorsichtig. Die Befunde sagen, daß ich frei von Melanom bin. Father Andrew und ich sind damals zum Verhör nach Rom berufen worden. Der *advocatus diaboli* hat uns scharf in die Zange genommen und manchmal sogar etwas von oben herab behandelt. Auch gegen Dr. Brecon war er so, aber gegen die feinen Doktoren aus Harley Street, die die Wahrheit zugaben und sagten, sie hätten ‚keine Erklärung‘ dafür, und widerwillig eingestanden, daß es ein Wunder war, benahm er sich weit weniger draufgängerisch.

Rom läßt sich Zeit in derartigen Angelegenheiten. Es wird vielleicht noch viele Jahre dauern, aber eines Tages — ich werde ihn nicht mehr erleben — wird ein neuer Heiliger verkündet und in die Gesellschaft der Seligen aufgenommen werden. Den Menschen war er als Sir Oswold Morgan bekannt, Gott aber kennt ihn als Seinen Diener Oswold von Gwenwynnlynn, der heldenhaft die Tugend übte, wie nur ein Heiliger sie üben kann, der seine Mitmenschen über alles liebte, sie heute noch von ganzem Herzen liebt und die Gebete derer erhört, die gläubig und in demütigem Elend seine Fürbitte erflehen, mit Furcht und Hoffnung und im Vertrauen auf die Barmherzigkeit des ewigen Gottes."

Ifor lächelte. „Während Rom bedachtsam und vorsichtig den langsamen Prozeß weitergehen läßt, verehren die Leute von Gwenwynnlynn ihren Heiligen schon jetzt, und ich, der ich nach dem vor acht Jahren erfolgten Tod meines Cousins ihr Pfarrer bin, kann sie kaum dafür tadeln, wenn sie Oswold Morgans Grab mit Blumen überhäufen und daneben knien, um dort zu beten, obwohl kein prächtiges Grabmal an der Stelle steht, wo man seinen sterblichen Leib bestattet hat. Und wenige Fremde wissen, wo er liegt, außer denen, die ihn lieben: die Leute von Gwenwynnlynn."

VI

Mit Tränen in den Augen betete die kleine Rose in dieser Nacht mit der ganzen Kraft ihres Herzens zu dem „Heiligen“ Oswold Morgan aus Wales darum, noch länger bei Großmutter bleiben zu dürfen. Denn es war wieder ein neuer Priester eingetroffen, der versuchen sollte, Großmutter zu den Sakramenten zurückzubringen. Nachdem Father Lewis mit seiner Geschichte von Oswold Morgan zu Ende war, hatte er gesagt: „Ja, es ist schon wahr, daß der Glaube Berge versetzen kann, doch wie viele Menschen wissen das? Aber andererseits vertieft oft der Zweifel dann letzten Endes den Glauben, wie man sagt, daß das Feuer den feinen Stahl aus Toledo härtet, und das wissen die Leute von dort sehr gut, besser als alle anderen. Der Zweifel stammt vom Satan, das ist gewiß, und ich weiß auch, daß er das Feuer ist, in dem wir geprüft werden.“

„Manchmal denke ich mir“, sagte Großmutter trocken, „daß er alles in dem Feuer verbrennt, wenn er einmal dabei ist, und daß überhaupt nichts übrigbleibt.“

Father Timothy Donahue hatte an seiner Pfeife gezogen und nachdenklich vor sich hin gesehen. „Wenn das so wäre, dann wäre der Glaube nichts als trockenes Schilf, dazu bestimmt, verbrannt zu werden. Wenn es aber Saft in sich hat ...“

Father Donahue war ein stattlicher Mann, zwar nicht so groß wie seine irischen Kollegen, aber doch größer als die Waliser und Engländer. Er hatte ernste, aber freundliche schwarze Augen und war für sein Alter noch sehr lebhaft und beweglich. „Wenn das Rohr Saft in sich hat“, wiederholte er. „Aber ich weiß, ich soll nicht anmaßend sein, sondern demütig, denn der Glaube kommt von Gott und kann nicht erzwungen, nur geschenkt werden.“

Seine Stimme hatte ein wenig gezittert, und Rose war sofort von ihm bezaubert gewesen. Dann aber war ihr wieder der schreckliche Gedanke gekommen, daß sie morgen heimfahren müsse und daß sie diese vielversprechende Geschichte versäumen würde. Daher verbrachte sie mindestens eine halbe Stunde damit, Oswold Morgan um seine Fürbitte bei dem Gott all dieser heiligen Männer anzuflehen, dessen Macht zwar feststand, von dem sie aber im übrigen nur eine recht unklare Vorstellung hatte. Er war wohl ein strenger Gebieter, der leicht mit der Peitsche bei der Hand war und strenge Strafen austeilte. Er ließ sich nicht einfach beiseite schieben und ließ auch nicht so ohne weiteres Gnade für Recht ergehen, so hatte man es sie zu Hause gelehrt. Aber Oswold Morgan, das glaubte sie bestimmt, fand Gehör bei Ihm, und deshalb flehte sie Ihn an. Doch so sehr sie sich auch bemühte, eine zu finden, diesmal kam ihr keine brauchbare Krankheit zu Hilfe.

Am Morgen beim Frühstück blickte sie Mary, die Köchin, zuerst strahlend an, überlegte aber dann, daß dies unschicklich sei, und sah ernst drein. „Ich glaube", verkündete sie, „dein Papa und deine Mama haben ihr geschrieben, sie soll dich noch eine Weile behalten. Es scheint sich wieder was zu tun."

Es war zwar nicht schön von ihr, aber Rose jubelte über diesen Zwischenfall. Es hatte also neuerlich Zank gegeben, und sie konnte bleiben. Ihr Gebet an Sir Oswold war erhört worden.

FATHER DONAHUE UND DER SCHATTEN DES ZWEIFELS

„Ich sollte damals nach Carne, einem Ort an der Westküste Irlands kommen", begann Father Donahue, „und ich war voll Freude und Dankbarkeit. Sollte ich doch meine eigene Pfarre haben und nicht mehr Kaplan in Dublin sein und von alten Priestern tyrannisiert werden. Na ja, ich bin heute selbst reizbar nach all den Jahren, die mich der Rheumatismus geplagt hat und die Halsstarrigkeit meiner Leute, Gott segne sie. Aber damals war ich jung und nahm mir in der Unschuld meines Herzens vor, daß ich nicht so ein Eisenfresser sein wolle, der im Beichtstuhl jeden kleinen Lumpen für eine läßliche Sünde gleich wie wild anschreit, Pech und Schwefel und das ganze Höllenfeuer auf die alten Weiblein herabbeschwört, weil sie ihre Bettelmünzen im Strumpf verstecken und nichts für die Mission geben, und der die armen guten Schwestern für die eingestandene Hudelei beim Beten zittern und beben macht. Ich wollte die Männer nicht wegen eines Extra-Biers, das sie am Samstagabend in der Schenke tranken, anbrüllen. Sie arbeiteten ja schwer genug mit ihren harten, an Pflug und Axt schwielig und steif gewordenen Händen, die kaum eine Stunde müßig waren, die ihnen der Herr schenkte.

Nein, ich wollte ein Heiliger sein, wollte, daß sie mich den guten Father Timothy nennen sollten. Es gibt keinen jungen Priester, der nicht von der Heiligkeit träumt", fügte Father Donahue mit einem kurzen Seitenblick auf die jüngeren Priester rund um den Kamin hinzu. „Es ist ein herrlicher Traum, ein heroischer, er geht aber selten in Erfüllung, meine jungen Freunde ... St. Patrick war ein Heiliger", fuhr er freundlicher fort, „aber kein irischer, und es gibt da viele Lektionen, die man lernen muß.

Wie gesagt, ich war vierundzwanzig Jahre alt, innerlich schon ganz zerbrochen von der ewigen Anschnauzerei, aber jetzt sollte ich also endlich meine eigene Pfarre haben. Als ich mich von dem alten Father McGowan verabschiedete, sagte er zu mir: ‚So, so, entkommst du also meiner Zuchtrute! Man sieht dir ja direkt die Freude an in deinem albernen Gesicht. Hier unter meinen Fittichen hast du es warm gehabt, und jetzt hat dich Unser Herr hinausgerufen in den kalten Wind. Mögen die Heiligen dir beistehen!' Er lachte, ungewöhnlich bitter, wie mir vorkam, und ich packte meinen kleinen Koffer und war froh, wegzukommen. Als er mir nochmals die Hand schüttelte, trug er mir noch auf: ‚Empfiehl mich Father Sullivan in Larney, das Dorf liegt fünfzehn Meilen östlich von deinem. Er ist ein von Gott gesegneter Mensch, und bitte ihn, meiner im Gebet zu gedenken.‘ “

Father Donahue hatte an diesem hochgelobten Tag, da er das Pfarrhaus in Dublin verließ — es war ein oder zwei Tage vor dem ersten Adventsonntag — nicht die leiseste Absicht, sich wieder in die Nähe so eines „alten Priesters“, weder in Larney noch sonstwo, zu begeben. Er war ganz sicher, daß Father Sullivan nicht nur alt, sondern auch ungelehrt war und das Lateinische heruntermurmelte, ohne es recht zu verstehen. Es gab auch keinen Anlaß zu glauben, daß er nicht ebenfalls sehr reizbar sein und durchaus kein Vertrauen zu jungen Priestern haben würde, die ohne Führung in ihre erste Pfarre gingen. Doch da erhob sich plötzlich ein heftiger Schneesturm, und der Zug wurde im Bahnhof von Larney eingeschneit. Der kalte Wind blies durch die Kleider und ließ einem das Blut zu Eis erstarren. Es würde eine mehrstündige Verspätung geben, erklärte man Father Donahue. Er zählte die Shillinge und Pences in seiner Tasche, rechnete noch die einzige Ein-Pfund-Note dazu, die er besaß, und kam zu dem Schluß, daß Father Sullivan zwar sicherlich auch einer von den leicht irritablen Alten sein werde, einen aber doch zumindest zu einem Glas guten irischen Whisky und einem soliden, wenn auch geschmacklosen Essen einladen würde, ungeachtet der Tatsache, daß es sich um einen jungen Priester handelte. Überdies konnte er in dem kleinen Stationsgebäude gar nicht bleiben, ohne zu erfrieren. Die Lokomotive verdrehte die Augen, als läge sie in den letzten Zügen, und ließ nur mehr recht schwächlich Dampf ab. Sie sollten nur ruhig erst ordentlich einheizen und die Strecke ein bißchen freischaufeln; er, der junge Priester, würde ein Dach über dem Kopf haben und mit einem Glas Whisky in der Hand am Kaminfeuer sitzen und auf ein gutes Mahl in einer warmen Stube warten.

Eine Anfrage bei der hohen Bahnobrigkeit (einem einzigen alten Mann) überzeugte Father Donahue, daß der Zug frühestens in vier Stunden weiterfahren würde. Also ließ er sich die Richtung zeigen und stapfte dann energisch durch den hohen Schnee zum Pfarrhaus Father Sullivans. Er stammte aus einem kleinen irischen Dorf und hatte dort bis zum Eintritt ins Seminar gelebt, aber er hatte, Gott sei es gedankt, vergessen, wie elend und traurig so ein kleines irisches Dorf vor Sonnenuntergang im schneeigen Dämmerlicht aussehen konnte. Stille umgab ihn und kaltes hartes Weiß. Die schneidenden Windstöße schmerzten wie Peitschenhiebe. Zwar kam Rauch aus den Kaminen, aber keine Seele war zu sehen. Wenn ein Hund bellte, dann wurde das Echo zu wiederholten Malen von den schneebedeckten Hügeln und den Dächern der strohgedeckten Hütten zurückgeworfen. Ein unheimliches violettes Licht lag über der Landschaft und über den flachen Wellen der Schneewächten, und die krankhaft verdrehten, dunklen Silhouetten der Bäume erhoben sich wie gemarterte Hände gen Himmel. Zum erstenmal dachte Father Donahue an das Dorf Carne, das wahrscheinlich nicht fröhlicher aussah als dieses, und das Hochgefühl seines jungen Herzens begann beunruhigend rasch zu sinken. Weshalb wohl hatte er vorher noch nicht an all das gedacht? Er blickte nach Westen. Dort sah er einen blutroten Fleck in den grauen Wolken und darüber ein winziges eisgrünes Stück Himmel, der einem das Herz im Leibe zu Eis erstarren lassen konnte.

Aber das Pfarrhaus war trotz seiner Beengtheit voll Wärme und Lampenlicht, und es roch, wie offenbar alle Pfarrhäuser, nach Wachs, Petroleum und Terpentin. Das war wohl der Geruch der Heiligkeit. (Den letzteren hatte er übrigens in den zwei Pfarrhäusern, in denen er in Dublin gelebt hatte, schmerzlich vermißt, denn die beiden alten Pfarrer hatten ein jähzorniges Temperament gehabt und wenig Geduld. „Übrigens kein Wunder", sagte Father Donahue trübe, als er an diese lange winterliche Dämmerung und an seine vier Jahre in Dublin und die leeren Speisekammern dachte.)

Father Sullivan war ein kleiner, rundlicher Mann mit strahlenden schwarzen Augen und bemerkenswert dichten weißen Haaren, die ihm über Stirn und Ohren und bis weit in den Nacken hinunter Löckchen bildeten. Er hatte eine Gesichtsfarbe wie ein Barockengel, und der Druck seiner Hand war warm und herzlich. Sein Profil war scharf, deutete aber Güte an. Er war entzückt, „Father McGowans Jungen“ zu sehen, und hatte erst an diesem Morgen gebetet, daß der Junge Zeit finden möge, ihn aufzusuchen. Der alte Priester war sehr glücklich, aufgeräumt und ein wunderbarer Gastgeber. Noch besser aber war: der Ofen in dem kleinen Wohnzimmer glühte, der Whisky hob die Stimmung, und dann briet noch, wie der Pfarrer verriet, in der Küche ein saftiges Lammsteak mit Kartoffelscheiben und Zwiebeln. Außerdem sollte es noch Pudding geben und starken Tee.

Er war in demselben Alter wie Father McGowan, und nachdem er das Glas des jungen Priesters zum zweiten Male mit dem goldgelben Whisky gefüllt hatte, begann er „den Jungen“ mit Fragen zu überschütten. Wie es dem lieben Tom gehe und seiner alten kränklichen Schwester, die ihm den Haushalt führte, wie es in Dublin aussehe und ob sich die Menschen schon von der Hungersnot erholt hätten? „Ich fühlte mich anfangs ein wenig erhaben über diesen alten, einfältigen Priester“, sagte Father Donahue, „über diesen Alten, der da wie ein Kind von der großen Hungersnot sprach, als hätte er nicht selbst unter ihr gelitten. Doch wie er so daherschwatzte, entdeckte ich in seinen großen schwarzen Augen Klugheit und Verständnis. Aber ich muß es jetzt leider gestehen, daß mich dies alles weniger interessierte als der Duft des in der Küche bruzzelnden Steaks und der herrliche Geruch des dampfenden Puddings, der aus der Küche drang. Der Whisky rann mir bis in meine kalten Füße, und ich hoffte, daß der Zug an diesem Abend nicht mehr weiterfahren würde und ich neben dem Feuer in ein oder zwei Decken gewickelt schlafen könnte.“

Es überraschte den jungen Priester, daß sein Gastgeber von Father McGowan, diesem unentwegt polternden, furchterregenden alten Mann, der der Schrecken seiner Pfarre war, als dem „lieben Tom“ reden konnte. In Gedanken darüber versunken, ließ er sich noch ein kleines Glas Whisky einschenken und überhörte den Seufzer, den Father Sullivan ausstieß, als er die

Flasche gegen das Licht hielt. Zum Glück für den kleinen Rest, der noch übriggeblieben war, fragte die Haushälterin, eine streng aussehende alte Dame, leicht ungeduldig, ob sie heute Abend keinen Tee trinken wollten, und sie gingen in die Küche und bedienten sich reichlich. Die Haushälterin, Father Sullivans Cousine, vor der er augenscheinlich eine Heidenangst hatte, begann nun einen Monolog über den Appetit von jungen Leuten und was wohl morgen außer Hafermehl, das der Magen Father Sullivans nicht vertrüge, auf den Tisch kommen würde. Der junge Priester ließ sich von dieser Leichenrede nicht beeindrukken, denn er hatte dieselben Klagen in Dublin gehört, und die alten Damen wußten es, mit Gottes Hilfe, doch immer so einzurichten, daß sie ihre Pflegebefohlenen abfüttern konnten, wenn auch nicht in übermäßig reichlicher Weise. Als er noch jung war, ärgerte ihn immer die Tatsache, daß die alten Damen keinerlei Ehrfurcht vor den Geistlichen zu haben schienen, sondern sie wie unmündige kleine Kinder behandelten, die vor dem Appetit anderer Priester, aufdringlichen Pfarrkindern und dem „Bischof" beschützt werden mußten. Der Monolog endete unvermeidlich mit dem „Bischof", und das war auch heute abend der Fall, und gleichzeitig war auch der Pudding aufgegessen, zu dem sie ihren Tee getrunken hatten. Als aber die beiden wohlgesättigten Priester ins Wohnzimmer zurückgingen, rief die alte Dame Father Sullivan nach: „Und daß Sie heute abend nicht den Brief an den Bischof vergessen. Ich werde ihn dann zur Post bringen!"

„Mein Gott", murmelte Father Sullivan schläfrig, während er sich seine in Wollsocken steckenden Füße an dem Kaminvorsatz wärmte und auf das Heulen des Windes horchte, „sie ist ein rechtes Kreuz, meine Cousine, und was ich ihrer Meinung nach dem Bischof schreiben soll, weiß ich wirklich nicht. Ich habe es völlig vergessen."

„Die alten Cousinen und Tanten haben etwas gegen Bischöfe, glaube ich", sagte Father Donahue ebenso schläfrig.

„Und die Bischöfe heben ihre Roben auf und rennen davon,

wenn sie sie nur von ferne sehen", sagte der Gastgeber lachend. „Aber was würden wir ohne sie machen, Tim?"

Father Donahue blieb über Nacht. Er rollte sich auf der Truhe neben dem Feuer zusammen und hüllte sich in Decken und Schals, nachdem ihm die alte Cousine versichert hatte, daß der Zug nicht vor dem Morgen weiterfahren werde. Woher sie das wußte, danach fragte Father Donahue nicht. Er kannte diese alten Damen, die einen sechsten Sinn hatten. Er hielt sie zwar für unwissende Seelen, hörte aber stets mehr oder weniger demütig auf sie.

„Die alte Agnes hat an dir einen Narren gefressen, mein Junge", sagte Father Sullivan am nächsten Morgen nach der Messe. Eingedenk der mürrischen Blicke und des Verweises am vorhergehenden Abend bezweifelte Father Donahue dies. Doch als er sich auf den Weg zum Bahnhof machen wollte, sagte ihm Agnes beim Abschied eindringlich: „Und rufen Sie nur Jack, wenn Sie ihn brauchen. Nicht vergessen!"

„Sie sagt, daß sie ein zweites Gesicht hat", sagte Father Sullivan, als er seinem Gast die Hand schüttelte. „Und wenn der Bischof auch die Stirn runzelt, schließlich sitzt er schon ewige Zeiten in Dublin, und es ist schon lange her, daß er auf dem Land . . ." er hielt inne und dann wiederholte er zwinkernd und nickend: „Also nicht vergessen!"

„Das werde ich bestimmt nicht", versprach Father Timothy Donahue, der an dem hellen, leuchtenden Morgen wieder guten Mutes war. Er schritt rüstig aus, und es überraschte ihn nicht, daß der Zug am Abend wirklich nicht abgefahren war und die Lokomotive gerade eine riesige Dampfwolke ausstieß und ungeduldig zur Fahrt nach Carne pfiff. Als ob ich an der Verspätung schuld hätte, dachte der junge Priester.

Die Strecke nach Carne war nur fünfzehn Meilen lang, aber der Zug schien bei jedem Scheunentor zu halten. So hatte Tim Donahue also reichlich Zeit, sich seine neue Pfarre vorzustellen, von der er fürchtete, daß sie sich als zweites Larney entpuppen würde. Seine düsteren Ahnungen bewahrheiteten sich leider. Carne war noch kleiner und lag in Sicht- und Hörweite der tobenden grauen See. Es war sogar noch kälter als Larney und beherbergte augenscheinlich noch mehr arme Teufel, wenn das überhaupt möglich war.

Zwei alte Männer, mit Wollgamaschen und dicken alten braunen Kappen und in ihren an den Ellbogen geflickten Jacken recht schäbig aussehend, erwarteten ihn an der Station. „Sieht nicht viel gleich, unser Carne, Father", sagte der eine freundlich, „aber die Leute hier sind gutherzig, und in das Pfarrhaus regnet es nicht hinein und in die alte Kirche auch nicht." Er hatte die Enttäuschung des jungen Priesters bemerkt und tätschelte den Arm Father Tims wie ein Großvater. „Wie Dublin ist es natürlich nicht, das ist schon richtig, aber wir lieben unsere guten Pfarrer hier und sind nicht unverschämt im Beichtstuhl." Father Tim fühlte sich durch die Begrüßung ein wenig aufgemuntert. Sie führten ihn zu einem zweirädrigen Wagen, packten ihn gut in Decken ein und fort gings in schnellem Trab. „Der alte Father konnte nicht kommen", schrie der zweite Alte, um das Klappern der Hufe auf den nassen schwarzen Pflastersteinen vor der Station zu übertönen. „Er hat das Gliederreißen."

Ohne Zweifel werde ich das bald auch haben, dachte Father Timothy verdrießlich. Selbst unter den vielen Decken, die stark nach Pferden rochen, zitterte er vor Kälte, und wenn der eisige Wind ihm über die Wangen strich, erschauerte er. Auch hier war Schnee gefallen, und die dunklen Berge hinter dem Dorf waren von ihm wie mit blassen Adern durchzogen. Carne lag wie eingehüllt in eine weiße Bettdecke da. Die Hauptstraße — es gab noch vier Nebengassen — war schmal, ungepflegt und von winzig kleinen Läden gesäumt, deren Scheiben beschlagen waren, so daß man nicht hindurchsehen konnte. Dazwischen eingestreut stand eine erkleckliche Anzahl von Wirtshäusern. Das dürften hier Säufer sein, dachte Father Timothy und mußte an die netten Gaststätten Dublins denken. Es gab auch einen Gasthof, dessen Schild im Winde knarrte. Es war rot, blau und weiß bemalt und verkündete, daß dies der „Der Feurige Falke“ sei. Vögel sind nicht feurig, bemerkte der Priester für sich, um seine Vorahnungen abzulenken, aber es klingt interessant.

Die beiden Alten berichteten ihm, daß der „alte Father“ morgen ausziehen werde, daß die guten Schwestern das Pfarrhaus auf Glanz hergerichtet hätten und darauf warteten, ihn zu begrüßen — Father Tim lief ein Schauer über den Rücken. Seine Haushälterin wohnte nicht im Hause; sie war eine Witwe mit fünf Kindern und sorgte täglich für den Priester. Das Sonntagessen war eingeschlossen. Abends ging sie wieder. Das letztere begrüßte Father Timothy besonders. Er war der einzige Sohn einer großen Familie mit lauter Mädchen und vielen Cousinen und Tanten, und als er dann Kaplan geworden war, hatten ihn die Haushälterinnen, diese alten Drachen, tyrannisiert und nur als einen kleinen Jungen behandelt, der nicht nur der mütterlichen Aufmerksamkeit hinsichtlich Wollschals und warmer Socken bedurfte, sondern auch einer gewissen Führung. Eine von ihnen hatte von Theologie mehr verstanden als ein im Ort hochangesehener Anwalt, der auf seine Kenntnisse stolz war, und es war ihre Gewohnheit gewesen, zu allen möglichen und unmöglichen Gelegenheiten gewisse unklare Punkte der christlichen Lehre mit dem Kaplan zu diskutieren.

Um den Nonnen und der Haushälterin zu entgehen, hatte der „alte Father“ sich schlauerweise unter dem Vorwand, heute besonders vom Rheumatismus geplagt zu sein, in seinen kleinen Schlafraum eingeschlossen. Er kam erst heraus, als er Männerstimmen hörte und wußte, daß Sukkurs da war. Erst dann schleppte er sich stöhnend aus dem Schlafzimmer in den Wohnraum, der so klein war, daß er die vielen Menschen kaum fassen konnte, und begrüßte Father Tim mit wirklicher Freude. „Ein fester Bursche“, sagte er nickend, während seine müden, alten Augen aufleuchteten. Father Tim hatte den bestimmten Eindruck, daß es in Carne notwendig sein werde, „fest“ zu sein.

Das kleine Pfarrhaus war so eng, daß das Wohnzimmer von der Hitze des roten Torffeuers und von der des Empfangskomitees nur so dampfte. Father Tim warf einen kurzen, verlegenen Blick auf die in fahlem Weiß getünchten Wände, die noch nach Kalk rochen, und sofort erklärte einer der beiden Alten stolz, daß er gestern diese Arbeit gemacht habe. Die wenigen Stühle waren schwarz, aber fest, ebenso der einzige Tisch mit der übel riechenden Petroleumlampe, die qualmend die trübe Dämmerung des winterlichen Tages erhellte.

„Nett, sehr nett", murmelte der „alte Father", der offensichtlich zur Linderung seiner Schmerzen nach einem guten Gläschen lechzte, einem Gläschen, das er sich angesichts der Nonnen, die mit Ausnahme der Schwester Oberin in ihrem Habit stocksteif und reglos dastanden, nicht zu genehmigen wagte. Die Schwester Oberin war eine der kleinsten Frauen, die Father Tim je gesehen hatte, ihr Gesicht war das eines rosenwangigen Engels, und sie hatte die lieblichsten, sanftesten blauen Augen und den zartesten rosigen Mund. Als Father Tim sie sah, war ihm sofort klar, daß sie ein Temperament hatte wie ein Faß Schießpulver und hart wie Stahl war und so halsstarrig, daß sie ein Esel um ihre Hartnäckigkeit hätte beneiden können. Man konnte sie für ungefähr dreißig halten, in Wirklichkeit war sie aber bestimmt um die siebzig und hatte in ihrem Leben sicherlich nie Schmerzen oder Krankheit kennengelernt. Sie schenkte ihm ein reizendes und höchst unterwürfiges Lächeln, und im Geiste hörte er sie ganz deutlich sagen: „Also dummes Zeug werden Sie uns hier nicht machen, Father, und in unsere Angelegenheiten werden Sie sich auch nicht einmischen, da will ich Ihnen gleich reinen Wein einschenken, damit Sie schon von Anfang an Ihre Stellung kennen. Ich kenne euch schon, ihr Jungen, ihr seid mir etwas zu schnell bei der Hand und voller Eifer und Feuer. Aber wir werden Sie schon bändigen!"

So, so! antwortete ihr Father Tim im Geiste äußerst kühl und kultiviert, wie man es als wohlerzogener Mensch in Dublin getan hätte. Sie schenkte ihm wieder ein strahlendes Lächeln und wußte genau, was er gesagt hatte. Er war davon überzeugt, daß die heilige Cäcilie nie eine solche Ausstrahlung besessen hatte, und es sank ihm der Mut. Sie besaß fast eine Aureole heiliger Heiterkeit und triumphierender Fröhlichkeit und hatte sofort verstanden, daß sie es hier mit einem Jungen zu tun hatte, der fast sein ganzes Leben unter der energischen Zuchtrute von Frauen gestanden hatte und der wußte, wann er sie nicht zornig machen durfte. Und sie war davon sehr befriedigt.

Nachdem sie Father Tims Segen erhalten hatten, gingen die Nonnen in einer geschlossenen Gruppe, und man sah es ihnen an, daß sie schon begierig waren, Bemerkungen auszutauschen, wenn sie allein waren. Tim hegte nicht den leisesten Zweifel, daß die Schwester Oberin sie mit der Versicherung, sie werde ihn schon an die Kandare nehmen, beruhigte.

„Eine gute Seele", sagte der „alte Father" von Schwester Mary Grace. „Eine solche Frömmigkeit, eine solche Hingabe und — er überlegte einen Moment — so eine Tatkraft." Er sah Father Tim an und kicherte. „Eine Heilige, Junge, eine Heilige."

„Das habe ich bemerkt", sagte Father Tim. Der alte Pfarrer klopfte ihm aufmunternd auf die Schulter, aber er schüttelte den Kopf. „Ich rate dir, ihr nicht in den Weg zu kommen. Die Schule gehört ihnen, glaubt sie, und sie ist der Bürgermeister, glaubt sie auch. Hier gibts keine einzige Seele, die nicht bei ihrem Anblick um die Hälfte kleiner wird. Na, jetzt sehen wir aber zu, daß wir zu unserem Glas kommen, damit wir unser Herz erwärmen."

Der Schnee fiel in großen nassen Flocken. Die beiden Priester saßen bei einem ausgiebigen, wenn auch wenig schmackhaften Mahl. Mrs. Casey liebte übervolle Schüsseln, denn sie nahm die Überbleibsel stets für ihre Kinderschar mit nach Hause. Daher türmte sie also den Kartoffelbrei, die Rüben, das gekochte Rindfleisch und dicke Brotschnitten hoch auf und hatte ein wachsames Auge darauf, daß die Priester sich trotzdem nicht überaßen.

Nach einem angemessenen Mittagsschläfchen nahm der alte Pfarrer den jüngeren zu einer Besichtigung des Dorfes mit. Es gab ein Fahrrad, das Pfarreigentum war. Heute aber gingen sie zu Fuß. Die Dorfbewohner hatten in der Hauptstraße viel zu tun, und es hatte den Anschein als hefteten sie sich an die Fersen der Priester. Father Tim wußte genau, daß er geprüft und auf einer sehr genauen Waage gewogen wurde.

Er fühlte sich unbehaglich und benahm sich steif, als er mit ein paar wichtigeren Bürgern und Bürgerinnen bekannt gemacht wurde. Er kannte diese Inspektion eines „neuen“ Priesters sehr gut, denn er hatte als Knabe mit seiner Familie selbst an solchen Inspektionen teilgenommen und wußte auch, daß dabei sehr wenig Nächstenliebe praktiziert wurde. Speziell von gewissen älteren Damen, die eigentlich bei einem so kalten, unfreundlichen Wetter schon mit Rücksicht auf die Rheumatismusgefahr hätten zu Hause bleiben sollen.

Sein Pfarrsprengel umfaßte natürlich nicht nur Carne allein, sondern auch seine Umgebung. „Am Christabend ist es schon ein lieblicher Anblick, vor der Mitternachtsmette“, sagte der alte Pfarrer nachdenklich. Sie kehrten zur Teestunde zurück, und nachher nahm er den jungen Priester mit in die kleine Kirche, die sehr eng und arm war und mit farbigen, dabei sehr scheußlichen und billigen Statuen geschmückt. Es war nicht eine darunter, die man nicht um drei oder vier Pfund in jedem kleinen Devotionalienladen in Dublin hätte kaufen können. Aber dem Hochaltar verliehen die hohen weißen Kerzen, wenn sie auch nur in Zinnleuchtern steckten, ein würdiges Aussehen. Das Kruzifix war leidlich, nur ein bißchen zu prunkvoll. Ein einziges Fenster zeigte Glasmalerei, die anderen hatten gewöhnliches Fensterglas.

Das sagte Father Tim schon alles über die Vermögensverhältnisse der Bewohner von Carne. Ein Ire kann halbverhungert und frierend in einer verfallenen Hütte hausen, er will aber „die schönste Kirche“ haben. Er empfand tiefes Mitgefühl für die Menschen in Carne. „Die Dörfler leben einer aus des anderen Tasche“, wurde ihm traurig berichtet, „und verkaufen, was nur geht, an die kleinen Bauern der Umgebung ...“ Aber die Landwirtschaft erfreute sich auch nicht gerade einer besonderen

Blüte. Kurz, Carne glich sehr dem Dorf aus Father Tims Kindheit. Das waren Erinnerungen, die ihn stets bedrückten, und mit einem gewissen Bedauern mußte er an den Pfarrhof in Dublin denken.

Am nächsten Morgen verließ der alte Priester mit unziemlicher Fröhlichkeit das Haus. Diese offensichtliche Erleichterung stand, wie Father Tim fand, im Widerspruch zu seinem nach außenhin zur Schau getragenen Widerstreben. (Father Tim hatte auf dem behelfsmäßigen Strohlager im Wohnzimmer nicht gut geschlafen. Das Heulen der grauen See war ihm so laut in die Ohren gedrungen, daß es fast den Anschein hatte, als sei sie im Begriff, das Pfarrhaus zu verschlingen.) Am Nachmittag war er also schon allein mit Mrs. Casey, die jeden geeignet erscheinenden Gegenstand aus Eisen, angefangen vom Kamin bis zum Herd in der Küche, eifrig mit Ofenschwärze bearbeitete. Der Geruch der Ofenschwärze, gemischt mit dem Geruch von Petroleum, Terpentin, Tünche und Wachs verursachte Father Timothy fast Kopfschmerzen, und so ging er in die Kirche, um zu beten; um Geduld, um Erlösung von seinem Heimweh, um Stärke zur Führung seines Amtes. In der Rückerinnerung verlor der alte Father McGowan in Dublin seine Reizbarkeit und wurde ein wohlwollender Heiliger, ein Mann von beispielhafter Nächstenliebe und Sanftheit.

Am nächsten Morgen bei der Messe war die Kirche überfüllt. Man konnte natürlich den Messebesuch einzelner dieser frommen Kirchengeher der Adventzeit zuschreiben, aber Father Tim bezweifelte, daß das der Grund war. Die Pfarrkinder achteten mit Falkenaugen auf die leiseste Unsicherheit, das leiseste Zögern. Er seufzte. Jeder Ire war in seinem tiefsten Herzen ein richtiger Priester, und Gott mußte seinem Hirten helfen, wenn er nicht den Erwartungen entsprach. Die alten Damen waren natürlich die ärgsten. Jede eine Mary Grace. Die Schwester Oberin war die wachsamste von allen, und Tim war in Schweiß gebadet, obwohl es in der Kirche schrecklich kalt war. Auf den Gesichtern der Ministranten war nur Andacht und ehrfürchtige

Scheu zu lesen, sie waren besonders diensteifrig, aber Father Tim kannte Ministranten! Er war selbst einer gewesen. Diese Jungen würden pflichtschuldigst ihren Eltern einen Bericht über den neuen Pfarrer abstatten. Es war fast persönliche Verzweiflung, mit der Father Tim betete: „Ad te, Domine, levavi animam meam ..." Die Orgel schnaufte. Beim Eingangshymnus grunzte sie direkt. Sie grunzte sehr laut. Die Kommunizierenden nickten zufrieden. Der Chor war schwer erkältet. Alle drei Mitglieder. Die Opfergaben betrugen genau zwei Pfund, drei Shillinge und zehn Pence. An sein Heimatdorf denkend, freute sich Father Tim darüber. Für Carne war es sehr anständig.

Am Nachmittag unterrichtete Schwester Mary Grace ihn in knappster Form über die verschiedenen Angelegenheiten der Pfarre. Ohne die sanfteste, lieblichste Stimme, die er je gehört hatte, nur im geringsten zu erheben, ließ sie ihn wissen, daß alles in Ordnung gehe — dank ihrer Wachsamkeit und Autorität. Father Tim saß hochaufgerichtet auf seinem Stuhl und war sich im klaren, daß er auf diese heilige Dame nicht den geringsten Eindruck machte, die ihn — allerdings in äußerst höflicher Form — sofort energisch auf seinen Platz verwies, wenn er Fragen stellte, die ihrer Meinung nach töricht waren.

Sie war schon im Begriff zu gehen, als sie sich noch einmal so rasch nach ihm umdrehte, daß er fast erschrak.

„Jetzt kommt bald die Zeit, wo der Teufel erscheinen wird", sagte sie zu ihm.

„Was?" rief Father Tim, der seinen Ohren nicht traute.

„Alle zwanzig Jahre", sagte sie unbeirrt. „Bereiten Sie sich vor, Father."

„Aber hören Sie!" rief er. „Jetzt, mitten in der Adventszeit!"

Sie schüttelte tadelnd den Kopf. „Immer in den heiligsten Zeiten, Father."

Er blickte in ihre Augen, die der Morgendämmerung in Irland glichen, und sah, daß sie nicht scherzte. Er dachte nach. Er erinnerte sich an die Geschichten aus seiner Knabenzeit. Satan hat wirklich die schlechte Gewohnheit, immer im ungünstigsten

Zeitpunkt zu erscheinen, um die Gläubigen in Verwirrung zu bringen.

„Hm", macht Father Tim, der viele Vorlesungen über den Aberglauben gehört hatte. „Und wie wird er aussehen?"

Sie verschränkte leicht die Arme und überlegte. „Wer kann das wissen?" murmelte sie dann geheimnisvoll.

„Und Sie haben ihn sogar schon einmal gesehen?"

Sie nickte noch geheimnisvoller. „Als der alte Pfarrer zu uns kam."

Als Father Tim wieder allein war, dachte er darüber nach, ob es wohl für einen neuen Priester eine selbstverständliche Sache sei, Satan mitzubringen; eine Idee, die er nicht sehr glücklich fand. Es war höchste Zeit, daß auch entlegenere irische Dörfer mit der neuen Zeit Bekanntschaft machten und verbotenen Aberglauben ablegten. Darüber wollte er am nächsten Sonntag predigen. Am Abend nach dem Tee setzte er sich an sein kleines Feuer im Kamin und bereitete im Geist seine Rede vor. Mrs. Casey kam herein, um ihm gute Nacht zu sagen. Sie trug eine schwarze Tasche über den Arm gehängt, die ein beträchtliches Gewicht zu haben schien, doch Father Tim war viel zu diskret, um sie nach dem Inhalt zu fragen. Jedenfalls roch sie gut nach schwarzem Kuchen, den er zum Tee gehabt hatte. Schließlich war der Arbeiter seines Lohnes wert, und der Hauptteil des Lohnes armer Frauen, wie Mrs. Casey eine war, bestand eben in den Überresten von der Tafel der Priester. Wer konnte da schon Fragen stellen, wo es doch um fünf vaterlose Kinder ging.

Father Tim las zum fünftenmal die Nachfolge Christi, eine Andachtsübung, die er sich für die Adventszeit vorgeschrieben hatte. Sooft er sie auch las, immer wieder fand er mehr darin als vorher. So saß er lesend in seinem Stuhl und stand nur gelegentlich auf, um den Docht der Lampe nachzustellen oder ein paar Stücke Torf in das Feuer zu werfen. Das Brausen des Windes war an diesem Abend besonders laut und vermengte sich mit dem Toben der See. Es war einsam, aber friedlich. Die kleine Uhr auf dem Kaminsims tickte. Dann fiel wieder Schnee. Im Bett, unter dem Berg von Decken würde es heute angenehm sein. Nur fühlte er sich nicht schläfrig, wie sonst um diese Stunde. Er murmelte ein kurzes Gebet und las weiter. Es kam ihm so vor, als rauschte das dunkle, bösartige Meer direkt unter seinen Fenstern. Die Uhr tickte.

Da gab es plötzlich einen lauten Knall, wie wenn der Wind einen Fensterladen zugeschlagen hätte. Oder hatte es eher wie ein Schuß aus einer Pistole geklungen? Father Tim legte Buch und Pfeife weg und machte sich auf die Suche. Das kleine Haus hatte genau vier Fenster, und alle waren mit starken Fensterläden versehen. Die einzige Tür war gut versperrt. Nach diesem Inspektionsgang sagte Father Tim laut: „Unsinn." Das Feuer brannte lichterloh. Hatte sich nicht wirklich irgend etwas geändert? Wenn auch nur fast unmerklich. Unsinn. Er durfte nicht vergessen, Schwester Mary Grace Vorhalte zu machen, selbst wenn sie die Oberin war. War es etwa ihre Gewohnheit, unter den armen Menschen Aberglauben zu verbreiten? Das war wohl kaum wahrscheinlich. Sie war eine Frau mit gesundem Menschenverstand. Aber hatte sie nicht gesagt...

Father Tim sprach seine Gebete und ging zu Bett. In dem winzigen Schlafraum war es sehr finster und kalt. Kein Wunder, daß es in dem Dorf mit seinem naßkalten Klima so viel Rheumatismus gab. Er stand auf und öffnete die Tür zum Schlafzimmer, so daß aus dem Wohnzimmer noch die letzte Wärme hineinströmen konnte. Wieder ertönte der Knall, diesmal lauter als vorher, wie von einem mittelschweren Geschütz. Zerriß das Holz von Bäumen in der Kälte? Aber es herrschte gar kein sehr starker Frost. Künden etwa böse Geister ihre Ankunft immer mit Feuerwaffen an, dachte sich Father Tim belustigt. Wenn ja, dann war ihre Erfindungsgabe schon beträchtlich verkümmert. Er ging wieder ins Bett, gähnte und fiel in tiefen Schlaf, den Schlaf, der nur der Jugend vorbehalten ist und denen, die fest im Glauben sind.

Er mochte Schwester Mary Grace nicht besonders, er fürchtete sich fast vor ihr. In den nächsten Tagen aber nötigte sie ihm Achtung ab. Sie hatte das Dorf militärisch organisiert. Nirgends gab es Unklarheiten, keine Unordnung war zu beseitigen, keine Konfusionen. Die Leute kamen gewissenhaft zur Beichte, und überall tauchte im Hintergrund die Gestalt von Schwester Mary Grace auf. Kein Zweifel, dachte Father Tim, sie stellt sie in Reih und Glied auf, und wenn sie sie vom Krankenbett herschleppen muß. Es gab wenig Sünden in Carne, wie er feststellen konnte. Teilweise wohl wegen der Armut. Aber wann war Armut schon der Verbündete der Tugend? Gewöhnlich war das Gegenteil der Fall. Die Männer trafen sich in den Schenken, tranken ihr Bier und stritten, rauften manchmal und wurden von etwas Stärkerem als Bier betrunken, aber der Sonntagmorgen dämmerte unvermeidlich so klar heran wie der erste Schöpfungstag, und die Kirche war voll.

Um was es sich auch handelte, die Frauen und Kinder, ja selbst die Männer sagten: Schwester Mary wird sich der Sache schon annehmen. Und das tat sie denn auch. Eines schönen Tages, dachte der junge Priester Übles ahnend, wird sie wohl zu mir kommen und mit mir den Katechismus durchnehmen. Er wich der heiligen alten Dame mit dem Gesicht eines blühenden jungen Mädchens aus. Sie ließ bei Mrs. Casey Zettel für ihn zurück, auf denen sie ihn auf Versehen aufmerksam machte, oder kam ihm mit festen Vorschlägen. Sie entwickelte sich zu einem richtigen Antreiber. Er trug sich schon mit dem Gedanken, an den Bischof zu schreiben, zweifelte dann aber nicht, daß Schwester Mary Grace den Bischof schon eingeschüchtert hatte und es daher nutzlos war. Er konnte an ihr nichts Unrechtes finden, das war der Jammer.

Es war die Zeit zu beten, sich auf den versprochenen Erlöser vorzubereiten, es war eine freudenreiche Zeit. Die kleinen Läden wimmelten von Bäuerinnen, die Geschenke besorgten. Kinderaugen glänzten erwartungsvoll. Die Pferde zogen fester an. Selbst die Alten wurden immer lebhafter. Die Schwestern bauten die Krippe auf. In der kleinen Schule wurden Weihnachtslieder geübt, wozu Schwester Mary Grace mit dem Lineal den Takt schlug. In der Abenddämmerung fiel Schnee herab, sanft wie ein stilles Gebet, lautlos und gleichmäßig. Wenn nur nicht das immer gegenwärtige, nie endende Brüllen der unversöhnlichen See gewesen wäre, die nie zur Ruhe kam!

Die Leute von Carne erfreuten sich, mit Ausnahme der Rheumatismusfälle, einer ausgezeichneten Gesundheit. Sie erreichten auch ein selbst für Iren bemerkenswertes Alter. Es gab nur selten einen nächtlichen Ruf nach dem Pfarrer und fast keine Begräbnisse — Taufen aber im Überfluß. Und dann noch ein paar sehr eilige, doch sehr notwendige Trauungen, die wegen der besinnlichen Jahreszeit in stiller Form abgehalten wurden. Denn die jungen Leute waren glücklich, jetzt das legitim tun zu können, was sie bisher illegitimerweise getan hatten. Niemand zeigte mit dem Finger auf sie, und das war ein Zeichen dafür, daß die Leute christliche Nächstenliebe besaßen. Father Tim sah jetzt schon eine Menge vertrauter Gesichter, wenn sie vor der Kirche in Gruppen beisammen standen, und konnte beinahe alle Dorfbewohner mit dem Vornamen ansprechen. Er wagte es, sogar zu glauben, daß man ihn gern hätte, und darin irrte er sich auch nicht. In kleinen Dörfern ist es Brauch, einem jungen Priester im ersten Jahr immer mit Mißtrauen zu begegnen und ihn unter strenger, kritischer Beaufsichtigung zu halten. Mrs. Casey versicherte ihm, daß er die stillschweigende Billigung von Schwester Mary Grace besitze, und war der Meinung, daß er darüber sehr froh sein könnte. „Ja, sie und der alte Pfarrer hatten schon gelegentlich ihre Kämpfe“, sagte sie mit einem leicht sehnsüchtigen Unterton. Father Tim war schneller auf den Beinen als der alte Pfarrer und konnte es fast immer so einrichten, daß er der Schwester Oberin geschickt aus dem Wege ging. Ja, eine Heilige war sie bestimmt, doch hätte er eine Frau vorgezogen, die nicht ganz so heilig und jederzeit in Trab war. Nicht, daß Schwester Grace humorlos wäre. Sie war voller Späße. Das Dorf liebte sie und stob nach allen Seiten auseinander, wenn sie sich mit fliegendem Habit und einem nicht ganz so heiligen Blick aus ihren herrlich blauen Augen auf irgendwelche Dorfbewohner stürzte. „Sie sollte sich um den Bürgermeisterposten bewerben", sagte Father Tim zu Mrs. Casey, die zuerst kicherte und ihn dann verweisend ansah.

Father Tim ging ins Dorf, um Weihnachtsgeschenke zu besorgen. Für seine Mutter kaufte er einen Krug aus Belleek-Keramik, den sie sicher mit Stolz und Freude annehmen würde. Für seine Schwestern besorgte er kleine Schmuckstücke und für den alten Father McGowan in Dublin sechs feine Leinentaschentücher. Wie sich die Standpunkte änderten! Das Postfräulein frankierte alles sorgfältig und schickte die Pakete weg.

Mit einemmal war der Tag vor dem Christfest da. Dank Schwester Mary Grace klappte alles vorzüglich. Es gab keine Pannen in der letzten Minute, keine plötzlichen Verzweiflungsausbrüche, keine kritischen Augenblicke. Alles war nur ein bißchen langweilig. Father Tim wäre gerne einmal, wie zufällig, auf einen Sprung in die kleine Schule gekommen, um der letzten Probe der Weihnachtslieder beizuwohnen oder der Chorprobe, aber er fürchtete sich vor Schwester Mary Grace. Sein Instinkt sagte ihm, daß sie für solche zufälligen Besuche nichts übrig habe. Ich müßte mir von ihr einen Termin geben lassen, vielleicht verlangt sie sogar eine Eintrittskarte, dachte er. Wieder erwog er, dem Bischof zu schreiben, daß Schwester Mary Graces große Talente in dem kleinen Carne verschwendet wären. Sie sollte lieber die Ehrwürdige Mutter in einem riesengroßen Konvent sein, am liebsten dreitausend Meilen weit weg, in Amerika zum Beispiel, das ja ein Missionsland war.

Die letzte Post vor Weihnachten brachte einen Brief vom alten Father Sullivan in Larney, der seinem jungen Bruder in Christo ein freudenreiches Fest wünschte. Father Sullivan versprach, ihn gleich nach dem Weihnachtsfest zu besuchen, und dies hob die Stimmung des jungen Mannes, der sich vorkam, als stünde er unter militärischem Kommando. Es wurde ihm bewußt, daß er tatsächlich einsam war. Father Sullivan hatte wenigstens ein paar alte Freunde in seinem Dorf südlich von Carne, das in kaum einer Stunde mit dem Fahrrad zu erreichen war.

Endlich war der Weihnachtsabend da, und es duftete fein nach der Zwiebelfülle, die Mrs. Casey in der Küche für die fette, von einem Bauern gespendete Gans vorbereitete. Es roch auch nach gehacktem Braten, Zitrone und Fleischbrühe und Haferkeks, die im Backrohr standen. „Sie verwöhnen mich ja, Mrs. Casey", sagte Father Tim und griff verstohlen nach einem Törtchen. Seine Meßgewänder waren ausgebessert und, wo es nötig war, mit einem Flicken versehen oder gestopft worden. Voll Stolz blickte er sie an, wie sie so weiß wie Schnee und glänzend dalagen. Seine Mutter hatte sie ihm vor einem Jahr aus zweiter Hand gekauft.

Father Tims Herz ging vor Ehrfurcht, Freude und Dankbarkeit über. Stand er doch in dieser Nacht, in seinem ersten eigenen Haus, in seiner eigenen Pfarre vor dem großen Ereignis, die große Jubelmesse in seiner eigenen Kirche zu zelebrieren. Er empfand sogar etwas wie Zuneigung für Schwester Mary Grace und ihr militärisches Regiment. Obwohl er den ganzen Nachmittag im Beichtstuhl gesessen war, fühlte er sich nicht müde. Es kam immer wieder vor, daß einige Jungen und Mädchen in der allgemeinen Festesfreude im Dorfe auch privat kleine Feiern abgehalten hatten und erst recht spät bemerkten, daß sie sich im Stande einer ernsten Sünde befanden. Father Tim mußte sich immer über das schlechte Gedächtnis der Menschen wundern, die zwar nie verbotene Vergnügungen, die Tugend aber immer vergaßen; noch dazu fast in Rufweite von Schwester Mary Grace. Und wie sie überhaupt Orte zum Sündigen finden, wo sie nicht hinkommt, geht über meinen kleinen Verstand, dachte er.

Die Mitternachtsmette rührte ihn immer besonders, denn er war Schlag Mitternacht geboren worden, genau in dem Augenblick, da tausend Freudenchöre der Engel ertönen. So trat er also leichten Schrittes in die Kirche, während die Eingangshymne erklang: „Der Herr spricht zu Mir: Mein Sohn bist Du, heute habe ich Dich gezeugt ... Warum toben die Heiden und planen Torheit die Völker? Ehre sei dem Vater ..."

Nie wurde in dieser winzigen Kirche, wo das Meer an die Tür zu pochen schien und der Wind durch die Dachsparren strich, ein Meßopfer großartiger und würdevoller gefeiert. Alles war vollendet. Der Chor hatte sich von seinen Erkältungen erholt. Es gab kein Gehüstel mehr in der Kirche, kein ungeschicktes Danebensingen. Die Menschen erhoben sich, knieten und setzten sich wie ein Mann. Glückselig, mit vor Dankbarkeit zitterndem Herzen bekreuzigte sich Father Tim mit der geweihten Hostie. Er empfing den Leib des Herrn und verfiel in tiefe Betrachtung. „Quid retribuam Domino pro omnibus, quae retribuit mihi? Calicem salutaris accipiam et nomen Domini invocabo. Laudans invocabo Dominum, et ab inimicis meis salvus ero." Die Kerzen leuchteten. Es war keine kleine Dorfkirche mehr, es war eine riesige Kathedrale.

Da, gerade in diesem heiligsten Augenblick, ereignete sich das Furchtbare. Denn klar und deutlich hörte der Priester in sich eine Stimme, die mit ruhiger Kälte sagte: „Was soll diese Blasphemie?"

Er war so entsetzt, daß er leicht schwankte. Seinen ganzen Körper durchfuhr schmerzende Kälte, und er begann zu zittern. Verwirrt hob er sein Haupt. Die Stimme sagte: „Glaubst du, daß der mächtige Herr unendlicher Welten sich tatsächlich herabgelassen hat, deine Erde, dieses erbärmlichste aller erbärmlichen Stäubchen zur Kenntnis zu nehmen, und daß er vor neunzehnhundert Jahren aus einer jüdischen Jungfrau geboren wurde, um diese elenden Kreaturen, die mit dir zusammen ihr Haupt beugen und sich bekreuzigen, zu erlösen? Blasphemie!"

Schwester Mary Grace, die instinktiv sofort fühlte, daß etwas Beunruhigendes geschehen war, hob den Blick von ihren gefalteten Händen. Was war mit dem jungen Priester los? Er hätte sich jetzt mit dem Kelch bekreuzigen sollen und dabei sprechen: „Sanguis Domini nostri Jesu Christi custodiat animam meam in vitam aeternam. Amen.“ Mit dem Rücken zu den Gläubigen stand er mit dem Kelch in den Händen betäubt da, und es machte den Eindruck, als wäre er zu Stein erstarrt und könnte sich nicht bewegen. Die Orgel dröhnte; der Chor wartete. Er machte noch immer keine Bewegung. Einer der Ministranten blickte verwundert auf.

„Blasphemie“, wiederholte die ruhige, fürchterliche Stimme im Innern des Priesters. „Du lehrst, daß es die größte Sünde ist, an Gottes Barmherzigkeit zu zweifeln oder auf sie zu pochen. Eine um wie vieles größere Gotteslästerung aber ist es, zu lehren, daß Er von deiner Existenz auch nur weiß, Er, der Herr über hunderte Milliarden von Sonnen und ihren Planeten. Du wagst es, von Seinem Blut zu trinken und von Seinem Leib zu essen — du, ein unwissender Mensch, umgeben von unwissenden Kindern?“

Mit einer ungeheuren Kraftanstrengung bekreuzigte sich Father Tim mit dem Kelch und murmelte kaum hörbar: „Sanguis Domini nostri Jesu Christi custodiat animam meam in vitam aeternam. Amen.“

„Blasphemie“, sagte die Stimme. „Glaubst Du wirklich, daß das, aus dem du bestehst, unsterblich sei? Du hast die Tiere im Feld sterben gesehen und die Menschen in ihren Betten, und was war da für ein Unterschied? Gab es da auch nur das geringste Zeichen dafür, daß wirklich eine Seele ihren menschlichen Leib verlassen hatte? Nein und abermals Nein! Nicht einmal ein Gotteslästerer bist du, denn es gibt nichts, das zu lästern wäre. Narr! Erkenne deine Torheit und hebe dich hinweg in dem, was von deiner Würde noch übrig ist.“

Die Orgel setzte zaghaft einen Ton an; der Chor räusperte sich. Schwester Mary Grace durchlief ein Schauer, als sich Father Tim wankend und doch aufrecht umdrehte und sie sein bleiches, erloschenes Gesicht und die ins Leere starrenden Augen sah. Aber er flüsterte nur für die in den ersten Bänken hörbar: „Miseratur vestri omnipotens Deus, et dimissis peccatis vestris, perducat vos ad vitam aeternam. Amen.“

Schwester Mary Grace preßte in steigender Angst ihre gefalteten Hände an die Brust. Sie versuchte wenigstens einen einzigen Lichtschimmer in diesen leeren Augen zu entdecken, aber nicht einmal das Licht der Kerzen gaben sie zurück. Es war, als ob der Priester in einen schrecklichen, dunklen Abgrund blicken müsse und sich davon nicht befreien könne.

Die ruhige Stimme flüsterte höhnisch: „Aber es gibt keinen Gott, der verzeiht! Ihn anzurufen ist ebenso, wie wenn man den seelenlosen Wind anriefe, der toben kann, aber kein Herz hat."

Wäre Father Tim jemals zuvor von Zweifeln befallen worden, dann wäre er in diesem Augenblick imstande gewesen, in seinem Herzen ganz ruhig zu sagen: „Hebe dich hinweg und laß mich in Frieden." Es wäre wieder einmal der alte Kampf gewesen, den er auch, wie schon oft, gewonnen hätte. Aber er war ein Rekrut auf dem Schlachtfeld, denn er hatte niemals gezweifelt und war niemals verwundet worden.

Irgendwie konnte er rein instinktmäßig und seinem Gedächtnis folgend weitermachen, aber in seiner Seele war nur tödliches Schweigen und eisige Kälte. Keine Stimme, kein Lichtstrahl, keine Freude und Glückseligkeit. Wo früher eine Flamme gebrannt hatte, war nichts geblieben. In seinen Ohren war dumpfe Taubheit, so daß sogar seine eigene Stimme wie ein Echo aus weiter Ferne zu kommen schien und der Chor zu einem undeutlichen, verhaltenen Flüstern wurde. Irgendwo in ihm war eine fürchterliche Unruhe, als wäre etwas, das ihm teurer war als sein eigenes Leben, hinabgestürzt worden und zerschmettert und könne nie wieder, auch durch das inbrünstigste Gebet nicht, zu neuem Leben erweckt werden.

Die Kerzen blendeten ihn und verschleierten seinen Blick. Er kniete nieder, wann er sollte, und bewegte sich, wann er sollte. Sein Mund war voll ätzender Schärfe. Wer waren diese Gestalten vor ihm, die sich erhoben und niederknieten und ihre Köpfe wie Marionetten beugten, wie seelenlose Puppen an Schnüren? Was waren sie für ihn und für einen Gott? Wenn es überhaupt einen Gott gab?

Er mußte sprechen, und er sprach kraftlos und mit einer ihm bisher unbekannten Anstrengung und Müdigkeit. Er war sich seiner Schwäche bewußt, konnte sie aber nicht überwinden. Und dann entstand eine Lücke in seinem Denken, die er sein ganzes Leben lang nicht mehr auszufüllen vermochte. Er war ganz einfach nicht imstande, sich zu erinnern, was geschah, oder ob überhaupt etwas geschah.

Seine nächste Erinnerung begann damit, daß er sich auf seinem Stuhl vor seinem Kamin fand und Mrs. Caseys Hand mit einem Glas Brandy vor seinen Augen verschwamm. Er winkte ihr ab; sein Körper war mit eiskaltem Schweiß bedeckt, und es durchlief ihn ein Schauer nach dem anderen. Seine kirchlichen Gewänder ... Er hatte sie irgendwann abgelegt, doch er konnte sich nicht daran erinnern.

Ihm gegenüber saß die Schwester Oberin, Mary Grace. Sie war sehr bleich. Die Jugendblüte war vergangen, sie wandte ihm ein altes Gesicht mit blassen Lippen und welken Wangen zu.

Sprechen konnte er nicht. Mrs. Casey redete ihm gutmütig zu. „Schwer, nicht wahr, in einer fremden Kirche, unter fremden Leuten, ganz allein. Nehmen Sie einen Schluck, Father."

„Lassen Sie nur", sagte die Nonne und fuhr dann freundlicher fort: „Ja, und wie anstrengend das ist. Eine Tasse Tee wäre besser, Mrs. Casey."

Mrs. Casey schüttelte traurig den Kopf und verschwand in der Küche. Schwester Mary Grace beugte sich zu dem jungen Priester hinüber und flüsterte: „Father? Sie sind doch nicht krank?"

Er stöhnte. Er fühlte sich ganz betäubt und entrückt. Ächzend sagte er: „Habe ich mich lächerlich gemacht?"

„Nein, Father, gar nicht. Es war alles fehlerlos, bestimmt." Es war eine alte Stimme, die jetzt sprach, nicht mehr frisch und herrisch. „Hatten Sie einen Fieberanfall?"

Er schien das zu erwägen, aber er dachte nicht wirklich nach. Er nickte mit dem Kopf und sagte: „Ja, einen Fieberanfall."

(Wie sollte er am Morgen die Messe lesen? Wie sollte er je wieder essen und trinken und schlafen, wie je wieder leben?) Gott, schenk mir Deine Barmherzigkeit! sagte er zu sich selbst, und da war es, als bewege sich etwas in ihm, und er hörte wieder die ruhige kalte Stimme: „Was für ein Gott?"

Er bedeckte sein Gesicht mit seinen mageren jungen Händen und fühlte sich elend und innerlich zerbrochen. Dann hatte er plötzlich eine abenteuerliche Idee: Er würde sein Fahrrad nehmen und davonfahren, jetzt gleich, und nie wieder würde ihn jemand, der ihn kannte, wiedersehen. „Nur eine ehrliche Ernüchterung", sagte die Stimme. „Aber ehrlich ist sie. Geh also und komm nicht wieder, und es sei dir angerechnet, daß du kein Heuchler bist."

„Möchten Sie, daß ich nach dem jungen Kaplan von Father Dolan schicke?" fragte Schwester Mary Grace besorgt. „Für morgen früh? Aus Murtagh's Woods?" (Es war ein fünf Meilen entferntes Dorf, und Father Tim kannte Father Dolan und seinen neuen Kaplan gut).

Er überlegte, dann kehrten die ihm angeborene irische Kraft und sein gesunder Menschenverstand wieder zurück. Er mußte darüber nachdenken, was da über ihn gekommen war. Er hatte ihm noch keinen Namen gegeben; noch glaubte er, daß es außer in seiner Einbildung überhaupt nicht existierte. In der Zwischenzeit mußte er eben versuchen, sich einigermaßen unter Kontrolle zu halten. Sein Körper und sein Gesicht waren völlig apathisch.

„Danke, Schwester", sagte er. „Es war ein Fieberanfall. Es ist jetzt vorüber."

Mrs. Casey kam mit dem heißen süßen Tee mit dicker Sahne drin herein, und er trank ihn langsam. Er starrte auf das Feuer, das ihn nicht erwärmte. Als er wieder aufblickte — es schien eine lange Zeit vergangen zu sein —, hatte Schwester Mary Grace ihn verlassen, und Mrs. Casey saß jetzt auf dem Stuhl. „Mir gefällt Ihre Farbe nicht, Father", sagte sie, „aber meine Kleinen warten schon zu lange auf mich."

„Und die Nacht ist kalt und finster", sagte Father Tim und richtete sich ein wenig auf. Kalt und finster, wiederholte er bei sich. „Gehen Sie nur, Mrs. Casey."

„Am Morgen bin ich wieder hier", sagte Mrs. Casey. Geh nur, geh, rief es in ihm. Ich muß allein sein! Sie stand auf, warf ihm ein paar zögernde Blicke zu und ging.

Er glaubte, wenn er allein sei, klar und schlüssig nachdenken zu können. Doch es war, als wären seine Seele und alle seine Gedanken eingefroren, als lägen sie tausend Meilen tief unter dickem grünem Eis auf einem anderen Planeten. Er fühlte nur dieses böse Etwas in sich, das immer wach war und auf der Lauer lag und sich rührte, dieses Etwas, das nicht *er* war, nichts mit ihm selber zu tun hatte. Es war, so schilderte er es später, wie ein Rascheln von etwas Dürrem, ein Geräusch von etwas, das nicht schlafen konnte, nicht ruhig sein, und das um die Trümmer von dem strich, das in ihm zerschmettert worden war.

Es war schon der Morgen des Christfestes, und er betete nicht, denn er konnte nicht beten. Oder vielmehr, er wollte es gar nicht versuchen aus tödlicher Furcht, das Grauen in ihm wieder zu wecken.

Er ging zu Bett, ohne seine Kerze auszulöschen, und starrte auf die nackte Wand, bis es Zeit war, zur Messe aufzustehen.

Durch Schwester Mary Grace war die Nachricht verbreitet worden, daß der junge Father „nicht ganz in Ordnung" war und deshalb kleine Fehler und Unsicherheiten übersehen werden müßten. Sie wurden es auch, allerdings nicht ohne einiges Kopfschütteln und Getuschel.

„Ich muß wohl zu viel von Mr. Caseys gutem Weihnachtsmahl gegessen haben", sagte der alte Father Timothy zu Großmutters Gästen. „Aber ich kann mich nicht mehr genau daran erinnern. Ich erinnere mich nur, daß ich einen verzweifelten Brief an Father Sullivan in Larney schrieb und ihn bat, so rasch als nur irgend möglich zu mir zu kommen, da ich ihn auf das allerdringendste brauchte. Mrs. Casey trug ihn zur Post."

Mrs. Casey hatte kaum mit ihrer großen schwarzen, prall angefüllten Tasche das Pfarrhaus verlassen, als er erbrechen mußte, nicht einmal, sondern mehrmals, er, der sich nicht erinnern konnte, daß ihm je in seiner kraftvollen Jugend übel geworden wäre. Der Brechkrampf zerriß ihn fast und trieb ihm das Blut zu Kopf. Taumelnd und hochrot im Gesicht sank er auf sein Bett und mußte in eine Art Wachschlaf gefallen sein. Zu denken wagte er nicht. Das schreckliche Etwas raschelte noch immer zwischen den Trümmern in seinem Innern herum, und er getraute sich nicht, es zu wecken. Den Mut, es anzusprechen und mit ihm Zwiesprache zu halten, fand er nicht.

Wenn es keinen Gott gibt, wie kann ich da leben? sagte er nur einmal zu sich selbst, denn das Unheimliche in ihm versuchte eifrig, ihn aufzustacheln, doch dann verschloß er der Stimme seine Ohren. Er wollte auf Father Sullivan warten, der ja seinen Brief schon morgen haben mußte. Wie schnell würde der alte Priester dann wohl kommen, der ja darauf gedrungen hatte, im Notfall gerufen zu werden?

Father Sullivan kam zwei Tage später, zwei Tage, die eine Hölle bedeuteten. („Ich weiß jetzt, was die Hölle ist", sagte Father Tim zu seinen Freunden. „Es ist die völlige Abwesenheit Gottes. Diese Trennung der Seele von Gott — das ist eine Hölle, die zu ertragen über jede menschliche Kraft hinausgeht.")

Father Tim mußte Tränen der Erleichterung geweint haben, als Father Sullivan mit seinen weißen Locken, dem Engelsgesicht und dem kantigen und doch gütigen Profil vor ihm stand. Er faßte die Hände des Jüngeren und studierte sein Gesicht mit einem Ausdruck väterlicher Sorge. Er sagte dem „Jungen", daß er über seinen Brief so bekümmert gewesen sei, daß er Father Dolan gebeten habe, seinen Kaplan für ein oder zwei Tage nach Larney zu schicken, damit er Father Tim besuchen könne. Er würde in Murtagh's Woods bei Father Dolan wohnen.

Sie saßen vor dem Torffeuer, und Father Tim begann zu sprechen, anfangs stockend, dann aber mit wilden Verzweiflungsausbrüchen und mit großen, verwirrten Gesten. Er sprach, als wäre er vor dem Beichtstuhl.

„Ich klage mich der Gotteslästerung an, all der finsteren sündhaften Gedanken, die eines Menschen Sinn nur vergiften können. Doch ich nenne es gar nicht Gotteslästerung, denn wie kann es das sein, wenn es keinen Gott gibt? Father, nie habe ich gezweifelt, nicht einen Augenblick in meinem Leben, seit der Zeit, da ich kaum noch sicher auf meinen Füßen stand, bis zu diesem Christabend. Aber der Zweifel muß in mir geschwelt haben. Ich bin ein ehrlicher Mensch, Father, ich kann die Heucheleien nicht fortsetzen, und doch muß ich es, bis entweder die Zweifel schwinden — oder ich davongehe."

Father Sullivan antwortete nicht gleich. Er hatte ernst zugehört, jetzt wurde er noch ernster. Er klopfte seine Pfeife aus, füllte sie wieder, zündete sie an und blies langsam und nachdenklich den Rauch aus. Dann blickte er Father Tim fest in die Augen.

„Es ist nichts Unrechtes, zu zweifeln", sagte er, „die Heiligen haben alle gezweifelt."

„Das weiß ich", sagte Father Tim und rieb sich mit den Knöcheln seine blassen Wangen. „Obwohl sie aber strauchelten, erhoben sie sich wieder und schleppten sich weiter. Ich aber kann mich nicht einmal erheben."

„Ich halte es für keine Tugend, nie gezweifelt zu haben", meinte der alte Priester. „Die fehlende Gelegenheit ist keine Gnade, weder was die Keuschheit noch was den Glauben anlangt. Die Gelegenheit muß kommen, und sie kommt immer unerwartet, mein Junge. Und dann muß der Verstand den Zweifel zurückweisen, und die Seele muß ihn verwerfen."

„Sagen Sie ..." rief Father Tim. Er hielt inne und Tränen traten ihm in die Augen. „Wie kann denn aber ein Mensch ohne Gott leben, ein Priester oder ein Schäfer oder ein Holzknecht oder ein Bauer, oder ein Bankier oder ein König?"

Father Sullivan lächelte kalt. „Das tun sie ja, das tun sie ja", sagte er. „Ohne Gott leben viel mehr Menschen als mit ihm. Nur das Kind meint, die Welt sei voll Glauben. Der Mann aber weiß, daß es nicht so ist."

Father Tim sah ihn bestürzt an und antwortete nicht. Er verstand ihn nicht.

„Du darfst auch nicht glauben", sagte der alte Priester spöttisch, „daß ungläubige Menschen unglücklich sind, daß die Male ihres Zweifels und ihrer Ausstoßung ihnen wie Pockennarben ins Gesicht gegraben sind. Ich bin vielen von ihnen begegnet. Sehr vielen. Und die meisten unter ihnen sind die glücklichsten Menschen, denn sie glauben nur an sich selbst und sind nur von ihrer eigenen Stärke abhängig."

Father Tim feuchtete sich seine eingetrockneten Lippen an. Er konnte seinen Blick nicht von diesem rosigen, Ruhe ausstrahlenden Gesicht vor ihm abwenden. Dann sagte er mit leiser Stimme: „Ich bin weder so jung noch so unerfahren, Father, daß ich nicht weiß, wie viele Menschen ohne Glauben es auf der Welt gibt, und daß sie diese Zweifel ertragen. Was aber — nachher?"

„Ich nehme an, du meinst, was nach dem Tode kommt?" Father Sullivan verzog die Lippen. „Warum soll der Gedanke an die Ewigkeit den Glaubenslosen peinigen? Er glaubt ja nicht an die Ewigkeit, an das Fortleben der Seele. Er glaubt, daß er, wenn er stirbt, so tot ist wie sein Hund."

„Aber nach dem Tod ..." murmelte der junge Priester. Jetzt überlief ihn wieder kalter Schweiß.

„Du weißt", sagte vorsichtig Father Sullivan, „daß sich die Kirche über den Zustand der Seele nach dem Tod nicht deutlich ausdrückt, es wäre denn eine heilige Seele, die sogleich in den Himmel kommt. Eine Unzahl Vermutungen wurden da schon angestellt. Wir wissen, daß es ein Fegefeuer gibt, aber wie es darin aussieht — das wissen wir nicht. Man hat uns von der Hölle gelehrt, über die mehr geschrieben worden ist als über den Himmel, und wir glauben, daß sie die ewige Trennung der Seele von Gott ist, was unaussprechliche und ewige Pein bedeutet."

Er sah Father Tim an, und jetzt lag eine sonderbare Kraft in seinen Augen, die nicht mehr lächelten.

„Aber", stammelte Father Tim, „wenn es Gott nicht gibt, und keinen Himmel, dann gibt es auch keine Hölle."

Die Stimme Father Sullivans klang scharf: „Die Hölle gibt es bestimmt, bestimmt. Daran kann man glauben, auch wenn man nicht an Gott glaubt, denn man kann sich sagen ‚Gott ist tot'."

Father Tim durchlief ein Schauer, er fühlte wieder den scharfen Geschmack im Mund, und undeutlich, wie im Halbdunkel, sah er die trostlosen Trümmer, die in seiner Seele lagen, zerschmettert und tot, gespalten und zerstört.

„Wenn es aber keinen Gott gibt", sagte er mit schwacher Stimme, „und Religion nur eitles Possenspiel ist — ach, Sie werden meine Frage kindisch finden —, warum sitzen wir dann hier, zwei Menschen vor einem Kamin, zwei Priester, und sprechen so, wie wir jetzt sprechen?"

„Die Glaubenslosen und auch die Weisen haben zu allen Zeiten gesagt, daß es blinder Zufall ist, nur ein Zusammentreffen von Umständen oder eine Täuschung, ich weiß es nicht. Glaube ist Gnade. Unser Wille allein genügt nicht. So lehrt es die Kirche. Er ist eine Gabe Gottes. Hat er dich verlassen, dann hätte er also seine Gnade von dir genommen."

„Warum aber!" schrie der junge Priester.

„Ich weiß es nicht", sagte Father Sullivan brutal. Er starrte durch das kleine Fenster hinaus in den kalten Wintertag. Dann fuhr er mit lebhafter werdender Stimme fort: „Aber wenn es in deinen Überlegungen — es sind übrigens deine, nicht meine — keinen Gott gibt, dann kann es auch keine Gnade und keinen Glauben geben. Die Frage nach dem ‚Warum' erübrigt sich also."

Father Tim starrte ihn verdutzt an und sah, daß der alte Priester seltsam und — war es denn möglich! — verächtlich lächelte. Er sank in seinem Stuhl zusammen. Father Sullivan murmelte irgend etwas und warf ein paar Torfstücke auf das

Feuer. Sogleich loderte es auf, und sein roter Schein umspielte den Alten.

„Sie glauben also, ich bin unwürdig", sagte Father Tim. Das Herz wollte ihm fast brechen.

„Ich verachte jeden, der nicht weiß, wo er steht, der an einem Tag gläubig sein muß und beten und der dann am nächsten voll von Zweifeln ist und alles verwirft." Er sprach langsam und mit Nachdruck, und in seinen Augen lag ein grausamer Glanz.

Jetzt sprach in Tim eine völlig andere Stimme, eine Stimme, die er nie zuvor gehört hatte. Sie war verhalten und sanft: „Hast du nicht den Schrei zu Gott gehört: ‚Ich will glauben! Hilf du mir aus meinem Unglauben!' Das ist der Schrei des Menschen von der Wiege bis zum Grabe. Es ist der Schrei der ganzen Menschheit. Du bist nicht allein. Christus versteht dich. Schrie er nicht selbst, als er am Kreuz hing, zu seinem Vater auf: ‚Warum hast du mich verlassen?' Warum er ihn verlassen habe? Seine menschliche Natur war es, die da schrie."

Ja, ja! flüsterte Tim in sich hinein. Er lächelte ein wenig zaghaft und zitternd. Er blickte auf Father Sullivan, der ihn aufmerksam beobachtete und — ja, er war ganz sicher — wieder verächtlich lächelte. Und es war merkwürdig, daß er auch leicht beunruhigt zu sein schien. Aber das plötzliche Licht in den Augen des jungen Priesters erlosch wieder. Father Sullivan sagte: „Wenn es einen Gott gibt, schätzt er einen Menschen, der ehrlich und offen zweifelt, der also die Gabe des Glaubens ganz einfach nicht hat, höher als einen Heuchler. Hat er nicht selbst die Heuchler gerügt?"

Wieder überkamen Father Tim Kälte, Finsternis und lautlose Leere.

„Sagen Sie mir, was ich tun soll", bat er. Das Feuer erwärmte ihn nicht. Es brannte zwar, flammte auf und züngelte in den Kamin hinauf, aber es wärmte ihn nicht.

„Sei ein aufrichtiger Mensch und geh fort", sagte Father Sullivan mit Härte in der Stimme. „Glaubst du etwa, daß Gott, dessen Existenz du obendrein von vornherein bezweifelst, einen Menschen an seinem Altar stehen haben will, der an ihm zweifelt, wie du es tust? Wenn schon vor nichts anderem, mußt du Achtung haben vor dem, was man dich gelehrt hat, und vor den vielen, die danach leben. Sie haben unrecht, denkst du. Es ist alles Mummenschanz, denkst du. Das ist jetzt im Augenblick für dich die Wahrheit. Du bist ein erwachsener Mann. Du kannst jeden Augenblick gehen, einen Brief an den Bischof zurücklassen und in zwei Stunden im Hafen und auf dem nächsten Schiff nach Amerika sein. Ein starker und gesunder Bursche wie du!" Er seufzte. „Du wirst alles vergessen in dem neuen Land, das reich ist, wie man sagt, und in dem ein anständiger Mensch mit einigem Wissen sein Glück machen kann."

„Was sagen Sie da?" schrie Father Tim und umklammerte die Armstützen seines Stuhles.

„Die Wahrheit. Die Wahrheit, die du in deinem Herzen trägst."

„Meine Seele", flüsterte Father Tim.

Father Sullivan blickte ungeduldig auf. „Hast du nicht gesagt, du glaubst nicht an die Seele?"

Er stand auf. „Überleg es dir. Der Zug zum Hafen geht in einer Stunde. Schreib deinen Brief an den Bischof. Man darf dich nicht laufen sehen — auch wenn es ein ehrliches Laufen ist: geh langsam und ruhig."

Father Tim war noch jung, er blutete aus einer tiefen Wunde, und Father Sullivan hatte ihm nicht geholfen, wie er es sich gewünscht hatte, ihn nicht getröstet, und so schrie er jetzt wie ein kleiner Junge: „Sie hassen mich!"

„Ich hasse alle Narren", sagte Father Sullivan und nahm Hut und Mantel. „Aber wer lebt denn sonst schon anderer in dieser Welt? Doch ein Aufrichtiger ist mir jedenfalls lieber." Er zog seine schwere silberne Uhr aus der Tasche und betrachtete sie. „Nur mehr fünfzig Minuten."

„Und Sie — Sie sagen mir, daß ich das tun soll?"

„Ich befehle nicht", sagte Father Sullivan kalt, „ich schlage nur vor."

Er ging zur Tür und legte seine große Hand auf die Klinke.

Es war ein letzter verzweifelter Hilfeschrei, als Father Tim noch sagte: „Sie wollen wirklich, daß ich alles im Stiche lasse, meine Herde verlasse, davonrenne . . .“

„Mein lieber Junge, du hast schon alles im Stich gelassen, deine Herde verlassen, du bist am Christabend davongelaufen.“

„Segnen Sie mich wenigstens“, bat Father Tim und fiel in seiner kindlichen Verzweiflung auf die Knie. Father Sullivan sah ihn streng an. „Segen habe ich für dich keinen, Junge.“ Und ging hinaus.

Father Tim kam langsam und mühsam auf die Beine. Sein Herz schlug heftig. Vor Verzweiflung, fürchterlichem Schmerz und Elend war er fast von Sinnen.

Mrs. Casey war einkaufen gegangen. Sie würde nicht vor einer Stunde zurückkommen, da fiel ihm Schwester Mary Grace ein, die alte Frau, die Gott mit Jugendfrische und Eifer diente. Sie würde ihm helfen, da Father Sullivan ihm nicht geholfen hatte.

„Das blöde alte Weib?“ fragte die kalte ruhige Stimme. „Ein altes Weib wie ein Feldwebel, mit einer starken Hand und ohne Verstand. Du, ein Priester, willst zu so einer gehen?“

„Nein“, sagte Father Tim in seiner Seelenqual. Er blickte auf die Uhr auf den Kaminsims. Im Dorf war es ruhig. Die Männer waren bei der Arbeit, die Frauen einkaufen, oder sie hüteten zu Hause die Kinder. Fiebernd setzte sich Father Tim hin und schrieb einen Brief an den Bischof. Dann zählte er sein Geld. Er hatte fünf Pfund. War es genug für die Überfahrt? Bestimmt nicht. Er hatte aber von starken jungen Männern gehört, die sich die Überfahrt mit Arbeit verdienten.

Eine wilde Panik hatte ihn gepackt wie ein Sturm, durch dessen Toben seine Gedanken nur schwach durchdringen konnten, so daß ihn nur tastender Instinkt lenkte. Er warf seine paar Habseligkeiten in seinen Koffer. Er öffnete die Tür seines Kleiderschrankes, um seine Garderobe herauszunehmen. Wie waren seine weißen Kirchengewänder hier hineingekommen? Er mußte sie offenbar erst im Hause abgelegt haben. Er sah das Antlitz seiner Mutter vor sich, müde, lächelnd, voll von Liebe und Glauben. Er schrie auf und barg sein Gesicht in den Gewändern. Es kam ihm vor, als wäre er gestorben.

Hätte er diese Gewänder nicht gesehen, die ihn zurechtwiesen, an seine Mutter erinnerten, die sie ihm mit solchem Stolz und Glauben und Liebe gekauft hatte, er wäre gegangen. Mit dem Zug wäre er weggefahren, wäre er für immer geflohen, in die Hölle, aus dem Angesicht Gottes. Aber der Anblick dieser Gewänder brachte ihn zur Besinnung. Er setzte sich auf den kalten Boden, lehnte seine Wange an die Kleider und weinte. Immer und immer wieder sagte er laut: „Gott sei mir barmherzig, einem Sünder. Gott, allmächtiger Vater, schenk mir wieder Deine Gnade ..."

Er hielt die Gewänder in seinen Armen und umklammerte sie wie ein Mensch einen Rettungsgürtel. Tränen rannen über sein Gesicht und fielen ihm auf Brust und Hände.

Er hörte ein lautes Pochen an der Tür und glaubte, es sei wieder Father Sullivan, der ihn verhöhnt und in seiner Verzweiflung ungetröstet verlassen hatte, obwohl man von ihm doch sagte, daß er ein kluger Mann sei, voll Verständnis und Güte. Und doch — das Pochen wurde dringender. Er wischte sich die Tränen aus den Augen, stand auf und ging zur Tür, um Father Sullivan gegenüberzutreten und dem Menschen einige bittere Worte zu sagen, den er um den Trank des Trostes und der Hoffnung gebeten und der ihm statt dessen Steine gereicht hatte.

Auf der Schwelle aber stand Father Dolan aus Murtagh's Woods, keuchend und rot im Gesicht von der Tour mit dem Fahrrad. Er lächelte beim Anblick des jungen Priesters, doch dann erstarb das Lächeln in seinen Zügen. Er ging, für einen alten Mann rasch, ins Wohnzimmer und sagte sofort: „Was ist denn los, Junge, was ist denn?"

Father Tim ließ den Kopf hängen, schleppte sich zum Kamin

zurück und fiel in seinen Stuhl. „Ah, dann ist es also wirklich so. Etwas ist nicht in Ordnung“, sagte Father Dolan. „Komme ich rechtzeitig, mein Sohn?“

Eine endlose halbe Stunde lang konnte Tim kein Wort herausbringen. Der Priester sah sein abgehärmtes Gesicht und die Seelenangst in seinen Augen. Geduldig und liebevoll wartete er. Dann sagte er freundlich: „Es ist also wahr. Deshalb hat mich also der arme alte Jack in seinem Brief, den ich heute morgen erhielt, gebeten, sofort zu Ihnen zu gehen. Eine Sache von ‚äußerster Dringlichkeit‘ schrieb er mir. Was ist also los? Erzählen Sie.“

Aber Father Tim hatte sich mit einem Ruck aufgesetzt. „Was sagen Sie da?“ rief er. „Es ist noch keine halbe Stunde her, daß mich Father Sullivan verlassen hat. Er war hier im Zimmer. Er...“

„Das ist nicht gut möglich“, sagte Father Dolan, ein Bär von einem Mann mit einem großen und gemütlichen Gesicht. „Er brach sich einen Tag vor dem Christfest ein Bein und schickte um meinen Kaplan, der seither bei ihm ist. Es war nicht Father Sullivan, den Sie gesehen haben, sondern ein Fremder. Wer war es aber?“

„Ja, wer war es?“ wiederholte Father Tim verblüfft. Er stützte sich auf die Armlehne seines Stuhles. „Aber ich kenne ihn doch! Ich war ja bei ihm in Larney! Das kann kein Irrtum sein! Er sagte, daß er auf meinen Brief gekommen sei!“

„Dann haben ihn die Engel hergetragen“, sagte Father Dolan, der die Verwirrung des jungen Priesters sah und ihn mit einem Scherz zu beruhigen versuchte. „Und was hat der Engel in der Gestalt Father Sullivans Ihnen gesagt? Oder besser gesagt, Father Sullivan mit seinem gebrochenen Bein unterstützt von dem Engel?“

Father Tim wurde so weiß wie die Wand. Er sah Father Dolan in die Augen und sagte: „Er hat mir geraten, die Kirche zu verlassen, meine Herde im Stich zu lassen und davonzurennen. Und dem Bischof zu schreiben, daß ich davongerannt bin.“

Father Dolan war entsetzt, sagte aber ruhig und freundlich: „Sprechen Sie nur."

Und so erzählte ihm Father Tim alles. Mrs. Casey kam mit ihrem Korb voll Proviant zurück, doch als sie die Priester so ins Gespräch vertieft fand, verschwand sie wie ein Schatten in die Küche. Sie stellte Teewasser auf und richtete Haferbrötchen und Marmelade her. Sie kannte Father Dolan und wußte, was für ein feiner und verständnisvoller Mann er war. Der arme junge Father brauchte in seinem Jammer einen solchen Mann.

„Der alte Jack war es also nicht", sagte Father Dolan nüchtern. „Der wird noch ein paar Monate liegen müssen. Gott helfe ihm. Aber wer war es?"

Sie sahen einander schweigend an, und da war es plötzlich, als führe ein eisiger Windstoß durchs Zimmer.

Dann meinte Father Dolan nachdenklich und langsam: „Ich warne meine Herde immer vor dem Aberglauben. Alles kann auf natürliche Weise erklärt werden, habe ich ihnen gesagt. Obwohl ich es selber nie wirklich geglaubt habe. Himmel — und Hölle sind uns näher, als wir ahnen." „Dann war es also ... ein böser Geist", sagte Father Timothy. Das unheimliche böse Etwas in seinem Innern war nicht mehr da, und die geborstene Säule stand wieder hochaufragend und makellos weiß in seinem Herzen. Die kalte, eindringliche Stimme war verstummt, er hörte sie nicht mehr.

Father Dolan nickte munter und putzte sich die Nase. „Ja. Das war es. Und Gottes Barmherzigkeit hat Sie gerettet, denn in Ihrem Herzen war der wahre Glaube! Zweifel kommen über uns alle, bei jeder Gelegenheit. Glauben Sie ja nicht, daß sie nicht nochmals über Sie kommen werden, mein Sohn. Bestimmt werden sie das. Aber Gott ist gut zu Ihnen gewesen. Er hat Sie einen Blick in das Antlitz des Zerstörers werfen lassen, denn er wußte, daß Sie noch ein Kind sind, noch ungerüstet. Er wollte Sie in Ihrer Unschuld nicht vom Feind überwältigen lassen. Das nächste Mal werden Sie gerüstet sein und kämpfen müssen, denn der Böse gibt nicht so leicht auf. Es wird dann eine schwerere Probe sein."

„Dann war es also keine Sinnestäuschung? Ich habe nicht geträumt?"

Father Dolan überlegte. Aberglauben durfte man nicht fördern, er sollte stets ausgerottet werden. Aber dann überkam ihn eine Welle der Gewißheit, und er sagte: „Es war keine Sinnestäuschung. Sie haben nicht geträumt. Ach, sehen Sie doch, was für einen guten Tee uns Mrs. Casey da gebracht hat. Sollten wir ihn nicht versuchen?"

Father Tim kam flüchtig der heitere Gedanke, daß Tee eine sehr angenehme und tröstliche Stärkung nach einer Begegnung mit dem ewigen Widersacher sei. Schließlich zeigte sich die Liebe Gottes ebenso in einem guten Tee wie in einer ekstatischen Offenbarung.

Sie saßen gemütlich beisammen und tranken ihren Tee. Father Tim sagte: „Schwester Mary Grace hatte ihre Befürchtungen. Sie hat wirklich gesagt, Satan sei in der Nähe. Er käme ungefähr alle zwanzig Jahre, zugleich mit einem jungen Priester, der in seiner Unschuld und seinem Dünkel glaube, er wisse mehr als alte Damen, die sich im Dienste Gottes aufgeopfert haben. Ich muß sie morgen besuchen und ihr alles erzählen und sie um Verzeihung bitten."

„Das müssen Sie nicht!" sagte Father Dolan und nahm sich noch ein Brötchen und Marmelade. „Ich kenne diese alten Nonnen. Sie sitzen mir selbst im Nacken und kritisieren immer und suchen Fehler. Pusten Sie sie nicht noch mehr auf. Ich kenne Schwester Mary Grace schon lange. Sie ist eine liebenswerte, wunderbare Schwester, eine wirkliche Tochter Gottes. Aber man darf es einer Frau nicht sagen, daß sie immer recht hat!" Er lachte. „Es gibt Dinge, die man vor Frauen diskret bei sich behalten muß, selbst vor Heiligen wie Schwester Mary Grace."

VII

Es war natürlich unvermeidlich, daß Rose eines Tages doch heim zu ihren Eltern mußte, von denen sie zärtlich begrüßt wurde. Sie befanden sich zur Abwechslung wieder einmal im kurzen und trügerischen Frühling überspannter Hochgefühle für einander. Rose traute diesem Zustand, den sie schon oft erlebt hatte, nie, betrachtete ihn aber mit weiser kindlicher Reserve und Unbeteiligtheit. Der Sommer war ungewöhnlich kalt und unfreundlich, und unter seinem Einfluß blieb die Stimmung von Roses Eltern nicht lange ungetrübt. Aber sie erreichten nicht den Zustand, in dem es notwendig war, Rose „wieder zu dem alten Satan“ abzuschieben.

„Der alte Satan“ unterhielt sich prächtig bei ihren Verwandten in Irland und setzte sich nach einer kräftigen Auseinandersetzung mit einigen ihrer älteren Schwestern munter nach dem Mittelmeer ab. An Roses Eltern schickte sie eine Postkarte: „Amüsiere mich hier ausgezeichnet. Schade, daß ihr nie diese reizende Gegend besuchen werdet. Aber ihr würdet sie ja doch nicht zu schätzen wissen.“ Roses Mutter ärgerte sich so, daß sie gelobte, nie wieder mit ihrer Schwiegermutter zu sprechen noch auch dieser Dame in Zukunft das Vergnügen von „Klein-Roses“ Besuchen zu bereiten. Rose war so unglücklich darüber, daß ihre schlechte Laune, ihre Stimmung und das unfreundliche Sommerwetter wunderbar zusammenpaßten.

Das einsame Kind hatte wenige Spielgefährten. Sie fand deren laute Spiele widerwärtig, ihre übertriebene Fröhlichkeit kindisch und ihre naturgegebene Grausamkeit zu arg, um von einem zartfühlenden kleinen Mädchen ertragen werden zu können. In mancher Hinsicht erinnerten sie sie an Großmutter, und einmal fragte sie ihre Mutter: „Werden manche Menschen nie erwachsen,

Mama?“ und Mama sagte: „Natürlich nicht. Sie sterben jung.“

„Großmutter aber nicht“, sagte Rose nachdenklich. Mama unterhielt sich darüber so gut, daß dieser Ausspruch ein stehender Scherz in der Familie wurde, zumindest so weit, als die triste Humorlosigkeit der presbyterianischen schottischen Kirche einen Scherz überhaupt gestattete. Einer der Onkel sprach nachher zu seiner Mutter von dem „alten Kind“, zum Unterschied von den wirklichen Kindern in der Familie.

Jahre später entdeckte Rose, daß tatsächlich „manche Menschen nicht erwachsen werden“. Großmutter gehörte zu diesen, wofür Rose in vieler Beziehung dankbar war. Großmutter mochte vielleicht ihrer Familie nicht besonders liebenswert vorgekommen sein, für diese müden und erschöpften Männer, die sie in ihrem Haus besuchten, war sie aber eine wahre Wohltäterin.

Auf den trüben und tristen Sommer folgte schließlich ein noch trostloserer Herbst, und Rose erwarteten in der Schule unter den strengen Augen von Miß Brothers noch trübere Stunden. Statt ihre Rechenaufgabe zu machen, dachte sie an die merkwürdigen Geschichten, die sie bei Großmutter gehört hatte. Sie begann, Sir Oswold Morgan und die anderen Heiligen, von denen sie erfahren hatte, zu bitten, sie zu erlösen und wieder zu der glänzenden Pracht von Großmutters Haus, den herrlichen Kuchen Marys und vor allem zu den gütigen Männern rund um den Kamin zurückzubringen.

Doch es wurde November, bis Mamas und Papas Nerven wegen des Wetters genügend gereizt waren, um den Ehekrieg in voller Stärke wieder aufleben zu lassen. Ein oder zwei Tage gloste das Feuer nur, und Rose fürchtete schon, daß es nicht zur Explosion kommen und sie Großmutters Haus nicht wiedersehen würde. Zudem fiel ihr Mamas Äußerung ein, daß sie nie mehr einen Besuch bei Großmutter erlauben würde.

Am letzten Tag im November, der sich durch besonders schlechtes Wetter auszeichnete, kamen die kochenden Gemüter endlich zum Überlaufen. Es war eigentlich traurig, daß die kleine Rose sich darüber freute, die Entwicklung ängstlich beobachtete und auf den Moment lauerte, wo Mama ihren Koffer aus dem kleinen Verschlag unter der Treppe hervorziehen würde. Und dann kam sie eines Tages müde und vom Regen durchnäßt nach Hause und fand ihren Koffer schon gepackt, obenauf ihr bester blauer Samtmantel (mit den weißen Pelzmanschetten) und ihr neuer Regenschirm. Mama erwartete sie schon zum Platzen geladen und mit in vorweggenommener Wut funkelnden Augen, aber Rose spürte im Anblick des Koffers nicht einmal den Klaps, den sie dafür erhielt, daß sie „naß wie ein ersoffener junger Hund" heimkam. Nicht einmal diese Ungerechtigkeit machte ihr etwas aus. Sie sollte ja wieder zu Großmutter fahren.

Es kam ihr vor, als wäre sie niemals weggewesen, ausgenommen, daß Großmutter neue Roben hatte, über die das kleine Mädchen die Augen aufriß, und einige funkelnde neue Geschmeide, die sie in Biarritz gekauft hatte. „Sind sie also wieder übers Kreuz?" fragte sie Rose über ihre Eltern aus. Rose antwortete glückstrahlend: „Ja. Sind noch Römische da?"

Sie waren da und saßen an der Tafel. Großmutter nahm es anscheinend als eine feststehende Tatsache hin, daß Rose mit am Kamin saß, wenigstens nahm sie von ihrem kleinen Enkelkind in der Ecke keine Notiz. Sie war ganz von einem jüngeren Priester hypnotisiert, einem Iren mit einem eleganten englischen Akzent, der eine Geschichte zu erzählen hatte, die Rose niemals vergessen konnte, obwohl ihr viele andere im Laufe der Jahre aus dem Gedächtnis entschwanden.

FATHER PADRAIC UND DAS GETTO

„Es gibt kaum ein anderes Vorkommnis im Leben eines Priesters, das ihn so mit frommer demütiger Dankbarkeit und Freude erfüllt — wir wollen wenigstens hoffen, daß es diese Gefühle sind —, als wenn er in den Stand des Monsignore erhoben wird", sagte Father Brant in seinem geschliffenen Englisch, das nur eine Spur zu stark akzentuiert war. (Er hatte ein Jahr in Oxford studiert, und die anwesenden Priester, denen das bekannt war, gingen höflich darüber hinweg. Er bemerkte es und lächelte ein wenig verlegen.) Er fuhr fort: „Aber Priester sind ja auch nur menschliche Wesen, und deshalb kostet es sie manchmal einen harten Kampf, nicht einem Gefühl von rein menschlichem Frohlocken, gemischt mit einem Anflug von Stolz, nachzugeben. Schließlich wurde man ja als etwas über den gewöhnlichen Priestern Stehendes betrachtet. Die Kirche weiß das und hat sich eine kluge Methode zurechtgelegt, die Monsignori oft in unerwarteten und häufig ungelegenen Augenblikken aufzurufen und sie auf abgelegene Straßen und Wege und in bescheidene, geringe Weingärten zu senden, um einem bedrängten alten Pfarrer zu helfen und in einer armen und elenden Pfarre Beichte zu hören und Messe zu lesen. Nach ein paar solchen Erfahrungen praktizierter Demut beginnt dann so ein junger Monsignore zu verstehen, daß seine Pflichten einen noch härteren Dienst für Gott und Seine Kinder einschließen, und daß seine Standeserhöhung einfach nur das bedeutet und nicht etwa eine persönliche Ehrung. Er wurde nur zu einer schwereren Arbeit berufen, auf die er mit einer besseren körperlichen Konstitution und einem klügeren Kopf ausgestattet und vorbereitet war, und zwar nicht etwa durch eigene Verdienste, sondern ausschließlich nur durch die Gnade Unseres Herrn.

Bei meiner Ernennung hatte ich davon noch keine rechte Vorstellung. Meine Eltern in Sligo verfügten nicht über die Mittel, die es ihnen erlaubt hätten, nach London zu fahren. Sie schickten mir aber ihren Segen und gaben ihrer Freude Ausdruck. Der Bischof in London, ein alter Mann und väterlicher Freund, gab mir in seiner Güte ein paar Tage Urlaub, so daß ich sie besuchen konnte. ‚Aber sonst keine Kapriolen', sagte er und nickte mir zwinkernd zu.

Es gab ein freudiges Wiedersehen mit meinen Eltern und allen meinen Brüdern und Schwestern und einer Unzahl von

Onkeln, Tanten, Cousinen und Verschwägerten samt deren Verwandten. Alle waren sie stolz auf mich. Ich begann mir ein bißchen wichtig vorzukommen, doch sie schienen das zu erwarten, und so kam ich mir noch wichtiger vor. Mein englischer Akzent verstärkte sich, ebenso mein geziertes Benehmen. Sie erstarben in Ehrfurcht und trugen es mir nicht nach. Wenn mein Vater mir eine tüchtige Ohrfeige verpaßt hätte, wäre das sicher nicht schlecht gewesen, aber welcher einfache irische Vater eines Monsignore würde schon daran denken, daß so ein Monsignore die Frucht seiner eigenen Lenden war, der in der Wiege seine Windeln pitschnaß gemacht hatte, dann heulend mit vollen Hosen herumgewatschelt war und sich später zu einem nichtsnutzigen kleinen Jungen entwickelt hatte. Solche Erinnerungen in Gegenwart des Monsignore würden für den Vater, der wahrscheinlich im Angesicht Gottes viel wertvoller war als sein Sohn, geradezu ein Sakrileg bedeuten. So war also für mich in dem kleinen, altersschwachen Haus mit ein paar Morgen dürren Landes nichts gut genug, die weiblichen Verwandten machten tiefe Eingriffe in ihr Kostgeld, um mir Leckerbissen zu servieren, und die männlichen gingen verschwenderisch mit dem besten irischen Whisky und den kleinen Bierfäßchen um. Die Männer im Dorf blähten sich vor Stolz und sahen geringschätzig auf ihr Nachbardorf herab, das sich keines Monsignore rühmen konnte. Eingebildet und selbstgefällig, wie ich von Natur aus war, und mit dem gewaltigen Vorrat an Snobismus, den ich damals noch besaß, wurde ich jetzt ein eleganter englischer Gentleman, und zwar tatsächlich so elegant, daß der englische Gutsbesitzer, der gerade auf seinem wenige Meilen entfernten Herrensitz weilte, mich zum Dinner einlud! Obgleich meine Familie natürlich den Engländer ablehnte, war sie durch die Einladung gereadezu überwältigt, was wieder ein Beweis für den paradoxen Zwiespalt der menschlichen Natur ist. ‚Es ist möglich', sagte ich mit dem Tonfall eines Gentleman zu meinen Eltern, ‚daß ich ihm einmal ehrlich meine Meinung sage.'

Ich fürchte", sagte Monsignore Brant, „daß ich diese ‚ehrliche Meinung' völlig vergaß, als ich in dem Herrenhaus ankam, denn der Engländer sprach nur über Gewehre und Jagd, was auch mich interessierte, und über die Folgen der Hungersnot vor einigen Jahrzehnten, der so viele meiner Landsleute zum Opfer gefallen waren und die die Einkünfte der Gutsbesitzer stark beschnitten hatte. Zudem war ich durch die Pracht dieses Hauses, die Würde seiner Dienerschaft und die auserlesenen Gerichte und Weine tief beeindruckt. Er hatte mir einen Wagen geschickt, und dieser Wagen brachte mich wieder nach Hause. Erst da fiel mir ein, daß ich meine ‚ehrliche Meinung' ganz vergessen hatte, und was noch weit schlimmer war: ich erinnerte mich, daß der Engländer mich freundlich, aber doch irgendwie so, als wollte er mich aufziehen, gefragt hatte: ‚Brant? Brant? Das ist doch ein englischer Name und kein irischer?' — ‚Ich weiß es nicht genau', hatte ich geantwortet und höchst elegant aus meinem goldgeränderten Kristallglas genippt.

Ich muß aber noch ein bißchen weiter zurückgehen. Ein kinderloser Großonkel, der nach London gezogen war und sich im Importgeschäft und durch den Handel mit irischem Leinen, Tweed und allerhand anderen Artikeln ein Vermögen erwarb, hatte schon in meiner frühesten Kindheit an mir Gefallen gefunden. Er war Witwer und kinderlos. Seiner Überzeugung nach glich ich ihm aufs Haar, und als ein Mensch, der sich selbst von ganzem Herzen und mit großer Hingabe liebte, übertrug er seine Eigenliebe deshalb auch auf mich. Er überredete meine Eltern, mich zu ihm nach London zu schicken. Er würde mich in Oxford studieren lassen. Er würde einen Gentleman aus mir machen. Mehr noch, er deutete an, daß ich wahrscheinlich sein Alleinerbe sein würde! Das alles blendete meine mittellosen Eltern, die ohnedies schon eine schöne Anzahl von Kindern in dem kleinen Haus zu füttern und zu kleiden hatten, noch dazu in einer Zeit, in der noch alle mit den Nachwirkungen der Hungersnot zu kämpfen hatten. Sie konnten nicht schnell genug mein Bündel packen, und ich befand mich bald in dem bequemen Bürgerhaus Onkel Padraic Brants in London. Es war kein nobles Viertel, seine Bewohner waren Geschäftsleute aus dem Mittelstand, kleine Ärzte und Rechtsanwälte, doch im Vergleich zu meiner alten Heimat war es die Gegend um den Buckingham Palast. Onkel Padraic (nach dem ich von meinen trotz ihrer Schlichtheit schlauen Eltern benannt worden war) hatte auch eine Hausangestellte, eine alte Dame mit einem strengen Blick und einer strengen Hand, die für Kinder nichts übrig hatte, und ich war damals ganze neun Jahre alt.

Ich konnte natürlich nicht die teuren, für die Söhne der Reichen bestimmten Knabenschulen besuchen. Onkel Padraic mochte an irischen Verhältnissen gemessen zwar als wohlhabend gelten, sein Vermögen war aber nicht überwältigend. Überdies war er ein ‚Niemand'. Jedenfalls schickte er mich auf die besten Schulen, die er sich leisten konnte, da er doch irgendwie ein kleiner Snob war, und ich machte meine erste Bekanntschaft mit einer Schule, in der nicht Klosterschwestern unterrichteten und die nicht unter der Leitung eines Priesters stand. Onkel Padraic wurde deswegen von seinem Pfarrer ernsthaft getadelt, aber er war ein halsstarriger Mensch. ‚Lassen Sie den Jungen nur seine Erfahrungen machen, Father', sagte er. ‚Sie werden einem guten katholischen Jungen schon nichts schaden.'

Vielleicht tat es mir sogar irgendwie gut, obwohl es in den ersten Jahren eigentlich gerade die umgekehrte Wirkung hatte. Meine Klassenkameraden versuchten die Vornehmtuerei, den Snobismus, das Distanzhalten und die feinen Manieren derer, die sie respektvoll ‚bessere Leute' nannten, nachzuäffen, und ihre Bemühungen in dieser Richtung waren so erfolgreich, daß sie dabei geradezu widerlich und gewöhnlich wurden. Denn nichts wirkt ja so gewöhnlich wie ein Dummkopf, der das feine Benehmen übertreibt und es eigentlich nur parodiert. Ihre ‚besseren Leute' würden ihnen aber, wenn sie einmal mit der Society in Kontakt kommen sollten, sicher bald den richtigen Platz anweisen. Aber das war Zukunftsmusik. Sie, und ich, hatten noch nicht gelernt, daß wirklich feines Benehmen schlicht, bescheiden und freundlich ist.

Als ich vierzehn war, schickte mich Onkel Padraic auf eine kurz vorher eröffnete und von Jesuiten-Patres geführte Schule. Die Patres bemühten sich, mir ein bißchen Vernunft in den Kopf zu klopfen. Ich fürchte, es kam nicht allzuviel heraus dabei. ‚Woher stammt der Name Brant?' fragte mich ein junger Priester. ‚Das ist doch kein richtiger irischer Name.' Ich hatte unter meinen früheren Mitschülern mehr oder weniger als englischer Junge gegolten, oder höchstens als schottisch-irischer, obwohl ich dabei kein ganz reines Gewissen gehabt hatte. Ich hatte einfach die These aufgestellt, daß ein Gentleman unangenehmen Situationen auf jeden Fall aus dem Wege geht, was ja richtige Gentlemen eigentlich nicht tun. Ich hatte mich mit meinen früheren Schulkameraden, die alle der Hochkirche angehörten, nie über Religion unterhalten, und ich muß leider zugeben, daß ich ihnen — in meiner Sucht nach feinem Benehmen und Bildung — erlaubte, mich für einen ‚Sektierer' zu halten, einen Methodisten oder Baptisten etwa. Das war ihre eigene Annahme, und ich hatte mich nicht weiter bemüht, sie aufzuklären.

Die Hälfte der Jesuiten-Patres waren Iren, die anderen Engländer. Bei den Engländern war ich bald Liebkind, vielleicht weil ein ihnen nur halb bewußtes eigenes Schuldgefühl sie freundlich für mich stimmte und zu mir zog. Wenn die Kirche sogar heute noch in England, abgesehen von Norfolk, in keinem besonderen Ansehen steht, in meinen Kindertagen betrachtete man sie mit tiefer Mißachtung, Furcht und Abscheu. Ein Katholik — gleichgültig ob ein englischer, schottischer oder irischer — konnte kaum hoffen, ‚es in der Welt zu etwas zu bringen', wie man damals sagte, und das bezog sich auf die gesellschaftliche Stellung, denn selbst vermögende Katholiken mit Titeln wurden von den Peers nicht eingeladen, wenn es sich um ein wichtigeres gesellschaftliches Ereignis handelte.

Nur jene, die außerhalb der geschlossen katholischen Gebiete, außerhalb des katholischen Gettos leben oder gelebt haben, sind imstande zu ermessen, was das bedeuten kann", sagte Monsignore Brant mit einer gewissen Bitterkeit. „Und besonders hart ist es für stolze junge Burschen, wie ich einer war. Junge Menschen verlangen danach, von ihren Kameraden geachtet zu werden; dieser Wunsch wurzelt in der menschlichen Natur. Geringgeschätzt, nicht beachtet, durch eine Geste oder einen gleichgültigen Blick beiseite gestoßen zu werden, das verwundet über alle Maßen, verwundet fürs Leben. Ein Mensch ist ein Mensch, und diejenigen, die ihn für weniger halten und seine Menschenwürde lediglich wegen seiner Rasse, seines Standes und seiner Farbe leugnen, leugnen Gott selbst, der inmitten eines unterdrückten kleinen Volkes aus einer Jungfrau geboren wurde, verachtet von den Römern und den großen Herren in Jerusalem, die sich in ihrer Kultur und ihrer feinen Gesittung noch erhaben vorkamen über das armselige Volk von Nazareth, obwohl es ihr eigenes Blut war, und die es vorzogen, zu vergessen, daß Tausende ihrer jüdischen Brüder weder Griechisch noch Latein konnten und nicht imstande waren, über den neuesten Philosophen geistreich zu reden noch über die Art, wie man der letzten Mode zufolge ein Gastmahl bereitete, und die sich vor allem nicht auf Grund eigener Erfahrung über die Sitten und Gebräuche in der Welt unterhalten konnten.

Keine andere Spezies auf der ganzen Welt haßt ihre eigene so wie das der Mensch tut. Ein Wolf wird von seinen Artgenossen respektiert, weil er ein Wolf ist, und so ist es auch bei allen anderen Arten, ausgenommen den Menschen. Es ist bemerkenswert und fast ein schlechter Scherz zu nennen, daß es nur das dumme, einfältige Schaf ist, das einen Artgenossen ausstößt, wenn sein Fell schwarz ist und alle anderen ein schmutzig-gelbes haben. Das ist ein Gleichnis auf die Menschheit, die übrigens auch in vielen anderen Beziehungen an Schafe erinnert.

Jedenfalls war ich", sagte nach einigem Nachdenken Monsignore Brant, „empfindlich, wie es alle Knaben sind, und ich wollte nicht geringgeschätzt und zurückgewiesen werden, wie ich auch nicht daran erinnert werden wollte, daß Unser Herr von den Menschen geringgeschätzt und abgelehnt worden war. Ich wollte als charmant gelten, bezaubernd, harmlos fröhlich sein dürfen und von meinen Kameraden anerkannt werden. Wenn ich es zuließ, daß sie eine Lüge glaubten, die ich nicht selbst gesagt hatte, und wenn ich dadurch am Hockey und anderen Sportübungen und Unterhaltungen teilnehmen durfte und nicht über die Schulter angesehen wurde, war ich es zufrieden. Ich muß leider gestehen, daß ich fast einen hysterischen Anfall bekam, als mich Onkel Padraic in die Schule der Jesuiten-Patres schickte, denn jetzt war ich öffentlich als das gebrandmarkt, was ich war — ein Paria in der protestantischen englischen Gesellschaft. Meine früheren Mitschüler sahen auf der Straße weg, wenn sie mich trafen. Ich befand mich mit einemmal in völliger Isolation, der traurigen, erniedrigenden und unwürdigen Isolation des katholischen Gettos. Ein paar Monate war ich physisch krank und schrie bei Nacht auf.

Lange konnte ich mich nicht in die Gemeinschaft eingliedern, in der ich mich befand. Selbst hier, in der Schule der Jesuiten-Patres, gab es Snobismus und eitle Vornehmtuer. Die katholischen englischen Jungen sonderten sich mehr oder weniger von den irischen Katholiken ab. Oder sie versuchten höchstens sie zu ‚hobeln', wie sie es nannten. ‚Man muß den Protestanten zeigen, daß nicht alle Katholiken einfältige, ungebildete Tölpel sind', sagte ein großer Junge zu mir, der glaubte, daß ich Engländer sei. ‚Wir haben eine Verpflichtung gegenüber unserer heiligen Religion.'

Mit diesem oberflächlichen Schlagwort besänftigten wir unsere Skrupel und wurden englischer als die Engländer selbst. Unsere Manieren, unsere Aussprache und unser ganzes Benehmen standen unter einem gewissen Einfluß der Hochkirche. Das waren alles die Folgen unseres sündhaften Stolzes, der Luzifers mächtigste Waffe ist.

Als ich sechzehn war, hielt ein Jesuiten-Pater, der uns besuchte, einen Vortrag, bei dem er von der Berufung zum Priesterstand sprach. Ich hatte Berufungen einer ganz anderen Art im Sinn gehabt und zwischen Medizin und Jus geschwankt. Damals stand die Jurisprudenz in höherem Ansehen, aber ich fühlte mich mehr von der Medizin angezogen. Ich möchte glauben, daß ich mir damals in meinem jungen, unwissenden Herzen wünschte, der Menschheit zu dienen. Der Jesuiten-Pater besaß zwei wichtige Eigenschaften: er war ein Gentleman mit sehr gutem Benehmen, und er sprach wie ein vornehmer Engländer, ausdrucksvoll und mit Hingabe. Die Kirche, sagte er, braucht nicht nur einfache Pfarrpriester, die natürlich, wie er mit einem gewinnenden Lächeln zugab, das Salz der Erde sind, sie braucht auch Männer mit Kultur und großem Verstand. (Der Pater hieß Burnham und er war Engländer.) Ich fühlte eine plötzliche und ungeheure Erlösung in mir, obwohl ich nicht gerne an die wirklichen Hintergründe dieser Erlösung denke, die mir Befreiung aus dem Getto zu versprechen schien und gleichzeitig Dienst an der leidenden Menschheit. Dieses recht anfechtbare Gefühl der Erlösung war es, das mich dazu veranlaßte, mit der Erklärung herauszuplatzen, ich glaubte eine Berufung zu haben.

Es war merkwürdig", fuhr Monsignore Brant fort, „aber ich schien wirklich eine zu haben: Hinter dem ganzen Schwindel und der Heuchelei mit der schmerzlichen Sehnsucht danach, für voll genommen und nicht verachtet zu werden, muß eine zitternde Menschenseele sich in Wahrheit und zutiefst danach gesehnt haben, zu dienen. Meine Lehrer fragten mich stundenlang aus, und wenn manche der klügeren anfangs ein wenig unschlüssig oder nachdenklich waren, ich überging es. Einem nicht unbeträchtlichen Widerstand von ihrer Seite begegnete ich mit glühendem Eifer und Ungestüm. Jedenfalls erhielt ich endlich die Bewilligung, ins Seminar einzutreten. Meine ursprüngliche Begeisterung wurde genau geprüft, denn die Kirche will kein geteiltes Herz haben. Aber ich blieb zäh; je mehr Widerstand es gab, desto mehr Eifer und Hingabe zeigte ich, bis ich endlich, noch lange vor meiner Weihe, in der ganzen Tiefe meiner Seele ein Priester war. Für diese Gnade unseres erhabenen

Gottes werde ich wohl nie imstande sein, meine Dankesschuld abzustatten.

Meine Eltern waren außer sich vor Freude, obwohl Onkel Padraic weit weniger begeistert war und mich sogar einmal ‚einen verdammten jungen Idioten' nannte. Ich liebte Onkel Padraic, aber ich hatte eigentlich mehr seinen Reichtum geliebt. Jetzt liebte ich Gott allein. Während dieser Jahre im Seminar fand ich zum erstenmal Frieden in meinem Leben, zum erstenmal echte Hingabe.

Ich wurde also zum Priester geweiht. Habe ich eigentlich schon erwähnt, wie ich Franziskaner wurde? Ich hegte tiefste Verehrung für die englischen Jesuiten-Patres, und auch für einige irische. Die Hand Gottes aber wies mich zu den Franziskanern. Warum, werde ich wahrscheinlich niemals wissen. Manche der Jesuiten-Patres waren über meine Wahl enttäuscht, aber die älteren und weiseren nickten zustimmend, und ihr ursprünglicher Zweifel an mir verschwand.

Ich wurde einer der ärmsten und niedrigsten Pfarren im Westen Londons zugeteilt. Zuerst lehnte ich mich dagegen ein wenig auf. Ich war ein gebildeter und intelligenter junger Priester, und hier war ich Seelenhirt in einer Pfarre, deren reichster Mann mit Bedarfsartikeln für Fuhrwerker handelte, und deren Ärmste Prostituierte waren, Gelegenheitsarbeiter, Putzfrauen, Straßenkehrer, Trunksüchtige, Raufbolde und körperlich und geistig Kranke. Gewalttaten waren an der Tagesordnung und Laster die übliche Unterhaltung. Sagte ich, daß ich mich ‚ein wenig' auflehnte? Das ist eine englische Untertreibung. Ich erinnere mich genau, daß ich mehr Zeit auf meinen Knien zubrachte als stehend, und daß ich um Demut, Trost und Hilfe flehte. Fast ständig betete ich zum heiligen Franziskus. Es gab Zeiten, da ich mich fragte, warum ich mir gerade einen solchen Orden ausgesucht hatte. Aber gewiß war es auch wieder durch die Gnade Gottes so gekommen.

Nach einiger Zeit kam ich in eine andere Pfarre. Ohne Stolz kann ich euch, meine Freunde, jetzt sagen, daß mein

Bischof mit dem, was ich in dieser schrecklichen Pfarre geleistet hatte, zufrieden war, obgleich ich sicher bin, daß es nur die Fürbitte des heiligen Franz von Assisi und die Gnade Gottes war. Jede Pfarre war besser als die vorhergehende, und schließlich — war ich ein Monsignore und fuhr nach Irland auf Besuch zu meinen Eltern.

Es war diese Anbetung, die mir die kleinen Leute und besonders meine Verwandten zollten, die sich so verderblich auf mich auswirkte. Mein Name war Brant und nicht vielleicht Murphy. Ich war sehr jung und, obwohl ich Priester war, voll menschlicher Schwächen. Ich sonnte mich in meinem Glanze. Ich ging mit elastischen, weit ausholenden Schritten. Meinen englischen Akzent — ich hatte auf Onkel Padraics ausdrücklichen Wunsch, um mich zu prüfen, wie er voller Hoffnung sagte, ein Jahr in Oxford zugebracht — übertrieb ich mit Absicht. Am letzten Tag in Irland schenkte mir der alte Pfarrer mit einem geradezu teuflischen Zwinkern einen Schlehdornknüppel, einen Shillelagh, wie man auf irisch sagt, und man sagt auch, daß man sich mit dem Shillelagh auf den Kopf klopfen soll, wenn einem nichts einfallen will. Ich sah in seine weisen alten Augen und wurde verlegen. Benahm ich mich tatsächlich so töricht, daß es allgemein auffiel? Nichtsdestoweniger verstaute ich die Gabe sorgfältig ganz unten in meinem vornehmen Koffer — anläßlich meiner Rangerhebung gespendet von dem schon sehr alten Onkel Padraic — und bestieg das Boot nach Liverpool, wo ich den Zug nach Manchester und London erreichen wollte. Noch heute schäme ich mich schrecklich, wenn ich mich daran erinnere, daß ich, sowie ich auf dem Boot war, das große braune Paket mit Proviant, das mir meine Mutter mitgegeben hatte, heimlich über Bord warf, die Flasche besten irischen Whiskys, die mir ein Onkel geschenkt hatte, aber behielt. Einen Moment bedauerte ich allerdings, daß es kein schottischer war.

Der Zug war überfüllt — das heißt, die dritte Klasse und die erste auch — denn ein Überseedampfer aus Amerika war eingelaufen. Ich hatte die Absicht gehabt, die erste Klasse zu benützen, aber es war kein Platz mehr frei. Und die dritte Klasse — das war einfach unvorstellbar. Ich war jetzt Monsignore. Ich beschwichtigte mein Gewissen mit der Feststellung, daß auch in der dritten alles besetzt war, und fand schließlich einen Waggon zweiter Klasse, der nicht allzu voll war. Ich hatte meine Lektüre in der letzten Zeit vernachlässigt, und so sah ich mich nach einem halbwegs leeren Abteil um. Zu meiner Überraschung fand ich eines, das ganz leer war. Ich brachte meinen Koffer im Gepäcknetz unter und machte es mir dann mit einem Buch — sehr gelehrt, über das Leben des heiligen Franziskus — bequem. Es war leider auch tödlich langweilig. Ich hatte mir dieses Buch als geistige Übung zugedacht. Ich hatte so eine Ahnung, daß ich das brauchte.

Plötzlich wurde die Tür zum Abteil geöffnet. Ich dachte zuerst, der Eindringling sei ein junger Priester wie ich, sah aber dann, daß er ein Anglikaner war. Er sah mich kurz an, warf dann ungeduldig seine Tasche in das Gepäcknetz und wählte einen Platz diagonal auf der anderen Seite neben der Tür zum Korridor, so daß er möglichst weit weg von mir saß. Er war kein Bischof, nur ein einfacher anglikanischer Geistlicher. Vermutlich hatte er eine Landpfarre. Er war Vikar, und ich dachte boshaft, daß er wahrscheinlich Fürchterliches mitmachte mit seinen Kirchenabgaben und den alten geizigen Damen und den Matronen mit heiratsfähigen Töchtern, die ihn rastlos verfolgten, da er noch unverheiratet war, mit den ungehobelten Gutsbesitzern mit ihren Pferden und den verschlossenen Portemonnaies, und den alten Jungfern, die überall herumspionierten und gräßlich hochnäsig waren; mit dem Landadel, gegen den er unterwürfig zu sein hatte und bei dem er um Zuwendungen bitten und betteln mußte, und den reichen alten Witwen, die Knöpfe in den Klingelbeutel warfen. So etwa bedauerte ich ihn wohlwollend.

Natürlich verachtete er mich als Römischen. Ich meinerseits verachtete ihn wieder als einen ganz gemeinen, geplagten anglikanischen Geistlichen, der unter der Zuchtrute seiner Lordschaft, des Bischofs, stöhnte. Seine Kleidung war weit besser als meine, und dazu trug er noch Gamaschen. Er hatte auch einen eleganten Stock. Plötzlich fiel mir der Schlehdornknüppel in meinem Koffer ein. Sein Stock hatte einen schön geschwungenen Silbergriff.

Er entfaltete eine Londoner Zeitung und tat, als vertiefte er sich ganz in sie.

Ja, er war ebenso jung wie ich, und wir hatten beide noch ein gutes Stück vor uns, bevor wir siebenundzwanzig wurden. Er war so groß wie ich, so schlank wie ich und auch so elegant. Er hatte ein langes mageres Gesicht, eine lange schmale Nase, etwas hervorstehende blaue Augen und einen schmalen, ungeduldigen Mund. Seine jungen Hände waren glatt wie die eines Mädchens, ebenso glatt war sein blondes Haar. Nach einer Weile kam es mir in den Sinn, daß wir dem Aussehen nach Brüder hätten sein können! Verschieden war nur unsere Kleidung.

Der Zug fuhr noch nicht ab. Man hörte zwar Pfeifen, Rufen und Gerassel, aber es waren noch ein paar Minuten Zeit bis zur Abfahrt.

Engländer sind nun einmal außerordentlich zurückhaltend. Ist der Bann aber gebrochen, so sind sie die freundlichsten und aufmerksamsten Menschen. Aber die Überwindung dieser Zurückhaltung ist eine heikle Sache und gelingt nicht oft.

Während die Zeitung emsig raschelte, gab ich mich meinen menschenfreundlichen Gedanken hin und sah nur die mageren schwarzen Knie, die Gamaschen und die blanken schwarzen Schuhe. Ich hatte nicht viel Erfolg. Was für ein eingebildeter Fant, sagte ich zu mir, denn schließlich bin ich trotz meines Namens Ire, und die Iren sind ein freundliches Volk. Er erinnerte mich an meine Kameraden in der Knabenschule, und ich fühlte mich plötzlich wieder erniedrigt und ausgestoßen. Aber ich bin eben Ire, und so wurde ich innerlich sofort wütend. So ein armseliger anglikanischer Geistlicher, der von den Weibern in seiner Pfarre terrorisiert wird, vor der Gentry schweifwedelnd herumkriecht, Müttern mit Töchtern ausweichen und Interesse für Pferde und Hunde heucheln muß! Was für ein Leben!

Er ließ die Zeitung beim Umdrehen aus Versehen fallen und bückte sich, um sie wieder aufzuheben. Als er sich aufrichtete, begegneten sich unsere Blicke. Sah er meinen Unwillen, meine Verachtung? Oder sah er endlich, daß wir beide zwei junge Männer waren? Glaubte er, ich sei Engländer, und hatte er unsere Ähnlichkeit bemerkt?

Es mochte alles mögliche gewesen sein, vielleicht auch, daß wir beide innerlich einsam und unsicher waren. Jedenfalls versuchte er ein zaghaftes Lächeln, nur die Andeutung eines Lächelns, das er sofort löschen und leugnen konnte, wenn ich darauf nicht reagierte. Ich lächelte genau so. Er wies auf die Zeitung. ‚Bestialisches Volk, diese Russen', sagte er. ‚Schon wieder ein Pogrom. Völlig unzivilisiert.'

‚Völlig', stimmte ich in meinem besten Oxford-Englisch zu. Er sah mich überrascht, dann erfreut an.

‚Man kann sich tatsächlich alles erwarten von diesen Menschen', sagte er ernst.

‚Ja, tatsächlich', wiederholte ich.

‚So etwas ist völlig unenglisch.'

‚Ja, völlig.'

Er schwieg, und wir blickten einander vorsichtig an. Dann sagte er: ‚Ich bin Father Francis Cutledge, Old Riding, Sussex.'

‚Ich bin Monsignore Brant', erwiderte ich mit einem Anflug von Überheblichkeit, ‚aus London.'

‚Brant', sagte er nachdenkend. Sein Gesicht belebte sich. ‚Sind Sie ein Verwandter von Sir William Brant, Devonshire?'

Ich lächelte und ich fürchte, es war ein ziemlich überlegenes Lächeln. ‚Nein.'

Jetzt wußte er bestimmt, daß ich nicht nur Engländer war, sondern auch von Familie, wahrscheinlich besser als die Sir Williams. Er faltete die Zeitung auf seinen Knien sorgfältig zusammen. Er war bereit zu plaudern, tolerant zu sein. Schließlich waren wir ja englische Gentlemen, wenn ich auch unglücklicherweise ein ‚Römischer' war.

‚Hm', sagte er schüchtern, ‚mein Vater — hm — war römisch-katholisch.'

Das interessierte mich. ‚Wirklich?'

Er nickte. ‚Und auch meine Mutter. Eine Konvertitin.' Er sah leicht bedrückt drein.

‚Und Sie wurden Anglo-Katholik?'

Er beobachtete mich. Dann hob er stolz sein junges Haupt. ‚Man hat dorthin zu gehen, wohin einen Gewissen und Überzeugung rufen.'

‚Richtig', sagte ich. Er war Engländer und daher gab er keine weiteren Geheimnisse preis. Er blickte wieder in die Zeitung und wiederholte: ‚Bestialisches Volk, diese Russen. Intolerant. Unwissend. Und gefährlich.'

Sein Gesicht strahlte wie das eines Jungen.

‚Der Gedanke ist erfreulich, daß in England solche Grausamkeit und Barbarei und solche Unduldsamkeit unbekannt sind,' sagte er, ‚und daß wir hier keine Gettos haben.'

‚Jedenfalls keine sichtbaren', sagte ich. Nicht zu aufdringlich. Diesen kleinen Hieb konnte ich mir nicht verkneifen.

‚Wir sind eben das Volk der Magna Charta', sagte er leicht errötend. ‚Wir sind keine Barbaren. In der Politik, in unserem Verhältnis zum Empire sind wir das toleranteste von allen Völkern.'

‚Eine zwingende Notwendigkeit', sagte ich. ‚Das Empire würde zusammenbrechen, wenn — wenn wir nicht tolerant wären. Auch die Unterworfenen, die Kolonialvölker würden sich allzuviel Arroganz und schlechte Behandlung nicht gefallen lassen.'

‚Eine Notwendigkeit', sagte er erstaunt. ‚Das ist mir neu. Ich habe nie gedacht, daß wir Engländer uns einer Notwendigkeit fügen müßten.'

‚Ich schon', sagte ich. ‚Ich habe schließlich den größten Teil meines Lebens in London verbracht.'

Ich war also obendrein noch ein Londoner. Wahrscheinlich kannte ich viele vom hohen Adel. Wahrscheinlich hatte ich

Verwandte in der Hochfinanz und Politik. Man durfte nicht vergessen, was sie uns in Norfolk angetan hatten. Der arme Junge sah ein bißchen niedergeschlagen aus, und ich muß leider gestehen, daß mich keine warme Welle christlicher Barmherzigkeit überlief. Ich dachte an die Hungersnot, die zahllose Menschen meines Volkes getötet hatte, ohne daß Hilfe von den Engländern gekommen wäre. Die englischen Gutsbesitzer und die Steuereinnehmer, dieser Abschaum der Menschheit, tauchten vor mir auf. Und ich mußte an Cromwell denken, der Iren, Männer und Frauen und Kinder, ins Meer getrieben und sie als ‚Läuse und Lausbrut' bezeichnet hatte. Mein Herz begann zu brennen.

‚Aber alles in allem sind wir der Welt ein Vorbild,' sagte der andere. ‚Die einzige zivilisierte Gegend in Amerika, zum Beispiel, ist Boston, wo die Abkömmlinge englischer Familien leben.'

Ich dachte an die alte Mutter Oberin, die noch vor wenigen Jahrzehnten in ihrem eigenen Kloster in Boston vom Mob zu Tode getrampelt worden war, an die Mißhandlung ihrer Nonnen, an die Schändung des Altars und an die auf den Boden gestreuten Hostien und ihre Entweihung. ‚Ach ja, Boston', murmelte ich. Ich dachte an den Haß und die Verachtung und die Schmähungen, denen irische katholische Einwanderer in Boston ausgesetzt waren, an die den Frauen heruntergerissenen Kleider, die tätlichen Angriffe auf Priester in den Straßen, an die verschreckten Kinder in den kleinen Pfarrschulen, an die niedrigste Arbeit, die meine Landsleute in diesem aus England exportierten Kulturzentrum annehmen mußten, an die öffentlichen Beschimpfungen, an Hohn und Spott. Ins Getto mit ihnen! Plötzlich brannte mein Herz aus anderen als rassischen oder religiösen Gründen: Warum hassen die Menschen einander? Warum diese widernatürliche, unverzeihliche Grausamkeit des Menschen gegen seinen Bruder? In meinem Innern fühlte ich mich rein und rechtschaffen. Und nun prüfte Gott nicht nur mich, sondern auch den anglikanischen Geistlichen, Vikar Cutledge, der sich genau so dummerweise rechtschaffen fühlte.

Die Tür zu unserem Abteil öffnete sich und wir sahen einen höchst sonderbaren Menschen, der uns zaghaft anblickte. Er konnte kaum mehr als dreißig sein, erschien aber viel älter, denn er hatte einen schönen starken Bart, seidig, schwarz und leicht gewellt. Er war groß und ausgemergelt und wunderlich gekleidet. Er hatte schwarze Hosen an, die nur bis zu den Knien reichten. Von da an waren seine Beine bis zu den eigenartigen Schuhen mit Baumwollstrümpfen bedeckt. Dazu kam ein langer schwarzer, bis über die Knie reichender Rock, der lose herabhing. Auf dem Kopf trug er einen sonderbaren schwarzen Hut. Was aber am meisten unsere Aufmerksamkeit erregte, waren die großen, schwarzen, glänzenden Augen, die bleiche weiße Gesichtsfarbe, die der schwarze Bart noch mehr hervorhob, die feine Nase mit den scharf gezeichneten Nasenflügeln.

Das alles wäre für einen feinfühligen Engländer ohne Vorurteile schon Grund genug gewesen, um schockiert zu sein. Aber der Mensch strömte einen mehr als fremdartigen Geruch aus, eine Mischung von Mottenkugeln, fremdländischen Speisen und unbritischer Luft. Handschuhe hatte er keine. Seine langen weißen Hände durchlief ständig ein leichtes Zittern, und der Koffer, den er trug, hatte ein höchst exotisches Aussehen.

‚Bitte!' sagte er. ‚Ich möchte fragen . . .'

Wir waren von dieser fremden Erscheinung so überwältigt, daß wir kein Wort sagten. Dann rückte Pfarrer Cutledge instinktiv von seinem entfernten Sitz weg und nahm direkt neben mir Platz! Zeitung, Stock und sonstiges kamen gleich mit. Wir rückten zusammen gegen diesen Fremden.

Er begann sich seitlings bei der Tür hereinzuschlängeln und fuhr erschrocken zusammen, als sie hinter ihm zufiel, denn der Zug hatte sich in Bewegung gesetzt. Er nahm möglichst weit von uns Platz. Ohne Zweifel spürte er unsere Abneigung gegen einen Fremden, unsere unwillkürliche, kindische Animosität. Er sah uns langnasige, flachshaarige junge Rosengesichter lange an und hielt uns dann mit einer bittenden Geste ein Stück Pappendeckel hin. ‚Is?' murmelte er. Vikar Cutledge wandte sich unangenehm berührt weg. Ich zwang mich dazu, den Pappendeckel anzusehen. ‚Eine Fahrkarte', sagte ich laut. ‚Ist in Ordnung.'

Er dachte einen Augenblick nach und übersetzte sich meine Worte offenbar in seine eigene Sprache. Dann hellte sich sein Gesicht auf und schenkte uns ein strahlendes Lächeln, das vortreffliche Zähne sehen ließ. ‚Gut', sagte er stolz. Er war so stolz, daß er sich kaum beherrschen konnte. ‚Englisch', sagte er. ‚Englisch. Wie Deutsch — nicht?'

‚Nein', sagte Vikar Cutledge kalt.

Wir waren beide gebildete junge Männer, beide konnten wir Deutsch und Französisch. Wir hätten mit dem Fremden Deutsch sprechen können. Aber wir taten es nicht. Beinahe Knie an Knie drängten wir uns zusammen, wir Briten, wir vorurteilslosen, toleranten Erbauer des Empire. Vikar Cutledges Stock streichelte mein Knie.

Der Fremde hatte offensichtlich nicht begriffen, daß er zurechtgewiesen worden war, und zwar nicht nur als ein pöbelhafter Mensch, der ohne den geringsten Anlaß im Eisenbahnwagen eine Konversation begonnen hatte, sondern auch deshalb, weil er ein Fremder war. Vikar Cutledge drückte mir rasch ein paar Blätter seiner Zeitung in die Hand, und ich legte das Buch über den heiligen Franziskus neben mich. Wir vergruben uns in die Zeitungsblätter. Der Zug fuhr langsam an den öden grauen Mauerwänden Liverpools vorüber und begann dann ratternd seine schnelle kurze Fahrt nach Manchester.

‚Ist richtig? Ment-schest-err?' fragte ängstlich der Fremde zu uns herüber, die wir uns hinter Zeitungsblättern verschanzt hatten.

‚Manchester', sagte ich scharf.

‚Gut', murmelte er.

Wir lasen. Ich spürte deutlich die Anwesenheit des Fremden, noch mehr aber seinen Geruch, der in dem kleinen Abteil langsam unerträglich wurde. Aber wir vermieden ängstlich jede Bewegung — die dem Fremden die Möglichkeit gegeben hätte, mit uns zu sprechen oder eine Bemerkung zu machen. Wie ich nach einem verstohlenen Blick hinter der Zeitung hervor feststellte, behielt er seinen Hut auf. Was um Himmels willen war er? Was machte er in England?

‚Eigentümliche — hm — Menschen kommen jetzt nach England', flüsterte der Vikar.

‚Das kann man wirklich sagen', antwortete ich.

‚Da hat es doch vor kurzem sogar eine Anfrage im Unterhaus gegeben', flüsterte der Vikar.

‚Sehr verständlich', sagte ich — Gott möge es mir vergeben.

‚Er fährt nur bis Manchester', sagte der Vikar. ‚Wir fahren ja bis London.'

‚Man muß auch für kleine Dinge dankbar sein', sagte ich mit meiner ekelhaften, arroganten Stimme. Für den Vikar hatte ich ein warmes kameradschaftliches Gefühl. Der voluminöse Band über den heiligen Franziskus drückte meinen Oberschenkel. Verdrossen stieß ich ihn zur Seite. Ich las den Leitartikel in ‚The Times' über das letzte Pogrom in Rußland, und dabei fielen mir meine irischen Vorfahren ein. ‚Bestialisch', bemerkte ich zu dem Pfarrer und zeigte auf das Blatt. ‚Man müßte etwas dagegen unternehmen.'

‚Sehr richtig', sagte er mit meinem Akzent, den er geschickt angenommen hatte.

‚Schließlich leben wir ja heute in einer zivilisierten Welt, sollte man meinen.'

‚Gewiß!'

Ohne daß wir es bemerkt hatten, wir waren ja so darin vertieft, uns gegenseitig im vornehmen Tonfall zu übertreffen, hatte sich der Fremde uns direkt gegenübergesetzt und berührte sanft meine Knie. Ich fuhr zusammen und ließ die Zeitung ein wenig sinken. Er lächelte und deutete auf mein Kollar, dann auf das des Vikars.

‚Is . . . is?' versuchte er zu sprechen und suchte hilflos nach dem richtigen Wort.

‚Priester', sagte der Vikar mit lauter, abweisender Stimme.

Ich hörte das nicht gern, ich betrachtete ihn nicht als ‚Priester'. Ich zeigte auf mich. ‚Monsignore', sagte ich zu dem Fremden mit seinen großen, schwarzen Augen, diesen sanften, bittenden Augen und dem fremdartigen Bart.

Er lächelte wieder, strahlend. Er suchte krampfhaft in seinem kleinen englischen Wortschatz nach dem richtigen Wort. Seine Augen leuchteten auf. ‚Is Priester?' Er zeigte auf meinen Purpursaum.

‚Monsignore', sagte der Vikar kühl. ‚Kein Bischof!'

Er hatte mich in einen niedrigeren Rang versetzt. Ich blickte ihn nun meinerseits kühl an.

‚Bei der nächsten Beförderung ...' begann ich.

Er lächelte überlegen.

Ich gehörte nicht zur Hochkirche. Ich wurde nicht wirklich anerkannt. Würde es nie werden. In England wenigstens.

Ein plötzlicher heftiger Zorn überkam mich, und die Erinnerung an alles, und gleichzeitig war ich wütend darüber, daß ich so reagierte: das Getto.

Der Vikar und ich sahen uns finster an. Wir dienten demselben Gott, und doch betrachteten wir uns gegenseitig mit Überheblichkeit und höchster Abneigung. Der Fremde war im Augenblick vergessen.

Aber jetzt sagte er mit seiner vibrierenden gutturalen Stimme: ‚Sind Männer von Gott ... Heilig ist Name.'

‚Priester', sagte der Vikar.

‚Ich bin ein Monsignore der heiligen katholischen Kirche', sagte ich.

‚Männer von Gott ... Heilig ist Name', wiederholte der Fremde erfreut.

Wir konnten seine Freude nicht verstehen und sahen uns wieder finster an: ‚Heilige katholische Kirche', sagte der Vikar zu mir. ‚Mit welcher Legitimation?'

‚Die Nachfolge der Apostel', sagte ich. ‚Die haben Sie nicht. Ihre Religion ist von Menschen abgefaßt. Unsere ist die Kirche, die Unser Herr gegründet hat.'

‚Da gibt es nun doch wohl einige strittige Fragen', sagt der Vikar mit einem weisen Unterton. ‚Wir beanspruchen ...'

Der Fremde gab mir wieder einen leichten Stoß. ‚Sind jung. Gott ...'

‚Viele sind berufen, aber wenige sind auserwählt', sagte der Vikar nachdrücklich.

Ich fühlte ein bißchen weniger Feindseligkeit gegen den Fremden. Ich zeigte auf mich (schließlich hatte der Vikar mich ja durch ein Zitat aus der King-James-Übersetzung der Heiligen Bibel provoziert). Ich machte mit der Hand eine Bewegung, zeigte deutlich in die Höhe und dann auf mich. Der Fremde sah neuerlich verwirrt drein. Ungeduldig deutete ich durch das Fenster hinaus auf den Himmel und dann wieder auf mich.

‚Ah!' sagte der Fremde und nickte verstehend. Er faltete die Hände.

Wenigstens hat er eine gewisse Ehrfurcht vor dem Klerus, dachte ich. Aber warum hatte ich nicht Deutsch gesprochen — wenn er das verstand? Immerhin, diese Ehrfurcht. Ich fühlte eine gewisse Wärme für ihn in mir aufsteigen.

‚Heilig ist Name', sagte der Fremde und beugte sein Haupt.

‚Heilig ist Sein Name. Der Heiligste aller Heiligen.' Der Fremde verstand mich.

Der Vikar beugte sich zu mir und flüsterte: ‚Augenscheinlich kein Heide.'

Ich hatte nicht vergessen, daß ich mich außerhalb der Mauern des Gettos befand. Doch als Gentleman mit Kultur konne ich mein Mißfallen nicht zeigen, und als Priester sollte ich so bescheiden und demütig sein wie mein Herr. Ich kämpfte mit mir selbst und dann sagte ich — Gott möge es mir verzeihen — ‚wenigstens keiner von den völlig Umnachteten.'

‚Aber trotzdem, diese Fremden!' murmelte der Vikar und schüttelte den Kopf. Jetzt waren wir wieder einige Brüder im Snobismus, die Produkte vornehmer Schulen.

‚Ja, ja', seufzte ich.

Der Fremde sah mich gespannt an und lächelte strahlend. ‚In

England ... Ist in England ...‘ Er suchte krampfhaft nach dem richtigen Wort, kämpfte darum. Dann machte er eine verzweifelte Geste des Prügelns, Stoßens und Halsabschneidens.

Ich verstand ihn und sagte: ‚Nein.‘

‚Was meint er?‘ fragte der Vikar.

Meine Antwort machte mir Vergnügen: ‚Er meint, wir bringen hier in England keine Menschen um, wenn sie von uns verschieden sind.‘

‚Gewiß nicht!‘ sagte der Vikar erschrocken. ‚Wir sind zivilisierte Menschen! Diese Fremden! Wie könnten wir ihm denn verständlich machen, daß er, obgleich er wohl zum Abschaum gehört und ein Ausländer, noch dazu ein höchst eigenartiger ist, daß er hier in Sicherheit ist?‘

In Sicherheit? dachte ich. Wo, in Gottes Namen, ist das Leben für einen Menschen sicher? Sicher vor seinen Feinden, vor seinen Mitmenschen?

Der Fremde war in sich versunken. Sein mit dem Hut bedeckter Kopf war vorgebeugt, er hatte seine Hände gefaltet und murmelte abwechselnd fremde Worte, während er sich auf seinem Sitz vorwärts und rückwärts wiegte. Eine warnende Gänsehaut lief mir über den Rücken, und es meldete sich ein schrecklicher Gedanke. Und schon fuhr der Zug im Bahnhof von Manchester ein.

Draußen auf dem Bahnsteig war ein Schwarm von Menschen zu sehen, die hin und her liefen, sich gegenseitig zuriefen, gestikulierten und eifrig alle Fenster absuchten. Es galt nicht mir. Und nicht dem Vikar. Ich kam mir sehr einsam und sehr jung vor. Dann waren die aufgeregten, suchenden Gesichter vor unserem Fenster und strahlten plötzlich. Sie brachen jubelnd in ein lautes Freudengeschrei aus.

‚Rabbi! Rabbi!‘ riefen sie und blickten voll Entzücken auf den Fremden.

Der erhob sich und winkte ihnen mit der Hand. Dann nahm er seinen exotischen Koffer auf. Er lächelte uns an, zeigte auf den Himmel, dann auf sich.

Mit sanfter Stimme sagte er: ‚Ich — Russia. Pogrom. Ich gekommen nach England. Rabbi.' Er forschte in unseren bestürzten Gesichtern. Das seine wurde traurig und Tränen traten ihm in die Augen. ‚Is — Frau — tot!' Er machte dreimal mit den Füßen eine heftig tretende Bewegung. ‚Is Kind', er hob drei Finger, ‚tot.'

Ich konnte ein wenig Hebräisch und verstand, was er dann sagte: ‚Der Herr hat's gegeben und der Herr hat's genommen. Gesegnet sei der Name des Herrn.'

‚Was hat er gesagt?' fragte der Vikar. Sein Gesicht war dunkelrot geworden.

Ich gab keine Antwort.

Der Rabbi sah uns an. Dann hob er die Hand, wie um uns zu segnen. ‚Sind Männer von Gott. Gute Menschen.'

Er verließ den Zug, und wir saßen da, ohne einander anzusehen. Der Rabbi war sofort von seinen fröhlichen Leuten umringt, die ihn umarmten und auf die Wangen küßten. Er stand in ihrer Mitte, sie alle überragend, strahlend, glücklich. Frei!

Dann sagte der Vikar leise auf Deutsch. ‚Nicht gut, wir. Ganz und gar nicht gut.'

‚Ganz und gar nicht gut', wiederholte ich. Ich sah ihn an.

‚Ich bin auch kein Engländer', sagte ich, ‚ich bin Ire.'

Der Vikar streckte die Hand aus, und ich schüttelte sie. Schweigend setzten wir unsere Reise nach London fort. Wir fuhren weiter. Verzweifelt, schuldbewußt, schweigend.

Und schweigend fuhren wir dahin, durch das Getto unserer Unmenschlichkeit. Ein Bruder hatte zu uns gesprochen, ein Mann Gottes wie wir, und wir hatten ihn abgewiesen. Wir hatten ihn verachtet. Wir hatten uns gegenseitig verachtet und gehöhnt.

Und so wird es immer bleiben", sagte Monsignore Brant, „bis der Mensch lernt, daß keiner außerhalb des Gettos Unseres Herrn steht. Mögen wir dahin gelangen, bevor wir sterben."

VIII

Am Abend fiel Rose ein, daß sie einmal auf einem Spaziergang mit ihrer Mutter einen dunkelhäutigen Mann in einem langen Rock und mit einem Turban auf dem Kopf gesehen hatte. Hinter ihm waren neugierige Kinder her gelaufen, die kicherten und mit den Fingern auf ihn wiesen.

„Mama mag ja nun nicht gerade eine der edelsten Seelen gewesen sein“, sagte Rose viele Jahre später zu ihrem Gatten, „aber mit etwas war sie nie einverstanden, und zwar daß man Menschen wegen ihrer Rasse oder Farbe beschimpfte, herabsetzte oder mit Verachtung behandelte. ‚Er ist, wie Gott ihn geschaffen hat‘, sagte sie dann, ‚und uns steht es nicht zu, Gott zu fragen, warum er nicht alle Menschen mit der gleichen Farbe geschaffen hat, wie Erbsen in einer Schote. Und wenn er eine andere Religion hat als wir, so ist das seine Sache, die er mit seinem Gott ausmachen muß. Ist seine Religion schlecht, dann ist es unsere Aufgabe, ihm seinen Irrtum zu zeigen, und nicht, ihn wegen dieses Irrtums zu verfolgen.‘

Und als ich zu Bett ging, versprach ich Sir Oswold — vor Gott fürchtete ich mich noch immer —, daß ich nie in meinem Leben jemanden wegen irgendwelcher Absonderlichkeiten verachten würde, solange er kein schlechter Mensch war. Als mir die Augen zufielen, kam ich mir sehr tugendsam vor. Obwohl es ja mit Tugend nichts zu tun hat, sondern mit menschlichem Anstand und Toleranz. Jedenfalls dachte ich nach Father Brants Geschichte an Mama.“

Am nächsten Abend machte Rose Bekanntschaft mit einem sehr dicken alten Priester, der ein lustiges Gesicht hatte, Wangen wie reife Birnen und Augen wie blaue Trauben im Sonnenschein. Er lachte gern und schien das Leben sehr zu lieben. Zudem schloß er sofort Freundschaft mit dem Papagei, diesem Geschöpf, das jeder abscheulich fand. Der Papagei jedenfalls geriet beim Anblick Father Ludwins in einen Zustand höchster Ekstase und bestand nicht nur darauf, ihm eine seiner kostbaren Erdnüsse zu geben, sondern beobachtete wachsam, daß der Priester sie auch aß. Father Ludwin tat ihm den Gefallen. Er bemühte sich, freundlich dreinzusehen, obwohl man es ihm anmerken konnte, daß sie ihm nicht schmeckte.

Er wandte sich der um den Kamin herumsitzenden Gesellschaft zu: „Man sagt es seinem Gastgeber nie, wenn man ein Gericht nicht mag. Tiere sind besonders empfindlich, wenn sie einem einen Leckerbissen anbieten."

„Da sieh doch mal einer an! Da haben wir ja einen neuen heiligen Franz von Assisi?" ließ sich Großmutter lachend vernehmen.

Father Ludwin stimmte in das Lachen ein. „Ein guter Gedanke. Ich erinnere mich, daß mir einmal ein Hund ein Stück verdorbenes Rebhuhn brachte. Ich mußte nach dieser Delikatesse Rizinusöl einnehmen. Und da fällt mir auch die ‚dämonische Lady' mit ihren Hunden ein. Die Sache hat sich vor langer Zeit in der Nähe von Glasgow zugetragen. Sie hatte herrliche Hunde! Das muß ich Ihnen wirklich erzählen." Er nahm lächelnd Platz.

FATHER ALFRED LUDWIN UND DIE DÄMONISCHE LADY

„Ich war damals ein wirklich noch sehr junger Priester, als ich in eine größere Ortschaft nicht weit von Glasgow geschickt wurde. Es war meine erste Pfarre. Der Ort war, was mir gleich gefiel, voll Leben, die Leute waren arbeitsam, bemittelt und standen auf eigenen Füßen. Die Bevölkerung war mit Protestanten durchsetzt, hauptsächlich großen Gutsherren, die auf ihren Besitzungen lebten und in brüderlicher Liebe und Eintracht mit den Katholiken wesentlich zum Wachstum des allgemeinen

Wohlstands beitrugen. Ich habe tatsächlich in meinen anderen Pfarren nirgends soviel christliche Nächstenliebe und gegenseitiges Verständnis gefunden, da sich doch Katholiken und Protestanten sonst gewöhnlich in den Haaren lagen.

In dem Ort war man schon zur maschinellen Herstellung einer Tweedsorte übergegangen, die von dem handgewebten Tweed kaum zu unterscheiden war. Außerdem war er weniger steif und neigte weniger dazu vom Körper abzustehen, als wolle er um jeden Preis sein eigenes Leben führen und betrachte die Forderung, daß er sich irgend einer Figur anpassen solle, als eine verd ... hm ... Zumutung. Die angenehme Folge war, daß nach diesem Tweed auf den Inseln und in den Kolonien, ja sogar in Amerika, wo Herren und Damen, sowie die Temperatur leicht über den Gefrierpunkt steigt, sonst nicht gerade auf Tweed erpicht sind, rege Nachfrage herrschte. Dieser Tweed aber war schmiegsam, sah gefällig aus und war angenehm zu tragen. Die Weberei, in der er hergestellt wurde, beschäftigte bei guten Löhnen eine große Anzahl Männer und auch teilweise Frauen und verstand sich darauf, ein gutes Verhältnis zwischen Arbeitgeber und Arbeitnehmern herzustellen. Die Erzeugnisse waren billiger als der gewöhnliche schottische Tweed, und außerdem war noch Glasgow für den Versand ins Ausland ganz in der Nähe.

Der Ort hatte drei gute Schulen, eine der Hochkirche, eine Mittelschule und die katholische Pfarrschule. Wir verstanden uns so gut miteinander, daß der anglikanische Geistliche, ein presbyterianischer und ich abwechselnd die Schulen besuchten, um an die Schüler ermahnende Ansprachen zu halten. Ich muß gestehen, daß die meinen oft in einer hochtrabenden, geschwollenen Redeweise gehalten waren, aber die Kinder nahmen sie dennoch höflich, wenn auch mit einigem Befremden auf. Aber ich war, wie gesagt, jung und kaum aus den Eierschalen gekrochen und überzeugt davon, daß ich keine Gelegenheit auslassen dürfe, die jungen Gemüter zu erleuchten und zu erbauen. So nannte man das damals. Ich fürchte, daß ich häufig das kleine

Volk tödlich gelangweilt habe, aber sie waren ja streng zu höflichem Benehmen angehalten worden.

Unsere herzlichen und guten Beziehungen waren auch der Grund dafür, daß wir nie in den Bereich des andern eindrangen. Es war ein stilles Übereinkommen zwischen Gentlemen, das, wie ich feststellen konnte, streng eingehalten wurde. Nur wenn eine Einladung ergangen war, machten wir uns auf den Weg zu den Schulen, und wir besuchten uns gegenseitig auch nur, wenn wir eingeladen worden waren. Meine Träume von einem persönlichen Apostolat begannen dahinzuwelken. Bald jedoch sah ich, daß ich genug mit meinen eigenen Leuten zu tun hatte. Denn meine Pfarre lag mehr am Rande des Ortes und war ziemlich ländlich. Die Bauern waren erfolgreicher als die meisten in anderen Gegenden. Der Wohlstand machte sie unabhängig in Tun und Denken, und niemand ist unabhängiger als ein Schotte mit einem Bankkonto, einem kleinen privaten Schatz irgendwo im Hause und einem großen Stück Fleisch oder einer fetten Gans am Sonntag. Meine Landsleute sind von Natur aus streitsüchtig, neigen zur Reizbarkeit und sind unentwegt auf das aus, was sie ‚Diskussionen' nennen, was aber in Wirklichkeit richtige Auseinandersetzungen sind, die häufig blutig enden. Sie sind natürlich alle Juristen, denn wie schon gesagt wurde, ist jeder Schotte entweder ein Rechtsanwalt oder ein Geistlicher — oder wenigstens ein kleiner Prophet.

Meine Leute gehörten allen dreien dieser Gruppen an, und alle, ohne Ausnahme, waren sie Tugendapostel. Das ist bei den Schotten häufig der Fall. Sie sind zwar einem gelegentlichen kleinen Seitensprung nicht ganz abgeneigt, aber sie genießen ihn nicht besonders, und wenn etwa der Nachbar einen tut, dann sind sie höchst energisch dagegen. Die fanatischesten Tugendapostel waren natürlich diejenigen, die etwas mehr als die anderen herumgetändelt hatten. Und ihre Frauen, die niemals betrogen worden waren, haßten alle flotten Mädchen und Frauen, die den häuslichen Herd, aber mehr noch die Schillinge und Goldstücke, die in der Teebüchse, unter dem Zucker oder den

Matratzen versteckt waren, bedrohten. Eine Schottin wird ihrem Mann einen kleinen Seitensprung, wenn er nicht zu viel Aufsehen macht, verzeihen, aber sie wird grimmig auf dem Familienschatz sitzen, um sicherzugehen, daß nicht ein Teil davon in den Taschen einer Schlampe verschwindet. Vielleicht ist dies einer der Gründe dafür, daß Prostitution bei den flotten schottischen Frauen etwas weniger verbreitet ist als bei anderen Völkern. Die Frau des Hauses ist gewöhnlich auch der Drache, der auf dem Geldbeutel sitzt.

Ich fand also wohl seriöse Ehemänner vor, die ab und zu Geschäfte in Glasgow zu erledigen hatten, kaum aber eine ins Gewicht fallende Anzahl von Mädchen, die, berauscht von dem kalten und langsam einsetzenden Frühling, bereit waren, „sich zu vergessen" und sich auf den mit Butterblumen übersäten Wiesen herumzubalgen. Auch sie hatten einen harten Schädel. Liebe hat in Schottland seit je im Wettbewerb mit der Sparsamkeit den kürzeren gezogen.

Die ‚Haube über die Windmühle zu werfen', wie sie in Schottland sagen, machte sich für eine dralle Lassie selten bezahlt, denn es brachte die Gefahr mit sich, daß sie im Dorf keinen ehrbaren Mann mehr bekam, denn Männer plaudern, wie Sie wissen; auch Schotten. So gerät in Schottland die Tugend nie allzu sehr in Gefahr — die Tugend der Keuschheit meine ich.

Meine Pfarrkinder waren sich anfangs meiner noch nicht allzu sicher und ich mir meiner selbst auch nicht. Schließlich war meine Mutter, so wurde getuschelt, eine Sassenach, und ich hatte länger in England gelebt als in Schottland. (Wie sie das herausbekommen hatten, weiß ich nicht. Aber die Schotten sind, wenn sie es auch leugnen, rechte Klatschmäuler, besonders in den kleineren Orten.) Außerdem fürchteten sie, daß ich, hätte ich einmal von dem überall herrschenden Wohlstand Kenntnis, strenge auf die Ablieferung des Zehnten sehen würde. Und es gibt nun nichts, das ein Schotte mehr haßt als diesen Zehnten, der ihn an den englischen Steuereinheber erinnert. So behauptet er wenigstens. Jedenfalls sagte mir mein Instinkt, daß heimlich das

Wort umging: ‚Achtung auf den neuen Pfarrer! Er ist nur ein Junge, und die Jungen sind leichtsinnig und verschwenderisch.‘ Wenn ich also von der Kanzel auch beredt von den Erfordernissen der Kirche und der Missionen und vielleicht auch von einer zweiten Schule sprach und von der Verbreitung des Glaubens, so mußte ich doch bald ärgerlich bemerken, daß die Geldbörsen der Frauen verschlossen blieben und die Männer ihre Taschen zugeknöpft hatten. Anfangs ärgerte ich mich nur, denn die Leute sahen alle wohlgenährt und satt aus, aber später bediente ich mich ungewöhnlicherer Mittel, um sie zum Zahlen zu bringen. Sagte ich ‚ungewöhnlicherer Mittel?‘ Das ist nicht ganz richtig. Ich mußte den Weg der Gewalt einschlagen. Doch das ist ein anderes Kapitel.

Zu meinem Pfarrsprengel gehörte auch ein stattlicher Gutsbesitz. Gleich nach meiner Ankunft berichteten mir meine weiblichen Pfarrkinder, daß die Gutsherrin, Schottin wie sie selbst, eine ‚Besom‘ sei. Es ist dies ein nicht gerade höflicher Ausdruck — wörtlich übersetzt bedeutet er ‚Besen‘ —, der auf ein böses Weib, ein Mädchen, das zuviel lacht und flirtet, eine Prostituierte oder auf eine Lady von fraglicher Tugend angewendet werden kann. Diese Gutsbesitzerin war das letztere. Sie war eine leibhaftige Jezabel, so lasterhaft und verderbt, daß meine Leute sich fragten, warum Satan nicht in einer Feuerwolke über dem Herrenhaus erscheine und die arme Frau in Flammen und Schwefelgestank davontrage.“

„Eine Katholikin?“ war die erste Frage Father Ludwins. Ja, wenn Sie nachsichtig und weitherzig sein wollen wie ein Heiliger. Früher war sie mit ihrem Mann jeden Sonntag zur Messe gekommen und hatte (der Ton verriet Mißbilligung) die Goldmünzen und Banknoten haufenweise auf den Sammelteller geworfen, und an jedem Samstag konnte man sie im Beichtstuhl sehen. „Eine rechte Fanatikerin“, versicherte eine der Damen Father Ludwin, „und immer waren die Nonnen um sie herum. Aber es hat nicht lange gedauert“, setzte sie geheimnisvoll hinzu. „Nicht mehr als sechs Monate. Sie war es, die den alten

Pfarrer so früh ins Grab gebracht hat. Kein Wunder nach allem, was sie aufgeführt hat, als ihr Mann tot war. Sie wollte weder ihn noch die guten Schwestern sehen. Und dann, kaum einen Monat, nachdem ihr Gatte gestorben war, hatte sie mit ihrem gottlosen Leben begonnen. „Nichts als Todsünden, Father. Todsünden, einen Penny das Dutzend."

Der Gatte der Lady hatte infolge einer Reihe von Todesfällen das ganze Land, die Moore, die vortrefflichen Wiesen, das prächtige Haus, die Rinder und Schafe, die fruchtbaren Felder und den Titel geerbt. Es war ganz unerwartet gekommen. Er war nur der vierte in der Reihe der Anwärter auf den Titel und hatte als Anwalt mit seiner Gemahlin, die unbemittelt war, aber selbst zum Adel gehörte, in Glasgow gelebt. Was tat sich da nicht alles in dem Herrenhaus auf dem kleinen Hügel, das von mächtigen alten Bäumen umgeben war, bevor der junge Lord McLeod starb! Ständig war der ganze Adel aus der Gegend zu Gast, es wurde gefiedelt und getanzt, und viele kamen aus Glasgow und blieben dann Wochen. Es war zu Ende, als George Lord McLeod starb. Es brauchte eine Weile, bis Father Alfreds jungem Ohr die merkwürdige Betonung des „starb" auffiel, denn die Erzählungen waren auch sonst recht konfus.

„Was waren das für Todsünden?" Die Damen schlugen die Augen nieder und verwiesen den Priester wohlerzogen an ihre Männer. Ihre Männer waren zwar vorsichtig, aber doch weniger zurückhaltend. Die Todsünde? Ständiger Ehebruch mit dem hiesigen Adel. Kein Besuch der Sonntagsmesse mehr. Keine Erfüllung der Osterpflicht. Zu Pfingsten kein Fest im Grünen, wozu seinerzeit alle eingeladen worden waren. Gotteslästerung. Verwünschungen für den „alten Father", wenn er auch nur die Absicht erkennen ließ, sie zu besuchen. Es ist ein hartes Gesicht, das sie jetzt hat, erfuhr der neue Pfarrer. Ein Gesicht wie der Teufel selbst, wie eine wilde Furie.

„Kinder?" fragte Father Alfred. Ein verständnisinniges Lächeln und Kopfschütteln war die Antwort. Gewiß, der Lord und die Lady waren nur kurze Zeit verheiratet gewesen, und ohne Zweifel hatte ihr ihr Herr, der Satan, Methoden beigebracht, wie sie unerwünschte Zufälligkeiten vermeiden konnte, obwohl sie jeden Abend zu einem anderen ehrenwerten Mitglied des Adels der Gegend ins Bett kroch. „Einer kommt nach dem anderen dran, und sie will keinen allzu lange sehen. Sie muß Abwechslung haben bei ihrem teuflischen Vergnügen."

Wie alt? Die Frauen zuckten die Achseln. Die älteren schätzten sie boshaft auf mindestens dreißig. Großmütiger hielten sie die Jungen für viel jünger, vielleicht nicht älter als dreiundzwanzig. Aussehen? Die älteren Frauen zuckten wieder die Achseln und redeten etwas von einer Teufelsfratze. Die jüngeren wiesen auf ihre unglaubliche Schönheit hin. „Die muß sie ja haben, Father, denn was sonst könnte denn die Männer zu diesem fleischgewordenen Teufel hinziehen?" Man sah sie kaum mehr. Nur in der Nacht war das Herrenhaus stets hell erleuchtet und widerhallte von Gelächter und Musik. Und dann um Mitternacht, wenn die ehrbaren Leute schon im Bett waren, gingen endlich die Lichter aus. Father Alfred fragte sich verwundert, wer wohl um diese Zeit noch auf der Gasse war, oder zumindest wach, um zu mitternächtlicher Stunde die Lichter ausgehen zu sehen.

Dienerschaft? Ja, schon. Drei alte Frauen aus Glasgow, protestantisch, die nie für jemanden ein freundliches Wort hatten und auch nie jemals auf der Straße oder in den Läden auf einen kleinen Tratsch stehenblieben. Es waren große, schweigsame Frauen, die, wenn sie im Ponywagen vorbeifuhren, nicht einmal die freundlichsten Grüße beachteten. „Das sind auch Teufel, Father! Da gibt es gar keinen Zweifel."

Untertags kamen Gärtner aus dem Ort, die gut bezahlt waren und ihre Herrin nie zu Gesicht bekamen. Sie machten den Eindruck, als hätten sie große Angst vor ihr, aber der Pfarrer glaubte eher, daß das nur Gerede war und daß sie zu gut bezahlt wurden, als daß sie es riskiert hätten, den Mund aufzumachen.

Lady McLeod schlief lange, nachdem ihre Liebhaber gegangen waren, und stand erst auf, wenn die Sonne unterging. Es ging das Gerücht, daß sie, bevor die Gäste kamen, innerhalb der hohen Mauern allein händeringend und weinend umherging. Sie war auch häufig in den Wäldern und auf den Waldwiesen zu sehen, wo sie viel spazierenging, und die Gärtner berichteten von unheimlichen lauten Klagen und Schreien. Ohne Zweifel ging Lady McLeod auf ihren einsamen Spaziergängen mit Teufeln um, von denen sie täglich ihre Befehle erhielt. „Und sie geht nie mehr zur Messe? Nicht einmal am Ostersonntag?" fragte Father Alfred. Trauriges Kopfschütteln. Ein Bauer, der besser unterrichtet war, sprach von Schwarzen Messen und bekreuzigte sich dabei schaudernd.

Father Alfred war noch jung. Und schrecklich neugierig. Er umschrieb diese Neugierde mit Sorge um eine christliche Seele, die offenbar der Verdammnis anheimgefallen war. Oder, das war auch möglich, dem Wahnsinn. Was aber hatte sie dann in den Wahnsinn getrieben?

Die fanatischen Tugendapostel redeten dem Priester gegenüber ganz offen vom „Hausanzünden", um auf diese Weise die „Teufel" auszutreiben. „Brandstiftung", sagte der Priester streng, „wird von der Obrigkeit nicht geduldet." Dann hatte er eine Idee. Er wollte anderswo Nachforschungen anstellen. Die Neugierde hatte ihn gepackt. Er mußte unbedingt erfahren, wie und warum der junge Lord „starb". War Lady Martha etwa eine zweite Lady Macbeth?

Er wandte sich an den Polizeichef, einen Nichtkatholiken. Father Alfred hatte jetzt schon genug von dem Gerede vom Satan, von Schwarzen Messen, von Teufeln in den grünen Wäldern und Dickichten und auf Wiesen und Feldern. Er hatte das Land, das ihr gehörte, von weitem gesehen. Es war schön dort, die Gegend war leicht hügelig und prangte in der Pracht des Frühlings.

Er hatte auch aus der Ferne die sich weit hinziehenden hohen Mauern und die verschlossenen Gittertore gesehen, die das

„Haus“ schützten, wie die Leute das Herrenhaus kurz nannten, und das ununterbrochene Knurren und Bellen vieler Wachhunde gehört, die das ganze Gebiet durchstöberten. Die drohenden Laute hatte ihm der Wind vom Westen her zugetragen. Es war ein heiseres Geschrei, wie das von Schakalen.

Der Polizeichef war ein schlanker, sehniger Mann, dunkel und mit einem spitzen Lächeln. Er war bedeutend älter als Father Alfred, aber der blutjunge Priester war viel weniger naiv. So mußte denn Father Alfred seine Lippen fest zusammenpressen, um nicht zu lachen, als der andere ihm sofort mit weltklugen Worten und Gesten erklärte, daß er nicht „gläubig“ sei, sondern Anhänger der agnostischen Schule. Der Priester zweifelte sehr daran, daß Mr. Marshall den Agnostizismus genau erklären könnte, schenkte ihm aber das erwartete, zufrieden erwiderte, ermahnende Stirnrunzeln und kam sich dabei selbst wie ein Scheinheiliger vor. Er mußte sorgfältig darauf achten, daß der Polizeichef auch nicht einen Augenblick auf den Gedanken käme, daß ihn der junge Priester für einen Kannegießer hielt; allerdings bezog sich das nicht auf seine Amtsgeschäfte.

„Und was führt Sie also zu mir, Sir?“ fragte der Polizeichef. Es gelang ihm nicht, seine agnostische Stimme von dem Ton der eingefleischten Reverenz des Schotten für den Klerus und zugleich seinem geheimen Neid freizuhalten.

Der Priester sah sich nachdenklich in dem braunen und düsteren Büro um. „Es handelt sich um eine gewisse Dame“, sagte er. „Eine gestrauchelte Katholikin vielleicht. Lady Martha McLeod.“

„Ah, um die!“ rief der Polizeibeamte eifrig. „Eine sonderbare Sache. Ich hoffe, Sie hören nicht auf die Narren in Ihrer Gemeinde.“

„Erzählen Sie selbst, bitte“, sagte Father Alfred und fuhr dann nach einer kleinen Pause fort: „Ich ziehe es vor, authentischen Quellen nachzugehen und nicht auf Gerüchte zu hören.“

Der Polizeichef streckte sich, betrachtete ihn wohlwollend, ließ einen Blick in seinem Büro herumgehen, blies den Rauch aus seiner Pfeife und plusterte sich ein bißchen wichtigtuerisch auf. Aber er erzählte seine Geschichte peinlich genau und verlor sich nicht in allzu viele Details.

„Der junge Lord hatte das Gut übernommen und seine junge Lady ins Herrenhaus gebracht, eine einmalige Schönheit", sagte der Polizeichef. „Lieblich wie eine blühende Rose. Kein Wunder, daß die Mädchen hier herum und ihre Mütter und die alten Jungfern ihren Anblick nicht vertrugen. Ihr Alter? Nicht mehr als zweiundzwanzig, jetzt nämlich, vielleicht aber noch jünger."

George Lord McLeod war ein scheuer und zurückgezogener junger Mann Mitte der zwanzig gewesen, etwas kleiner als seine schöne Frau, fein und schlank und mit ausdrucksvollen Händen und ebensolcher Stimme. Unverkennbar ein Schotte und Freund des Landlebens, war er doch eigentlich ein Stadtmensch gewesen und wies einige Eigenschaften auf, an denen sowohl der Adel der Gegend als auch die Ortsbewohner im allgemeinen Anstoß nahmen. Er wollte nichts töten lassen, wie notwendig es auch gewesen wäre. Der Besitz war total vernachlässigt. „Der alte Laird war schon kindisch geworden", sagte der Polizeibeamte, und die Gärtner hatten daraus Nutzen gezogen und waren nach getaner Arbeit in der Dämmerung ungeniert wildern gegangen. Sie nannten es allerdings jagen.

Auch die „Schädlinge" hatten ihre guten Zeiten. Es gab massenhaft Wiesel, Hasen knabberten an den jungen Bäumen, Füchse, Eichhörnchen nahmen überhand — kurz und gut, all das Unzeug. Und der Kuckuck dezimierte die Brut der Singvögel, Krähen horsteten in solcher Menge in den großen Eichen und Lärchen, daß sie für alle Farmen in der Nachbarschaft eine Plage wurden. Aber der junge Lord erlaubte keinen Abschuß, keine Jagd. Einmal hatte er gesagt, daß Gott die Tiere gesegnet habe, bevor Er den Menschen schuf und segnete, und daß die Erde ebenso gut ihre Heimstatt sei wie die der gefallenen

Menschen. Dieser Ausspruch war allgemein bekannt geworden. Oft hatte es Auseinandersetzungen zwischen ihm und dem alten Pfarrer gegeben, dessen kleines Gärtchen von den „Schädlingen" bedroht war. Dem Menschen, sagte der alte Priester, sei die Herrschaft über die Erde und all die Tiere gegeben. „Aber nicht, um sie willkürlich zu töten", sagte der junge Lord eigensinnig. „Nur der Mensch vernichtet seine eigene Spezies. Der Fuchs, der Wolf sind moralischer als der Mensch, denn sie begehen keine Todsünden." Manchmal sagt ihm der alte Pfarrer lautstark seine Meinung. Der junge Lord blieb zwar unverändert respektvoll, aber eigensinnig. Er war Vegetarier. Hatten er und seine junge Lady Gäste, kam Fisch auf die Tafel und Eier- und Gemüseplatten, aber nie Braten oder Geflügel. Er war kein starker Esser, lehnte Fisch ab und begnügte sich mit den Eiergerichten und erstaunlichen Mengen von Gemüsen.

Es gab auf dem großen Besitz viel Wild, und die Dienerschaft berichtete, daß der junge Lord schon sehr früh am Morgen hinausging, um es durch das Fernglas zu beobachten. Kam der Winter, dann wurde überall Futter gestreut. Es war also nicht verwunderlich, daß die Tiere zutraulich wurden und die Rehe auf der Wiese vor seinen Fenstern grasten oder Vögel auf den breiten Fenstersimsen herumhüpften und ihre Nester über den breiten Eichentüren bauten. Ihr Gesang und ihr Gezwitscher erfüllten die ganze Gegend, was George McLeod höchst angenehm empfand, viel angenehmer als die Stimmen seiner Mitmenschen, vor denen er offensichtlich leise Furcht empfand.

Die junge Lady McLeod war es, die die Festlichkeiten veranstaltete und die Gäste einlud. Sie war heiter, charmant und lebhaft. (Sie muß ein bißchen französisches Blut abbekommen haben, seufzte der Polizeichef.) Es dauerte nicht lange, und sie war der Liebling der Gesellschaft. Man konnte bemerken, daß sie ihren Gatten leidenschaftlich liebte und daß diese Liebe ebenso leidenschaftlich erwidert wurde. Mitten in einer *garden party* konnte man manchmal beobachten, wie sie einander unauffällig suchten, um einen Händedruck und ein Lächeln oder hinter den Büschen einen verstohlenen Kuß zu tauschen. Sie waren erst wenige Monate verheiratet, und niemand nahm ihnen diese kleinen Intimitäten übel.

Obwohl George kein Jäger war und kein Interesse für Pferde und Sport hatte, war auch er der Liebling aller, denn er war freundlich, gutmütig, zuvorkommend und voll Mildtätigkeit. Auch sehr fromm war er. Seine junge Frau besaß die gleichen Charakterzüge. Dem alten Pfarrer, der selbst ein Dickschädel war, mißfiel natürlich seine Halsstarrigkeit, und er regte sich gelegentlich über Georges unorthodoxe Ansichten hinsichtlich der von ihm so heiß geliebten Tiere auf, konnte sich aber sonst nicht beklagen. Der junge Lord erneuerte die Kirche von oben bis unten, ließ aus Italien klangschöne Glocken kommen und baute ein neues schönes Pfarrhaus mit Gasofen und Gaslicht! Er bezahlte auch das Gehalt für die ältere Schwester des Pfarrers, die ihm die Wirtschaft führte. Er ließ im Kloster einige neue Öfen setzen und füllte die Kohlenbehälter an. Die Schwestern bekamen feine Leinentaschentücher und sonstige willkommene Geschenke, die Pfarrschule wurde renoviert. Der Pfarrer brauchte nur einen Wunsch anzudeuten, und schon war er gewöhnlich in der verschwenderischesten Weise erfüllt.

Es wurde aber davon gesprochen, daß Lord McLeod („auch ich hörte übrigens davon und betrachtete es als Gotteslästerung", sagte Marshall) fest daran glaube, daß alle Tiere, auch die „Schädlinge", eine Seele hätten, nicht so eine edle wie der Mensch, aber doch eine Seele. „Schauen Sie sich den heiligen Franziskus an", pflegte er zu sagen, „er nannte die Vögel seine Brüder und Schwestern. Das war keine Marotte; er meinte es im vollen Ernst." Die Tiere waren vollkommen unschuldig; nur der Mensch war das Übel und der Sünde fähig. Und liebte nicht Jesus vor allem die Unschuld? Er, der selbst so unschuldig war?

Der alte Lord hatte eine Waffenkammer, die mit allen nur denkbaren mörderischen Schußwaffen angefüllt war. Als sparsamer Schotte ließ George den Butler, der selbst ein eifriger Jäger und Schütze war, die Waffen in Ordnung halten und dafür sorgen, daß sie immer gut eingefettet waren. George hatte oft angedeutet, daß er die Waffen eines Tages verkaufen wolle, eine Bemerkung, die den Butler, der schon unter dem alten Lord gedient hatte, aufs höchste schockierte. Das alles kam bei der gerichtlichen Untersuchung heraus.

„Gerichtliche Untersuchung?“ fragte Father Alfred betroffen.

„Jawohl. Ich komme schon noch darauf zurück“, sagte der Polizeichef in leicht verweisendem Ton.

„Bestand denn irgendein Verdacht, daß Lord McLeod ermordet wurde?“ fragte der Priester. Der Polizeichef beobachtete ihn einen Augenblick und sagte dann: „Ich komme schon noch darauf, Sir.“ Father Alfred rutschte ungeduldig auf seinem Sessel hin und her.

Die Waffenkammer war stets versperrt, George trug die Schlüssel bei sich und folgte sie dem Butler nur aus, wenn die Gewehre eingefettet und gereinigt werden mußten oder in dem Zimmer reingemacht werden sollte. Außer ihm und dem Butler betrat nie jemand anderer den Raum.

Die Dienerschaft, aber auch Lady McLeod verschwiegen George taktvoll, daß auf dem Besitz in den Herbstmonaten gewildert wurde. Aber er bekam es heraus. Vielleicht hatte er ein verwundetes Reh gefunden oder einen toten Vogel mit einer Kugel in der Brust. Seine Frau und die Dienerschaft waren damals Zeugen des ersten Wutanfalles, den er je gehabt hatte.

Die Grundstücke wurden eingezäunt und Strafen angedroht. Mit einer schweren Keule bewaffnet, von der niemand annahm, daß er sie selbst dem in flagranti ertappten Wilderer über den Schädel schlagen würde, ging er täglich seinen Besitz ab. Manchmal zog er auch bei Nacht mit einer Laterne aus, um den Halunken zu fassen, der es wagte, sein Verbot zu mißachten und ein Tier zu töten. Lady McLeod, die immer schon von der zarten Konstitution ihres Gatten wußte, hatte gegen die Streifzüge bei Tag nichts einzuwenden, ja sie begleitete ihren Lord sogar oft. Seine nächtliche Suche beunruhigte sie aber und erschreckte sie sogar. Zwar die Bewohner des Ortes waren friedliche Leute, und es hatte seit über fünf Jahren keinen einzigen Häftling im Arrest gegeben, und diejenigen, die er früher gelegentlich beherbergt hatte, waren Leute gewesen, die über den Durst getrunken hatten.

Lady McLeod wußte also, daß George keine Gefahr von Wilderern oder nächtlichen Fallenstellern drohte, die sich ja in den Wäldern geschickter zurechtfanden als er, ein Stadtmensch. Sie fürchtete aber, daß er über einen Stein stolpern oder in den tiefen Bach, der durch den Besitz lief, fallen könnte oder seinen Kopf an einem überhängenden Ast verletzen, oder daß er sich in der Finsternis verirrte. Ein paarmal begleitete sie ihn bei seinen nächtlichen Abenteuern mit Keule und Laterne, aber das hörte auf, als der Arzt feststellte, daß sie in anderen Umständen war.

„Ich glaubte, es seien keine Kinder da", warf Father Alfred ein.

„Es gab tatsächlich keine", sagte Polizeichef Marshall trokken. „Die arme junge Lady hat ihr Kind verloren, eine Sache, die nicht allgemein bekannt ist."

Ja, da gab es damals Gesellschaften und Bälle im Herrenhaus. Der junge Lord und seine Frau hielten für sich auch eine kleine Feier ab, und alle waren neugierig und keiner erfuhr etwas.

Es war klar, daß sie schon bei dem Gedanken an das Kind überglücklich waren. Der Doktor hat es bei Gericht bestätigt. Father Alfred, ein Liebhaber von Gerichtssaalgeschichten, rückte auf seinem Stuhl bis an den Rand vor.

Im Vorjahr saßen Anfang September George und seine Frau vor dem Kamin. Er las, und sie war mit ihrer Stickerei beschäftigt. Plötzlich hörten sie in der Ferne einen Schuß. George sprang wie aus dem Rohr geschossen von seinem Stuhl auf. Der alte Butler hatte den Schuß auch gehört — noch nie hatte jemand so in allernächster Nähe des Hauses geschossen — und eilte zu seinem Herrn, der sich schon seine Jacke anzog und Laterne und Keule, die nebenan auf dem Tisch lagen, ergriff. Es war eine finstere, mondlose Nacht. Der Butler und Lady McLeod redeten auf George ein, doch er war, wie gewöhnlich, eigensinnig. Er würde den Wilderer stellen, er würde ihn beim Genick pakken und zur Polizei schleppen. Dieser schmächtige, vornehme und ruhige Mann war so außer sich, daß sein Gesicht vor Wut rot anlief. Er war nicht zu halten. „Auf meinem Grund wird es keinen Mord geben", sagte er, „laß mich vorbei, Andrew."

Die bloße Vorstellung, wie George einen Wilderer packt und ein paar Meilen weit zur Polizei schleppt, entlockte selbst der erschrockenen jungen Lady ein Lächeln. Auch der Butler mußte schmunzeln. George wollte auf ihre Einwände nicht eingehen und begann zu schreien. Das lockte die Köchin aus den oberen Regionen des Hauses herbei, und sie erschien, mit den Händen unter der Schürze, im Salon. Sie war eine vernünftige Frau, aber George wollte auch sie nicht einmal anhören. Drohungen ausstoßend, lief er aus dem Haus. Lady McLeod war, wie gesagt, in anderen Umständen, sie fürchtete sich und begann zu weinen. Die Köchin machte Tee für sie und versuchte sie zu trösten. Der Butler öffnete eine neue Schachtel mit Keks und fachte das Feuer an. Der Herr würde ja doch niemanden mehr antreffen. Er würde bald wieder heimkommen. Aber die junge Lady schob die Vorhänge zurück, sah auf den schwarzen Himmel und begann noch mehr zu weinen, als sie daran dachte, wie wenig geübt ihr Gatte war, sich in diesem schwierigen Terrain zu bewegen, noch dazu bei Nacht. Die Köchin und der Butler blieben bei ihr, versorgten sie mit Tee und schließlich, als aus einer Stunde beinahe zwei geworden waren, mit Brandy. Das sagten sie auch vor Gericht aus. Sie hatten die arme Frau nicht einen Augenblick allein gelassen.

Die Uhr in der gewölbten Halle schlug Mitternacht. Der Butler gab Lady McLeod noch mehr Brandy. Die Köchin mußte sie fast mit Gewalt in ihrem Lehnstuhl festhalten. Die Lady bestand darauf, selbst zu gehen und George zu suchen. Sie flehte ihre Bediensteten an, mit ihr zu kommen, bei der herrschenden Dunkelheit eine unausführbare Idee. Ein Herbststurm hatte sich erhoben und rüttelte laut und gebieterisch an Fenstern und Türen, es begann kräftig zu regnen. Es bestand nun kein Zweifel mehr, daß George sich verirrt haben mußte und irgendwo in Kälte und Finsternis, in Sturm und Regen umherwanderte. Lady McLeod ließ in allen Räumen Licht machen! Sie befahl dem alten Butler, eine Laterne schwingend die Wiesen abzustreifen. Er war um diese Nachtzeit der einzige Mann im Haus. Um drei Uhr morgens schlief die junge Lady vor Erschöpfung in ihrem Stuhl ein. Um fünf ging der Butler durchnäßt und zerschlagen in den Ort, um Freiwillige für die Suche nach dem jungen Lord zu sammeln.

Im ersten Morgengrauen begannen die Männer die Wälder und jeden Quadratzoll Bodens nach dem jungen Lord abzusuchen. Bestimmt lag er irgendwo, hilflos, vielleicht mit einem gebrochenen Bein, denn es gab genug Felsbrocken und zerklüftete Stellen. Im Zwielicht, während der Regen gegen ihre Gesichter peitschte und ihre Laternen auslöschte, riefen sie immer wieder. Stundenlang durchstreiften sie die Gegend, suchten und riefen. Es war schon fast Mittag, als sie George Lord McLeod fanden. Im tiefen Buschwerk. Tot. Erschossen. In seiner Hand hielt er eine Pistole aus seiner eigenen Waffenkammer, und nichts ließ darauf schließen, daß eine andere Person in der Nähe gewesen wäre.

Die Kugel, eine einzige, war in seine rechte Schläfe eingedrungen, und auf seinem Gesicht waren Pulververbrennungen zu sehen. Er war aus allernächster Nähe erschossen worden. Die Polizei und die freiwilligen Helfer hatten schon den Boden zertrampelt und die eventuell vorhanden gewesenen Spuren verwischt. Einer der Polizisten, der Postenkommandant selbst, war dann vorausgegangen, um die junge Lady auf den Tod ihres Gatten vorzubereiten. Den anderen oblag die traurige Pflicht, den nassen und blutigen Körper Georges zurück zum Herrenhaus zu tragen. Als sie dort eintrafen, erfuhren sie, daß die gnädige Frau nach Empfang der Nachricht einen gräßlichen Schrei ausgestoßen habe und zusammengestürzt sei. Ein Diener sei schon mit dem Ponywagen unterwegs um den Doktor. Ein paar Stunden danach hatte sie ihr Kind verloren und wachte erst vierundzwanzig Stunden später aus ihrer Betäubung auf. Ihre einzige Verwandte war eine Tante in Glasgow, die man schon telegraphisch verständigt hatte. George hatte nur weitschichtige Cousinen, die sich über ganz Schottland verteilten. Sie kamen schließlich alle zu den Begräbnisfeierlichkeiten und mit ihnen der alte Pfarrer mit den Klosterschwestern und die meisten von Georges Freunden unter dem Adel in der Nachbarschaft.

Bei der gerichtlichen Untersuchung wurde festgestellt, daß Lady McLeod, als sie von ihrer Ohnmacht erwacht war, gesagt hatte: „Wer konnte meinen George, meinen Geliebten, so grausam und erbarmungslos töten?"

Sie war sehr ruhig und bleich gewesen, als sie in ihrem Bett lag und zu dem Polizeichef und dem Pfarrer sagte: „Wer konnte meinen George ermorden, und warum?"

Sie versicherten ihr sofort, daß es ein unglückseliger Zufall gewesen sein müsse, aber sie hatte den Kopf geschüttelt und immer und immer wiederholt: „Mord, Mord, Mord!"

Sie weinte später nicht mehr, aber ihr sanftes und liebliches Gesicht bekam einen starren und zugleich wilden Ausdruck. Gefaßt erschien sie vor Gericht und blieb bei der Behauptung, daß ihr Gatte ermordet worden sei. George konnte den Anblick einer Pistole oder einer anderen Feuerwaffe kaum ertragen, geschweige denn sie berühren. Er war nur mit seiner Keule und der komisch anmutenden Laterne aus dem Haus gerannt, um den Wilderer zu fangen und dem Richter zu überliefern. Er hat, sagte sie, seinen Tod geradezu heraufbeschworen, denn jeder kannte seine Gewohnheiten und seinen Haß gegen Jäger und Wilderer.

Der Butler hatte entdeckt, daß eine Pistole, ein ziemlich altes Modell, aus der Waffenkammer fehlte, und hatte dies dem Polizeichef berichtet. Nein, er habe den Schlüssel nicht, aber die Waffenkammer sei unversperrt gewesen. Er war ein paar Stunden, nachdem man George tot heimgebracht hatte, daraufgekommen. Der Schlüssel zur Waffenkammer wurde in Georges Tasche gefunden.

Am Ende des Untersuchungsverfahrens konnte nur ein Schluß gezogen werden: Tod durch Unglücksfall. George hatte offenbar, ohne daß Butler, Köchin und Frau es bemerkten, einer augenblicklichen Eingebung folgend, bei der Tür zur Waffenkammer halt gemacht, eine Pistole herausgeholt und dann in seiner Hast vergessen, die Tür wieder zu versperren. Er war dann, Drohungen ausstoßend, in der Dunkelheit umhergestolpert und gestürzt, wobei sich die Waffe entlud und ihn tötete.

„Mord!“ sagte Lady McLeod neuerlich und blickte die Jury an. George hätte nie und unter keinen Umständen eine Schußwaffe angerührt. Das wäre ihm nie eingefallen. Er hätte lieber sich selbst getötet als einen anderen. George wurde ermordet.

Wild um sich blickend, aber mit ruhiger Stimme machte sie im Zeugenstand ihre Aussage. Ihre behandschuhten Hände hatte sie gefaltet, und der schwarze Witwenschleier fiel ihr auf die Schultern herab. Alle dachten an ihr Unglück, den Verlust von Gatten und Kind, und blickten einander verlegen an, und allen kam derselbe Gedanke: daß sie verrückt geworden sei.

„Aber ich glaubte diesen Unsinn nicht“, sagte der Polizeichef. „Lady McLeods Gesicht war tatsächlich wild, aber ruhig, und sie sprach mit einer solchen Glaubwürdigkeit, als ob sie felsenfest davon überzeugt sei, daß es da nicht den leisesten Zweifel geben könne.“

Der Polizeichef hatte sie ruhig befragt. Hatte Lord McLeod irgendwelche Feinde? Nein, nicht daß ich wüßte. Einen männlichen Verwandten, der Titel, Güter und Vermögen hätte erben können? Nein. Hat er sich im Ort oder vielleicht noch in Glasgow Feindschaften zugezogen? Nein, alle hatten George gern. Sie beantwortete jede Frage klar und ohne Erregung. Auf was gründen Sie denn den fürchterlichen Verdacht, daß er ermordet worden sei? Sie erzählte es der Jury.

Bevor sie an diesem schrecklichen Tage aus ihrer Bewußtlosigkeit erwachte, hatte sie George „gesehen“. Er war ihr weiß und starr und mit Blut im Gesicht und am Hals erschienen und hatte ihr gesagt, daß er im Wald kaltblütig und mit Absicht ermordet worden sei. Er kenne aber bis jetzt seinen Mörder nicht. Sie, seine Frau, müsse diesen Mörder finden und ihn der Gerechtigkeit überliefern.

„Nun ist bekannt", sagte der Polizeichef, „daß wir Schotten das zweite Gesicht haben, und Lady McLeod war Schottin, daran hatte auch ihre englische Erziehung nichts ändern können. Die Jury hörte ihr aufmerksamst zu. Der Polizeichef hatte seine Fragen kurz zusammengefaßt. Nicht ein Mitglied der Jury zweifelte, daß sie tatsächlich den Geist ihres Gatten gesehen und seine Botschaft, daß er ermordet worden war, gehört hatte, aber die Zeiten waren eben doch schon aufgeklärter, und so wurde widerstrebend das Verdikt „Tod durch einen unglücklichen Zufall" verkündet. Lady McLeod stand auf, sah die Jury lange an und verließ den Raum.

Das war aber nicht das Ende. Lady McLeod wandte sich direkt an Scotland Yard. Ein Inspektor kam, untersuchte den Tatort, befragte jeden, der mit der Sache irgendwie zu tun hatte, und beriet sich mit dem Polizeichef, mit dem Gericht, der Dienerschaft und dem Butler. Er hörte sich die Erzählungen über Georges Überspanntheit in bezug auf Tiere und seine Anklagen gegen seine Mitmenschen wegen ihrer mutwilligen Grausamkeit gegenüber diesen unschuldigen Geschöpfen gewissenhaft an. Konnte ein solcher Mensch, nachdem er ein getötetes Tier gefunden hatte, nicht plötzlich den Kopf verloren haben, auf den entdeckten Wilderer losgegangen sein und von ihm dann in Notwehr erschossen worden sein? Der Polizeichef dachte gründlich nach. Nein, es war nicht möglich. Lord McLeod konnte unmöglich mit der Pistole gedroht, geschweige denn von ihr Gebrauch gemacht haben. Außerdem hatten doch der Butler und die Köchin bezeugt, daß er nur Keule und Laterne ergriffen hatte und in die Nacht hinausgelaufen war. Sekunden später hatten sie ihn das Tor zuschlagen gehört. Er konnte sich gar nicht bei der Waffenkammer aufgehalten und die Pistole geholt haben, selbst wenn er zu den Menschen gehörte, die so etwas tun oder auch nur daran denken würden. Die Waffen waren vor zwei Wochen gereinigt und die Waffenkammer von dem Butler persönlich versperrt worden, der dann den Schlüssel seinem Herrn übergeben hatte. Es bestand keine Möglichkeit, daß der Raum etwa unversperrt geblieben wäre. So hatte in diesen zwei Wochen nur einer Zutritt zu dem Raum gehabt, und das war George Lord McLeod, der aber die Waffenkammer niemals betrat.

„Der einzige Beweis dafür, daß Seine Lordschaft ermordet worden sein könne, gestand der Polizeichef dem Inspektor zu, sei Lady McLeods feste Behauptung, daß sie den Geist ihres Gatten gesehen und er mit ihr gesprochen habe."

Der Inspektor glaubte nicht an Geister. Er studierte immer wieder die Zeugenaussagen und blätterte stundenlang in den Akten. Er seufzte und schüttelte den Kopf. „Tod durch unglücklichen Zufall." Er ging ins Herrenhaus und wiederholte Lady McLeod den Spruch. Aber sie antwortete nur: „Mord, Mord, Mord!"

Sie war so fest davon überzeugt, daß sie die gesamte Dienerschaft, sogar den alten Butler entlassen und drei mürrisch aussehende Frauen aus Glasgow angestellt hatte und nur Gärtner beschäftigte, die nicht im Herrenhof wohnten. Irgendwo, glaubte sie, lauerte Georges Mörder, vielleicht ein Diener, vielleicht ein Arbeiter, vielleicht einer von ihren adeligen Freunden.

Und dann kam die Überraschung. „Kaum war die Leiche ihres Gatten kalt geworden", wie sich die Leute im Ort empört ausdrückten, da nahm sie wieder ihre Gesellschaften und Festlichkeiten auf. Das Herrenhaus war bis Mitternacht erleuchtet, und es gab wieder Tanz und Musik. Und immer blieb ein Mann — und immer ein anderer — im Bett der Lady zurück. Ein Skandal! Jetzt begann man sich zum erstenmal zuzuflüstern, daß die Lady über den Tod ihres Gatten mehr wisse, als sie zugab. Ihre Behauptung, daß George ermordet worden sei, und die Tatsache, daß sie Scotland Yard zugezogen hatte, war Mache gewesen, um den Verdacht von ihr abzulenken. Der Inspektor in Glasgow hörte von diesen Gerüchten und stattete unauffällig dem Polizeichef ein paar weitere Besuche ab. Ohne daß Lady McLeod es wußte, nahm er ihr ganzes Leben unter die Lupe und ebenso das ihres verstorbenen Gatten. Nichts kam dabei heraus. Und die skandalösen Vorgänge im Herrenhaus setzten sich fort und nahmen noch an Ausgelassenheit zu.

„Ist das alles?" fragte Father Alfred.

„Alles", sagte der Polizeibeamte.

„Und was halten Sie davon?" fragte der Priester weiter.

Sein Gegenüber stopfte sich langsam und bedächtig die Pfeife, rieb ein Zündholz an und setzte die Pfeife in Brand. „Was ich glaube?" sagte er nachdenklich. „Ich glaube, Seine Lordschaft wurde ermordet."

„Von Lady McLeod oder jemandem, den sie dazu angeworben hatte?"

„Nein, nein, auf keinen Fall!" sagte der Polizeichef mit Nachdruck. „Keinesfalls von Lady McLeod. Und Sie täten gut daran, Sir, nicht auf die Weiber zu hören. ‚Dämonische Lady'! Gott, die sind ja nicht richtig im Kopf und eifersüchtig und gemein und immer auf einen Skandal aus. Es gibt kein hübsches Mädchen, hinter dem die Weiber nicht mit ihren Lügen und Geschichtchen her wären!"

Er sah den Priester herausfordernd an. „Als Agnostiker", sagte er, „glaube ich im allgemeinen nicht an solche ... Dinge. Aber eines glaube ich bestimmt: daß die Seele des jungen Lords zu Lady McLeod gekommen ist und ihr die Wahrheit gesagt hat; daß er nämlich kaltblütig ermordet wurde."

Father Alfred war kein Agnostiker und er glaubte ganz entschieden an das „zweite Gesicht", trotz aller kirchlichen Ermahnungen gegen den Aberglauben. Schließlich erkannte die Kirche Erscheinungen an, wenn auch mit gewissen Einschränkungen.

„Warum aber sollte jemand Lord McLeod ermorden?"

Der Polizist zuckte die Achseln und sah den Priester geheimnisvoll an. „Das weiß ich nicht. Er wurde aber bestimmt ermordet. Ich habe die Wahrheit in dem reinen lieblichen Gesicht der Lady lesen können und aus ihren Augen. Sie hat nicht gelogen."

Father Alfred war derselben Ansicht. Er war aber auch besorgt um Lady McLeod, die von der Kirche „abgefallen" war und Verwünschungen gegen den alten Pfarrer ausgestoßen hatte, der nichts anderes wollte, als sie trösten, die fast jede Nacht im Herrenhaus lärmende Feste veranstaltete und eine Ehebrecherin war.

Father Alfred ging also zu seinem anglikanischen Kollegen, der aber erklärte, daß er erst drei Monate nach dem Tod des Lords in den Ort gekommen war und daher nichts wisse. Father Alfred suchte den presbyterianischen Geistlichen auf. „Ja", sagte Mr. Russell, „ich glaube, daß Seine Lordschaft ermordet wurde. Das glauben wir alle", fügte er hinzu. „Die Lady?" Er zuckte die Achseln. „Welcher Mann kann schon in eine Frau hineinsehen? Ich habe sie noch nie getroffen. Aber was interessiert Sie dabei eigentlich, wenn ich fragen darf?"

„Ihre Seele", sagte Father Alfred ernst.

Was für eine traurige Geschichte, dachte er später, doch nicht ganz ohne Aufregung, die er beharrlich als Gerechtigkeitsliebe und Sorge um die Rettung von Lady McLeods Seele, die jetzt mit vielen Todsünden behaftet war, auslegte. War sie eine Mörderin? Father Alfred klopfte vorsichtig bei den Nonnen an, die aber, besonders die Schwester Oberin, die einst die Vertraute Lady McLeods gewesen war, einen solchen Gedanken entrüstet ablehnten. „Mäßigen Sie sich doch, Schwester", sagte Father Alfred leise zu der alten Dame, die heftig und feindseilig geworden war.

„Ich will kein böses Wort über das arme Ding hören", rief die Schwester Oberin, „obwohl sie mich jetzt nicht kennen will. Ihr Herz ist gebrochen. Wahnsinnig? Es ist möglich. Sie braucht Ihre Gebete, Father, und nicht Ihre Neugierde", fügte sie mit einer gewissen Schärfe hinzu, die den jungen Priester rot werden ließ. Verfolgt von den funkelnden Augen der Schwester Oberin ging er also in die kleine saubere Kirche und betete für das Seelenheil Lady McLeods.

Der nächste Tag war mild und ließ schon den goldenen Herbst ahnen. Als Father Alfred in seinem kleinen Garten stand und den weiten leuchtenden Himmel betrachtete, mußte er an Umbrien denken. Und wie stark es doch nach Heu und den reifenden Früchten roch!

Er brachte sein Fahrrad heraus und befestigte, umsichtig wie er war, eine Tasche an der Lenkstange, in die er eine kleine, aber handfeste Keule steckte, ein großes Flanelltuch und köstliche Leckerbissen aus seiner Speisekammer. Er betätigte seine kurzen, aber muskulösen Beine energisch und kam bald staubbedeckt bei den hohen Mauern des Herrensitzes der McLeods an. Er lehnte das Fahrrad an die Mauer und nahm das Feindesland in Augenschein. Die Mauern waren von furchterregenden eisernen Spitzen gekrönt, die mindestens dreißig Zentimeter lang waren, und Father Alfred vermutete, daß zwischen ihnen Glasscherben in den Mörtel gesteckt waren. Während er bedächtig die Situation studierte, hörte er von der anderen Seite ein Geräusch und gleich darauf das wahnsinnige Heulen und Bellen von Hunden. Father Alfred war mit Hunden vertraut und sagte laut und ganz automatisch „Ruhe!“ Er war nicht im geringsten erstaunt, als das Heulen und Bellen zuerst in ein leises Knurren und dann in ein antwortheischendes Winseln überging.

Er fand eine Stelle, an der zwei Eisenspitzen fehlten, und untersuchte die Mauer. Es sah nicht schwierig aus. Er hängte sich die Tasche um, fand in der Mauer Stellen, die den Füßen Halt bieten konnten, und begann hinaufzuklettern. Die Hunde knurrten fragend. „Nur Geduld“, sagte er, und die Hunde gaben respektvoll Laut. „Ich weiß schon, was ich tue“. Er kletterte weiter, vorsichtig, Mörtel und Steine prüfend. Sein Kopf erschien über der Mauer, und die Hunde gerieten in Aufregung. „Brave Burschen“, redete er sie an. „Nur Geduld“. Wie vermutet, waren in den Mörtel auf der Mauerkrone Glasscherben gesteckt, und er entfernte sie mit dem dicken Flanelltuch. Ob wohl der Platz zwischen den Eisenspitzen für sein dickes Hinterteil ausreichen würde? Es würde ziemlich knapp ausgehen, aber ging nicht so vieles auf dieser Welt knapp aus?

Er schwang seine Beine über den Mauerrand und saß nun oben wie ein kleiner stämmiger Cherub. Die Hunde unten lachten ihm zu. Es waren große Hunde, schwarz, grau und struppig. Er öffnete wieder die Tasche und warf kleine Stücke Fleisch und Geflügel und Kuchenreste hinunter, auch ein paar Knochen, und sah ihnen zu, wie sie sich darum balgten. Keiner der Hunde war kleiner als ein ausgewachsener Wolf.

Er liebte alle Tiere und wußte, daß Futter bloß eine Einführung ist und daß sie nachher mehr wissen wollen. Er wartete also, bis die Hunde mit dem Fressen fertig waren und sich wieder zu seinen Füßen herumtrieben. „Ich komme mit einer ganz bestimmten Absicht“, sagte er eindringlich zu ihnen. „Ich hoffe, ihr begreift das, Burschen?“

„Natürlich“, sagte der älteste Hund, der jetzt für alle sprach. Father Alfred bellte leise zurück. Der älteste Hund gab einen Befehl, und alle Tiere, wenigstens fünfzehn, legten sich auf den Bauch und ließen Father Alfred nicht aus den Augen. „Ich glaube, wir warten ein wenig auf das Frauchen“, sagte Father Alfred zu dem Führer.

„Das gehört sich auch“, antwortete der alte Hund. „Schließlich haben wir unsere Pflichten.“

„Genau wie ich“, sagte Father Alfred. Er blickte um sich. Nie hatte er solche Schönheit gesehen. Grüne Wiesen zogen sich wie in Falten gelegte Seide von der Mauer weg in breiten sanften Wellen hinauf zu dem langen niedrigen grauen Herrenhaus, das die alten stattlichen Eichen und Lärchen den Blicken fast verbargen. Da und dort flammten Beete roter Herbstblumen auf, und manchmal schien ein Baum fast unter der Umklammerung von scharlachroten Ranken zu ersticken. Hinter dem Haus verlor sich der Blick in Gemüsegärten und Laubengängen. Bienen summten emsig, ein paar Vögel zwitscherten dem jungen Priester zu. Die Stille war weit und hell und von tiefstem Frieden erfüllt, und die Fenster des Schlosses glänzten im Sonnenlicht wie Gold. „Hier kann man wirklich glücklich sein", sagte Father Alfred zu dem alten Hund.

„Gewiß", antwortete der. „Wir sind glücklich... Alle, bis auf die Herrin."

„Auf die wir warten müssen", sagte Father Alfred vorfühlend.

„Ganz richtig, auf die wir warten müssen", wiederholte der Hund ruhig.

„Ja", seufzte der Priester. „Ich verstehe eure Lage. Aber diese Steine sind infernalisch unbequem."

Der alte Hund schnupperte freundlich. Seine Genossen folgten seinem Beispiel. Er beharrte jedoch ungerührt auf seinem Standpunkt. Seine Pflicht mußte man schließlich erfüllen. Wie könnte sonst die Welt bestehen bleiben?

„Ganz richtig", sagte der junge Priester.

Plötzlich hörte er ein Frauenlachen aufklingen. Die Hunde sprangen sofort auf und standen still. Der älteste bewegte sich majestätisch dorthin, wo eine junge Frau im Schatten einer riesengroßen Eiche stand.

„Warum bellen Sie denn meine dummen Hunde an?" fragte sie mit frischer junger Stimme.

„Wir haben nicht gebellt, wir haben geplaudert", sagte Father Alfred.

„Entschuldigen Sie", sagte sie neckisch ernst. „Es hörte sich aber sehr wie Bellen an."

„Dann verstehen Sie Tiere nicht", sagte Father Alfred. „Sie haben alle ihre eigene Sprache, und es ist dumm von uns, daß wir uns nie Zeit nehmen, sie zu lernen."

„Schön, schön", sagte die junge Frau. „Sind Sie ein zweiter Franz von Assisi?"

„Keineswegs. Ich habe nur mein ganzes Leben Hunde um mich gehabt, und manchmal sind ihre Gespräche sehr interessant."

Er blickte interessiert nach der schlanken Erscheinung im tiefen Schatten der Bäume. Der alte Hund sagte: „Wir müssen Geduld haben."

„Habe ich massenhaft", antwortete Father Alfred.

„Was redet ihr da jetzt miteinander", fragte die große schlanke Erscheinung.

„Daß wir Geduld mit Ihnen haben", sagte Father Alfred. Er wünschte sich, daß die junge Frau aus dem blauschwarzen Schatten hervorkäme, damit er sie deutlich sehen könnte.

„Wirklich?" fragte die Stimme etwas kühler.

„Ich würde Sie, zum Beispiel, gerne sehen und mit Ihnen sprechen", sagte der Priester. „Heimliches Lauschen kann ich nicht leiden."

„Ich auch nicht", sagte der Schatten, „was lauern denn Sie auf meiner Mauer herum, wenn Sie schon davon reden?"

„Ich warte, um mit Ihnen zu sprechen."

„Ich spreche nicht mit Priestern."

„Sehr schade. Für Sie, Lady McLeod. Ich nehme an, die sind Sie?"

„Ja. Und wer sind Sie? Der neue Säuglingspriester, der erst gekommen ist?"

Father Alfred reagierte scherzhaft auf diesen Affront.

„Ich bin zweiundzwanzig Jahre alt, also kaum mehr ein Kleinkind."

„Also schon ein etwas älteres", gab der Schatten zu. Dann trat Stille ein. Der alte Hund blickte zurück und wieder hinauf zu dem Priester und schien um mehr Geduld zu bitten. Der Priester nickte. Die Bienen summten. Der Wind säuselte sanft.

„Wollen Sie mich nicht zum Herunterkommen einladen?" fragte Father Alfred.

„Warum kommen Sie nicht?"

„Die Hunde kennen ihre Pflicht. Solange sie kein anderes Kommando bekommen, halten sie es für Ehrensache, mich in Stücke zu reißen, sowie ich hinunterspringe."

Die junge Frau schwieg einen Augenblick. Dann sagte sie mit

eigentümlich sanfter Stimme: „Sie kennen sich mit Tieren gut aus, nicht wahr?"

„Gottes Lieblingsgeschöpfe", sagte Father Alfred. „Er muß viel Phantasie und Sinn für Humor haben. Schließlich hat er ja den heiseren Papagei mit seinen lächerlichen Farben geschaffen. Hunde hat er mit einem Sinn für Ehre und Humor ausgerüstet. Den Katzen verlieh er Würde, und den Krähen gab er ihr sonderbares Lachen. Die Raupe hat er mit den Farben des Regenbogens geschmückt und dem Rotkehlchen seine lustigen Bewegungen gegeben. Den würdigen Elefanten hat er die Ehe gelehrt und die Treue, und dem Tiger hat er beigebracht, wie er seine Streifen verwenden kann, um sich vor seinen Feinden zu verbergen. Dem Igel gab er sein lustiges, halb menschliches Schweinsgesichtchen, und den Adler lehrt er, seine Brut im Höhenflug zu üben. Er" ... Father Alfred hatte ein Aufschluchzen gehört und hielt inne.

„Sie reden wie George", sagte die junge Frauenstimme unter Tränen.

„Möglich", sagte der Priester. „George wollte, daß ich zu Ihnen komme."

„Ich glaube", sagte der älteste Hund, „daß sie mir Befehl geben wird, Sie herunterkommen zu lassen. Ich bitte um Entschuldigung."

„Keine Ursache", antwortete der Priester. „Ich verstehe vollkommen."

„Leg dich!" sagte die junge Frau zu dem ältesten Hund.

„Sehen Sie", sagte der zum Priester und legte sich auf den Bauch. Die anderen Hunde machten es ihm sofort nach.

Der Priester kletterte vorsichtig auf der Innenseite der Mauer herunter. Die Hunde beobachteten ihn dabei. Der älteste Hund trottete zu ihm und leckte ihm freundlich die Hand, „Braver Hund", sagte der Priester und kraulte ihn hinter den Ohren. „Ich wollte, die Menschen wären so gut."

„Hören Sie jetzt mit dem Bellen auf", sagte die junge Frau und trat aus dem Schatten heraus. „Es ist nicht ganz christlich."

Sie stand vor Father Alfred, bedeutend größer als er und schlanker. Viel zu schlank in ihrem hellblauen Kleid, das über das Gras schleifte. Sie war wie eine blaue Blume, die im Winde schwankte. Ihr goldenes Haar fiel ihr wie ein Mantel offen über die Schultern, und ihre blauen Augen leuchteten hell in dem schmalen, blassen Gesicht mit den wunderbaren bleichen Lippen und der spitzen kleinen Nase. Sie wirkte ruhelos und gequält. Dann zuckte es in ihrem Gesicht. Der Priester sah nicht gleich, daß sie ihn anzulächeln versuchte und nicht nur eine Grimasse schnitt.

„Wie geht es Ihnen?" fragte sie förmlich.

Father Alfred rieb sich das Hinterteil. „Ich dürfte vergessen haben, das ganze Glas zu entfernen", sagte er.

Die junge Frau betrachtete ihn kurz, dann lachte sie laut heraus. Die Hunde erhoben sich wie ein Mann und lachten mit. Father Alfred berührte die schmerzende Stelle, dann prüfte er seinen Finger. Kein Blut. Und da lachte auch er.

„Warum haben Sie nicht geläutet?" fragte Lady McLeod.

„Würden Sie mich dann hereingelassen haben?"

Ihre Augen prüften ihn sorgfältig. „Bestimmt nicht", gab sie zu. „Sehr zum Fürchten sehen Sie ja nicht aus"; und dann nach kurzem Zögern: „Wollen Sie eine Tasse Tee?"

„Ich wäre entzückt", sagte der Priester. „Starken natürlich."

Sie schlug den Weg zum Hause ein, und er konnte beobachten, wie abgemagert sie war. Das blaue Kleid schlotterte um ihren Körper. Der Wind blies ihr das lange goldene Haar aus dem Gesicht und enthüllte ihre mageren bleichen Wangen. Das war also die ‚dämonische Lady', diese leidende, gequälte und verlassene junge Frau. Die Hunde folgten und tauschten untereinander Bemerkungen aus. Der älteste trottete an Father Alfreds Seite und stieß mit seiner kalten Schnauze gelegentlich an seine Hand. „Es ist sehr traurig", sagte der Hund.

„Ja, ja, das sehe ich", sagte der junge Priester.

„Aber was kann denn dem Menschen, dem Beherrscher der Erde, Sorge bereiten?" fragte der Hund.

„Ich hoffe", erwiderte der Priester, „daß dir dieses Wissen erspart bleibt."

„Sprecht ihr schon wieder miteinander?" Die junge Frau warf einen Blick über die Schulter.

„Wir haben nur ein paar kummervolle Bemerkungen ausgetauscht."

„George", sagte Lady McLeod im Weitergehen, „hat immer mit den Tieren geredet, genau so wie Sie. Sprechen sie wirklich?"

„Natürlich tun wir das", sagte der Priester.

Wie auf Samt ging man über den Rasen. Die Luft war voll würziger Düfte und die warme Sonne wie ein Segen und ein Versprechen. Das langgestreckte graue Herrenhaus lag unter einem blauen Gewirr von Schatten. Die Tür war offen, und auf der Schwelle stand ein unfreundliches weibliches Wesen.

„Maggie", sagte Lady McLeod, „Tee in das Frühstückszimmer, Haferkuchen mit Erdbeerjam und ein paar Schnitten Poundcake."

„Ich habe die Glocke nicht gehört", sagte Maggie und sah den Priester herausfordernd an.

„Ich habe auch nicht geläutet. Ich bin über die Mauer geklettert", sagte Father Alfred, von dem menschlichen Wunsch beseelt, die Frau aus der Fassung zu bringen.

„Über . . ." begann sie und starrte auf die freundlich wedelnden Hunde. Lady McLeod ging durch die gewölbte Halle mit den bunten Glasfenstern in ein anschließendes Zimmer, das von Sonnenschein durchflutet war. An den Wänden hingen hübsche Stiche, und der Boden war mit handgewebten Teppichen belegt. Als wäre es eine Selbstverständlichkeit, war der älteste Hund mitgekommen; er legte sich über die Füße des Priesters und sah ihn treuherzig an. „Ich hoffe, du kannst ihr helfen", sagte er. „Was macht ihr eigentlich Kummer?"

„Gott hat dich gesegnet", sagte der Priester, „du wirst es nie erfahren, denn du bist kein Mörder."

„Sie hat ein gutes Herz", sagte der Hund nach einem Augenblick. „Sie wird nie einem lebenden Wesen etwas tun."

„Ja, das weiß ich — jetzt", sagte der Priester.

„Ich möchte gerne wissen, was ihr da zu tuscheln habt", sagte Lady McLeod, die in einiger Entfernung Platz genommen hatte.

Der Priester sah sie offen an. „Wir haben uns über die Güte unserer Gastgeberin unterhalten."

Die junge Frau öffnete den Mund, schloß ihre bleichen Lippen dann aber fest, ohne etwas zu sagen.

Steif und hochnäsig brachte Maggie den Tee und ging wieder. Ihre Absätze klapperten laut auf den Fliesen des Flurs. Lady McLeod füllte eine hübsche zarte Tasse für Father Alfred und nach kurzem Zögern eine für sich selbst.

„Warum sind Sie gekommen?" sagte sie leise.

„Aus einem einzigen Grund: Sie kennenzulernen und herauszubekommen, ob ich Ihnen helfen kann."

Die junge Frau stellte die Silberkanne nieder und starrte sie an. „Mir kann niemand helfen, außer ich selbst." Als der Priester nicht antwortete, warf sie ihm einen kurzen Blick aus ihren blauen Augen zu.

„Sie wissen alles!" sagte sie laut.

„Ich weiß, was ich gehört habe."

„George wurde ermordet", rief sie.

„Das glaube ich auch", sagte der Priester. „Ich möchte Ihnen helfen, den Mörder zu entdecken, und ihn der Gerechtigkeit überliefern."

Die junge Frau stellte ihre Tasse nieder. Ein schweigendes Bild der Erschöpfung und des Jammers.

„Seit einem Jahr versuche ich es", flüsterte sie. „Beinahe jede Nacht."

„Durch eine Todsünde?" fragte der Priester.

Sie öffnete weit ihre glänzenden Augen und sah ihn fest an: „Ich habe nichts Unrechtes begangen", sagte sie langsam und ruhig, „ausgenommen die Todsünde des Hasses und die Sünde des Zornes. Ich begehe sie noch immer. Ich werde nicht eher Frieden haben, bis ich nicht Georges Mörder finde."

Der Priester senkte den Blick. Er glaubte ihr. Dann also hatte sie keinen Ehebruch begangen, trotz der vielen Tratschgeschichten.

„Und wenn ich ihn finde", sagte sie mit derselben Ruhe, „werde ich ihn töten, mit meinen eigenen beiden Händen."

Sie verbarg ihr Gesicht in den Händen. Genau so zerbrechlich wie Porzellan wirkte sie und fast durchsichtig. „Sie kannten George nicht. Keiner kannte ihn, nur ich. Er war ein Heiliger."

„Und ein Heiliger verlangt, daß Sie seinen Mörder finden?" Der Priester war ganz außer sich. „Und daß Sie ihn selber umbringen?"

Die junge Frau ließ die Hände sinken. Sie schüttelte den Kopf. „Nein, er will, daß ich seinen Mörder finde und ihn der Gerechtigkeit übergebe. Aber das Gesetz versagt oft. Er könnte entkommen."

„Dem Gerichte Gottes wird er nicht entkommen", sagte Father Alfred.

Die junge Frau schwieg, ihr bleicher Mund zuckte spöttisch.

„Sprechen Sie sich aus", drang der Priester in sie. „Ich kenne die Geschichte; ich kenne das Verdikt des Gerichtes. Ich weiß, was Sie bezeugt haben ... daß Ihnen Ihr Gatte nach dem Tod erschienen ist."

Die junge Frau ließ den Kopf auf die Brust sinken. „Ich habe George wiedergesehen", flüsterte sie. „Er kannte seinen Mörder noch nicht. Und er konnte nicht Verzeihung üben und so nicht Frieden finden. Ich weiß nicht, ob er im Fegefeuer ist. Er sagte es mir nicht. Aber er hatte noch nicht Frieden gefunden. Er hatte Angst meinetwegen. Er fürchtete, daß ich vielleicht seinen Mörder — daß ich ihn lieben lernen und heiraten könnte. Georges Mörder! Und so sagte mir George vor ein paar Monaten, daß es keiner aus dem Ort, keiner von der Dienerschaft war, der ihn ermordet und ohne die Tröstungen der Kirche dem Tode überliefert hat, der Ewigkeit. Es war einer unserer Freunde. Hier in der Nähe, in Sicht- und Hörweite."

„Das könnte eine Sinnestäuschung sein! Sie haben so viel gelitten."

Sie schüttelte den Kopf, so daß ihr blondes Haar wie vom Wind bewegt um sie herflog.

„Sie wissen ja nichts!" rief sie. „Von dem Augenblick an, da wir hierherkamen, waren die Männer ...! Die jungen unverheirateten Männer ...! Sie haben alle auf die eine oder andere Art versucht, mich zu ihrer Geliebten zu machen! Sehen Sie mich an, ich bin gealtert und bleich — aber sie kommen noch immer!"

Der Priester blickte in ihr junges blasses Gesicht, das jetzt erstarrt und wild, aber immer noch unglaublich schön war.

„Sie wußten, daß ich George niemals verlassen würde, es gar nicht könnte", fuhr sie mit schwacher Stimme und fast flüsternd fort. „Und so beschloß einer, ihn umzubringen und mich frei zu bekommen, so daß ich wieder heiraten könnte. Es muß einer sein, der mich haben will, und Georges Geld, einer, der nicht zu reich, einer, der unverheiratet ist. Und so gebe ich meine Dinners und Bälle und suche mir jedesmal einen anderen aus, gebe ihm zu trinken, soviel er will und noch mehr, und flüstere ihm dann zu, dazubleiben. Betrunken bleibt er, wenn die anderen gegangen sind. Und dann rede ich mit ihm freundlich und zärtlich, sage ihm, daß ich George nicht geliebt habe und daß ich ihn liebe. Verstehen Sie denn nicht?" rief sie verzweifelt. „In einer Nacht wird einmal ein Mann, wenn er betrunken genug ist, mit dem Versprechen meines Bettes vor Augen, gestehen. Er wird mir sagen, daß er es für mich getan hat!"

Gänzlich aus der Fassung gebracht, stand der Priester auf und begann im Zimmer auf und abzugehen. Er mußte nachdenken. Die junge Frau faltete ununterbrochen nervös ihre Hände und öffnete sie wieder. Der Hund folgte ihr aufmerksam und ängstlich mit den Augen.

Endlich blieb Father Alfred vor der jungen Frau stehen. „Haben Sie denn nie daran gedacht", sagte er ernst, „daß auf die Nacht immer ein Morgen folgt und daß der Mann sich dann daran erinnern wird, was er gestanden hat? Einer, der einmal gemordet hat, wird es auch ein zweitesmal tun. Er selber kann ja nur einmal sterben. Sie schweben in einer fürchterlichen Gefahr!"

Die junge Frau lachte laut. Der Hund begann zu zittern. Father Alfred rührte sich nicht. „Gefahr!" rief sie. „Glauben Sie vielleicht, daß ich ihn bis zum Morgen leben lasse? Ich bringe ihn sofort um. Vor Schußwaffen habe ich keine Angst!"

„Dann werden Sie also selbst zum Mörder werden", sagte der Priester. „Dann werden Sie Ihren Mann niemals wiedersehen. Sie werden Gott nicht erkennen und nicht vor Sein Angesicht treten dürfen. Glauben Sie wirklich, daß Ihr Mann das will?"

„Ich werde töten", sagte die junge Frau ruhig. „Ich werde den Mann töten, der meinen geliebten George ermordet und damit mein eigenes Leben vernichtet hat. Für ihn wird es kein Gerichtsverfahren geben."

Sie wandte sich mit einem Ruck dem Priester zu und sah ihm fest in die Augen. „Hat Ihnen noch niemand gebeichtet, daß er es war?"

„Wenn das der Fall wäre, dann würde ich es Ihnen nicht sagen."

Sie lächelte merkwürdig und nickte. „Dann hat er also nicht gebeichtet."

Sie erhob sich. Der Priester bewegte sich nicht. „Bedeutet Ihnen denn die heilige Mutter Kirche gar nichts, Lady McLeod?"

„Nichts bedeutet mir etwas, nicht einmal Gott, solange Georges Mörder frei und in Sicherheit ist."

„Sie haben wirklich eine Todsünde begangen", sagte der Priester. „In Ihrem Herzen haben Sie schon gemordet."

Sie hob ihre Hände wie zur Abwehr und ließ sie wieder sinken. Dann lächelte sie, und dieses Lächeln war halb irr. „Wenn ich ihn getötet habe, Father, dann werde ich beichten kommen, zu Ihnen, und Sie werden mir die Absolution geben."

Der Priester antwortete nicht. Er nahm seinen Hut und betrachtete ihn. Nach einer Weile sagte er: „Ich möchte gern, daß Sie mir versprechen, es mir zu sagen, mir und dem Polizeichef, wenn Sie den Mann finden sollten, und das weitere uns zu überlassen."

„Nein", sagte Lady McLeod.

Der alte Hund sah besorgt drein und begleitete ihn bis zum Tor. „Kann ich dir irgendwie helfen?" fragte er.

Der Priester sah ernst zu ihm hinunter. „Ich weiß nicht", sagte er, „ich weiß wirklich nicht. Ich werde einstweilen beten."

Der dunkle Herbst kam und das Heulen des Windes, und der Himmel war tief und finster verhangen. Es kam der Winter mit Schnee und eisigen Stürmen, und lange Eiszapfen hingen von den Dächern. In wenigen Wochen sollte Weihnachten sein. Die Kinder liefen auf den Teichen Schlittschuh und übten Weihnachtslieder. Father Alfred stritt sich mit dem Organisten herum, der A-cappella-Gesang nicht leiden konnte und sich für die Festtage eine etwas üppiger gestaltete Musik vorstellte. Die Nonnen waren nervös, ließen sich nichts sagen und waren schwer erkältet. Und Father Alfred war ziemlich deprimiert.

Im Beichtstuhl hatte ihm niemand einen Mord eingestanden. Er kannte seine Pfarre jetzt schon recht gut. Der kleine Landadel kam jetzt, da die Weihnachtszeit näher rückte, häufiger zur Beichte. Aber keiner der Männer beichtete Mord. Father Alfred sortierte sich die jungen, unverheirateten Männer heraus, die überhaupt nicht zur Beichte gekommen waren, und zerbrach sich Tag und Nacht den Kopf. Zur Messe kamen sie, aber nicht zur Beichte. Er dachte jeden einzelnen genau durch, besonders die, die nicht zur Kommunion gingen. Und dann kam er praktisch zu dem Schluß, daß es überhaupt keinen Mörder gab, außer in Lady McLeods verwirrtem Geist und in dem Hirn des Polizeichefs, und daß Lord McLeod wirklich einem Unglück zum Opfer gefallen war. Deshalb betete Father Alfred für die Seele des jungen Mannes, der in der Blüte seiner Jugend und seiner Liebe hatte sterben müssen, und schaltete seinen „Geist“ aus seinen Gedankengängen aus.

In den Familien des katholischen Landadels gab es eigentlich nur zwölf junge unverheiratete Männer Ende der Zwanzig und Anfang der Dreißig. Father Alfred war zu Familiendinners in den Häusern ihrer Eltern, älteren Schwestern oder Tanten eingeladen worden. Die Vorstellung war ihm die ganze Zeit fürchterlich gewesen, daß einer dieser jungen Männer einen Mord begangen haben könnte, und er begann sich seines Verdachtes immer mehr zu schämen, je öfter er in ihre Häuser kam. Es gab auch einige ältere Junggesellen, die sehr steif und ein bißchen weibisch waren. Die hatten sicherlich niemals in ihrem ganzen Leben Interesse an einem weiblichen Wesen gezeigt und konnten außer acht gelassen werden. Aber andererseits kam ihm der unbehagliche Gedanke, daß es ja auch Adelige gab, die nicht Katholiken waren und daher nie zu ihm in den Beichtstuhl kommen würden. Wenn einer von denen der Mörder war, dann würde er vielleicht niemals entdeckt werden. Der junge Priester verstand es so einzurichten, daß er auch aus diesen Kreisen Einladungen bekam. Dazu bediente er sich seines anglikanischen Kollegen. Seine Gastgeber und Gastgeberinnen und ihre unverheirateten jungen Söhne waren alle äußerst liebenswürdige, heitere Menschen, übten wirklich aufopfernd gute Werke und Nächstenliebe und hatten gegen einen „Römischen“ nichts einzuwenden. Eine geringere Anzahl der Adelsfamilien waren Presbyterianer, und im Verlaufe von drei Monaten war es ihm gelungen, auch von ihnen eingeladen zu werden, soweit ein jüngerer, unverheirateter Sohn unter ihnen war. Es waren nette, feine Menschen gewesen.

Wenige Tage vor Weihnachten war er gerufen worden, um einem sehr alten Mann die Letzte Ölung zu spenden. Ein Schneesturm war im Anzug, und er trat energisch die Pedale seines Fahrrades, um so schnell wie möglich wieder nach Hause zu kommen. In seinem kleinen, warmen Sprechzimmer wartete der Polizeichef auf ihn, der mit den Wellensittichen in ihrem goldenen Käfig ein munteres Zwiegespräch führte. „Ja, ja", sagte der Beamte grinsend, „die Mühe hätte ich Ihnen ersparen können, wenn Sie mich gefragt hätten. Aber das haben Sie ja nicht getan. Der Inspektor und ich haben die ganze Tour vor Ihnen gemacht." Er lachte freundlich, als der Priester ein verlegenes Gesicht machte. „Große Geister", sagte der Polizeichef endlich, „gehen die gleichen Wege. Es gibt überhaupt keinen jungen Mann, den wir uns nicht genau angesehen und unter die Lupe genommen hätten. Aber Sie haben ja immerhin die guten Dinners gehabt, nicht wahr, und jetzt sind Sie der Liebling der ganzen Grafschaft."

Er lachte und schüttelte den Kopf. „Und was höre ich da? Sie reden mit den Hunden? Sehen Sie, alles kommt heraus! Einige sagen, daß Sie ‚hellhörig' sind, andere, daß Sie eine Schraube los haben. Sie spielen wohl noch immer Detektiv, wie?"

Der junge Priester lief rot an und wurde wütend. „Sie haben doch selbst behauptet, daß Lord McLeod ermordet wurde!" rief er aus.

„Das ist auch der Fall", sagte der Polizeichef besänftigend. „Aber ich habe gedacht, daß Sie bei Ihren Entdeckungsreisen vielleicht auf irgend etwas gestoßen sind?"

„Nein", sagte Father Alfred. „Möchten Sie Tee?"

„Haben Sie nicht Stärkeres?" fragte der Polizeichef mit einem Augenzwinkern.

Father Alfred holte die kostbare Flasche mit dem alten Brandy hervor und stellte zwei Gläser auf den Tisch. Die beiden Männer setzten sich vor das Feuer und sinnierten. Nach einiger Zeit sagte der Polizeichef nachdenklich: „Meine Katze ist auch ziemlich ‚hellhörig'. Und die Hunde, was haben die Ihnen erzählt, Sir?"

Father Alfred sah ihn mißtrauisch von der Seite her an, aber der Beamte war wirklich ehrlich interessiert, und deshalb sagte der Priester: „Sie machen sich Sorgen um ihre Herrin. Reden wir einmal vernünftig. Sehen Sie, ich glaube nicht, daß ich wirklich mit den Hunden reden kann ..."

Aber der Polizeichef schüttelte energisch den Kopf. „Ich rede mit meiner Katze und die ist sehr gescheit. Wenn ich es nachher überdenke, dann glaube ich immer, ich bin verrückt. Das bin ich aber nicht. Und Sie auch nicht." Er machte eine Pause. „Also die Hunde machen sich Sorgen wegen der Lassie. Ich auch!" Er sah Father Alfred an. „Sie wird noch selber eine Kugel abbekommen, wenn sie so weitermacht."

„Wieso?" fragte der Priester erstaunt.

Der Polizeichef zwinkerte wieder und wurde ernst. Er hielt zwei Finger in die Höhe. „Ich bin schon länger Polizist, als Sie am Leben sind, Laddie, und ich bin kein Dummkopf, wenn ich das sage; und der Inspektor ist auch keiner. Wir wissen ganz genau, hinter was sie her ist, und, wie es scheint, Euer Wohlgeboren ebenfalls."

Father Alfred hörte ihm so aufmerksam zu, daß er ganz automatisch die beiden Gläser nachfüllte, was er sonst wohl kaum getan hätte. Der Polizeibeamte hielt jetzt drei Finger hoch. „Also sind wir drei", sagte er. „Es ist ein wahres Gotteswunder, wie Sie da in das Herrenhaus hineingekommen sind. Sie sehen doch so mild aus und jung und rosa im Gesicht, und so unbeholfen. Aber ich habe die Geschichte schon gehört."

Er stand auf und streckte sich. Dann wurde er ernst. Er sagte: „Ich bin hier der Polizeichef, und alle wissen, was meine Aufgabe ist. Der Inspektor hat ganz wo anders seinen Sitz. Und doch ist ihm zu Ohren gekommen, daß Sie hier herumschleichen. Das ist allen Polizisten ein ungelöstes Geheimnis, wie es möglich ist, daß sich das Gerede verbreitet. Anscheinend sind dazu gar keine Menschen nötig. Junger Herr, halten Sie sich an Ihre Kirche und an Ihre alten Leute und an Ihre kleinen Kinder! Die Nachforschungen überlassen Sie aber bitte mir." Er hielt dem jungen Priester seinen dünnen Zeigefinger vor die Augen. „Ich habe einen Jungen in Ihrem Alter gehabt. Er ist in Indien gefallen. Es wird mir kein Vergnügen sein, wenn ich an einem finsteren Morgen eine Kugel in Ihnen finde, die Sie beim Herumstöbern abbekommen haben."

„Ich stöbere gar nicht herum", sagte der Priester mit ärgerlicher Würde.

Der Polizeichef seufzte, schüttelte seinen Kopf und ging.

Die ganzen Ängste und Sorgen begannen Father Alfred von neuem zu martern. Er hatte mehrere Briefe an Lady McLeod geschrieben, in denen er sie gebeten hatte, ihn zu empfangen. Aber er hatte keine Antwort bekommen. Zum Herrenhaus ging er nicht wieder, denn das hätte die Höflichkeit der Hunde überfordert. So etwas tat man Freunden nicht an. Er hörte neue Skandalgeschichten über die Vorgänge im Herrenhaus, eine immer ärger als die andere, und es ging so weit, daß er seine Herde ernstlich vor der Sünde warnen mußte, Verleumdung einfach um der Verleumdung willen zu betreiben und aus Mangel an christlicher Nächstenliebe.

Am Weihnachtsabend lag das Herrenhaus in Finsternis, und es fand keine Gesellschaft statt. Eine beträchtliche Anzahl der Protestanten lehnten es ab, Weihnachten mit Festlichkeiten zu begehen, worüber Father Alfred und sein anglikanischer Kollege mißbilligend die Köpfe schüttelten. Neujahr dagegen war für die sparsamen Schotten eine ganz andere Sache, denn man brauchte keine Geschenke zu machen, außer, daß man einen getrockneten Hering mitbringen mußte, wenn man ein Haus betrat! Das neue Jahr begann seinen Lauf, und es wurde Februar, ein scheußlicher Februar, mit finsteren, regengeladenen Wolken, laut tobenden Stürmen und langen, kalten Nächten.

An einem besonders abscheulichen Tag traf der Priester die grimmige Maggie in einem Fischladen. Obwohl er versuchte, sie anzulächeln, tat sie zuerst so, als hätte sie ihn noch nie gesehen. Er schlängelte sich an ihre Seite vor und sagte leise: „Wie geht es Lady McLeod? Ich habe mir Sorgen gemacht um sie."

Die Frau schnappte zuerst nach Luft und schien etwas sagen zu wollen, aber dann preßte sie ihren grauen Mund fest zusammen und schwieg. Der Priester wartete geduldig. „Verrückt ist sie", sagte sie endlich, und einen Augenblick lang sah der Priester Angst und Mitleid in den harten, kleinen Augen. „Es wird nicht lange mehr dauern, dann ..." Sie drehte sich abrupt weg und ging aus dem Laden.

In dieser Nacht konnte Father Alfred nicht einschlafen. Kurz vor Mitternacht zog er eine Jacke über sein Nachthemd, ging vor die Tür und starrte durch die Nacht nach dem Herrenhaus hin. In der Ferne konnte er eine Reihe von Lichtern ausmachen, die sich gegen den verhangenen, dunklen Himmel abhoben. Es hatte zwar zu regnen aufgehört, aber die Luft war noch immer flau und feucht und kam ihm drückend und unheilschwanger vor. Der Priester seufzte und setzte sich dann an sein Feuer, um abzuwarten, daß er wieder schläfrig würde. Es fröstelte ihn zuerst ein bißchen, aber dann schlief er tatsächlich ein und die letzte Glut im Kamin ging aus.

Er begann zu träumen. In seinem Traum hörte er lautes Klopfen und Weinen an seiner Tür, aber als er aufstand und öffnete, war niemand draußen, nicht einmal ein Schatten. Er träumte, daß er zum Feuer zurückging. Da begann das Klopfen wieder, laut wie Donnerschläge, und er schrak zusammen und wurde wach. Das laute Klopfen klang noch immer in seinen Ohren und ein schwaches Weinen. Als er aber zur Tür eilte, erinnerte er sich an seinen Traum und nahm an, daß das Klopfen überhaupt nicht der Wirklichkeit angehörte und daß er das Ganze nur geträumt habe. Hätte er nicht winselnde Laute gehört, er hätte die Tür nicht einmal aufgemacht, obwohl seine Hand schon auf der Klinke lag. Es klang wie das Schreien eines verzweifelten Kindes oder eines sterbenden Menschen. Da riß er die Tür auf.

Draußen stand der grau-weiße zottige Hund aus dem Herrenhaus, der Herr der anderen Hunde, der Führer des Rudels. Als er den Priester sah, erhob er sich auf die Hinterbeine und warf sich ihm an die Brust, als wollte er ihn um etwas anflehen, und der Priester nahm ihn instinktiv in die Arme und drückte ihn fest an sich. Plötzlich erschrak er zu Tode. Im Scheine des schwachen Lampenlichts, das ins Freie drang, konnte er sehen, daß die Pfoten und Beine des Hundes blutüberströmt waren. „Armer Kerl!" rief er aus und hielt ihn wie einen verwundeten

Bruder in den Armen. Dann aber zog er ihn in das Haus, um ihn näher zu untersuchen. Der Hund weigerte sich winselnd, die Zunge hing ihm heraus, und er sah den Priester flehentlich an.

Während der Hund ganz außer sich geriet und immer lauter zu winseln begann, untersuchte der Priester seine Vorderpfoten. Es wurde ihm sofort klar, was geschehen war. Dem tapferen Tier war es tatsächlich gelungen, die hohe Granitmauer, die das Herrenhaus umgab, zu erklettern, und sein mutiges Herz hatte der messerscharfen, spitzen Glassplitter auf ihrer Krone nicht geachtet. Und dann war er auf der anderen Seite hinuntergesprungen und zum Pfarrhof gejagt.

Father Alfred überlegte gar nicht erst, wie der Hund ihn hatte finden können oder warum er gekommen war. Er sagte nur laut und ruhig: „Ja, ja. Ich komme sofort. Sei nur ruhig, mein Freund. Ich muß mich nur rasch anziehen und mein Rad holen."

„Komm, komm schnell", wimmerte der Hund. „Sie schwebt in der fürchterlichsten Gefahr!" „Ich weiß schon", sagte der Priester. Das Herz klopfte ihm heftig vor Aufregung, und nur allzu langsam gelang es ihm, Hosen, Schuhe und endlich seinen Rock anzuziehen.

Er lief zur Tür und der Hund folgte ihm auf dem Fuße. Dann blieb er eine Sekunde stehen und sah sich um. Der Schürhaken! Der war schwer, kurz und handlich. Er lief zu dem Schuppen hinaus, warf sich auf das Fahrrad, und dann stürmten die beiden, der Mann auf dem leichten Vehikel und der Hund, Seite an Seite in rasender Eile dem Herrenhaus zu, wie zwei jagende Schatten in der unheilschwangeren, dunklen Nacht.

Keine Seele war auf den Straßen, nicht einmal der Polizist. Es war keine Zeit, sich nach Hilfe umzusehen, das war Father Alfred völlig klar, aber woher ihm diese Erkenntnis kam, wußte er nicht. Was ihm an Atem übrigblieb, benutzte er, um laut zu beten. Und der Hund jagte geräuschlos wie ein Geist neben ihm her, ja er eilte ihm sogar voraus, trotz seiner verwundeten Pfoten, der armen zerfleischten, blutigen Pfoten. Der

Priester sah auf ihn hinunter und sagte: „Ich werde dich brauchen. Du bist besser als eine ganze Armee."

Endlich erreichten sie die Mauer. Der Hund aber lief noch ein Stück an ihr entlang und blieb schließlich bei einem kleinen Tor stehen und wartete. Er keuchte laut in der dunklen Stille. Es war so finster, daß man fast überhaupt nichts sehen konnte, aber die Augen des Hundes leuchteten lebhaft, wie das bei Tieren in der Nacht manchmal der Fall ist. Father Alfred rüttelte an der hohen eisernen Pforte, aber sie war verschlossen. Es blieb also nichts anderes übrig, als darüberzuklettern, wobei ihm der Schürhaken arg im Weg war und hin und her baumelte. Die Kletterei war noch schwieriger, als sie es über die Mauer selbst gewesen wäre. Der Priester hörte hinter sich einen kratzenden Laut und rief leise hinunter: „Nicht! Warte noch! Ich mach' dir die Tür auf, wenn ich kann." Er war erst halb oben, und der Schweiß rann ihm aus allen Poren. Jetzt konnte er die oberen Fenster des Herrenhauses sehen. Sie lagen alle im Dunkeln. Einen Augenblick lang wunderte er sich darüber, daß die anderen Hunde nicht heulten, aber dann verstand er es. Der Führer hatte es ihnen verboten. Als er endlich oben war, konnte er unten ihr Keuchen hören, und er sah das Leuchten vieler Augen. Jetzt bekam er es mit den eisernen Spitzen zu tun, aber es gab wenigstens keine Glasscherben. Beim Darüberklettern zerriß er sich die Hosen, die Ärmel und den Rock. Eine seiner Hände blutete heftig.

Schließlich hatte er die Spitzen überwunden und begann, schnell hinunterzuklettern. Wenn er nur eine Laterne gehabt hätte! In der tiefen Finsternis mußte er das Schloß mit den Fingern abtasten.

Es war ein geheimer Riegel, nicht ein Schloß, und der Bolzen konnte nur von innen her erreicht werden. Er schob ihn mit seiner ganzen Kraft zurück, und die Tür ging knarrend einen Spalt weit auf. Der große Hund warf sich mit seiner mächtigen Brust dagegen, drückte sie weit auf und war im nächsten Augenblick drinnen. Ohne sich aufzuhalten, jagte er dem Herrenhaus zu, die anderen folgten ihm auf den Fersen, und mitten unter ihnen lief, gelegentlich stolpernd, Father Alfred und schwang das Schüreisen in der Hand.

Die Fenster des Hauses waren völlig unbeleuchtet. Nur aus einem Zimmer im Erdgeschoß drang zwischen den Vorhängen ein langer Lichtstreifen in die Nacht. Father Alfred lief hin und versuchte, hineinzusehen. Er konnte aber nichts recht ausnehmen, außer undeutlich die weiße Wand, die eine Hälfte eines Porträts und das rosige Flackern des Feuers. Er versuchte das Fenster zu öffnen. Es war geschlossen. Er lief zur Tür. Auch sie war verschlossen. Dann eilte er zu dem Fenster zurück und zerschlug das Glas mit dem Schüreisen.

Neben ihm ertönten zwei Donnerschläge und dann das Aufheulen eines Hundes, der offenbar getroffen worden war. Also eine Schußwaffe! Father Alfred kletterte gerade über das niedrige Fensterbrett in das Zimmer, als er einen neuen Laut hörte. Die Haustür wurde geöffnet und in dem schwachen Lichtschein, der herausdrang, sah er die Umrisse eines Mannes. „Faß! Faß!" schrie er verzweifelt seinem Freund, dem großen Hund zu, der sich wie ein Berserker auf den Mann warf. Ein gellender Aufschrei ertönte. Father Alfred war befriedigt und sprang ins Zimmer.

Auf dem roten Teppich des Raumes lag Lady McLeod bewegungslos mit dem Gesicht nach unten. Sie hatte ein langes, weißes, spitzenbesetztes Kleid an, und ihr goldblonder Kopf lag zwischen den ausgebreiteten Armen. Stöhnend kniete der Priester neben ihr nieder und drehte sie voll Angst um. Ihr Gesicht war blaugrau, die Augen reglos nach oben verdreht und die Zunge hing ihr ein Stück aus dem halboffenen Mund. An ihrem Hals waren rote Druckstellen zu sehen. Sie war erwürgt worden. Während er ein Stoßgebet zum Himmel schickte, tastete der Priester nach ihrem Puls, allerdings ohne viel Hoffnung. Er war gerade noch spürbar. Sie lebte noch! Er erhob seine Stimme zu einem lauten Hilfeschrei, dann aber atmete er tief ein, preßte seinen Mund gegen den der jungen Frau und blies ihr kräftig seinen Atem ein. Am Rande seiner Aufmerksamkeit tauchten für kurze Augenblicke fliegende Frauenröcke auf, und er hörte Rufe nach der Polizei. Eine Tür wurde zugeschlagen, er hörte das Klirren von Pferdegeschirr und dann Traben von Hufen. Endlich ist doch jemand um Hilfe unterwegs, dachte er abwesend.

Aus, ein, und wieder aus und ein, Atemzug um Atemzug, Druck um Druck auf die zarte Brust. Er hatte diese Methode in der Schule gelernt. Sie hatte schon vielen Jungen das Leben gerettet, die man aus Teichen und Flüssen gefischt hatte. Er nahm all seine Kraft zusammen, sein stilles Gebet und die ganze Konzentration, deren er fähig war, um dieses Leben zu retten. Begann sich die Brust von selbst ein wenig zu heben und zu senken? Er hielt nicht inne, um es festzustellen. Er atmete ein und aus und betete in der Tiefe seines Herzens.

Und dann begannen die kalten Lippen unter den seinen warm zu werden und zu zucken. Er machte eine Pause und warf einen kurzen Blick in das Gesicht der jungen Frau. Das Aschgrau in ihrem Gesicht begann einer helleren, gesünderen Farbe zu weichen. Die früher weitoffenen Augen hatten sich jetzt geschlossen, und die goldenen Wimpern zuckten. Der Priester setzte seine Bemühungen fort, bis die junge Frau krampfhaft und angestrengt selbst nach Atem rang und es ihr gelang, tatsächlich tief ein- und wieder auszuatmen. Das tat sie mehrere Male, und da wußte der Priester, daß sie leben würde. Er versuchte sich zu erheben. Das Zimmer begann sich um ihn zu drehen, und es schwanden ihm die Sinne.

Aus weiter Ferne hörte er nach langer, langer Zeit die Worte: „Ist schon alles vorüber, Junge! Da, trinken Sie!“ Er fühlte ein kaltes Glas an seinen Lippen und trank gehorsam den Brandy. „Ein mutiger Junge“, hörte er die Stimme des Polizeichefs sagen, und eine andere antwortete: „Ja, das ist er, weiß Gott!“ Eine andere männliche Stimme sagte: „Ersäufen Sie ihn doch nicht, Sie ersticken ihn ja. Lassen Sie ihn doch langsam schlucken.“ Father Alfred schluckte langsam und dankbar. Seine Augen waren noch immer geschlossen, und es kam ihm so vor, als ob ein riesiges Gewicht auf ihnen läge. Er wußte nicht, wo er war, und erst als er den ganzen Brandy hinuntergeschluckt hatte, sagte er, mehr zu sich selbst: „Was ist denn los? Wo bin ich denn?“

Er öffnete mit größter Anstrengung die Augen und sah den Schein vieler Lampen. In dem Zimmer — was für ein Zimmer war das überhaupt? — schien es ihm von Männern und Frauen zu wimmeln, obwohl in Wirklichkeit nur der Polizeichef, drei Polizisten, der Doktor und zwei von den Dienerinnen da waren. Da endlich erinnerte sich der Priester an alles und versuchte sich aufzusetzen. Er lag, wie ihm undeutlich zu Bewußtsein kam, auf irgend einer langen Couch, die mit grünem Samt überzogen war.

Er versuchte, etwas zu rufen, zu sprechen. Aber der Polizeichef legte ihm die Hand auf die Schulter, und er fiel kraftlos zurück. „Lady McLeod ist in ihrem Bett“, sagte der Beamte. „Sie hat ein Schlafmittel bekommen, und eine von den Frauen, die übrigens Pflegerin ist, sorgt für sie. Morgen wird sie wieder frisch sein wie ein Fisch, Laddie ... Und Sie haben ihr das Leben gerettet“, fügte er bewundernd und anerkennend hinzu. „Wie haben Sie denn das zu guter Letzt doch noch fertiggebracht?“

„Ich war es ja gar nicht“, sagte der Priester mit krächzender Stimme. „Der Hund ist zu mir gekommen und hat es mir gesagt.“ Er schrak zusammen. „Der arme, tapfere Kerl! Wo ist er denn?“

Diesmal antwortete der Doktor: „Tadellos verbunden ist er und schläft wahrscheinlich in seiner Hütte. Der hat Sie also geholt, nicht wahr? Weil er nicht allein in das Haus konnte und wußte, daß er gegen eine Schußwaffe hilflos war. Und da gibt es noch immer Leute, die Hunde dumme Tiere nennen!“

„Der Mann?“ fragte der Priester nach einer Weile ängstlich. Das Gesicht des Polizeichefs verfinsterte sich vor Haß und Wut. „Der Hund hat ihn eisern und wie der Teufel festgehalten, zusammen mit den anderen, bis wir gekommen sind. Es ist der junge Lawrence Highland."

Der Priester hätte weinen können. Lawrence Highland, das einzige Kind von Sir William und Lady Highland, ein Kind ihrer reiferen Jahre. Die Highlands waren eifrige, ausübende Katholiken, fromme Leute, gute Leute, freundliche, einfache und mildtätige Leute. Sie liebten ihren Sohn so innig, ihren hübschen, fröhlichen, lachenden Sohn! Sechsundzwanzig Jahre war er und hatte in seinem ganzen Leben keinem lebenden Wesen etwas zuleide getan, nicht einmal einem Fuchs oder einem Kaninchen — bis zu dem Abend, an dem er Lord McLeod um seiner Liebe zu dessen Frau willen ermordete.

Der Priester konnte und konnte es nicht glauben. Er sagte sich immer wieder: Ich hätte es nie geglaubt! Er war der einzige, den ich niemals in Verdacht hatte. Nein, niemals Lawrence, der im Stande der Todsünde jeden Sonntag fromm die Kommunion empfangen hatte und der im Beichtstuhl nur die allerleichtesten der läßlichen Sünden gestanden hatte. Warum hatte er das getan? Um einen eventuellen Verdacht abzulenken? Wenn ihn überhaupt jemand verdächtigt hatte!

Anscheinend hatte ihn nicht einmal Lady McLeod besonders in Verdacht gehabt. Das hatte sie wenigstens geflüstert, bevor man sie zu Bett brachte. Aber er war unverheiratet und jung. Er hatte sie auch mit Respekt, Ehrerbietung und Liebenswürdigkeit behandelt, während ihr die anderen plump und aufdringlich den Hof gemacht hatten. An diesem Abend jedoch hatte sie ihm, wie sie es auch bei den anderen gemacht hatte, zu trinken gegeben und hatte ihn zuerst mit zärtlichen Worten und dann durch vorgeschützte Liebe auf die Probe gestellt. Und er hatte ihr fast mit Stolz die Wahrheit erzählt, weil er wohl glaubte, daß sie ihm für das, was er getan hatte, jubelnd in die Arme fallen würde!

Nachdem alle Gäste gegangen waren und die Frauen in ihren Kammern hoch oben unter dem Dach schliefen, waren sie im Salon allein zurückgeblieben. Lady McLeod hatte sich ihm lachend, und mit Haß und Mordgedanken im Herzen, entwunden und war unter irgend einem Vorwand in das Waffenzimmer gelaufen, um genau dieselbe Pistole zu holen, mit der ihr Mann ermordet worden war. Als sie zurückkam, lag Lawrence schläfrig, aber lächelnd auf der grünen Samtcouch. Da hatte sie ihm gesagt, daß sie ihn töten werde.

Er hatte sich offenbar verstellt und geheuchelt, schläfriger und betrunkener zu sein, als er wirklich war. Sein Gesicht war leer und schlaff gewesen, und er hatte sich auf der Couch ein wenig aufgerichtet und direkt in den Lauf der auf ihn gerichteten Pistole gesehen. Er war schlank und trainiert. Aus dieser halb zurückgelegten Position heraus hatte er sich wie der Blitz auf die junge Frau geworfen, sie war vor dem Anprall zurückgetaumelt und hatte die Waffe verloren. In seiner Angst vor den Folgen seines Geständnisses hatte er sie an der Kehle gepackt und hatte begonnen, sie zu Tode zu würgen, als Father Alfred das Fenster einschlug. Er hatte in der Dunkelheit den Kopf des Priesters gesehen, hatte die junge Frau fallen lassen, die Pistole aufgehoben und geschossen. In der Meinung, den Priester getroffen zu haben — wegen des lauten Geheuls, das der eine Hund erhoben hatte —, war er zum Ausgang gelaufen und von dem großen Leithund gepackt worden.

„Er hat schon alles gestanden und sitzt jetzt im Gefängnis", sagte der Polizeichef. „Und er wird gehenkt werden. Jetzt, da ihm bekannt ist, daß seine Eltern alles wissen, ist er völlig zusammengebrochen. Möge Gott den armen Seelen seiner Mutter und seines Vaters gnädig sein."

„Aber wie konnte denn der Hund, dieses starke, aber doch immerhin unvernünftige Tier, das alles wissen und so schnell über die Mauer kommen und den Priester holen?" sagte der Doktor verwundert. „Es ist unmöglich, natürlich, denn dann hätte der Hund, der seine Herrin vielleicht durch das Fenster beobachtete, erkennen müssen, daß sie in Gefahr war, und zwar schon lange, bevor ihr Lawrence sein stolzes Geständnis machte, lange bevor sie um die Pistole ging, und lange, bevor er sie am Halse packte. Es ist ganz einfach nicht möglich..."

„Ist aber alles so", sagte der Polizeibeamte feierlich. „Wir haben ja die Beweise."

Der Doktor schüttelte nochmals den Kopf über dieses Wunder. „Wir werden es wohl nie erfahren", sagte er.

„Es ist wirklich eine Verständnislosigkeit, ein Tier unvernünftig zu nennen", sagte der andere. Fürsorglich gab er Father Alfred noch einen Brandy, bedachte sich dann einen Augenblick und genehmigte sich selbst und dem Doktor auch einen. Nach einer kleinen Pause bekamen auch seine drei Polizisten ihren Anteil. Sie überließen den Priester eine Weile sich selbst, und er nippte an seinem Glas. Sie hätten gerne gewußt, was er wohl dachte. Er dachte daran, wie gut seine Pfarrkinder, diese schottischen Hochländer, ihm gegenüber gewesen waren. Sie waren es gewesen, die die Pfarrschule gebaut hatten, als der „auld Faether" noch im Amte war, sie waren es, die großzügig für die verschiedenen Missionswerke spendeten. Ja sie... In die Augen des jungen Priesters traten Tränen. Er hatte nie eine Frau, außer seiner Mutter, seinen drei Schwestern und einer alten Tante, geliebt. Irgendwie abstrakt und ohne Bezug zur Wirklichkeit war ihm bekannt, daß Männer manchmal um einer Frau willen morden können. Aber der Tatsache selbst war er noch nie begegnet. Und doch hatte Lawrence, obwohl er um Lady McLeods willen gemordet hatte, versucht, auch sie zu töten. Die Mordlust war offenbar stärker als die Liebe.

Die Seele des Menschen war geheimnisvoll und finster, seine Gedanken waren verächtlich und seine Worte und Taten scheußlicher als die jedes Tieres. Man konnte ihm in keiner Weise trauen. Und doch war Einer für ihn gestorben, Einer hatte ihn für wert gehalten, daß er gerettet würde.

„Herr erbarme Dich unser. Christus erbarme Dich unser — Herr sei uns gnädig", flüsterte der junge Priester, während ihm die Tränen über das Gesicht liefen, und er beugte das Haupt und faltete die Hände.

Als er am nächsten Tag Lady McLeod besuchen wollte und an

der Pforte läutete, wurde ihm sofort von dem Polizisten, der dort Wache hatte, geöffnet. Aber zuallererst ging er zu seinem Freund in den Hundezwinger und wurde von dem bandagierten Patienten liebevoll, freudig und stolz begrüßt. „Wir haben sie gerettet", sagte er, „wir zwei!" Der Priester küßte den großen zottigen Kopf und kraulte den Hund hinter den Ohren. „Nein, du warst es", sagte er dann, „du ganz allein." Dann ließ er sich bei der Lady melden. Sie saß im Bett und hatte einen Verband um den Hals.

Als sie ihn sah, traten ihr die Tränen in die Augen, sie hielt ihm ihre Hand entgegen, und die Pflegerin, die im Zimmer war, verließ taktvoll den Raum. Aber Father Alfred ergriff die dargereichte Hand nicht. Er hörte auch nicht auf die mühsam geflüsterten Worte der Dankbarkeit. Er wartete, bis sie fertig war, und sah ihr dann ernst in die Augen.

Sie senkte den Blick, faltete die Hände und sagte leise: „Segnen Sie mich, Father, denn ich habe gesündigt. Ich beschuldige mich des Mordversuches ..."

Sie legte ein volles, wenn auch stockendes Geständnis ab und zeigte echte und tiefe Reue. Und der Priester erteilte ihr für ihre Sünden die Absolution ...

„Man muß ihr allerdings zugute halten", sagte Father Alfred zu seinen Freunden, die um das Feuer saßen, „daß der Mörder nie gefaßt worden wäre, wenn sie nicht das getan hätte, was sie tat. Sie war eine tapfere Frau. Aber, wie der Apostel Paulus sagte, wir sehen durch dunkle Gläser ... Zwei Jahre später heiratete sie einen von Georges Freunden, und sie bekam vier gesunde, liebe Kinder."

„Und der brave Hund?" fragte Großmutter.

„Den hat Lady McLeod mir geschenkt, aus Dankbarkeit. Wir blieben treue Freunde, bis er an Altersschwäche in meinen Armen starb. Einen besseren und verständnisvolleren Freund habe ich nie gehabt. Und manchmal muß ich denken, ob nicht George McLeod letzten Endes doch recht hatte."

IX

Am nächsten Abend sagte Father Weir, ein langer, hagerer Schotte: „Ich habe noch oft an die Geschichte von Father McBurne und dem Schottenlaird denken müssen, die wir voriges Jahr zu hören bekamen. Er war ein Despot, dieser Laird, wie ich mich erinnern kann, aber einer guten Willens. Man weiß nicht recht, was ärger ist: Ein wohlwollender Despot bildet sich ein, gescheiter zu sein als die anderen, und ein harter Despot verachtet sie. Die Wirkung ist ungefähr die gleiche.

Ich habe einmal einen harten Despoten gekannt, und er war, was wohl selbstverständlich ist, der unglücklichste Mensch, den man sich denken kann, denn es liegt nicht in der Natur des Menschen, seine Mitmenschen zu unterdrücken — es sei denn, daß er ein Teufel ist, von denen es ja leider viele gibt.

Ian MacVicar war so ein harter, grausamer Despot, aber er war immerhin ein Mensch und hatte eine Seele, und deshalb war er unglücklich und verzweifelt. Stolz und hochmütig war er obendrein. Doch gab es in seinem Leben eine kleine Liebe. Aber ich will von vorne beginnen."

FATHER THOMAS WEIR UND DAS PROBLEM DER TUGEND

„Ich war noch ein sehr junger und naiver Priester — übrigens auch sehr schüchtern —, als ich in meine erste Pfarre im schottischen Hochland geschickt wurde", sagte Father Weir. „Ich war damals etwas schwach auf der Brust, und man dachte, daß mir die Landluft in der Nähe der See guttun würde. Meine gute Mutter füllte mein Felleisen mit dicken wollenen Sachen, die sie gestrickt und gewebt hatte, und als ich abreiste, mußte ich zwei Paar ordentliche Socken anziehen und zwei Pullover, damit ich weder kalte Füße bekommen noch mich auf der Brust erkälten sollte. Ich war damals lang und dünn wie ein Aal, aber in dieser doppelten Unterkleidung wirkte ich etwas gemästeter. Auf hundert Meter gegen den Wind roch ich nach Kampferöl, an dessen Heilkraft meine Mutter felsenfest glaubte, weshalb sie mich auf der Brust damit direkt tränkte und ein paar Lagen rotes Flanelltuch darüberlegte. Ich erinnere mich genau an das Gesicht, mit dem ich alle diese Prozeduren über mich ergehen ließ. Ich lief rot an, überall stach und zwickte es mich, alles war mir zu eng und meine Augen zitterten vor Schüchternheit.

Auch der Gedanke, daß ich eine eigene Pfarre haben sollte, ließ mich erzittern, besonders die Tatsache, daß kein Vorgesetzter in der Nähe war, der mich hätte erretten können. Meine Pfarre war arm, wie übrigens damals alle katholischen Pfarren. In einer Gemeinde von etwa sechshundert anderen gab es dreißig katholische Familien. Die anderen waren schottische Presbyterianer. Sie beschäftigten sich mit Schafzucht und Handel, Raufereien, die sie zu ihrer Unterhaltung aufführten, und mit Saufen, soweit es sich diese armen Teufel leisten konnten, denn die Nächte waren dort kalt und lang, und es gab nicht einmal ein Puppentheater oder eine Pantomime zur Unterhaltung für die Leute. An Samstagen gab es natürlich prächtige Kämpfe. Alles war willkommen zur Zerstreuung, besonders die Religion. Aber der Sonntag war ein toter Tag, an dem man entweder in die Kirche ging oder schlief oder sich von den rohen Whiskysaufereien, die am Abend zuvor stattgefunden hatten, erholte.

Der Schotte, wenn er Katholik ist, steht seiner Religion nicht im Geiste der Freude und der Erfüllung gegenüber, wie das bei seinem irischen Bruder der Fall ist. Er ist genauso ernst und streng wie sein presbyterianischer Nachbar, und ich wußte genau, was mir bevorstand, denn mein Vater war so ein Highlander. Wenn der sich bei der Messe an die Brust schlägt, dann schlägt er wirklich ordentlich zu und gibt sich nicht vielleicht nur so einen kleinen Klaps, wie es der Engländer tut. Der Schotte macht es so gründlich, daß er dann gewöhnlich während der übrigen Feier husten muß. Der Chor ächzt und stöhnt, denn Singen kann man diese Geräusche nicht nennen. Im Beichtstuhl ist der Schotte die ängstliche Genauigkeit in Person und befleißigt sich der mühsamsten Haarspalterei. Meiner Meinung nach sind sehr wenige Schotten in der Hölle, weil sie den Teufel sicherlich durch die ewige Wiederholung ihrer Sünden zu Tode langweilen würden ..."

Diese Pfarre war sogar noch ärger, als es der knabenhafte Priester in seinen ärgsten Angstträumen befürchtet hatte. Sie hing fast am Rande eines hohen, steilen Berghanges, alle Häuser waren aus langweilig grauem Stein erbaut und mit Stroh oder Schiefer gedeckt, und die kleinen mit Katzenkopfpflaster belegten Straßen — es gab im ganzen fünf — liefen in kurzen Abständen wie konzentrische Kreise um die Mitte. Auf der einen Seite der Ortschaft erhoben sich braune, mit Heidekraut bewachsene Hügel, traurig und abweisend. Dort weideten die Schafe. Sogar im Sommer, als Father Weir ankam, war es sehr kalt, die Sonne kam selten hervor, und über dem Ganzen hing der Himmel wie eine schwere, dunkle Decke. Der scharfe Wind trug den Geruch der See und der Föhren mit sich, was dazu beitrug, daß man die Stimmung als düster empfand. Die vorherrschenden Farben waren schwarz, grau und braun, dagegen konnten auch die kleinen Blumengärten vor den Häusern nicht aufkommen, die in diesem Klima einen harten Kampf ums Dasein zu bestehen hatten. Das einzige Vergnügungszentrum war das Gasthaus, das etwas phantasielos „Zur Distel" hieß. Alles in allem war der Ort bedeutend eintöniger, als Father Weir je einen in Schottland gesehen hatte. Er war sehr sauber und sehr, sehr arm.

Die winzig kleine „Kirk", die natürlich dem heiligen Andrew geweiht war, ließ einen wegen ihrer Kleinheit an Kinderspielzeug denken, und innen war sie zwar gescheuert, aber schmucklos und unfreundlich. Sogar der Hochaltar wirkte düster, und das Kruzifix war so oft gereinigt worden, daß die ganze Vergoldung heruntergegangen und nur mehr das Holz übriggeblieben war. Die Statuen waren winzig, und die groben, handgewebten Altartücher hätten schon längst ein seliges Ende gefunden, wären sie nicht durch ausgiebiges Stärken mit Gewalt am Leben gehalten worden. Der Boden bestand aus Steinfliesen, die Kirchenbänke waren eng und unglaublich unbequem und die Bretter zum Knien ohne Polsterung, sogar die am Altargitter. Es existierte nur ein einziges farbiges Fenster. Das allerdings war ganz besonders schön und kostbar. „Squire MacVicar hat es machen lassen", sagte die Haushälterin, die für das leibliche Wohl des Priesters sorgen sollte. Sie war eine dicke Frau in den mittleren Jahren und zusammen mit ihrem Mann Besitzerin des Gasthauses im Orte. Einen Augenblick lang freute sich der junge Priester. Ein Pfarrkind, das reich genug war, um der Kirche so ein Geschenk zu machen, besaß nicht nur Geschmack, sondern mußte auch fromm und freigebig sein. Die Haushälterin beraubte ihn allerdings sofort seiner Hoffnungen, indem sie bemerkte, daß der Squire nicht Katholik sei.

„Warum hat er es denn dann machen lassen, Mrs. Logan?"

Die Haushälterin zuckte die Achseln und antwortete nicht. Da er selber Schotte war, wußte der Priester, daß er aus dieser Quelle keine weiteren Informationen erhalten würde. Vielleicht konnte er in einem oder zwei Jahren herausbringen, warum der Squire so freigebig und so tolerant gewesen war, aber er zweifelte daran, es in so kurzer Zeit erfahren zu können. Vielleicht in drei Jahren, wenn er sich die Bruchstücke von dem, was er von den Leuten erfuhr, zusammensetzen und zusammenreimen konnte. Das Pfarrhaus bestand aus einem einigermaßen geräumigen Zimmer, das als Empfangsraum und Arbeitszimmer dienen mußte, einem Schlafzimmer, das so klein war, daß sich darin ein mittelgroßer Schäferhund nur mit Mühe hätte umdrehen können, und einer Küche mit Wänden aus hartgebrannten Ziegeln, in der der Herd stand, auf dem gekocht wurde. Dieser Herd war die einzige Wärmequelle des Miniaturhäuschens.

Wenn er daher nicht erfrieren wollte, so mußte es der Priester gestatten, daß die Tür aus seinem Arbeitszimmer in die Küche ständig offen stand. Das war für vertrauliche Gespräche nicht gerade förderlich, und Father Tom hatte den Verdacht, daß Mrs. Logan die ganze Zeit angestrengt die Ohren spitzte. Frauen lieben ja nichts mehr, als etwas Pikantes, Saftiges zu hören, am besten eine richtige Skandalgeschichte. Was wirklich solide Informationen angeht, mögen die Schotten ja recht unzugänglich sein, geschwätzig aber sind sie.

Die Wände des Häuschens — das heißt die der beiden anderen Räume, außer der Küche — bestanden aus scheußlichem, dunklem Holz, und sie wurden auch nicht schöner dadurch, daß der junge Priester sein großes Kruzifix an der Stelle aufhängte, wo von Rechts wegen der Kamin hätte stehen müssen, und an den übrigen Wänden die ziemlich schlechten Daguerreotypien seiner Eltern und eine mißglückte, primitive Lithographie mit dem Heiligsten Herzen Jesu. Die Möblierung bestand aus einem ungepolsterten Kanapee mit hohem Rücken und zwei Lehnen (neben der Stelle, wo der Kamin hätte stehen sollen), zwei harten hohen Stühlen, die so wenig einladend waren wie ein erfrorener Schotte, und einem glatten, hölzernen Tisch. Es gab auch einen wackeligen Bücherkasten, in dem ein paar, hauptsächlich lateinische, Bücher moderten. Father Tom stellte seine eigenen Bücher neben diese Reliquien und versuchte, sich mit den gegebenen Verhältnissen abzufinden, so gut es ging.

Seine Familie war arm, auch für Edinburger Verhältnisse, aber gewisse kleine Annehmlichkeiten hatten sie sich gestattet, wie zum Beispiel Federbetten. Der junge Priester mußte feststellen, daß das Bett in seinem „Pfarrhof“ einfach aus gehobelten Brettern zusammengeschlagen war, auf die man einen dünnen Strohsack gelegt hatte, dessen Halme durch das Leintuch stachen. Die Decken fühlten sich an, als wären sie aus Haarfilz. Er setzte sich sofort hin und schrieb seiner Mutter, ihm sein eigenes Federbett zu schicken und ein paar Decken. Dann fiel ihm etwas ein. Er suchte nach Leintüchern. Keine da! Also fügte er Leintücher auf seiner Liste hinzu. Wie stand es mit den Handtüchern? Drei braune Fetzen, die wie Sackleinwand aussahen. Also noch ein Zusatz: Handtücher bitte! Er hoffte, daß sich seine Mutter nicht allzugroße Sorgen um ihr Lamm machen würde, und schrieb: „Es ist kein reicher Ort, und ich habe es gerne, wenn reichlich Bettleinen da ist und derlei kleine Annehmlichkeiten." Im stillen hoffte er, daß ihm seine Mutter etwas von ihrer Hausbäckerei schicken und daß sein Vater, der doch ein alter Highlander und so fürsorglich war, eine Flasche Whisky dazupacken würde. Er würde ihn brauchen können in den rauhen Nächten.

Seine zurückhaltenden Pfarrkinder besuchten ihn am ersten Abend nicht, aber Mrs. Logan sagte ihm, daß sie für seine Speisekammer gesorgt hätten. Sie enthielt denn auch einen kleinen Schinken, eine Hammelkeule, einen Sack bräunliches Hafermehl, drei Gläser Marmelade, einen Sack Kartoffeln, einen weiteren mit Rüben und eine Schachtel mit schon etwas dahingewelktem Sprossenkohl. Auch ein wohlgefüllter Sack mit den ewigen Haferflocken war vorhanden, ein Kistchen sehr trockener und steifer geräucherter Heringe, ein Dutzend Eier, eine frischgeschlachtete, gerupfte Henne, eine Dose mit billigem Tee und ein großes Stück Butter. Seine Pfarrkinder, so informierte Mrs. Logan ihn stolz, würden ihn mit Lebensmitteln versorgen — sie habe allerdings der Gebefreudigkeit ihrer Mitbürger erst auf die Beine helfen müssen —, und Hunger leiden werde er nicht. Voll Dankbarkeit sagte ihr der Priester, wie sehr er sich darüber freue. Aber dann bemerkte er zwei handfeste, hübsche Flaschen mit ausgezeichnetem Highland Whisky. „Ach das", sagte Mrs. Logan mit noch größerem Stolz. „Das ist ein Geschenk von Squire MacVicar, der solches Zeug selber nicht anrührt, weil er nämlich Abstinenzler ist. Er hat es im Gasthaus gekauft und allerhand dafür ausgegeben."

Der Squire MacVicar zeigte sich von immer aufregenderen und angenehmeren Seiten. Er müsse ihn, sagte der junge Priester, so bald wie möglich besuchen. Aber Mrs. Logan schüttelte den Kopf. „Das würde ich nicht tun", sagte sie. „Er mag Priester nicht, und Katholiken auch nicht." Ja warum denn nicht? Mrs. Logan zuckte wieder nachsichtig die Achseln. Dieser Squire wurde direkt geheimnisvoll. Und wie alle Schotten liebte der Priester Geheimnisse.

„Er ist ein harter Mann, aber ein Heiliger", sagte Mrs. Logan erstaunlich mitteilsam. Ein schottischer Presbyterianer als Heiliger! Das war bestimmt eine originelle Vorstellung, und der Priester dachte eine Weile darüber nach, während er sein einfaches, aber ausgiebiges Mahl einnahm, das aus Haferbrötchen, Tee, einer Schnitte Schinken, Marmelade und einem Stück Kümmelkuchen bestand, welch letzteren Mrs. Logan zum leiblichen Wohle der Priesterschaft gespendet hatte.

Zehn Leute, alle sehr alte Männer und Frauen, die zu betagt waren, um besonders neugierig zu sein, kamen an diesem Abend zur Vesper. Sie nahmen ihren neuen Pfarrer wahrscheinlich zur Kenntnis, aber anmerken konnte man es ihnen nicht. Nachher ging er in sein Häuschen zurück. Die ganze Nacht fiel schwerer, kalter Regen. Und der Regen kam längs der Dachrinnen und durch die Spalten der uralten Fenster herein. Auf den Fliesen standen ganze Pfützen.

„Da ist nicht viel zu machen", sagte Mrs. Logan resigniert. „Das Häuschen ist sehr alt, Father."

„Warum haben es die Männer denn nicht repariert?" fragte Father Tom und vergaß in seinem Ärger seine Schüchternheit und die bescheidene Geringschätzung seiner eigenen Person.

„Haben sie ja, haben sie ja. Aber es ist eben eine alte Hütte. Es rinnt ja auch nichts herein durch das Dach. Nur wenn Westwind geht."

Father Tom stellte sich vor, wie er im Winter in dieser „Hütte" sitzen würde, wenn es überhaupt nichts anderes gab als den tobenden kalten Westwind. Denn daran zweifelte er nicht, daß die Winterstürme in diesen Breiten ausdauernd aus dem Westen bliesen, mit einer kleinen Zugabe von Polareis. Mrs. Logan, die selbst ein sehr hübsches, gemütliches Haus besaß, teilte ihm noch mit, daß die Leute „alle Hände voll" zu tun hätten mit den Schafen und den Lämmern. Father Tom, der sich ausnahmsweise einmal als Herr der Lage fühlte und zwar wegen dieser schönen, noch nie gekannten Indignation, die über ihn gekommen war, sagte: „Das ist doch Unsinn, was Sie da sagen, Mrs. Logan. Diese Lämmer sind doch schon längst zu Pökelfleisch verarbeitet." Bevor er gekommen war, hätten die Männer reichlich Zeit gehabt, das Dach zu richten, und er wußte auch ganz genau, was sie abgehalten hatte: die Kosten nämlich. Aber er, Father Weir, hatte es auf der Brust, und er hatte nicht die geringste Absicht, ihretwegen und wegen ein oder zwei Pfund zu sterben. Die Wärme der Energiewelle, die er auf seinen Wangen fühlen konnte und die seinen ganzen Körper durchlief, ließ nicht nach, und man hätte fast sagen können, daß er zu dem kleinen Geräteschuppen „schritt", um eine Leiter zu suchen. Er fand auch eine, lehnte sie an das Dach des Häuschens, kletterte hinauf und inspizierte das steile Dach. Aha. Genauso hatte er sich das vorgestellt! Es fehlten eine ganze Menge von den dicken Schieferplatten, ungefähr fünfzehn, und zwar gerade an den strategisch wichtigen Punkten. Er sah sich auch die anderen an. Sie waren in Ordnung. Sein Vater baute Häuser vom Grund auf, und er hatte seinem Sohn beigebracht, wie man ein Schieferdach deckt. Maurerarbeit hatte Father Tom übrigens auch gelernt.

Voll Eifer kletterte er wieder herunter. Es war ein herrlicher, kühler, klarer Morgen. Eine Spur Herbststimmung lag in der Luft, und es wehte ein recht kräftiger, kalter Wind. Bei der Messe waren es diesmal zwanzig gewesen. Zwar waren die meisten der Kirchenbesucher alte Leute, aber er hatte schon Messen gelesen, bei denen er mit dem Ministranten und dem Mesner ganz allein gewesen war. Er marschierte erhobenen Hauptes in die Küche, verlangte einen Schubkarren und fragte, wo der Baumaterialienhändler seinen Lagerplatz habe. Mrs. Logan, die noch am vergangenen Abend im Gasthaus verkündet hatte: „Ach, der ist ja jung! Keine Angst! Ich werde die Sache schon schaukeln...“ war ganz bestürzt über Father Toms Tatendrang, der allerdings in Wirklichkeit kaum tiefer ging als die Glasur auf einer Torte.

Es stellte sich heraus, daß der Gentleman, der mit Schiefer, Ziegeln, Steinen, Sand und Kalk handelte, sein Geschäft weiter unten in der Bannoch Road betrieb, in der auch die Kirche und das Pfarrhaus standen. „Links um die Biegung, Father“, sagte Mrs. Logan, die erschrocken darüber war, daß der Pfarrer mit einem Schubkarren durch die Gegend fahren wollte. Aber er zog unbekümmert los, und der Schubkarren rumpelte wunderbar auf dem Kopfsteinpflaster. Auf der Straße waren nur wenige Menschen zu sehen, denn die Männer waren bei der Arbeit und die Frauen in den Häusern. Die Kinder halfen ihnen oder spielten in den kleinen Vorgärten. Aber Father Tom hatte das merkwürdige Gefühl, als finge jede der gestärkten Spitzengardinen vor den Fenstern zu zittern an, wenn er an einem Haus vorüberkam, und dieses Gefühl trog ihn auch nicht. Die Presbyterianer waren erstaunt und schüttelten die Köpfe. Die Katholiken waren verlegen und neugierig. Die graue, schmucklose, kleine Gasse war von kaltem Sonnenlicht erfüllt, und um die Ecken der Häuser wirbelte ein ekelhafter Wind. Father Tom dankte seiner Mutter im Geiste für die beiden Pullover, die er unter seinem Habit trug, und auch für das mit Kampferöl getränkte Flanelltuch auf seiner Brust. Ihm fiel mit einemmal auf, daß er trotz des Regens in der vergangenen Nacht und der Kälte an diesem Morgen seit seiner Ankunft noch nicht ein einziges Mal gehustet hatte. Er war in seinen Gedanken so stark mit diesem Anzeichen einer Besserung beschäftigt, daß er mit seinem Schubkarren, ohne es zu wollen, in einen Radfahrer hineinfuhr. Der Mann stürzte und stieß einen erschrockenen Schrei aus.

Father Tom blieb sofort stehen. Er hatte auf seine weißen Hände gesehen, statt auf die Straße, während er den Schubkarren schob, und sich über die neue Kraft gefreut, die er in ihnen fühlte. Jetzt lag neben ihm auf der Kante des Gehsteiges ein Fahrrad, und ein außergewöhnlich kleiner Mann in einem dunklen Anzug, der von dem Rad gestürzt war, saß daneben. Der Hut war ihm heruntergefallen, und jetzt saß er da, bürstete ihn mit dem Rockärmel ab und betrachtete ihn, bestürzt über seinen traurigen Zustand.

„Um Gottes willen — das tut mir fü ... fürchterlich leid!“ rief Father Tom, der häufig stotterte, besonders wenn er es mit Fremden zu tun hatte. „Ich habe Sie nicht gesehen ...“ Er beeilte sich, dem kleinen Mann auf die Beine zu helfen, der ihm mit dem freundlichsten Lächeln dankte, das ihm je in seinem Leben zuteil geworden war. Der Fremde mußte ungefähr gleichaltrig mit ihm selbst sein, etwa zweiundzwanzig, vielleicht sogar jünger, aber er war viel kleiner und auch viel zarter. Er hatte schönes, rötliches Haar, große, schüchterne, blaue Augen, einen sanften Mund und eine große Nase, wie sie alle echten Highlander haben.

„War doch gar nicht Ihre Schuld, Sir“, sagte er freundlich, als ihn Father Tom aufgeregt mit seinem Taschentuch abstaubte. „Ich vermute, daß Sie der neue Pfarrer sind?“

„Ja — ja, das schon“, sagte Father Tom und wurde rot. Auch der andere errötete. „Sind Sie vielleicht einer aus meiner Pfarrgemeinde?“ fragte Father Tom.

Der andere lief noch tiefer rot an, und genauso, wie es Father Tom getan hatte, stammelte er: „Nein, nein — das heißt — es ist — ich bin der Geistliche!“

Sie starrten sich gegenseitig verlegen und mit hochroten Gesichtern an. Dann aber lachten sie, zwar zögernd zuerst, doch dann erleichtert, einen Bruder zu erkennen. Zaghaft schüttelten sie sich die Hände. „Bruce Gregor“, sagte der Geistliche. „Nicht MacGregor!“ Er machte eine Pause, und sein jugendlicher Gesichtsausdruck wurde plötzlich sehr fest. „Nicht der Clan der MacGregor!“

Seine Heftigkeit setzte Father Tom in Erstaunen. „Ach so“, murmelte er, „also — also nicht der Clan der MacGregor.“

„Nein!“ sagte der kleine Geistliche, verschränkte die Arme und sah trotzig zu dem größeren Priester hinauf.

„Ja, ich verstehe", sagte Father Tom unsicher.

Der Geistliche breitete zuerst die Arme aus, sein Gesicht wurde puterrot, sein Mund zitterte, und dann hielt er dem jungen Priester seinen Zeigefinger vors Gesicht. „Ich möchte kein MacGregor sein, nicht einmal um das Heil meiner Seele!" sagte er, und diesmal stammelte er nicht. Seine blauen Augen blitzten vor Erregung, dann schienen sie feucht zu werden, und dann war er mit einem Male wieder ganz ruhig.

„Der Clan der MacGregor — der — der — das ist doch ein katholischer Clan", sagte Father Tom und trat einen Schritt zurück, weil er glaubte, beleidigt worden zu sein.

Der Geistliche erschrak und seine Augen wurden noch feuchter. Mühsam stammelte er hervor: „Das ist — das ist es nicht, Laddie! Nein, nicht deswegen. Es ist mein Schwiegervater. Ein MacGregor."

Father Tom war so erstaunt, daß ihm der Mund offenstand. Er hatte geglaubt, daß der Geistliche frisch vom Seminar gekommen sei und vielleicht sogar unter zwanzig wäre. Aber trotzdem war er verheiratet!?

„Ihr Schwiegervater — ist der Katholik, Mr. Gregor?"

„Das ist es nicht. Ich fürchte, er hat überhaupt keinen Gott. Er geht überhaupt nicht mehr in die Kirche, seit ich meine Betsy geheiratet habe." Er hielt in bemitleidenswerter Verzweiflung inne.

„Um Gottes willen!" sagte Father Tom voll Anteilnahme.

Der Geistliche versuchte zu lächeln. Er schneuzte sich in ein makellos weißes Taschentuch, das genauso geflickt war wie die des jungen Priesters.

„Es würde mir ja nichts ausmachen, aber er ist ja immerhin der Vater von meiner Betsy", sagte der Geistliche. „Es macht ihr das Herz schwer, und sie ist doch erst siebzehn." Er lief wieder rot an und sah weg. „Und jetzt kommt sogar ein Kleines."

„Du meine Güte", sagte Father Tom.

„Aber ich will Sie nicht aufhalten", sagte der kleine Geistliche und schämte sich, weil er so in Leidenschaft geraten war. Er blickte auf den Schubkarren.

„Schiefer", sagte Father Tom. „Das Wasser rinnt herein!"

Mr. Gregor schüttelte traurig den Kopf. „Genau wie bei uns", sagte er. „Überall haben wir Töpfe und Schüsseln aufgestellt im Schlafzimmer." Er dachte wohl, daß er etwas für die Ohren seines ehelosen Bruders Unziemliches gesagt habe, und errötete auch prompt wieder.

„Ist denn niemand da, der Ihnen das Dach richtet?" fragte Father Tom, der die vage Vorstellung hatte, daß es allen Geistlichen der anderen Konfessionen materiell gut gehe.

„Leider nein", sagte der Geistliche. „Ja, so schlimm steht es jetzt, seit Betsy und ich geheiratet haben. Es gibt keine andere Kirche hier, und obwohl sie ja kommen, auf dem Sammelteller ist jetzt nichts mehr. Das ist alles seine Schuld. Er kommandiert ja hier auf dem Damm — ich meine in der Gegend. Und daß ich mich wegversetzen lassen könnte, ist jetzt noch ausgeschlossen. Es ist ja meine erste Gemeinde. Ja, ja, der gute Squire MacVicar!"

„Ach so", sagte Father Tom. „Ist das der, der das Fenster in meiner Kirche hat machen lassen? Und der mir auch den guten Whisky geschickt hat?"

Der kleine Pfarrer nickte. „Ja, das macht er alles, um mich zu verhöhnen und damit ich mich ärgern soll." Bruce lächelte kläglich. „Wenn Sie den braven alten Knaben etwa bitten würden, das Dach auf Ihrem Haus in Ordnung zu bringen, dann würde er seine Männer schicken, und bevor noch die Sonne aufginge morgen früh, würde das Geklopfe angehen. Das würde er nicht tun, weil er Sie so liebt, sondern aus Bosheit."

Father Tom war erstaunt und dachte einen Augenblick lang nach. Dann sah er auf seinen Schubkarren. „Fünfzehn Schiefer", sagte er. „Wie viele würden denn Sie brauchen, Mr. Gregor?"

„Ungefähr ebenso viele. Und woher wollen Sie die Leute bekommen, die die Arbeit machen sollen?"

„Werd' ich selbst machen."

„Sie?" Der kleine Pastor riß die Augen auf vor Erstaunen. Tom konnte nicht umhin, stolz sein Haupt zu erheben.

„Es ist nicht so schwer. Mein Vater hat es mir als Junge beigebracht."

Ein Anflug von Neid huschte über das knabenhafte Gesicht Mr. Gregors. „Sie haben ja allerlei unerwartete Talente, wie es scheint. Also dann — einen schönen guten Morgen, Sir. Hätten Sie übrigens nicht Lust, am Sonntag zu Betsy und mir zum Tee zu kommen?"

„Ich habe einen großen Schinken", sagte Father Tom. „Ich will gerne kommen, wenn ich etwas davon mitbringen darf. Er verdirbt mir sonst, wenn nur einer davon ißt."

Der kleine Pastor sah sofort hungrig aus. Er stieg auf sein Rad. „Meine Betsy macht herrliche Stachelbeertörtchen", prahlte er. „Wir werden Sie erwarten." Er schwieg einen Augenblick. „Übrigens dieser Alte, ‚auld Bob', der wird Sie übers Ohr hauen, wenn Sie nicht aufpassen. Handeln Sie ihm nur ordentlich was herunter."

An allen Gardinen in der Straße wurde gezupft. Das kalte Sonnenlicht blitzte auf den blankgeputzten Fensterscheiben, und aus den steinernen Rauchfängen erhoben sich kleine Rauchfahnen in den vom Nordwind blitzblau gefegten Himmel. In dieser lichtdurchfluteten Stille widerhallte das Echo des Schubkarrens. Endlich kam Father Tom zu ‚auld Bobs' Geschäft an der Biegung der Bannoch Road, wo auch das Dorf zu Ende war. Auf dem Lagerplatz standen Stapel von Schieferplatten, Ziegeln, Brettern und Balken, und es roch nach Sägespänen und Pferdemist. Tatsächlich grasten in der Nähe auch zwei angepflockte Pferde, und ‚auld Bob' saß, auf Kunden lauernd, in einem Schaukelstuhl und rauchte seine Pfeife. Er war fett, breit und groß, hatte weiße Haare und einen großen weißen Schnurrbart. Er trug eine dicke Tweedjacke und eine Kappe aus dem gleichen Material. Er hatte sehr kleine und äußerst scharfe Augen, die er vor Staunen aufriß, als er des Priesters mit seinem Schubkarren ansichtig wurde. Mürrisch stand er auf und zog zögernd seine Kappe.

„Wohl der neue Römische?“ sagte er ohne jede andere Begrüßung.

Father Tom zuckte vor Derbheiten stets zurück und pflegte bei groben Bemerkungen immer rot zu werden. Das war auch jetzt der Fall. „Bin ich“, sagte er. Aber plötzlich, ohne daß er gewußt hätte warum, straffte sich seine Haltung. „Ich komme um Schiefer. Dreißig Stück.“

„Schiefer?“ sagte ‚auld Bob‘, als hätte er das Wort nie gehört.

„Ja, Schiefer“, erwiderte Father Tom. „Sehen Sie? Das da drüben.“

Das breite, vom Wetter gebräunte Gesicht des älteren Mannes verfinsterte sich, aber Father Tom sah ihm fest in die Augen. „Schiefer“, wiederholte ‚auld Bob‘ schnell und stapfte zu einem Haufen, wo er erwartungsvoll stehenblieb. Er paffte so heftig an seiner Pfeife, daß sich vor seinem Gesicht eine dichte blaue Rauchwolke bildete.

Father Tom stellte seinen Schubkarren hin und untersuchte die Schieferplatten kritisch. Er schüttelte den Kopf. „Die sind nicht einmal gut für ein Puppenhaus“, sagte er und fuhr mit der Hand eine Kante entlang. „Die zerkrümeln ja beim ersten Schnee. Haben Sie keine besseren?“

„Wollen Sie etwa meine Schiefer beleidigen?“ brauste ‚auld Bob‘ auf.

„Allerdings“, sagte Father Tom und war ganz außer sich vor Staunen über sein neues Selbstbewußtsein. „Wenn Sie keine besseren haben, muß ich anderswo hingehen.“

‚Auld Bob‘ knurrte etwas; wahrscheinlich irgendeine unerhörte gottlose Lästerung, vermutete Father Tom. Er stapfte zu einem anderen Stapel hin. „Möchten Euer Lordschaft sich vielleicht herablassen, die hier anzusehen?“ fragte er.

„Seine Lordschaft“ brauchte einige Zeit, um die besseren Schiefer zu begutachten. Sie waren recht anständig. Aber Father Tom war ein Schotte, und deshalb machte er sich zum Kampf bereit. „So gut wie in Edinburg sind sie nicht."

„Und woher wissen Euer Lordschaft das, wenn man fragen darf?"

„Seine Lordschaft kennt sich mit Schiefer aus."

„Na ja", sagte ‚auld Bob'. „Das bezweifle ich sehr."

„Dreißig Platten", sagte Father Tom. „Das ist also im ganzen sechs Shilling.

„Ja, sind Sie denn verrückt?" schrie ‚auld Bob'. „Ich ..."

„Schon gut, das haben Sie beim Einkauf gezahlt, nicht wahr?" sagte Father Tom mit leichter Trauer in der Stimme. „In Wirklichkeit sind sie aus Ihrem eigenen Steinbruch, da zweifle ich gar nicht dran."

‚Auld Bob' stemmte seine Arme auf seine fetten Hüften und sagte drohend: „Wenn Sie nicht ein Priester wären, würde ich Ihnen den Schädel einschlagen, Laddie!"

Sie sahen einander feindselig an. Nach einer Weile sagte ‚auld Bob': „Zehn Shilling!"

„Sechs, und machen Sie rasch, sonst werden es fünf."

„Neun", schrie der andere und wurde purpurrot.

„Fünf", sagte Father Tom.

Schließlich einigten sie sich auf sieben, und mit Groll im Herzen lud ‚auld Bob' die Platten auf den Schubkarren. Er versuchte an einem der Handgriffe und freute sich über das Gewicht. Es würde für den „Römischen" eine Hundearbeit sein, den Schubkarren über das holperige Pflaster nach Hause zu schieben! Sollte er sich das Genick brechen! Father Tom entnahm seinen mageren Vorräten die sieben Shilling.

„Sie sind ja ärger als ein Jude", sagte ‚auld Bob' giftig.

„Möge Gott jedem armen Juden gnädig sein, der mit einem Schotten handelt", sagte Father Tom ernst. „Haben Sie vielleicht Juden hier im Ort?"

„Nein, keinen einzigen. Hab' überhaupt noch nie einen gesehen."

Father Tom nickte. „Es sind immer wieder die Dummköpfe,

die den anderen Dummköpfen nachplappern müssen. Einen schönen guten Morgen, und halten Sie das nächste Mal ihre Zunge im Zaum!"

Er war so erstaunt über sein neues Ich, das er erst heute entdeckt hatte, daß er die Verwünschungen nicht hörte, die ihm ‚auld Bob' nachschickte. Über dieses neue Ich dachte er auf dem ganzen mühsamen Weg nach Hause nach. Hatte Gott ihm eine neue Gnade gewährt? Er war noch zu jung, um zu verstehen, daß ihn das Zusammentreffen mit Bruce Gregor so gestärkt hatte, mit Bruce, der noch jünger, noch verwundbarer, noch schüchterner und zaghafter war als er selbst und der mehr Schutz und Sympathie nötig hatte. Er war schweißüberströmt, als er bei seinem Häuschen ankam und den Schubkarren hinstellte. Er wischte sich das Gesicht ab, fächelte sich mit seinem etwas ältlichen Hut zu und blickte zum Dach hinauf. Mehr als zwei Stunden brauchte er nicht. Daß er es auf der Brust hatte, war ihm völlig entfallen. Er ging ins Haus, um zu essen. Es gab eine herrliche Schnitte Schinken — frisch gebraten —, Kartoffelmus, Rübenmus, Haferbrötchen, Butter und Tee. Er langte mit ganz neuer, ungewohnter Lust zu, und Mrs. Logan spendete ihm ein mütterlich billigendes Lächeln. Dann seufzte sie.

„Und wer wird jetzt die Platten festmachen, Father?"

Father Tom nahm einen großen Schluck Tee. „Ich", sagte er.

„Sie!?"

„Ja, natürlich."

Mrs. Logan war empört. „Sie machen doch wohl einen Scherz, Father!"

„Nein, gar nicht", sagte er. „Ich werde das tadellos machen. Das habe ich bei meinem Vater gelernt."

Mrs. Logan hob beschwörend die Hände. „Aber Father! Der Skandal!"

„Ehrliche Arbeit ist kein Skandal, Mrs. Logan!" sagte Father Tom. Er holte tief Atem. „Und verdammt will ich sein, wenn ich noch weiter in einem Haus leben will, in das es überall hineinrinnt." Er staunte neuerlich über sich selbst und seine vulgäre Redeweise. Er erhob sich in seiner ganzen Länge, die wirklich beachtlich war.

„Unser Heiland hat auch nicht die Großen in seiner Stadt gebeten, Seine Arbeit zu tun", sagte er. „Und übrigens war er selbst ein Zimmermann."

Er war angenehm müde und zog sich auf ein kleines Schläfchen in seine winzige Zelle zurück, wo er besser und tiefer schlief, als er sich erinnern konnte, je geschlafen zu haben. Als er aufwachte, warteten vier alte Gentlemen, die ihn besuchen wollten, um mit ihm kirchliche Angelegenheiten zu besprechen und ihn im allgemeinen über seine Pfarre zu informieren. Sie waren höchst erfreut und ein bißchen verlegen, als er ihnen von dem Whisky anbot, den ihm Squire MacVicar geschickt hatte. Selbst goß er sich auch einen ein. Seit seiner frühesten Knabenzeit hatte er nicht solche Lebenskraft in sich gefühlt.

„Dieser Squire MacVicar", sagte einer der alten Gentlemen und schüttelte stolz und anerkennend den Kopf. „Das ist doch wirklich ein feiner Mensch. Direkt ein Heiliger."

Jetzt konnte Father Tom endlich seine Neugierde befriedigen. Squire MacVicar hatte die schönsten Schafe weit und breit, viele Herden, und er beschäftigte viele Hirten. Er war auch der Eigentümer der Hälfte des Bodens, auf dem der Ort stand. Bis auf eine Entfernung von drei Meilen gehörten ihm die saftigsten Wiesengründe, und er hatte Einkünfte aus den Gasthäusern von sechs Dörfern. Er war auch „investiert", wie sie sagten, was sich Father Tom richtig dahingehend auslegte, daß er in Edinburg, woher er stammte, Häuser, Grundstücke, Konten und Anlagewerte besaß. Als junger Mann war er hergekommen, weil auch er mit der Lunge zu tun hatte. Jetzt war er praktisch der Herr der Gegend, und er sah auch wie ein Herr aus.

Er hatte eine schöne Schule gegründet und erbaut und bis vor kurzem — die alten Gentlemen hüstelten — war er auch fast allein die materielle Stütze seiner Kirche gewesen. Er hatte einen Fonds zur Unterstützung der alten Leute geschaffen und einen zweiten für die Kranken und zeitweilig Arbeitsunfähigen, er lieferte für alle die Gänse zu Weihnachten und die Schinken und Lämmer zu Ostern, und dabei machte er keinen Unterschied zwischen Presbyterianern und Katholiken; obwohl man zugeben mußte, wie einer der alten Männer sagte, daß er für die „Römischen" keine besondere Zuneigung hegte. Das Gegenteil war sogar der Fall. Aber er war ein gerechter Mann, gnädig, väterlich vorsorgend und wohltätig, obwohl er in Wut geraten konnte, wenn er gereizt wurde. „Wenn es je einen Menschen gegeben hat, der ohne Sünde war", sagte einer der alten Gentlemen, „dann ist es der Squire MacVicar." Der Squire trank nicht, noch rauchte er. Er lebte ganz bescheiden in einem Haus „unten an der Straße", das sich von den Nachbarhäusern durch nichts unterschied, außer durch den großen Garten, die Möbel und die Vorhänge an den Fenstern. Er lebte mäßig, fast asketisch. Er zahlte ungewöhnlich hohe Löhne und erwartete dafür gute Arbeit, die er auch erhielt. Hinter den Sündern, den Faulpelzen, den unmäßigen Trinkern und Rauchern war er energisch her und brachte sie auf den Trab. Er verlangte, daß andere auch ein so makelloses Leben führen sollten, wie er es tat, die Katholiken allerdings ausgenommen, über die er schon lange das Urteil gefällt hatte, daß sie Bewohner der finstersten Hölle seien. Aber trotzdem tat er für sie genau dasselbe, was er für seine eigenen Glaubensgenossen tat. Er war gerecht, streng und ernst, darin stimmten alle überein.

„Und seine Frau?" fragte Father Tom mit unschuldigem Gesicht.

Sie schüttelten die Köpfe. Die Arme war vor zehn Jahren gestorben. Jetzt war eine Haushälterin dort und ein Gärtner für den Garten und sonstige Arbeiten.

„Kinder hat er keine?" fragte Father Tom noch unschuldiger als vorher.

Es war nur ein Kind da. Die alten Gentlemen bewegten sich

nicht auf ihren Stühlen, aber es schien, als rückten sie zur Verteidigung ihres Squire näher zusammen. Betsy, eine reizende Lassie, aber sie hatte leider nicht gut geheiratet.

„Das ist aber traurig", sagte Father Tom teilnehmend und füllte verstohlen die Gläser nach. Die alten Gentlemen tauschten beredte Blicke und nippten an dem Whisky. Sie schwiegen eine Weile. Endlich sagte der gesprächigste, während sein altes Gesicht von dem Whisky rot anlief: „Die Tochter des Squire MacVicar hat einen ganz kleinen Pastor geheiratet, einen von der presbyterianischen Kirche. Sie sind miteinander nach Gretna Green durchgegangen, nachdem der Squire es abgelehnt hatte, seine Zustimmung zu geben."

„Was hat er denn gegen den Pastor gehabt?" fragte Father Tom.

Sie sahen sich gegenseitig verlegen an. Ja, es war wohl so, daß der Squire den Pastor gleich von Anfang an nicht leiden konnte, als er vor zwei Jahren hergekommen war. Einen „schlappen Jungen" hatte der Squire ihn genannt, und „schlappe Jungen" mochte der Squire nicht. Außerdem war der Pastor „so arm", und er war auch nicht imstande, mit denen, die dauernd Händel hatten, ein Machtwort zu reden. (Freilich, wenn ein Schotte streitsüchtig ist, dann wird nicht einmal der Teufel selbst etwas mit ihm anfangen.) Der kleine Pastor stammte auch nicht aus einer angesehenen Familie, wie das bei dem Squire der Fall war, der ein großes Vermögen geerbt hatte. Sein Vater hatte einen kleinen Schuhladen in Glasgow, und außerdem war er ein Grenzländer, so daß natürlich der sehr berechtigte Verdacht bestand, daß Blut von den Sassenach in der Familie war. Der kleine Pastor behauptete zwar steif und fest, daß er ein reinrassiger Highlander sei und daß sein Vater nur durch Zufall und wegen unglücklicher Umstände nach Glasgow gekommen sei, aber der Squire glaubte ihm nicht und die Leute im Dorf auch nicht. Daß die anderen das, was der Squire ablehnte, auch ablehnten, war ja klar.

Schon vor der Heirat hatte der Squire versucht, die Versetzung Mr. Gregors zu erreichen. Aber die kirchlichen Behörden in Edinburg waren genauso unerbittlich hart wie er selbst und genau so dickköpfig. Das Dorf war nicht groß, und Mr. Gregor war ein junger Mann von untadeligem Charakter, sagten sie streng. Es war seine erste Pfarre, und man meinte kirchlicherseits völlig ungerührt, daß der Pfarrer, wenn er sich in diesem Dorf durchsetzte, wohl seine Eignung erwiesen habe. Kurz und gut, sie hatten keine allzu hohe Meinung von dem Squire und dem Dorf. (Father Tom empfand plötzlich Sympathie für diese „kirchlichen Behörden", wer auch immer sie sein mochten.)

Unter diesen Umständen, so sagte der alte Gentleman, konnte man es dem Squire also nicht zum Vorwurf machen, daß er der presbyterianischen Kirche seine Unterstützung entzog, und auch die Gemeinde gab so wenig wie möglich für die Kirche und den Lebensunterhalt des kleinen Pastors und seiner Betsy. Wie sie sich gebettet hatte, so sollte sie nur liegen. Die anderen nickten feierlich.

Father Tom war sehr jung und sehr sanftmütig. Der Zorn, der jetzt gegen den Squire MacVicar in ihm aufstieg, war wohl der erste, den er je in seinem Leben gefühlt hatte. Hätte er Mr. Gregor nicht an diesem Vormittag kennengelernt, dann wäre er mit ihm vielleicht ebenso streng ins Gericht gegangen wie diese alten Leute und hätte von Ungehorsam gegen die Eltern geredet und ähnlichem. Aber er hatte Mr. Gregor ja getroffen, und seither fühlte er eine Art von brüderlicher Zuneigung zu ihm und den unbestimmten Wunsch, ihm irgendwie zu helfen.

Der Squire hatte vorgehabt, dem Pastor ein neues Haus zu bauen, aber nachdem er Mr. Gregor kennengelernt hatte, zog er sein Angebot sofort zurück. Er wollte sein Geld nicht für ein Haus für einen solchen jungen Kerl ohne ausgeprägten Charakter, ohne Familie und Vermögen ausgeben. Von der Seite seiner Mutter her gehörte der Squire dem Clan der MacGregor an. Father Tom hörte mit gespannter Aufmerksamkeit zu. Sein eigener Vater war ein echter Highlander gewesen und auch irgendwie mit dem Clan verwandt. Tom konnte fühlen, wie ihm die Wangen vor Erregung zu brennen begannen.

„Die Mutter des Squire war also katholisch?" sagte er.

Die alten Gentlemen zögerten mit der Antwort. Sie hätten seine Eltern nicht gekannt. Er war nicht mehr sehr jung gewesen, als er herkam. Mindestens dreißig. Nachdem er sich in dem Dorf eingerichtet hatte, was fünf Jahre dauerte, war er um eine Frau nach Edinburg gegangen und hatte seine Lady mitgebracht. „Eine hübsche Lassie, genauso wie Betsy", sagte einer von ihnen. „Und kaum halb so alt wie er. Als sie starb, wäre dem Alter nach eigentlich er dran gewesen." Der Squire, der in sein einziges Kind schon ganz vernarrt war, als seine Frau noch lebte, war nach ihrem Tode völlig blind verliebt in Betsy. Sie war in eine sehr feine Schule in Edinburg gegangen und hatte bei der Schwägerin des Squire, ihrer Tante, gewohnt, die Witwe war und übrigens selbst ein großes eigenes Vermögen hatte. Der Squire hatte die Lassie nach Hause genommen, als sie mit der Schule fertig war, und hatte vorgehabt, zwei Monate später mit ihr auf Reisen zu gehen. Da hatte sie sich in den kleinen Pastor verliebt, und sie hatten in großer Hast geheiratet. Der Squire, sagte der alte Gentleman, war eine Zeitlang wie verrückt gewesen. Dann aber hatte er begonnen, sich an seiner Tochter und ihrem Mann zu rächen.

„So ein guter Mann", sagte Tom ironisch.

Aber die alten Männer nahmen seine Worte ernst, nickten im Chor und sagten wie aus einem Munde „Ja." Wäre er ein Katholik gewesen, dann hätte man ihn ohne Zweifel einen Heiligen genannt und wahrscheinlich später einmal kanonisiert. Schade, daß er nicht katholisch war.

„Ich bin der Meinung", sagte Father Tom, seine schottische Vorsicht außer acht lassend, „daß die Kirche weiterleben wird, auch wenn er nicht zur Kommunion kommt."

Dieser Ausspruch erschreckte und verwirrte drei der alten Gentlemen, aber der vierte sah den jungen Priester aufmerksam an. Also doch nicht so weich, wie es zuerst ausgesehen hatte. Aber was beabsichtigte er mit dieser verschlagenen Bemerkung? Da steckte doch irgend etwas dahinter, das konnte man ihm ansehen. Der alte Gentleman begann zu lächeln. Er hatte junge Leute mit Mut und Charakter gern, und er hatte anfangs gedacht, daß dem jungen Priester diese empfehlenswerten Tugenden abgingen.

Ob der Squire den Pfarrer vor Mr. Gregor geschätzt hätte, erkundigte sich der Priester. Wieder tauschten die alten Gentlemen beunruhigte Blicke. Eigentlich nicht. Weder diesen noch den vor ihm. Auch den, der vor langer Zeit dagewesen war, nicht. Er hatte ihnen in kurzer Zeit die Courage abgekauft, aber es war ihr eigener Fehler gewesen, nicht etwa seiner. Es waren eben weiche Burschen gewesen, kraftlos und ohne Rückgrat. Father Tom nickte grimmig zu seinen eigenen Gedanken. Er begann eine ziemlich genaue Vorstellung von dem Squire zu bekommen.

Nonnen gab es nicht in dem Ort. Die katholischen Kinder gingen in die gute, allgemeine Schule des Squire, und keines der protestantischen Kinder durfte sie hänseln. Selbstverständlich wurde von dem Priester erwartet, daß er ihnen den Katechismus beibrachte. Mit der Zeit, wenn die katholische Gemeinde größer geworden wäre, würden Schulschwestern kommen. Father Tom hoffte, und das war ein bißchen unfreundlich von ihm, daß das nicht allzu schnell der Fall sein würde. Schwestern bemächtigten sich unweigerlich immer der Pfarre und führten ein strenges Regiment über den Pfarrer.

Einer der alten Gentlemen bemerkte, daß der Squire dem „auld Father“ tatsächlich versprochen habe, ein Nonnenkloster zu bauen, aber aus irgendeinem Grunde habe der „auld Father“ höflich abgelehnt. Father Toms Interesse wurde sofort wach, doch hatten die alten Gentlemen keine Erklärung für diese merkwürdige Geschichte.

Father Tom versuchte auch herauszubringen, was der Pfarrer des nächsten Dorfes, das genug katholische Familien hatte, um die Existenz einer Pfarre sicherzustellen, über Squire MacVicar dachte. „Ein Heiliger!“ sagte der alte Herr schon auf der Hausschwelle. Father Tom beschloß, seinen Bruder in Christo einige Zeit nicht mehr zu besuchen. Sein hartnäckiger Gerechtigkeitssinn ließ ihn für den jungen Mr. Gregor und seine noch jüngere Frau, die ein Kind erwartete, Partei nehmen, und ein noch vager Gedanke begann in seinem Kopf wie eine Biene herumzusummen.

Es gab nur vierzig katholische Kinder im Alter von einem Monat bis zu zwölf Jahren. In der Religionsstunde hatte er nur sechzehn. Die Angehörigen der katholischen Familien standen hauptsächlich in den mittleren Jahren oder waren älter. Die jüngeren Leute hatten nicht mehr Kinder als ihre protestantischen Nachbarn.

Innerhalb weniger Tage hatte Father Tom sich in seinem Pfarrsprengel zurechtgefunden und die Bekanntschaft aller seiner Pfarrkinder gemacht. Er erkannte sich gar nicht wieder und wunderte sich oft über sich selbst. Woher kam wohl diese neue Stärke, dieser neue Geist, dieses neue Gefühl für seine Autorität? Seinen Eltern schrieb er: „Seit ich hergekommen bin, habe ich nicht gehustet. Die Luft ist so heilsam, wenn sie auch kalt ist. Ich habe einen herrlichen Appetit und fühle mich wohl. Ihr würdet mich gar nicht wiedererkennen.“ Tatsächlich war es so, daß er sich kaum selbst wiedererkannte.

Am Freitag nachmittag holte er die Leiter heraus, füllte einen Korb mit Schieferplatten und kletterte auf das steile Dach seines Pfarrhauses. Merkwürdig, dachte er, während er drauflosĥämmerte und die Platten durch Behauen in die richtige Größe brachte, daß sich niemand auf der Straße zeigte. Sein Gehämmer tönte ja durch die ganze Gegend. Erst später erfuhr er, daß er bei seinen eigenen Leuten öffentliches Ärgernis erregt und die Protestanten schockiert hatte, die es „einfach fürchterlich“ fanden, daß ein Geistlicher mit aufgeschlagenen Hosen und Hemdärmeln auf dem Dach herumkroch und hämmerte. Keiner bot ihm natürlich seine Hilfe an oder machte sich erbötig, die Arbeit für ihn zu erledigen. Die Männer hatten ja „so viel zu tun“, und am Abend waren sie müde. Ein schlechtes Gewissen hatten allerdings sowohl Protestanten als auch Katholiken, und sie versuchten es zu beschwichtigen, indem sie sich einredeten, daß die Geistlichkeit über solche Dinge wie ein Dach, durch das es durchregnete, erhaben sein sollte. Die alten Propheten und heiligen Männer hatten ja auch in Höhlen, in der Wüste oder in den Wäldern gelebt, und es hatte ihnen nichts ausgemacht, weil sie ihren Geist nur auf Gott gerichtet hatten. Als Mrs. Logan ihm von dieser Einstellung berichtete, sagte Father Tom: „Die alten Propheten und die heiligen Männer haben in warmen Ländern gelebt, nicht an so gottverlassenen Orten, wie dieser hier einer ist. Ich habe keine Lust, im Winter ein Loch über dem Kopf zu haben.“

‚Auld Bob‘ gab seiner Meinung Ausdruck, daß der neue Pfarrer ein Bedrücker der Armen sei, daß er sich den Arbeitslohn ersparen wolle und daß das Ganze obendrein noch ein Sakrileg wäre und er nicht die gebührende Achtung vor seiner eigenen Berufung habe, soweit man bei einem „Römischen“ überhaupt von Berufung sprechen könne. Die Schieferplatten habe er ihm, dem alten Bob, jedenfalls regelrecht gestohlen. Das sei wieder einmal ein warnendes Beispiel dafür, was man von den „Römischen“ erwarten könne, wenn sie je wieder in Schottland zur Macht kommen sollten. Seine Freunde stimmten ihm zu, bezweifelten aber, daß der Alte bei den Schieferplatten einen Verlust erlitten habe.

Das schöne klare Wetter hielt an. Die Steinhäuschen entlang der Straße reflektierten die Sonne wie Glimmer, sogar die dunklen Pflastersteine glitzerten, und der Himmel sah aus, als wäre er aus poliertem Aquamarin. Aber auf der Straße war niemand. Tom pfiff irgendeine traurige Ballade von verlorenen Maiden und grausamen Vätern, und als er damit fertig war, eine noch traurigere von einem jungen, schönen Seemann, den die See verschlungen hatte. Je trauriger der Text wurde, um so glücklicher fühlte er sich, seine Arme waren behend bei der

Arbeit, und der kalte Wind zauste sein Haar. Wie ja allgemein bekannt ist, zeigt der wahre Kelte seine Zufriedenheit dadurch, daß er Lieder über die traurigsten und schrecklichsten Vorkommnisse des menschlichen Lebens singt. Wenn seine Stimme am tiefsten schluchzt, dann ist er am glücklichsten, was einer, der nur Sassenach ist, unmöglich verstehen kann.

Das Dach war sehr steil, aber der junge Father Tom kletterte geschickt hinauf und hinunter, und jedesmal machte es ihm von neuem Spaß, wenn er, mit den Füßen in der Dachrinne stehend, mit den Knien und Händen auf den Schiefern Halt suchte, um nach oben zu kommen. Jaja, dachte er, Frömmigkeit und harte Arbeit gehören zusammen, und arbeiten heißt beten. Er begann eine besonders traurige Strophe einer Ballade zu singen, die davon handelte, daß eine junge Lassie von einer Woge verschlungen wurde, die sich rauschend aus der See erhoben hatte, und von der Tatsache, daß sich die Angelegenheit bei Sonnenuntergang abgespielt hatte und daß jedermann sie rufen hören konnte — rufen, rufen, rufen . . .! Der Hammer arbeitete immer lustiger und lebhafter, und bei dem Gedanken an das verlassene junge Geschöpf, das die dunkle blaue Woge da in die Tiefe zog, kamen ihm fast die Tränen.

Er war so in seine Arbeit und den Gesang vertieft, daß er das Getrappel von Pferdehufen auf dem Pflaster gar nicht hörte und auch nicht bemerkte, daß es vor seinem Hause aufhörte und ein Reiter ihm mit Interesse zuzusehen begann. Fast hätte er den Halt verloren, als unter ihm plötzlich eine laute, sarkastische Stimme zu hören war, die sagte: „Kein Wunder, daß das Mädchen nicht nach Hause gehen wollte, wenn sie mit einem solchen Lied und so einer Stimme begrüßt wurde."

Father Tom, der sich auf der halben Höhe des Daches befand, wechselte vorsichtig die Stellung und schielte über seine Schulter hinunter. Er wußte sofort, wer dieser große, grauhaarige, in Tweed gekleidete Mann war, denn er erinnerte sich an den Satz, den Mrs. Logan und auch andere gebraucht hatten: „Ein Herr wie ein Lord, und er tritt auch so auf."

Sein Gesicht überzog sich sofort mit Rot in allen Abstufungen, und der Mund blieb ihm kindisch offenstehen.

„Feine Beschäftigung für einen Priester, das!“ sagte der Mann, der wie ein Lord aussah und Augen hatte, die blaßblauen, geschliffenen Steinen glichen.

Zuerst bekam Father Tom vor Beschämung ein wenig Herzklopfen, aber dann wurde er wild. „Wissen Sie vielleicht eine bessere?“ sagte er und stotterte nicht im geringsten. Mrs. Logan zog die Gardine ein wenig zur Seite und beobachtete Squire MacVicar mit Angst und Schrecken, und einen Augenblick lang kam es ihr so vor, als hätte er ein wirklich teuflisches Lächeln.

„Zum Beispiel für die armen Seelen beten, mit den alten Weibern“, sagte der Squire.

„Ganz richtig, und bei der Gelegenheit auch für die von alten Männern — wenn sie nicht sowieso schon verloren sind“, sagte Father Tom und erinnerte sich daran, daß er diese scharfe Antwort bereuen müsse — allerdings erst später.

Der Mann lachte säuerlich, aber seine Augen nahmen einen härteren Glanz an. „Na, gut. Die lose Zunge scheint man uns ja nicht abgekauft zu haben im Kloster“, sagte er.

„Ich habe in der Beziehung einen guten Vater“, sagte der Priester und dachte darüber nach, ob es eine große Sünde wäre, wenn sein Korb mit den Schiefertafeln ins Rutschen käme und sie wie Blätter auf den Reiter herunterfallen würden, dessen kohlschwarzes Pferd Haare hatte, die wie Seide glänzten.

Squire MacVicar überdachte diese Antwort, und sein Gesicht wurde immer finsterer. „Was wollen Sie damit sagen?“ fragte er endlich.

Father Tom überlegte. Er würde dem kleinen Pastor nichts Gutes erweisen, wenn er diesen grimmigen, feindseligen Menschen mit der tadellos aufrechten Haltung und dem arroganten Gesicht zu erneuter Wut aufstachelte.

„Sehr einfach“, sagte er. „Wenn man als Junge einen guten Vater hat, dann wird man sich vor der Welt nicht fürchten, wenn man ein Mann geworden ist.“

„Hm“, machte der Squire mißtrauisch, und Tom begann eifrig weiterzuarbeiten. Der Squire ritt näher heran, bis sein Gesicht etwa in gleicher Höhe mit der untersten Dachrinne war. „Gar nicht so schlecht“, bemerkte er. „Und wo lernt so ein Priesterjunge die Dachdeckerei?“

„Bei seinem Vater“, sagte Father Tom und ließ die Straße von seinen Hammerschlägen widerhallen.

„Aha“, sagte der Squire mit einer Spur Verachtung.

„Mary, ruf das Vieh nach Haus, Vieh nach Haus, Vieh nach Haus! Mary ruf das Vieh nach Haus, das Vieh vom Strand des Dee!“ sang der Priester, und seine Stimme vibrierte gefährlich.

„Du guter Gott“, sagte der Squire und legte seine behandschuhten Hände vor seine Ohren. „Da müssen ja den armen Leuten die Ohren kaputtgehen, wenn Sie so singen bei der Messe.“

Father Tom hörte auf. Die Biene, die in seinem Kopf herumsummte, schien ein wenig lauter zu brummen.

„Und bei der Frühmette wachen wohl die Toten auf?“ sagte der Squire.

„Ich habe nichts davon bemerkt“, sagte Father Tom sachlich und sah auf den Reiter hinunter.

„Nicht einmal beim Hochamt, Laddie? Nicht einmal beim Gloria?“ Der Squire kicherte boshaft.

„Ich sehe schon“, sagte Father Tom. „Meine Kirche hat offenbar schon das Vergnügen der Anwesenheit Ihrer werten Person beim Gottesdienst gehabt?“

„Kaum“, sagte der Squire. „Das Theater ist mir zuwider.“

Father Tom sagte: „Quare fremuerunt gentes, et populi mediate sunt inania?“

Der Squire knurrte: „Mein Latein kann ich noch, Laddie.“

„Wenn Sie also Ihr Latein noch können“, sagte Father Tom unschuldig, „dann werden Sie vielleicht auch noch wissen, wo das vorkommt und bei welcher Gelegenheit.“

Der Squire lächelte wieder säuerlich. „Sie halten mich wohl

für einen Dummkopf! Es ist der Eingangspsalm bei der Christmette."

Father Tom sah erstaunt zu ihm hinunter und mimte eine geradezu kindliche Bewunderung: „Haben Sie etwa solche Worte und Lieder in Ihrem presbyterianischen Gottesdienst? Wenn das wirklich der Fall ist, dann ist die Zeit ja nicht mehr fern, wo es nur eine Herde und nur einen Hirten geben wird!"

Der Squire sah ihn unter tödlichem Schweigen an, und seine Wangen begannen sich zu röten. Father Tom lächelte ihm voll tiefster Unschuld zu und wartete. Der Squire räusperte sich. „Ich bin ein weitgereister Mann", sagte er. „Ich bin in vielen Kathedralen in den pfäffischen Ländern gewesen." Er machte eine Pause. „Ihr Ton paßt mir nicht. Ich gehe ja auch nicht auf Sie los."

„Sehr gut, sehr gut", sagte Father Tom. Er sah in seinen Korb. „Wenn ich jetzt Euer Gnaden bitten würde, mir meinen Korb nachzufüllen, täten Sie mir dann diesen Gefallen, damit ich nicht hinuntersteigen muß?"

„Reichen Sie ihn 'runter", sagte der Squire gereizt. Father Tom beugte sich also zu ihm hinunter und reichte den Korb dem Squire, und dieser schwang sich erstaunlicherweise vom Pferd und füllte ihn mit Schieferplatten. „Sie haben ja einen ganzen Haufen", sagte er. „Wie viele solche verfluchte Löcher haben Sie denn in Ihrem Dach?"

Der Priester überblickte die Arbeit, die er schon erledigt hatte. „Fünfzehn", sagte er.

„Hier sind aber mehr."

„Ja, ich habe noch eine andere Arbeit vor. Auch so ein Dach, das abgedichtet werden muß."

„Jedenfalls keines von meinen Häusern", sagte der Squire und reichte dem Priester den Korb hinauf. (Mrs. Logan, die hinter dem Fenster spionierte, wollte ihren eigenen Augen nicht trauen.)

„Nein, Ihre sind alle dicht und in Ordnung, nehme ich an."

„Ja, auf meine Sachen sehe ich", sagte der Squire. „Oder ist

Ihnen das vielleicht nicht recht?" Als Father Tom nichts antwortete, sagte er: „Ist denn keiner von Ihren eigenen Leuten da, der das Dach richten könnte?"

„Die Männer", wiederholte Father Tom den Kehrreim, den er so oft gehört hatte, „haben so viel zu tun mit den Schafen, die Lämmer kriegen, und in ihren Werkstätten."

„Vielleicht mögen wir den Pfarrer nicht, den wir bekommen haben", sagte der Squire.

„Einige von den Schafen, die widerspenstigen nämlich, mögen den Hirten vielleicht nicht. Aber die Hirten schützen sie trotzdem vor dem Sturm. Unser Herr hat uns nicht gehorsame Schafe versprochen, mit guten Sitten, liebevollen Herzen und mit Pflichtbewußtsein. In allzu vielen Schafen steckt der Teufel."

„Das sind feine christliche Ansichten", sagte der Squire. „Echt pfäffische Ansichten sind das. Wir Presbyterianer würden dem Pfarrer nicht erlauben, so von uns zu reden."

„Calvin hat es aber getan. Und Knox hat sich auch kein Blatt vor den Mund genommen, der brave Mann. Geben vielleicht hier die Schafe den Hirten Unterricht, Sir?"

„Ach, der Teufel soll Sie holen", sagte der Squire.

„Da gehen Sie über Ihre Machtbefugnis hinaus", sagte Father Tom. Er vertiefte sich wieder in seine Arbeit, kletterte herum, untersuchte kritisch, hackte hier und dort ein Stück ab. Er erwartete zu hören, daß das Pferd weiterging, aber außer dem Lärm, den er selbst machte, herrschte Stille.

Nach längerer Zeit sagte der Squire: „Der, den Sie da in der Hand haben, taugt nichts."

„Der Mensch soll sich von den Dingen dieser Welt nicht allzuviel erwarten", sagte der Priester. Er betrachtete die Schieferplatte. „Sie haben recht, Sir. Man hat mich übers Ohr gehauen. Das war Ihr ‚auld Bob', ein rechter Schurke."

„Was hat er denn verlangt?"

„Sieben Shilling für dreißig Stück."

„Und da sagen Sie, er hat Sie übers Ohr gehauen! Umgekehrt

ist es gewesen, Laddie!" Der Squire lachte rauh. „Er kann die Römischen nicht leiden. Und Sie haben ihn ganz schön geprellt."

Father Tom gab keine Antwort. Er betrachtete die Schieferplatte stirnrunzelnd. Teilen konnte er sie wenigstens und über der Dachrinne verwenden. Er begann zu hacken.

„Leute, die in allen Sätteln sitzen können, kann ich leiden", sagte der Squire.

„Maurerarbeit kann ich auch", sagte Father Tom.

„Tatsächlich!? Vielleicht sogar ein ganzes Haus bauen?"

„Ja", sagte der Priester stolz. „Ein gutes, solides Haus."

„Bleiben Sie bei dem, was Sie sind", sagte der Squire. „Sie sitzen auf der falschen Bank."

„Unser Herr war ein Zimmermann", bemerkte Father Tom. „Ach, würden Sie mir auch noch ein paar Nägel heraufgeben?"

Knurrend stieg der Squire also noch einmal vom Pferd und reichte die verlangten Nägel hinauf. „Besonders viel zu essen werden Sie ja nicht haben von den Spenden", sagte er.

„Bestimmt nicht", sagte der Priester. „Dafür werden Sie jetzt wohl sorgen. Aber, bitte: unser Heiland ist auch hungrig umhergegangen und hat kein Dach über dem Kopf gehabt."

„Sie haben eine scharfe Zunge, Laddie. Was soll das mich interessieren, ob Sie hungern oder nicht? Ich bin kein Römer!"

„Ich habe so Gerüchte gehört", sagte Father Tom. „Sie sollen ein recht hartes Regiment führen hier im Dorf. Sie sind freundlich, und der Betreffende kann sich den Bauch vollschlagen. Sie runzeln die Stirn, und er lebt von Haferflocken, aber ohne Sirup drauf oder Milch dazu." Er sah auf den Squire hinunter. „Es gibt Menschen, die herrschen über viel Land, und andere wieder verfügen über keine größeren Gebiete, als es ihre Handfläche ist. Und beide sind sie nicht zufrieden."

„Ich bin ein gerechter Mensch", sagte der Squire merkwürdig zornig.

„Das sagen alle Tyrannen. Ohne Unterschied."

„Also entweder halten Sie Ihre Zunge im Zaum, oder Sie sind die längste Zeit hier gewesen, junger Mann."

„Ach so! Sie sind offenbar mit meinem Bischof befreundet und trinken Whisky mit ihm zusammen, nicht wahr?"

„Der Kuckuck soll Sie holen. Ich bin ein rechtlicher, nachsichtiger und gerechter Mensch, aber wenn Sie mich verhöhnen wollen, so lasse ich mir das nicht bieten von so einem, wie Sie einer sind."

Father Tom drehte sich langsam und vorsichtig ganz um, so daß sein Rücken auf dem steilen Dach auflag.

„Sie sind also ein rechtschaffener und gerechter Mensch, nicht wahr? Das haben Sie ja selber von sich gesagt. Oder vielleicht nicht? Wo bleibt denn da die Demut? Ich kann nur den Stolz sehen, die Sünde, deretwegen Luzifer in die Hölle verdammt worden ist. Und der Squire MacVicar hat sich seine eigene kleine Hölle eingerichtet."

Dem Squire schoß das Blut zu Kopf, und dann wurde er totenbleich. Er nahm seine Reitpeitsche und begann, die Leiter hinaufzusteigen. Father Tom sah ihm ernst und schweigend entgegen. Der Kopf des Squire erschien auf der Höhe der Knie des Priesters, und in dem hellen Licht konnte dieser die Augen des Squire jetzt klarer sehen. Sie funkelten vor Zorn und Rachgier.

„Sie sind viel älter als mein Vater", sagte der Priester. „Deshalb kann ich nicht zurückschlagen. Das ist Ihr Vorteil."

Der Squire sah seine Reitpeitsche an und dann den Priester, und dann schleuderte er sie hinunter auf den Boden und die beiden Männer maßen einander schweigend mit den Augen. Endlich sagte der Squire sehr sanft: „Haben Sie vielleicht gedacht, daß ich meine Hand gegen einen Priester erheben würde?"

„Warum nicht? Sie haben Ihre Hand doch schon oft gegen einen Menschen erhoben, oder vielleicht nicht?"

Der Squire blickte ihm wieder in die Augen und sah dann weg. Er betrachtete der Reihe nach die Stellen, an denen die Schieferplatten auf dem Dach schon gegen neue ausgewechselt worden waren. „Die da droben neben dem Kamin kommt mir nicht ganz in Ordnung vor", sagte er.

Er stieg ein paar Sprossen höher auf die Leiter hinauf. Noch immer war er ganz bleich und preßte die Lippen zusammen.

„Daß Sie soviel Kampfgeist entwickeln würden, habe ich nicht erwartet“, sagte der Squire. „Sie sind doch noch ein Junge, fast ein Kind, das gerade erst vom Schoß der Mutter heruntergesprungen ist. Wo haben Sie denn diesen Geist her?“

„Von hier“, sagte Father Tom und machte eine weitausholende Geste, die auf das Dorf deutete.

„Ist also doch zu etwas gut, mein Dorf.“

„Das Land und die Häuser können vielleicht Ihnen gehören, nicht aber die Seelen. Und einen Menschen können Sie überhaupt nicht besitzen, außer er schenkt sich Ihnen freiwillig. Ich will um so einen beten.“

Der Squire knurrte: „Sie beten ja für alle.“

„Auch für Sie, wenn ich gerade dabei bin.“

Das Gesicht des Squire veränderte sich wieder: „Ich verbiete Ihnen, daß Sie Ihre scheußlichen Gebete für mich beten!“ sagte er. „Ich will Ihre pfäffischen Gebete nicht! Ich bin fertig ...“ Er hielt inne. Dann kletterte er noch höher und deutete auf den Schornstein. „Der wird Ihnen umfallen und auf Ihren frechen Dickkopf herunterkommen. Der wackelt ja jetzt schon!“

„Hab' ich gesehen. Ich werde mir das Material kaufen und ihn herrichten.“

Der Priester drehte sich langsam wieder um, nahm eine beschädigte Schieferplatte heraus und ersetzte sie durch eine neue. Der Squire sah ihm zu. „Ehre, wem Ehre gebührt“, sagte er. „Das ist eine ungewöhnlich gute Arbeit, die Sie da machen. Da könnte sich mancher eine Scheibe davon abschneiden.“

„Noch ein paar Nägel würde ich brauchen“, sagte Father Tom, und der Squire, der so tat, als wäre er in Gedanken versunken, kletterte hinunter und brachte ihm welche. Father Tom begann zu singen. Der Squire zuckte zuerst zusammen und fiel dann ein. Die eine Stimme war ein knabenhafter Tenor und die andere ein tiefer Baß.

Es war ein altes schottisches Volkslied, das sie da einträchtig miteinander sangen.

Das Ende des Liedes sangen sie besonders laut und fröhlich. Aber keine Seele zeigte ich im Freien, obwohl die ganze Straße von dem Echo ihrer Stimmen widerhallte. Sie lächelten einander an. „Zurückgenommen habe ich nichts", sagte der Squire. „Sie haben eine fürchterliche Stimme. Da müssen den armen Kirchenbesuchern ja die Trommelfelle platzen."

Die Biene im Kopf des Priesters summte wieder sehr laut. „Es würde mir größere Freude machen, wenn Ihre reagieren würden", sagte er. Das Gesicht des Squire wurde wieder abweisend und kalt. „Sind Sie fertig?" fragte er, als der Hammer eine Pause machte.

„Ja, ich glaube, ich bin fertig", sagte der junge Priester und folgte dem Squire die Leiter hinunter. Jetzt standen sie sich also gegenüber. Beide waren sie groß, sogar für Highlanders, nur war der eine kräftig gebaut und der andere mager. „Sie müssen etwas Fleisch ansetzen auf Ihren Knochen", sagte der Squire. „Wollen Sie heute abend zum Tee kommen?"

„Nein", sagte Father Tom. „Ich muß meine Predigt vorbereiten. Und Morgen ist Beichtstunde."

„Also am Sonntag?"

Mrs. Logan, die dieses Gespräch mit anhörte, hielt sich vor Staunen die Hand vor den Mund.

„Nein, aber das ist sehr nett von Ihnen", sagte der Priester. „Am Montag geht es auch nicht, da habe ich das andere Haus, das ich wasserdicht machen will."

„Ich werde Ihnen einen Mann schicken", sagte der Squire. „Es schickt sich nicht für einen Priester, auf den Dächern der Häuser anderer Leute herumzuklettern und sie zu reparieren. Eine Schande ist so was!"

Father Tom hatte eine aufregende Vision davon, wie der „Mann" im Haus des kleinen Pastors erschien, um das Dach zu richten, und er lächelte im Vorausgenuß dieses Ereignisses. Und er wunderte sich auch über diese ganze Episode. Trotz seiner Herrschsucht, trotz seines harten, stolzen und von Eigendünkel erfüllten Herzens, seines Mangels an Demut und seiner Arroganz sprach der Mann ihn doch irgendwie an. Und die Biene in Father Toms Kopf flog jetzt geschäftig hin und her und summte ziemlich laut.

„Am Dienstag will ich zum Tee kommen“, sagte er, „wenn es Ihnen paßt.“

„Also gut, Dienstag. Das ist abgemacht“, sagte der Squire. Er schwang sich ohne Anstrengung auf sein Pferd, das neugierig an der Schulter des Priesters seine Nase rieb. Der junge Mann konnte nicht umhin, einmal mit der Hand über die seidenweiche Nase zu streichen, obwohl er wußte, daß Pferde das nicht sehr mögen. Dann klopfte er ihm den Hals. „Sie haben ein hübsches Gesicht“, sagte der Squire abrupt, nahm die Zügel und ritt in kurzem, leichtem Galopp weg und die Straße hinunter.

Die Geschichte von dieser merkwürdigen Begegnung hatte durch den ganzen Ort die Runde gemacht, bevor es noch zu dämmern begann, und zwar hauptsächlich dank den eifrigen Bemühungen der tratschsüchtigen Mrs. Logan. Das ganze Gasthaus redete davon. Der Squire habe an dem jungen Priester einen Narren gefressen. Als es dunkelte, hatte der Squire schon mitgeholfen, auf dem Dach herumzuhämmern. Unter der Herde Father Toms kursierten bereits entzückte Gerüchte, der Squire habe versprochen, alle Fenster in der Kirche, die nur gewöhnliches Fensterglas hatten, mit Glasmalereien versehen zu lassen, ähnlich dem, das er schon geschenkt hatte. Es gab auch Gerüchte, daß er zum Katholizismus übertreten wolle.

Endlich werden wir einen eigenen Heiligen haben, Ian MacVicar, sagte einer der Katholiken hoffnungsvoll. Ein kleiner Junge, der um Mitternacht geboren wurde, bekam den Namen Ian zu Ehren des neuen „Heiligen“, der um diese Zeit seinen Trübsinn in Whisky zu ertränken suchte. Um zwei war er sternhagelvoll und schlief auf seinem Sofa im Wohnzimmer ein. So etwas kam oft vor, aber seine Haushälterin war ihm ergeben und verschwiegen, und deshalb erfuhr niemand etwas davon. „Er hat eben seine Sorgen“, pflegte sie zu sich selbst zu sagen und den Kopf zu schütteln. Sie kühlte ein Glas Gerstenwasser ein und brachte es ihrem Herrn voll Anteilnahme am Morgen. Es war doch wirklich ein Unglück, wenn man einen schwachen Magen hatte!

Der Besuch der beiden Messen am Sonntag war ermutigend, und die Kommunikanten kamen in Scharen zum Altargitter. An diesem Nachmittag besuchte Father Tom, der das Gefühl hatte, daß die Dinge wirklich ausgezeichnet ins Gleis kamen, seinen Bruder in Christo, den Reverend Mr. Bruce Gregor und seine Betsy. Das Pfarrhaus war ebenso klein wie sein eigenes, aber viel mehr vernachlässigt, und auf dem Dach sah es wüst aus, denn die Schiefer lagen wirr und in allen Richtungen durcheinander. Aber es gab einen wunderschönen kleinen Garten, in dem die Blumen des Spätsommers in allen Regenbogenfarben blühten, und als der Priester das Haus betrat, fiel ihm unmittelbar der Geist der Unschuld und der Liebe auf, der es durchflutete.

Der junge Pastor war verlegen und begeistert zu gleicher Zeit und brachte seine junge Frau an der Hand ins Zimmer. Man sah sofort, daß sie ein Kind erwartete und zaghaft versuchte, ihren Zustand zu verbergen. Die Geschichten, die Father Tom gehört hatte, beruhten völlig auf Wahrheit. Sie war eine außergewöhnlich hübsche junge Frau, mit hellbraunen Locken, großen dunklen Augen, einem Teint wie eine Teerose und einem Mund, der einen an besonders helle Nelken erinnerte. Sie war ebenso klein wie ihr Mann. Es war gar nicht zu übersehen, daß sie einander innig liebten. Schon ihre Gegenwart allein erhellte das kleine Wohnzimmer, als schiene die Sonne herein.

„Stachelbeertörtchen, Betsy hat sie gemacht!“ sagte Bruce stolz. Die junge Frau wurde rot. Dann wurden sie beide rot. Der Tee war heiß, wenn er auch ein wenig schwach war. Aber das ließ sich unter den obwaltenden Umständen ja nicht vermeiden. Butter stand auf dem Tisch und ein kleiner Krug mit Sahne und nicht nur die berühmten Törtchen, mit denen der junge Ehemann in so rührender Weise geprahlt hatte, sondern auch frische heiße Haferbrötchen, Johannisbeermarmelade und zerschlagener Hutzucker. Father Tom hatte seinen Beitrag zu dem Festessen nicht vergessen. Er hatte Mrs. Logan gebeten, ein großes Stück von dem Schinken zu kochen. Dann hatte Mrs. Logan den gekochten Schinken in eine Teeserviette eingeschlagen, die sie aus ihrem eigenen Haus mitgebracht hatte. Es bestand kein Zweifel darüber, daß sie es für unklug hielt, daß er den kleinen Pastor besuchte, der in gewissem Sinn aus der Gemeinschaft aller ausgestoßen und verfemt war. Dem Squire würde das sicherlich gar nicht passen.

Der Pastor versuchte tapfer zu verbergen, wie hungrig er war, und das begann er klugerweise damit, daß er ununterbrochen versicherte, daß er nicht hungrig sei und daß er ein herrliches Dinner gehabt habe, das seine Betsy gekocht hätte, und er sagte ein ums andere Mal, der Priester müsse den größten Teil des Schinkens selber essen. Betsy würde ein bißchen „kosten". Aber Father Tom erklärte ganz energisch — was auch nicht der Wahrheit entsprach —, daß er eine anständige Hammelkeule zum Dinner gehabt habe und so vollgegessen sei, daß er wohl die ganze Woche nicht mehr hungrig werden würde. Zuerst zögernd, dann aber mit jugendlicher Begierde, machten sich der Pastor und seine Frau über den Schinken her und aßen ihn mit rührendem, hingerissenem Entzücken. Father Tom kam sich saturiert, vollgefressen und blasiert vor und hätte vor Rührung und inniger Zuneigung zu den beiden fast geweint. Das hielt ihn aber nicht davon ab, den Haferbrötchen und Törtchen die gebührende Achtung zu zollen, und er räumte ganz ordentlich auf unter ihnen. Die drei jungen Leute, die da um den Teetisch saßen, waren zusammengerechnet nur dreiundsechzig Jahre alt.

Es begann zu regnen, und der Pastor warf ein paar Stücke Kohle in das Feuer. Es wurde dunkel im Zimmer und kalt. Betsy zündete eine Petroleumlampe an. Über dem Kohlenfeuer sang der kleine Wasserkessel. Betsy zog die Vorhänge vor. Die knabenhaften Diener Gottes saßen vor dem Feuer und tranken ihren Tee. Tom tat es leid, daß er darauf vergessen hatte, den Whisky, den ihm der Squire geschickt hatte, mitzubringen. Der hätte den kleinen Pastor ein bißchen aufgepulvert, und Tom hätte sich bei dem Gedanken amüsiert, daß dieser seines Schwiegervaters Whisky trank. Betsy ging in die Küche, um das Geschirr abzuwachsen.

Der kleine Pastor begann zu stottern: „Ich hoffe, Sie nehmen es nicht übel auf", sagte er, „aber ich habe gehört, daß der — daß der — Squire — Sie — persönlich zum Tee eingeladen hat. Das ist doch wahrscheinlich nur ein Gerücht?"

„Nein", sagte der Priester, „er hat sich sehr anständig aufgeführt." Er lächelte ein wenig unkirchlich. „Obwohl ich ziemlich auf ihn losgegangen bin."

Der Pastor riß den Mund vor Staunen auf. „Sie haben also gar keine Angst gehabt vor ihm?"

„Vor ihm?" sagte Father Tom ein wenig großsprecherisch. „Ein Mann von niedriger Gesinnung und voll Selbstdünkel. Aber immerhin eine menschliche Seele", fügte er schnell hinzu.

Der Pastor fand offenbar, daß das eine grobe Übertreibung sei, und starrte traurig in das Feuer, in dessen Schein sein feines, rotes Haar wie eine kupferfarbene Strahlenkrone über seinem Kopf leuchtete. Er sah diesen mannhaften, tapferen Priester fasziniert und ehrfürchtig an.

„Um Ihren Mut bin ich Ihnen direkt neidig."

Bis zu dieser Stunde hatte noch niemand Father Tom um seinen Mut beneidet. Ganz im Gegenteil. Er setzte sich auf seinem harten Sessel in Positur, und sein weißes Kollare schimmerte. Jeder Zoll der ältere und erfahrenere der beiden! Verächtlich winkte er mit der Hand ab. „Ein kleiner Tyrann, und niemand anderer hat die Schuld, daß er so geworden ist, als die Leute im Dorf selbst."

Es begann ein wenig durch das Dach hereinzurinnen, und der kleine Pastor war sehr unglücklich darüber. „An dieser Stelle war früher nichts", sagte er und lief um eine Schüssel zum Unterstellen. „Nur im Schlafzimmer und in der Küche“, sagte er, als er mit dem Tropfenfänger aus Blech zurückkam. Tom betrachtete den Plafond und merkte sich die Stelle genau. Er war sich nicht ganz im klaren darüber, ob er dem kleinen Pastor erzählen sollte, daß der ‚Mann‘, der morgen kommen würde, um das Dach auszubessern, er selbst sein würde. Nein. Lieber nicht! Sie würden schon beschämt genug sein, wenn er mit dem Schubkarren vorfuhr und eine Leiter verlangte. Er sagte: „Sie haben doch eine Leiter, Bruce?“

„Eine Leiter?“

„Ja. Wenn wer kommt, um das Dach zu richten, dann braucht er keine mitzubringen, wenn eine im Haus ist“, sagte der Priester geduldig.

„Eine Leiter“, wiederholte der Pastor und dachte nach. Dann rief er in die Küche hinaus: „Betsy, haben wir eine Leiter?“

Sie versicherte ihm durch die Tür, daß sie eine hätten, „irgendwo.“ Der Pastor seufzte. „Es wird niemand kommen, Tom. Heute waren nur acht Leute in der Kirche und vier Shilling auf dem Teller.“

Father Tom dachte an den Schinken. Fleisch würden die jungen Leute wenigstens für ein paar Tage haben, und er bereute jedes einzelne Stückchen Schinken und die Haferbrötchen mit Butter und Marmelade, die er gegessen hatte.

„Der frühere Geistliche — der hatte ganz schön Angst vor dem Squire“, sagte Bruce. „Aber Ihre Leute kamen wenigstens in die Kirche ...“ Er sah den Priester fragend an.

„Es ist eine ernstliche Sünde, wenn man die Messe am Sonntag versäumt. Außer es liegt ein stichhältiger Grund vor“, sagte der Priester.

„Ach, das muß wunderbar sein, soviel Autorität zu haben“, sagte der kleine Pastor sehnsüchtig.

„Gott ist die Autorität“, sagte der Priester etwas erstaunt, denn er wußte wenig über die Presbyterianer. „Des Menschen ist die Pflicht, zu gehorchen. Eigene Verdienste hat der Mensch nicht, außer denen, die Unser Herr ihm gewährt aus dem

Kelch Seiner Gnade. Der Mensch muß mit der Hilfe Gottes um die Errettung seiner Seele ringen."

Der kleine Pastor schien von all dem etwas verwirrt zu sein. „Ja, aber Gott hat doch den Menschen schon vor seiner Geburt zur Errettung oder zur Verdammnis bestimmt. Und manchmal habe ich schon gedacht, daß der Squire für den Himmel prädestiniert ist und Betsy und ich für die Hölle."

Father Tom fand das höchst unwahrscheinlich. „Der Mensch hat einen freien Willen", sagte er vorsichtig, und dann erinnerte er sich plötzlich an die Lehre der Presbyterianer von der Prädestination, der Vorherbestimmung.

„Ach, den hat er ja eben nicht", sagte der Pastor traurig, „Ganz fehlt er ihm nicht, aber er kann ihn nur im Rahmen seiner Vorherbestimmung wirken lassen. Der Mensch ist die Marionette des alles im voraus bestimmenden Schicksals."

Man hatte Father Tom gelehrt, sich mit den Priestern anderer Glaubensrichtungen nicht in Diskussionen über Glaubenssätze einzulassen, denn das sei nicht „klug" und führe nur zu Streitereien. Aber er war ein sehr junger Mann und schon der Gedanke an einen so erbarmungslosen Glauben bedrückte ihn und regte ihn auf. Das Leben war bei Gott schon hart genug, aber um wieviel härter war es doch, wenn der Schatten der Hölle von vornherein über der Seele eines Menschen lag, der der Meinung war, daß keine Verdienste, die er sich erwarb, und kein noch so tiefer Glaube ihn retten konnten, wenn sein Herr beschlossen hatte, ihn dem ewigen Feuer zu überantworten.

„Sie glauben also", sagte er erschrocken, „daß so einem, wie der Squire einer ist, ein Mensch, der kein Herz hat und nur Tugend, der Himmel sicher ist, wenn es vor seiner Geburt so bestimmt wurde?"

Der Pastor nickte. „Ja, das ist ihm vorherbestimmt, daß er Tugend hat in reichem Maß, aber kein Herz. Ich aber bin ein sündiger Mensch, und ich denke oft darüber nach, was wohl meine Bestimmung ist. Vielleicht die Hölle, denn ich lehne mich manchmal verzweifelt auf. Und ist nicht die Auflehnung eine Eigenschaft des Satans?"

„Gegen was lehnen Sie sich denn auf?" fragte der Priester, dem es vorkam, als wäre er in eine pechschwarze Finsternis eingedrungen, in der tiefe Abgründe drohten und in der es von Drachen und Gewürm wimmelte.

Der Pastor seufzte ein paarmal. „Ich lehne mich dagegen auf, daß keiner hier den Mut hat, in die Kirche zu kommen, deshalb, weil mich der Squire haßt und weil er auch die haßt, die zu mir stehen wollen. Das ganze Leben in diesem Dorf hängt von seiner Zustimmung ab. Ich lehne mich dagegen auf, daß meine Betsy traurig ist, weil sie nicht bei ihrem Vater sein kann, den sie liebt und der sie jetzt auf einmal nicht haben will. Ich lehne mich dagegen auf, daß sie, die ein Kind erwartet, vorgeben muß, sie hätte keinen Appetit, damit ich etwas essen soll. Und ich rebelliere dagegen, daß die Herzen der Menschen so hart sind und daß keine Liebe in ihnen ist, sondern nur Finsternis. Der Mensch ist hoffnungslos böse und schlecht schon von seiner Jugend an. Der Heiland hat den Weg gewiesen, aber der Mensch will ihm nicht folgen und verhöhnt seinen Hirten. Ich empöre mich auch dagegen, daß ich als Pastor so unzulänglich und erfolglos bin, daß ich so wenig Kampfgeist habe. Und ich empöre mich dagegen, daß der Squire die ganze Gegend terrorisiert, so daß sich niemand gegen ihn aufzulehnen wagt, und daß er niemandem ein bißchen Freude und Fröhlichkeit gönnen will, alles nur wegen der Tugend."

Das alles kam dem Priester keineswegs wie eine „Auflehnung" vor, und er sagte warm: „Das ist doch keine Auflehnung, Bruce! Das ist doch gut und nicht böse. Der Squire ist ein schlechter und böser Mensch, weil er das alles im Namen der Tugend tut. Sehr häufig ist das Böse ein Übermaß von Tugend und Gerechtigkeit. Glauben Sie mir, was ich sage! Sie haben einfach ein zu ängstliches Gewissen, und Überängstlichkeit ist oft auf einem Irrtum begründet."

Der Pastor war ein wenig erschrocken, setzte sich zurück

und sah den Priester an. „Aber Tom, das Gewissen des Menschen kann doch gar nicht zu empfindlich sein!"

Wir reden offenbar nicht die gleiche Sprache, dachte der Priester verzweifelt. Es wurde ihm klar, daß der verschiedene Begriffsinhalt der Wörter oft eine unübersteigbare Mauer bildet, an der die Verständigung des Menschen mit seinem Bruder scheitert, so daß das Wort sie nicht zusammenbringt, sondern noch weiter von einander entfernt. Er hatte von Sokrates, der sich so in seine Definitionen vertieft hatte, nie viel gehalten, weil er dadurch den Kontakt mit dem warmen, pulsierenden menschlichen Herzen verloren hatte, aber jetzt mußte er zugeben, daß Sokrates doch irgendwie recht gehabt hatte. Father Tom dachte an den Turmbau von Babel. Er war nicht nur der Anlaß gewesen, daß neue Sprachen unter den Menschen entstanden, sondern hatte auch die Sprache, die allen gemeinsam war, verwirrt.

Es war dem Priester eine Erleichterung, als die liebliche kleine Betsy schüchtern wieder ins Zimmer kam. Sie sah müde aus. Sie setzte sich und sah den Priester ernst an. „Ich habe gehört, daß es meinem Vater nicht besonders gut geht", flüsterte sie. „Ist Ihnen das auch so vorgekommen?" Sie hing mit dem Ausdruck ängstlich sorgenvoller Liebe an seinen Lippen.

„Es ist mir vorgekommen, als ginge es ihm ganz ausgezeichnet", sagte er fast grimmig. Er wollte noch das schottische Sprichwort: „Der Teufel sorgt schon für sich selbst", hinzufügen, aber das wäre nicht nur unchristlich gewesen, sondern hätte auch die kleine Betsy erschreckt.

Er konnte es sich dann allerdings nicht verkneifen, zu dem Pastor zu sagen: „Gott ‚determiniert' nicht das Schicksal des Menschen in alle Ewigkeit, wenn Er die Seele dieses Menschen erschafft. Gott gibt den Menschen einen freien Willen. Wenn er das nicht täte, dann wäre er der Schöpfer des Bösen und nicht des erhabensten, absoluten Guten."

Der Pastor war wieder erschrocken.

„Er stellt dem Menschen die Wahl frei", fuhr der Priester

unbeirrt mit fester Stimme fort. „Als er die Seele der Heiligen Mutter Gottes schuf, wußte er zwar, daß sie Christus als ihren Sohn annehmen würde, ob sie es aber tat oder nicht, das war ihr freier Wille. Gott ist allwissend, aber des Menschen Wille ist sein eigener."

Der Pastor war verwirrt über diesen plötzlichen dogmatischen Erguß und schämte sich gleichzeitig, daß er den Priester in diese Lage gebracht hatte. Seine unschuldigen Augen füllten sich mit Tränen. „Nicht einmal ein guter Gastgeber bin ich", sagte er zerknirscht. „Ich hätte Sie so gerne zu meinem Freund gemacht."

„Nein, ich bin der schlechte Gast", sagte der Priester ebenfalls reuevoll. „Wir haben jeder seinen Glauben, und wir sollten einander nicht auf die Zehen treten. Vergeben Sie mir, bitte. Sie sind nicht nur mein Freund, Sie sind auch mein Bruder."

Das Gesicht des kleinen Pastors leuchtete in rührender Erleichterung auf, und er hielt Father Tom freimütig die Hand hin. Aus Schüchternheit hatte er noch nie zuvor jemandem die Hand geboten, sondern hatte immer erst abgewartet, daß der andere den Anfang zum Händeschütteln mache. Die beiden Geistlichen tauschten einen herzlichen Händedruck, Betsy machte einen schüchternen Knicks, und Father Tom, der jetzt endgültig das Gefühl hatte, der ältere zu sein, verabschiedete sich und machte sich gedankenvoll auf den Heimweg.

Am nächsten Morgen — es war kaltes und rauhes Wetter — fuhr der Priester mit lautem Gepolter mit seinem Schubkarren zu dem Haus des Pastors, was wieder eine Sensation für die heimlichen Zuschauer hinter den Gardinen bedeutete. Er klopfte energisch an die Tür, und Betsy, die verschlafene Augen hatte und bleich aussah, machte ihm auf. „Schönen guten Morgen, Mrs. Gregor", sagte Father Tom. „Dürfte ich Sie um die Leiter bitten, von der wir gestern gesprochen haben?"

Betsy sah den Schubkarren mit den Schieferplatten an, auf denen der Hammer und die Nägel lagen und schluckte. „Ja", sagte sie leise. Der Priester nickte in seiner neuen, wunderbaren

Selbstsicherheit, und Betsy, die kein Wort herausbrachte, deutete ihm mit einer Handbewegung an, wo die Leiter war. Der Priester holte sie, legte sie an die Dachrinne, entledigte sich bedächtig seines Rockes, den er über den Zaun legte, und seines Hutes, den er über eine der eisernen Spitzen am Gartentor hängte. Er streckte sich, legte Schiefer in seinen Korb und kletterte hinauf. Betsy kam zum Fuß der Leiter und rief leise hinauf: „Father, wenn mein Vater das erfährt, dann jagt er Sie aus dem Dorf."

„Von diesem Tag an wird er niemanden mehr aus dem Dorf jagen", sagte Father Tom und ließ seinen Blick fachmännisch über das Dach gleiten. Betsy starrte mit großen, erschrockenen Augen zu ihm hinauf und murmelte: „Das ist doch nichts für einen Geistlichen!"

„Meinen Sie, daß er zur Arbeit nicht taugt?" sagte der Priester. „Da bin ich aber nicht einer Meinung mit Ihnen, Mrs. Gregor."

„Bruce wird es nicht gern sehen", sagte sie.

„Bruce wird gern ein heiles Dach haben", sagte er in autoritativem Ton, der ihr sofort Respekt einflößte. Sie zog sich in das Innere des winzigen Hauses zurück.

Die Prostestanten waren erschrocken bei dem Gedanken, daß ein „Römischer" das Pfarrhaus reparierte, und die Katholiken waren indigniert und verlegen. Ein Priester reparierte das Haus eines Ketzers! „Ich geniere mich zu Tode", erklärte Mrs. Logan einem Nachbarn, nachdem sie in ihr Gasthaus gestürzt war, um die Neuigkeit unter die Leute zu bringen. Das Gasthaus war zwar nicht offiziell geöffnet, aber die Leute kamen dort dauernd vorbei, um die neuesten Skandale zu erfahren. Aber Mr. Logan dachte weiter, und während er ein Glas anhauchte und es polierte, sagte er: „Das wird den Squire ganz nett aus dem Häuschen bringen, aber ich bin wohl der letzte, der sich deswegen graue Haare wachsen lassen wird." Er hegte keine besonders tiefgehende Zuneigung zum Squire, der, obwohl er in vielen Gasthäusern in den umliegenden Dörfern „investiert" war, doch dauernd gegen das Trinken wetterte. Ein rechter Scheinheiliger ist er, dachte Mr. Logan grollend. Einen ärgeren habe ich noch nie gesehen. Wenn der Squire nicht gewesen wäre, dann hätte es mehr Unterhaltungen gegeben im Dorf und mehr Geselligkeit, Schmausereien und Zechgelage, kurz, einen besseren Gasthausbesuch. Jetzt mußte man ja fast im geheimen trinken, um den Squire nicht zu ärgern, und die Heimlichkeit, dachte Mr. Logan, ist die Mutter der Sünde. Und erst die Sonntage! Diese Totenstille war ja ärger als der Tod selbst. Nicht einmal die Kinder in den Kinderwagen wagten es, auf der Straße zu lachen. Das war alles das Werk des Squire. Es war eine Sünde, aber nicht einmal die Katholiken wagten es, sich am Sonntag zu erholen oder fröhlich zu sein, nicht einmal Hufeisenwerfen getrauten sie sich zu spielen oder leise auf den Stufen vor den Türen zu singen. Hatte unser Herr wirklich gewollt, daß der Mensch am Sabbat leiden soll? Nein, ganz gewiß nicht!

Father Tom war genauso allein, als er auf dem Dach arbeitete, wie er es gewesen war, als er sein eigenes reparierte. Die Vorhänge wurden zwar ein wenig auf die Seite gezogen, aber kein Gesicht erschien, und der einzige Laut, der zu hören war, war das Klopfen des Hammers. Father Tom begann zu singen. Er weihte sein Herz leidenschaftlich dem alten Schottland, allerdings in der verkehrten Tonart. Er klopfte mit dem Hammer den Takt zu Balladen, die die Leiden und den Tod der treuen Schotten schilderten, die in die Hände der Sassanach gefallen waren.

Er lockte sogar die Kranken und Invaliden aus ihren Betten, so daß sie zu den Gardinen hinwankten, um an dem skandalösen Anblick Anstoß zu nehmen, wie ein Geistlicher drauflos hämmerte und hackte und auf einem Dach herumkroch. „Wie ein Käfer, ohne Respekt vor seiner Berufung“, war die allgemeine Ansicht. Aber nach einiger Zeit sammelten sich einige ältere Gentlemen vor dem Haus und begannen mit ihren zitternden Stimmen den Refrain seiner aufrüttelnden Balladen mitzusingen. Manchmal machte Father Tom eine Zeitlang eine Pause und gab ihnen nur vom Dach aus mit dem Hammerstiel den Takt, wie der Dirigent einer Symphonie. Das Ganze war tatsächlich eine höchst skandalöse Angelegenheit.

Ganz plötzlich aber hörten die alten Männer auf zu singen, und als Father Tom hinuntersah, war der Squire da, zu Pferd.

„Guten Morgen, Sir", grüßte Tom und winkte mit dem Hammer. „Ich habe nicht vergessen, daß ich morgen zu Ihnen zum Tee kommen soll."

Das Gesicht des Squire war blau-rot angelaufen, und das Funkeln seiner Augen verhieß nichts Gutes. Die alten Männer zogen untertänig ihre Kappen und verkrümelten sich. Sie gingen aber nicht ganz weg, sondern zogen sich nur auf einige Entfernung zurück.

„Was, zum Teufel, tun Sie da?" fragte der Squire mit sanfter Stimme.

Father Tom sah ihn erstaunt an. „Ich repariere ein Dach", sagte er.

„Kommen Sie herunter von da oben", sagte der Squire noch sanfter.

Father Tom setzte eine Schieferplatte ein und hämmerte sie sauber auf ihren Platz. In der morgenhellen Stille ertönte das Echo seiner Hammerschläge. Dann sagte er: „Nein."

„Sie tun wohl die Arbeit Unseres Herrn, nicht wahr?"

„Ja, ganz richtig."

„Kommen Sie herunter!" Der Squire hatte seine Stimme nicht erhoben, aber die Männer zogen sich einige Schritte weiter zurück. Das ganze Dorf hielt seinen Atem an.

„Sieht so aus, als ob Sie mich morgen nicht zum Tee haben wollten."

„Herunter mit Ihnen!" Der Squire ritt ganz nahe an das Haus heran.

„Nein", sagte Father Tom. Er blickte auf das Dach. „Eine Schande sondergleichen, daß das Pfarrhaus des kleinen Pastors weder für Mensch noch Tier taugt. Ihr Klepper da hat es in seinem Stall besser als Ihre Tochter in ihrem Bett in dieser elenden Keusche."

„Zum Teufel", sagte der Squire „ich werde Sie gleich herunterwerfen von dem Dach!"

Bisher hatte noch niemand, nicht einmal der jähzornigste und älteste Priester im Seminar so mit ihm gesprochen, und deshalb wußte er auch nicht, daß das plötzliche starke Klopfen seines Herzens und das Blut, das ihm ins Gesicht schoß, die Folge heftigsten Zornes waren. Er schmiegte sich an das Dach und umklammerte den Stiel seines Hammers.

„Sie werden mich nirgends herunterwerfen", sagte er. Seine Zähne taten ihm plötzlich weh. Es war ihm nicht bewußt geworden, daß er sie hart zusammengebissen hatte. „Ein böser alter Mann, der nichts als Bosheit im Herzen hat", sagte er durch die Zähne. „Glauben Sie vielleicht, daß ich das hier mache, um Sie zu beschämen? So hoch stehen Sie nicht in meiner Achtung. Die Schiefer habe ich gekauft, bevor ich überhaupt das Unglück hatte, Sie zu Gesicht zu bekommen, und zwar für dieses Haus hier. Gehen Sie endlich in sich, Mann! Auf die Knie fallen sollten Sie und bereuen!"

Das blau-rote Gesicht des Squire wurde purpurfarben. Sein ganzer Körper zitterte. Er drehte sich um und sagte zu dem zunächst stehenden Mann: „Tammy, geh und hol' den Constabler!"

Der alte Mann trippelte mit erschrockenem Gesicht eilig davon. Father Tom machte einige tiefe Atemzüge, um sein wild klopfendes Herz zu beruhigen, und begann dann weiterzuarbeiten. Er schlug ziemlich hart zu mit seinem Hammer, und eine der Schieferplatten ging auch prompt in Stücke. Unten lag das Dorf auf der Lauer. Father Tom untersuchte den Schornstein und merkte sich vor, daß er genügend Sand und Kalk für Mörtel kaufen müssen, um auch diesen hier zu reparieren. Sein Gesicht war ganz naß von kaltem Schweiß, dem eisigen Schweiß des Zornes.

Endlich kam der Constabler auf seinem Rad angefahren. Er war ein kleiner Mann mit einem riesigen roten Schnurrbart und abstehenden Ohren, die unter seiner Kappe hervorlugten. Er stieg ab und sah den Squire fragend an, der mit seiner Reitpeitsche auf den Priester zeigte. „Bringen Sie das in Ordnung — den Priester herunter von dem Dach, das nicht ihm gehört, George!“

Father Tom sah über seine Schulter auf den verwirrten Constabler hinunter und lächelte ein wenig. Er war noch immer etwas außer Atem. „Teilen Sie dem alten Herrn mit, daß es auch nicht sein Eigentum ist, Constabler.“

Der Constabler schluckte nervös. Zufällig war er einer von Father Toms Pfarrkindern. Er sagte: „Möchten Sie nicht bitte herunterkommen, Father?“

„Warum?“ fragte der Priester. „Begehe ich ein Verbrechen?“

„Father! Das ist doch ärgerniserregend“, flehte der Constabler.

„Ganz richtig“, stimmte ihm der Priester zu. „Es ist ein Skandal, daß der Diener des Wortes des Herrn hier unter einem Dach leben muß, das voller Löcher ist, und daß in dem ganzen Dorf kein einziger Mann genug Rückgrat hat oder Anstand genug besitzt, es in Ordnung zu bringen. Ein netter Haufen von Schlappschwänzen seid ihr, das gebe ich euch gerne schriftlich!“

Der Constabler lief rosa an. „Father!“ sagte er flehentlich. „Es ist unziemlich. Haben Sie denn die Erlaubnis, an dem Haus zu arbeiten?“

Father Tom schwieg. Diese Seite der Sache hatte er nicht bedacht. Da sah er plötzlich, wie sich der Pastor in rasendem Tempo auf seinem Fahrrad näherte, und er blieb schweigend auf dem Dach hocken, bis dieser das Haus erreicht und die Situation verstanden hatte. Der kleine Mann sah vor Scham, Angst und Elend so aus, als hätte seine letzte Stunde geschlagen. Der Priester lächelte ihm aufmunternd zu.

„Bruce“, sagte er mit Wärme in der Stimme, „ich habe gleich die Gelegenheit benutzt, Ihnen das Dach herzurichten. Das erlauben Sie mir doch?“

Der Squire wandte dem Pastor seinen Rücken und die Kruppe seines Pferdes zu und tat so, als hätte er ihn überhaupt nicht bemerkt. Aber der kleine Pastor starrte auf diesen mächtigen Rükken seines Widersachers und feuchtete sich erschrocken mit der Zunge seine bleichen Lippen an.

„Niemand wird Ihnen mehr antun, als man Ihnen schon angetan hat", sagte der Priester sanft, „und außer Gott brauchen wir nichts zu fürchten!"

„Ich ..." begann der Pastor. Da öffnete sich die Tür und Betsy erschien mit bleichem Gesicht auf dem Kriegsschauplatz. In ihren Augen standen Tränen. Ihr Vater schenkte ihr nicht mehr Beachtung als ihrem Mann. „Betsy! Liebste!" sagte der kleine Pastor voll Verzweiflung.

Die junge Frau trat auf die Treppe heraus. Um den alten Mann hatten sich einige jüngere Leute, einige Frauen und eine Anzahl von Kindern versammelt. Sie blickte auf das haßerfüllte, verzerrte Profil ihres Vaters, dann in das verschreckte Gesicht ihres Mannes und schließlich zu dem Priester hinauf.

Mit klarer, jugendlicher Stimme sagte sie: „Der gute Father richtet unser Dach, Bruce. Möchtest du dich nicht nett bedanken dafür — für uns beide?" Sie legte beide Hände über ihren gesegneten Leib, und ihre Augen, fest und entschlossen und braun wie ein Bach im Frühling, hefteten sich auf das Gesicht ihres Mannes.

Bruce sah sie lange und ernst an. Dann lächelte er. Und dann geschah etwas Erstaunliches. Der junge Pfarrer schien wenigstens drei Zoll größer zu werden und vier Zoll breiter. Seine Züge, die immer sanft und weich gewesen waren, wurden mit einemmal fest und entschlossen. In diesem Augenblick war er seiner Kindheit entwachsen und ein Mann geworden.

„Wie kann man jemandem, der so gütig ist wie Father Tom, denn überhaupt danken?" sagte er. „Ich kann nur darum beten, daß Gott ihn segnen möge."

Einen Augenblick lang schloß der Priester die Augen. Dann sagte er zu dem Constabler: „Sie sehen, die Erlaubnis habe ich."

Der Constabler nahm seine Kappe ab und kratzte sich den Kopf. Dann erinnerte er sich daran, daß er das Gesetz repräsentierte. Er drehte sich zu der kleinen Menge um und sagte streng: „Was Besseres habt ihr wohl nicht zu tun am frühen Morgen, als einen Mann an der Arbeit zu hindern!?"

In der Menge erhob sich ein zwar zaghaftes, aber nicht zu überhörendes Beifallsgemurmel, und lächelnd gingen die Leute einige Schritte zurück. Der Constabler stellte sich in Positur, runzelte die Stirn und blickte sie unter seinen roten, buschigen Augenbrauen heraus scharf an. Sie traten noch einen Schritt zurück.

„Und Sie, Sir", sagte der Constabler zu dem Squire, „wünschen Sie noch etwas, das ich für Sie tun kann?"

Der Squire gab dem Pferd mit der Reitpeitsche einen leichten Schlag, und es machte einen Sprung nach vorne. „Also morgen um fünf!", rief ihm Father Tom nach, und der Squire galoppierte die Straße hinunter, daß nur so die Funken stoben.

„Sie kommen doch auf eine Tasse Tee herein, wenn Sie fertig sind?" sagte der junge Pfarrer, der auf der Schwelle seines Hauses stand und den Arm um seine junge Frau gelegt hatte. Jetzt war er auf einmal groß und stark, und sie schmiegte sich an ihn.

„Mit größtem Vergnügen", sagte der Priester. Der Hammer ertönte laut. „Singen Sie uns noch eins", sagte jemand.

Und der Priester sang eine alte Ballade, in der von der Macht des freien, männlichen Wortes die Rede war, von Stolz vor den Thronen der Mächtigen und von dem Sieg, den die Wahrheit am Ende gewinnt.

Der junge Pfarrer fiel in den Refrain ein, und die ganze Straße entlang ertönte der Widerhall ihres Gesanges. Und Betsy sah ihren Mann stolz und fröhlich an.

Endlich stimmte die kleine Versammlung auf der Straße ebenfalls in den frohen Gesang ein, und aller Augen schielten heimlich hinunter zum Hause des Squire.

In dieser Nacht kam der Westwind mit Gebrüll dahergefahren und trieb den Sommer mit seinen Blitzlanzen und Donnertrommeln aus dem Lande. Aber die Dächer der beiden Pfarrhäuser hielten stand, obwohl der Hagel auf die Schieferplatten trommelte und das Wasser in reißenden Strömen an ihnen herunterlief. Father Tom lag behaglich und zufrieden auf seinem harten Bett und horchte in den Sturm hinaus. Es war ein angenehmes Gefühl, zu wissen, daß das Haus jetzt dem Ansturm der Elemente gewachsen war. Und das des Pastors auch! Die See donnerte gegen das hohe Vorgebirge, über dem das Dorf lag, wogte wieder zurück und schlug erneut zu in wütendem Anprall, und die Luft schmeckte nach Salz und roch nach Föhren. Die Berge duckten sich unter den Blitzen und warfen den Donner tausendfach zurück. Eine schreckliche Nacht für Mensch und Tier, dachte Father Tom beim Einschlafen.

Die Messe am nächsten Tag war gut besucht, obwohl es noch immer stark regnete und stürmte, und als Father Tom sich umwandte, um seiner kleinen Herde den Segen zu erteilen, bemerkte er in dem grauen, bleifarbenen Licht in vielen Augen einen Funken von Stolz. Sie waren stolz auf ihn! Fast alle kamen zur Kommunion und blickten strahlend und mit stolzen Augen zu ihm auf. Das ist unser Pfarrer, schienen ihre Blicke zu sagen. Und doch hatte er nichts anderes getan, als ein Dach repariert.

Father Tom zweifelte sehr daran, daß es im Dorf irgendeinen „schlechten Kerl" gäbe außer dem Squire MacVicar mit seiner unanfechtbaren „Moral". Er konnte sich nicht erinnern, von einem ‚auld Jim' gehört zu haben. Als Mrs. Logan die geräucherten Heringe wärmte, erzählte sie dem Priester von diesem Mann und meinte verächtlich, er wäre ein Heide, nicht einmal ein Presbyterianer. Höchstwahrscheinlich sei er nicht einmal getauft. Er hatte weder Frau noch Kind, sondern lebte, wie Mrs. Logan sich vorsichtig ausdrückte, ein unchristliches Leben. Er war ein Radaubruder, ein Großtuer und ein Sohn des leibhaftigen Satans persönlich. Und der zweitreichste nach dem

Squire. Er stammte von irgendwo auswärts, aber woher, das hatte man nie herausbringen können. Er hatte einen kleinen Hof, den er aber nicht bewirtschaftete, und kein Vieh außer einer Herde Schafe. Und sein Geld? Er war irgendwann, vor langer Zeit, Schmuggler gewesen. Irgendwo in England, sagten die Leute. Aber Mrs. Logan konnte nicht klagen. Er verbrachte seine meiste Zeit im Gasthaus und war einer ihrer besten und liebsten Kunden.

„Aber er führt gotteslästerliche Redensarten im Munde und viele bekreuzigen sich, wenn ‚auld Jim' vorübergeht, oder sie machen das Zeichen gegen den bösen Blick."

„Warum sollte er denn dann zu mir kommen?" fragte der Priester.

„Um zu beichten jedenfalls nicht, darauf können Sie sich ruhig verlassen, Father!"

Sie bestand darauf, daß der Priester zuerst frühstücken sollte, bevor er mit seinem Besucher sprach, „der das ganze Sprechzimmer mit einer von diesen stinkenden Manilazigarren aus London verpestete". Also aß Father Tom seine Heringe und ein Ei, nachdem er vorher einen riesigen Teller Hafergrütze mit Sirup und Milch vertilgt hatte, und trank guten, heißen Tee dazu. Ein einziges Mal hatte Mrs. Logan zwar bedauert, daß der kleine Pastor so ein großes Stück Schinken bekommen hatte, aber andererseits war sie auch stolz darauf. Wenn man bedachte, daß es der eigene Pfarrer gewesen war, der den Squire wie einen unnützen Schuljungen davongejagt und mit keiner Wimper gezuckt hatte!

Father Tom öffnete die Tür zu seinem Empfangs-, Wohn- und Arbeitszimmer, in dem es eiskalt war. Als er über einem der Stühle eine dichte Rauchwolke aufsteigen sah, zögerte er einen Augenblick und blickte in die Küche zurück. Mrs. Logan tat so, als wäre sie völlig auf das Geschirrabwaschen konzentriert. Der Priester schloß die Tür hinter sich, trat zu seinem Besucher und sagte: „Sie wollten mich sprechen?"

Die Wolke geriet in Bewegung, und eine kleine, dicke Gestalt trat aus ihr heraus, eine rauhe Figur, die in groben, aber dicken und warmen Tweed gekleidet war. Der Priester blickte in ein außergewöhnlich feistes, rundes, altes und munteres Gesicht und in die blauesten und frechsten Augen, die er je gesehen hatte. Aus irgendeinem Grunde bekam er Lust zu lachen, denn das Lachen war überall in diesem alten, roten Gesicht eingraviert. Kein böses Lachen, sondern einfach die männliche robuste Fröhlichkeit eines Menschen, der das Leben in höchstem Maße genossen hat und es immer noch auf handfeste Art genießt.

Die kleine, rundliche Gestalt hielt ihm eine feiste Hand hin. „Jim Ferguson, mein Junge", sagte der Mann mit lauter Stimme, in der ein Lachen mitklang. „Sie sind doch der Pfarrer, Father Weir?"

Der Händedruck war so kräftig wie der eines jungen Mannes und der Priester fuhr unwillkürlich ein bißchen zurück. Er versicherte seinem Besucher, daß er tatsächlich der Pfarrer sei, und fragte, was er für ihn tun könne. Mr. Ferguson lehnte sich in seinem Stuhl zurück, stieß eine Rauchwolke aus und bot Father Tom eine Zigarre an. Der Priester hatte noch nie eine geraucht. Er nahm die Zigarre an, und Mr. Ferguson gab ihm Feuer, nachdem er sich rasch gebückt hatte, um das Streichholz an der Sohle seines übrigens gar nicht billigen Stiefels anzureißen. Der Priester paffte, und die Zigarre war ausgezeichnet.

„Ich möchte Ihrer Kirche beitreten, Sir", sagte Mr. Ferguson.

Father Tom setzte sich mit einem Ruck auf. „Warum?" rief er aus.

Mr. Ferguson fuchtelte ihm mit seinem dicken Zeigefinger vor den Augen herum. „Schon als Junge habe ich mir geschworen, daß ich nur in die Kirche von einem Mann eintreten will, der Blut in den Adern hat und nicht Milch. Ich habe nämlich", sagte Mr. Ferguson, „eine nicht sehr gute Meinung von der Geistlichkeit, weder von der katholischen noch von der protestantischen."

„Aha", sagte Father Tom. Er paffte wieder. Wirklich eine feine Zigarre!

„Ich habe Sie doch hoffentlich nicht beleidigt, Sir?!"

„Nein", sagte der Priester, nachdem er einen Augenblick in Gedanken versunken gewesen war. „Jeder soll seine eigene Meinung haben. Aber warum wollen Sie der Kirche beitreten?"

Mr. Ferguson gab ein so ansteckendes Gelächter von sich, daß der Priester nicht widerstehen konnte, auch zu lachen.

„Ich habe von dem Auftritt gehört, den Sie mit dem Squire gehabt haben, und wenn es einen Menschen gibt, den ich hasse, dann ist es er", sagte Mr. Ferguson fröhlich. „Soviel Tugend, daß sich einem der Magen umdreht. Ich kenne ihn schon viele Jahre, und jedesmal, wenn ich ihn sehe, könnte ich kotzen. Aber Sie haben ihn weggejagt und haben es ihm gegeben, Wort für Wort, wo ihm doch früher die Geistlichen immer vor den Füßen herumgekrochen sind und gewinselt haben wie kleine Kinder."

Während der Priester rauchte, dachte er nach. „Nun", sagte er endlich, „das ist aber ein höchst ungewöhnlicher Grund, der Mutter Kirche beizutreten, das muß ich schon sagen. Sind Sie ein Christ, Mr. Ferguson?"

„Gott sei Dank, nein", sagte Mr. Ferguson mit sichtlicher Befriedigung.

„Irgendeinen Religionsunterricht haben Sie nie bekommen?"

„Nein", sagte Mr. Ferguson stolz. Er deutete mit einer Kopfbewegung auf die Küchentür. „Mrs. Logan hat Ihnen doch sicher von mir erzählt. Aber die ganze Wahrheit kennt sie nicht!" Er begann wieder laut zu lachen.

Der Priester räusperte sich und fächelte mit der Hand eine dicke Rauchwolke weg. „Sie denken also an das Leben, das Sie geführt haben, und Ihre unsterbliche Seele?"

„Nicht im geringsten", sagte Mr. Ferguson.

Der Priester setzte sich auf. Der Mann mußte über achtzig Jahre alt sein. „Dann glauben Sie wenigstens an Gott?" sagte Father Tom.

„Keine Spur", sagte Mr. Ferguson. „Aber ich bin ein Mensch, der auf jemanden hört. Von jetzt an will ich auf Sie hören, mein Laddie, und aufpassen wie ein Bankier bei den Sassanach!"

„Ja, wollen Sie denn nicht an Gott glauben?“ fragte der Priester, nun schon beinahe verzweifelt.

„Warum denn?“ meinte Mr. Ferguson sehr liebenswürdig und umgänglich. „Was hat denn Er schon für mich getan? Ich hab' doch alles selbst gemacht. Wie, werde ich Ihnen allerdings nicht verraten.“ Wieder lachte er und schüttelte fröhlich den Kopf, offenbar in seliger Erinnerung an seine Jugend.

„Aber warum in aller Welt wollen Sie denn eigentlich in die Kirche eintreten?“ Father Tom hatte ein bißchen lauter gesprochen.

Der alte Mann zeigte mit dem Finger auf den Priester. „Sie“, sagte er. Er hob den Kopf wie ein alter Hahn. „Glauben Sie zum Beispiel an Gott?“

„Ja, natürlich.“

„Also gut“, sagte Mr. Ferguson, „das genügt dem alten Jim vollkommen. Wenn Sie glauben, dann wird der alte Jim auch glauben.“

„Es ist aber noch ein bißchen mehr Glauben nötig, als nur das“, sagte der Priester verwirrt.

„Sagen Sie es mir, aber beeilen Sie sich, denn es zieht schon wieder ein Wetter herauf.“ Mr. Ferguson lehnte sich in seinen Stuhl zurück und sah den Priester fröhlich und erwartungsvoll an.

Dem Priester war ganz wirr im Kopf. Eine derartige Situation — und wie man mit ihr fertig werden soll — war im Lehrplan des Seminars nicht enthalten gewesen. Und da hatte er nun eine alte Seele vor sich, die offenbar für die Hölle bestimmt war. Tom blickte in die fröhlichen Augen, diese verschlagen-spitzbübischen, aber nicht bösen blauen Augen, und in das dreiste, freundliche Gesicht, das ihn ganz offen bewunderte.

„Also, wir wollen einmal versuchen, mit dem Katechismus anzufangen“, sagte der Priester. Er stand auf und ging zu seinem kleinen Vorrat an Religionsbüchern. Der alte Mann beobachtete ihn interessiert. „Viel Fleisch haben Sie ja nicht unter diesen Röcken“, kommentierte er Father Toms Ernährungszustand. Tom nahm seine ganze Würde zusammen und legte einen Katechismus in die offene, rote Hand, die sich ihm entgegenstreckte.

„Ich kann nicht lesen", sagte Mr. Ferguson. „Aber ich bin trotzdem reich geworden, es war kein Hindernis."

„Haben Sie nicht jemanden, der es Ihnen vorlesen könnte?"

„Meine alte Lassie. Sie liest sehr gut. Und schreiben kann sie auch."

„Ich ... ich dachte, Sie hätten keine Frau, Mr. Ferguson."

„Habe ich auch nicht. Sie ist nur meine alte Lassie. Ich hab sie schon seit vierzig Jahren. Ist noch immer hübsch!"

Der Priester war schockiert. Mr. Ferguson sah ihn voll freundlicher Erwartung an.

„Sie meinen — meinen", stotterte der Priester, „daß Sie nicht geheiratet haben — Ihre alte Lassie, meine ich?"

„Nein. Ich halte nichts davon." Mr. Ferguson wurde eine Spur ungeduldig.

„Sie leben ja in Sünde", platzte der Priester erschrocken heraus.

Mr. Ferguson begann sich für die Sache zu interessieren. „So", sagte er. „Tun wir das? Was ist denn das eigentlich: Sünde?"

Father Tom war wie aus allen Wolken gefallen. Der Alte war wirklich primitiv! Ein richtiger Heide. „Sünde? Sünde — ist Ungehorsam gegen die Gebote Gottes, Mr. Ferguson! Und Gott billigt es nicht, daß Frauen und Männer zusammen leben und nicht verheiratet sind."

„Aha. Ich verstehe schon. Er ist wie der Squire, nicht wahr?"

„Nein!" Father Tom schrie fast, und Mrs. Logan, die ihr Ohr am Schlüsselloch hatte, fuhr erschrocken zusammen. „Gott ist auf gar keinen Fall wie der Squire!"

„Dann", sagte Mr. Ferguson, der bei dem lauten Ton des Priesters ein bißchen erschrocken war, „dann ist er mein Mann." Er sah Father Tom ängstlich an. „Ich wollte Sie nicht beleidigen, Sir. Aber, verstehen Sie, jeder, der dem Squire ähnlich ist, ist mir zum Kotzen. Hier im Dorf waren zwei kleine Lassies, verlassene Waisen, verstehen Sie, kein Vater und keine Mutter mehr. Und kein Heim. Also haben sie sich mit den Jungen eingelassen, und dann hat der Squire MacVicar sie aus dem Dorf gejagt, und wie der Winter vorüber war, da hat man die armen kleinen Dinger im Wald da drüben gefunden. Tot. Ich war damals nicht hier, denn wenn ich hier gewesen wäre, dann hätte ich den Lassies ein bißchen Geld gegeben, damit sie nach Edinburg hätten gehen können und einen Laden aufmachen oder so was Ähnliches. Hübsche kleine Dinger waren das." Die alten Augen wurden feucht und blitzten zornig.

Was ist das Wesen der Barmherzigkeit, dachte der junge Priester voll Verwirrung. Der tugendhafte Squire hatte zwei Kinder in den Tod getrieben. Der schlechte Mensch aber hätte sie gerettet.

„Jetzt haben sie ein hübsches Grab", sagte Mr. Ferguson. „Der alte Pastor, der frühere, hat erlaubt, daß sie auf dem Friedhof begraben wurden, und jetzt haben sie einen schönen Grabstein. Der Squire wollte es nicht zulassen, aber dem alten Jim kann so leicht keiner was dreinreden!" Er seufzte befriedigt. „Der Squire hat ihnen kein Brot geben wollen, den kleinen Dingern, aber der alte Jim hat ihnen wenigstens einen Stein gegeben. Mit ihren Namen drauf! Das ist eine ewige Schande für den Squire und alle diese Teufel im Dorf!"

Father Tom wußte Bescheid über das Problem des Bösen oder dachte wenigstens, einiges darüber zu wissen. Von dem Problem der Tugend aber hatte er bisher noch nie etwas gehört. Wer war denn der Verwerfliche von den beiden? Der Squire oder Mr. Ferguson? Nach einigem Nachdenken kam er zu der Überzeugung, daß der Schlechte der Squire war und daß Mr. Ferguson, der „im Stande der Sünde" lebte, eigentlich gut war. Du liebe Güte, dachte der junge Priester, es gibt große Probleme, und manchmal weiß man wirklich nicht, wie man sich entscheiden soll.

„Aber ich habe doch gehört", sagte er, „daß der Squire allerhand Gutes tut im Dorf: die Schule und die alten Leute, und dann die Lebensmittel, die er schenkt ..."

Mr. Ferguson winkte ab. „Er will nur, daß man von seiner Tugend spricht, aber ich weiß, daß er ein schlechter Mensch ist. Sein Gesicht ist schlecht, und sein Herz ist schlecht."

Der Priester war schon geneigt, ihm zuzustimmen, aber dann machte er seinen Überlegungen hastig ein Ende und verschob die Entscheidung. Er hatte nicht die leiseste Ahnung, wie er mit diesem Problem fertig werden sollte. Deshalb schloß er die Augen und begann, um Hilfe und Erleuchtung zu beten, als er sie wieder aufmachte, bemerkte er, daß Mr. Ferguson ihn besorgt ansah.

„Ist Ihnen nicht gut, Sir?" fragte Mr. Ferguson.

„Warum fragen Sie denn das?"

„Sie haben Ihre Augen zugemacht und sich nach hinten gelehnt." Er kramte in seiner großen Ledertasche herum und zog endlich eine Flasche Whisky heraus. „Wollen Sie einen kleinen Schluck?"

„Ich habe gebetet", sagte Father Tom ziemlich verärgert.

„Um was denn?" Mr. Ferguson war höchst interessiert.

„Für Sie habe ich gebetet!"

„Also das ist wirklich sehr lieb von Ihnen, Laddie!" Er dachte einen Augenblick nach. „Und warum?" fragte er dann.

Father Tom hatte noch niemals den Drang gefühlt, zu fluchen, aber jetzt bedauerte er direkt, daß er in seinem Wortschatz nicht ein paar saftige Kraftworte hatte. Er knurrte wütend — innerlich — und nahm sich gleichzeitig vor, sich am Abend eine strenge Buße dafür aufzuerlegen, daß er sich so gehen ließ. „Sie brauchen es. Sie sind ein Sünder, Mr. Ferguson!"

„Bin ich das jetzt?" erkundigte sich Mr. Ferguson, und sein Interesse schien noch reger zu sein als vorhin.

„Ja, können Sie denn Gut und Böse nicht unterscheiden?"

Mr. Ferguson dachte offenbar angestrengt nach und schien die Sache von allen Seiten her zu bedenken. Dann nickte er eifrig, von dem Wunsche beseelt, dem jungen Mann, der da vor ihm saß, eine Freude zu machen.

„O ja, das kann ich schon!“ sagte er. „Man soll einem armen Kerl oder einem guten Menschen nie etwas stehlen. Und man soll nicht töten, außer das Schw . . . außer der Teufel will einen selbst umbringen. Und man soll die Sassanach hassen!“

Der Priester sah gequält drein. Dann aber erinnerte er sich an die Missionspriester im dunkelsten Afrika. Die mußten von ganz unten, vom Grund auf beginnen, und dasselbe würde auch er tun müssen. Da gab es keinen Unterschied! Gott hatte sein Gebet erhört. Sein bleiches Gesicht lächelte leise.

„Sie und Ihre — Ihre — auld Lassie, also Ihr beiden werdet ganz regelrecht und ordnungsgemäß heiraten müssen. Das wäre einmal der Anfang. Wie heißt sie denn eigentlich?“

„Florrie.“ Mr. Fergusons Gesicht strahlte. „Sie war in einem Haus in London. Die hübscheste Lassie in dem ganzen Haus.“

Der Priester zuckte ein wenig zusammen. Ein Heide und eine Magdalena! „Florrie. Und wie noch?“

Mr. Ferguson kratzte sich auf seinem Strohdach aus üppigem, weißem Haar. „Ich weiß nicht“, sagte er, „ich hab’ sie nie gefragt.“

„Und wie lange haben Sie gesagt, daß Sie mit ihr zusammengelebt haben. Vierzig Jahre?“

„Einundvierzig. Ich kann mich gut erinnern. An einem Weihnachtsabend habe ich sie getroffen.“

Wieder zuckte der Priester zusammen.

„Ja, das war eine lebhafte Nacht“, sagte Mr. Ferguson begeistert.

Der junge Priester hob abwehrend die Hand. Er war nicht neugierig darauf, nähere Details darüber zu erfahren.

„Wollen Sie sie herbringen zu mir und sie vor mir heiraten?“ (War das überhaupt korrekt, fragte sich Father Tom, dem neue Bedenken aufstiegen.)

„Ja, das will ich“, rief Mr. Ferguson, „um Ihnen einen Gefallen zu tun. Es wird Sie wahrscheinlich freuen.“

„Nicht ich soll erfreut werden, sondern Gott!"

„Gut", sagte Mr. Ferguson. „Er ist Ihr Gott, und Er soll auch der meinige sein. Einen kleinen Schluck?"

Der Priester hatte das Gefühl, daß er einen „kleinen Schluck" äußerst dringend brauche, und deshalb nahm er die Flasche, wischte sie mit der flachen Hand ab und trank eine Spur mehr als einen „kleinen Schluck". Er wünschte, daß sein Bischof nicht so weit weg wäre, aber schließlich waren für die Priester in Afrika die Bischöfe auch recht weit entfernt.

„Wird Ihre — Ihre Florrie Sie denn überhaupt heiraten wollen, Mr. Ferguson?" Der Whisky wirkte sehr angenehm wärmend in diesem eiskalten kleinen Zimmer.

„Keine Angst! Florrie sagt zu nichts nein, Sir." Mr. Ferguson war sehr glücklich, als er sah, wie die Farbe in das Gesicht des jungen Priesters zurückkehrte. „Von ihr habe ich noch nie ein böses Wort gehört. Ein netteres Mädchen gibt es auf der ganzen Welt nicht als meine hübsche Florrie. Ich habe ihr gestern abend von Ihnen erzählt, und sie hat sich direkt verliebt in Sie. Wie sie eine kleine Dirn war, war sie in Ihrer Kirche, Sir."

„Also eine Katholikin?" Father Toms Rücken wurde schon wieder steif.

„Ja, das kann man wohl sagen. Aber sie weiß nicht mehr sehr viel davon. Sie hat ihren Vater und ihre Mutter verloren, wie sie noch ein ganz kleines Kind war, und man hat sie einfach auf die Straße gesetzt."

Der Priester stöhnte jetzt laut und nahm noch einen Schluck von dem Whisky. Gott mochte es ihm vergeben, aber er hatte ihn nötig.

Dann sagte er entschlossen: „Also Sie bringen Ihre — Ihre Lady morgen zu mir, mit den Papieren, und ich werde Sie trauen." (Würde das vielleicht Skandal erregen? Aber schließlich, die Eingeborenen in Afrika ... Ja, es war schon richtig. Zuerst wollte der Priester sie einmal verheiraten. Das war ganz in Ordnung.)

Mr. Ferguson sprang wie ein Junge auf. Er ergriff die Hand des Priesters. „Ja, das will ich, Sir! Sagen Sie mir nur, um welche Zeit, und ich werde da sein. Und dann werden wir in die Kirche dürfen?"

Die Frau war Katholikin, wenn sie auch nur wenig oder gar nichts mehr wußte von der Religion, und dieser Alte hier würde sie heiraten, und sie würde dann zusammen mit ihm das Nötige lernen. Damit war beiden geholfen. Father Tom hoffte innig, daß diese Sache nicht die Ursache eines Skandals werden würde. Aber was konnte er anderes tun? Er konnte nicht erst anfangen, einen alten Mann, der in Sünde lebte und seine eigenen primitiven Vorstellungen von Recht und Unrecht hatte, Unterricht im rechten Glauben zu geben. Zuerst mußte die Trauung kommen und dann die Taufe. Eigentlich fast die Taufe eines kleinen Kindes.

„Wollen Sie sich taufen lassen?" fragte der Priester.

Der alte Mann sah ihn verständnislos an. „Ich meine, ob Sie meiner Kirche beitreten wollen?" erklärte Father Tom.

Mr. Ferguson nickte eifrig. „Ja, das will ich. Florrie hat es mir gesagt. Gestern abend. Sie will nicht in den Himmel, wenn ich nicht mitkommen kann."

Father Tom war halb betäubt, als er seinen Gast zur Tür begleitete. Draußen wartete ein eleganter Wagen. Mit Kutscher! Mr. Ferguson betrachtete mißbilligend die Kirche. „Besonders sieht sie ja nicht aus", kommentierte er. „Ich will Ihnen eine neue Kirk bauen, Sir."

Der Priester, der jetzt überhaupt keinen klaren Gedanken mehr fassen konnte, beobachtete noch, wie der Alte zu seinem Wagen hineilte und wie ein Kobold hineinsprang. Dann kehrte er in die Küche zurück, wo er Mrs. Logan mit hochrotem Gesicht und listig lächelnd antraf. „Ich hoffe", sagte er streng, „daß Sie alles gehört haben, Mrs. Logan. Wenn nicht, dann bin ich bereit, es Ihnen zu erzählen. Und ich möchte Sie darauf aufmerksam machen, daß es eine schwere Sünde ist, wenn Sie irgend etwas, was Sie in diesem Haus gehört haben, austratschen oder auch nur andeuten." Er drehte sich ernst und ohne ein weiteres Wort um und konnte noch sehen, wie enttäuscht die arme Frau auf einmal dreinsah.

Am Nachmittag flaute der Weststurm ab, und der Himmel sah nicht mehr so drohend aus, obwohl er noch immer grau wie Blei war. Regnen schien es jedenfalls nicht mehr zu wollen. Die Pflastersteine auf der Straße waren naß, und überall standen Pfützen. Father Tom machte sich auf den Weg zu Squire MacVicars Haus.

Unterwegs dachte der Priester über alles das nach, was er über die wirklich großartige Wohltätigkeit des Squire gehört hatte, über seine Sorge für die Alten, Kranken, Körperbehinderten und Krüppel des Dorfes, und was er für die Blinden und sonstigen Arbeitsunfähigen geleistet hatte. (Der Priester verstand, warum der Squire so unbarmherzig gegen die jungen Waisenmädchen gewesen war, die „sich mit den Jungen eingelassen hatten", als sie ohne Geld auf der Straße standen. Er war eben gegen die „Sünde". Die Mädchen hatten sich in ihrer schrecklichen Not nicht an ihn gewendet, und war er nicht jederzeit bereit, den Hilflosen zu helfen?) Unter anderem hatte er auch eine kleine, gute Bibliothek gegründet, aus der man kostenlos Bücher entlehnen konnte. Das war eine einmalige Sache in dieser Gegend. Die Schule war wirklich ausgezeichnet. In einem der Räume gab es Kopien von berühmten Kunstwerken, lauter reinliche Angelegenheiten natürlich. Zu Mittag bekamen die Kinder einen Teller heiße Suppe mit Brot und Fleisch oder Fisch, so daß keines zu hungern brauchte und keines gezwungen war, in dem eiskalten Winterwetter nach Hause zu laufen. Der Squire hatte auch versucht, die alten baufälligen Häuser von ihren Eigentümern aufzukaufen, um sie zu renovieren, zu reparieren und instand zu halten. Als Schotte, so dachte der Priester, hätte er die Freude seiner Landsleute am eigenen Besitz eigentlich kennen müssen. Diese Sache war ihm mißglückt.

Die Straßen wurden tadellos in Ordnung gehalten. Er zahlte die Gehälter des Constablers und der Schullehrer und die Löhne der Straßenkehrer. Bei den Bauern hatte er Methoden der Bearbeitung des Bodens eingeführt, die den Landverlust durch Erosion einschränkten, und er bevorschußte ihnen die Ernte zu einem niedrigen Zinsfuß und hielt so die Bankiers aus den Städten ab. Außerhalb des Dorfes hatte er einen kleinen Sportplatz geschaffen.

Kurz und gut, er hatte nichts ungetan gelassen, um die Dorfbewohner glücklicher und gesünder zu machen und ihnen eine gewisse Bildung zu vermitteln.

Aber er war ein Tyrann gewesen. Sein Wort war Gesetz und war gewichtiger als das des Bürgermeisters, dessen Gehalt er aus eigenen Mitteln, ohne daß es die Steuerzahler etwas kostete, erhöht hatte. Gegen die Sünde war er unerbittlich gewesen, und seine Intoleranz hatte die normale schottische Intoleranz bei weitem übertroffen. Das Gasthaus konnte er zwar nicht schließen, denn das hätte doch eine zu starke Opposition erweckt und sein kleines Zarentum in Gefahr gebracht. Aber er unternahm, was er konnte, gegen das Trinken und wandte sich auf das heftigste gegen das Rauchen. Keinem noch so alten und müden Mann erlaubte er, in seiner Gegenwart zu rauchen und sich ein wenig seiner Pfeife zu erfreuen.

Man fürchtete ihn, aber man pries ihn. Als ein harmloser junger Mann wie der Priester ihn herausgefordert hatte, da hatten diejenigen, die Wohltaten vom Squire empfangen hatten, Father Tom schüchtern Beifall gespendet und bei der Messe hatten sie ihn angestrahlt — die Katholiken. Und auch in den kleinen Läden und auf der Straße begegnete er überall strahlenden Gesichtern. Für einen Tyrannen gab es eben keine echte Liebe von seiten des Volkes, wie wohlwollend und großzügig er auch sein mochte, und zwar besonders bei seinen Landsleuten, den Schotten, dachte Father Tom mit Befriedigung. Aber die Despoten, ob sie nun mild oder grausam waren, lernten es offenbar nie, daß der Wunsch nach Freiheit unausrottbar in jedem Menschen steckte, außer in den Feigen und Untertänigen, die dieses Geschenk Gottes in ihren Herzen erstickt hatten, aus purer Gier und um ihren unmittelbaren Appetit befriedigen zu können.

Wer kann schon die Herzen der Menschen verstehen!? mußte der junge Priester plötzlich denken, und in diesem Augenblick verlor er seine Jugend für immer, und die Seelen der verstorbenen und weisen alten Priester eilten herbei, um ihm beizustehen, wie sie es immer tun. Seine Gedanken bedrückten ihn. Er hatte immer geglaubt, daß der Mensch in seinem eigentlichen Wesen unkompliziert und einfach sei, daß Gut und Böse klare Begriffe wären, zwischen denen es einen weiten Abstand gab, daß die Menschen der Dankbarkeit fähig wären und daß sie das Reine und die Wahrheit dem Bösen und Unreinen vorzögen.

Er blieb einen Augenblick stehen, um einen Blick nach oben zu werfen und eine ernste Frage an den grauen, kalten, unzugänglich scheinenden Himmel zu richten. Eine gewaltige Stimme begann ihm aus der Tiefe seiner Seele zu antworten, aber er konnte sie noch nicht ganz verstehen. Langsam ging er weiter, noch immer in Gedanken versunken. Irgendwo bellte ein Hund, und die dunklen Hügel hinter dem Dorf gaben den einsamen Laut zurück. Die Sonne war schon im Untergehen begriffen. Sie war nur mehr als ein gestaltloser, purpurner Schimmer durch die Wolken des westlichen Himmels zu erkennen.

Warum, dachte der Priester, war wohl Squire MacVicar, der doch ein gebildeter und intelligenter Mann war, in diese abgelegene Gegend, dieses Dorf am Rande der steil in die tobende See abstürzenden Klippen gekommen, um hier zu leben? Was konnte ihn hier interessieren und seinen Geist beschäftigen? Welche Gemeinschaft konnte er schon mit diesen kleinen Bauern, Ladenbesitzern, Schafzüchtern, diesen kleinen Whiskybrennern und Herstellern von Wollwaren haben? Was konnte ihn hier ansprechen, das nicht äußerst primitiv und simpel war? Er war doch sichtlich nicht nur ein vermögender, sondern auch ein gebildeter und wohlerzogener Mensch. Warum war er gerade hierher gekommen?

Der Priester war beim Hause des Squire angelangt. Es war

nicht größer und genau so schmucklos wie die kleinen, solid gebauten Nachbarhäuser. Nur die Gärten vor und hinter dem Haus erstrahlten noch in der Blumenpracht des Herbstes zwischen dem dunklen Grün der alten Bäume. Es gab sogar ein Gewächshaus! Der Klopfring an der Tür war nicht einfach aus Gußeisen, wie bei den anderen Häusern. Er war eine wunderbare Arbeit aus polierter Bronze und zeigte den Kopf einer Nymphe. Die Schwelle war mit Kupfer beschlagen, auf dem kleine Wassertropfen standen, die wie Brillanten funkelten. Der Priester ergriff den Klopfer, und der scharfe Ton hallte von beiden Seiten der gewundenen Straße zurück.

Fast augenblicklich erschien eine kleine Frau mit kaltem, verschlossenem Gesicht. Sie hatte ein weißes, plissiertes Häubchen auf ihrem grauen Haar und eine ebenfalls weiße und plissierte Schürze über ihrem schwarzen Bombasinkleid. Sie starrte den Priester feindselig an. „Und was wünschen Sie, Sir?" fragte sie mit äußerst kühler Stimme und blickte voll Verachtung auf seine Soutane.

„Der Squire hat mich für heute zum Tee eingeladen."

Ihre Augen waren abweisend. „Mir hat er nichts davon gesagt."

„Dann fragen Sie ihn vielleicht", regte Father Tom an und war über den zornigen Ton seiner Worte erstaunt.

Sie zögerte. Dann änderte sich ihr Gesichtsausdruck. „Ich will Ihnen einen kleinen Rat geben", sagte sie. „Kommen Sie an einem anderen Tag. Der Squire ist — er ist nicht ganz wohl."

Der Priester überlegte. Hatte der Squire angeordnet, daß sie ihn abweisen solle? Er sagte: „Hat er denn gesagt, daß Sie mich nicht zu ihm lassen sollen?"

Sie schüttelte den Kopf. „Nein, das nicht. Aber es geht ihm eben nicht gut."

„Ist er denn krank?"

Sie war so erleichtert über diese Möglichkeit, ihn loszuwerden, daß sie sofort, allerdings eine Spur zu schnell, sagte: „Ja, das ist es. Er ist krank."

Der Priester langte gelassen über ihre Schulter und stieß die Tür auf. „Dann muß ich ihn unbedingt sehen. Er hat mich eingeladen und wird sich Gedanken machen, wenn ich nicht komme."

Er trat in ein kleines, fliesenbelegtes Vorzimmer, dessen Boden spiegelblank gebohnert war. Eine Reihe von Türen führten in verschiedene Zimmer. Der Priester war nun schon so vertraut mit der in dieser Gegend üblichen Hausform, daß er ohne zu zögern in das Zimmer ging, von dem er wußte, daß es das Wohnzimmer war.

Hier war es noch viel finsterer als im Vorzimmer, und in der Luft hing der unverkennbare Geruch von Whisky. Es roch wie in einem gut besuchten Wirtshaus. Nur mit Mühe konnte man die Umrisse der Möbel erkennen. Im Kamin brannte ein winziges Feuer, das in diesem Halbdunkel wie ein glühendes Auge aussah.

Die Haushälterin drängte sich an dem Priester vorbei, blieb vor ihm stehen und sagte mit schriller Stimme: „Gnädiger Herr, es ist nicht meine Schuld! Er ist mit Gewalt hereingekommen. Ich wollte ihn nicht hereinlassen!"

Das wenige Licht, das es in dem Haus gab, strömte aus dem Vorzimmer in den Raum, und der junge Priester hatte das Gefühl, als würde seine lange Silhouette von irgendwoher aus dem Wohnzimmer von grimmigen Augen einer eingehenden Inspektion unterzogen. Und dann hörte er die versoffene, heisere Stimme des Squire langsam sagen: „Lassen Sie ihn da. Treten Sie ein, Mann, treten Sie ein und weiden Sie Ihre Augen. 'raus mit Ihnen, Frau!"

„Tee, gnädiger Herr?" fragte sie schüchtern.

„Nein, keinen Tee. Wenn er nicht mit mir Whisky trinken will, dann kriegt er gar nichts. Zünden Sie die Lampe an, bevor Sie gehen."

Die kleine Frau lief rasch ins Nebenzimmer und kam mit einer brennenden Lampe zurück. Ihr schwaches, trübes Licht erhöhte die düstere Stimmung nur noch. Der Squire saß zusammengesunken in einem großen Lehnstuhl. Er hatte ein Glas in der Hand, und eine Whiskyflasche stand neben ihm auf dem Tisch. Auf dem Boden stand eine zweite, leere Flasche.

Father Tom war zutiefst erschrocken. Er konnte es gar nicht fassen, daß dieser große, zerraufte, unrasierte Mann, der da in zerknittertem Anzug wie ein Stück Holz im Lehnstuhl lag, der Squire MacVicar sein sollte, den er arrogant und herrisch und gerade wie ein Bolzen auf seinem Pferd sitzend in Erinnerung hatte. Die blitzenden Augen waren verschwollen und rot, das Kinn war ihm auf die Brust gesunken, die große Nase war rot und aufgedunsen, und nur der Mund war straff und hart geblieben.

„Das paßt Ihnen wahrscheinlich nicht, was Sie da sehen?" sagte der Squire. Er richtete sich in seinem Stuhl mühsam auf. Er war sicherlich völlig betrunken, aber er war bei Sinnen, und in seiner schleppenden Stimme schien sogar eine Spur von boshaftem Vergnügen mitzuklingen. „Sie sind der erste — außer Mrs. Foy —, der erfährt, daß ich ein Säufer bin."

Der Priester starrte ihn an, und plötzlich stieg in ihm ein merkwürdiges, tiefes und schmerzliches Mitgefühl auf. Und der Squire starrte zurück, aber in seinen Augen lagen Spott, Hohn und Verachtung. Der Squire sagte: „Also, nun treten Sie schon näher und setzen Sie sich. Und nehmen Sie an meiner Feier teil."

„Sie haben mich eingeladen", murmelte der Priester.

„Ganz richtig", sagte der Squire. „So kommen Sie doch schon. Oder warten Sie vielleicht auf etwas, Sie Lümmel?"

Der Priester trat näher und setzte sich neben den Squire. In seinem Unterbewußtsein stellte er fest, daß der Lehnstuhl groß und weich war und daß die übrigen Möbel nicht nur luxuriös, sondern auch elegant und geschmackvoll waren. Aber seine Augen blieben auf den Squire geheftet. Er wollte gerade sagen: „Vielleicht sollte ich lieber an einem anderen Tag kommen", als irgend etwas ihn daran hinderte. Es war genau so, als würde eine starke Hand fest über seinen Mund gelegt.

„Nehmen Sie einen Drink. Es wird Ihnen guttun", sagte der Squire und fischte auf dem Tisch nach einem zweiten Glas. Endlich fand er eines. Er füllte es mit der konzentrierten Sorgfalt eines Betrunkenen und reichte es dem Priester. Father Tom nahm es entgegen. Der Squire beobachtete ihn aufmerksam. Der Priester nippte von dem Whisky. Das war wohl der beste, den er je gekostet hatte. Die eisige Kälte, die er bis ins Mark spürte und die nicht nur vom Wetter kam, begann zu weichen.

„Schmeckt Ihnen mein Whisky?" fragte der Squire.

„Das kann man wohl sagen", antwortete der Priester, und es war ihm, als flüsterte ihm jemand ein, was er sagen solle, und als ob er das Eingesagte nur gehorsam und automatisch wiederholte.

Die verschleierten Augen des Squire wanderten langsam durch den Raum und blieben bald an einem Tisch oder einem Bild an den holzgetäfelten Wänden, bald am Fußboden oder dem Kamin hängen. Endlich kehrten sie zu dem Priester zurück. „Sicher werden Sie das nun im Dorf erzählen", sagte er.

„Dazu brauche ich wohl nichts zu sagen. Sie wissen doch ganz genau, was ich tun werde oder nicht", antwortete Father Tom.

In dem Gesicht des Squire ging eine ungeheure Veränderung vor sich. Mit einem Ruck setzte er sich kerzengerade auf und schien plötzlich von dunklem Zorn und Haß überwältigt zu werden, der sogar seine Trunkenheit in den Hintergrund drängte. „Jawohl!" rief er aus. „Das stimmt schon, sagen werden Sie nichts! Aber in Ihrer finsteren Seele werden Sie mich verdammen, Sie werden sich abwenden. Sie werden Ihre reinen Röcke heben, damit sie nicht dreckig werden! Sie werden für mich beten, vielleicht, aber in Ihrer aufgeblasenen, boshaften Überlegenheit werden Sie denken, daß ich eine verlorene Seele bin! Euch Priester kenne ich nur zu gut. Verdammt will ich sein, wenn ich euch nicht kenne!"

Der geheimnisvolle neue Souffleur in ihm ließ den Priester bedächtig an seinem Whisky nippen. Er rollte ihn auf der Zunge und schluckte ihn schließlich mit sachverständiger Miene.

„Ein ausgezeichneter Whisky“, sagte er.

Der Squire starrte ihn an. Er beobachtete ihn scharf. Father Tom zeigte nicht die geringste Spur von Nervosität, Abscheu oder Angst.

„Sie sollen doch verdammt sein“, sagte er mit leiser Stimme.

„Es steht Ihnen nicht zu, darüber zu entscheiden“, sagte der Priester. „Niemand wird verdammt, außer durch eigene Schuld.“

„Euern Jargon kenne ich!“ schrie der Squire und schlug sich mit der Faust auf das Knie. „Ich kenne das Sprüchlein: ‚Gott stößt niemanden zurück! Der Mensch selbst stößt Gott zurück und entfremdet sich Ihm.‘ “

„Das“, sagte der Priester und hob sein Glas gegen das Licht, um die Farbe des Whiskys zu betrachten, „das ist nicht Presbyterianismus.“ Er trank einen Schluck und schwieg eine Weile, verwundert über sein neues Ich nachdenkend. Noch vor einem Monat wäre er vor Angst vor dem Squire in den Erdboden versunken. Seine Schüchternheit hätte ihn zitternd die Flucht ergreifen lassen. Und jetzt saß er hier bei einem betrunkenen, wilden Gotteslästerer und konnte ganz ruhig sprechen, während er nur ein zutiefst schmerzliches Mitleid fühlte!

Der Squire füllte sich sein Glas nach. Er verschüttete dabei den Whisky über seine Hand. Und dabei sagte er, wie zu sich selbst, mit rauher, verhaltener Stimme: „Ach, was zum Teufel kümmere ich mich um diesen blöden Grünschnabel von einem Priester, diesen jungen Milchbart, diese heulende Göre, die gerade erst abgestillt ist! Warum werfe ich ihn nicht aus meinem Haus hinaus, dieses winselnde Lügenmaul? Verstehe gar nicht, warum ich ihn so lange geduldet habe in meinem Dorf, diesen Krachmacher, der mit seinem Spott jede Autorität untergräbt? Was bedeutet er mir denn schon? Was habe ich denn an diesem Menschen verloren?“

Der Priester schwieg. Er drehte und wendete das Glas in seiner Hand und betrachtete es. Ohne etwas zu sagen, saß er ruhig in seinem Lehnsessel und hörte zu, als säße er im Beichtstuhl.

„Verdammt sollen Sie sein!“ schrie der Squire. „Warum entworten Sie mir nicht?“

„Sie fragen ja nicht mich!“

„Wen denn?“

„Gott“, sagte der Priester.

Als wäre der Name ein Peitschenschlag, sprang der Squire aus seinem Stuhl auf, und seine Bewegung war so heftig, daß er ihn dabei mit einem Krach umwarf. Er stürzte sich auf den Priester, packte ihn bei den Schultern und schüttelte ihn heftig.

„Selbstverständlich rede ich zu Ihnen“, stotterte er rasend. „Sehen Sie mich an! Ich bin ein Priester! Ein geweihter Priester! Ein Monsignore! Und wer sind Sie!?“

Das Glas entfiel der Hand Father Toms und zerschellte auf dem Kaminvorsatz. Kalter, lähmender Schrecken ergriff ihn. Seine Gedanken verwirrten sich. Er wollte sich erheben, fliehen. Aber es waren nicht nur die kräftigen Hände des Squire, die ihn auf seinem Stuhl festhielten. Es war mehr als Furcht, die ihn verstummen ließ und seine Zunge lähmte. Er wehrte sich dagegen, zu glauben, was er soeben gehört hatte, aber er wußte, daß er es glauben mußte.

Nachdem ihn der Squire noch ein paarmal heftig geschüttelt hatte, ließ er ihn los. Dann sprang er wie ein Besessener zurück. Mit fast dämonischer Kraft trug er einen langen, schmalen, schweren Eichentisch in die Mitte des Zimmers. Dann lief er zu einem Schrank hin, der an der Wand stand, riß die Tür auf und zerrte ganze Stapel von weißen, herrlichen Altartüchern heraus, die wie Seide glänzten und reich mit Spitzen besetzt waren. Eines davon warf er über den Tisch. Dann grub er wieder in dem Schrank herum und brachte einen Kerzenleuchter ans Licht, den er auf den Tisch stellte. Wieder ging er zu dem Schrank, suchte und kam mit einem großen, wunderschönen Kruzifix zurück. Der Leib des Herrn war die wunderbarste vergoldete Schnitzarbeit, die Father Tom je gesehen hatte. Auch das Kruzifix stellte er auf den Tisch. Und dann brachte er der Reihe nach eine herrlich in Leder gebundene goldgeprägte Bibel, einen Kelch aus purem Gold, ein ausgesucht schönes Tabernakel, ein Ziborium, feines Leinen und eine Monstranz von unschätzbarem Wert. Die kostbaren Requisiten blitzten und funkelten im Lichte der Lampe und des Feuers.

Vor den staunenden Augen des jungen Priesters wurde Stück um Stück der Hochaltar aufgebaut. Alles Notwendige war vorhanden, und jedes einzelne Stück war ein kostbares Kunstwerk aus Gold, Silber und blitzenden, funkelnden edlen Steinen. Ohne einer Bewegung fähig zu sein, saß der junge Priester da. Er sagte sich, daß er Zeuge einer Gotteslästerung sei, aber er war wie gelähmt. Er war zutiefst erschrocken, aber in seinem Herzen konnte er eine tröstende, ermutigende Stimme hören. Ich habe es gewußt, irgendwie habe ich es gewußt, gab er der Stimme demütig zur Antwort und erschauerte.

Der Squire, der völlig außer sich war, ging nochmals zu dem Schrank. Er zog eine Alba heraus und ein Meßgewand, das von feinsten goldenen Stickereien schimmerte und funkelte. Er zog die Alba über sein Gewand, und sie fiel an ihm herab. Dann erhob er seine Arme gegen das Kruzifix.

Mit lauter, ekstatischer Stimme sagte der Squire: „Mach mich weise, o Herr . . ."

Er taumelte und griff nach der Kante des Tisches, um einen Halt zu gewinnen. Er blickte auf das Kruzifix und nahm es in seine Hände. Er beugte sein Gesicht gegen die heiligen Füße und stöhnte: „Sanctus. Sanctus. Sanctus." Immer lauter und herzzerreißender begann er zu stöhnen. Es war schrecklich anzuhören.

Langsam und noch immer ein wenig taumelnd drehte er sich um und blickte Father Tom an. Sein Blick war verwirrt und schien in weite Fernen gerichtet zu sein, als schaue er in die sinkende Sonne.

Leise, als hole er die Worte aus weiter Ferne, begann er zu sprechen. „Dextera domini fecit virtutem, dextera Domini exaltavit me! Non moriar, sed vivam et narrabo opera Domini!"

Er griff nach den herrlichen Meßgewändern, legte sie an und

stand als Priester vor Father Tom. Er war groß und schön, aber sein Gesicht war voll Qual.

Dann blickte er den jungen Priester an. Sein Gesicht verfiel. Seine Züge wurden die eines alten, vom Schicksal geschlagenen Mannes. Er wankte zu Father Tom hin, fiel auf die Knie und verbarg sein Antlitz in seinen Händen.

„Segnen Sie mich, Father", ächzte er, „denn ich habe gesündigt!"

Father Tom in Großmutters Salon seufzte. „Wäre ich damals, wie ich es zuerst vorhatte, davongelaufen, dann wäre die Seele dieses Mannes verloren gewesen. Groß ist das Geheimnis und die Barmherzigkeit Gottes!"

Die Geschichte des Squire war die Geschichte dämonischen Stolzes.

Schon von frühester Jugend an wußte er, daß er eine Berufung zum Priester hatte. Aber seine Lehrer in Edinburg waren anfangs darüber im Zweifel gewesen. Sie mußten zwar zugeben, daß er große Hingabe und Frömmigkeit besaß und einen absolut gefestigten Glauben. Aber andererseits war da sein unbändiger Stolz. Er stammte aus einer stolzen, hochmütigen und reichen Familie, die dem Clan der MacGregor angehörte. Er hatte das Blut der alten schottischen Könige in seinen Adern. Und noch stärker war der von den Vorfahren ererbte Stolz. Er hatte versucht, demütig zu sein und sich selbst zu erniedrigen. Schließlich war auch der Bischof davon überzeugt, daß er einen hervorragenden Priester abgeben würde. Der Bischof, der auch dem Clan der MacGregor angehörte, wußte aus eigener Erfahrung, was es heißt, stolz zu sein. Er hatte seinen Stolz zur Freude darüber gewandelt, Gott und Seiner Kirche dienen zu dürfen. Er hatte gedacht, daß es Ian MacVicar ebenso ergehen würde. So war der ehrgeizige junge Mann also ins Seminar aufgenommen worden und hatte versucht, seine Arroganz und seinen Hochmut zu überwinden. Er hatte sich immer wieder daran erinnert, daß der Herr die Füße seiner Apostel gewaschen hatte. Aber in seinem Herzen hatte er das für eine demütigende und erniedrigende Handlung gehalten. Er war auch heimlich der Meinung gewesen, daß Christus sich nicht unter das niedrige Volk, die Unscheinbaren, Unwissenden und die Sünder hätte mengen sollen. Er, der Herr, hätte nicht zu dem niederen Haufen heruntersteigen sollen, dem Pöbel des Marktes und den armseligen Fischern. Unverständlicherweise hatte aber der Heiland den Umgang mit den Ausgestoßenen, den Erniedrigten, den in harter Arbeit fronenden Massen gesucht.

In einem Augenblick gotteslästerlicher Überheblichkeit hatte er, Jahre später, zu Gott gesagt: „Wenn das Dein Reich ist, dann will ich nichts damit zu tun haben". Er hatte die Sünde Luzifers begangen.

Damals war er schon nicht mehr ein gewöhnlicher Priester. Man hatte ihn zum Monsignore ernannt. Außerdem war er ein gewissenhafter, sehr genauer und unbestechlicher Administrator geworden.

Das Paradoxe an der Sache war, daß er zwar die Primitiven, die Unwissenden, die anscheinend Wertlosen und Unbedeutenden verachtete, aber doch barmherzig war gegen sie. Er verwendete einen großen Teil seines Vermögens darauf, ihnen zu helfen. Nur dann, wenn sie, ohne durch Abkunft, Adel oder Stellung dazu berechtigt zu sein, engstirnige Arroganz zeigten, aufbegehrten und in ihrer Unwissenheit andere unterdrükken wollten, wurde er hart und erbarmungslos. Für ihn war die Sache sehr unkompliziert: die Geringen sollten einsehen, daß sie eben gering waren, die Unwissenden sollten ihre Unwissenheit verstehen und die, die in den Augen der Welt unbedeutend waren, sollten sich mit ihrer Bedeutungslosigkeit abfinden. Ihr Herr war demütig, ergeben und sanftmütigen Herzens gewesen, und deshalb konnten auch sie nur dadurch gewinnen, wenn sie Ihm auf dem Wege der Demut, Ergebenheit und Sanftmut nachfolgten. Wenn aber Bettler reich wurden und aufs Pferd kamen, dann sollten sie heruntergezerrt werden, und man sollte ihnen die Zügel aus der Hand nehmen. Es war ja eine alte Erfahrung, daß sie, wenn sie eine Spur von Autoriät erhielten, sofort andere zu treten begannen. Wenn der Bettler aufs Roß kommt, dann reitet ihn der Teufel!

Ian MacVicar sagte seinem Bischof: „Nichts ist so widerlich, wie wenn ein roher Dummkopf in eine hohe Stellung kommt oder sich Autorität und Wichtigkeit anmaßt."

Der Bischof war geneigt, zuzustimmen. Er fand es ebenfalls nicht am Platze, daß ein Mann ohne Kultur und Bildung ein Amt bekleidete oder irgendeine Autorität besaß. Das führte ins Chaos und im weiteren Verlauf zum Despotismus. Es sei ja bekannt, gab der Bischof zu, daß die allerärgsten Gewaltherrscher von unten herauf gekommen wären und weder Familie noch Tradition gehabt hätten. Es sei auch bekannt, daß sie gegen ihre früheren Klassengenossen ohne jede Gnade gewesen seien und sie gehaßt hätten, ebenso wie sie ihre neue Umgebung wegen ihres Adels und ihrer Stellung haßten, beneideten und zu demütigen suchten. Denn ein Mensch niederer Abkunft wisse sehr gut, daß er kein Recht dazu habe, wenn er die Macht besitze, und er räche sich deshalb an allen.

„Es war das Gesindel auf dem Markt, das Pilatus zuschrie: ‚Gib uns Barabbas frei!' " sagte Ian MacVicar zu dem Bischof.

„Aber doch waren es die aristokratischen Pharisäer, die den Pöbel aufhetzten, die vornehmen, wohlgeborenen und zynischen Pharisäer. Daran sollte man auch denken."

Es dauerte lange, bis der Bischof verstand, daß der junge Priester ein Pharisäer war und daß er und Ian gar nicht von der gleichen Sache gesprochen hatten.

Der Bischof versuchte, Geduld zu haben. Er versuchte, sich in Ian hineinzufühlen, ihn zu belehren und ihm das rechte Verständnis zu vermitteln. Aber dieser war schon zu weit fortgeschritten in seinem Stolz und seinem Zorn, der sich jetzt auf die ganze Menschheit bezog. Er war hart mit den Sündern und terrorisierte sie. Er gab ihnen zwar die Absolution, aber voll Verachtung. Er las die Messe mit einem Gesichtsausdruck, der zu sagen schien, daß die, die da in der Kirche knieten, schon durch ihre bloße Gegenwart im Angesicht des Allerheiligsten ein Greuel seien. In seiner Selbstherrlichkeit war er so rasend, daß manche von den Nonnen ihn mit der Zeit für verrückt hielten. Er wetterte gegen die Demut, die Einfalt und die Sanftmut seiner Kaplane gegenüber den Einfältigen, den Verirrten und den Sündern. Er stolzierte wie ein Tyrann durch seinen Sprengel und ließ sich nur herab, mit denen zu reden, die eine genügend tiefe Verbeugung machten, während er die, die ihm aufrecht begegneten, abkanzelte. Wenn er in die stillen Gesichter der Menschen sah, denen er die heilige Kommunion spendete, dann pflegten sie oft zu erschrecken über seinen zornigen und verächtlichen Blick. Der Bischof ließ ihn kommen, und diesmal tadelte er ihn streng. Ian mußte seine Pfarre aufgeben und sollte erst einmal in Zurückgezogenheit die Demut lernen, die er nicht besaß, er sollte lernen, daß alle Seelen Gott gleich wert waren und Er sie alle in gleicher Weise liebte ... und daß es Ian nicht zustand zu urteilen, noch dazu so hart und rachsüchtig zu urteilen.

Als der Bischof ihm dieses Urteil verkündete, geriet Ian völlig außer sich. Er riß sich sein Kollare herunter und warf es dem Bischof vor die Füße, ohne auch nur ein Wort zu sagen. Dann blickte er den Bischof rasend vor Zorn und Haß an und sagte: „Ich bin fertig mit dem Ganzen. Ich habe keine Lust, einem Gott zu dienen, der, wie Sie behaupten, das jämmerliche Gesindel liebt, das da in meiner Pfarre — übrigens auch in meinen früheren Pfarren — herumläuft, diese Huren und Trunkenbolde, diese dreckigen Verbrecher, Nichtswisser und Dummköpfe! Ich lasse mich nicht mehr dazu kommandieren, mit den alten Weibern zu beten und mir ihr seniles Gejammer anzuhören, oder im Beichtstuhl zu sitzen, um schmutzige, lächerliche, kleine Sünden zu erfahren, die eher zu Hunden passen als zu Menschen. Ich habe keine Lust mehr, mir diese Kreaturen anzusehen, die behaupten, Menschen zu sein, aber in Wirklichkeit nichts anderes sind als degenerierte Tiere! Ich weigere mich, die heilige Hostie noch weiter diesen Unwürdigen und Verbrechern zu reichen, diesen verschlagenen, winselnden Bestien, die nach Whisky, Schweiß und Dreck stinken! Das ist nichts für mich . . ."

Er war hinausgestürzt, bevor der erschrockene Bischof etwas sagen konnte, war in verbittertem Stolz schweigend in sein Pfarrhaus gegangen, hatte seinen Koffer gepackt und war ohne ein weiteres Wort fortgegangen.

Seine Familie war bestürzt und wandte sich von ihm ab. In seinem Herzen gebrochen, aber nicht im Geiste, war er, da er reich und unabhängig war, an den entlegensten Ort geflüchtet, den er ausfindig machen konnte. Sein Haß nahm weiter zu, ebenso wie seine Heftigkeit und Selbstherrlichkeit. Von der Kirche und sogar von Gott wollte er nichts mehr wissen. Er wollte sich einen Ort suchen, wo er herrschen konnte, die demütig Gehorsamen belohnen und die anmaßend Vermessenen züchtigen. Sein Wort sollte Gesetz sein. Er würde wieder ein vollwertiger Mensch sein und sich den Umgang aussuchen, der ihm paßte, nicht ein vorsichtiger Priester, der immer seine eigene Natur unterdrücken mußte. Er würde heiraten und Kinder haben, denen er seinen Stolz und seinen Hochmut einimpfen wollte. So war er also in dieses einsame, abgelegene Dorf gekommen und hatte seine eigenen Gesetze eingeführt, sein eigenes Regiment, seine Justiz und seine eigenen Strafen, und keiner wagte es, ihm zu widersprechen oder sein Wort in Frage zu stellen.

Er hatte, wie Father Tom damals in seiner Unschuld so treffend gesagt hatte, sich seine eigene kleine Hölle eingerichtet, in der es keinen Gott gab. Er war in eine freiwillige Verbannung gegangen. Er hatte sich in jeder Beziehung selbst exkommuniziert.

Sein Großvater, der Reichste der ganzen Familie, mußte die Situation irgendwie verstanden haben. Er hinterließ Ian sein Vermögen, worüber die anderen Verwandten höchst erbittert und wütend waren.

Tugendhaft, in der Stille wohltätig und gerecht, wie er war, hatte Ian viele der Eigenschaften, die einen Heiligen auszeichnen. Außer einer: er besaß keine Demut. Er hatte in seiner starrsinnigen Verblendung geglaubt, daß heilige Demut ausschließlich bedeute, daß man sich mit den Schmutzigen, Unmenschlichen in der Gosse wälzen solle, daß man sie nicht in die Höhe ziehen solle, sondern so sein wie sie. Das ging natürlich nicht an, ob man nun Priester war oder nicht. Er hatte das Problem überhaupt nicht verstanden.

Als er älter wurde, heiratete er. Nach sechs Monaten Ehe übermannte ihn paradoxerweise die Angst, und er zog sich von seiner verwirrten jungen Frau zurück, die nicht ahnte, was in ihm vorging. Sie dachte, daß er sie nicht mehr liebe, und starb in ihrem Elend und ihrer Verzweiflung. Er hatte eine Tochter, die er sehr liebte und die er in der Tiefe seines Herzens als eine ewige, reine, unbefleckte Jungfrau betrachtete. Als sie heiratete, verlor er fast den Verstand. Erst als es fast schon zu spät war — an dem Tage, an dem Father Tom in sein Haus kam —, wurde er sich dessen bewußt, daß er mit ihr nie über sein Elend gesprochen hatte. Er hatte ihr nur Dinge vorgeworfen, an denen er selbst schuld war, und am Ende hatte er sie aus seinem Haus geworfen und versucht, sie aus seiner Erinnerung zu löschen. Sie war ihm ein Symbol seines Glaubensabfalls geworden, eine Beleidigung seiner selbst.

Natürlich hatte niemand im Dorf von all dem gewußt, und niemand hatte diesen komplizierten, unglücklichen Menschen verstanden. Alle hatten ihn gefürchtet und mit ihrer Angst seine Raserei nur noch geschürt. Jede servile Geste, jedes feige, kriecherische Wort und jeder furchtsame Blick hatten ihn nur noch arroganter, haßgeladener und erbarmungsloser gemacht. Sein eigener Schwiegersohn hatte gezittert, wenn er ihm begegnete. Frühere Pastoren waren vor ihm gekrochen, und die früheren katholischen Pfarrer hatten ihn als einen kalten, brutalen Mann angesehen, der ihr persönlicher Feind war.

Father Tom hatte ihn in der Reinheit und Unschuld seines Herzens endlich zum Kampf gestellt. Er hatte keine Angst vor ihm gehabt. Und trotz seiner Schüchternheit hatte Father Tom ihn auch gleichzeitig irgendwie akzeptiert. Er hatte für ihn sogar eine Art knabenhafter Zuneigung empfunden. Und das hatte Ian MacVicar endlich erschüttert. Er hatte beschlossen, diesen kindlichen Mut zu brechen, die Seele dieses jungen Priesters in Verwirrung zu bringen und zu demütiger Unterwerfung zu zwingen. Innerhalb weniger Tage hatte er eine vernichtende Niederlage erlitten. Und Father Tom hatte ihm die erschütternde Offenbarung gebracht, was es hieß, ein wahrer Priester zu sein.

Father Tom verstand nicht voll, was er Ian MacVicar gewesen war, aber die alten Priester, die um Großmutters Kamin saßen, sie wußten es genau. Noch als alter Mann konnte Father Tom nur sagen: „Der arme Mensch war eben am Zerbrechen gewesen. Und er war reif geworden für seine Errettung." Die anderen alten Priester lächelten und warfen sich gegenseitig Blicke zu.

Der alte Father Tom sagte: „Ich hatte nicht erwartet, daß ich plötzlich dem Problem der Tugend gegenüberstehen würde. Als sich mir diese Frage stellte, war ich verwirrt und erschrocken."

„Und was war weiter?" fragte Großmutter.

„An diesem dunklen, stürmischen und regnerischen Tag hat er mir in seinem einsamen Haus gebeichtet. Und dann habe ich dem Bischof geschrieben, und weil ich Angst hatte, daß ich mich in meinem Brief ungeschickt ausgedrückt hätte, bin ich selbst zum Bischof gefahren und habe ihm den Fall des Squire MacVicar vorgetragen. Ich hatte eigentlich befürchtet, ich hätte mich nicht ganz richtig verhalten. Aber der Bischof lächelte. Er schrieb an Ian, und Ian fuhr dann zu ihm.

Der alte Father Tom zündete seine Pfeife an. „Ian wurde wieder Priester. In jeder Hinsicht. Er verbrachte den Rest seines Lebens als Pfarrer in ähnlich ärmlichen und abgelegenen Orten, wie das Dorf einer gewesen war. Ich habe ihn später nur ein einziges Mal gesehen. Er war der glücklichste Mensch, den man sich denken kann, und alle liebten ihn. Als er starb, trauerten alle um ihn, auch die, die nicht der Kirche angehörten. Der Bischof selbst las seine Totenmesse.

Sein halbes Vermögen gab er seiner Tochter und dem kleinen Pastor. Die Kirchenbehörden in Edinburg fanden dann, daß die Pfarre in dem Dorf doch eigentlich ‚unter dem Niveau' des Pfarrers wäre, und versetzten ihn in die Hauptstadt. Das junge Paar bekam übrigens einen reizenden Jungen."

Father Tom stocherte in seiner Pfeife herum. „Sie haben ihn Ian getauft, und er ist Priester geworden." Father Tom lächelte seinen Freunden zu. „Unbegreiflich und wunderbar sind die Wege Gottes!"

X

Es war noch nicht spät, obwohl es natürlich draußen vor Großmutters Haus schon stockdunkel war. Es hatte sich eine eifrige Debatte über Father Weirs Geschichte vom Squire MacVicar und seine Betrachtungen über das Problem der Tugend entsponnen.

„Es gibt eben weder Schwarz noch Weiß", sagte Großmutter, als wäre ihr diese Erkenntnis eine Erleichterung.

„Oh, doch!" sagte ein Priester, der Father Joseph Shayne. „Es gibt die Sünde und es gibt die Unschuld. Diejenigen, die etwa glauben, daß sich die beiden irgendwo, irgendwie in der Mitte treffen, sind das, was die Philosophen jetzt Relativisten zu nennen beginnen. Kurz und gut, sie leugnen feste Werte, wie etwa Gottes absolute moralische Gebote. Wie verworren der Gegenstand und wie kompliziert die Menschen auch sein mögen, nach eingehendem Studium wird es sich am Ende immer ergeben, ob es sich um Sünde, um Schuld handelt oder um Unschuld. Zwar begehen die Unschuldigen in ihrer Unschuld manchmal etwas, das man an sich als schuldhaft bezeichnen kann, wenn aber keine Schuld in ihren Herzen ist oder in ihren Absichten, dann sind sie dennoch unschuldig. Zwar tun auch die Bösen manchmal Gutes, aber das liegt dann nicht in ihrer inneren Absicht, sondern entsteht durch die Gnade Gottes. Denn was weiß ist, kann nicht schwarz werden, außer durch die Absicht.

Es reduziert sich alles immer wieder auf die Frage nach der inneren Einstellung des Menschen. Was hat er beabsichtigt: Gutes oder Böses? Die Taten, die er setzt, stimmen nicht immer mit seinem Vorhaben überein.

Ich erlebte einmal eine Situation, in der etwas Sünde schien, es aber nicht wirklich war. Ich will es Ihnen erzählen, meine Freunde, wenn Sie die Geduld dazu aufbringen wollen."

FATHER SHAYNE UND DAS PROBLEM DES BÖSEN

„Für die ganz jungen Menschen, die absolut Unschuldigen und die wahrhaft Frommen ist das Böse überhaupt kein persönliches Problem. Dies ist gut, denken sie, und jenes ist schlecht, hier ist Licht und dort herrscht Dunkel, welcher Mensch könnte denn da um Gottes willen im Zweifel sein? Aber die Kirchenväter haben immer gewußt, daß es nicht so einfach ist. Sie haben durch Jahrhunderte über diese Frage geschrieben, und viele von den uns entfremdeten Brüdern sind zu dem Schluß gekommen, daß der Satan einfach nur eine nützliche Phantasievorstellung ist, der nur in den Augen der Primitiven böse und konkret ist, und daß im übrigen das Problem des Bösen durch einen Machtspruch des Staates und durch humanitäre Einrichtungen gelöst werden kann. Aber, und das sage ich euch, meine Kinder, in dieser Geschichte, die wir gerade gehört haben, ist das Böse nicht etwas Abstraktes, aber es ist auch nicht ganz klar erkennbar. Das Ganze könnte eine Machination des Bösen selbst sein. So sucht er ja unsere Herzen zu umnebeln, daß wir glauben, wir seien blind, und in unserer Verwirrung innehalten und fragen: Was ist gut und was ist böse?

Und nicht immer können wir sicher sein. Nur Gott selbst kann das. Er ist eben der All-Erbarmer, der alles mit Seiner Liebe umfängt."

Als Father Joseph Shayne dreißig Jahre alt war, wurde er in seine zweite Pfarre geschickt. Er war einigermaßen gereift und ausgegoren, einer aus der neuen Schule, die damals ihre ersten Eleven in die Pfarren der Inseln hinausgeschickt hatte. Es waren scharfe Denker mit rascher Auffassungsgabe, recht welterfahren, tolerant und sehr gut erzogen. Er hatte viel Sinn für Humor, Mut und Stärke, und er betrachtete die Menschen und die Welt mit Augen, deren Gesichtskreis sich zu weiten begann. Sein Bischof glaubte daher, in ihm gerade den richtigen Mann für die kleine, aber ziemlich wohlhabende Pfarre, die ungefähr zwanzig Meilen von London entfernt in der Nähe von Schloß Windsor frei geworden war, gefunden zu haben. Das Städtchen beherbergte etwa dreitausend Seelen, pensionierte Colonels und andere Offiziere von Rang, ältere, wohlhabende Witwen aus London, Gutsbesitzer, etwas ältliche Jungfern, die zu spät Geld geerbt hatten, um noch viel davon zu haben, Schullehrer, die teils im Ruhestand waren, teils private Mittel besaßen, erfolgreiche Ladenbesitzer, drei Ärzte und etliche Anwälte. Was den dienenden Ständen angehörte, arbeitete zumeist bei diesen netten und liebenswürdigen Leuten, die eigentlich mehr in der Vergangenheit als in der Gegenwart lebten. Sie waren alle sehr standesbewußt und exklusiv und sahen auf London herunter, wohin sie allerdings mehrere Male im Jahr fuhren, um Einkäufe zu machen, Freunde zu besuchen und sich einmal in ihren Klubs blicken zu lassen.

Father Shayne, dachte der Bischof, würde für dieses Städtchen sehr gut passen, obwohl es dort nur etwa fünfhundert Katholiken gab, von denen die wenigsten dem Bürgerstand angehörten. Der Priester war ein Ire, aber ein „anständiger" Ire, wie die Engländer sagten. Seine Familie in Dublin war recht wohlhabend gewesen, und er hatte eine glückliche, behütete Kindheit verbracht. Als einziger Sohn war er sogar etwas verhätschelt worden. Er war dann in eines der besten Seminare gegangen, wo seine Kameraden aus den gleichen begüterten Kreisen stammten wie er selbst und seine Lehrer etwas weltlich gesinnte Priester waren. Er lernte Griechisch und Latein und pflegte in seiner Freizeit zu seinem eigenen Vergnügen Homer und Vergil zu übersetzen. Auch in Deutsch, Französisch und Italienisch war er tüchtig. Er hatte ein gutes Urteil und Interesse für Kunst, malte selbst ein wenig und konnte ein gutes Bild von einem schlechten unterscheiden. Sein irischer Akzent würde seine neuen Pfarrkinder nicht genieren, und er hatte das gute, freundliche und liebenswürdige Naturell jener Iren, die Hunger und Armut nie kennengelernt haben. Seine Priesterkollegen sagten von ihm, daß er, wenn er nach Amerika gegangen wäre, einen durchschlagskräftigen Politiker abgegeben hätte.

Der Pfarrer vor ihm, der gerade gestorben war, war auch Ire gewesen, aber er hatte einem ganz anderen Typ angehört. Er war düster und herb gewesen, und Kompromisse hatte er nicht gekannt. Eine Beleidigung als einen Witz zurückzuspielen, hatte er nie verstanden, und auch die Kunst, eine Zurechtweisung durch ein Lächeln zu kompensieren, hatte er nicht beherrscht. „Ich will damit nicht gesagt haben", meinte der Bischof, „daß Sie bezüglich des Dogmas, der Prinzipien oder der Doktrin Kompromisse eingehen sollen. Aber es ist auch nicht angebracht, seinen Kopf als Ramme zu verwenden, nicht wahr?" Father Shayne antwortete ein bißchen zögernd „nein".

Der Bischof informierte ihn in großen Zügen über seine neue Pfarre. Die meisten der Einwohner gehörten der Anglikanischen Hochkirche an, außer den landwirtschaftlichen Arbeitern, den Domestiken und den Ladenbesitzern, die in der Niederkirche oder „Chapel" waren. „Aber alle waren sehr liebenswürdig gegen Ihren verstorbenen Bruder, mein Sohn", sagte der Bischof. „Die Leute aus den höheren Schichten waren besonders nett. Aber er hat sie vor den Kopf gestoßen und sich ihre Feindschaft zugezogen. Ich habe selbst häufig Klagen von den Besuchern unserer neuen St.-Georgs-Kirche bekommen, weil sich der arme alte Herr in vielen Dingen, die völlig unwichtig waren, so dickköpfig aufführte. Die Schwestern konnten ihn auch nicht leiden. Natürlich, die guten Schwestern sind ja sehr oft recht wenig tolerant gegen die Pfarrer, aber gegen den armen Tom waren sie es ganz besonders." Der Bischof seufzte.

„Dann werde ich wohl recht behutsam und vorsichtig sein müssen, denke ich."

„Ganz recht. Vorsicht ist eine große Tugend."

Father Shayne war ganz seiner Meinung, aber er mußte unwillkürlich an die Geistlichen seiner Knabenzeit denken, die weder vorsichtig noch behutsam gewesen waren und die ihre Zunge nicht im geringsten zügelten, wenn ihr Gewissen herausgefordert wurde oder es sich um ein heikles Problem handelte. Sie waren wie die alten Propheten gewesen: feurig, besessen von der Hingabe an ihren Glauben und fanatisch in ihrer Liebe zu Gott. Da mochte einem der Herr beistehen, wenn man es mit ihnen zu tun bekam. Aber jetzt waren andere Zeiten, und wenn die Kirche in dem protestantischen England gedeihen sollte, dann mußten ihre Priester behutsam und umgänglich sein. ‚Vorsicht!' Plötzlich kam ihm dieses Wort höchst unsympathisch vor, und einen Augenblick lang fand er, daß die Vorsicht in keiner Weise eine sehr glänzende Tugend sei.

Das Pfarrhaus war klein, aber nett, wie der Bischof sagte, und es hatte einen hübschen Garten mit Blumen und Bäumen und einen Gemüsegarten. Dort konnte er sich an den Abenden betätigen, obwohl für die schweren Arbeiten ein Gärtner da war. Seine Haushälterin war eine ältere Dame, die das kleine Gehalt nicht brauchte, sondern um der Liebe Gottes willen in dem Pfarrhof arbeitete. Sie wohnte bei zwei verwitweten Töchtern, Damen mittleren Alters, die sich in recht guten Verhältnissen befanden und in der gleichen Straße lebten, in der das Pfarrhaus stand. „Sie werden dort noch viele hübsche, alte, strohgedeckte Häuser finden. Gasthäuser gibt es im übrigen drei, uralte, gemütliche englische Gasthäuser. Sie werden sehen, es wird Ihnen sehr gut gefallen."

Father Shayne war erst dreißig, aber das klang ja alles so, als wäre es ein behaglicher Zufluchtsort für den Lebensabend eines milden alten Priesters, der seine Kräfte auf der steinigen Weide dieser Welt aufgebraucht hatte. Er sah den Bischof ein wenig scharf an, und der lächelte heiter zurück und sagte: „Ja, das hätte ich bald vergessen. Es gibt dort auch einen Squire, der aus einer sehr angesehenen alten irischen Familie stammt. Er hat Frau und Kinder. Sein Name ist Geoffrey Gould. Leider, fürchte ich, ist er ein nicht sehr eifriger Katholik. Mrs. Gould stammt auch aus Irland, aus Belfast, aber sie ist Presbyterianerin.

Das Paar ist katholisch getraut, und ich habe gehört, daß Mrs. Gould eine sehr reizende Dame ist und eigentlich nur dem Namen nach Protestantin. Der arme alte Tom hat sie sehr gefürchtet."

„Warum denn, Eure Lordschaft?"

Der Bischof klopfte sich nachdenklich mit dem Mittelfinger auf die Lippen. „Ich will Ihnen lieber gleich die ganze Geschichte erzählen. Der alte Tom kannte sie und hat sich deswegen halb zu Tode geängstigt. Also hören Sie: Mr. Gould ist nämlich seinerzeit unter der Anklage, seine Frau ermordet zu haben, in Belfast vor Gericht gestanden. Die gegenwärtige Mrs. Gould war eine Jugendfreundin der verstorbenen Lady, und sie ist ebenfalls in Verdacht geraten. Mr. Gould wurde freigesprochen. Er übersiedelte dann in diese Stadt in der Nähe von London, und nur Tom kannte die ganze Geschichte. Sie sehen, die Leute leben dort wie auf einer Insel. Etwas, das sich außerhalb von England ereignet, hat für sie nicht die allergeringste Bedeutung, und so hat niemand Mr. Gould mit dem damals ziemlich aufsehenerregenden Prozeß in Belfast in Zusammenhang gebracht. Ich zweifle übrigens daran, daß sie solche Sachen überhaupt lesen, wenn es sich um Vorkommnisse in Irland handelt, obwohl die Engländer sonst Mordgeschichten mit liebevollem Interesse verfolgen und dieses Thema für äußerst fesselnd halten. Warum, habe ich nie recht verstanden. Vielleicht ist es deshalb, weil sie in diesem unserem viktorianischen Jahrhundert so ehrenwert und diszipliniert geworden sind, während in ihren Adern das alte, wilde, abenteuerlustige Blut kocht, das sich noch nicht abgekühlt und beruhigt hat, dieses abenteuerlustige Blut, das sie die Welt erobern und daran Vergnügen finden läßt.

Jedenfalls heiratete Mr. Gould, der von seiner ersten Frau drei Kinder hatte, die gegenwärtige Mrs. Gould, eine Miß Florence Osborne, kaum ein Jahr nachdem seine Frau ge . . . ermordet worden war. Sie kamen fast sofort nach England und bekamen noch zwei weitere Kinder. Mr. Gould ist sehr reich. Er hat eine Menge Geld geerbt und investiert es sehr geschickt. Er lebt mit seiner Familie sehr ruhig in der Stadt und ist so beliebt, wie es ein zurückgezogener Mann eben sein kann. Mrs. Gould aber nimmt an allen Veranstaltungen und dem Gesellschaftsleben teil, und die Kinder sind sehr glücklich."

Der Bischof räusperte sich. „Sie müssen verstehen, mein Sohn, ich bin ein entfernter Cousin von Mr. Gould. Wie wir verwandt sind, das ist eine sehr verwickelte Angelegenheit, auf die ich nicht weiter eingehen will. Er ist etwa zwanzig Jahre jünger als ich, und wir haben uns nie gesehen. Es ist mir nicht einmal bekannt, ob er von unserer Verwandtschaft überhaupt weiß." Wieder räusperte sich der Bichsof. „Ich mache mir Sorgen um ihn und seine Familie. Der alte Tom hat ihn auf eigene Faust exkommuniziert, möchte ich fast sagen."

„Warum denn das?"

„Ja, er war davon überzeugt — Freispruch oder nicht Freispruch —, daß entweder Mr. Gould seine Frau ermordet habe oder daß seine gegenwärtige Gattin die Mörderin sei, und daß Mr. Gould entweder den Mord — eine Todsünde — nicht gestehen wolle oder daß er der schuldhafte Mitwisser des Verbrechens seiner Frau sei. Verstehen Sie, die derzeitige Mrs. Gould wurde niemals angeklagt."

Father Shayne pfiff durch die Zähne. „Und sie kann noch immer angeklagt werden, während das bei ihm ja nach angelsächsischem Recht ein zweites Mal nicht mehr möglich ist."

„Richtig. Ich weiß nicht genau, was der arme, alte Tom eigentlich wollte. Sollte Mr. Gould etwa seine Frau anzeigen, damit sie an den Galgen kam und seine Kinder Halbwaisen wurden? Ich weiß es wirklich nicht! Und da Mr. Gould weder den Mord noch die Mitwisserschaft zugeben wollte, konnte ihm der alte Tom nur bedingte Absolution erteilen. Es hat ihn ganz wahnsinnig gemacht, den Armen. Er schrieb mir, daß er sich kaum dazu überwinden könne, Geoffrey die Heilige Kommunion zu spenden, nachdem ihm dieser selbst die Geschichte erzählt hatte — die er, wie schon gesagt, nicht glaubte. Endlich wollte Geoffrey dieser höchst peinlichen Situation ein Ende machen und kam nicht mehr zur Messe. Aber seine Frau führte die Kinder jeden Sonntag und wenigstens einmal während der Woche hin. Es hat Tom immer fürchterlich aufgeregt. Er gab Geoffrey zu verstehen, daß es ihm angenehm sein würde, wenn Mrs. Gould die Kirche nicht beträte, worauf ihm Geoffrey ganz richtig sagte, daß das unchristlich und unbarmherzig von ihm sei. Und das Ende des Gespräches war, daß Geoffrey dem alten Tom ganz einfach sagte, er könne ihm den Buckel hinunterrutschen."

„Aus welchem Grunde glaubte der alte Tom denn, daß entweder Mr. Gould oder Mrs. Gould den Mord verübt hätten?"

Der Bischof, der die Hände auf seinem Schoß liegen hatte, breitete die Arme aus und zuckte die Achseln. „Er hat mir geschrieben, daß ihm sein Instinkt sage, daß es einer von den beiden gewesen sei, vielleicht auch beide gemeinsam. Nun, ich halte an und für sich recht viel von der Intuition, besonders der der Iren, die wirklich manchmal so weit geht, daß man von einem zweiten Gesicht reden könnte. Der alte Tom war besonders hellsichtig. Wir haben einander seit unserer Kindheit gekannt, und ich erinnere mich, wie er oft ... nun, das gehört eigentlich nicht hierher. Mit der Zeit verrannte er sich immer mehr in seine Meinung. Er hielt Mrs. Gould für ein böses Weib, die reinste Hexe, obwohl ich gehört habe, daß sie noch immer eine hübsche, jugendliche Frau ist. Die erste Mrs. Gould — hm — starb vor etwa sieben Jahren.

Nun geht es nicht an, daß jemand aus seiner eigenen Kirche hinausgejagt wird, wie das bei Geoffrey der Fall war. Das ist eine für die Kinder einfach unmögliche Situation, besonders für die drei älteren, die doch schon wußten, daß ihr Vater sehr fromm und seiner Religion sehr ergeben gewesen war. Sie beginnen schon Fragen zu stellen, das glaube ich ganz sicher, warum ihr Vater denn nicht mehr in die Messe geht. Es wird nicht lange dauern, dann werden sie mehr wissen wollen. Es ist unmöglich, Kindern immer wieder die Antwort schuldig zu bleiben, verstehen Sie. Das älteste ist jetzt fünfzehn — das jüngste übrigens vier. Ihr Vater wird einmal einen Titel erben — die Würde eines Baronets. Und die Familie hat nicht nur Geld, sondern auch eine gesellschaftliche Stellung. Das Ganze ist sehr tragisch, und die Situation erfordert äußerste Vorsicht. Der alte Tom war einer von diesen unbeugsamen Priestern, die an einer Sache, von deren Richtigkeit sie überzeugt sind, nicht mehr rütteln lassen. Einer oder beide waren Mörder, oder einer war der Mörder und der andere der Mitwisser und deckte den Täter. Einige der Argumente Old Toms waren ja gar nicht so einfach von der Hand zu weisen: die Eile, mit der Mr. Gould nach dem Tode seiner Frau wieder geheiratet hatte, und die Tatsache, daß Miß Osborne in der kritischen Zeit in dem Haus zu Besuch war. Für Old Tom war es klar, daß die beiden die arme Lady loswerden wollten, weil sie sich ineinander verliebt hätten und sie ihnen daher im Wege war, und daß sie ohne Zweifel in einem sträflichen Verhältnis zu einander gestanden hatten, während die verstorbene Mrs. Gould noch lebte.

Eines hat er allerdings übersehen. Es stellte sich heraus, daß die Verstorbene sich nach der Geburt ihres dritten Kindes einen schweren Herzfehler zugezogen hatte. Es hatte nicht viel gefehlt, und sie wäre daran gestorben. Nach dem Anfall war sie ein Jahr lang schwer krank, und auch später war sie mehr im Bett als auf den Beinen. Zur Pflege hatte sie eine Schwester, ein reizendes Mädchen aus Cork, die auch bei dem Prozeß ihre Aussage machte. Rose war weggegangen, weil sie ihren freien Nachmittag hatte, und hatte Mrs. Gould der Obhut ihres Mannes und der ihrer Freundin Miß Osborne, die zu Besuch da war, überlassen. Sie kehrte erst in den frühen Morgenstunden zurück und fand Mrs. Gould tot in ihrem Bett vor. Die Obduktion ergab, daß sie an einer ungeheueren Überdosis ihres Herzmittels gestorben war. Die Pflegerin beschwor, daß sie die Tropfen, die Mrs. Gould um Mitternacht nehmen sollte, in einem Glas bereitgestellt habe, und zwar genau die Menge, auf die die Patientin eingestellt worden war. Mrs. Gould hatte die Medizin genommen und war daran gestorben.

Nach langen Verhören wurde Mr. Gould in Haft genommen. Der Untersuchungsrichter nahm die Sache in die Hand. Man kam zu dem Schluß, daß er ihr die tödliche Dosis gegeben haben müsse, denn er hatte zugegeben, daß er um Mitternacht zu seiner Frau gegangen sei und ihr ihr Medikament gegeben habe. Er wurde also angeklagt, und es kam zur Verhandlung. Aber es gab kein erkennbares Motiv. Freunde, Nachbarn und die Dienstboten bezeugten, daß er ein sehr guter und besorgter Gatte gewesen sei. Er war ein recht zurückhaltender Mensch, deshalb konnten sie über Liebesbezeigungen Miß Osborne gegenüber nichts aussagen. Einer der Nachbarn berichtete, etwas boshaft, daß die Lady kein sehr angenehmes Temperament gehabt habe, aber die Jury nahm diese Aussage als unwesentlich nicht zur Kenntnis. Ein Mann bringt seine Frau normalerweise nicht deswegen um, weil sie ein bißchen reizbar oder nervös ist, besonders dann nicht, wenn sie hilflos ist durch ihr Leiden ... Außer natürlich, er will sie loswerden und eine andere heiraten. Miß Osborne wurde auch ins Verhör genommen, im Zeugenstand. Sie gab zu, daß sie Mrs. Gould an dem fraglichen Abend um neun aufgesucht und eine Weile mit ihrer Jugendfreundin geplaudert habe. Die Pflegerin war gerade gegangen und hatte Mrs. Gould vorher die Dosis gegeben, die sie um halb neun einnehmen sollte. Miß Osborne sagte sehr dezidiert aus, daß Mrs. Gould ihr viel lebhafter vorgekommen sei als sonst. Um Mitternacht sollte sie geweckt werden, um zum letztenmal für diese Nacht ihr Mittel einzunehmen, und das war Mr. Goulds Aufgabe gewesen. Da ihr Herzleiden recht schmerzhaft war, bekam sie regelmäßig Sedativa und schlief daher ziemlich viel."

„Sagte die Pflegerin etwas darüber aus, daß sich zwischen Mr. Gould und Miß Osborne etwas angesponnen hatte?"

Der Bischof zögerte. „Wie soll ich mich ausdrücken? Das Mädchen war jung und ein bißchen phantasievoll. Sie sagte, sie wäre der Meinung, daß sich Mr. Gould und Miß Osborne recht gern gehabt hätten. Seit der Verheiratung Geoffreys mit der ersten Mrs. Gould hatten sie sich gut gekannt, und Florence besuchte sie oft, manchmal für einen Tag, manchmal für eine ganze Woche. Als sie befragt wurde, was sie mit dem Ausdruck ‚gernhaben' meine, sagte die Pflegerin, daß Mr. Gould und Florence oft am Nachmittag spazierengegangen seien und daß sie beide immer sehr nett mit den Kindern gespielt hätten. Es bestand gar kein Zweifel darüber, daß Florence die Kinder Mr. Goulds sehr liebte und auch von ihnen geliebt wurde. Sie ist eine hervorragende Stiefmutter, Mutter und Gattin. Das konnte auch Tom nicht leugnen.

Also es gab kein Motiv für einen Mord, wenn es überhaupt ein Mord war. Die verstorbene Lady stammte aus einer sehr angesehenen, aber sehr armen irischen Familie, und Mr. Gould war reich. Durch den Tod seiner Frau konnte er sich materiell nichts erwarten. Ganz im Gegenteil. Er hatte ihre Eltern unterstützt, bis sie starben, und war auch sonst die Güte selbst. Und man kann einen Mann wohl schwerlich beschuldigen, eine andere so rasend begehrt zu haben, daß er seine angetraute Gattin umgebracht hat, wenn die einzigen Anzeichen für eine Zuneigung zwischen den beiden darin bestehen, daß sie miteinander spazierengegangen sind und gemeinsam mit Kindern gespielt haben."

„Könnte Mrs. Gould denn nicht aus natürlichen Gründen gestorben sein oder eventuell Selbstmord begangen haben?"

„Nein. Die Autopsie hat erwiesen, daß sie an einer Überdosis ihres Medikaments gestorben war. Erst am Tage vorher hatte der Pfarrer ihre Beichte gehört und ihr die heilige Kommunion gespendet; die Letzte Ölung natürlich nicht. Sie war damals nicht in unmittelbarer Lebensgefahr, im Gegenteil, ihr Arzt hatte geglaubt, daß sie sich langsam erholen und in etwa einem Jahr vielleicht wieder relativ gesund sein würde. Der Priester sagte aus, es sei ihm so vorgekommen, als ob Mrs. Gould an diesem Tag in viel besserer Stimmung gewesen sei als in der vorhergehenden Zeit. Ich habe den Prozeß genau verfolgt, aber die erste Mrs. Gould kannte ich auch nicht persönlich."

„Wäre es nicht auch möglich, daß die Pflegerin, die den Abend und die Nacht frei haben sollte, in der Hast und durch einen unglücklichen Zufall eine zu große Dosis vorbereitet haben könnte?"

„Das hat man sie gefragt. Nun war sie allerdings eine Pflegerin aus einem der ersten Spitäler in Dublin, auch einem der modernsten, und ihre Vorgesetzten stellten ihr das allerbeste Zeugnis aus. Sie machte auf die Jury trotz ihrer Jugend einen ausgezeichneten Eindruck. Sie wirkte sicher und gewissenhaft und beherrschte offenbar ihr Fach. Ihre Referenzen waren tadellos, und sie hatte noch nie eine Nachlässigkeit begangen."

„Hatte sie Mrs. Gould gern, Eure Lordschaft?"

„Wissen Sie, Krankenpflegerinnen sind immer sehr sachlich und diskret. Sie sagte nur, daß ihre Patientin manchmal etwas schwierig gewesen sei, was man aber mit Rücksicht auf ihre Krankheit erwarten mußte. Jedenfalls zeigte die Pflegerin die ganze liebevolle Gewissenhaftigkeit ihres Berufes. Außerdem erwarb sie sich ja durch Hauspflege ihren Lebensunterhalt. Hätte sie herumgetratscht und Dinge ausgeplappert, dann hätte ihr das natürlich bei etwaigen zukünftigen Patienten geschadet, übrigens auch bei den Ärzten. Einer sagte ja auch aus, daß sie sehr gewissenhaft und tüchtig sei und daß er ihr ausdrücklich aufgetragen habe, Mrs. Gould nur diese speziellen Tropfen in einem halben Glas Wasser zu geben, und zwar alle drei Stunden, glaube ich. Sie war schon ein ganzes Jahr im Hause gewesen."

„Und wo ist sie jetzt?"

„Ach, ich weiß schon, worauf Sie hinaus wollen! Nein, das Mädchen hatte keine Beziehungen zu Mr. Gould. Sie ist jetzt in gehobener Stellung in ihrem alten Spital. Ihr Charakter ist völlig einwandfrei. Und außerdem ist sie eine gute Katholikin."

„Haben Eure Lordschaft irgendwelche Gedanken oder eine Meinung über diesen Fall?"

Der Bischof schwieg eine Weile. Dann sagte er ernst: „Ich glaube nicht, daß Mr. Gould seine Frau ermordet hat. Auch Miß Osborne nicht, denn schließlich gab Mr. Gould der Patientin die Medizin drei Stunden, nachdem Miß Osborne sie zum letztenmal besucht hatte. Ich glaube auch nicht, daß Mrs. Gould Selbstmord begangen hat oder die Medizin selbst nahm. Mr. Gould hat ausgesagt, daß er wegen des Schlafmittels Mühe hatte, seine Frau zu wecken, und das war nach dem Zeugnis der Pflegerin immer so."

„Was könnte dann also passiert sein?"

„Ich weiß es nicht. Aber jetzt, wo ich Ihnen reinen Wein eingeschenkt und ganz offen zu Ihnen gesprochen habe, mein Sohn, werden Sie verstehen, warum ich Sie in diese Pfarre schicke. Geoffrey ist zwar nur durch einen Scheffel Weizen mit mir verwandt, aber er gehört eben doch zu meiner Familie. Ich habe Angst um seine unsterbliche Seele. Ich sorge mich seiner Kinder wegen. Ich hoffe, daß Sie imstande sein werden, zu vermitteln und ihn zu den Sakramenten zurückzubringen. Sie werden mit großem Takt und sehr vorsichtig vorgehen müssen. Sie sind zehn Jahre jünger als Geoffrey, und die gegenwärtige Mrs. Gould ist nur ein paar Jahre älter als Sie. Ich habe keine genaue Vorstellung von dem, was Sie tun können, aber Ihr Takt und Ihr diplomatisches Geschick haben mich immer schon beeindruckt! Sie verstehen jetzt wohl auch, daß ich nicht die Absicht habe, Sie sehr lange in dieser Pfarre zu lassen. Es könnte dort für einen jungen Menschen von Ihrer Intelligenz auf die Dauer etwas deprimierend sein."

Aber Father Shayne hatte seine Gedanken noch immer bei dieser Geschichte. „Ist denn nach Mitternacht niemand mehr zu Mrs. Gould hineingegangen, um nachzusehen, ob sie irgend etwas benötige?"

„Sie würden ohne Zweifel einen guten Detektiv abgeben, mein Sohn! Scotland Yard hat einen Verlust erlitten, weil Sie Priester geworden sind. Also: Mr. Gould hat um zwei Uhr morgens nochmals nachgesehen. Miß Osborne ist mit ihm gegangen. Sie hatten lange in ein Gespräch vertieft vor dem Kamin gesessen, so sagten sie aus. Sie sahen Mrs. Gould in der schwachen Beleuchtung der Nachtlampe. Sie konnten ihren flachen

Atem hören. Sie lag in tiefem Schlaf, aus dem sie während der Nacht sonst nicht mehr zu erwachen pflegte, wie die Pflegerin bezeugte, die hinter einem Paravent auf einem Feldbett im selben Zimmer schlief."

„Wäre es möglich, daß sie sie geweckt und ihr in ihrem benommenen Zustand die Medizin eingeflößt hätten?"

„Ja, das hätte sein können. Deshalb wurde ja auch Anklage gegen Mr. Gould erhoben. Sie haben beide ausgesagt, daß sie es nicht getan hätten. Um zwei Uhr war die arme Lady noch am Leben. Und die Ärzte, die ihre Leiche untersuchten, sagten, daß sie spätestens zwei Stunden später gestorben sei. Sie müssen in Betracht ziehen, daß zwar Mrs. Goulds Herz nicht sehr gesund war, daß sie aber doch nicht lebensgefährlich krank war. Wie schon gesagt, war sie sogar auf dem Wege der Genesung, wenn es auch langsam ging. Aus diesem Grunde war es nicht notwendig, daß sich jemand später noch um sie kümmerte. Außerdem hatte sie eine laute Glocke neben ihrem Bett. Der Doktor hatte angeordnet, daß sie nach der Dosis um Mitternacht nicht mehr im Schlaf gestört werden sollte. Und die Pflegerin war um sieben Uhr, drei Stunden nach dem Tod Mrs. Goulds, gekommen. Sie sagte, die Tote sei fürchterlich blau im Gesicht gewesen, was nach Aussage der Ärzte eventuell auf die Überdosis zurückgeführt werden konnte."

„Sie haben dann doch so schnell geheiratet — die beiden mußten doch schon eine Zuneigung für einander gefaßt haben, Eure Lordschaft."

„Das möchte ich nicht so unbedingt sagen. Miß Osborne blieb ja mehrere Monate im Hause, um Mr. Gould mit den Kindern zu helfen, denn er hatte einen Schock abbekommen, und die Kinder liebten die junge Lady sehr. Liebe kann sehr schnell entstehen, besonders unter diesen Umständen. Außerdem, mein Sohn: einer, der schuldig ist, heiratet nicht so schnell, wie es Geoffrey getan hat. Er wartet aus Überlegung mindestens zwei Jahre, um keinen Verdacht zu erwecken. Die ganze Sache ist wirklich sehr tragisch."

Father Shayne, den diese Angelegenheit natürlich sehr beschäftigte, dachte auf seiner Reise in seine neue Pfarre ununterbrochen darüber nach. Niemand hatte Mrs. Gould eine tödliche Dosis ihrer Medizin gegeben. Und doch war sie an einer beachtlichen Überdosis gestorben. Es war nicht wahrscheinlich, daß sie zwischen zwei und vier Uhr morgens aufgewacht war und das Mittel selbst genommen hatte, an dem sie dann zugrunde ging. Sie wußte ja, daß sie nicht mehr nehmen durfte. Außerdem war sie ja die ganze Zeit unter der Wirkung des Beruhigungsmittels halb benommen. Selbstmord hatte sie nicht begangen. Hätte er in dieser Richtung einen Verdacht gehabt, dann hätte der Pfarrer ihr kein christliches Begräbnis bewilligt. Niemand hatte sie getötet, und doch war sie getötet worden! Die Dienstboten hatte man alle verhört. Sie hatten die ganze Nacht geschlafen. Sie hatten ausgesagt, daß Mr. Gould seiner Frau gegenüber sehr aufmerksam gewesen sei und bei ihrem Tod völlig die Fassung verloren habe. Sie hatten kurze und vernünftige Aussagen gemacht. Sie waren über jeden Verdacht erhaben. Keiner von ihnen konnte auch nur den geringsten Grund haben, die arme Lady zu töten, und sie waren alle seit der Hochzeit Mr. Goulds mit seiner ersten Frau im Hause gewesen.

Es schien sehr interessant werden zu wollen in dieser Pfarre!

Tatsächlich aber war es dort schrecklich langweilig. Es war recht nett, aber infernalisch langweilig. Alle waren sehr liebenswürdig, sogar die „Chapel"-Leute aus den arbeitenden Schichten, die sonst für „Römische" selten viel übrig haben. Alles ging so glatt und reibungslos, und das begann Father Shayne auf die Dauer auf die Nerven zu gehen. Er war ein intelligenter junger Mann voll Tatendrang, und nun fand er außer seinen normalen Pflichten wenig zu tun vor. Der alte Gärtner hatte ihm sofort zu verstehen gegeben, daß er den Garten als seine private Domäne betrachte und auf Mitarbeit keinerlei Wert lege. Er hatte angedeutet, er sei der Meinung, daß Stadtleute eine Karotte nicht von einem Radieschen und eine Rose nicht von einer

Lilie unterscheiden könnten. Es war Hochsommer, und das Wetter war ganz außergewöhnlich schön. Es war auch Ferienzeit, und die Schulschwestern machten eine kleine Pause, soweit Schwestern das überhaupt können. Jedenfalls mußten sie aber den neuen Pfarrer scharf im Auge behalten. Man konnte bei diesen jungen Männern nie wissen! Sie hatten alle neumodische Ideen, die diese strengen, gesetzten Damen häufig in Unruhe versetzten. Während der Rekreationsstunde gab es einige Kritik. Er hudelte doch ein bißchen bei der Messe, oder vielleicht nicht? Und wenn er in der Stadt herumstrich, hatte er so einen ungeduldigen Ausdruck im Gesicht.

In der Stadt gab es eigentlich praktisch keine Sünder, wenigstens konnte Father Shayne in seiner kleinen Herde keine entdecken. Alle waren umgänglich, herzlich, nett und recht freundlich, wenn man in Betracht zog, daß es eine englische Stadt war. Viele der alten Colonels und Witwen waren an die kleinen Seen auf das Land gereist oder sonnten sich an der Küste. Das hatten auch zwei der Anwälte getan, und nur einer der Ärzte machte Dienst in seiner Ordination. Es war übrigens eine sehr gesunde Stadt. Die ländliche Umgebung war wunderschön und die bäuerliche Bevölkerung sehr nett und höflich. Father Shayne hatte sich darauf gefreut, etwas Muße zu haben, aber hier hatte er fast schon ein bißchen zuviel davon. Jetzt, da er über mehr Freizeit verfügte, als er sich je erträumt hatte, entdeckte er, daß seine Bücher ihn gar nicht so sehr interessierten, wie sie es früher getan hatten. Außerdem verlockte ihn das Wetter, aus dem Hause zu gehen. Er konnte zwar in seinem kleinen, wunderbar in Ordnung gehaltenen Garten auf und ab gehen, aber er befand sich dabei immer unter den mißtrauischen Augen seines Gärtners und wagte es kaum, sich zu bücken und an einer seiner eigenen Rosen zu riechen. Er betätigte sich immer gern mit den Händen, aber in seinem kleinen Haus gab es überhaupt nichts zu reparieren. Er versuchte, einige der hübschen Szenerien, die er draußen sah, zu malen, und er gähnte schläfrig.

Er wußte ja schon, daß sein Bischof nicht die Absicht hatte, ihn lange Zeit in dieser Pfarre zu lassen, und war sich darüber im klaren, daß er etwas in der Sache der Familie Geoffrey Goulds unternehmen müsse. Er mußte „vorsichtig" zu Werke gehen. Also war er vorsichtig, mit dem Resultat, daß kein Mensch die Goulds erwähnte, die in einem eleganten kleinen Palais in einer sehr guten Gegend auf einem hübschen, isolierten Hügel am Rande der Stadt wohnten.

Waren sie auch aufs Land gereist, wie die anderen Familien von Stand in der Stadt? Father Shayne konnte nicht einfach mit der Tür ins Haus fallen und sich nach ihnen erkundigen, denn darüber hätte man sich sicherlich gewundert, weil er doch von ihrer Existenz offiziell gar nichts wissen konnte. Manchmal ließ er seinen Blick bei der Messe über die Anwesenden gleiten, um zu sehen, ob er jemanden entdecken könne, der vielleicht zu ihnen gehörte. Die älteren Kinder hatten jetzt Ferien und erschienen besonders zur Sonntagsmesse in Massen. Er erwartete, daß jemand von den Goulds zur Beichte kommen würde. Aber seines Wissens kam niemand. Er sah in den Kirchenbüchern nach. Die beiden jüngsten, die aus der zweiten Ehe stammten, waren hier getauft worden. Alice, sechs Jahre alt, und Gordon, der vier war. Er fand auch Aufzeichnungen, aus denen hervorging, daß der junge Geoffrey, der jetzt fünfzehn war, gefirmt worden war, ebenso wie seine vierzehnjährige Schwester Elsa, und daß der kleine zehnjährige Eric zur ersten Kommunion gegangen war. In den Aufzeichnungen der Pfarre stand auch, daß der Squire Geoffrey Gould, obwohl er vom Pfarrer eigentlich vom Altar verwiesen worden war, jedes Jahr wirklich große Summen für die Pfarre und die Instandhaltung der St.-Georgs-Kirche gespendet hatte, Summen, die man auch in den reichsten Londoner Pfarren als hoch bezeichnet hätte. Erst vor drei Jahren hatte er der Kirche schöne neue Glocken gekauft, woraus hervorzugehen schien, daß er gegen den verstorbenen Pfarrer keinen besonderen Groll gehegt hatte. Er hatte auch die wirklich luxuriösen Betpulte gekauft und einen herrlichen großen Perserteppich geschenkt, der vom Hochaltar über die Stufen herunter fast bis zum Kommunionsgitter reichte, entlang dessen ganzer Länge ein schwerer roter Teppich lag. Und das herrliche Fenster über der soliden Kirchentür stammte auch von ihm. Zum Gedenken an seine verstorbene geliebte Frau, Agnes Brandy Gould. Es war eine kostbare italienische Arbeit. (Hatte das vielleicht den Zorn des alten Tom heraufbeschworen?) Die Orgel, ein herrliches Instrument, war ein Geschenk des Squire Gould. Sie hatte einen wunderbaren Ton und erfüllte die kleine Kirche beim Hochamt mit vibrierendem Donner. Kurz und gut, alles, was wertvoll und mit Liebe ausgesucht war, stammte vom Squire Gould.

Wollte er dadurch vielleicht sein Gewissen beschwichtigen? Wollte er Buße tun? In diesen ersten zwei oder drei schläfrigen, sonnigen, vom Summen der Bienen erfüllten Wochen fand Father Shayne, daß er dieser Angelegenheit viel mehr Gedanken schenkte, als ihr eigentlich zukamen. Er beschwichtigte sich damit, daß er sich ins Gedächtnis rief, daß ja der Bischof an der Sache sehr interessiert war.

Sollte er einfach zu dem Haus am Stadtrand gehen und einen freundlichen Antrittsbesuch machen? Schließlich waren die Goulds ja seine Pfarrkinder. Das wäre eine ganz natürliche Begründung für eine Visite gewesen. Aber irgend etwas ließ ihn zögern.

Sicherlich waren sie verreist! Father Shayne aß sein Frühstück, das aus Erdbeeren mit Sahne, ausgezeichnet zubereiteter Hafergrütze und geräucherten Heringen mit Eiern sowie dem unvermeidlichen guten Tee bestand. Er brütete vor sich hin. Manchmal war er auf seinen Spaziergängen wie zufällig an dem Haus vorübergegangen, aber er hatte niemanden außer den Gärtnern zu Gesicht bekommen. Niemand spielte unter den Eichen, kein weißes Geflatter von Mädchenkleidern war zu sehen gewesen, kein Zeichen von Mrs. Gould oder ihrem Mann. Die saftiggrünen Rasenflächen waren leer und in den Fenstern war niemand zu erblicken. Sicher waren sie verreist. Oder aber sie hielten sich von der Kirche fern, dachte Father

Shayne und erinnerte sich an Old Tom, für den er jetzt keineswegs sehr freundliche Gefühle hegte. Wenn das der Fall war, dann war es nicht nur eine große Sünde, sondern auch eine große Gefahr für die Gould-Kinder.

Father Shayne machte der Schwester Oberin einen Besuch. Sie war eine majestätische alte Dame, deren Anblick allein ihn schon einschüchterte. Er sagte: „Schwester, ich finde da in den Aufzeichnungen den Namen einer Familie Gould. Sie müssen eine tiefe Liebe für unsere St.-Georgs-Kirche haben. Aber ich erinnere mich nicht . . . sind sie verreist?"

Sie sah ihn lange ruhig, nachdenklich und durchdringend an. Dann sagte sie rasch: „Ich glaube nicht. Ich habe den kleinen Geoffrey, Elsa und Eric jeden Sonntag in der Messe gesehen — um zehn Uhr."

„Ach so?"

„Übrigens die kleine Alice auch mit ihrem Kindermädchen."

„Aha."

„Mrs. Gould ist nicht katholisch. Eine reizende Dame!"

„So."

Sie lächelte ihn gezwungen an. „Mr. Gould wurde von Father Thomas MacGinnis zutiefst verletzt. Das sollte ihn natürlich nicht von seinen religiösen Pflichten abhalten. Aber verstehen kann man es."

„Daß jemand am Sonntag nicht in die Messe kommt, kann man nicht verstehen", sagte Father Shayne streng. Sie lächelte noch säuerlicher. „Das ist schließlich seine religiöse Pflicht, und es ist eine Sünde, wenn man nicht geht."

„Man", sagte die Schwester Oberin und ahmte seinen eigenen Ton nach, so daß er ein wenig errötete, „könnte sich vor Szenen fürchten. Ich muß Ihnen sagen, daß das eine Sünde war von Father McGinnis, darüber habe ich auch ihn nicht im unklaren gelassen."

„Szenen?"

„Das Ganze ist nicht meine Sache, Father. Es hat einige Auftritte zwischen dem Pfarrer und Mr. Gould gegeben. Aber ich muß meine Nase durchaus nicht in alles stecken."

Ausgescholten wie ein kleiner Junge und mit dem Gefühl, als hätte er von der Schwester Oberin wie ein Schüler für seine Frechheit eins mit dem Lineal hintendrauf bekommen, ging Father Shayne wieder in den Pfarrhof zurück. Die alte Dame war völlig eindeutig auf der Seite Squire Goulds, wenn ihr auch klar war, daß er eine schwere Sünde beging, indem er nicht zur Messe kam. Aber es war durchaus möglich, daß Old Tom ihm tatsächlich verboten hatte, zu kommen, was auch eine schwere Sünde war. Die Kirche begegnet den Sündern mit milder, warmer Güte und nicht mit Wutausbrüchen. Sie fordert nur Reue und Buße. Old Tom war, als er weder von Reue noch Buße für das hörte, was in seinen Augen eine Todsünde war, außer Rand und Band geraten. Aber es war sehr unziemlich von der Schwester Oberin gewesen und auch sündhaft, daß sie für den Squire Gould Partei ergriffen hatte, ohne die näheren Umstände zu kennen. Father Shayne dachte daran, sie ins Pfarrhaus zu bestellen und ihr den Kopf zu waschen, aber er konnte sich doch nicht dazu entschließen. Er hatte sein Selbstbewußtsein ihr gegenüber noch immer nicht ganz zurückgewonnen.

Father Shayne machte einen Spaziergang durch die Stadt und bewunderte, wie gewöhnlich, die hübschen Auslagen der Geschäfte, die schönen, alten Bauten und die reizenden Häuser, deren Gärten, auch die der weniger bemittelten Leute, in sommerlicher Blumenpracht erglühten, und die reinlichen, schmalen, krummen Straßen; und er genoß die ruhige Stimmung unter der Sonne des Sommers. Ein richtiges ländliches Idyll, dachte er. Aber er langweilte sich zu Tode. Er würde froh sein, wenn alle die, die verreist waren, wieder zurückkamen, obwohl das gleichbedeutend mit dem Einzug eines regnerischen Herbstes war.

Wie wohl Old Tom die Geschichte von Squire Gould erfahren haben mochte? Wäre es im Beichtstuhl gewesen, dann wären seine Lippen versiegelt gewesen. Er mußte es auf irgendeine andere Weise erfahren haben, nicht bei der Beichte. Wenn

Squire Gould nicht verreist war, dann kam er offenbar nicht ins Pfarrhaus, weil er weitere Szenen befürchtete, denn er wußte ohne Zweifel, daß der alte Tom die Angelegenheit dem Bischof anvertraut hatte und daß sie von diesem wahrscheinlich dem neuen Pfarrer mitgeteilt worden war.

An einem herrlichen Tag machte Father Shayne einen Ausflug nach dem Schloß Windsor. Es wimmelte von Besuchern aus London. Gähnend stand er mit vielen anderen vor dem Gitter zum Schloß. Die Königin war da. Natürlich, denn sie haßte ja den Buckingham-Palast. Ihre Standarte flatterte von dem großen, grauen Turm. Das einzig Aufregende waren die königlichen Leibgardisten mit ihren hohen Bärenfellmützen, die ostentativ zackig auf und ab marschierten. Er sah sich über die Mauer die riesigen Gärten an. Aber er war nervös. Der Bischof wartete sicher schon auf seinen ersten Brief, und es gab nicht das geringste zu schreiben. Aber — Vorsicht und nochmals Vorsicht! Und selbstverständlich Takt! Eigentlich unsinnige Dinge, wenn die Seele eines Menschen in Gefahr war. Die Kirche war nicht so vorsichtig gewesen, denn sie hatte, wie ihr Herr es auch getan, die gefährlichsten Orte aufgesucht, um nach den verlorenen Schafen Ausschau zu halten, und hatte sie behutsam heimgebracht. Zum Henker mit der Vorsicht und dem Takt! Wahrscheinlich waren die meisten Kulturen den Barbaren viel mehr durch eine Politik der Vorsicht, des Kompromisses und der Geduld zum Opfer gefallen als durch irgend etwas anderes. Die Diplomatie war wahrlich Satans wirksamstes Geschenk an die Regierenden.

Father Shayne radelte von recht energischen Vorsätzen beseelt zurück in seine Stadt. Als er ins Pfarrhaus kam, sagte ihm die Haushälterin mit einem freundlichen Augenzwinkern, daß er Besuch habe. Ein hoffnungsvoller Gedanke durchzuckte ihn, aber es waren nur drei Kinder, die auf ihn warteten. Da er aber Kinder sehr liebte, begrüßte er sie freundlich und setzte sich lächelnd zu ihnen.

Es waren ein Junge von etwa fünfzehn, ein etwas jüngeres

Mädchen und ein Junge so um zehn herum. Der ältere Junge stellte sich feierlich wie ein kleiner Gentleman als Geoffrey Gould, das Mädchen als seine Schwester Elsa und den zweiten Jungen als seinen Bruder Eric vor. Father Shayne war sofort im Bilde, und sein Gesicht rötete sich von neuer Hoffnung und interessierter Konzentration. „Ich muß euch bei der Messe und bei der Beichte übersehen haben . . .“

„Wir sind aber dagewesen“, sagte Geoffrey ernst. Er war ein hoch aufgeschossener, dunkelhaariger Junge, sehr mager und offenbar sehr sensibel, denn seine hübschen, olivbraunen Züge waren beweglich und ausdrucksvoll. Sein dunkles, lockiges Haar fiel ihm in die Stirn — ein bißchen mädchenhaft, dachte der Priester, oder ein wenig wie Byron. Aber er sah aristokratisch aus, und seine Manieren waren hervorragend. Der Priester betrachtete Elsa. Sie war ein reizendes Kind mit dichtem, glattem goldenem Haar, einem stillen, lieben Gesicht und auffallend schönen blauen Augen. Ihr Mund aber zitterte ununterbrochen, was sie krampfhaft zu unterdrücken versuchte.

Der kleinere Junge, Eric, bemerkte des Priesters besorgte Aufmerksamkeit sofort. Er saß zwar sehr wohlerzogen und höflich in seinem Stuhl, aber er war dauernd in Bewegung, wenn auch kaum merklich und keineswegs zappelig. Es machte den Eindruck, als leide er an einem ständigen, leichten Muskelzittern. Die blonden Augenbrauen über den großen, dunklen Augen zuckten, das blonde Haar fiel ihm dauernd in die Stirn, seine Mundwinkel schienen zu zittern. Auch die Hände konnte er nicht ganz ruhig halten, und es machte den Eindruck, als wolle er jeden Augenblick aufspringen. Als er den Priester schüchtern anlächelte, verzog sich sein Mund seitwärts.

Alle drei Kinder waren abnormal mager, obwohl sie sonst gesund zu sein schienen, und sie waren sehr teuer angezogen.

„Ich möchte gerne mit Ihnen allein sprechen, Father“, sagte Geoffrey. Sofort sprangen seine Schwester und sein Bruder auf. Dabei bemerkte der Priester noch etwas. Elsa stand etwas schief da, und als sie zurücktrat, sah er, daß sie hinkte. Nicht gerade sehr stark, aber immerhin schlimm genug, denn ihr linkes Bein war kürzer als das rechte.

„Aber selbstverständlich, Geoffrey", sagte Father Shayne. „Dein Bruder und deine Schwester können einstweilen im Wohnzimmer warten."

Er ging zur Tür und öffnete sie. Elsa ging zuerst. Sie hinkte wirklich, und ihr hübscher Mund zitterte. Eric, der ruckweise, zuckende Bewegungen machte, folgte seiner Schwester. Hatte das arme Kind den Veitstanz gehabt? Als Elsa an dem Priester vorüberging, machte sie einen Knicks und der Junge einen Diener. Entzückende Kinder! Aus irgend einem Grunde krampfte sich dem Priester das Herz zusammen, als er den beiden mit den Augen folgte. Er machte die Tür wieder zu und ging zu Geoffrey zurück. Der Junge saß nach vorne gelehnt in seinem Stuhl und hatte die Hände zwischen seine Knie geklemmt. Er betrachtete den Priester mit lebhafter, gespannter Aufmerksamkeit.

„Es ist wegen meines Vaters und wegen meiner Mutter", begann er sofort. „Ich habe schon probiert, mit Father McGinnis über sie zu sprechen, aber er hat gleich gesagt, ich soll still sein. Von dem Gebot, daß wir unsere Eltern ehren sollen, hat er geredet. Deswegen hat er nie gehört, was ich ihm sagen wollte. Father, meinen Sie, daß man wegen dieses Gebotes die Wahrheit verheimlichen soll? Wenn Sie das meinen, dann werden wir Sie nicht mehr stören. Wir werden gleich weggehen." Er rutschte auf seinem Stuhl nach vorne, und seine dunklen Augen beobachteten den Priester wachsam und entschlossen.

„Wird denn deine Wahrheit die Sünden von anderen verraten?" fragte Father Shayne.

„Ja, das schon. Aber es gibt noch etwas Wichtigeres: die Seele meines Vaters, seinen Seelenfrieden und daß er zu den Sakramenten zurückkehrt." Die Stimme des Knaben klang stark und unnachgiebig. „Wenn Sie mir nicht zuhören wollen, dann müssen wir gehen. Vicar Martin", er zögerte, „war sehr lieb zu uns, als wir mit ihm redeten, und er meint, daß Father McGinnis ganz abscheulich zu unserem Vater war."

Vicar Martin war der Rektor der anglikanischen Kirche in der Stadt. Er war ein hervorragender und gelehrter Mann in den mittleren Jahren, und Father Shayne hatte schon oft mit ihm geplaudert. Wenn dieser Mann sich der Familie erbarmt hatte, während sie von ihrem eigenen Pfarrer ausgestoßen worden war, dann hatte sich Old Tom wirklich abscheulich benommen.

„Weiß Vicar Martin, was du mir sagen willst, Geoffrey?"

„Ja, ich habe es ihm selbst gesagt. Father Shayne, wir wollen nicht aus der Kirche austreten. Wir könnten nie mehr glücklich sein. Aber wir sind ja hinausgetrieben worden, oder eigentlich ist Papa hinausgejagt worden, und wo Papa hingeht, dort werden auch wir hingehen."

Es war ein schreckliches Problem. Mit so scharfen Ausdrükken wie „Gut" und „Böse" konnte man da nichts anfangen. Die Sache wühlte Father Shayne zutiefst auf. Nachdem er einen Augenblick nachgedacht hatte, sagte er: „Erzähl mir alles, Geoffrey. Ich weiß, daß ich mit niemandem darüber reden soll. Und wenn ich glaube, daß du im Begriff bist, eine Sünde zu begehen..." Er hielt inne. Geoffreys Gesichtsausdruck hatte sich verändert, war ein wenig kalt und abweisend geworden. Dann aber lächelte der Junge. „Wenn ich eine Sünde begehe, dann werde ich sie beichten und Sie um Absolution bitten, Father."

Der Junge wirkte verzweifelt, was bei seinem Alter besonders mitleiderregend war. Plötzlich strich er das dichte Haar aus seiner Stirn. Eine lange Narbe wurde auf seiner braunen, zarten Haut unter dem Haaransatz sichtbar. Geoffrey machte eine Geste, aus der hervorging, daß der Priester die Narbe ansehen solle, und ließ dann seine Haare wieder darüberfallen. „Das hat mir meine Mutter getan", sagte er ohne sichtbare Bewegung. „Ich war damals sieben Jahre alt. Haben Sie bemerkt, daß Elsa hinkt? Das hat auch meine Mutter getan. Sie hat sie über die Stiege hinuntergeworfen und ihr dabei das Bein an mehreren Stellen gebrochen. Haben Sie Eric gesehen? Sie hat seinen Kopf gegen den Fußboden geschlagen, bis er bewußtlos war. Damals ist er erst zwei gewesen, und er ist fast gestorben. Er hat eine Gehirnverletzung erlitten. Das hat uns alles unsere Mutter getan."

Er sah den erschrockenen Priester an, der sehr bleich geworden war. „Habe ich eine Sünde gegen das vierte Gebot begangen, Father?" fragte er, und seine Stimme war die eines Mannes.

Father Shayne sagte eine Weile nichts. Sein Herz schlug heftig vor Zorn über diese Zeugnisse schrecklicher Grausamkeit. Endlich brachte er heraus: „Laß mich ein wenig später urteilen, Geoffrey. Erzähl weiter." Wer hatte das getan? Die Stiefmutter? Oder die wirkliche Mutter?

Das war doch völlig undenkbar!

„Dein Vater!" rief der Priester. „Dein Vater weiß doch sicher, was deine Stiefmutter seinen Kindern angetan hat! Warum hat er denn alle diese schrecklichen Dinge zugelassen? Es gibt doch die Polizei ..." Old Tom hatte also doch recht gehabt. Die Stiefmutter war eine Bestie. Wenn sie hilf- und wehrlosen Kindern so etwas antun konnte, dann war sie auch imstande, ohne die geringsten Gewissensbisse einen Mord zu begehen.

Der Junge sah den Priester an. Sein Mund verzog sich langsam und bitter.

„Meine Mutter, habe ich gesagt, Father. Nicht meine Stiefmutter! Die nennen wir Mama Florence, und wir haben sie lieb, denn sie ist gut und zärtlich zu uns und liebt uns. Wissen Sie, ich bin der Älteste. Papa glaubt, daß wir damals noch zu klein waren, als daß wir uns noch an etwas erinnern könnten, und ich habe auch so getan, als ob ich nichts mehr wüßte, damit er sich nicht so kränkt. Elsa und Eric wissen nichts mehr, glaube ich, und ich spreche mit ihnen nie davon."

„Deine Mutter!" sagte der Priester. Er war entsetzt. Dann dachte er: die arme Frau muß wahnsinnig gewesen sein.

„Meine Mutter hat alle täuschen können, nur Papa und mich nicht", sagte Geoffrey. „Sogar dem Pfarrer hat sie weisgemacht, daß sie fromm sei. Sie hatte das grausamste Gesicht, das Sie sich denken können, und es hat immer gelacht. Sie hat Papa gehaßt und sie hat uns gehaßt."

„Ja, aber, Geoffrey ..." Father Shayne konnte kaum glauben, was er soeben gehört hatte.

„Ich weiß es nicht genau, Father, aber ich glaube, ich bin kein Kind mehr. Ich weiß, daß es in der Welt böse Menschen gibt, die mit Leidenschaft Böses und Grausames tun, die lügen, verleumden und hetzen, einfach nur, weil es ihnen Vergnügen macht."

„Sie sind nicht verrückt", sagte der Junge, „einfach nur böse. Ein paar von meinen Lehrern in der Schule in London, die einen gemeinen Kerl nie erkennen konnten, wenn sie einem begegneten — sie waren so vergraben in ihren Unterricht und Fußball und Cricket, diese ahnungslosen Menschen! —, die glaubten, daß böse Menschen entweder verrückt sind, oder daß die Welt so hart gegen sie gewesen ist, daß sie sich nur rächen und zurückschlagen. Aber das ist gar nicht wahr, Father. Ich habe ein paar Schulkameraden gehabt in meiner Klasse, die waren boshaft einfach nur um der Bosheit willen. Der heilige Paulus hat doch von diesen Menschen gesprochen. Sie glauben doch an das absolut Böse, nicht wahr, Father?"

Der Priester zuckte zusammen. Das alte Problem des Bösen. Er griff auf das zurück, was man ihn gelehrt hatte. „Sicherlich, Geoffrey. Ich weiß, daß viele Menschen in dieser Welt ganz einfach böse sind, daß sie das Böse lieben und Böses tun, und daß sie sich dabei wohlfühlen. Die Heilige Schrift spricht oft von ihnen. Sie gehören eben dem Stamme Satans an."

Der Junge seufzte. „Danke, Father. Meine Mutter war weder wahnsinnig noch hatte sie der Welt etwas vorzuwerfen. Sie hat geglaubt, Papa sei ein Idiot, weil er lieb war und gütig und auf ihre boshaften Verleumdungen gegen ihre Freunde nicht hören wollte — und auf das, was sie ihm über uns Kinder vorgelogen hat. Sie hat mich immer der gemeinsten Dinge beschuldigt und Elsa auch, und wir waren damals erst acht und sieben, und der kleine Eric war erst zwei. Einmal habe ich Geld unter meinem Kopfkissen gefunden, eine ganze Menge. Ich war damals sieben Jahre alt. Mir war gerade ein Zahn ausgefallen, und ich wollte ihn unter mein Kopfkissen stecken." Er lächelte schüchtern über seinen kindlichen Aberglauben. „Und da habe ich das Geld dort gefunden und habe es hinuntergetragen zu Papa, der es dort versteckt hatte, damit ich es finden sollte. Aber meine Mutter hat geschrien, daß ich es gestohlen hätte, und daß sie es schon am Nachmittag vermißt hätte! Papa hat mich wieder ins Bett gebracht und hat mir gesagt: ‚Deine Mutter hat doch natürlich nur einen Spaß gemacht, Geoffrey. Denk nicht mehr dran.' Aber ich habe dran gedacht", sagte Geoffrey. „Das war nur eines von den vielen Dingen, die in unserem Haus geschahen."

Der Priester schwieg und der Junge sprach weiter.

„Meine Mutter hat meinen Papa verachtet. Er war reich, aber sie hat noch viel mehr gewollt. Wenn sie unrecht gehabt hat, dann hat er ihr das gesagt. Und sie hat uns Kinder dafür leiden lassen, weil sie gewußt hat, daß er uns über alles liebt. Ich kenne in der Schule einen Jungen, der genau so eine Mutter hat, wie sie eine war. Der will in den Ferien nicht einmal nach Hause. Er besucht immer Verwandte in der Nähe von Bournemouth. Wenn Papa etwas für unsere Kirche tun wollte, dann hat sie immer getobt und Sachen zertrümmert, wie zum Beispiel die schönen Meißner Porzellanfiguren, die Papa gesammelt hat. Es hat ihr Spaß gemacht, wenn sie etwas zertrümmern konnte, was er liebte! Aber er hat der Kirche immer Geschenke in ihrer beider Namen gemacht, und wenn dann die Priester gekommen sind und sich schön bedankt haben, dann hat Mama großartig die gütige Spenderin gespielt und hat liebenswürdig gelächelt. Sie war ja sehr schön, wie Elsa hat sie ausgesehen, und die Leute — wie dumm doch die Leute sein können — haben sie geliebt, weil sie so hübsch war. Sie war auch sehr charmant gegen ihre Freunde und die Priester, sogar gegen die Dienstboten. Verstehen Sie, sie hat es immer so eingerichtet, daß sie ihre Tobsuchtsanfälle dann bekommen hat, wenn die Dienstboten nicht zu Hause waren, oder an Feiertagen, wenn unsere

Familie allein war. Und deshalb hat niemand etwas davon gewußt, außer uns. Oder vielleicht noch der alte Bailiff, unser Butler in Belfast. Er war nicht wirklich ein Amtmann, aber wir haben ihn Bailiff genannt, weil er so korrekt und gradlinig war. Ihm hat Mama nie etwas vormachen können, glaube ich. Er hat sie gehaßt. Aber bei der Verhandlung hat er um unseretwillen nichts gesagt."

Der Priester, der eine große Erfahrung und intensive Schulung hinter sich hatte, war der Geschichte aufmerksam gefolgt und hatte den Jungen genau beobachtet. Es bestand nicht der Schatten eines Zweifels daran, daß Geoffrey die Wahrheit gesagt hatte. Sein Entsetzen wurde immer größer.

„Du weißt also von der Verhandlung, Geoffrey? Verstehst du, ich habe auch einiges darüber erfahren."

Der Junge stand auf und begann erregt im Zimmer auf und ab zu gehen. „Ja, natürlich habe ich davon gewußt! Alle haben zwar versucht, es uns zu verheimlichen, aber ich habe es doch erfahren. Sie haben die Zeitungen versteckt, aber ich habe sie gefunden. Papa hat nicht Ferien gemacht, wie er versucht hat, mir einzureden, bevor ihn die Polizei verhaftete. Er war im Gefängnis. Mama Florence — sie war damals bei uns — hat so getan, als ob alles in fröhlichster und schönster Ordnung wäre, und ich habe so getan, als ob ich alles das glaubte, was sie uns einreden wollte. Das war wohl das wenigste, was ich für sie tun konnte."

„Und damals warst du erst acht Jahre alt?"

Der Junge machte eine ungeduldige Geste. „Ich verstehe nicht, warum die Leute glauben, daß Jungen von acht Jahren aufs Hirn gefallen sind! Oder Kinder überhaupt. Wir wissen eine Menge mehr, als wir je später erfahren werden." Er machte eine Pause. „Ich glaube nicht, daß mein Papa meine Mutter ermordet hat. Aber wenn er es getan hat, dann bin ich froh darüber!" Er ballte die Fäuste, und sein junges Gesicht verzerrte sich einen Augenblick. „Ich bin froh! Ich bin froh, daß sie tot ist! Wenn sie nicht gestorben wäre, dann hätte sie vielleicht einen von uns umgebracht. Nein“, fügte er nach einer kurzen Pause hinzu. „Sie hat immer kurz vorher haltgemacht — bevor es ein Mord wurde. Sie war sehr schlau. Alles, was sie uns angetan hat, hat sie ganz im geheimen gemacht, darauf hat sie sehr genau geachtet, denn sie hat gewußt, daß Papa sie nie verraten wird. Um unseretwillen! Das war dumm von Papa. Er hätte uns wegbringen sollen, bevor uns das alles passiert ist. Das kann ich ihm nicht verzeihen — daß er nicht weggegangen ist von meiner Mutter. Aber als ich noch klein war, hat er mir immer gesagt, daß auch die ärgste Mutter besser sei als gar keine. Das glaube ich aber nicht, Father, das kann ich nicht glauben! Und dann, damals, als Eric auf die Welt gekommen ist, hat Papa zu mir gesagt: ‚Verstehst du jetzt, Geoffrey, daß deine Mutter nichts dafür konnte. Sie ist so krank, und sie muß schon lange Zeit krank gewesen sein.‘ Das habe ich aber auch nicht geglaubt. Sie hat immer so fürchterliche Wutanfälle bekommen und geschrien und gekreischt, wenn wir allein zu Hause waren, und schrecklich gedroht hat sie uns. Ich glaube, daß ihr Herz von diesem bösen Zorn krank geworden ist.“

„Und niemand hat etwas davon gewußt? Die Nachbarn und die Freunde? Und auch die Dienstboten nicht?“

„Ich weiß es nicht. Vielleicht haben es ein paar gewußt. Aber bei der Verhandlung haben sie eben Papa schützen wollen. Alle haben ihn ja gern gehabt. Sie haben wohl deshalb nichts über meine Mutter sagen wollen, weil ja dann mein Papa ein Motiv gehabt hätte, meine Mutter zu töten. Er ist doch deshalb freigesprochen worden, weil man kein Motiv für den — Mord finden konnte.“

Der Priester erhob sich, ohne ein Wort zu sagen, und ging zum Fenster. Er starrte in den überreich blühenden Garten hinaus. Ohne sich umzudrehen, sagte er nach einer Weile: „Glaubst du denn, daß sie ermordet worden ist, Geoffrey?“

„Ich weiß es nicht. Papa hat es nicht getan, glaube ich ... Ich weiß es nicht. Wenn er es getan hat, dann wird Gott es verstehen können. Wenn es Mama Florence getan hat, dann hat sie es für uns alle getan. Das ist kein Mord, Father, wenn man tötet, um sich zu verteidigen, oder wenn man die Wehrlosen verteidigt. Das weiß die Kirche."

Der Priester wandte sich um und ging zu seinem Stuhl zurück. Er betrachtete seine Handrücken. Das Problem des Bösen! Er dachte an diese armen Kinder, die so fürchterlich an Körper und Seele verletzt worden waren. Ihr ganzes Leben würden sie die Narben der Wunden, die ihnen die Bosheit geschlagen hatte, nicht mehr loswerden, wenn auch die jüngeren von ihnen sich nicht mehr bewußt daran erinnern würden, was und wer ihnen diese Wunden geschlagen hatte. Aber in dunklen Alpträumen, in der Einsamkeit und im Kummer, wenn Verzagtheit und Kleinmut über sie kamen, würden der halb oder ganz vergessene Schmerz und die ausgestandene Angst ihren dunklen, bösen Schatten über ihre Herzen werfen und ihr Elend vertiefen, ihre Bürde schwerer machen. Er, Father Shayne, war oft an den Betten von betagten Frauen und Männern gekniet, die ein Alter erreicht hatten, das weit über das gewöhnliche hinausging, und die im Sterben erbarmenswert wie Kinder nach ihren Müttern gerufen hatten. Oder sie hatten aufgestöhnt unter dem Schmerz und der Pein, die sie als kleine Kinder erlitten hatten, als sie noch zu klein waren, um zu verstehen oder das Erlebte bewußt im Gedächtnis zu behalten. Der Leib, das Hirn hatten vergessen, aber die Seele nicht, die vergaß niemals. Und er erinnerte sich daran, wie er an der Seite dieser von Schmerz und tödlicher Krankheit gepeinigten Menschen gestanden hatte und wie sie manchmal ausgerufen hatten: „Ach, das hatte ich ganz vergessen! Daran habe ich bis jetzt nie gedacht! Wie soll ich es ertragen?" Die Erinnerung war, wenigstens für Augenblicke, schrecklicher gewesen als ihr gegenwärtiger Zustand und mußte unbewußt und ungelöst ihr ganzes Leben lang durch ihre Träume gegeistert sein.

Er sagte zu Geoffrey: „Kannst du deiner Mutter nicht vergeben, mein Sohn?"

Der Junge lächelte wieder bitter. „Wie kann ich meiner

Mutter vergeben, wenn die Kirche meinem Vater nicht glauben will oder ihm auch nicht vergeben will, wenn er meine Mutter wirklich getötet hat?"

„Die Kirche verlangt wahre Reue, Zerknirschung und Buße, Geoffrey!"

Der Junge dachte lange nach und runzelte seine narbige Stirn. Dann sagte er traurig: „Wie kann denn mein Vater bereuen, daß er uns vor unserer Mutter errettet hat? Ja, ich weiß schon. Sie werden sagen, daß Mord eine Todsünde ist. Aber er tat, was er tat — wenn er es überhaupt getan hat —, um uns zu schützen und zu retten. Wie kann ihm denn das leid tun?"

Er wartete, aber der Priester sagte nichts. Da rief der Junge aus: „Es ist das Problem der Sünde und des Bösen! Das denken Sie doch sicherlich! Ich habe auch viel darüber nachgedacht, und manchmal kommt man einfach zu keiner Entscheidung, Father! Man kann das Gute und das Böse nicht unterscheiden!"

Mein armes Kind, dachte der Priester. Es gibt noch etwas, das du vielleicht nicht weißt. Daß nämlich dein Vater möglicherweise die Tat begangen hat, nicht nur um seine Kinder zu retten, sondern um eine andere Frau heiraten zu können. Vielleicht! Wer konnte es wissen?

„Geoffrey", sagte er, „glaubst du, daß vielleicht die Möglichkeit besteht, daß deine Stiefmutter deine Mutter getötet hat?"

Der Junge schwieg. Endlich sagte er: „Darüber habe ich auch nachgedacht. Wenn sie es getan hat, dann bin ich auch ihr dankbar. Sie liebt uns, und unsere Mutter hat uns gehaßt. Warum sie uns so gehaßt hat, haben wir nie verstanden. Ich glaube, am Anfang hat sie geglaubt, Papa sei reicher, als er in Wirklichkeit war. Ich erinnere mich, wie sie mit ihm geschrien hat, als ich noch ein Kind war. Sie hat Belfast gehaßt. Sie wollte in London leben. Reisen wollte sie und frei sein, hat sie ihm immer zugeschrien. Und dann hat sie ihn verwünscht, weil wir auf die Welt gekommen sind. Eingekerkert hätten wir sie, hat sie gesagt. Wenn wir nicht da wären, dann könnte sie alles mögliche unternehmen und überall hinreisen, wo sie immer schon hinzufahren sich gewünscht hatte, als sie noch die Tochter einer armen Familie gewesen war. Sie hat uns vor Papa beschimpft und verflucht, geohrfeigt und gestoßen.

Mama Florence hat uns immer auf längere Zeit besucht. Im Winter war sie regelmäßig einen Monat da. Wir haben sie schon immer gekannt, sie ist nämlich mit unserer Mutter in die Schule gegangen. Wir haben sie auch immer schon sehr lieb gehabt. Sie war selbst sehr reich und hat uns immer herrliche Geschenke mitgebracht. Mama hat sie beneidet, das weiß ich ganz bestimmt. Sie hat sie beneidet, weil sie nicht verheiratet war und weil sie keine Kinder hatte. Und weil sie reich war. Nur hat Mama immer, wenn sie gut aufgelegt war, gesagt, daß sie viel hübscher sei als Mama Florence; und dann hat sie die Stirn gerunzelt und gesagt: ‚Hat mir aber trotzdem nichts genützt! Jetzt bin ich hier eingesperrt mit den Kindern, die ich nie gewollt habe, und die Frau von einem Mann, der keinen Geist und keine Phantasie hat!' "

„Deine Mutter war doch katholisch, Geoffrey. Und trotzdem hat sie euch nicht gewollt?"

„Die hat überhaupt niemanden gewollt, außer sich selbst, Father. Oder glauben Sie vielleicht, daß sie nur deshalb, weil sie katholisch war, ganz automatisch Kinder geliebt hat? Ja, wenn der Pfarrer zu Besuch gekommen ist, dann hat sie wunderbar Theater gespielt! Dann hat sie uns sorgfältig angezogen und hat Eric auf den Schoß genommen und hat uns geküßt. Und der Pfarrer hat ganz gerührt dreingeschaut. Kaum war er weg, hat sie uns davongejagt. ‚Ausziehen und marsch ins Bett. Und keinen Ton will ich mehr hören!' Und dann hat sie gestöhnt. Gestöhnt hat sie überhaupt ununterbrochen. Ich glaube gar nicht, daß sie so krank war, wie der Doktor immer gesagt hat. Sie war eben sehr schlau und hat auch ihn an der Nase herumführen können."

Das Böse nimmt nicht immer die Gestalt des Ungeheuerlichen an, es hat nicht stets die finstere Größe wie bei Milton. Es kann niedrig, giftig, häßlich, klein und lasterhaft sein. Es kann ebensogut die Gestalt einer Natter wie die eines großen, gefallenen Engels haben.

„Mein Vater war unglücklich mit meiner Mutter", brach Geoffrey die Stille wieder. „Ich kann mich nicht erinnern, ihn lachen gesehen zu haben, als sie noch am Leben war. Manchmal in der Nacht schaute ich heimlich zum Fenster hinaus, und da sah ich oft im Mondlicht, wie er im Garten auf und ab ging und *so* mit seinen Händen machte." Der Knabe rang seine eigenen Hände. „Er lächelte nur, wenn er mit uns spielte und wenn Mama Florence uns besuchte. Das war immer herrlich für Papa und uns. Es war, wie wenn jemand in einem finsteren, muffigen Haus die Fenster geöffnet und Licht und Luft hereingelassen hätte. Verstehen Sie mich?" sagte der Junge linkisch.

„Ja, ich glaube schon." Der Priester zögerte. „War deine Mutter denn nie auf deine — auf die Dame, die du Mutter Florence nennst, eifersüchtig?"

Der Junge starrte ihn an. Dann wurde er plötzlich rot, und sein Mund verzog sich verächtlich. „Ich weiß schon, was Sie meinen! Aber das ist nicht wahr! Bei der Verhandlung haben sie auch versucht, da hinauszukommen, das habe ich selbst gelesen. Papa und Mama Florence sind am Nachmittag immer spazierengegangen, manchmal allein, manchmal mit uns. Oder sie haben uns mit unserem Wagen in die Stadt in eine Konditorei geführt. Das war, als Eric auf die Welt gekommen war und meine Mutter fast ununterbrochen im Bett lag. Bevor sie krank wurde, sind wir immer mit beiden Eltern und Mama Florence zusammen ausgegangen."

Der Priester versank wieder in Nachdenken, und der Junge beobachtete ihn mit zunehmender Ungeduld und Verzweiflung.

„Geoffrey", sagte der Priester schließlich, „wenn deine Mutter wirklich so böse und unerträglich war, wie konnte es denn dann möglich sein, daß deine Stiefmutter sie gern hatte und besuchen kam?"

„Ach", sagte Geoffrey, „meine Mutter hat Mama Florence immer sehr verwöhnt und sich ganz anders benommen, wenn sie da war. Sie hatten in der Schule das Zimmer geteilt, und meine Mutter — das habe ich Ihnen ja schon gesagt — konnte sehr liebenswürdig sein, wenn sie wollte. Ich habe Ihnen auch erzählt, daß Mama Florence sehr reich war, übrigens war sie auch eine Waise. Und Mama hat reiche Leute sehr geschätzt, sie wollte immer reiche Leute um sich haben. Und weil Mama Florence keine eigene Familie hatte, auch keine Geschwister, hat sie sich so an meine Mutter angeschlossen, als sie junge Mädchen waren. Und als dann meine Eltern geheiratet haben und Kinder gekommen sind, da hat sie eben uns alle sozusagen dazuadoptiert. Sie kennen Mama Florence nicht! Sie ist nämlich wirklich der Engel, den meine Mutter immer nur gespielt hat. Hören Sie doch, Father, sie will in die Kirche eintreten, damit wir auch da alle beisammen sind und weil es ihr Glaube geworden ist. Aber Father McGinnis hat auch sie weggejagt."

„‚Weggejagt', Geoffrey, ist denn doch vielleicht ein zu hartes Wort. Ich kann gar nicht glauben, daß es wirklich so schlimm gewesen ist."

„Dann sind Sie voreingenommen", sagte der Junge ganz sachlich und erhob sich mit resignierter Verzweiflung. „Bitte entschuldigen Sie mich jetzt. Wir wollen nach Hause gehen. Es hat ja keinen Sinn, nicht wahr?"

Der Priester stand auch auf. Er legte dem großen Jungen die Hand auf die Schulter. „Ich glaube, es hat doch sehr viel Sinn gehabt. Gezankt habe ich jedenfalls nicht mit dir, oder? Ich habe dich auch nicht unterbrochen, als du von deiner Mutter mit soviel Bitterkeit und — ja, sogar Haß gesprochen hast. Was recht ist, soll auch recht bleiben, nicht wahr, Geoffrey? Junge, ich weiß ja, daß du deinem Vater helfen willst. Ich möchte, daß du jetzt zu ihm nach Hause gehst und ihm sagst, daß du mir das alles erzählt hast. Und dann richte ihm aus, daß er mich doch besuchen soll. Und das sagst du auch deiner Stiefmutter."

„Danke, Father“, sagte Geoffrey, und es traten ihm die Tränen in die Augen.

Auch der Priester hatte feuchte Augen, als er diesen armen, so tief verwundeten Kindern nachsah. Er hatte sie mit einem Gefühl väterlicher Zärtlichkeit gesegnet. Er sah, mit welcher Aufmerksamkeit und liebevollen Achtsamkeit Geoffrey auf seine Schwester und seinen Bruder aufpaßte, als er sie die Straße hinunterführte. Jetzt waren sie ja wieder froh und lebten in einer Familie, in der Glück und Liebe daheim waren. Aber für ihr ganzes Leben waren ihnen Wunden geschlagen worden. Es würde notwendig sein, sie zu lehren, wie sie mit diesen Wunden leben konnten, damit sie nicht einen dauernden Schaden erlitten. Was sie brauchten, war nicht Verheimlichung, sondern die ganze Wahrheit. Alles Böse, das an das Licht der Sonne kommt, schrumpft und stirbt. Manchmal wenigstens. Zumindest verliert es einen Teil seines Schreckens, wenn man es anderen mitteilt und gemeinsam trägt. Wie oft ist doch das Schweigen der Verbündete des Satans, dachte der Priester, und auch die besten Absichten werden dadurch zu scheinheiliger Heuchelei.

Er ging in die Kirche und betete um Erleuchtung, um Hilfe zur Entwirrung dieses schrecklichen, verwickelten Knäuels von Gutem und Bösem. Das Böse war wie eine Schlingpflanze, die sich um den Stamm eines Baumes emporwand und ihre giftigen Blätter zwischen den guten des Baumes verbarg. Keine der beiden Pflanzen konnte die andere überwältigen, sie lebten in einer Art von Neutralität. Es war wirklich eine verwickelte Situation, eine, die nicht dadurch gelöst werden konnte, daß man ja oder nein sagte. Nicht in allen Fällen. Immer konnte man nicht eine eindeutige Antwort geben. Erleuchte mich mit Weisheit, betete der Priester, mit der Weisheit, das Gute vom Bösen und das Böse vom Guten zu scheiden.

Er hatte eigentlich erwartet, daß ihn Squire Gould und seine Frau am nächsten Tag besuchen würden. Sie kamen aber nicht. Auch nicht an den beiden folgenden Tagen. Sollte er hingehen? überlegte der Priester und dachte daran, wie Christus die verlorenen Lämmer gesucht hatte. Er hatte sich schon fast zu dem Entschluß durchgerungen, sie aufzusuchen, als ihm an einem Freitag nachmittag, gerade als er seine Sonntagspredigt vorbereitete, seine Haushälterin den Squire und seine Lady meldete.

Sie traten zusammen in sein Arbeitszimmer. Der Mann war groß, ein wenig gebeugt und seinem ältesten Sohn sehr ähnlich. Nur machte ihn das Alter milder und auch ernster. Das Feuer, das in Geoffreys Augen brannte, war gedämpfter in den seinen, und seine dunklen Locken, die denen seines Sohnes glichen, waren von weißen Strähnen durchzogen. Er war schlank und elegant, und Father Shaynes erster Eindruck war der von großer Güte, ruhiger Milde und unendlicher Geduld. Seine Frau Florence, die wie er groß und schlank war, erschien auf den ersten Blick ganz einfach, schlicht und unauffällig, wenn sie aber lächelte, wie sie es jetzt tat, dann bemerkte man plötzlich, daß sie wirklich schön war, mit ihren ausdrucksvollen grauen Augen und dem feinen Teint. Ihr leichter Sommerhut, dessen hellviolette Bänder unter ihrem profilierten, aber doch weiblichen Kinn geknüpft waren, verbarg ihr weiches, braunes Haar nur teilweise. Ihr enganliegend geschneidertes, hellviolettes Sommerkleid verriet ihre jugendliche Gestalt, und die plissierte, geraffte Borte, mit der ihr Rock besetzt war, fiel über ihre Füße. Sie bewegte sich ebenso elegant wie ihr Gatte und nahm neben ihm Platz, während sie ihre behandschuhten Hände auf ihr Parasol stützte.

Father Shayne bemerkte, daß die beiden ihn genauso aufmerksam studierten wie er sie. „Ich freue mich, daß Sie beide gekommen sind“, sagte er. „Ich habe erfahren, wieviel Sie für diese Kirche getan haben. Ich hätte Sie schon früher besucht . . .“

Der Squire sagte ruhig: „Ich vermute, Ihnen ist das bekannt, was Father McGinnis über uns wußte, Father?“

Der Priester wurde ein bißchen ärgerlich. Hatte Geoffrey nicht gehorcht und seinem Vater nicht gesagt, daß die Kinder ihn besucht hatten?

„Ja“, sagte er. „Wir können ebensogut gleich ganz offen miteinander reden. Das macht die Sache kürzer. Ich weiß nicht, ob Ihnen bekannt ist, daß der Bischof entfernt mit Ihnen verwandt ist?“

Der Squire lächelte. „Ja. Ich wollte ihn schon immer gerne kennenlernen und in London besuchen. Und dann“ — sein Lächeln versiegte — „kamen die Schwierigkeiten. Ich wollte ihn nicht in Verlegenheit bringen. Father McGinnis sagte mir oft und zornig, daß er meinetwegen und wegen meiner Familie an den Bischof geschrieben habe.“ Er machte eine Pause. „Hat der Bischof Father McGinnis geglaubt?“ Er lächelte. „Oder sollen wir jetzt aufhören, offen zu reden?“

„Nein“, sagte Father Shayne. „Wir wollen mit der größten Freimütigkeit reden. Ich bin nur für kurze Zeit hier, wie ich glaube. Hauptsächlich bin ich hergeschickt worden, um Sie kennenzulernen und Ihnen zu helfen. Mein Bischof glaubt nicht, daß Sie eines — Mordes schuldig sind.“ Er warf einen Blick auf Florence Gould. „Und er glaubt auch nicht, daß Mrs. Gould schuldig ist. Mr. Gould, ist Ihnen bekannt, daß Ihr Sohn bei mir war und mir seine Version und seine Beobachtungen mitgeteilt hat?“

Der Squire sah seine Frau entschuldigend an und sagte: „Ja, das hat er getan. Florence, Geoffrey kann sich an alles erinnern. Er erinnert sich, wie er seine Narbe bekommen hat, und er erinnert sich auch daran, wie die anderen verletzt wurden. Er hat nichts vergessen.“

„Nein, das kann und darf doch nicht sein!“ sagte Florence tief erschrocken und bestürzt. „Ich habe geglaubt, daß er noch zu klein war, um sich zu erinnern. Und du hast dich doch so bemüht, ihn abzuschirmen, Geoffrey, und ich auch.“ Tränen traten in ihre Augen.

„Ich habe auch geglaubt, daß er sich an nichts erinnern kann“, sagte der Squire. „Ich war fürchterlich erschrocken, als er es mir vorige Woche sagte. Und ich hatte doch so darum gebetet, daß er es vergessen möge!“

„Aber warum hat er es uns denn nicht gesagt, das arme Kind?" sagte Florence ganz gebrochen.

„Weil er gewußt hat, daß wir uns gewünscht haben, er solle alles vergessen. Er wollte unsere schönen kleinen Wunschträume nicht zerstören."

„Und Eric und Elsa?"

„Ich weiß es nicht, Florence."

Father Shayne mischte sich in das Gespräch. „Ich bin ziemlich sicher, daß Eric es nicht weiß. Er war ja erst kaum zwei, als ihm das geschah. Und Elsa — Sie wissen ja selbst, wie still sie ist."

„Und was sie für Alpträume hat!" sagte Florence, und eine Träne lief ihr die Wange hinunter. „Ich habe geglaubt, daß das einfach nur die gewöhnlichen schlechten Träume sind, die Kinder eben haben, und damit habe ich sie auch immer getröstet."

„Es sieht so aus", sagte Father Shayne, „als hätte auch in Ihrem Haus nicht sehr viel Offenherzigkeit geherrscht. Mr. Gould, ich bin ein Priester und bin schon oft an den Betten der Sterbenden gestanden, und ich habe ihre Schreie gehört. Das Bewußtsein vergißt Dinge, die ihm eine zu große Belastung bedeuten, aber die Seele vergißt niemals. Solange wir leben, beeinflussen die Erinnerungen unserer Seele unsere ganze Existenz. Und in der Sterbestunde werden sie manchmal unerträglich. Wollen Sie, daß Ihre Kinder weiter schweigen sollen, um Ihr Zartgefühl zu schonen, oder wollen Sie offen sein mit ihnen, und ihnen ohne Groll und Bitterkeit die ganze Wahrheit sagen, damit sie in ihrem späteren Leben weniger mit sich herumschleppen müssen, diesem Leben, das weiß Gott ohnehin schon hart genug werden kann."

Sie sahen ihn schweigend und schmerzlich an.

„Ihr Sohn Geoffrey ist kein kleines Kind mehr. In ein paar Jahren wird er ein reifer Mann sein. Irgendwann wird ihn irgendwer mit diesem Mordprozeß in Verbindung bringen. Sie sind in diese Stadt geflüchtet, um sich zu verbergen. Um Ihrer Kinder willen. Aber gegen die Welt können Sie sie nicht schützen. Sie können sie nicht unter eine Glasglocke stellen. Ich rede hier nicht nur von Geoffrey, Elsa und Eric, sondern auch von Ihren beiden Kindern, die Sie gemeinsam später bekommen haben. Glauben Sie vielleicht, daß es für sie einmal sehr angenehm sein wird, wenn sie von Fremden hören müssen, daß ihr Vater eines Mordes angeklagt war? Sie werden nicht verstehen können, warum man ihnen das nie gesagt hat. Und trotz ihrer Liebe zu Ihnen werden sie zu grübeln beginnen. ‚War es wirklich mein Vater? War es meine Mutter? Haben sie wirklich einen Mord begangen?' Solche Fragen werden sie sich unweigerlich stellen. Wollen Sie wirklich, daß es dazu kommt?"

„Um Gottes willen", sagte der Squire flehentlich. „Nein, nein!"

„Dann müssen Sie sich die Sache ernstlich überlegen und etwas unternehmen. Ich würde sagen, Sie sollten bald einmal mit Elsa reden und ihr sagen, wie sie zu diesen Verletzungen gekommen ist. Es ist einigermaßen wahrscheinlich, daß sie sich doch daran erinnert. Reden Sie ruhig und vernünftig mit ihr, ohne etwas zu beschönigen, aber auch ohne ihre Mutter heftig zu beschuldigen. Kinder haben einen besonderen Sinn für Tatsachen, denn sie sind Realisten. Sagen Sie ihr, daß Sie Ihrer Frau für das, was sie Ihnen und Ihren Kindern angetan hat, vergeben haben, und daß Elsa auch lernen muß, ihr zu verzeihen. Und dann, wenn sie ein bißchen älter sein wird, sollten Sie ihr die Umstände des Todes ihrer Mutter mitteilen. Sie wird dann von Haus aus mehr Vertrauen zu Ihnen haben. Sie ist viel zu still und verschlossen. Sie hat nicht ein einziges Wort gesagt, als sie hier bei mir war. Solche Schweigsamkeit ist bei einem Kind immer ein Zeichen, daß Gefahr droht. Sie mißtraut Ihnen vielleicht schon jetzt und fühlt sich übergangen, weil sie vielleicht doch nicht die große, gütige Liebe Ihres ältesten Sohnes hat.

Und dann, nach ein oder zwei Jahren, wenn sie alles über ihre Mutter weiß, dann sagen Sie ihr, daß sie Ihnen glauben muß, was auch immer sie von anderen zu hören bekommen mag, und daß Sie keine Schuld an dem Tode Ihrer Frau haben."

Das ernste Gesicht des Squire wurde sehr bleich. Er blickte auf den Griff des Stockes, den er zwischen den Knien hielt. Dann sagte er leise: „Florence, willst du uns einen Augenblick allein lassen?"

Sie setzte sich sehr gerade auf und rief mit bleichem Gesicht: „Nein! Father Shayne hat ganz recht. Wir wollen offen sein, Geoffrey. Geoffrey! Du hast doch nichts zu verbergen!"

Father Shayne erschrak. „Mr. Gould! Sie haben doch Ihre Frau nicht getötet, nicht wahr?"

Der Squire starrte noch immer auf seinen Stockknauf. „Ich weiß es nicht", sagte er leise.

„Geoffrey!" schrie seine Frau, laut und erschrocken.

„Sie wissen es nicht?" sagte der Priester. „Wie ist denn das möglich, daß Sie es nicht wissen?"

Florence starrte ihren Mann mit weit aufgerissenen Augen an, und ihr Atem ging heftig. Aber der Squire blickte nur auf den Priester. In seinem Gesicht standen Herzensangst und Seelenqual.

„Ich weiß es ganz einfach nicht", wiederholte er. „Kennen Sie die Umstände beim Tode meiner Frau im einzelnen? Ja? Dann bin ich froh, daß ich sie nicht zu wiederholen brauche.

Am Tage, bevor Agnes starb, war sie mehrere Stunden aufgestanden. Florence war zu Besuch. Agnes war in einer sehr labilen Gemütsverfassung. Einen Augenblick lächelte sie und war vergnügt, und im nächsten bekam sie einen Tobsuchtsanfall. Es war einfach unerträglich, und dieser Ausdruck ist noch eine Untertreibung. Das ganze Haus war unter Hochspannung, denn man konnte nie wissen, wann es wieder losgehen würde." Die weiche, irische Stimme wurde heiser, als er sich so lebhaft an damals erinnerte, und er sprach stockend weiter. „Geoffrey hat mir gesagt, daß er Ihnen das alles berichtet hat. Agnes konnte auch gefühlvoll und herzlich sein. Ach Gott, ich habe mich so bemüht, das alles zu vergessen!"

Der Priester hatte sich von seinem Schreck und seiner Verwirrung noch immer nicht erholt, sagte aber: „Vergessen führt nie zu etwas wirklich Gutem. Es ist besser, man erinnert sich und versucht, zu vergeben."

„Ja, ja. Sie haben ganz recht, Father . . ."

„Geoffrey!" rief seine Frau. „Du hast doch Agnes nicht getötet. Das ist doch nicht wahr! Das hast du doch nicht getan!"

Der Squire legte ihr seine Hand einen Augenblick auf den Arm und sagte: „Ich weiß es nicht. Bitte laß mich weiterreden und schrei nicht so laut, Liebling!"

„Father Shayne, am Tag vor ihrem Tode war meine Frau bei bester Laune. Sie hatte unserem Priester gebeichtet und die heilige Kommunion erhalten. Sie fühlte sich viel besser, obwohl sie gegen ihre Schmerzen ein leichtes Mittel nehmen mußte. Sie hatte Angina pectoris, und das ist ein schmerzhaftes Leiden, wie man mir gesagt hat. In Gefahr war sie nicht direkt, aber sie war schwach und halb bewegungsunfähig, obwohl sie selbst sagte, daß sie es ganz war. Ich glaube, sie hat das behauptet, um mich zu beunruhigen und mich davon abzuschrecken, den Versuch zu machen, eheliche Beziehungen aufzunehmen." Er lächelte traurig. „Sie wollte ja nie Kinder, und die, die sie hatte, mochte sie nicht. Das hat Ihnen ja Geoffrey schon erzählt. Wieviel doch der arme Junge gewußt hat, und ich habe nie geahnt, daß er es weiß! Armer Junge!

Ich habe immer darauf bestanden, daß die Kinder ihren Eltern gute Nacht sagen sollten, und deshalb habe ich sie an diesem Abend auch zu ihr hineingeführt. Eric war ein unruhiges kleines Kind, gerade erst zwei, und er ist natürlich im Zimmer herumgerannt, was meine Frau immer geärgert hat. Unglücklicherweise warf er dabei ein Tischchen um, auf dem allerlei kostbare Nippsachen standen. Sie fielen auf den blanken Boden und zerbrachen natürlich zum größten Teil."

Der Squire schloß die Augen, als wolle er dieses Bild seiner Erinnerung auslöschen. „Geoffrey war noch im Zimmer. Elsa, die sich in Gesellschaft ihrer Mutter nicht sehr glücklich fühlte, war hinausgegangen. Und wenn ich jetzt darüber nachdenke, dann glaube ich, sie muß sich an etwas erinnern. Ach Gott, die armen Kinder! So sahen also nur Geoffrey und ich, was folgte. Agnes sprang kreischend aus dem Bett, und bevor ich sie noch daran hindern konnte, hatte sie Eric gepackt und schlug seinen kleinen Kopf wütend gegen den harten Fußboden. Immer wieder und immer wieder, wie der Blitz ging das alles. Als ich hineinspringen konnte, war das Kind schon bewußtlos. Ja — das ist keine Übertreibung, es hatte die Besinnung verloren!

Ich trug das Kind aus dem Zimmer, während mir meine Frau alles mögliche nachschrie. Die Pflegerin, die gerade mit den Dienstboten Tee trank, kam gerannt und schloß die Tür hinter mir. Ich brachte Eric in sein Zimmer und rief dann Florence. Sie müssen verstehen, wir wollten nicht, daß die Dienstboten von den Auftritten meiner — Frau etwas wissen sollten. Wir hatten Angst, daß sie untereinander darüber reden würden und daß Geoffrey oder Elsa etwas hören könnten. Ich fürchte aber, sie haben doch gewußt, was los war ..." Er öffnete die Augen, die er vorher plötzlich wieder geschlossen hatte, und sah den Priester an.

„Sie wußten es bestimmt", sagte Father Shayne ernst. „Deshalb haben sie auch so zu Ihren Gunsten ausgesagt, bei der Verhandlung. Sie müssen Ihnen sehr ergeben gewesen sein."

„Ja", sagte der Squire, und seine Stimme war die eines alten Mannes geworden. „Ja, das war sehr lieb und anständig von ihnen ... Also, ich legte Eric auf sein Bett, und seine Kinderpflegerin kam, und ich sagte ihr, das Kind sei unglücklich hingefallen, und zwar sehr schlimm. Er war noch immer ohne Bewußtsein und sah wie tot aus. Die Pflegerin wollte sofort einen Arzt rufen, aber da öffnete Eric die Augen, es kam wieder Farbe in sein Gesicht, und er begann zu weinen. Ich dankte Gott. Ich dachte, es sei nicht mehr notwendig, nach dem Doktor zu schicken. Ärzte haben ja scharfe Augen. Unser Hausarzt hätte auf den ersten Blick gesehen, daß das Kind nicht nur einfach gestürzt war. Er hatte allzuviele geschwollene und blutende Stellen am Hinterkopf und an den Seiten. Ich dachte, es wäre gut ausgegangen, denn er kam mir ganz normal vor.

Ich habe nur Florence davon erzählt. Sie hätte es auf jeden Fall geahnt, denn sie kannte Agnes ja. Sie wußte auch, wie es den anderen Kindern ergangen war. Und mit irgend jemand mußte ich doch reden!" rief der verzweifelte Vater aus. „Es war zu viel, um es allein tragen zu können! Und ich brauchte auch Hilfe Geoffreys wegen, der doch alles mit angesehen hatte. Er war schreiend aus dem Zimmer gerannt, als Agnes begonnen hatte... Florence saß in dieser Nacht Stunde um Stunde bei ihm und versuchte, ihn wieder zu beruhigen."

„Indem sie ihm etwas vorlog", sagte der Priester. „Sie haben doch gewußt, daß er ein intelligentes Kind ist, und doch haben Sie versucht, ihm etwas vorzumachen! Was er wohl damals von Ihnen gedacht hat?!"

Der Squire stöhnte. „Ich weiß es. Jetzt! Aber wie soll man einem Kind eine solche Ungeheuerlichkeit beibringen?"

„Kinder sind härter, als wir es sind", sagte der Priester. „Sie können alles begreifen. Außer, daß die, die sie lieben, sie anlügen. Kinder sind nicht nur Realisten, sie sind auch von Natur aus Zyniker. Sie erwarten sich alles von der Welt und sind nie erstaunt. Sie haben Angst, aber sie hoffen; das ist so ihr Instinkt. Aber niemand, den sie lieben, sollte sie jemals anlügen, denn Lügen vergessen sie nicht, und sie werfen einen Schatten auf ihr ganzes Leben. Aber bitte, erzählen Sie weiter."

„Danke", sagte der Squire erschüttert. „Ich erinnere mich noch daran, als meine Mutter starb. Ich war damals in Geoffreys Alter, etwa acht. Ich wußte, daß sie schwer krank war. Ich habe an den Türen gehorcht, wie es alle Kinder tun, wenn sie Angst haben, und wie es Elsa und Geoffrey wahrscheinlich auch getan haben. Ich wußte es, als sie starb, obwohl ich nicht in der Nähe ihres Zimmers war, als sie von uns ging. Mein Vater aber kam zu mir und sagte, sie sei sehr krank, und einer von unseren Dienstboten würde mich zu einer Tante bringen, die etwa zwei Meilen von uns wohnte. Meine Mutter müsse Ruhe haben, sagte mein Vater. Hat er nicht gewußt, daß ich sein bleiches Gesicht und seine verweinten, roten Augen sehen würde? Wußte er nicht, daß mir der Tod nichts Unbekanntes war? Ich habe ihn geliebt, aber später habe ich ihm nie wieder voll vertraut, obwohl ich wußte, daß er es nur gesagt hatte, um mich zu schonen. Mit Geoffrey ist es wohl dasselbe. Ich verstehe nicht, wie ich vergessen konnte, was ich selbst erlebt habe.

Also Florence blieb bei Geoffrey, bis er eingeschlafen war, erst lange nach der Zeit, zu der er normalerweise zu Bett ging. Und ich blieb bei Eric und seiner Pflegerin. Um Mitternacht machte der Kleine einen ganz normalen Eindruck, obwohl die Pflegerin sich wegen der Wunden Sorgen machte, die er am Kopf abbekommen hatte. Er schlief aber ganz friedlich. Aber am Morgen nahm es dann eine Wendung zum Schlechteren mit ihm.

Ich war stundenlang bei ihm. Er warf sich herum in seinem Bett und fieberte, und manchmal schien er mich nicht zu kennen. Ach Gott, ich fühle mich so schuldig. Natürlich, das Unglück war schon geschehen mit seinem kleinen Kopf, aber trotzdem. Agnes war natürlich wieder bei bester Laune. Sie lachte über die ganze Episode, und ich wagte nicht, ihr zu sagen, daß es Eric anscheinend nicht gut ging. Sie sehen, Father, daß ich immer jede Aufregung von ihr abgehalten habe."

„Ja, das sehe ich", sagte der Priester streng und sarkastisch. „In diesem Hause hat man allseits allzuviel voneinander abgehalten, und das hat dann unvermeidlich zu einer Tragödie geführt. Mr. Gould! Haben Sie an diesem Tage aufgehört, Ihre Frau zu lieben?"

Der Squire sah ihm in die Augen. „Sechs Monate, nachdem wir geheiratet hatten, habe ich aufgehört, meine Frau zu lieben. Wenn sie damals nicht ein Kind erwartet hätte, dann hätte ich sie verlassen. Aber ich mußte an mein Kind denken. Das konnte ich einer solchen Mutter nicht überlassen. Und dann, nachdem Geoffrey zur Welt gekommen war, bin ich über ihn so glücklich gewesen, daß ich zu der Überzeugung kam, es sei meine Pflicht als guter Katholik, den Versuch zu machen, die Sinnesart meiner Frau zu ändern, ihr die Tobsuchtsanfälle und Wutausbrüche abzugewöhnen. Eine Zeitlang sah es so aus, als würde sie ruhiger, freundlicher, und als wäre sie zufriedener. Als sie sich nach der Geburt Geoffreys wieder ganz erholt hatte, versprach ich ihr eine Reise auf den Kontinent. Dann aber wurde sie mit Elsa schwanger. Das konnte sie mir nicht vergeben, obwohl ich nicht weiß, was ich ihrer Meinung nach hätte dagegen tun sollen." Der Squire seufzte. Er sah seine still vor sich hin weinende Frau an. „Es gibt Dinge, die ein Gentleman nicht in Gegenwart einer Dame bespricht, aber du hast ja nicht hinausgehen wollen, Florence."

„Ich verstand gar nicht, wie du sie überhaupt nur — ansehen konntest", sagte Florence mit müder Stimme. „Das habe ich die ganzen Jahre hindurch nicht verstanden. Damals kannte ich ja Agnes schon durch und durch. Ich habe euch vor allem deshalb so oft besucht, weil ich dachte, ich könne dir helfen, die Kinder zu schützen."

„Ja", sagte der Squire mit tonloser Stimme. Dann versuchte er sichtlich, bewußt wieder mehr Resonanz in den Klang seiner Worte zu bringen. „Florence und ich machten uns Sorgen wegen Eric. Wir besprachen den ganzen Tag, ob wir nicht doch den Arzt rufen sollten, und wir redeten auch von dem Skandal. Unser Hausarzt wäre bestimmt außer sich geraten. Vielleicht hätte er sogar die Polizei verständigt. Er war so ein strenger Mensch. Wir mußten an die beiden anderen Kinder denken und auch an Agnes. Und im Verlaufe des Tages schien sich Eric zu erholen, nicht wahr, Florence?"

„Ja, ein bißchen schon", sagte seine Frau. „Wir entschlossen uns, bis zum nächsten Tag zu warten, um zu sehen, ob es Eric dann besser ginge oder nicht. Wir konnten uns ja nicht vorstellen . . ."

„Ich bin überzeugt davon", sagte der Priester, „daß man diese Worte häufiger als alle anderen in der Hölle hören kann. ‚Wir konnten uns ja nicht vorstellen.' Aber bitte, erzählen Sie nur weiter."

„Sie können sich wohl denken, wie aufgeregt und betäubt

wir waren, Father. Auch vor den Dienstboten versuchten wir alles zu verbergen. Wir wollten den Namen von Agnes und ihr Ansehen verteidigen, aber heute sehe ich ein, daß alles sinnlos und umsonst war. Die Dienstboten wußten die ganze Zeit Bescheid.

Die Pflegerin von Agnes, Rose Hennessey, war eine ausgezeichnete Krankenschwester, obwohl sie noch so jung war. An dem kritischen Tag hatte sie Ausgang. Sie hatte Freunde in der Stadt, die ziemlich weit weg wohnten. Ihre Arbeit war nicht leicht, denn Agnes war ziemlich aufreibend, das ist schon ein recht mildes Wort. Sie hat nun ausgesagt, daß sie mir gesagt hätte — Florence und ich sprachen im Frühstückszimmer über Erics Zustand —, sie habe Mrs. Goulds Medizin bereitgestellt und ich sollte sie ihr um Mitternacht geben. Ich dagegen kann mich nur erinnern, daß sie gesagt hat: ‚Bitte geben Sie Mrs. Gould um Mitternacht ihre Medizin.' Florence erinnert sich auch an nichts anderes. Wir waren zu aufgeregt, um genau hinzuhören."

Der Priester hörte zu und dachte nach. Dann sagte er: „Hat Rose immer die Medizin vorbereitet, wenn sie Ausgang hatte?"

Die Hände des Squire verkrampften sich um den Griff seines Stockes. „Bei Gott", sagte er, „ich kann mich daran nicht erinnern. Ich habe mich auch damals bei der Verhandlung nicht darauf besinnen können. Deshalb weiß ich es auch jetzt nicht — Rose hat gesagt, daß sie es immer gemacht hat, um mir die Arbeit zu ersparen, und um sicher zu sein, daß wirklich genau drei Tropfen abgezählt würden. Aber, wie gesagt, mir ist es entfallen! Sie müssen mir glauben, daß ich keine Ahnung mehr habe. Die letzten vierundzwanzig Stunden hatten jedes andere Interesse, außer dem für Eric, aus meinem Hirn gelöscht.

Und so ging ich also um Mitternacht in das Zimmer meiner Frau. Sie schlief mehr, als sie wach war. Das Glas, das halb mit Wasser gefüllt war, stand auf ihrem Nachtkästchen. Ich gab die vorgeschriebene Menge ihrer Medizin hinein und weckte sie dann. Sie war äußerst schlechter Laune. Sie sagte, sie brauche meine Hilfe nicht, und sogar in ihrem halb benommenen Zustand kanzelte sie mich fürchterlich herunter. Sie sagte, sie bedauere, mich geheiratet und Kinder bekommen zu haben, und belegte mich mit einer Reihe nicht wiederzugebender Schimpfwörter. Dann sagte sie, ich solle das Zimmer verlassen. Ich sei ohnehin nur aus einem bestimmten Grund gekommen." Das bleiche Gesicht des Squire errötete. „Ich ging. Und das ist alles, so wahr mir Gott helfe! Aber ich kann nicht verstehen, wieso sie diese doppelte Dosis das Leben gekostet hat. Das Mittel war zwar stark, aber die Ärzte, die die Autopsie vorgenommen haben, sagten aus, daß sie an einer viel größeren Menge als der doppelten vorgeschriebenen gestorben ist. Die doppelte hätte zwar ernstliche Komplikationen herbeigeführt, aber nie ihren Tod verursachen können ... Florence, was hast du denn?"

Florence hatte sich in ihrem Stuhl aufgerichtet, und ihr Blick spiegelte maßloses Entsetzen und tödlichen Schrecken wider. „Geoffrey!" schrie sie. „Ach du barmherziger Gott! Geoffrey, ich habe sie getötet!"

„Nein!" sagte ihr Mann. Er versuchte ihren Kopf an seine Schulter zu ziehen, aber sie entwand sich ihm.

„Lassen Sie Mrs. Geoffrey sagen, was sie meint", sagte der Priester mit energischer, lauter Stimme. Ihm klopfte das Herz. Der Mann konnte ein zweites Mal nicht vor Gericht gestellt werden, aber sie!

„Ich habe die Zeitungsberichte nie gelesen. Es ging über meine Kräfte", sagte Florence mit gebrochener, leidender Stimme. „Und ich erinnere mich nur daran, was du mir selbst gesagt hattest: daß du Agnes ihre Medizin gegeben hättest. Ich habe nie daran gedacht, daß du noch etwas dazugegeben hättest. Das hast du mir nie gesagt!"

„Aber liebe Florence! Natürlich, das habe ich ja gewußt, daß du die Zeitungen nicht gelesen hast und daß wir dann später nicht mehr über die Sache gesprochen haben. Was ist denn da nicht in Ordnung?"

Florence wandte sich verzweifelt dem Priester zu. „Sie

müssen es mir glauben! Ich habe die Zeitungen wirklich nicht gelesen! Und ich habe genauso wie Geoffrey geglaubt, Rose habe nur gesagt: ‚Bitte geben Sie Mrs. Gould um Mitternacht ihre Medizin.' Sie *müssen* mir glauben! Sie war in Eile. Sie hat ausgesagt, daß sie die Medizin vorbereitet und es uns gesagt hätte. Aber ich glaube nicht, daß das der Fall war. Jetzt, wo ich darüber nachdenke, glaube ich auch nicht, daß sie es in früheren Fällen getan hat! Geoffrey", sie drehte sich zu ihrem Mann um, „Geoffrey, wir konnten uns nicht daran erinnern, daß sie früher je die Medizin vorbereitet hat, und deshalb... Schließlich mußte das Mädchen sich ja decken, und es ist auch leicht möglich, daß sie wirklich gedacht hat, sie hätte bei früheren Ausgängen die Medizin auch immer bereitgestellt. Ich weiß es nicht. Geoffrey, Geoffrey, du *mußt* mich jetzt reden lassen!"

„Florence, du weißt nicht, was das bedeutet..."

„Hier gibt es keine Horcher an der Wand", sagte der Priester. „Und was Sie mir sagen, bleibt bei mir, außer, Sie geben mir den Auftrag zu sprechen. Bitte reden Sie nur weiter, Mrs. Gould. Sie wollten mir doch etwas sagen."

„Ja!" Ihre Augen glänzten wie im Fieber. „Ich habe Agnes immer um neun Uhr ihre heiße Milch gebracht, wenn die Pflegerin nicht da war. Das hat sie beruhigt, und sie konnte dann besser schlafen. Wie Geoffrey schon gesagt hat, war sie in schlechter Stimmung, nachdem sie den ganzen Tag über recht vergnügt gewesen war. Sie war halb benommen, aber sie setzte sich auf, um die Milch zu trinken. Ich habe das halb mit Wasser gefüllte Glas gesehen, das auf ihrem Nachtkästchen stand, und auch das Fläschchen mit den Tropfen, und ich — ich habe drei Tropfen in das Glas abgezählt. Sie hat mich dabei nicht gesehen. Sie hat nur gejammert und an ihrer Milch genippt und wieder geseufzt und gestöhnt. Ich habe ihr gar nicht recht zugehört. Dann schimpfte sie fürchterlich über Geoffrey, und da habe ich überhaupt nicht mehr hingehört, weil ich es nicht hören wollte. Ich habe ihr das Milchglas wieder abgenommen und habe ihr gesagt, Geoffrey würde um Mitternacht nach ihr sehen und sie wecken, damit sie ihre Medizin nehmen könne." Florence hielt inne und schluchzte einmal heftig auf.

„Haben Sie ihr gesagt, Mrs. Gould, daß die Tropfen schon im Glas waren?"

„Ja! Ich bin niemals um Mitternacht mit Geoffrey hineingegangen. Diese Stunde war sozusagen ihr Privatissimum. Ich habe gesagt: ‚Agnes, die Medizin ist vorbereitet. Gute Nacht, meine Liebe.' Dann bin ich aus dem Zimmer gegangen. Sie hat kein Zeichen gegeben, daß sie mich gehört hätte, und sie hat mir auch keine Antwort mehr gegeben. Ich war damals davon überzeugt, daß sie mich gehört hatte! Aber heute weiß ich, daß das nicht der Fall war. Oder sie hat es in ihrem Halbschlaf wieder vergessen. Barmherziger Gott! Father! Ich habe sie getötet!"

„Florence!"

Der Priester hob die Hand. „Einen Augenblick, bitte!" sagte er. Ein Gedanke, der noch keine feste Form hatte, begann in ihm aufzusteigen. „Mr. Gould, Sie haben mir doch erzählt, daß Ihnen Ihre Frau, als Sie um Mitternacht zu ihr hineinkamen, gesagt hat, sie brauche Ihre Hilfe nicht. Und sie hat nicht darauf geachtet, wie Sie die Tropfen in das Glas gezählt haben, weil sie vor sich hin schrie und Sie beschimpfte. Ist das richtig?"

„Ja. Als ich hineinkam, lag sie im Halbschlaf, und ich konnte sie nur mit Mühe wecken." Die Züge des Squire hellten sich hoffnungsvoll auf.

„Haben Sie selbst gesehen, daß sie ihre Medizin genommen hat?"

Es entstand eine gespannte, erwartungsvolle Stille im Zimmer. Der Squire und seine Frau starrten den Priester an. Und dann sagte der Squire langsam: „Nein, das habe ich nicht. Merkwürdig. Daran habe ich mich bis jetzt nicht erinnert. Ich habe damals nur gesagt, ich hätte die Tropfen in ihr Glas gegeben. Ob ich wirklich gesehen hätte, daß sie es austrank, hat mich niemand gefragt! Meine Verteidiger nicht und auch der Staatsanwalt nicht. Übrigens auch der Richter nicht. Wir haben alle — ich, meine Anwälte, der öffentliche Ankläger und der Richter —

angenommen, sie hätte es ausgetrunken, während ich noch im Zimmer war. Wenn ich damals nachgedacht hätte ... aber das, was sie zu mir gesagt hatte — lauter Unflätigkeiten — überdeckte völlig die Erinnerung daran, ob ich sie das Glas mit dem Mittel hatte austrinken gesehen oder nicht. Ich entsinne mich, daß ich völlig verzweifelt war, als ich meine Aussage machte. Ich dachte an meine Kinder, an die Schande, und zitterte vor dem Schicksal, das die armen, unschuldigen Kleinen erwartete, falls ich — gehenkt werden sollte. Ich verstehe auch, warum ich nicht gefragt wurde. Ich hatte gesagt, daß ich die Medizin vorbereitet und meine Frau dann zum Einnehmen geweckt hatte."

„Annahmen", sagte der Priester, „haben in dieser Welt schon viel Unheil angerichtet und sind wahrscheinlich auch die Ursache, daß viele unschuldig an den Galgen gekommen sind."

Aber der Squire fuhr fort, als hätte er nicht gehört: „Wenn sie nicht so beleidigend geworden wäre und wenn das, was sie sagte, nicht so ungerecht und gemein gewesen wäre, dann wäre ich natürlich geblieben, bis sie die Tropfen genommen hätte. Aber sie hat mich direkt hinausgeworfen. Sie sagte, sie brauche meine Hilfe nicht, und wenn ich mir auch ihren Tod wünschte, so sei sie doch ausgezeichnet imstande, sich selbst zu helfen."

„Aha", sagte der Priester. „Sind das genau ihre Worte?"

Er stand vor Erregung auf.

„Ja, genau."

„Mrs. Gould! Haben Sie Mr. Gould gesagt, daß Sie die Tropfen vorbereitet hatten?"

Florences Stirn legte sich in tiefe Falten, so angestrengt dachte sie nach. „Ich habe Mr. Gould gesagt, er solle seiner Frau um Mitternacht ihre Medizin geben und daß das Glas auf ihrem Nachtkästchen steht."

„Aber Sie haben nicht gesagt, daß Sie die Tropfen schon hineingetan haben. Ich meine, ausdrücklich!"

Sie starrte ihn verständnislos an. „Ausdrücklich, ausdrücklich?" sagte sie vor sich hin. „Nein — nein, ich habe nur gesagt, daß das Glas auf dem Nachtkästchen steht." Sie drehte sich zu ihrem Mann hin. „So habe ich doch gesagt, nicht wahr?"

„Ja, Liebste", sagte er. Dann hielt er inne, und beide schwiegen eine Weile. Dann sagte der Squire: „Offen gestanden habe ich damals überhaupt nicht an meine Frau gedacht. Ich kann mich nur dunkel daran erinnern, daß du die Tropfen erwähnt hast, die Agnes um Mitternacht nehmen sollte, und daß irgendwo ein Glas stand. Wenn du es nicht erwähnt hättest, dann hätte ich überhaupt nicht mehr daran gedacht."

Der Priester begann im Zimmer auf und ab zu gehen. „Mr. Gould, hat Ihre Frau sonst noch etwas gesagt, nachdem sie Ihnen zu verstehen gegeben hatte, daß sie keinen Wert auf Ihre Hilfe lege und daß sie sich selbst helfen könne? Außer, daß sie Sie beschimpft hat, meine ich."

„Lieber Gott, steh mir bei", betete der Squire fast unhörbar. Er schloß wieder seine Augen und versuchte, sich zu konzentrieren. „Sie hat nur noch gesagt, sie würde die Medizin nehmen, wann es ihr paßt." Er öffnete die Augen und richtete sich auf seinem Stuhl halb auf. „Auch daran habe ich bisher noch nie gedacht!"

Der Priester nahm wieder Platz und lächelte den beiden fürchterlich aufgeregten Menschen zu, die da vor ihm saßen.

„War sie ganz wach, als sie begann, Sie zu beschimpfen, Mr. Gould?"

„Nach einer Weile schon. Ich war recht erschrocken. Sie war so völlig außer Rand und Band. Als ich aus dem Zimmer ging, überlegte ich noch, ob ich ihr nicht raten sollte, doch noch ein Beruhigungsmittel zu nehmen. Sie warf mir sogar ein Buch nach, das sie am Tage gelesen hatte. Es traf mich an der Schulter. Sie schrie mir etwas zu, als ich die Tür schloß, und als ich die Treppe hinunterging, konnte ich sie noch weitertoben hören.

Der Priester lächelte immer breiter. „Sie hat also nicht gesehen, wie Sie ihr die Tropfen in das Glas gegeben haben. Sie wußte offenbar nicht, daß Sie es getan hatten. Sie dachte, sie hätte Sie verjagt, bevor Sie dazu Gelegenheit gehabt hatten.

Sie haben sie doch erst geweckt. Daher hatte sie nicht merken können, daß Sie die Tropfen in das Glas zählten, weil sie zu diesem Zeitpunkt noch schlief. Rose hatte ihr auch nicht gesagt, daß die Tropfen schon im Glas waren. Die Lady war halb benommen, als Rose ging. Es ist zweifelhaft, ob sie Ihnen gesagt hat, daß die Medizin bereit sei, bevor sie ging. Wahrscheinlich hat sie es nicht getan, oder Sie haben es nicht aufgefaßt. Sie weiß es offenbar selbst nicht.

Mrs. Gould. Ich habe gehört, daß Sie vor der Verhandlung befragt worden sind. Haben Sie dem untersuchenden Beamten, denn bei der Verhandlung selbst sind Sie ja nicht öffentlich ins Verhör genommen worden, nicht wahr, haben Sie ihm gesagt, daß Sie die Tropfen in das Glas getan haben, das auf dem Nachtkästchen stand?"

„Nein. Ich war schrecklich aufgeregt, wie Sie sich vorstellen können, Father. Nicht einmal gedacht habe ich daran! Ich hatte es bis auf den heutigen Tag völlig vergessen. Erst als Sie uns fragten, habe ich mich wieder daran erinnert. Aber seinerzeit bin ich nie befragt worden, ob ich die Medizin selbst vorbereitet hätte." Die junge Frau sprach mit großer Festigkeit, ja fast leidenschaftlich.

„Und bei Gericht mußten Sie nie als Zeugin aussagen?"

„Nein. Der Inspektor von Scotland Yard hat zu Hause mit mir geredet. Später habe ich dann gehört, daß ich auch unter einem gewissen Verdacht gestanden hatte, das hat mir der Inspektor aber nie selbst gesagt. Er kannte meine Tante sehr gut, und er hatte auch meinen Onkel gekannt. Ich hatte ihn schon oft gesehen, als ich noch ein Kind war und nach dem Tode meiner Eltern im Hause meines Onkels und meiner Tante lebte."

Der Priester verstand. Der Inspektor hatte das Mädchen von Kindesbeinen an gekannt und war sich über ihren Charakter im klaren gewesen. Er hatte nicht glauben können, daß sie ihre Freundin mit Überlegung getötet haben sollte.

Father Shayne sagte: „Bevor ich Ihnen meine Ansicht mitteile, die meiner Meinung nach alles erklärt, möchte ich Sie,

Mr. Gould, fragen, ob Sie in Ihre Frau schon verliebt waren, als Ihre verstorbene Gattin noch lebte?"

Der ernste, schöne Mann wurde rot. „Ja, das war ich. Das gebe ich zu."

„Geoffrey!" rief Florence aus, und ihr Gesicht überflog ein strahlendes Leuchten. „Das hast du mir doch noch nie gesagt! Ich dachte, du hättest dich erst in mich verliebt, nachdem Agnes gestorben war!"

Er legte seine Hände auf die ihren. Sie zitterte. „Liebe, ich war doch Katholik, ein katholischer Gatte und Vater. Und ich habe meinen Gott geliebt und mich bemüht, seinen Geboten zu gehorchen. Du warst für mich damals das junge Mädchen in meinem Haus, das meine Kinder liebte und das mit meiner Frau befreundet war. Ich konnte es dir nicht sagen. Ich habe dagegen angekämpft und mich zur Wehr gesetzt. Ich habe gebetet. Ich wußte, daß es verboten war, aber ich konnte mir nicht helfen. Und ich wußte auch, daß ich es dir nie sagen durfte. Ich wollte dich nicht lieben, und ich habe meine ganze Kraft aufbieten müssen, damit du es nicht erfährst. Während aller dieser Jahre habe ich mich mit meiner ganzen Energie dagegen gewehrt, dich zu lieben, und ich habe dich nie etwas ahnen lassen."

„Nie hast du mich etwas ahnen lassen", sagte Florence entzückt und überrascht. „Übrigens, Liebster, ich habe dich auch schon früher geliebt, und habe dir auch nichts davon gesagt. Ich wußte ja, daß du ehrenhaft und gut bist. Hätte ich dir etwas gesagt, bevor Agnes tot war, dann hättest du mich sicherlich gebeten, nicht mehr zu kommen. Das hättest du doch getan, nicht wahr?"

„Um unser beiden willen hätte ich dich gebeten, nie mehr zu uns zu kommen."

Der Squire wandte sich dem Priester zu. „Ich habe es Tom gesagt, daß ich Florence schon jahrelang, wenigstens von dem Zeitpunkt an, da Agnes aufgehört hatte, mir etwas zu bedeuten, geliebt habe. Ich habe ihm auch gesagt, daß ich Florence nie etwas davon verraten habe, aber er hat es mir nicht geglaubt.

Er hat mir überhaupt nichts geglaubt. Er war überzeugt davon, daß entweder Florence oder ich meine Frau ermordet hätten, weil wir Ehebrecher waren und heiraten wollten. Gott ist mein Zeuge, Father, daß es nicht wahr ist."

Der Priester lachte einen Augenblick. „Sie irren sich. Sie und Ihre Frau, Mr. Gould, haben Agnes Gould wirklich umgebracht. Und Rose Hennessey ist wahrscheinlich auch mitschuldig. Rein technisch sind Sie alle drei an dem Mord schuld."

Florence stieß einen kleinen unterdrückten Schrei aus und preßte ihre behandschuhten Hände vor den Mund. Ihre schönen grauen Augen starrten den Priester entsetzt an. Der Squire schrak zusammen.

„Und die verstorbene Mrs. Gould hat, auch wieder nur rein technisch, Selbstmord begangen. Nachdem Sie gegangen waren, Mr. Gould, hat sie sich ihre Tropfen in das Glas gezählt und hat also die vierfache Dosis getrunken.

Aber sowohl der Mord als auch der Selbstmord wurde von Ihnen allen unbewußt begangen. Sie haben nicht den Willen gehabt, zu töten, ja Sie wußten nicht einmal, daß Sie es getan hatten. Ihre Gewissen sind rein von jeder bösen Absicht. Die verstorbene Mrs. Gould hat ihrerseits Selbstmord verübt, ohne es zu wollen, und ohne daß ihr zu Bewußtsein kam, was sie tat, ganz genau so, wie Sie sie ohne Ihr Wollen und ohne Absicht getötet haben.

Sie, Mr. Gould, konnten nichts dagegen tun, daß Sie sich in Ihre gegenwärtige Frau verliebten. Aber Sie haben dagegen angekämpft, Sie haben dagegen um Gottes Beistand gebetet und sich mit Ihrer ganzen Kraft gegen dieses Gefühl zur Wehr gesetzt. Gott nimmt den ehrlichen Vorsatz für die Tat.

Und jetzt würde ich gerne erfahren, was Sie weiter in dieser Sache zu tun gedenken."

Der Mann und die Frau warfen einander beredte Blicke zu. Dann sagte der Squire: „Ich glaube, ich sollte nach Belfast zurückkehren und die ganze Sache den Justizbehörden unterbreiten."

„Müssen Sie denn Ihren Namen reinwaschen?"

„Nein. Niemand hat geglaubt, daß ich meine Frau ermordet hätte. Die Geschworenen haben nur zwanzig Minuten für ihr Urteil gebraucht. Und daß Florence sie getötet haben könnte, hat niemand auch nur angedeutet. Der Staatsanwalt hat keine Berufung eingelegt, und der Richter hat ausdrücklich seine Befriedigung über den Wahrspruch der Geschworenen zum Ausdruck gebracht."

Der Priester ging auf und ab. Sie sahen ihn ängstlich an.

Endlich blieb er vor ihnen stehen. „Wenn Sie nach all den Jahren nach Belfast gehen, dann rollt man den ganzen Fall wieder auf. Aber Sie kämen nicht ein zweites Mal vor den Richter, Mr. Gould! Bei Mrs. Gould ist es eine andere Sache. Sie könnte, rein theoretisch gesehen, vor Gericht gestellt werden. Für Rose wäre es eine unangenehme Sache, ihr Name würde beschmutzt und sie käme in Verdacht. Und Ihre Kinder? Sie sind jetzt alt genug, wenigstens die meisten von ihnen, daß es ihnen eine fürchterliche Qual und Schande bedeuten würde. In dieser Stadt hier könnten Sie auf keinen Fall bleiben. Deshalb möchte ich Sie fragen, was Sie eigentlich damit erreichen wollen? Und dann das eventuelle Urteil bei einer nochmaligen Untersuchung des Falles. Wie würde das wohl lauten?"

„Tod durch einen unglücklichen Zufall."

„Also, ist es dann wirklich der Mühe wert, die ganze Geschichte wiederaufleben zu lassen?"

„Was würden Sie denn raten, Father?"

„Meinen Rat habe ich Ihnen schon gegeben. Lügen Sie Ihre Kinder nicht länger an. Sie können ihnen doch mit völlig reinem Gewissen sagen, daß weder Sie noch Ihre Frau an dem Tod Ihrer verstorbenen Gattin schuld sind. Das wäre alles, was ich an Ihrer Stelle täte. Es steht niemand anderer unter Verdacht, deshalb brauchen Sie auch niemanden zu entlasten. Wenn das einmal der Fall sein sollte, müssen Sie selbstverständlich reden. Ich zweifle aber, daß es je dazu kommen wird."

In ihren Gesichtern spiegelte sich Freude und Erleichterung.

Der Priester sagte: „Ihr Gewissen drängt Sie doch nicht dazu, nach Belfast zurückzukehren und den Fall aufleben zu lassen?"

„Nein, Father! Denn jetzt sind alle Zweifel, die ich an meiner Schuldlosigkeit hatte, geschwunden. Diese Zweifel waren es ja, die mich die ganze Zeit so gequält haben, und diese Zweifel haben mich seinerzeit auch dazu veranlaßt, mit Father Tom zu sprechen und ihm alles zu sagen."

Der Priester schüttelte den Kopf. „Alles haben Sie ihm nicht gesagt, weil er Sie nicht so ausgefragt hat, wie ich es getan habe. Der alte Father Tom hat im Prinzip ja recht gehabt, finde ich. Sein Instinkt hat ihn nicht getäuscht. Er wußte, daß die Frau eines unnatürlichen Todes gestorben war, daß ein Mord geschehen war, und deshalb war er so außer sich, weil Sie nicht beichten wollten. Und Sie haben ihm nichts gesagt, weil Sie die Wahrheit nicht kannten. Sie müssen ihm vergeben. Sie müssen wieder gut von ihm denken, denn es trifft ihn keine Schuld."

Er lächelte den beiden zu. „Ich erwarte Sie morgen zur Beichte, Mr. Gould. Und am Sonntag zur Messe. Schließlich haben Sie schwer gesündigt, weil Sie Ihre religiösen Pflichten vernachlässigt haben. Und unter dem Vorwand, sie beschützen zu müssen, haben Sie Ihre Kinder unnötig leiden lassen. Trotz der Haltung von Father McGinnis hätten Sie auf Ihrem Recht bestehen müssen, und Sie hätten sich nicht einfach damit abfinden dürfen, daß man Sie eben vertrieben habe. Wenn Sie darauf bestanden hätten, dann wären auch Father Tom wohl Zweifel aufgestiegen, denn er hatte einen sehr verläßlichen Instinkt, das hat sich ja bewiesen. Sie haben ihn sehr unglücklich gemacht, und er war doch schon ein alter Mann. Ich fürchte, ich werde Ihnen eine sehr strenge Buße auferlegen müssen."

„Nicht Buße! Gesegnete, willkommene Gnade, Father!" rief der Squire aus. „Sie haben eine schwere Last von unseren Herzen genommen und uns aus unserer Verzweiflung erlöst!"

Mrs. Gould gab dem Priester scheu die Hand. Sie lächelte strahlend, obwohl ihr die Tränen über die Wangen liefen. „Und noch etwas, Father", sagte sie. „Ich möchte gerne Unterricht nehmen, wenn ich kommen darf."

Father Shayne schrieb dem Bischof doch nicht. Er entschloß sich, zu ihm zu fahren und ihm alles zu erzählen. Das hielt er für besser. Der Bischof würde sehr glücklich sein.

„Ja", sagte Father Shayne damals, als er seine Geschichte beendet hatte, „so hatte eine böse Frau, die ihren Gatten und ihre Kinder haßte, Böses getan, und dieses Böse hatte das Herz ihres Mannes einer anderen Frau, ihrer Freundin, zugewendet. Das Böse, das sie tat, hatte zu dem Mord geführt, für den es keinen Schuldigen gab, und zu ihrem eigenen Selbstmord. Sie hatte durch ihre Bosheit und Zügellosigkeit ihren Kindern schwere körperliche und seelische Leiden verursacht. Aber auch Mr. Gould und seine zweite Frau hatten Unrecht getan. Aus Liebe und von dem Wunsch beseelt, die Kinder zu schützen, die nichts anderes gewollt hatten, als die Wahrheit über ihre Mutter erfahren. Die Kinder waren seelisch verkümmert.

Allerdings hatten zwei von ihnen keinen dauernden Schaden genommen. Geoffrey wurde Priester und ist jetzt Bischof in Amerika. Elsa wurde eine fröhliche Gattin und Mutter." Er machte eine Pause. „Aber der kleine Eric ist leider nicht mehr. Ein Jahr nach diesem ereignisreichen Tag ist er in meinem Arbeitszimmer unter Krämpfen gestorben. Wer kann wissen, was ihm erspart geblieben wäre, hätte sein Vater damals gleich einen Arzt gerufen? Wieder war Böses geschehen, aus Angst vor einem Skandal, und um eine Frau zu schützen, die nicht wert war, geschützt zu werden. Wäre ihr Mann damals, als sie Geoffrey so schwer verletzt hatte, energisch und rücksichtslos gegen sie vorgegangen, dann wäre auch Elsa all der Schrecken, die Qual und der körperliche Schaden, den sie abbekommen hatte, erspart geblieben. Eric würde noch am Leben sein. Und doch war alles in der lautersten Absicht geschehen.

So war das Böse in diesem Fall unentwirrbar mit dem Guten und der Tugend verstrickt. Aber dennoch: das Böse war nicht gewollt, und deshalb war es auch nicht böse."

XI

Am nächsten Tag kam der gefürchtete Brief mit der Aufforderung, nach Hause zu kommen. Rose sah zu, wie ihr Koffer gepackt wurde, und schluchzte gelegentlich vor sich hin. Die Köchin war streng mit ihr und ungerührt und fand ihre Tränen offenbar nicht am Platz, als sie Rose noch eine letzte Tasse Tee machte und dazu einen kleinen Kuchen auf den Tisch stellte, den sie soeben gebacken hatte.

„Es sieht nicht so aus, als ob du deine Großmutter übermäßig lieben würdest", sagte sie. Sie dich übrigens auch nicht, fügte die gute Frau in Gedanken hinzu, und Rose fing mit dem Instinkt, den einem eine einsame Kindheit verleiht, ihren mitleidigen Blick auf und verstand. „Es können doch nicht nur alle diese Geschichten sein, die du von den alten Männern am Abend vor dem Kaminfeuer zu hören bekommst."

Aber es waren doch die Geschichten, die ihr in ihrem farblosen Leben wie ein großes offenes Bilderbuch mit den wunderbarsten farbigen Illustrationen vorkamen. „Also, was ist es?" fragte die Köchin. „Trink jetzt deinen Tee."

Da die Köchin offenbar von den Geschichten nichts hielt, konnte Rose nur unglücklich den Kopf schütteln. Aber die Köchin war klug. „Also doch die Geschichten", sagte sie. „Ich könnte dir selber einen Haufen erzählen, wenn ich so geschwätzig wäre wie gewisse Leute, die von Haus zu Haus rennen. Was ist denn so Besonderes an den Geschichten, Rosie?"

„Ich muß immer an den lieben Gott dabei denken", sagte das Kind und wurde rot.

„Aha", sagte die Köchin bedeutungsvoll. „Die werden dich im Handumdrehen zu einer ‚Römischen' machen, wenn du noch lang zuhörst."

Rose nippte an ihrem Tee. Wenn diese lieben alten Männer, die so nett zu ihr waren und ihr heimlich allerlei Leckerbissen von ihren eigenen Tellern zuschoben — Leckerbissen, die sonst für Kinder verboten waren —, wenn diese Männer römisch waren, dann wollte sie auch römisch sein. Außer der Köchin war bisher noch niemand so lieb zu ihr gewesen und hatte sie so gern gehabt. „Das wäre nicht das Ärgste", gab sie der Köchin schnippisch zurück.

„Sei nicht frech", sagte die Köchin. „Das würde ich übrigens an deiner Stelle deinem Pa und deiner Ma lieber nicht sagen, Rosie. Sonst lassen sie dich nie mehr herkommen, das kannst du mir glauben."

Rosie beherzigte diesen Rat. Der Frühling kam und der Sommer, dieser endlose heiße, staubige Sommer in London, und dann fuhr sie mit ihren Eltern nach Bournemouth ans Meer. Sie wartete geduldig den ganzen Herbst hindurch. Der Winter kam, und sie beobachtete mit Befriedigung, wie die Stimmen ihrer Eltern immer gereizter wurden. Und die grauen, langweiligen Tage kamen und gingen.

Es wurde Januar, bevor die große Explosion kam und Rose wieder zu ihrer Großmutter fahren konnte. „Aha, schon wieder?" sagte Großmutter. „Ich hätte nicht gedacht, daß einer von meinen Jungen soviel überschüssige Energie hat."

Sie betrachtete Rose kritisch. „Wenn du nicht so rotes Haar hättest wie ich", meinte sie, „dann würde ich sagen, daß du ganz außergewöhnlich unhübsch bist, Rose." Großmutter war wirklich in manchen Dingen ein Kind, das nie erwachsen geworden war. Sie sprach Bosheiten absichtlich und mit kindischem Genuß aus, und sie war launenhaft. Man konnte ihr nie recht trauen. Gereifte Güte und Verständnis konnte man von ihr nicht erwarten. Aber trotzdem hatte Rose sie gern, was sie oft selbst wunderte. Rose war nicht ein Kind, das durch Liebesbezeigungen und Charme angezogen und bestrickt werden konnte. Sie fand ihre Großmutter auch nicht hübsch. Nur war sie eben lebhaft, hatte ein herrliches Haus, ihre Toiletten waren hinreißend, ihr Schmuck einfach überwältigend, und es war bei ihr, alles in allem, bezaubernd.

Großmutter betrachtete sie eingehend. Genauso, wie der Papagei sie immer beäugte. Den Kopf hatte sie zurückgezogen, die grünen Augen zwinkerten, und sie lächelte breit. „Traurig bist du ja wohl nicht darüber, daß du wieder hier bist", sagte sie.

„Ich komme immer gern", antwortete Rose.

Großmutter fühlte sich natürlich außerordentlich geschmeichelt. Sie bezog es auf sich persönlich. Sie tätschelte Roses Kopf, und dann riß sie sie auf einmal unvermutet und recht heftig an ihrem Haar, wie es Kinder manchmal tun. Als das kleine Mädchen einen Schmerzensschrei ausstieß, lachte sie. Aber dann — auch wieder wie ein kleines Kind — heuchelte sie Bedauern und Reue. „Ich habe übrigens ein Geschenk für dich", sagte sie, nahm Rose bei der Hand und rannte mit ihr die Treppen hinauf in ihr großartig eingerichtetes Schlafzimmer. Voll Stolz übergab sie Rose ein kleines Schächtelchen, und als sie es aufmachte, fand Rose darinnen eine Kette aus hellen Korallen. Großmutter sonnte sich an der hellen Freude des Mädchens. Fast liebte sie ihr Enkelkind.

„Übrigens", sagte sie, „es sind heute abend wieder zwei alte Freunde von dir da. Father Hughes und Monsignore Harrington-Smith. Weißt du noch, was der Monsignore von dir gesagt hat? Er hat gesagt, daß du eines Tages die Geschichten, die du hier gehört hast, aufschreiben wirst, und daß ein Buch daraus werden wird." Sie lachte amüsiert.

An diesem Abend erzählte Monsignore Harrington-Smith von einem Konzert, das er in London gehört hatte, und erwähnte besonders den Harfenisten. „Er ist fast so gut wie Stephen Doyle, der wie ein Engel gespielt hat. Ich habe ihn als junger Mensch noch gehört. Wir nannten ihn damals den ‚Minstrel Boy', den fahrenden Sänger."

„Ja, den habe ich auch gekannt", sagte Father O'Connor. Alle sahen ihn erstaunt an. „Er hat in meiner Pfarre gewohnt. Er hat nicht nur wie ein Engel gespielt, sondern . . ."

„Ja", sagte Father O'Connor, als alle, die um Großmutters Eßtisch versammelt waren, erstaunte Gesichter machten, „ich bin der Priester in dieser Legende, und ich habe den Minstrel Boy gekannt." Er blickte auf seine alten, von blauen Adern durchzogenen Hände, die er in behaglicher Ruhe auf dem Tisch gefaltet hatte. „Es ist sechzig Jahre her, oder vielleicht noch mehr."

„Aber ich habe doch da etwas von meiner Großmutter gehört, und sie ist schon seit zwanzig Jahren tot", sagte Großmutter. „Und schon damals war es für sie sehr lange her, sie hat es so erzählt, als wäre es vor langer, langer Zeit geschehen, bevor sie noch auf der Welt war."

Father O'Connor sagte sinnend: „Legenden haben immer die Tendenz, in die Vergangenheit zurückzugleiten und eine Überlieferung zu werden. Es klingt eben glaubwürdiger, wenn jemand sagt: ‚Mein alter Vater hat es von seinem Vater gehört', als wenn er sagte: ‚Ich habe es selbst und mit meinen eigenen Augen gesehen, das beschwöre ich bei allen Heiligen.' Niemand glaubt anderen Leuten völlig und ganz, aber die Welt ist merkwürdigerweise geneigt, Legenden zu glauben; je älter sie sind, um so eher. Als ob ihnen das Alter mehr Wahrheit verliehe. Für die Apostel war es viel schwerer, persönliches Zeugnis über das Leben unseres Herrn abzulegen, obwohl sie die Gnade genossen hatten, ihn unter sich zu sehen — sie sind ja auch für dieses Zeugnis gestorben —, als es heutzutage für einen Priester ist, durch die Kirche, die Heilige Schrift und die Tradition die Menschen zu überzeugen. Denn der Priester lehrt, was er selbst gelehrt wurde, aber die Apostel lehrten, was sie selbst erlebt hatten, was sie selbst gesehen hatten, und deshalb glaubten ihnen viele Menschen nicht und töteten sie. Haben denn die Leute Angst, daß alle Menschen Lügner sind? Ich weiß es nicht. Es ist jedenfalls sehr merkwürdig, daß die Menschen Legenden erst glauben wollen, wenn die, die sie zuerst erzählt haben, schon gestorben sind und wenn die Geschichten alt genug geworden sind. Aber trotzdem, es ist erst sechzig Jahre her, daß ich Stephen Doyle kennenlernte und Zeuge dessen wurde, was ihm geschah."

„Es könnte doch sein", sagte Father O'Flynn, „daß die Menschen der Meinung sind, eine Geschichte, die nicht in Vergessenheit gerate, sei wahr."

„Es gibt aber viele Leute", sagte Father O'Connor, „die nicht an die Leibhaftigkeit des Teufels glauben. Aber er existiert, diese Wahrheit hat sich durch Jahrtausende erhalten. Immerhin ist es möglich, daß sich der Satan immer schon bemüht hat, den Menschen einzureden, daß es ihn gar nicht gibt. Das wird der Böse immer tun, damit er um so leichter sein Betrugs- und Zerstörungswerk ausführen kann. Welcher Mensch wird sich schon gegen einen Feind wappnen, wenn er gar nicht glaubt, daß dieser Feind überhaupt existiert und ihn bedroht?"

„Sie haben also Stephen Doyle wirklich gekannt, Father", sagte Großmutter verwundert, „wo Sie doch viel jünger sind als meine Großmutter, die mir die Geschichte erzählt hat!"

„Ja", sagte Father O'Connor, „ich war nicht nur Stephen Doyles Freund, sondern auch sein Zeuge.

Wir wissen ja alle, wie armselig und trostlos die kleinen, abgelegenen Pfarren in Irland waren — und es übrigens noch immer sind —, und wir haben in diesem Hause Geschichten von meinen Brüdern in Christo gehört, die zusammen mit ihren Pfarrkindern gehungert, gelitten und hart gekämpft haben. Aber Darcy war wohl die traurigste und ärmste von allen diesen Pfarren. Sie lag versteckt und entlegen inmitten der grünen Hügel, der Boden war unfruchtbar, und ständig drohte Hungersnot. Nie habe ich dort einen getroffen, der mehr als zwei Pfund Bargeld besaß, und wenn er diese zwei Pfund auf einmal in der Tasche beisammen hatte, dann galt er als ein Nabob. Die jungen Leute verließen ihre Heimat, um Arbeit in Dublin oder Waterford zu suchen, oder sie wanderten nach Amerika aus, denn in Darcy gab es für sie nicht die geringsten Aussichten. Dort blieben nur die Hoffnungslosen — man könnte auch sagen diejenigen, die noch nicht alle Hoffnung verloren hatten —, die Kinder und die Alten, und sie lebten in einem Zustand von Hunger und Verzweiflung.

Darcy produzierte nichts, was auf den Märkten abgesetzt werden konnte. Allerdings hatte es einmal geheißen, daß dort eine Steingutfabrik gebaut werden solle. Man wollte Belleek-Steingut herstellen. Es waren einige Leute gekommen, um den Boden zu untersuchen, und wieder kopfschüttelnd abgezogen. Aber die Bewohner von Darcy, wenigstens die hoffnungsvolleren, sprachen von dem Tag, an dem die Fabrik gebaut und die hohen Löhne kommen würden. Sie sprachen davon durch all die Jahre, die ich sie kannte, und ich hatte sie gekannt, seit ich noch ein Junge war, denn ich war in einer der strohgedeckten Hütten dort geboren worden, und Darcy war auch meine erste Pfarre.

Jede Familie in Darcy besaß außerhalb des Dorfes ihr kleines Stückchen Grund und Boden, und jeder, der auch nur kriechen konnte und zwei Hände hatte, bearbeitete die karge Erde. Geld war keines vorhanden, daher wurde getauscht. Der eine tauschte einen Sack Hafer gegen einen Sack Weizen, der Müller mahlte ihn gegen einen Anteil am Mehl, den er wieder dem Schuster für Winterschuhe für seine Kinder gab. Die Frauen webten ihr Leinen und spannen ihre Wolle, und ihre Ehemänner tauschten diese gegen Gerste, Hafer, Mehl, gegen Milch, Käse und ein Stück Rindfleisch ein. Es war ein primitives und erbarmungswürdiges Leben, niemand hatte genug zu essen, genug zum Anziehen und genug Torf für seinen Herd. Warf ein Mutterschaf zwei Lämmchen statt einem, war das ein Fest- und Freudentag, auch wenn man das zweite in der Küche vor dem Feuer aufziehen mußte, weil seine Mutter es nicht haben wollte. Und wenn eine Kuh trächtig wurde und zwei kleinen Stieren das Leben schenkte, war die Freude noch größer, denn wenn die

Stiere alt genug waren, konnte man sie schlachten und verspeisen. Eine Kuh wurde nie geschlachtet, solange sie noch aufnehmen konnte oder Milch gab, und so war es auch bei den Schafen und Säuen. Die Muttertiere wurden buchstäblich bis zu dem Tag gehegt und gepflegt, an dem selbst ein Narr sehen mußte, daß sie dem Dorf nichts mehr zu bieten hatten.

Die Leute in Darcy verwöhnten aber auch ihre Esel und die wenigen Pferde, denn diese führten ja die Tauschgüter hin und her und zogen den Pflug. Der Tod eines Pferdes war ein arges Unglück. Es war fast unmöglich, es zu ersetzen. Darcy war eine Tagreise von der nächsten Stadt entfernt und lag im Landesinnern, wo es nur Seen gab und nicht das Meer, auf dem Schiffe den Verkehr besorgen konnten. Pferde waren zu abgerackert und zu kostbar, als daß man auch nur ins nächste Dorf, vielleicht auf einen Plausch zu Verwandten, gefahren wäre, und so blieb Darcy fern und abgeschieden. In einer Beziehung aber war es gesegnet: das Klima war gemäßigt und ausgeglichen. Hügel schützten es vor den gröbsten Schrekken des Winters, und so blieb das Gras auf den Wiesen und den Hügeln die meiste Zeit des Jahres grün und verwendbar. Außerdem gediehen dort ausgezeichnete Kartoffeln, und es hatte Jahre gegeben, in denen sich Darcy fast ausschließlich durch sie am Leben hielt. Es war eine der wenigen Gegenden, wo während der Hungersnot die Kartoffeln nicht verfaulten. Torf als Brennstoff war vorhanden, ebenso ein kleiner Steinbruch, und so hatte der Müller ein kleines Haus aus Stein, und die winzige Kirche und das Pfarrhaus waren auch aus diesem grauen Stein.

Mein Haus und die Kirche waren aus Stein, das klingt großartig", sagte Father O'Connor. „Aber die Kirche hatte nur für etwa dreißig Personen Sitzplätze. Sie war aber immer gedrängt voll, und die Zuspätkommenden mußten hinten, an den Seiten und in dem einen schmalen Mittelgang stehen. Oft kam es vor, daß junge Mütter, die ihr schreiendes Kind auf dem Arm hatten, sich erschöpft vor Hunger gegen den kalten Stein lehnten, und es geschah nicht selten, daß meine Worte beim Segnen des Brotes im Kindergeschrei untergingen. Wenn ich aber jetzt so nachdenke, so glaube ich, daß diese Leute Unserem Herrn lieber gewesen sein mußten als mein Gebet oder das Gewinsel des Chores, der sich aus zwei alten Schwestern und einem kleinen Jungen zusammensetzte, die alle drei an chronischer Bronchitis litten. Aber schließlich hatten wir ja alle Bronchitis und husteten das ganze Jahr. Das Klima war, wie gesagt, nicht so schlimm, aber der Hunger war es. Wir hatten keinen Arzt, nur eine sehr alte Hebamme, und so kam es oft vor, daß eine junge Mutter zusammen mit dem Kind, das sie eben geboren hatte, starb. Manchmal blieb das Kind am Leben, und da mußte dann der Vater, wenn er keine eigene Kuh besaß, einem Nachbarn hart um Milch zusetzen, wenn sich nicht zufällig eine Mutter fand, die gerade stillte und ihm aushalf. Trotzdem habe ich in keinem anderen Dorf so viele rüstige alte Menschen angetroffen. Am hundertsten Geburtstag pflegten zwar die Kinder, Enkel, Urenkel und Ururenkel mit einem Kuchen zur Gratulation zu kommen, weil es sich so gehörte, aber als sensationelles Ereignis wurde er nicht angesehen. Ich habe viele Männer oder Frauen beerdigt, die schon lange den Hunderter überschritten und bis zuletzt ihre Arbeit getan hatten. Sie hätten sich geschämt, wenn sie sich auch nur einen Augenblick davor gedrückt hätten. Ja, es waren wirklich großartige Menschen in Darcy! Und der Sassenagh erfuhr nie etwas von ihnen. So konnte er auch keine Steuern einheben, und das war ein Geschenk Gottes.

In Darcy gab es kein Wirtshaus. Jeder lieferte ein Quantum Malz und Gerste an den Bierbrauer ab, der das Bier dann wieder für ein Stück Wolle oder Leinen oder ein paar Schuhe abgab. Das Bier wurde zu Hause getrunken, im Freundeskreis. Ich sah in Darcy nie einen betrunkenen Mann oder etwa ein schlampiges Frauenzimmer mit Schlagseite. Wir hatten sehr wenig, aber wir hatten doch unseren Stolz, vor allem unseren Glauben, und wir liebten einander. Alles, was Menschen wirklich reich machen kann, besaßen wir. Viele werden vielleicht sagen, wir hätten — ausgenommen die Burschen und Mädchen, die auswanderten — keinen Ehrgeiz gehabt, aber wir hatten unseren Gott, und was mehr kann ein Mensch haben, auch wenn er Not leidet?

Ich war ein junger Priester, aber auch die Männer und Frauen über hundert sprachen in rührender Weise von mir als dem ‚ould Father'. Sie liebten mich, und ich liebte meine Pfarrkinder. Sie ihrerseits brachten mir Fleisch und Brot und Gemüse, und obwohl es herzlich wenig war, es war eben alles, was sie aufbringen konnten. Die Frauen scheuerten mein kleines Pfarrhaus, das nur aus zwei Räumen bestand, jeder kaum größer als eine Pferdebox, und nie war ein Pfarrhaus sauberer. Die Männer pflanzten Blumen herum und in dem kleinen Gärtchen Kartoffeln, Radieschen und auch etwas Salat. Es waren die glücklichsten Tage in meinem Leben."

Kinder waren in Darcy willkommen und wurden verhätschelt, denn sie bedeuteten mehr Hände auf dem Feld und mehr Hände am Webstuhl. Es überlebten aber nur wenige ihre Geburt oder das erste Jahr. Kinder bedeuten Wohlstand in Darcy. Und so bedauerten alle Peter Doyle und sein Weib, weil sie keine Kinder hatten. Ja, obwohl sie, ohne hilflose Münder in den ersten Jahren füttern zu müssen, um ein geringes besser lebten als ihre Nachbarn, wurden sie bedauert. Peter wurde vierzig und dann fünfzig, und Mary, seine Frau, war auch schon in mittleren Jahren. Beide waren starke und hübsche Menschen mit breiten, arbeitsgewohnten Rücken, aber sie hatten keine Kinder. Und dann, als Mary fünfundvierzig war, wurde sie endlich schwanger.

Wie Zacharias und Elisabeth konnten sie zuerst nicht glauben, daß ihnen ein solches Wunder beschert wurde. Die Hebamme wurde zu Rate gezogen und war anfangs im Zweifel. Mary war praktisch über das Alter, in dem eine Frau ein Kind bekommen konnte, hinaus. Sie hatte schon die Wechseljahre erreicht. Aber ein Monat folgte dem andern, und Marys Leib wurde schwerer. Jeder Morgen sah das freudestrahlende Paar bei der

Messe, jeden Morgen empfingen sie die heilige Kommunion. Wenn die Nachbarn skeptisch waren, sie waren es nicht. Sie hofften nicht auf einen Knaben, ein Mädchen war ihnen ebenso willkommen. Mit glücklichen Gesichtern sahen sie dem Ereignis entgegen, und schließlich betete das ganze Dorf für die beiden. Father O'Connor besuchte sie oft, nur um Marys vor Glauben und Freude strahlende Augen zu sehen. Zum erstenmal wünschte er sich damals eine Orgel für seine Kirche. Zwar waren irreparable Reste einer solchen vorhanden, aber aus Geldmangel war nicht daran zu denken, eine neue zu kaufen. Die zwei sehr alten Schwestern und der kleine Junge taten zwar mit ihren gregorianischen Gesängen ihr Bestes, aber bei den Sonntagsmessen wäre eigentlich schon eine Orgel am Platz gewesen, um das Wunder von Marys Empfängnis zu feiern. Doch es kam vor, daß sich die Schwestern und der Junge einfach selbst überboten, und manchmal tönte die Kirche wie ein eherner Riesengong.

Als Mary Wehen bekam, leistete sich das ganze Dorf einen inoffiziellen Feiertag. Der Brauer zapfte unbekümmert ein Fäßchen Bier für die Leute an, die um das kleine Haus der Doyle herumstanden. Die Schwestern knieten an Marys Strohbett, und Peter Doyle war vor Freude und Furcht so außer sich, daß er von Father O'Connor gestützt werden mußte. Es war ein warmer Frühlingstag, ein leiser Wind wehte den Heugeruch von den Wiesen herüber, die Sonne schien hell. Alles schien in Ordnung zu gehen, obwohl Mary dauernd heftige Wehen hatte und die Niederkunft eigentlich schon überfällig war. Alle wußten, daß es für sie sehr schwer war, hatte sie doch noch nie ein Kind gehabt. Aber sie war tapfer, und niemand hörte sie stöhnen oder schreien. Sie ertrug ihre Schmerzen mit einem entzückten, dankbar erwartungsvollen Lächeln. Sollte sie doch ein Kind bekommen! Jedesmal, wenn die Wehen ihren Leib zusammenkrampften, diesen Leib, der erst so spät gebären sollte, leuchteten ihre Augen wie die Flammen von eben entzündeten Kerzen auf, und sie erhob ihre gefalteten, schweißtriefenden Hände gen Himmel.

Stunde um Stunde verging. Man konnte es der Hebamme ansehen, daß sie Angst hatte. Gebete murmelnd ging sie unablässig neben Marys Bett auf und ab. Dann sah sie sich nach Father O'Connor um. „Sie stirbt uns", sagte sie mit der allem Landvolk eigenen Schroffheit. Father O'Connor spendete Mary die Letzte Ölung. Stummer Schmerz ergriff die Umherstehenden. Doch Mary kam auf einmal wieder zu Kräften. „Mein Kind wird leben, Father", sagte sie. Kurz darauf gebar sie einen Knaben, und im selben Augenblick, als er mit einem kleinen Schrei seinen ersten Atemzug tat, machte sie demütig und ein Gebet auf den Lippen ihren letzten. Peter Doyle saß stumm mit seinem Sohn im Arme da und war, als er auf das ruhige und lächelnde Gesicht seines toten Weibes blickte, so weit weg, daß ihn selbst die Trostworte des Priesters nicht zurückbringen konnten.

„Es ist merkwürdig und anderseits vielleicht doch wieder nicht so merkwürdig", sagte der alte Father O'Connor, „daß Peter seinen kleinen Sohn zu hassen begann. Achtundzwanzig Jahre lang war sie sein geliebtes Weib gewesen, seine getreue Gefährtin in Glück und Unglück, Freud und Leid. In ungeteilter Hingabe hatten sie den größten Teil ihres Lebens zusammen verbracht, gekannt hatten sie einander schon als Kinder. Sie waren ein Leib und eine Seele gewesen. Im tiefsten Sinn des Wortes waren sie eins gewesen, fast seit sie denken konnten. Peter hatte nie ein anderes Mädchen geliebt, Mary nie einen anderen Jungen. Fast noch als Kinder hatten sie ihren ersten Kuß ausgetauscht und jetzt den letzten. Peter war immer Marys ‚Boyo' gewesen und Mary immer Peters ‚Colleen', wie man in Irland sagt. In der Schule hatten sie nebeneinander gesessen und einer nach des andern Schiefertafel geschielt. Sie waren dann auch in ihrem späteren Leben Kinder geblieben und einander Bruder und Schwester, Frau und Mann gewesen. Ohne Peter an ihrer Seite hatte man Mary nicht gesehen, seit sie laufen konnte. Und als Mary starb, starb auch Peter, obwohl er noch dreizehn Jahre länger lebte."

Father O'Connor seufzte. „Ich wußte das beinahe sofort. Ich beklagte es, aber ich verstand es. Ohne Mary lebte Peter nicht richtig. Er bearbeitete sein kleines Feld und kam heim in sein kleines Anwesen, wo jetzt seines verstorbenen Vaters ältere Schwester eingezogen war, um für das Kind zu sorgen. Die alte Eileen muß damals schon an die neunzig gewesen sein, aber sie war eine starke und tatkräftige Frau. Sie lebte fast bis zu ihrem hundertdritten Geburtstag, und als sie starb, war der kleine Stephen zwölf Jahre alt. In allen diesen Jahren sprach sein Vater niemals mit ihm, weder in Liebe noch im Zorn. Manchmal redete ich Peter zu, doch er starrte mich nur mit seinen hellblauen Augen an, und ich wußte, daß er mich gar nicht hörte. Am Sonntag verbrachte er Stunden am Grabe seiner Frau, murmelte Unverständliches, lächelte und nickte. Er sprach offenbar mit ihr. Es ist sehr leicht möglich, daß er gar nicht wußte, daß er einen Sohn hatte, obwohl mir Stephen später einmal sagte, daß ihn sein Vater zeitlebens gehaßt habe. Wer kennt die Geheimnisse des Menschenherzens? Stephen arbeitete mit dem Vater zusammen auf dem Felde, und wenn sie sich etwas mitteilen mußten, geschah es nur durch Gesten. Es war ein schreckliches Leben für einen jungen Burschen, und Stephen erreichte das Mannesalter mit Bitternis und Zorn im Herzen. Er war völlig allein. Er glaubte, sein Vater gebe ihm die Schuld an Marys Tod, und daß sein Leben verflucht sei. Da ihn sein Vater zurückgewiesen hatte und ihn nicht kennen wollte, bildete er sich ein, daß ihm etwas Verachtungsvolles anhafte und daß er menschlicher Liebe und Zärtlichkeit nicht würdig sei.

Stephen war groß und stark wie sein Vater, nur hatte er die dunklen Augen seiner Mutter. Schon seit seiner Kleinkinderzeit schien immer ein Sturm in ihnen zu toben. Die wir zurückweisen, weisen uns ihrerseits zurück. Das ist eine Wahrheit, die wir nicht anerkennen wollen. Stephen kam in die Schule und lernte, was ihm die alten Schwestern beibringen konnten, aber er war ein ruheloser Junge, dessen Blick immer in der Ferne hing. Ich war überzeugt, daß er nach Amerika auswandern oder wenigstens nach Liverpool gehen würde. Aber er blieb, arbeitete auf dem Feld und verdiente sich da und dort einen Penny, wenn er dem Schuster, dem Hufschmied oder dem Bierbrauer aushalf. Er war ein guter Arbeiter, nur sprach er kaum ein Wort. Sein Vater wurde älter und müde, Stephen erwähnte er mit keinem Wort. Stephen wurde gefirmt, Peter war nicht zugegen. Stephen sang im Chor mit, Peter hörte ihn nicht. Die Schwestern hatten Stephen gern, aber sie waren in Sorge um ihn. Er war ein so ruhiger und beinahe schwermütiger Junge und er lachte nie. Er sündigte auch nicht in des Wortes richtiger Bedeutung. Kniete er im Beichtstuhl, murmelte er, daß er sich manchmal frage, ob Gott sich noch um ihn kümmere, das war aber auch alles. Die Mädchen im Dorf blickten ihm nach, denn er war ein hübscher, schwarzhaariger Bursche, groß und mit ungestümen, dunklen Augen. Damals stand er schon ganz allein da, denn Peter war gestorben, als der Junge dreizehn war.

Ich erinnere mich noch, es war schon nach Mitternacht, als Stephen an meine Tür klopfte und mir sagte, daß sein Vater im Sterben liege und nach dem Priester verlangt habe. Das war das einzige, um das Peter seinen Sohn gebeten hatte. Peter beichtete, und ich erteilte ihm die Letzte Ölung. Dann verlangte er nach seinem Sohn. Dabei flossen ihm Tränen übers Gesicht. Stephen war aber nicht im Hause. Die Nacht war stürmisch und es regnete. Ich setzte mich wieder zu Peter und blieb die kurze Zeit, die er noch zu leben hatte, bei ihm. Als ich ihm die Augen zudrückte, spürte ich noch das Naß seiner Tränen, und ich sah mich neuerlich nach Stephen um. Dann wandte ich mich an die Nachbarn und bat sie, bei dem Toten Wache zu halten, denn es war fast schon Zeit für die Messe. Stephen kam erst nach drei Tagen heim. Niemand wußte, wohin er gelaufen war, und sein Vater wurde in die Erde gesenkt, ohne daß sein eigenes Fleisch und Blut an seinem Grabe gestanden hätte.

Nicht daß Stephen damals ein unlenkbarer Junge gewesen wäre oder etwa nachtragend und widersetzlich, denn sonst wären die guten alten Schwestern nicht von einer so besorgten Liebe zu ihm erfüllt gewesen. Eine von ihnen erzählte mir, daß er einsam und verzweifelt, dabei aber die Gewissenhaftigkeit selbst sei. Er bearbeitete das kleine Stück Land, das ihm sein Vater hinterlassen hatte, und griff zu, wo sich ihm nur eine Gelegenheit bot. Gott weiß, daß ich nur wenig Geld besaß, aber für ihn fand ich immer eine Beschäftigung in meinem Garten. Selten nur führte er mit jemandem ein Gespräch. Er hatte die Gewohnheit, allein in den Wäldern umherzustreifen, und einmal sah ich ihn, als ein heftiger Wind wehte und in den Zweigen sang, als tönten tausend Äolsharfen. Ich stand in einiger Entfernung und beobachtete ihn, ohne daß er mich sehen konnte, und ich hatte noch nie ein so verzücktes, wie verzaubert hingebungsvoll lauschendes Gesicht gesehen. Er horchte auf das großartige, überwältigende Lied des Windes, der durch die Äste der Bäume rauschte und in den Blättern flüsterte. Er war damals erst fünfzehn und sah wie ein wildes, schwarzes Fohlen aus.

Und einmal, es war im Frühling, sah ich ihn, wie er am Ufer des Baches lag und auf das Murmeln des trüben, dahineilenden Wassers horchte. Immer wieder neigte er sein Ohr den Wellen und Wirbeln zu, lächelte und summte eine Melodie vor sich hin, die er offenbar dem Bächlein abgelauscht hatte, dessen Rauschen seinen Ohren zarte Musik war. In ähnlichen Situationen begegnete ich ihm oft in Wald und Forst, am Bachesrand und in den Feldern. Was für eine Musik er da hörte, weiß ich nicht. Ich selbst war ein scheuer junger Mensch, und ich erkannte die Scheu, wenn ich ihr begegnete. Außerdem hatte ich keinen besonderen Kontakt mit Stephen, noch hatte er sich mir erschlossen. Ich kannte nicht einmal den Zustand seiner Seele, denn als er siebzehn wurde, kam er nicht mehr zur Beichte und nur Sonntags zur Messe. Er war, seit er mutiert hatte, auch nicht mehr beim Chor. Er saß nur schweigend am Ende der alten, abgewetzten Kirchenbank und ging dann wieder, allein und ohne mit jemandem ein Wort zu wechseln. Manche sagten, er sei nicht ganz richtig im Kopf, aber das glaubte ich nicht. Ich betete für den Jungen und versuchte, mit ihm zu reden. Er hörte mich respektvoll an und gab keine Antwort. Nur einmal", der alte Priester lächelte sanft, „da sagte er zu mir: ‚Father, Sie haben keine große Stimme bei der Messe, aber manchmal haben Sie einen Ton, der klingt wie die Posaunen der Engel.' Und dann lief er davon. Ich machte mir über Stephen die lächerlichsten Gedanken. Ich fragte die Schwestern aus, aber sie sagten mir nur, daß Stephen keine Stimme mehr habe und daß sie dies schon seit seinem Stimmbruch gewußt hätten. Eine ganz alte Nonne berichtete mir aber, daß er mit peinlicher Genauigkeit auf den Chor achte und bei jedem falschen Ton zusammenzucke."

Stephen war erst siebzehn, als er zu Father O'Connor kam und ihm mitteilte, daß er „in den Krieg" ziehe. „Nun kam der Sassenagh", sagte der alte Father O'Connor, „aus demselben Grund nicht nach Darcy, um die Burschen für seine ewigen Kriege und Scharmützel zu werben, aus dem er nicht Steuern eintreiben kam. Das Dorf war eben so klein, so verborgen und abgelegen und hatte keine geschäftlichen Verbindungen mit seinen Nachbarn oder den großen Städten. Der Sassenagh wußte ganz einfach nichts von der Existenz Darcys. Hätte er in dem Dorf auch nur eine halbe Krone gewittert, wäre der Steuereintreiber schon dort gewesen. Aber es gab keine Halbkrone, und es ist fraglich, ob jeder im Dorf so eine Münze überhaupt gekannt hätte, wenn man sie ihm gezeigt hätte. Die Menschen lebten in jenen Tagen viel mehr für sich als heute, und höchst selten kam eine Zeitung nach Darcy oder auch nur eine Nachricht aus dem nächsten Dorf. Ich war der einzige im Ort, der Bücher hatte. Ich wußte, daß Stephen die wenigen, die ich besaß, alle las. Wenigstens berichtete man mir das, denn ich selbst überraschte ihn nie in meinem Haus. Er kam und ging wie ein Schatten.

Aber auf irgendeine Art war eine Zeitung aus Dublin nach Darcy gelangt. Sie sah schon abgerissen aus und war einen Monat alt. Es gab wieder Krieg, und den Burschen, die in die königliche Armee eintreten wollten, wurde hohe Löhnung geboten und Gelegenheit zu Abenteuern aller Art in Aussicht gestellt. Stephen kam also zu mir und übergab mir seine paar Morgen Land. Ich weigerte mich, sie anzunehmen, und erklärte, daß ich sie für ihn verwalten wolle, und es wurde vereinbart, daß die Männer aus dem Dorf den Boden bearbeiten, die Hälfte des Ertrages für ihre Arbeit behalten und den Rest meiner Kirche und den Schwestern abliefern sollten. Ich fragte Stephen, warum er denn diesen Krieg der Sassenagh mitmachen wolle — ich weiß jetzt nicht mehr, welcher es war —, aber er schüttelte nur den Kopf und sagte, er müsse sich umschauen, wie die Welt hinter Darcy aussehe. Ich erwähnte, daß er vielleicht dabei sein Leben lassen könnte, und er meinte: ‚Father, das wäre nicht das Schlimmste. Denn bei solchen, wie ich einer bin, ohne Freunde und Verwandte, wen kümmert es da schon, ob ich lebe oder nicht?' Es war das erstemal, daß ich ihn so reden hörte, und er sprach ohne Bitterkeit und ohne sich selbst zu bemitleiden. Es war eine tragische Szene, wie ich selten eine erlebt habe. Zum erstenmal sah ich ihm so richtig in die Augen, und sie waren trotz des heimlichen Feuers in ihnen in die Ferne verloren. Dann ging er. Die Dorfbewohner wunderten sich über sein Fortgehen, man sprach neuerlich davon, daß er merkwürdig gewesen sei, aber bald hörten sie mit ihrem Klatsch auf, denn sie hatten ja Stephen kaum gekannt und nicht mehr zur Kenntnis genommen als einen Baum, der nicht reden kann, an seinem gewohnten Platz. Nach fünf Jahren war er längst vergessen, das kleine Häuschen stand verlassen da und setzte Staub an, und die Männer bearbeiteten das kleine Stückchen Boden und begannen von ihm als von ‚Doyles Grund' zu reden und nicht mehr von ‚Stephens Grund', wie sie gesagt hatten, als ihn dieser geerbt hatte. Jetzt war das Stück Land nur mehr ‚Doyles Grund', und niemand erinnerte sich an Stephens Gesicht, noch daran, was oder wo er war. Er war vergessen, nur von mir nicht und von den zwei alten Schwestern, die aber starben und die Erinnerung an ihn mit ins Grab nahmen.

So plötzlich und unbemerkt Stephen gegangen war, genauso

kam er zurück. Ein kleines Mädchen, das Stephen gar nicht gekannt hatte, teilte mir aufgeregt mit, daß Zigeuner im Doyle-Haus seien und daß Rauch aus dem Schornstein steige. Ich machte mich sofort durch die goldenen Felder auf den Weg. Es ging ein starker herbstlicher Wind, und das Lied, das er sang, klang anders als das des Windes in anderen Jahreszeiten. Es war ein Lied von Einsamkeit und Trauer und von dunklen Schatten, die das Auge des Menschen nicht sehen kann. Als ich bei Stephens kleinem Häuschen ankam, saß er selbst rauchend auf der Türschwelle. Er war ein erwachsener Mann geworden, groß, sehr bleich und mager. Er rührte sich nicht, und das einzige, was sich bewegte, war der Rauch seiner Pfeife. Seine Augen sahen mich an, doch er gab kein Zeichen von Erkennen. Er stand auch nicht auf, wie es damals alle Männer taten, wenn ein Priester hinzutrat. Er sah mich nur leer an und rauchte. Ich blieb einen Augenblick stehen, und er neigte den Kopf ein wenig zur Seite. Als ich über den dichten Rasen weiterging, traf ein Sonnenstrahl seine Stirn, und ich sah, daß sich über seine rechte Schläfe eine fürchterliche Narbe hinzog. Sie war lang, dunkelrot und gewunden und zog ein Augenlid in die Höhe, so daß sein Gesicht einen eigenartigen Ausdruck hatte.

Ich wollte gerade zu reden beginnen, als er mit seiner schwerfälligen und unsicheren Stimme fragte: ‚Wer ist da?‘ Ich blieb wieder stehen. Fünf Jahre hatten mich, selbst in Darcy, doch nicht so verändert! Ich sagte: ‚Dein Freund, Stephen, Father O'Connor.‘ “

Stephen erhob sich langsam und schwerfällig und sagte undeutlich: „Einen guten Morgen, Father.“

„Guten Morgen! Es ist wirklich ein herrlicher Morgen, Stephen“, sagte der Priester und betrachtete besorgt den jungen Menschen, der jetzt zweiundzwanzig war.

„Ich weiß, daß es ein herrlicher Morgen ist, Father, der Wind sagt es mir. Er erzählt mir alles, von der See, über die er vor Sonnenaufgang geweht hat, wie er in den Tauen der Segelschiffe gesungen hat, wie er über die Berge gebraust ist, und wie die weißen Möwen, deren Schwingen er getragen hat, in den Strahlen der Sonne schimmerten."

Es war die längste Rede, die Stephen je im Dorf gehalten hatte. Plötzlich hielt er wieder inne und schwieg, während ihm eine Blutwelle übers Gesicht lief und die Narbe so rötete, als wäre es eine frische Wunde.

„Ich bin froh, daß du zurückgekommen bist, Stephen", sagte der Priester. „Du hast mir nie geschrieben, und ich habe bis heute morgen nicht gewußt, daß du hier bist. Willkommen zu Hause, Stephen!" Er streckte dem jungen Mann seine Hand entgegen, doch Stephen sah nicht auf die Hand und ergriff sie auch nicht. Verletzt ließ Father O'Connor die seine sinken. „Wo hast du dir denn diese schreckliche Narbe geholt, Stephen?"

„Im Krieg. Ich habe fast die ganze Welt gesehen. Dem Sassenagh gehört viel davon. Es ist eine Wunde von einem Bajonett. Wie sieht denn mein Land aus, Father?"

„Ausgezeichnet", sagte der Priester. Irgend etwas an Stephen beunruhigte ihn. „Hast du es dir noch nicht angesehen?"

„Ich werde es nie mehr sehen. Ich bin seit zwei Jahren blind."

Der Priester hatte im Laufe der Jahre viele traurige Dinge mitanhören müssen, doch es schien ihm, daß dies das traurigste war, und er fühlte, wie sich sein Herz in der Brust schmerzlich zusammenkrampfte. Dieser einsame junge Mensch war jetzt zu einer noch tieferen Einsamkeit verurteilt, und der Priester fühlte, wie ihm die Tränen aufstiegen. Selbst der Tod Mary Doyles war nicht so tragisch gewesen wie jetzt dies.

Die beiden saßen auf der steinernen Türschwelle beisammen im herbstlichen Sonnenschein und rauchten ihre Pfeife. Der Priester wartete, und schließlich erzählte ihm Stephen seine Geschichte, doch mit einer solchen Teilnahmslosigkeit, als hätte dieses fürchterliche Unglück einen betroffen, den er gar nicht kannte, der es aber wahrscheinlich verdient hatte. Es sei irgendwo in Afrika passiert, sagte er beiläufig. Bei der Erwähnung von Afrika änderte sich sein Gesichtsausdruck, und er erzählte dem Priester von dem endlosen Trommeln der Tropfen in den Regenwäldern, von dem wilden Rauschen der mächtigen Ströme, wenn sich ihre Wasser von den grünen Bergen hinunterstürzen, er erzählte ihm von dem Gesang und Gekreisch fremder, exotischer Vögel, der ehrfurchtgebietenden Donnerstimme der Löwen und dem heiseren Lachen der Hyänen, von dem grollenden Gebrüll der Flußpferde und von dem Rauschen des Windes in den Palmen und dem Tosen der Brandung der Meere des Südens. „Ich glaube, ich benahm mich wie ein Verrückter", sagte er einfältig. „Ich konnte nicht genug horchen. Ich lag wach, nur um zu lauschen. Ich wußte nicht, daß Gott so viele Stimmen hat, und ich war nichts als ein unerfahrener Bursche aus Darcy, den diese Musik berauschte."

Er faltete in einer Geste der Ehrfurcht die Hände und wandte seine blinden, aber klaren, ungetrübten Augen dem Priester zu, und die Erinnerung schien sich in ihnen widerzuspiegeln. „Alles Gottes Stimmen", sagte er. „Nicht ein häßlicher Ton war in ihnen, obwohl manche schrecklich waren, Father."

Er war in den Krieg gezogen, weil er sich eine Harfe wünschte. Er hatte einmal eine gehört, als er fünfzehn und schon Waise war und auf seinem Pferd ins nächste Dorf geritten war. Ein alter Mann war auf der Wiese gesessen und hatte auf einer Harfe, einer kleinen altersschwachen Harfe, gespielt und eine Ballade gesungen. „Ich vergaß, warum ich in diesen Ort gekommen war, Father. Ich hatte vier Shilling bei mir. Ich setzte mich zu dem alten Mann aufs Gras und gab ihm drei Shilling, damit er für mich spielen sollte, und ich blieb bei ihm und hörte zu." Erst als er ganz in seinen Traum versponnen wieder daheim war, fiel ihm ein, daß er um ein Werkzeug fortgeritten war, daß man in Darcy nicht bekam.

Als er schon Soldat war, hatte er in London ein Varietétheater besucht, und dort spielte ein Ire auf einer größeren Harfe und sang die alten irischen Balladen. Es kam ihm vor, als spiele nicht ein Mensch, sondern ein Engel. „Ein Engel, Father", wiederholte Stephen. „Und da begann mein Herz nach einer Harfe zu brennen, die mir gehörte, so daß ich alle die Stimmen Gottes, die ich vernommen hatte, mit meinen Fingern auf den Saiten zum Klingen bringen und sie wieder hören könnte."

Die Löhnung bei den Sassenagh war nicht so hoch, wie es die Zeitung aus Dublin versprochen hatte. Aber so gering sie auch war, Stephen machte noch Ersparnisse. Dann wurde er in einem Gefecht in Afrika von einem fanatischen Eingeborenen so gräßlich verwundet und nach langen Wochen als Blinder zur Wiederherstellung und Umschulung auf einen anderen Beruf in ein Militärlazarett nach London geschickt. Er hatte Korbflechten gelernt und am Webstuhl arbeiten. Schuhe putzen und sie besohlen hatte man ihm auch beigebracht.

„Damals setzte sich in London eine ganz neue Idee durch", sagte der alte Father O'Connor, „und zwar eine sehr barmherzige. Zu verdanken war sie den Frauen. Bisher war es gang und gäbe, einen zum Krüppel gewordenen oder erblindeten Soldaten einfach auf die Straße zu schicken, mit nichts anderem als der Aussicht, bei Gott Mitleid und Hilfe zu finden. Jetzt verlangten die Frauen, daß die, die für Gott und Vaterland ins Unglück geraten waren, eine Pension erhalten sollten. Sie erzielten zumindest einen Teilerfolg, denn Stephen würde ab jetzt ein Pfund im Monat beziehen. Für sein Augenlicht war es wenig genug, aber immerhin etwas."

Harfe würde es natürlich keine geben. Stephen hatte seine kleinen Ersparnisse in dem unfreundlichen, schmutzigen Lazarett in London für Seife, Tabak, ein neues Rasiermesser und ähnliche Notwendigkeiten aufgebraucht, mit denen ihn zu versorgen das dankbare Vaterland nicht für notwendig befunden hatte. Seine Löhnung war mit dem Tag seiner Verwundung eingestellt worden. Als Stephen dies berichtete, konnte man aus seiner geduldigen, unsicheren Stimme keine Klage heraushören. Er hatte nie viel vom Leben erwartet und sich nur *ein* Ding gewünscht: eine Harfe. Damit war es nun aus, aber er sprach nicht einmal mit der alten Bitterkeit, die man ihm zuweilen angemerkt hatte, bevor er in den Krieg gezogen war. Ja, er fand es geradezu vermessen, daß er jemals solche Hoffnungen gehegt hatte, denn er war ja nur ein armer Bursche aus Darcy mit einem Fleckchen Land und ohne jede Wichtigkeit.

„Für Gott bist du wichtig, Stephen", sagte der Priester, nachdem die traurige Geschichte zu Ende war.

Stephen schüttelte den Kopf. „Nein, mein Vater hatte recht. Ich bin nur ein Niemand, Father. Und jetzt haben Sie die Güte, den Leuten zu sagen, daß ich nicht hilflos bin, sondern ihnen Körbe flechten kann, Schuhe flicken und einen Webstuhl bedienen." Er erwartete sich kaum Geld, denn Geld war in Darcy rar, und er hatte ja sein Pfund im Monat für Tee, Zucker und seine bescheidenen Bedürfnisse. Er hatte nur noch die eine Hoffnung, bis an sein Ende in Darcy zu bleiben und „Gottes Stimmen" zu lauschen.

Father O'Connor besaß nicht viel von dem irischen Zorn, aber jetzt war er sehr zornig. Er war Stephens wegen zornig auf alles und jeden in der Welt. Er blickte auf die blinden Augen, und seine eigenen füllten sich mit Tränen. Er klopfte Stephen auf die Schulter und ging zu den Nachbarn. Er gab ihnen einen ungeschminkten Bericht über Stephens Schicksal und verlangte ihre Hilfe. Sie waren über die eindringlichen Worte ihres Pfarrers erstaunt und beeilten sich zu erklären, daß keiner Stephen je richtig gekannt habe, als er noch seine Augen besaß, daß er stets ein unfreundlicher Bursche gewesen sei. Was hätten sie schon, das sie aus eigener Tasche zuschießen könnten? Der Father kannte ihre Bedingungen: sie würden das Land gegen die Hälfte des Ertrages bearbeiten und — „den Rest werdet ihr nicht der Kirche, sondern Stephen geben, denn er hat nie etwas vom Leben gehabt und kaum Liebe gefunden", schnitt er ihnen zornig die Rede ab. Er ging in seine winzige Kirche und sprach mit Gott ein etwas ernstes Wort wegen Stephen. Allerdings bereute er es sofort. Aber er war noch immer außer sich. In Darcy gab es keine Harfe, teilte er Gott mit, noch in einem Umkreis von vielen, vielen Meilen. Stephen hatte kein Geld, und in ganz Darcy hatte überhaupt keiner Geld.

Er brach plötzlich in Tränen aus und betete darum, daß sich auf irgendeine Weise für Stephen, der sich danach sehnte, eine Harfe finden möge. Hungern würde Stephen ja nicht, obwohl er blind war, aber er brauchte eine Harfe. „Damit er mit ihr Dein eigenes Lob verkünden kann", betete der Priester und hatte das leise Gefühl, doch etwas zudringlich zu sein dem Herrgott gegenüber und ein bißchen zu dick aufzutragen mit seiner Schmeichelei. „Ich weiß", sagte Father O'Connor demütig, „daß ein Priester verstehen muß, daß Gottes Wege nicht die der Menschen sind und daß Sein Wille über jeder Diskussion steht. Aber hast Du uns nicht gesagt, o Herr, unser lieber Gott, daß Du unsere Nöte kennst und daß wir nur gläubig zu Dir beten mögen? Wenn es Dein Wille ist", sagte der Priester und sah ernst zu dem billigen Kruzifix über dem Hochaltar auf, wobei er wieder das Gefühl hatte, aufdringlich zu sein, „dann schicke Stephen Doyle eine Harfe." Er hoffte ganz ernstlich, daß eine Harfe vom Himmel fallen würde, weil es Gottes Wille war. Daß er da um eine Trivialität betete, kam ihm nicht zu Bewußtsein, denn er dachte daran, daß Stephen sein ganzes Leben lang die Liebe vorenthalten worden war, außer der Gottes und der zweier alten Nonnen, die schon lang in der Erde ruhten. Zwar hatte Stephen, als er ein junger Mann geworden war, nur wenig, ja fast gar kein Interesse an der Kirche gezeigt. „Aber hast Du nicht selbst auf Deinem Wege haltgemacht, o Herr, um einem blinden Bettler das Gesicht wiederzugeben?" so fragte er.

Innerhalb einer Woche hatte Father O'Connor jeden, der überhaupt beten konnte, dazu gebracht, um eine Harfe für Stephen Doyle zu beten. Natürlich wunderten sich alle. Wozu brauchte Stephen Doyle eine Harfe? Er brauchte vieles, wie zum Beispiel Reparaturen an seinem Haus. — „Repariert es also", sagte der Priester, und die Leute gingen innerlich murrend hin und taten es. Wenn Peter Doyles Junge davongelaufen war, um für den Sassenagh zu kämpfen, und sein Augenlicht verloren hatte, dann war es Gottes Wille und seine eigene Torheit.

Was hätte wohl Peter über so einen Verrat gedacht? Ein guter Ire kämpfte nicht für den Sassenagh. Er kämpfte gegen ihn. Jedermann war gewillt, für Stephen zu tun, was er konnte, das war ja die primitivste christliche Nächstenliebe, obwohl der sich, bevor er blind wurde, kaum wie ein Christ benommen hatte! Er hat einige sehr bedauerliche Äußerungen über die Religion gemacht, erinnerte sich ein alter Mann plötzlich. Ja, das war alles recht gut und schön, was Father O'Connor erzählte: daß Stephen die „Stimmen Gottes liebte" und daß davon schon in der Bibel gesprochen werde, aber er habe eben nur sehr wenig Interesse für seine Nachbarn bekundet, nur selten mit ihnen geredet und sich auch nicht dankbar dafür gezeigt, daß man ihm sein Land wiedergegeben habe und es nicht hatte verwahrlosen lassen. Er ging mit seinem Stock die Dorfstraße entlang und murmelte nur vor sich hin, wenn ihn einer freundlich ansprach.

„Sein Vater liebte ihn nicht", sagte Father O'Connor. „Keiner tat es, nur die alte Schwester Agnes und die alte Schwester Mary Francis. Gott verzeihe mir, aber auch ich liebte ihn nicht. Wir waren blinder, als es Stephen jetzt ist, denn wir waren blind im Geiste. Beten wir um eine Harfe für ihn."

„Die billigste Harfe", sagte ein junger Mann wichtigtuerisch, „kostet fünfzig Pfund in Dublin. Und wo gibt es in Darcy vier ganze Pfund in einer Geldbörse? Nicht einmal ein Pferd bringt fünf Pfund ein in Darcy, und sogar eine Kuh ist teuer um diesen Preis."

„Betet um eine Harfe für Stephen Doyle", mahnte der Priester, der sich wie ein Kreuzritter inmitten heidnischer Sarazenen vorkam. Die Leute schüttelten den Kopf. Wurde der gute Father schon wunderlich? Eine Harfe für Stephen Doyle, wo die Kinder das halbe Jahr barfuß herumliefen, ein Stück Seife eine Rarität war und Fleisch höchstens einmal die Woche auf den Tisch kam! Da war die alte Mutter Guilfoyle, die neue Krükken brauchte, und jeder sparte sich die Pennies einzeln ab, um sie ihr zu kaufen.

„Ich verlange nicht eure Pennies", donnerte Father O'Connor. „Nicht einen einzigen Penny! Ich verlange euer Gebet! Betet um eine Harfe! Gott weiß es, ihr betet um törichtere Dinge! Reinigt eure Herzen und betet um eine Harfe für Stephen Doyle. Wird euch das vielleicht auch nur einen einzigen Penny kosten?"

Als der Priester sie also beruhigt hatte, daß er ihnen weder eine einzige Teekanne noch eine Zuckerdose entreißen wollte, beteten sie wirklich um eine Harfe, wie ihnen geheißen. Und als sie so für Stephen beteten, da geschah etwas Merkwürdiges. Sie begannen ihn zu lieben — oder wenigstens, ihm ihr Mitleid zu schenken. Er war jetzt der Gegenstand ihrer Gebete, obwohl sie, bildlich gesprochen, mit Gewalt auf die Knie gezwungen worden waren. Es ist eine Tatsache, daß man, wenn man für einen Menschen betet, ihn liebenswert und wichtig zu finden beginnt, daß man alle seine Fehler vergißt und er irgendwie verklärt wird und einen kleinen Heiligenschein bekommt. Eines der hübschesten Mädchen im Dorf, Veronica Killeen, zeigte große Teilnahme für Stephen und brachte ihm hie und da einen frischen Laib Brot, den sie mit ihren eigenen sechzehnjährigen Händen gebacken hatte. Als er Darcy verließ, war sie zu jung gewesen, um sich noch an ihn zu erinnern, und er hatte sie bestimmt nicht gekannt. Und jetzt konnte Stephen ihre rosigen Wangen, die blauen Augen und das rötliche Haar nicht sehen. Aber sie hatte eine süße Stimme, und es freute ihn, sie reden zu hören. Ein Duft wie von frisch gemähtem Gras umschwebte sie, und sie sprach nicht nur, sie sang auch oft. Stephen lauschte ihren unschuldigen Liedern, und er mußte an junge Vögel im Frühling denken. Er konnte ihren leichten, tänzelnden Schritt hören und den frischen, natürlichen Geruch ihres jungen Körpers einatmen. Nach ein paar Wochen war es so weit, daß er mit ihr auch ungehemmt sprechen konnte. Obgleich ihre Eltern pflichtgemäß für ihn beteten, waren sie über diese Entwicklung nicht gerade begeistert, denn um Veronica bewarb sich der Sohn des Hufschmieds, ein ordentlicher Bursche, dessen Vater der ‚Reichste' im Dorf war und der das netteste Haus an der ungepflasterten Dorfstraße besaß. Zudem hatte er zwei Pferde und drei Kühe, und es ging das Gerücht, daß der alte Hufschmied in Dublin einen unverheirateten Vetter habe, der über einen ganz schönen Besitz verfügte. Der junge Hufschmied würde diesen unglaublichen Reichtum einmal erben. Veronica wurde von ihren Eltern ermahnt, nicht zuviel Interesse für einen Mann zu haben, der viel älter war als sie — über zweiundzwanzig —, der blind war und obendrein für den Sassenagh gekämpft hatte. War das eines treuen Sohnes Irlands würdig? Veronica warf keck ihr rotes Haar zurück, und der Fall wurde Father O'Connor vorgetragen, der dem Mädchen nicht im geringsten ablehnend gegenüberstand und die Eltern wegen ihrer mangelnden Nächstenliebe ausschalt.

„Möchtet ihr, daß sie ein Herz von Stein hat?" fragte der Priester streng. Er sah Veronica oft in der Kirche knien und eifrig beten, und er konnte sich denken, wer der Gegenstand ihrer Gebete war. Ein liebliches Mädchen, dachte er besorgt. Was konnte sie aber an Stephen Doyle finden, der bleich und abgemagert war, viel älter als sie und blind und noch dazu von der Güte seiner Nachbarn abhängig? Er fragte sie und erhielt die erstaunliche Antwort: „Stephen wird ein großer Mann werden!" Sie schrie es fast und funkelte den Priester mit so leuchtenden Augen an, daß er überrascht war.

„Wir sind alle groß in Gottes Sicht", sagte er, „aber wir wollen einmal auch ein bißchen mit Vernunft über die Sache reden, Veronica. Du bist doch ein hübsches Mädchen und der Augenstern deiner Eltern. Hm — was spricht denn Stephen mit dir, wenn ihr in aller Öffentlichkeit vor seiner Tür sitzt, oder wenn du mit ihm die Straße entlanggehst?"

Veronica sagte ganz hingerissen: „Er spricht zu mir von Gottes Stimmen, Father. Ich selbst hörte diese Stimmen bisher nie, aber jetzt höre ich sie überall. Er hat mir die Ohren geöffnet, Father!"

„Er spricht von nichts anderem?" fragte der Priester, der schon gewisse Erfahrungen über die Natur des Menschen gesammelt hatte, besonders über die Natur junger Mädchen und Männer.

Veronica zögerte und wurde rot. „Er spricht zu mir über mich selbst, Father, und ich bin die Älteste von zwölf Kindern, das Haus ist voll bis zum Dach von uns, und keiner hat bisher noch über mich gesprochen."

Auf einmal fiel dem Priester das Idyll von Peter und Mary Doyle ein, die sich aneinander geklammert hatten, als ob sonst kein anderer Mensch auf der Welt wäre, und so rief er denn Veronica nochmals Anstand und Klugheit in Erinnerung und betete, daß alles gut ausgehen möge. Er sprach noch mit Stephen, der Körbe flocht und Schuhe besohlte — alles vorzüglich —, und Stephen sagte: „Veronica ersetzt mir die Augen. Sie erklärt mir, was ich nicht sehen kann, Father. Sie ist ein Engel."

Father O'Connor hoffte, daß Stephen auch in der nächsten Zeit Veronica nur als Engel betrachten würde und nicht als appetitlichen Apfel, den man verspeisen konnte. Stephen, der nie vorher gelacht hatte, lächelte still: „Wenn Veronica wünscht, daß ich sie heirate, dann werde ich es tun, Father. Aber ich verspreche Ihnen, daß ich sie nicht bitten werde, mich zu heiraten."

Father O'Connor erhielt fünfzehn Dollar — drei ganze Pfund! — von einem Pfarrkind, das vor zehn Jahren nach Amerika ausgewandert war. Das war zum Christfest. Es war eine persönliche Gabe eines dankbaren und im Kampf ums Dasein stehenden Menschen, der keine mit Gold gepflasterten Straßen in den amerikanischen Städten vorgefunden hatte. Er betete also um die Erleuchtung, daß er das Richtige tun möge, und ließ sich aus Dublin eine Menge Bücher kommen — es waren nicht nur solche religiösen Inhalts —, gab sie Stephen und schlug Veronica vor, sie seinem Schützling — bei schönem Wetter vor der Tür — vorzulesen.

Die Harfe schwebte in weiterer Ferne als je zuvor, aber die Leute beteten eifrig, obgleich sie nach wie vor ihre Bedenken hatten, daß Stephen eine Harfe brauchte. Gewiß, eine Harfe war eine schöne Sache, und Iren lieben Harfen. Aber warum mußte gerade Stephen Doyle eine haben, der neue Bettlaken und einen neuen Pflug viel dringender brauchte? Bestimmt waren das für einen Menschen, der nicht einmal wußte, wie man auf ihr spielte, und der nie in seinem Leben Notenlesen gelernt hatte, wichtigere Dinge als eine Harfe.

Wenn sich die Menschen geändert hatten, Stephen hatte sich auch geändert. Mit der ahnenden Gabe des Blinden spürte er deutlich die Teilnahme, die man ihm entgegenbrachte, und er wunderte sich. Er, der außer von den Schwestern von niemandem ein gutes Wort gehört hatte, hörte jetzt freundliche Stimmen. Er wurde ein anderer Mensch, war nicht mehr schüchtern und wich seinen Mitmenschen nicht aus. Er bekam auch eine gewisse Selbstachtung und verlor den Glauben, daß er verabscheuungswürdig sei. Ja, er wiegte sich sogar in der Hoffnung, sich mit der Zeit richtige Freunde zu erwerben. Kam er mit Dorfbewohnern ins Gespräch, überraschte es ihn, daß es ihm nicht mehr so schwerfiel, vernünftig zu antworten. Seine Körbe tauschte er gegen Dinge ein, die er brauchte. Er, der nie ein Geschenk bekommen hatte, war sprachlos über die kleinen Gaben, die manche ihm zum Christfest zugedacht hatten. Auf seinem Tisch stand eine feine gefüllte, gebratene Gans, die herrlich schmeckte. Und als er diese einfachen menschlichen Beweise von Sympathie und Teilnahme entdeckte, begann er auch, zu Gott zu beten, von dem er das Gefühl gehabt hatte, daß Er ihn nie gekannt, sich nie um ihn gekümmert hätte. Seine Liebe zu Gott, seine Verehrung der Stimmen Gottes schienen jetzt weniger anmaßend, weniger blasphemisch. Furchtsam näherte er sich Gott, anfangs noch schüchtern und zögernd, dann aber von der Gewißheit durchdrungen, daß Gott ihn als seinen Sohn willkommen heiße. Er kniete jetzt täglich während der Messe neben Veronica und empfing den Leib des Herrn.

Eines Tages erzählte der Priester Stephen, daß sein Vater, als er im Sterben lag, nach seinem Sohn verlangt habe. „Er wollte einiges gutmachen. Er wußte, daß er dir kein guter Vater gewesen war und daß er dich nicht geliebt hatte. Aber der Tod öffnet uns die Augen. Er rief immer und immer wieder nach dir, um dich um Verzeihung zu bitten, mein Sohn. Aber du warst davongelaufen, für ganze drei Tage."

Stephen, der stets unzugängliche und in sich gekehrte, brach zum erstenmal seit seiner Kindheit in Tränen aus. „Immer sagte er zu mir, daß ich ‚seine Mary' getötet habe. Nie sagte er ‚deine Mutter', und so glaubte ich, daß nicht nur er, sondern auch meine tote Mutter, die jetzt neben dem Thron unseres hochgelobten Herrn sitzt, mich gehaßt habe. Ich hatte durch meine Geburt Unglück über die beiden gebracht, die einander so innig liebten. Das ist die Last, die ich immer mit mir geschleppt habe, Father."

Dann fuhr er fort: „Ich war nicht weit weggelaufen. Ich hatte mich in einer Scheune in der Nähe versteckt. Drei Tage und drei Nächte, ohne Nahrung. Ich hatte geglaubt, daß mein Vater, wenn ich weg bin, in Frieden sterben würde."

„Vergibst du ihm jetzt, Stephen?" fragte der Priester tief bewegt.

„Ich habe nie ihm die Schuld gegeben", sagte der Junge, „ich gab sie nur mir."

Die Gewißheit, daß sein Vater am Ende doch nach ihm verlangt hatte, bedeutete für Stephen einen weiteren Schritt auf dem Wege der Gnade und des Glaubens, und als der Frühling kam, sagten die Leute im Dorf: „Stephen ist jetzt ein ganz anderer Bursche geworden." Selbst Veronicas Eltern hörten auf, ihn mit finsteren Blicken anzusehen, besonders seit der Priester ihnen berichtet hatte, daß Stephen versprochen habe, Veronica nie zu bitten, seine Frau zu werden. Er verschwieg dabei diskret die weitere Äußerung Stephens, daß er Veronica nur heiraten würde, wenn sie ihn dazu aufforderte.

Es kam der Hochsommer mit dem wogenden Gold der Kornfelder, dem grünen Gras und den Blumen der Wiesen und dem heimlichen Rauschen in den Wäldern. Als Stephen nicht mehr von einer Harfe sprach, dachte Father O'Connor schon, daß er sich mit der Unmöglichkeit, je eine zu besitzen, abgefunden habe. Doch nach einem heftigen Gewitter sagte er zu ihm:

„Heute nacht hörte ich die Musik der Schöpfung, Father, das hohe Singen der Saiten und das rhythmische Aufschlagen der Regentropfen auf den Blättern der Bäume. Und im Morgengrauen die süßen Lobgesänge der Vögel. Ich weiß, ohne daß ich sagen kann, woher, daß ich eine Harfe zum Klingen bringen könnte, zur Ehre Gottes."

Nach einer Weile setzte er fort: „Ich weiß, wie die Engel Gottes das Ohr unseres Herrn erfreuen. Und meine Hände — sie sind müßig." Obwohl er sie ja nicht sehen konnte, hielt er seine starken, gebräunten Hände vor sich hin und seufzte aus tiefstem Herzen. „Ich höre die Musik der Engel, Father, bei Nacht, wenn alles still ist."

Es war jetzt ein Jahr vergangen, seit er nach Darcy zurückgekommen war. Er war kräftig und gesund, sein langer, magerer Körper hatte Fleisch angesetzt, und er hatte gelernt, wie man Heu bündelt, Garben bindet und sie aufstellt, genau so wie ein Mann mit Augen, denn seine Hände hatten schließlich seine Augen ersetzt. Nie machte ihn die Arbeit müde. Aus seinen umnachteten Augen strahlte Gesundheit. Oft lachte er, wenn auch nicht laut, und manchmal scherzte er sogar. Es gab kein Haus, in dem er nicht willkommen geheißen wurde. Auch die Killeens, die Veronica ungeduldig in den Ohren lagen, den stämmigen Sohn des Hufschmieds zu heiraten, nahmen ihn freundlich auf, wenn er kam. Stephen war jetzt dreiundzwanzig. Er war kein Junge mehr, kaum einen Jüngling konnte man ihn nennen. Von dem Burschen, der für die Shillinge des Sassenagh in den Krieg gezogen war, war nicht einmal der Schatten übriggeblieben und auch nicht von dem geschlagenen und hoffnungslosen Mann, der zurückgekommen war. Die tote Tonlosigkeit seiner Stimme war völlig verschwunden.

Wäre nicht Stephens Sehnsucht nach einer Harfe gewesen, Father O'Connor hätte sich damit zufriedengegeben, daß Stephen endlich von seinen Mitmenschen aufgenommen worden war, daß sie ihn verstanden und daß er sich eines gewissen Maßes von Zuneigung erfreute. Im Gebete dankte der Priester Gott, daß

Stephen in die Bruderschaft guter Menschen aufgenommen worden war, und das war, so sagte er sich, eigentlich genug. Schließlich haben alle Menschen geheime Sehnsüchte, die nie erfüllt werden können, da nur Gottes Weisheit erkennt, was für jeden das Beste ist. Das, was sich die Menschen am sehnsüchtigsten erträumen, wird im Himmel Erfüllung finden, wo die edelsten Wünsche daheim sind, Wünsche, an denen kein irdischer Staub mehr haftet.

Die alte Mutter Guilfoyle, die seit einer Reihe von Jahren an einer gebrochenen Hüfte litt, hatte sich eines Tages im Spätsommer, zwei Stunden nach Mitternacht, entschlossen zu sterben. Sie hatte regelmäßig viermal im Jahre im Sterben gelegen, da sie sich dafür aber immer eine schöne und ruhige Nacht aussuchte, war Father O'Connor ihr deshalb weiter nicht böse. Zudem war sie schon weit über hundert Jahre alt und verdiente sich ihren Unterhalt mit dem Flechten von Matten für kalte Fußböden. Als sie nun wieder ihr Ende nahen fühlte, klopfte sie mit ihrer Krücke fest ans Fenster ihres Raumes, worauf ein hilfsbereiter Nachbar gelaufen kam. Die Frau des Nachbarn weckte also an diesem Morgen Father O'Connor, bat um Entschuldigung und berichtete, daß die alte Mutter Guilfoyle diesmal bestimmt sterben würde. Sie läge mit weit offenen, verdrehten Augen da.

„Ach, jetzt bin ich sicher, daß mich die Engel holen gekommen sind, Father", sagte sie zu dem Priester, als er den einzigen Raum ihrer aus Stein erbauten Hütte betreten hatte. Ihre Stimme klang heiter, fest und jugendlich — wie gewöhnlich, wenn sie im Sterben lag. Sie hatte nie einen Mann oder ein Kind gehabt, und jeder nannte sie Mutter. Wegen ihrer unbestechlichen Offenheit, ihres gesunden Menschenverstandes und ihrer Tugendhaftigkeit war sie der Stolz des Dorfes, obgleich es sich die Leute nicht verkneifen konnten, von ihr zu sagen: „Sie hat eine Zunge, die ist scharf wie zehn Rasiermesser." Aber keiner konnte sich erinnern, daß je ein gehässiges Wort über ihre Lippen gekommen war, obwohl sie eine große Klatschbase war und jeden „in- und auswendig" kannte. Als sie daher nun wieder im Sterben lag, hatte sich selbst zu dieser noch dunklen Morgenstunde eine ganze Menge Leute angesammelt, die bekümmert an der offenen Tür warteten.

Da Mutter Guilfoyle die Letzte Ölung schon vor längerer Zeit empfangen hatte, wollte sie Father O'Connor bei sich haben, damit er ihr die Beichte abnehme und sie durch Gebete auf ihren Platz im Himmel vorbereite, der schon so viele Jahre auf sie wartete.

„Wieso glaubst du denn, daß es jetzt ans Sterben geht, Mutter?" fragte Father O'Connor, leise gähnend. Jemand hatte die Kerzen neben dem Bett angezündet und das alte Weiblein auf ihre groben Kissen hinaufgehoben.

„Die Engel. Ich hab' sie gehört", sagte die Alte. Sie war klein und verhutzelt, ihre weißen Haare waren dünn und ihre Wangen schon seit langem eingefallen. Aber ihre blauen Augen waren — wie immer — die Augen eines gesunden jungen Mädchens.

„Heute nacht hast du sie gehört?" fragte der Priester und öffnete sein Gebetbuch. Er wußte, daß die Frau wenig schlief und daß sie sich in den Nächten einsam fühlte, wenn alles im Dorfe zur Ruhe gegangen war und der Mond hoch am Himmel stand.

Die Augen der Alten hefteten sich auf den Priester, der leicht ihr Urenkel hätte sein können. Im Schein der Kerzen leuchteten sie glänzend blau. „Sie machen sich über mich lustig, Father", sagte sie mit einer gewissen Schärfe. Sie neigte sich herüber, um auf die Seite im Gebetbuch zu sehen. Sie hatte nie Augengläser getragen und konnte sehen wie ein Falke. „Ist die falsche Seite, die Sie da haben, mein Junge", bemerkte sie tadelnd. Sie hatte ganz recht, und er beeilte sich, die richtige aufzuschlagen. Sie lehnte sich zufrieden in ihre Polster zurück. „Ja, ja, ich habe die Engel gehört. Das war nicht der Wind! Ihre Flügel habe ich gehört, und was sie sagten."

Da Mutter Guilfoyle nie vorher einen Besuch von Engeln erwähnt hatte und im Gegenteil überzeugt war, daß mit Rücksicht auf ihre in Wirklichkeit gar nicht vorhandenen Sünden ihre Zeit im Fegefeuer sehr lange dauern würde, war Father O'Connors Neugierde wach geworden. Er war ja auch Ire, und ein Ire steht mit dem Übernatürlichen auf vertrautem Fuß. „Was haben sie denn gesagt, die Engel?“ fragte er.

Sie sah ihn nachdenklich an. „Sie machen sich schon wieder lustig über mich, Father, aber ich werde Ihnen nur die Wahrheit sagen. Oh, was für eine liebliche Stimme der Engel hatte, der da vorbeigeflogen ist! Er sagte: ‚Das ist das erstemal, glaube ich, daß einem je gegeben wurde.‘ “

„Schön“, sagte Father O'Connor ungeduldig. „Und was soll das heißen, Mutter? Was wurde gegeben?“

„Aber, Father, sollen denn Leute wie ich wissen, was das heißt? Sie sind nicht richtig erzogen worden“, setzte sie mit einer gewissen Strenge fort. „Eine alte Frau auf ihrem Sterbebett ausfragen! Die jungen Leute heutzutage sind schon wirklich unverschämt. Aber als der eine Engel das sagte, antwortete der andere: ‚Groß ist die Barmherzigkeit des allmächtigen Gottes, und ich hoffe, daß es nicht mißverstanden wird oder unehrerbietig aufgenommen.‘ Ach, die lieblichen Stimmen, die sie hatten, als sie über mein Haus flogen!“

Sie blickte auf die neben ihrem Bett knienden Freunde. „Ihr werdet uns jetzt ein bißchen allein lassen“, sagte sie zu ihnen, „während ich diesem Jungen da beichte.“

Die Nachbarn zogen sich gehorsam zurück. Father O'Connor saß da und dachte nach. Er schüttelte den Kopf. Es war für Engel ein merkwürdiges Gespräch, das sie da geführt haben sollten, während sie über das Haus einer alten Frau flogen. Verstehen konnte man auch nicht, was es bedeutete. Wahrscheinlich gar nichts. Father O'Connor zweifelte auch, daß Engel irischen Dialekt sprechen, so daß Mutter Guilfoyle, wenn sie zuhörte, sie auch verstand. Er war der Meinung, daß reine Geister eine Sprache sprechen, die für menschliche Ohren nicht zu hören war, wenn sie überhaupt eine Sprache haben. So verwarf also Father O'Connor die Theorie mit den Engeln und machte sich fertig, das lange Sündenregister der Frau anzuhören, das hauptsächlich aus eingebildeten Sünden bestand. Sie legte einen vollkommenen Akt der Reue ab. Jetzt kam der Priester zu dem feierlichen Teil, nämlich dem, einer menschlichen Seele, die im Begriff steht, ihre ätherischen Flügel zu entfalten und den Leib zu verlassen, die letzte Wegzehrung mitzugeben. Er zögerte, denn die alte Frau machte in keiner Weise den Eindruck, als wollte sie irgend etwas entfalten, schon gar nicht Flügel. Er sah sie an und erschrak.

Denn jetzt lag sie bestimmt im Sterben! Darüber bestand kein Zweifel. Aus ihrer Haut, ihren Augen, aus ihren Lippen war die Farbe gewichen. Der unverkennbare Schatten des Todes lag auf ihrem Gesicht, wie der graue Schatten einer unsichtbar über ihr schwebenden Schwinge. Aber sie lächelte den Priester heiter an. Ihre Hände waren über der Brust gekreuzt. Der Priester rief rasch drei der engsten Freunde der Frau und begann das Gebet für einen Sterbenden. Das Gemurmel der klagenden Litanei erfüllte den Raum.

„Herr, erbarme Dich ihrer,
Christus, erbarme Dich ihrer.
Heilige Maria,
All Ihr heiligen Engel und Erzengel ..."

„Ziehe hin, christliche Seele, aus dieser Welt, im Namen Gottes, des allmächtigen Vaters, der dich erschaffen hat, im Namen Jesu Christi, des Sohnes des lebendigen Gottes, der für dich gelitten hat, im Namen des Heiligen Geistes, der dich geheiligt hat ..."

Niemand wußte genau, wann Mutter Guilfoyle ihren letzten Atemzug tat, denn es gab keinen Todesseufzer, keinen letzten, kurzen Kampf. Lächelnd lag sie auf ihren Kissen, und es war keine Veränderung auf ihrem alten Gesicht zu erkennen, selbst als schon die Gewißheit bestand, daß sie hinübergegangen war. Die Nachbarn begannen zu weinen, und auch in den Augen des Priesters standen Tränen. Er hatte die Frau sein ganzes Leben lang gekannt, genau so wie er die Eichen auf dem Hügel kannte, das braune Wasser der Bäche im Frühling, die Felsen im Sonnenschein und die bald weißen, bald dunklen und farbigen Fetzen der Wolken im April. Vor ihm hatten sie schon seine Eltern gekannt und seine Großeltern. Mutter Guilfoyle hatte viel von Darcy in den Himmel mitgenommen, und der Priester schickte ihrer zum Himmel fliegenden Seele schweigend eine Botschaft nach: „Vergiß uns nicht, bete für uns." Er wußte bestimmt, daß sie einen Augenblick innehielt, ihn zu hören, und daß sie bejahend genickt hatte. Er fühlte sich getröstet und froh.

Er überließ jetzt die Verstorbene der liebenden Obsorge ihrer Freunde. Die Männer und Frauen draußen schluchzten leise. Nicht, daß Mutter Guilfoyle vielleicht so etwas wie eine sanfte Heilige gewesen wäre. Besonders wohlwollend hatte sie sich nie gezeigt, und Leute, die sich von der Arbeit drückten, die Nichtsnutze und die ewigen Jammerer waren ihr ein Dorn im Auge gewesen. Für Kinder hatte sie keine Zärtlichkeit übrig gehabt. Im geheimen hielt sie sie für Kandidaten der Hölle, außer ihre Eltern sahen besonders streng auf die Erfüllung ihrer Pflichten gegenüber Kirche, Familie und Dorfgemeinschaft. Aber die Kinder hatten sie gern gehabt und sich immer auf ihrer Türschwelle gedrängt. Und das Dorf hatte sie gern gehabt, nicht wegen der Milde und Güte, die sie nie besessen und der Hilfsdienste, die sie nie geleistet hatte, sondern ganz einfach, weil sie eine Frau mit aufrichtigem Charakter gewesen war, und durch und durch anständig. Nicht ein einziges Mal zeigte sie sich gegen bewußte Sünder nachsichtig und hatte für sie eine Entschuldigung gefunden. Wegen dieser Tugenden allein schon war sie geliebt und geachtet worden.

Als Stephen Doyle einmal unsicher tappend seines Weges gegangen und an ihrem Haus vorbeigekommen war, hatte sie ihn streng zu sich gerufen und gesagt: „Mein Junge, Gott hat dir dein Augenlicht genommen, damit du mehr an Ihn denken kannst und nichts Böses mehr siehst." Es war in der ersten Woche nach Stephens Heimkehr. Er hatte nichts gesagt, aber als der Priester jetzt ihr Haus verließ, war er sicher, daß Stephen oft an die Worte der Frau gedacht hatte.

Im Osten zeigte sich das erste perlende Licht des heraufsteigenden Morgens, und müde und übernächtig hoffte Father O'Connor noch auf ein oder zwei Stunden Schlaf vor der Messe. Der Sommer war weder zu naß noch zu trocken gewesen, und so war der Lehmboden der Straße nicht staubig und auch nicht kotig, sondern gleichmäßig fest, und es war angenehm zu gehen. In den kleinen Häusern, die die Straße säumten, war es noch finster, und der Himmel über ihnen wölbte sich weit und hoch bis zu den fernen Bergen, die sich gegen das gestirnte Firmament abhoben. Das Dorf lag zwar ein Stück vom Meer entfernt, aber dennoch ließ der Geruch des Windes ahnen, daß die See nicht allzu fern war. Auf einmal blieb der Priester stehen und schnupperte, denn die leichte Brise duftete unverkennbar nach Lilien und Rosen. Es war ein intensiver Geruch, der ihn an einen Besuch in einer der Kathedralen in Rom erinnerte, an Santa Maria Maggiore. In dem kleinen Dorf gab es gar keinen Garten, in dem Rosen und Lilien wuchsen, denn das Klima war zu rauh für Rosen, und die Blütezeit der Lilien war längst vorbei. Der Priester blieb in der Stille, die ihn umgab, stehen und sog den wunderbaren und kräftigen Duft ein. Doch ebenso rasch, wie er gekommen war, verschwand er auch wieder.

Nachdenklich ging er weiter. Das erste graue Licht der Dämmerung war einem unbestimmten Blau gewichen. Es war also schon später, als Father O'Connor gedacht hatte. Wenn er noch eine Stunde schlafen konnte, mußte er froh sein. Aufblickend bemerkte er, daß er sich gerade vor Stephens winzigem Häuschen befand. Er schaute, blickte wieder weg, schaute nochmals hin, rieb sich mit der Hand die Stirn und wollte seinen Augen nicht trauen.

Denn neben der hohen Stufe und ein wenig gegen die Hausmauer gelehnt stand ein riesiges, verhülltes Etwas von dreieckiger Gestalt,und Father O'Connor wußte sofort, was unter der Hülle verborgen war. Da wäre kein rechter Ire je im Zweifel gewesen, denn das war eine Silhouette, die allen vertraut war. Zitternd vor Aufregung trat er vorsichtig näher. Er öffnete und schloß die Augen einige Male, um in diesem verschwommenen, blauen Zwielicht besser sehen zu können, und war eigentlich darauf gefaßt, daß der mysteriöse Gegenstand jeden Augenblick wieder verschwinden würde. Aber das geschah nicht. Mächtig und majestätisch stand er da, als warte er auf jemand. Der Überzug, der ihn verhüllte, schien purpurner Samt zu sein, und unten hatte er eine goldene Borte. Der Stoff, aus dem er gemacht war, schimmerte ein wenig, als wäre er aus Seide oder als seien Goldfäden eingewebt. Es war das größte Exemplar seiner Art, das Father O'Connor je gesehen hatte. Nicht einmal in Rom war ihm ein so großes und breites Instrument begegnet. Einmal, zweimal und dreimal streckte der Priester die Hand aus, um das Tuch zu berühren und sich so zu vergewissern, daß ihn seine Augen nicht trogen, aber jedesmal zog er sie wieder zurück, als überwältigte ihn die Angst, einen Frevel zu begehen.

Es wurde jetzt schon heller. Der Samt begann matt zu leuchten und die Goldborte glitzerte. Der Priester atmete tief ein. Der kühle Morgenwind strich ihm über die heiße Stirn. Dann streckte er die Hand nochmals aus und berührte die Hülle. Sie griff sich wie der feinste Samt an, und er hatte das Gefühl, als berührte er den Flügel eines Schmetterlings. In den kleinen Falten an den Stellen, wo sie gerafft war, war sie stark verstaubt, als wäre sie eine lange Strecke hergebracht worden!

Plötzlich verließen den Priester alle Hemmungen. Er trommelte heftig gegen Stephens Tür und begann laut zu rufen. Wie eine Ewigkeit kam es ihm vor, ehe er Stephens langsam tappende Schritte drinnen in der Hütte hörte, und dann dauerte es noch ebenso lange, bis endlich die Tür aufging. Dann aber brachte der Priester kein Wort heraus und deutete nur immer wieder auf den Gegenstand, der da auf Stephen wartete.

„Was ist denn? Wer ist es denn?“ fragte Stephen. Er stand im Nachthemd auf der Schwelle, und seine großen Augen wanderten blind und ziellos in die Irre. Er streckte seine Hand tastend vor und berührte dabei die Hülle. Sein Arm verharrte wie erstarrt. In diesem Augenblick fiel das Feuer der aufgehenden Sonne auf die Wipfel der höchsten Bäume. Stephen begann die Hülle abzutasten. „Eine Harfe“, sagte er mit belegter Stimme, „eine Harfe!“

„Eine Harfe“, sagte der Priester, „eine Harfe für dich, Stephen!“

Er legte seine Hand auf Stephens Arm, aber der junge Mann stand nur ganz still da, er starrte leer vor sich hin und sein Gesicht war bleich und unbeweglich. „Wer?“ fragte er.

„Das weiß ich nicht“, antwortete Father O'Connor. „Aber wir wollen sie rasch ins Haus schaffen, sonst entsteht in kürzester Zeit ein Volksauflauf hier auf der Straße.“

Stephen war ein starker junger Mensch und auch der Priester war kein Schwächling, aber sie mußten beide ihre ganze Kraft zusammennehmen, um die Harfe Zoll um Zoll über die Schwelle zu heben. Ein paarmal mußten sie die unter der Schutzhülle verborgenen Saiten berührt haben, denn als sie die Harfe in Stephens kleines Zimmer schoben — übrigens das einzige Zimmer, das er hatte und in dem er wohnte, schlief und arbeitete —, war ein zartes Singen zu hören, wie von fernen Stimmen jenseits der Wolken. Endlich stand sie neben dem einzigen, kleinen Fenster, und der Priester wischte sich keuchend den Schweiß von der Stirn. Stephen fiel auf die Knie, tastete mit zitternden Händen die verhüllte Harfe ab und murmelte leise immer wieder: „Wer, wer, wer?“ Es klang wie ein Gebet.

„Wir wollen sie uns einmal ansehen“, sagte der Priester, der im Augenblick vergessen hatte, daß Stephen ja blind war. Er knöpfte ehrfürchtig die Perlmutterknöpfe auf und zog die Hülle von dem Instrument. Wieder war er sprachlos vor Erstaunen und Entzücken. Er erschrak sogar, denn das war keine gewöhnliche Harfe. Sie mußte ein Vermögen gekostet haben. Stephen, der noch immer kniete, setzte sich auf seine Fersen zurück und wendete das Gesicht dem Priester zu. „Ach Gott", rief er aus, „wer kann das gewesen sein? Father, sagen Sie mir, wie sie aussieht, diese gebenedeite Harfe!"

„Sie ist so hoch wie ein Mann, fast so hoch wie du, Stephen", sagte der Priester mit belegter Stimme. „Der Rahmen ist aus Gold und hat oben einen Engelkopf, beinahe so groß wie deiner, Stephen. Und die Saiten glänzen wie Silber, und der Fuß ist aus weißem und vergoldetem Marmor, Stephen!"

Es war natürlich nicht möglich, aber dennoch: das Unmögliche war Stephen in dieser Nacht geschehen. Der junge Mann lachte leise vor sich hin, während ihm die Tränen eine nach der anderen langsam über die Wangen kollerten. Er, der in seinem ganzen Leben noch nie eine Harfe berührt hatte, griff behutsam tastend in die Saiten, und augenblicklich war der Raum von Tönen erfüllt, die wie die Harmonien eines im Sonnenlicht leise plätschernden, klaren Bächleins klangen. Und dann, als sich Stephens liebevoll zärtliche und kundige Finger schneller bewegten, schienen Engelsstimmen aufzuklingen, klare, reine Stimmen, die jubelten, riefen und beteten. Noch nie in seinem Leben hatte der Priester solch einen vollen Wohllaut gehört, solche Freudentöne, die aus dem Jenseits zu kommen schienen und ein Echo gaben, als wäre Licht zu Musik geworden.

Stephen faltete überwältigt in einer Geste des Gebetes die Hände und wandte sein blindes Gesicht dem Priester zu. „Wer kann das getan haben, Father, für einen wie mich, einen Niemand in Darcy, am Ende der Welt?"

Ja. Ganz richtig. Wer? Wer hatte dieses Geschenk gemacht? Wer hatte diesen Ort gefunden, den nicht einmal der Sassenagh kannte, auch die Leute nicht, die Landkarten machten und Straßen bauten? Wer hatte draußen in der Welt gewußt, daß Stephen Doyle, der verlorene, blinde, arme Stephen Doyle sich eine Harfe gewünscht hatte? Wer hatte in einer Anwandlung überwältigender Großzügigkeit diese Kostbarkeit mitten in der Nacht hierhergebracht und war dann, ohne seinen Namen zu hinterlassen, verschwunden? Das Instrument war so kostbar, daß man dafür ganz Darcy und obendrein noch einige angrenzende Dörfer hätte kaufen können. Sogar die Königin selbst hätte Achtung und Ehrfurcht beim Anblick dieses unschätzbaren Instrumentes empfunden. Es war im wahrsten Sinne des Wortes die Königin der Harfen, an deren Klang sich auch der Heilige Vater erfreut hätte. Ein Schatz, wie ihn die meisten Menschen nie zu Gesicht bekommen. Der Priester betrachtete das Engelsgesicht, das den Rahmen zierte und ihm zuzulächeln schien. Und er bekreuzigte sich und wußte nicht, warum er es tat.

Die Strahlen der höhersteigenden Sonne fielen durch das Fenster auf die Harfe, die in ihrer ganzen unglaublichen Pracht und Schönheit funkelte und glitzerte. Da läutete der alte Mesner die Kirchenglocke und der Priester fuhr zusammen. Die Messe! Draußen hörte man Schritte, denen man die Schlaftrunkenheit derer, die zur Kirche gingen, anmerken konnte, und noch schläfrige Stimmen. „Lieber Gott, verzeih mir!" sagte der Priester hastig. „Stephen, komm mit mir in die Kirche. Von dieser Sache hier reden wir später."

Sie gingen das kurze Stück zur Kirche zusammen. Stephen schien wie im Traum zu wandeln und wiederholte nur immer wieder: „Wer, wer, wer? Oder träume ich vielleicht, Father?"

„Wenn du träumst, dann träume ich auch", sagte der Priester und huschte rasch in sein Haus, während ihm die Dorfbewohner verwundert nachsahen. Sie fragten Stephen aus. Was war denn los mit ihrem Pfarrer? Er hatte ja ein ganz bleiches Gesicht und sah so merkwürdig drein. Aber Stephen konnte nicht reden. Er konnte nur lächeln, so strahlend wie die Morgensonne.

Father O'Connor hatte immer eine tiefe Freude empfunden, wenn er die Messe las, und immer hatte sein Herz gebebt, wenn er das Brot segnete, denn noch immer empfand er dabei einen ehrfürchtigen Schauer, und noch immer konnte er es nicht fassen, daß Gott ihn, den verhungerten jungen Mann aus Darcy, dazu ausersehen hatte, die geheiligte Hostie zu erheben und sie dem Heiligsten der Heiligen aufzuopfern. Aber an diesem Morgen überwältigte ihn die Freude, so daß ihm vor ehrfürchtig staunender Erschütterung die Tränen in die Augen traten und seine Hände zitterten, während sein Herz in Verzückung entbrannte. Als er den Altar küßte und „Sanctus, Sanctus, Sanctus“ sagte, waren seine ganze Seele und tiefste Inbrunst in diesen Worten.

Er mußte seiner kleinen Herde, den wenigen Männern und Frauen, die auf den Bänken der Kirche saßen, seine Gefühle weitergegeben haben, denn ihre Herzen erhoben sich mit dem seinen in Demut zu Gott, keines Gedanken entfernten sich von der heiligen Handlung, und die, die zur Kommunion kamen, schienen wie junge Männer und Mädchen zum Altargitter zu schreiten, als gingen sie durch eine blumenübersäte Frühlingswiese. Sie sagten später, ihr Pfarrer hätte in seinem Blick ein Leuchten gehabt, als wäre er ein Engel. Ein Mann führte Stephen Doyle zum Altargitter. Stephen empfing das Brot, beugte dann seinen Kopf auf das Gitter und blieb in dieser Stellung unbeweglich knien, bis alle den Leib des Herrn empfangen hatten. Auch als einer leise seine Schulter berührte, blieb er in derselben Stellung, und erst, als man ihn ein wenig kräftiger anstieß, erhob er sich. Er schien in weite Fernen verloren zu sein, und sein Gesicht leuchtete.

Innerhalb weniger Minuten wußte ganz Darcy von der Harfe. Bevor sie zu ihrer Arbeit gingen, kamen alle Männer zum Haus Stephens, und die Frauen erschienen, noch ehe sie das Frühstück machten. Einer nach dem anderen, wie Pilger, die an einem Heiligenschrein vorüberziehen, kamen sie herein, um die Harfe zu sehen. Sie starrten sie halb ungläubig und mit offenem Mund schweigend an. Aber auch als sie wieder auf der Straße waren, konnten sie noch keine Worte finden, denn Schönheit gab es nicht im Leben dieser armen Männer und Frauen von Darcy, außer der Schönheit ihrer Liebe für einander und zu Gott. Noch nie hatten sie eine hochgezüchtete Rose gesehen, ein Fenster mit Glasmalerei in einer Kathedrale, einen edlen Stein, Samt, Seide, eine goldene Kette oder irgendeines der schönen

Dinge, die glücklichere Menschen täglich umgeben. Schönheit war ihnen etwas völlig Ungewohntes, und sie waren einfach überwältigt.

Dann aber erinnerten sich einige Frauen daran, daß die alte Mutter Guilfoyle erzählt hatte, sie hätte in der Nacht Engel gehört, und sie erzählten die geheimnisvolle Geschichte eifrig und freudig weiter. Jeder einzelne wurde gefragt, ob er in der Nacht vielleicht das Geräusch von Wagenrädern gehört hätte oder Stimmen, aber immer wieder schüttelten die Befragten den Kopf. Weder in dieser noch in der vorhergehenden Nacht war ein Fremder in Darcy gewesen, soweit sich die Leute erinnern konnten, der nicht dort wohnte und dort geboren war. Ja sogar längere Zeit war niemand dagewesen. Wer sollte denn auch schon nach Darcy kommen? Wer kannte Darcy überhaupt? Der Bischof in Dublin vielleicht, aber es war höchst unwahrscheinlich, daß er sehr oft an dieses Dörfchen dachte, es sei denn, daß dort ein neuer Pfarrer oder eine neue Schwester gebraucht wurde. Und von Stephen Doyle wußte der Bischof bestimmt nichts. Wer konnte also die Harfe gebracht haben? „Die Engel", sagten einige alte Frauen ganz einfach und erinnerten sich daran, was Mutter Guilfoyle gesagt hatte. „Sie hat sie gehört, wie sie sie gebracht haben." Sie bekreuzigten sich. „Und auf dem Rückweg haben sie die alte Mutter mitgenommen. Gott gebe ihr den ewigen Frieden."

Die jüngeren Männer und Frauen lächelten zwar zuerst spöttisch über diese Ansicht, aber sie erinnerten sich daran, daß Mutter Guilfoyle durchaus nicht phantastische Geschichten zu erzählen pflegte und sogar bei mehr als einer Gelegenheit rund heraus erklärt hatte, daß sie das Gerede von den „kleinen Leuten" für Unsinn halte und der Meinung sei, Leute, die solches dummes Zeug glaubten, müßten ein bißchen wirr im Kopf sein. Sie hatte sich nie ein Blatt vor den Mund genommen, war gar nicht so besonders fromm gewesen und hatte sich mit dem Hinweis auf ihr Alter allerlei herausgenommen. Sie war keinem Heiligen besonders zugetan gewesen, nicht einmal Sankt

Patrick, und hatte gelegentlich die Leute mit der Bemerkung schockiert, auch er sei kein geborener Ire gewesen, sondern aus irgendeinem heidnischen Land gekommen. Wenn von Dämonen die Rede war, pflegte sie laut zu lachen und machte auch sonst höchst unehrerbietige Scherze, sogar mit dem Pfarrer. Die Schwestern pflegte sie häufig zu fragen, weshalb sie denn um Gottes willen „der Welt entsagt" hätten. Manchmal brachte sie mit ihren Fragen und Witzen die armen demütigen Schwestern in Verlegenheit, aber meistens mußten sie lachen und wurden rot wie junge Mädchen. Wenn also Mutter Guilfoyle sagte, sie hätte in der Nacht Engel gehört, dann stand das fest, und jeder, der an den Worten einer wackeren alten Frau, wie sie eine gewesen war, Zweifel hegte, beging praktisch eine Todsünde.

Endlich waren auch die größten Skeptiker, wie zum Beispiel der Brauer einer war, überzeugt.

Auch Father O'Connor erinnerte sich in seinem kleinen Haus an Mutter Guilfoyles Worte. Ein alter Priester hatte einmal zu ihm gesagt: „Wenn unter gewissen Umständen etwas mit den Mitteln der Vernunft nicht auf logische Weise erklärt werden kann, dann bleibt das Unglaubliche doch bestehen und muß akzeptiert werden." Er ging wieder zu Stephens Haus, aber schon aus einiger Entfernung konnte er die Musik hören, die das Herz wie Engelsstimmen rührte. Sie war mächtig und erhaben und schöner als alle irdischen Töne.

„Wer?" fragte Stephen wieder.

„Ich weiß es nicht", sagte Father O'Connor.

Stephen lächelte. „Gott", sagte er.

Father O'Connor schrieb dem Bischof in Dublin, und er ließ prompt eine Anzeige in die Zeitung setzen, in der gefragt wurde, ob jemand eine Harfe vermisse oder verloren habe. Er hielt das Ganze für Unsinn und fragte sich, ob Dan O'Connor nicht ganz richtig im Oberstübchen sei oder Halluzinationen habe. Trotzdem mußte er der Sache natürlich nachgehen. Also ließ er unter der Überschrift „Harfe gefunden" die bewußte Anzeige erscheinen, und zwar auch in den Zeitungen von Belfast und Limerick. Er wartete vier Wochen ab, aber niemand meldete sich. Dann schickte er zwei Priester, die wegen ihres gesunden Menschenverstandes bekannt waren, nie zum Aberglauben geneigt hatten und von Gelehrsamkeit strotzten, nach Darcy. Einer davon war ein Sassenagh, und darauf konnte man sich ja immer verlassen, daß so einer fast nichts glauben wollte. Der englische Priester hatte mehrere Jahre in Rom verbracht und stand vor seiner Ernennung zum Monsignore. Er stammte aus einer sehr begüterten Familie und war in Eton erzogen worden. Außerdem war er ein Konvertit. In einem, der seinen Glauben gewechselt hatte, pflegte ja häufig ein leichter Skeptizismus zurückzubleiben, dachte der Bischof und erinnerte sich dann, daß seine gesegnete, liebe alte Mutter ja auch eine Konvertitin gewesen war, weshalb er diesen Gedanken fallenließ. Aber er war doch froh darüber, daß Father Lambert Darcy besuchen sollte.

„Wo liegt denn dieses Darcy?“ fragten die beiden Priester. Der Bischof kramte eine Landkarte heraus, konnte es aber nicht finden. „Ich weiß aber bestimmt, daß es da irgendwo sein muß“, sagte er enttäuscht. „Die nächste größere Stadt ist ungefähr dreißig Meilen entfernt. Sie müssen sich eben erkundigen!“

Die herbstlichen Stürme und der Regen waren schon ins Land gezogen, und der Bischof erinnerte sich an einsame irische Dörfer und Landstraßen, die so aufgeweicht und kotig waren, daß nicht einmal das stärkste Zugtier durchkommen konnte. Er sah den makellos gekleideten Father Lambert an und fühlte ein für einen Bischof zwar bedauerliches, aber doch irgendwie sehr menschliches Vergnügen. „In der Stadt werden Sie sich Pferde mieten können“, sagte er, „aber die größte Strecke werden Sie wohl zu Fuß zurücklegen müssen, fürchte ich.“ Der englische Priester sah ein wenig betreten drein, aber der Irländer, der die abgelegenen irischen Dörfer kannte, weil er selbst aus einem stammte, lachte in sich hinein. „Feste Schaftstiefel“, sagte er, „und Schwielen am Sitzfleisch. Das braucht man in diesen armen, gottverlassenen Gegenden, und wenn Sie einen Esel zum Reiten bekommen, dann werden Sie dafür noch dankbar sein, Father."

Father Lambert hatte Geld genug. Er hatte zwar das Gelübde der Armut abgelegt, aber seine zärtlichen Eltern sorgten immer in Form von Geschenken dafür, daß er mit den nötigen Pfundnoten versehen war. Eben war ein neuer Scheck angekommen. Er sah sich schon im Geiste bequem von der nächsten Eisenbahnstation aus im Wagen nach Darcy fahren und lud dazu den Irländer ein, der einen kurzen amüsierten Blick mit dem Bischof wechselte, der nichts von christlicher Nächstenliebe merken ließ. „Ich bin ein alter Mann", sagte der Bischof fromm, „und es ist lange her, daß ich so ein einsames irisches Dorf gesehen habe. Aber ich freue mich, daß Sie hingehen, Father Lambert, und daß Sie dann mit Ihrer Version der Geschichte dieser — Harfe zurückkommen werden."

Im Grunde fand Father Lambert diese ganze Reise unsinnig. In irgendeiner abgelegenen Gegend hatte ein irischer Junge eine Harfe vor seiner Tür gefunden, und im ganzen Dorf gingen Geschichten von Engeln um, die in der Nacht dagewesen seien. Er kannte doch diese Iren. Sie waren hinter Mirakelgeschichten her wie die Engländer hinter dem Geld. Na ja, arme Teufel! Sonst hatten sie ja nichts in ihrem armen, mühseligen Leben in diesem wilden Land. Sein Priesterbruder Dan O'Connor war sicherlich auch einer von diesen Träumern, auch einer von denen, die im Alltagsleben überall Mirakel witterten. Ohne Zweifel hatte irgendein Kaufmann in der nächstgelegenen Stadt davon gehört, daß sich dieser Doyle so sehnlich eine Harfe wünschte, und weil er für irgendeine geheime Sünde Buße tun wollte, hatte er ihm das Instrument geschickt. Doyle war doch blind, nicht wahr? Traurig! Die Irländer waren ja dafür berühmt, daß sie oft plötzlich großzügig wurden, das war ein irgendwie kindischer Zug an ihnen. Sie waren ein Volk, das Wunder und Legenden liebte. In gewisser Beziehung, dachte Father Lambert, war es eigentlich schade, daß diese Legende, diese Wundergeschichte dem erbarmungslosen Licht der kalten Tatsachen ausgesetzt und zerstört werden sollte. Aber dann rief er sich ins Gedächtnis, daß er ja Engländer war und daß in den Augen der Kirche Klugheit und Vernunft hohe Tugenden seien. So machte er sich denn mit seinem irischen Bruder in Christo auf den Weg. Aber der schien sich irgendwie heimlich zu amüsieren, und das irritierte ihn nicht wenig. Er begann das ganze Abenteuer als einen Scherz zu betrachten, den man mit ihm trieb.

„Ich weiß das alles", sagte Father O'Connor an Großmutters Kamin, „denn Father Lambert, der später selbst Bischof wurde, hat es mir erzählt. Er war völlig fertig, als er und Father Conway in Darcy ankamen, und das war auch kein Wunder. Sie waren beide über und über voll Straßenkot, und die letzten zehn Meilen hatten sie nicht einmal mehr auf den Eseln reiten können. Dieses letzte Stück hatten sie die armen, zitternden Tiere am Halfter nachschleppen müssen. Father Conway unterhielt sich dabei, aber für Father Lambert war es kein Vergnügen, fürchte ich."

Sie kamen am Allerseelentag an. Father O'Connor war, wie Father Lambert erstaunt feststellte, ein intelligenter Mensch und keineswegs ein Ignorant. Er hatte auch keine Erklärungen bereit, legte keinen anstößigen Mystizismus an den Tag, hatte sich in keiner Weise für irgendeine Theorie begeistert. Er berichtete seinen Besuchern ganz einfach die Tatsachen. Sie waren beide große Männer und mußten in dem winzigen Häuschen die Köpfe einziehen. Father Lambert mußte mit düsterer Niedergeschlagenheit feststellen, daß er seine Nächte auf einem Dekkenlager auf dem kalten Boden würde zubringen müssen. Father Conway hingegen fand die Lage nicht so verzweifelt. Er hörte sich ernst und aufmerksam Father O'Connors Geschichte an, während Father Lambert dauernd ungeduldig die Stirn runzelte.

Stephen, der sich in die Balladen seines Volkes vertieft hatte, ließ seine kostbare Harfe selten ruhen. Er bezauberte das ganze Dorf. Kaum griff er in die Saiten, so kamen schon alle gelaufen. „Was hat wohl die Harfe Ihrer Meinung nach ursprünglich gekostet, Father?“ fragte Father Lambert.

Father O’Connor dachte nach. „Wenn sie überhaupt käuflich zu erwerben war“, sagte er, „dann würde ich sagen: fünftausend Pfund, vielleicht auch viel mehr.“

Father Lambert wollte das nicht glauben. „Da machen Sie doch sicher einen Scherz“, meinte er. Er hatte sich in Darcy schon ordentlich umgesehen. „Wer sollte denn einem armen Bauern so eine Kostbarkeit geschenkt haben?“

Father O’Connor geriet in Saft. „Die Iren sind keine Bauern“, sagte er ernst, und Father Conway, der sich anscheinend glänzend unterhielt, begann schon wieder so abscheulich zu grinsen. „Stephen Doyle ist kein Bauer. Er hat Hirn, Herz und Liebe. Und bevor er blind geworden ist, hat er sämtliche Bücher gelesen, die ich damals besaß, und die kleine Dirn, die er nach Neujahr heiraten wird, ist ein ganz patentes Mädchen, die sehr gut lesen kann und ihm jeden Abend vorliest.“

Father Lambert hatte einigermaßen genug. Er beschloß, die Untersuchung sofort zu beginnen. Er wollte um jeden Preis aus dieser naßkalten Hütte hinaus, die nach Hammelfleisch und Torf stank, auch wenn es draußen ärger regnete als in London. Er und Father Conway, begleitet von Father O’Connor, dem der englische Priester nicht gerade besonders zu Gesicht stand, begaben sich zu Stephens Haus. Und trotz des Sturmes und des Regens hörten sie schon auf dem Wege das wunderbare Singen der Harfe. Father Lambert blieb erstaunt mitten in dem ärgsten Regenguß stehen und fragte: „Ist sie das?“ — „Ja, das ist sie“, bestätigte Father O’Connor etwas brummig.

Stephen, der von der ihm etwas unheimlichen Untersuchung gehört hatte, ließ die Priester in sein Haus eintreten und sagte kein Wort. Es war ein trüber Tag, draußen stürmte und regnete es, braune Blätter wirbelten durch die Luft, und in dem Raum brannte ein kleines Torffeuer. Aber alles wurde von der Harfe dominiert, die das kleine Zimmer mit Erhabenheit und Herrlichkeit erfüllte und neben der sogar die drei großen Priester klein erschienen. Diese mächtige Harfe glühte und schimmerte, glitzerte und glänzte, wie man es weder früher noch später bei einer Harfe erlebt hatte. Sie schien kein Instrument aus Metall zu sein, sondern eine lebende Schöpfung, die in sich selbst ruhte.

Nun hatte Father Lambert, bevor er Priester geworden war, Gelegenheit gehabt, die hervorragendsten Opernhäuser in England zu besuchen. Auch auf dem Kontinent war er gewesen. Er hatte Harfen im Schloß Windsor und im Buckingham-Palast gesehen. Auch in den Häusern reicher Freunde hatte er sowohl diese Instrumente gesehen als auch Harfenmusik gehört. Aber eine Harfe wie diese hatte er nicht einmal in der kaiserlichen Oper in St. Petersburg gesehen.

Von ehrfürchtigem Staunen überwältigt und stumm gingen die beiden fremden Priester um die Harfe herum, während Stephen nervös am Herd stand. Nur Father O'Connors sanfte Hand hielt ihn zurück. Die Priester schienen Scheu davor zu empfinden, das Instrument zu berühren. Endlich überwand sich Father Lambert und schlug eine Saite an. Augenblicklich war der Raum von einem heilig-reinen, herrlichen Ton erfüllt, der vibrierte und sang. Im Hintergrund schienen Glocken leise mitzutönen. Father Lambert erbleichte vor Staunen und trat ehrfürchtig zurück. Father Conway bekreuzigte sich unwillkürlich.

„Spiel uns was vor, Stephen", sagte Father O'Connor, worauf dieser sicheren Schrittes zu seiner Harfe trat, sich auf den Hocker setzte und zu spielen begann. Die Harfe sang wie ein jubelnder Engelchor. Er spielte eine einfache Ballade, die von Tara Hill, dem alten irischen Königsschloß handelte. Father Conway traten die Tränen in die Augen. Father Lambert war wie durch einen Zauber zu einer Statue erstarrt, und alle Farbe war aus seinen Wangen gewichen. Stephens Hände wanderten von den Balladen zu einem ernsten Choral, der aus den Tiefen seiner Seele kam. Alle wußten, daß es ein Gruß an die Himmelskönigin war.

„Und was ist nun Ihre Erklärung, Father?" fragte Father

O'Connor, als die drei Priester wieder in das kleine Pfarrhaus zurückgekehrt waren.

„Es gibt keine", sagte Father Conway. „Sie haben uns von allen den kleinen Städten rund um Darcy berichtet, und wir haben sie zum Teil selbst gesehen. Niemand — wenn er auch noch so großzügig ist, nicht einmal jemand aus Dublin oder London — kann Stephen Doyle diese Harfe geschickt haben, denn sie ist eine Kostbarkeit von einfach unschätzbarem Wert. Wer hätte einem jungen Mann ein derartiges Geschenk machen sollen, den niemand kannte außer den Leuten in Darcy und vielleicht ein paar armen Teufeln, die im Feld seine Kameraden gewesen waren? Das ist ein Geschenk, das eines Kaisers würdig ist."

„Sicherlich gibt es eine vernünftige Erklärung", sagte Father Lambert, aber sehr sicher klang seine Stimme nicht. „Wir werden eben die Untersuchung weiterlaufen lassen."

Sie ging tatsächlich im stillen noch ein Jahr weiter, und in dieser Zeit heiratete Stephen seine Veronica, und die Leute kamen von weit her aus der ganzen Umgebung zu Fuß, auf Wagen und auf Eseln, um die berühmte Harfe zu sehen und zu erleben, wie er Leben, Glanz und Freude aus ihren Saiten zauberte. Und dann, im Sommer des nächsten Jahres, kam der Bischof persönlich, staubbedeckt von der langen Reise über die heißen Straßen.

Der Bischof war natürlich auch überwältigt. Aber er nahm Stephen scharf ins Verhör. Ob er etwa irgendeinen vornehmen Mann bei der Armee gekannt habe? War er vielleicht bei irgendeiner hochstehenden Person Diener gewesen, die seine Sehnsucht nach einer Harfe gerührt haben konnte? Aber Stephen hatte keinen der hohen Herren gekannt, und er hatte auch niemand außer Father O'Connor von seiner Sehnsucht erzählt. Auch den Priester nahm sich der Bischof ordentlich vor. Aber alle Antworten waren einfach und aufrichtig, und an ihrer Wahrheit bestand nicht der geringste Zweifel. Der Bischof reiste kopfschüttelnd wieder ab. An diesem Abend betete er länger als sonst.

Father Lambert, dieser kühle, reservierte Engländer aber vergaß Stephen und seine Harfe nicht, und er erzählte seinen adeligen Freunden die ganze Geschichte, wobei er es allerdings ängstlich vermied, anzudeuten, unter welch mysteriösen Umständen die Harfe aufgetaucht war. Er sagte nur, Stephen Doyle hätte sie geschenkt bekommen, und daß er ein musikalisches Genie sei, von dem die Welt noch hören würde. Es sei geradezu eine Sünde, daß diese wunderbare Musik in den Hügeln eines Teiles von Irland verhalle, den kein Mensch kenne. Die ganze Welt hätte ein Anrecht darauf.

Als Father Lambert, der inzwischen Monsignore geworden war, mit Plänen für ein Arrangement von Konzerten an ihn herantrat, zögerte der Bischof zuerst. Nachdem er aber über die Sache nachgedacht und lange gebetet hatte, stimmte er erfreut zu und schrieb an Father O'Connor.

Damals hatten Stephen und Veronica schon zwei prächtige Jungen — Zwillinge — bekommen und waren sehr, sehr glücklich. Der Brief des Bischofs setzte sie in Erstaunen. Stephen sollte also in die weite Welt hinausreisen und vor hochgestellten Persönlichkeiten und in berühmten Konzertsälen spielen? Warum? Sie wollten ja kein Geld, und alles, was sie sich auf dieser Welt wünschten, hatten sie.

„Aber die Welt hat nicht alles, was sie braucht", sagte Father O'Connor. „Es ist eine Sünde, das, was wir hier haben, zu verstecken, denn unendlich viele Menschen würden in ihrem tiefsten Herzen von Stephen und seiner Harfe gerührt werden. Übrigens kann man die Sache auch noch von einer anderen Seite her betrachten. Warum, glaubst du wohl, hat dir Gott diese Harfe geschickt, Stephen? Etwa, damit du ihre Stimme und deine Musik Seinen Kindern vorenthältst? Seinen müden Kindern, die du fröhlich machen könntest?" —

„Kurz und gut", sagte Father O'Connor und erinnerte sich längst vergangener Zeiten, „Stephen fügte sich, weil er einsah, daß er sich fügen mußte, und er und seine Harfe und Veronica gingen in die Welt hinaus. Sie reisten von Land zu Land, und überall, wo sie hinkamen, hatten Generale und Prinzen, Adelige und die großen Damen Tränen in den Augen, wenn seine Konzerte zu Ende waren. Er hatte ein unglaubliches musikalisches Gedächtnis entwickelt. Wenn er eine Sonate oder ein Lied auch nur einmal hörte, konnte er die Stücke auf seiner Harfe spielen. Er hatte zwar keine Augen, um die Noten sehen zu können, aber er hatte seine Seele, die alles aufnahm. Daß ihm das Geld natürlich nur so zuflog, brauche ich wohl nicht zu erwähnen, doch behielt er nur sehr wenig und gab den Rest der Kirche für die Ausbildung von Priestern und die Missionstätigkeit. Und mir hat er in Darcy eine hübsche neue Kirche gebaut, und alle die wackeligen Hütten, durch deren Dächer der Regen hereingeronnen war, ließ er niederreißen. Und dann baute er denen, die für ihn um die Harfe gebetet hatten, neue Häuser, die ordentlich gedeckt waren. Denn er wußte, daß ihre Gebete ihm die Harfe gebracht und seiner Seele eine Stimme gegeben hatten.

Hätte er die Harfe schon eher bekommen, dann wäre es zu früh gewesen, denn er hatte seine Seele erst von der Bitternis und der Verzweiflung reinigen müssen. Er mußte erst das Herz seines Bruders erkennen und seinen Bruder lieben lernen. Die Harfe hätte nicht früher kommen dürfen, denn dann wäre sie nicht im richtigen Geist empfangen worden, weil Stephen noch nicht bereit war."

„Das ist wirklich eine schöne Legende", sagte Großmutter.

Der alte Father O'Connor seufzte und lächelte leise. „Es ist keine Legende. Es ist die volle Wahrheit, und alles, was ich Ihnen erzählte, geschah wirklich vor über sechzig Jahren. Ich habe es selbst miterlebt."

Er saß eine Weile in Gedanken versunken da, während alle darauf warteten, daß er weitersprechen würde. Endlich sagte er: „Stephen Doyle ist vor dreißig Jahren gestorben. Seine Frau, fünf brave Kinder und deren Kinder waren um ihn. Die alte Verletzung an seiner Stirn war nie wieder ganz gut geworden. Es entwickelte sich ein Tumor, und er starb zwar einen schweren Tod, aber andererseits auch einen leichten, denn in seiner Seele wohnte nichts als Freude und Glaube."

„Und die Harfe?" fragte Großmutter. „Wo ist sie denn jetzt?"

Father O'Connor zögerte. „Ja, das ist sehr merkwürdig, aber es ist wahr. Nachdem Stephens sterbliche Hülle auf dem größten Friedhof Dublins beigesetzt worden war, kehrten die Trauergäste, von denen viele in den elegantesten Wagen gekommen waren, in das Haus zurück, das er dort besaß. Aber die Harfe war nicht mehr da. Sie war verschwunden, Father Hughes, genauso spurlos, wie Ihre berühmte C'est Egal aus dem Treibhaus Ihres Freundes und dem Hause Ihrer Tante verschwand. Niemand hat sie je wieder gesehen."

„Aber es muß doch irgendeine Erklärung geben!" sagte Monsignore Harrington-Smith, der seinerzeit die schreckliche Begegnung mit dem Teufel erlebt hatte.

„Gibt es wirklich eine?" meinte Father O'Connor. „Und wenn es eine gibt, dann wird sie sicherlich keiner von uns je erfahren. Ich muß immer an das Wort Hiobs denken: ‚Der Herr hat's gegeben, der Herr hat's genommen; der Name des Herrn sei gelobt.' Gott geht eben seine eigenen, wunderbaren Wege."

Einer der Priester, der bisher geschwiegen hatte, sah Monsignore Harrington-Smith an und sagte mit sanfter Stimme: „Und Gott läßt Dinge geschehen, die wirklich sehr merkwürdig sind, wie Sie uns ja selbst berichtet haben, Monsignore. Übrigens auch fröhliche, heitere Dinge, denn wer könnte dem Allmächtigen einen Sinn für Heiterkeit absprechen, die uns das Leben versüßt? Ich muß da an Mustard denken. Nein, nicht an das Gewürz, den Senf oder Mostrich. Es ist ein Name, und zwar einer, der mir sehr teuer ist. Diese Geschichte muß ich Ihnen unbedingt erzählen."

„Ich wußte von dem alten Bischof, Seiner verehrten Lordschaft, vom Hörensagen", begann Father Morley. „Das heißt, von seiner Jugend, denn er war schon fast neunzig, als ich die Weihe empfing. Einen reizenderen Menschen hat es nie gegeben. Er war keine fünf Fuß groß — in seinen Stiefeln wohlgemerkt, die besonders hohe Absätze hatten, damit er größer wirken sollte. Aber seiner Seelengröße nach war er ein Riese. Wenn nicht dieses Blitzen in seinen blanken, dunklen Augen gewesen wäre und er nicht manchmal in ein dröhnendes Gelächter ausgebrochen wäre, hätte man glauben können, er sei schon seit seiner Geburt ein Heiliger gewesen. Mit neunzig war er rundlich wie ein Teekessel. Er hat mir selbst erzählt, daß seine ältere Schwester — die übrigens mehr als hundert wurde und bis zu dem Tag, da sie Gott zu sich holte, lebhaft und beweglich war wie eine Bachstelze — ihn Mustard nannte, als er noch ein kleiner nichtsnutziger Bengel war. Damals mußte man ein dickes Fell und eine gesunde Natur haben, wenn man die Hungersnot, die irischen Winter und die Sassenagh überleben wollte. Heutzutage kommen nicht mehr viele Männer und Frauen an den Galgen, weil sie ihre grüne Nationalfarbe zeigen, aber in den Jugendjahren Seiner Lordschaft kam das sehr häufig vor. Doch der Mann ist noch nicht geboren und wird nie geboren werden, dem es gelingt, die Iren zu unterwerfen; dafür ist der Bischof das beste Beispiel. Und in seiner Jugend war er in keiner Weise heilig, sondern ein Raufbold und ein Sünder.

Es wurde erzählt, daß der Bischof — bevor er Priester wurde natürlich — sich in den erbitterten Kämpfen mit den Sassenagh einen Namen machte und manchen Schädel mit Wonne und einem patriotischen Schrei eindrosch. Übrigens waren seine Gegner mit Gewehren bewaffnet, er aber hatte nur seinen kräftigen Schlehdornknüppel. Seine Schwester hat mir selbst erzählt, daß Mustard überall zu gleicher Zeit war, die Jungen zum Kampf anfeuerte, seinen Knüppel schwang und mit einer Stimme, die wie eine Posaune klang, ein Schlachtgeschrei erhob, daß der Himmel erzitterte. Er war jederzeit bereit, für das alte Erin zu sterben, und war immer in den ersten Reihen zu finden. Mancher Sassenagh hat es bereut, ihm über den Weg gelaufen zu sein und ihn herausgefordert zu haben. ‚Von der Sorte, wie Mustard einer war, hat es keinen zweiten gegeben', sagte mir seine Schwester Eileen, und sie war überzeugt davon, daß er die Engländer ganz allein aus Irland verjagt hätte, wäre er nicht plötzlich auf die Idee gekommen, Priester zu werden. Sie schien es fast zu bedauern, damals, als sie mir das Ganze erzählte.

Der Bischof hat mir von seiner Jugend nichts berichtet, erst von späteren Zeiten. Sein Haus in Dublin, als er schon Bischof war, war klein und kalt, und viele Möbel hatte er auch nicht, aber er war ein eiserner, feuriger, frommer Mann, der lachen konnte und die Weisheit besaß, einem ins Herz blicken zu können. Als er vierundachtzig war, kannte ich ihn noch nicht, hatte aber von ihm gehört. Aus der Erfahrung seiner eigenen Jugend heraus war er freundlich zu den Sündern, und wenn sie Patrioten waren, dann hatten sowohl die siebenjährigen Jungen als auch die Männer in seinem eigenen hohen Alter Zutrauen zu ihm und fanden Verständnis. Reue und Buße, die Gott gebühren, verlangte er selbstverständlich, aber harte Worte bekam man von ihm nicht zu hören, noch kam es vor, daß er sich erbittert und erzürnt von dem Sünder wandte. Bevor er Priester wurde, war er ein starker Trinker gewesen, und wenn irgendein Laie oder auch ein verzweifelter Priester mit diesem Laster nicht fertigwerden konnte, dann brauchte er sich nur an ihn um Hilfe zu wenden. Er bekam sie auch und war meistens von dem Tag an Herr seiner Leidenschaft. Die Leute wollten den guten Bischof nicht enttäuschen, der den dornigen Pfad kannte, ihn selbst gegangen und ein Sünder wie sie selbst gewesen war, aber auf den rechten Weg gefunden hatte. Wenn ein Mann, der einem großen Jungen kaum bis zur Schulter ging, das erreichen konnte, dann mußte es einem großen, breitschultrigen Mann auch möglich sein, dachten sich die Leute.

Als er vierundachtzig wurde, war er schon vierunddreißig Jahre Bischof gewesen, und in dieser ganzen Zeit hatte er kaum je mehr als ein paar Pfund Bargeld besessen. Und in seiner Speisekammer sah es immer kläglich aus. Er bat immer nur um Gebete für seine Pläne und für die Pläne des Heiligen Vaters, er bat um Gebete für die ganze elende Welt der Menschen, sogar für die Sassenagh, obwohl er zugab, daß man von keinem aufrechten Iren fordern könne, er solle sie lieben. Das war seiner Meinung nach zuviel verlangt. Aber dennoch sollte man es nicht unterlassen, für sie zu beten.

Damals waren die irischen Bauern in den Augen der englischen Großgrundbesitzer wenig mehr als Leibeigene, wie es sie in Rußland gab. Jedes Jahr wurden aus den Höfen die Lebensmittel weggeholt und nach England gebracht, obwohl die Iren hungerten, die große Hungersnot noch nicht vorüber war und die Kartoffeln noch immer in den Äckern verfaulten. Wenn diejenigen, die den Bauern ihre Ernte wegnahmen, manchmal spurlos verschwanden, und wenn dann die Soldaten, die Anwälte oder die Agenten kamen und Nachforschungen anstellen wollten, dann hatte keiner die Verschwundenen je gesehen, und das beschworen alle, Männer und Frauen. Würden Sie das eine Todsünde nennen? Die Kinder in den Wiegen wimmerten nach Nahrung, den jungen Müttern versiegte die Milch, weil sie nichts zu essen hatten, die Väter fielen auf den Feldern, die sie bestellten, vor Hunger tot um, und die alten Leute hinter dem Herd kauten an ihren Knöcheln.

Die Iren vergeben an und für sich nicht so leicht, und es ist natürlich schwer, zu vergeben, wenn man im Winter die gefrorene Erde mit der Spitzhacke aufbrechen muß, um sein Kind, seine Frau oder seine Mutter zu begraben, die verhungert sind, während die Nahrungsmittel nach England gehen. Wenn die Zeit dazu gekommen ist, werden die Iren den Engländern vergeben, aber vergessen werden sie die Hungersnot nie. Auch die jungen Burschen und Mädchen werden sie nicht vergessen, die nach Amerika flohen, damit für die Zurückgebliebenen mehr

Nahrung übrigblieb und damit sie etwas Geld verdienen konnten, um es nach Hause zu schicken.

Als es am ärgsten war, in einem der fürchterlichsten Winter, revoltierte das hungernde Volk in Dublin, und sie töteten, und viele von ihnen wurden getötet. Mögen wir uns ihrer Seelen in unseren Gebeten erinnern. Über zweihundert junge Männer und Mädchen wurden verhaftet und in die Gefängnisse getrieben, wo sie auf ihre Aburteilung warteten. Und der Bischof wußte, daß man Dutzende von ihnen für diese verzweifelten Gewalttaten an den Galgen bringen würde, obwohl sie ja nur ihr Leben verteidigt hatten.

Die Richter waren Engländer, und der Richter, der diese unglücklichen jungen Männer und Frauen aburteilen sollte, hatte bei den Unruhen seinen Lieblingsneffen, der ein englischer Offizier war, verloren. Er war seiner Natur nach schon ein harter Richter, aber jetzt war er völlig außer sich, denn er war ein kinderloser Witwer und hatte seinen Neffen über alles geliebt. Es war traurig für ihn, schrecklich sogar, das sehe ich schon ein. Und der Bischof in seinem kleinen, kalten Haus — es war einer der kältesten Winter — wußte das auch. Der Bischof war damals vierundachtzig und noch immer stark wie ein Löwe. Wenn er einmal am Tage eine Mahlzeit bekam, dann rechnete er diesen Tag zu den glücklichen. Seine Schwester Eileen führte ihm den Haushalt, sie war damals schon über neunzig. Oft sagte er, er hätte keinen Appetit, damit sie die Kartoffeln oder den Hering oder den Flügel von der Henne essen sollte, von der sie sich schon über eine Woche ernährten. Und es war bestimmt kein großes Huhn gewesen.

Der Bischof opferte seinen Hunger — und er war immer hungrig — für die armen Seelen im Fegefeuer. Er wollte nie etwas annehmen, wenn er nicht sicher war, daß nicht etwa ein Kind oder eine Mutter oder alte Leute beraubt wurden, und so geschah es denn, daß er nicht sehr häufig zu einer ordentlichen Mahlzeit kam. Das hätte er alles noch ertragen können, aber das Herz brach ihm fast, als er von den zweihundert Jungen und Mädchen im Gefängnis hörte und von dem Richter, der sie aus Rache zum Galgen verurteilen wollte. Diese verzweifelten jungen Leute, die, um ihr Leben zu retten, gekämpft und sogar getötet hatten. Und das Ergebnis war nichts anderes gewesen als das Schafott und öffentliche Hinrichtungen, die denen eine Lehre sein sollten, die schon allzu viele Lehren empfangen hatten."

Der Bischof war vierundachtzig, dürr und unterernährt, er ging wie sein eigener kleiner Schatten durch sein Haus und pflegte bei der Morgenmesse am Hochaltar regelmäßig ganz ruhig und sanft ohnmächtig zu werden. Aber es kam so still und langsam, daß er schon im voraus fühlte, wann es kam, und dann legte er seinen Kopf auf den Altar und wartete, bis er wieder bei sich war. Er wollte nicht, daß sich irgendwer seinetwegen Sorgen machen sollte, wo doch alle selbst so schwere Sorgen hatten und um ihre Kinder in den Gefängnissen weinten, daß die Kirche von ihren Tränen überzugehen schien. Er konnte nichts anderes tun, als sie zu segnen und darum zu beten, daß sie ihre Gedanken dem gerechten Gott zuwenden sollten, aber er wußte, daß sie auf dieser Welt, die mit jedem Tag rauher und schrecklicher wurde, keine Gerechtigkeit finden würden. Später erzählte er Father Morley und einigen anderen jungen Priestern, daß er eines Tages — vielleicht war ein Schwächeanfall oder eine Ohnmacht die Ursache — bei der Messe eine Vision der Zukunft gehabt habe. Diese Vision war so schrecklich, daß er in seinem Herzen erzittert und ohne ein Wort herauszubringen nach Hause gegangen war. „Aber", sagte er zu den jungen Männern, „sie wird sich nicht zu meinen Lebzeiten bewahrheiten, das weiß ich, auch zu euren nicht noch zu denen eurer Nachfolger. Aber eines Tages wird sie Wirklichkeit werden, es sei denn, die Menschen bereuen ihre Sünden und tun Buße. Wenn sie das nicht tun, dann werden sie zugrunde gehen und ihre Welt mit ihnen. Fragt mich nicht aus über diese Vision, denn mir fehlen dazu die Worte, und ich bin doch sicherlich einer, der nie um ein Wort verlegen war in seinem Leben."

Der junge Father Morley war der jüngste der Priester, die er geweiht hatte, als er neunzig war. Father Morley war eine Waise. Die Verhältnisse waren damals in Irland schon ein bißchen besser, und deshalb lud ihn Seine Lordschaft zum Dinner ein. Es machte seinem alten Herzen Spaß, zuzusehen, wie der „Boyo", der Junge, sich den geschmorten Hammelbraten und den Pudding zu Gemüte führte. Der junge Priester war auch nicht besonders groß. Seine Mutter war mit ihm schwanger gewesen, als das Elend seinen Höhepunkt erreicht hatte, und deshalb war er zart gebaut wie ein junger Hahn, und der Bischof glaubte, er könne den Jungen auffüttern und kräftiger machen. Und eines Abends nach dem Abendessen erzählte ihm der Bischof eine merkwürdige Geschichte, um ihn ein bißchen aufzuheitern. Denn James plagte sich wirklich redlich ab. Er war einem alten Pfarrer zugeteilt, der nicht nur Rheumatismus und den grauen Star hatte, sondern auch schon kindisch war und dem er bei jeder Messe helfen mußte. Die Kirche lag im ärmsten Teil von Dublin, das an und für sich schon arm war, und deshalb gab es in dem Pfarrhaus wenig zu essen. Die Leute in der Pfarre waren grobe Klötze und führten zum Teil ein Leben recht zweifelhaften Charakters. Fromm waren sie jedenfalls nicht, und das bedrückte natürlich James Morleys unschuldige Seele.

„Der Mensch braucht in dieser Welt wenig, außer genügend Nahrung, ein Dach über dem Kopf, warme Kleidung und vor allem Liebe", sagte der Bischof zu seinem jungen Gast, der fast jeden Abend kam. „Arbeit braucht er auch, damit er stolz auf sich sein kann und seinen Kopf hoch trägt, aber er sollte nicht die ganze Zeit arbeiten, die ihm der liebe Gott schenkt, damit er nicht zu müde ist, um zu leben. Er sollte dazu Zeit haben, ein Mensch zu sein, an Gott zu denken und seinen religiösen Pflichten nachzukommen. Denn der Mensch ist nicht nur einfach eine Kreatur. Er ist eine Seele, und die Rettung dieser Seele ist das Wichtigste in seinem Leben. Aber damals, als ich noch viel jünger war, so um die achtzig, arbeiteten die Menschen von Sonnenaufgang bis Sonnenuntergang, und trotzdem gab es für sie wenig genug zu essen, und ihr Leben bestand nur aus Sorge. Sie werden das ihren Kindern erzählen und ihren Enkeln. Mit bitteren Worten, und das wird für die Welt eine große Gefahr bedeuten. Aber viele von ihnen werden ihren Kindern und Enkeln jedenfalls sagen, daß der Mensch vor allem frei sein muß, denn Gott hat ihn so geschaffen. Und ohne Freiheit ist auch überreichlich Brot, gute Unterkunft und Kleidung weniger wert als die größte Not. Ein fetter Leibeigener, der die Freiheit nicht besitzt, die Gott ihm vermeint hat, ist eigentlich kein richtiger Mensch."

Father Morley dachte an die Vision, die der Bischof damals bei der Messe gehabt hatte, und er hoffte, er würde ihm davon erzählen. Aber er begann von der Hungersnot zu berichten, von den Unruhen und von den Männern und Frauen, die mit ihren Kindern durch das Land wankten, auf der Suche nach einer Kartoffel, die nicht von der Fäule befallen war, oder nach einem Stückchen Brot. Und er erzählte auch von den zweihundert jungen Männern und Frauen, die in den Gefängnissen Dublins auf ihre Hinrichtung warteten, von dem unbarmherzigen Richter und den Schafotten, die man errichtete.

Es war fast mehr, als der Bischof ertragen konnte. Er betete ununterbrochen. Er weinte die schmerzlichsten Tränen seines Alters, kämpfte gegen die innere Auflehnung, demütigte sich und wurde fast getröstet. Aber gerade in dem Augenblick, da er Trost zu finden hoffte, sah er wieder die todernsten, verzweifelten jungen Gesichter derer vor sich, die in den Gefängnissen schmachteten, und er glaubte ihr Weinen und ihre Gebete hören zu können. Er hatte versucht, sich Zugang zu den Kerkern zu verschaffen, war aber abgewiesen worden. Er sprach von der letzten Beichte und Letzten Ölung, von dem Recht der Menschen auf die Tröstungen der Religion, aber die Kerkermeister lachten ihm nur ins Gesicht und jagten ihn weg. Er dachte an die Todsünden, die auf vielen dieser jungen Seelen lasteten, und hoffte, daß das Märtyrerlos, das sie ja tatsächlich erlitten, diese Sünden mit ihrem Blut wegwaschen würde. Denn die jungen Menschen hatten um ihr Leben und um

Brot gekämpft, aber noch mehr für ihr Recht auf Freiheit und das Recht, ihren Gott in Frieden und ohne Furcht verehren zu können und das Land selbst zu besitzen, das ihnen der Herr zu eigen gegeben hatte.

Es war ein besonders strenger Winter, wie es so häufig der Fall zu sein pflegt, wenn die Menschen verzweifelt sind oder Krieg im Lande ist. Deshalb lagen auch nur wenige Stücke Torf im Kamin des Bischofs, und sie gaben seinen alten, zitternden Knochen nur wenig Wärme. Geld, um größere Mengen Brennmaterial zu kaufen, hatte er nicht, und der Hunger plagte ihn so, daß er es fast nicht mehr aushalten konnte. Seit vierundzwanzig Stunden hatte er keinen Bissen gegessen. Es war zehn Uhr, draußen stürmte und schneite es, und seine Schwester Eileen war erschöpft und verweint in ihr Bett gesunken.

An diesem Abend war der Bischof verzweifelter als sonst. Er hatte sich kaum in der Gewalt, schluchzte stoßweise und betete unter Tränen. Er hatte die Lampe seines kleinen Wohnzimmers ganz zurückgeschraubt, denn es war nur mehr wenig Petroleum drin. Er schlug die Hände vor sein Gesicht und neigte sich in seiner Verzweiflung nach vorne. Plötzlich merkte er, daß er nicht allein im Zimmer war. Er nahm seine welken Hände von den Augen und blickte klopfenden Herzens auf.

Ihm gegenüber saß in dem schwachen roten Licht des Feuers ein junger, sehr hübscher Mann. Er war der schönste junge Mensch, den der Bischof je gesehen hatte. Auch sehr elegant gekleidet war er, in karierte Beinkleider von ausgezeichnetem Schnitt, und seine Weste war aus wunderbarem Seidenbrokat mit eingewebten roten und grünen Mustern. Sein Rock war aus feinstem, schwarzem Tuch, und in seiner schwarz-weißen Krawatte steckte eine Nadel, deren Stein wie Feuer glühte. Er war groß und hatte breite Schultern, und an seinen weißen Fingern glänzten Ringe mit Edelsteinen. Am meisten fesselte den erschrockenen Bischof aber sein Gesicht. Es hatte einen dunklen Teint und war von geradezu klassischer Schönheit, mit mächtiger

Stirne, wohlgeformter Nase, einem Mund mit auffallend roten Lippen, hervortretenden Backenknochen und einem Grübchen am Kinn. Seine Augen waren faszinierend und glichen blitzenden Edelsteinen. Ihre Farbe war ein tiefes, glänzendes Blau, wie es der Himmel bei Sonnenuntergang manchmal hat. Sein Haar war gelockt, dicht und dunkel.

Der junge Mann lächelte charmant, und in seinem vornehm herrischen Gesicht erschien ein Ausdruck von Sympathie. Und obwohl er jung war, lagen in seinen Augen die Schatten von Jahrtausenden des Schmerzes, des Hasses und der Wut. Er schien sehr wissend zu sein. Er wirkte wie ein mächtiger Fürst, mächtiger als jeder Kaiser oder König und schien unendlich stolz, sicher und überlegen zu sein. Der Bischof, der ihn anstarrte, wußte genau, wer er war. Er wußte, daß es kein geringerer Dämon war als der Teufel persönlich in seiner ganzen Größe und fürchterlichen Macht.

Das Herz des Bischofs erzitterte und klopfte so laut, daß er es in seinen Ohren pochen hörte, und er fühlte seinen Puls in seinem ganzen, vom Hunger zermürbten Körper. Es war der größte Schreck seines ganzen Lebens.

„Fürchten Sie sich nicht, Mylord", sagte Luzifer, und seine Stimme klang wie ein tiefer Orgelton. „Ich sehe, daß Sie mich erkennen. Sie sind sehr scharfsinnig. Komme ich Ihnen wirklich so fürchterlich vor?"

Der Mund, die Lippen und die Kehle des Bischofs waren staubtrocken. Es dauerte einige Augenblicke, bevor er antworten konnte. „Aber das ist nur eine Erscheinung von Ihnen", flüsterte er. „In Wirklichkeit sehen Sie nicht so aus." Tausend verschiedene Gedanken jagten durch seinen Kopf. Er versuchte, sich an Gebete und Beschwörungen zu erinnern, aber sie fielen ihm nur stückweise ein, als fielen sie wie Wassertropfen in seine Gedanken.

Luzifer setzte eine nachsichtige Miene auf und sein Gesicht erglühte. „Woher wollen Sie denn wissen, daß ich nicht so aussehe, Mylord? Schließlich bin ich doch ein Erzengel und wurde für den schönsten von allen gehalten — von Ihm. Ich war Ihm auch der liebste. Oder haben Sie das vergessen?"

Nun hatte der Bischof, wie alle frommen Männer der Kirche, schon oft über den Teufel nachgedacht, und manchmal hatten diese Gedanken ihn fasziniert. Die Kirchenväter hatten über ihn Spekulationen angestellt und über das fürchterliche Höllenreich dieses gewaltigen Engels, der aus dem Himmel gestürzt und noch immer ein Erzengel war.

„Sie sind aber doch ein Geist", sagte der Bischof. „Sie sind reiner Geist. Wieso kann ich Sie dann mit meinen Augen aus Fleisch und Blut sehen?" Er krampfte seine kleinen Hände zusammen und zitterte noch mehr als vorher.

„Denken Sie nur einmal nach", sagte Luzifer. „Die Menschen haben mich doch zu allen Zeiten schon gesehen. Davon haben Sie doch gelesen. Aber vielleicht sehen Sie mich mit Ihren fleischlichen und seelischen Augen zu gleicher Zeit. Bin ich wirklich so fürchterlich, wie Sie gehört haben, und so grauenhaft?"

Der Bischof sah ihn wieder voll an. „Nein", gab er zu. „Aber Sie nehmen viele Gestalten an, wie ich gehört habe. Sie sehen aus wie ein Mann in der Blüte seiner Jugend ..."

„Ich bin auch in der Blüte meiner Jugend. Erzengel altern nicht." Luzifer war sichtlich amüsiert. „Es ist schon richtig, daß ich den Menschen in allerlei vertrauten Gestalten erschienen bin, um sie nicht kopfscheu zu machen, aber sie haben mir eben die Gestalt verliehen, die ihnen ihre Phantasie eingab. Sie jedoch sehen mich, wie ich wirklich bin, denn Sie sind ein alter Mann, haben in Ihrem Leben noch nie gelogen und unterliegen keinem Blendwerk."

„Es ist wahr", sagte der Bischof, „daß Sie sehr gut aussehen. Aber ..."

„Das haben die Frauen auch immer gefunden", sagte Luzifer. „Für unendlich viele von ihnen bin ich unwiderstehlich. Und die Männer haben mich von Anbeginn sympathisch gefunden. Ich bin viel nachgiebiger als — Er." Als er dieses Wort aussprach, glühte sein Gesicht dunkler, wie von einem inneren Feuer.

„Ich habe die Menschen verstanden, obwohl Er Fleisch von ihrem Fleische geworden ist und unter ihnen gelebt hat. Er hat die Menschen auch verstanden, aber wie viele Menschen verstanden Ihn? Er hat sich zum Kreuzestod erniedrigt, vergessen von denen, die Er geliebt und gerettet hatte, und verlassen von Seinen Freunden. Das eine aber sage ich Ihnen, Mylord: Menschen, die mich einmal erkannt und akzeptiert haben, haben mich noch nie vergessen!"

Er erhob seine Hand vor dem noch immer zitternden Bischof, dessen Herz sich allerdings langsam beruhigte und der eine menschliche Neugierde zu empfinden begann. „Ich habe Millionen in ihren schrecklichsten Stunden geholfen, wenn Er ihre Gebete nicht erhört hatte. Ich habe noch immer auf den Ruf eines Menschen gehört, der mich beschworen hat. Aber Millionen haben von Ihm keine Antwort bekommen, noch hat Er ihnen geholfen."

„Das ist eine Lüge!" rief der Bischof aus. „Und Sie wissen, daß es eine Lüge ist! Unser Herr hat Sie den Vater der Lüge genannt, Sie sind ein Lügner von allem Anfang an!"

„Aber Sein Vater hat um mich getrauert", sagte Luzifer, und für einen kurzen Augenblick erschien eine tiefe, übernatürliche Angst in seinem schönen Gesicht. „Er hat mich den ‚Morgenstern' genannt. Ich stand an Seiner Seite und kannte Seine Glorie — und ich liebte Ihn. Ich wußte, was Er war, ich kannte Ihn ganz und gar. Ich sah Ihn von Angesicht zu Angesicht. Ich habe den seligmachenden Anblick genossen. Und jetzt sagen Sie mir, Mylord, ob es auf dieser Welt, deren Herrscher ich bin, einen Menschen gibt, der dasselbe von sich behaupten könnte?"

„Nein", gab der Bischof zu. Er dachte einen Augenblick nach und sagte dann: „Sie haben mir erzählt, daß Sie Ihn geliebt haben. Wie ist es denn möglich, daß Sie sich gegen Gott auflehnen konnten und sich zu Seinem Feind erklärt haben?"

Luzifer lächelte ein wenig und mit einer Verachtung, die weit über die Verachtung hinausging, die Menschen empfinden können.

„Ihre Theologen, Mylord, haben darüber nachgedacht und haben versucht, eine Erklärung zu finden. Aber mit ihren Köpfen, die aus Staub gemacht sind, mit ihren kleinlichen Herzen, mit ihrer beschränkten Erfindungsgabe und ihrer flügellahmen Phantasie wird ihnen das nie gelingen. Das ist eine Sache zwischen Ihm und mir." Wieder trat die Angst in sein Gesicht, und plötzlich verstand der Bischof den Schrecken der Hölle in seinem ganzen Umfang, die Qual und die Verlassenheit. Dieser gewaltige Erzengel war der Schrecken in Person, der Widersacher von allem, das da lebte, aber sein Schmerz und seine Qual gingen über jedes Maß hinaus und waren vielleicht noch größer als sein Haß.

„Ich muß Sie ersuchen, von Ihm nicht mehr mit mir zu sprechen", sagte Luzifer. „Es gibt Dinge, die über das Maß des Erträglichen hinausgehen. Sehen Sie mich an. Ich bin ebenso wissend wie Er und ebenso unsterblich. Ich werde in aller Ewigkeit da sein, wie Er. Doch genug davon. Wir wollen nicht mehr von Ihm sprechen." Sein Gesicht war jetzt so schrecklich, daß der Bischof glaubte, er müsse vergehen und von seiner Glut vernichtet werden.

Aber er sagte: „Wären Sie ebenso wissend gewesen — was für eine Blasphemie das übrigens ist —, dann hätten Sie niemals ..." Aber die Spukgestalt schien sich plötzlich aufzublähen und einen schrecklichen Augenblick lang den ganzen Raum auszufüllen, ja sogar die aufheulende Welt draußen und das ganze Universum. Der Bischof sank in seinem Stuhl zusammen.

„Was wollen Sie von mir?" flüsterte er. „Von einem armen, sorgengeplagten Bischof?"

„Ich will — Sie wissen schon, was ich will", sagte Luzifer, der jetzt wieder der hübscheste junge Mann der Welt war, der munterste, charmanteste und sympatischeste, den man sich denken konnte.

„Meine Seele!" schrie der Bischof und griff krampfhaft nach seinem Brustkreuz. Luzifer sah die Bewegung und er sah auch das Kreuz. Sein dunkles Gesicht wurde noch dunkler. Er hielt sich die Hand vor die Augen, als ob es ihn blende wie die Sonne. Die Edelsteine der Ringe an seinen Fingern schienen zu leben, jeder einzelne zitterte, als sei Leben in ihm, und warf vielfarbige Blitze in das kleine Zimmer.

„Ihre Seele", sagte Luzifer und ließ die Hand sinken. Er lächelte jetzt wieder.

„Wie war es Ihnen denn möglich, in mein Haus zu kommen?" fragte der Bischof, dem ein anderer Gedanke gekommen war. „Ich war mitten in meinen Gebeten..."

„Ich kann überall hin", sagte Luzifer. „Und ich unterbreche die Menschen gern in ihren Gebeten. Denn wie können sie es wagen..." Er beendete den Satz nicht. „Wenn es Blasphemie überhaupt gibt, dann ist das sicherlich die unerträglichste Form davon. Unerträglich!" Plötzlich war wieder dieses wilde, rasende Blitzen in den schönen blauen Augen, und der Bischof fuhr von neuem zurück und tastete nach seinem Kreuz.

„Aber wir wollen doch lieber von unseren Geschäften sprechen", sagte Luzifer und war wieder liebenswürdig und umgänglich. „Von Ihrer Seele!"

„Machen Sie sich nicht lächerlich", sagte der Bischof, und die Indignation gewann sogar die Oberhand über seine Angst und über seinen Schrecken. „Meine Seele ist nicht für Sie bestimmt, und wenn Sie auch nur so viel Verstand hätten wie mein Bäcker, der arme Kerl, der auf den Kopf gefallen ist, dann müßte Ihnen das klarsein."

„Vor vielen Jahren sind Sie ein sehr sündiger und gewalttätiger junger Mann gewesen", sagte Luzifer. „Solche Leute merke ich mir immer gut. Damals war ich oft nahe dran, Sie zu erwischen. Und heute ist es wieder so weit."

Der Bischof bekreuzigte sich schnell und Luzifer sah ihn nachsichtig an.

„Heute abend waren Sie verzweifelt", sagte er. „Und Verzweiflung ruft mich immer auf den Plan. Sie ist ein Ruf nach mir. Oder hat Sie Ihr Gedächtnis etwa wieder verlassen, Mylord?"

„Ich war nicht meinetwegen verzweifelt", sagte der Bischof. Die Uhr auf dem Kaminsims tickte sehr laut und schnell, als wäre sie ein bißchen übergeschnappt. Er konnte hören, wie der Sturm an den Fenstern rüttelte, und aus seinem Heulen schienen viele verlorene, klagende Stimmen zu ertönen, Schreie, Angstrufe und flehentliche Bitten.

„Sie waren wegen dieser verrückten jungen Männer und Frauen verzweifelt, die sicherlich in wenigen Tagen sterben werden", sagte Luzifer. „Wenn Sie den wahren Glauben besessen hätten, dann hätten Sie nicht so geweint und wären nicht ungetröstet geblieben."

„Ich habe den Glauben", sagte der Bischof. Er mußte immer wieder auf die Stimmen im Sturm draußen horchen. Er begann neuerlich am ganzen Leibe zu zittern, so daß sein Gewand zu schlottern anfing.

„Dann gehen Sie doch hin in die Gefängnisse mit Ihrem Glauben und verlangen Sie, daß man sie auf Ihr Wort hin öffnet und die Gefangenen freiläßt", sagte Luzifer. „Da war doch irgendwo die Rede davon, daß der Glaube Berge versetzen kann — wenn er auch nicht größer als ein Senfkorn ist."

Der Bischof schwieg.

„Diesen Glauben haben Sie aber nicht, und deshalb bin ich zu Ihnen gekommen."

„Es gibt auch noch etwas anderes", sagte der Bischof, und sein altes, graues Gesicht wurde entschlossen und energisch. „Nämlich Gottes Willen. Und wenn es Sein Wille ist..."

„Was geschehen ist, war doch wohl auch Sein Wille, und damit haben Sie sich offenbar nicht zufriedengegeben", sagte Luzifer. „Deshalb haben Sie ja mit Gott gerungen in Ihren Gebeten. Denn richtiges Beten kann man das wohl kaum nennen. Sie haben nicht gebetet: ‚Dein Wille geschehe', sondern im Gegenteil, er sollte nicht geschehen, und Ihre Freunde sollten gerettet werden."

Dem Bischof wurde klar, daß in seinen Bitten tatsächlich der uralte innere Widerspruch menschlicher Gebete enthalten war: ‚Dein Wille geschehe — aber bitte, laß Deinen Willen nicht walten!“ Darüber hatte er auch schon nachgedacht.

„Ich habe nichts für mich erbeten“, sagte er endlich. „Ich habe nur um Barmherzigkeit für andere gefleht, wenn es Sein Wille ist.“

„Soso, haben Sie das?“ sagte Luzifer. „Ich habe Ihnen lange Zeit zugehört, aber von ‚Wille‘ haben Sie kein einziges Wort gesagt. Um Gnade haben Sie gebetet.“

„Das dürfen wir auch, wir sollen es sogar!“

„Also auf diese Weise kommen wir nicht weiter“, sagte Luzifer ungeduldig. „Ich gehe immer geradewegs auf mein Ziel los, und übrigens sind Sie unhöflich gewesen, denn ich habe Sie ausdrücklich gebeten, nicht mehr von — Ihm zu sprechen. Ihre jungen Leute werden trotz Ihren Gebeten sterben müssen, außer Sie sind bereit, sich für sie zu opfern. Hat es übrigens nicht ein Opfer gegeben, das noch viel mehr Menschen gerettet hat? Würden Sie etwa vor einem viel geringeren Opfer zurückschrecken?“

Da wurde es dem Bischof klar, daß er von dem fürchterlichsten und schlauesten Verführer auf die raffinierteste Art in Versuchung geführt wurde. Von diesem gerissenen Versucher, der sogar Worte wie Gnade und Opfer im Munde führte und es verstand, die Verwundbarkeit des leidenden menschlichen Herzens auszunutzen. Wie viele Menschen, erkannte der Bischof mit plötzlicher erschreckender Klarsichtigkeit, hatten wohl in ihrer Opferbereitschaft und ihrem Mitleid ihre Seele hingegeben, um andere zu retten? Wer konnte ihre Zahl nennen? Es hatte den Anschein, als ob Luzifer die Menschen durchaus nicht immer bei den schlechten Eigenschaften ihres Charakters packte, sondern im Gegenteil bei den tiefsten und edelsten Gefühlen, die im menschlichen Herzen schlummern. Er bediente sich des Besten und Heiligsten als Werkzeug. Er gab den Menschen zu verstehen, sie könnten das vollbringen, was Gott nicht tun wollte oder konnte. Und wenn ein Mensch auf das horchte ...

Luzifer war ein Lügner. Er war nicht mehr imstande, die

Wahrheit zu sagen. Dieser Gedanke bestärkte den Bischof innerlich, und er holte schaudernd tief Atem. „Sie könnten diese jungen Leute auch nicht retten", sagte er.

„Sie haben vergessen, daß ich meine Versprechen immer halte. Es existiert nicht eine einzige Überlieferung, daß ich mein Wort nicht gehalten hätte."

Der Bischof mußte das stillschweigend zugeben. Er konnte sich an keinen Pakt mit dem Teufel erinnern, der nicht gehalten worden war. Allerdings um einen bestimmten Preis. Er geriet wieder völlig aus der Fassung. Er konnte die Gesichter der Gefangenen sehen und ihr Weinen hören. Durch den Sturm konnte er ihre Stimmen vernehmen. Es zerriß ihm das Herz, und seine Augen füllten sich mit Tränen.

Seine innere Verwirrung war so groß, daß er heftig zusammenfuhr, als sich etwas gegen sein Knie zu drücken und zu wetzen begann. Er sah hinunter. Es war nur die dicke, große, rotbraune Katze, die Eileen in liebevoller Erinnerung an die Jugend ihres alten Bruders Mustard genannt hatte. Mustard hatte, wie alle ihre aus uraltem Geschlecht stammenden Rassegenossen, ihre höchstpersönlichen Gewohnheiten, ihre Zuneigungen und Abneigungen und ihre manchmal etwas groben Manieren. Eileen hielt sie weniger als Schoßtier, sondern eher als Mäuse- und Rattenjäger. (Damals war Mustard das einzige wohlgenährte Mitglied der Familie.) Zwischen den beiden, die der Bischof „meine beiden Mädchen" zu nennen pflegte, bestand Zuneigung und Respekt. Da er Tiere liebte, hatte er damals vor fünf Jahren die Ankunft Mustards, die noch ein kleines Kätzchen war, mit Begeisterung begrüßt und hatte ihr das auch gezeigt, so daß Mustard gleich von Anfang an wußte, daß sie ihm nicht weiter um den Bart zu gehen brauchte, sondern ihn ruhig tyrannisieren und ihm allerlei Leckerbissen einfach nur durch Miauen abtrotzen konnte. Das Um-die-Beine-Streichen und das Auf-dem-Schoß-Sitzen sowie das Schnurren hatte sie für ihre Herrin reserviert. Meistens nahm sie sich nicht einmal die Mühe, sich nach ihrem bischöflichen Diener umzusehen.

Der Sessel, in dem Luzifer saß, war traditionsgemäß Mustards Eigentum und Vorrecht. Nur Eileen erlaubte sie, darin zu sitzen, und dann pflegte sie sich vor dem Feuer auf dem Schoß ihrer Herrin zusammenzurollen. Ein einziges Mal hatte sich der Bischof, zerstreut wie er war, dort niedergelassen, aber da hatte Mustard wie eine Tigerin gefaucht, einen krummen Rücken gemacht, die rotbraunen Haare hatten sich ihr im Nakken gesträubt, und ihre Augen hatten gefährlich gefunkelt. Seit der Zeit hatte er den Sessel gemieden. Sie ihrerseits setzte sich nie auf seinen Stuhl und kam ihm auch nicht in die Nähe, es sei denn, daß sie beschlossen hatte, irgend etwas Gutes, das er gerade aß, sei mit ihr zu teilen.

„Mustard", murmelte der Bischof schwach, als sich die Katze gegen seine Waden drückte. Sogar in dieser schrecklichen Stunde staunte er darüber, daß sie sich ihm genähert hatte. Der Druck gegen seine Waden wurde stärker und drängender, denn Mustard war nicht nur eine große Katze, sie war auch kräftig, und plötzlich mußte sich der Bischof an den Hund erinnern, den er als Junge besessen hatte. Der drückte sich auch immer so an ihn, wenn er das Gefühl hatte, sein kleiner Herr sei in Gefahr. Es kam dem Bischof fast unglaublich vor, daß Mustard, die doch eine Katze war und ihn sonst mied, sich gegen ihn lehnte, als wolle sie ihn beschützen.

Mustard steckte ihren Kopf und ihre Schultern zwischen den Beinen des Bischofs hervor, den Rücken hatte sie steif und sprungbereit gekrümmt, ihr Nacken war gegen Luzifer gerichtet, sie zeigte die Zähne, knurrte wie eine Wildkatze, und aus ihrer Kehle kam ein wildes, drohendes, tiefes Brummen. Ihre goldenen Augen blitzten im Scheine der niedergebrannten Glut des Kaminfeuers, sie waren weit aufgerissen und voll Haß, Wut und Angst. Ihr langer Schwanz war doppelt so dick geworden und schlug Böses verheißend hin und her.

Wenn der Bischof an diesem Abend schon öfters gedacht hatte, er leide vor Hunger und Sorge an Halluzinationen, so belehrte er sich jetzt eines besseren. Denn Mustard sah Luzifer, daran konnte kein Zweifel bestehen, und sie erkannte auch den Schrecken und die Gefahr, die von ihm ausgingen. Es war ganz offensichtlich, daß sie ihren priesterlichen Bewunderer beschützen wollte und bereit war, wenn es notwendig werden sollte, ihr Leben für das seine in die Schanze zu schlagen, was Katzen ansonsten gar nicht ähnlich sieht. Sie hatte sichtlich fürchterliche Angst, und ihr gespannter Körper zitterte. Aber dennoch nahm sie gegen Luzifer eine drohende Haltung an, sie, die hochmütige Katze, die sich sonst nur um ihre eigenen Angelegenheiten kümmerte. Sie fauchte den mächtigen Widersacher an, drohend und ohne den leisesten Angstlaut von sich zu geben.

„Meine Katze scheint Sie zu sehen", murmelte der Bischof.

„Ja", sagte Luzifer und starrte das Tier an. „Aber alle Tiere sehen das Unsichtbare, nur der Mensch mit seinen verklebten Augen ist blind. Die lehmverklebten Augen des aus Lehm geschaffenen Menschen. Aber dann hat *Er* das Meisterwerk, das er geschaffen hat, doch wieder dadurch verdorben, daß Er dem Bildnis aus Lehm nicht nur Leben, sondern auch eine Seele gegeben hat — und dafür gestorben ist! Es hat doch kaum je einen Menschen gegeben, der den Mut, den Anstand, die Ehre, die Würde und Majestät und die Unschuld auch nur des geringsten der Tiere besessen hat. Das nichtswürdigste und verächtlichste Geschöpf ist wirklich der Mensch, und seine Geschichte ist mit dem Blut seiner Mitmenschen geschrieben. Ich habe ihn in Versuchung geführt, sagt man. Aber da war wirklich nur sehr wenig Versuchung notwendig! Nicht einmal der hungrigste und schäbigste Köter wäre der Versuchung so leicht erlegen. Sie werden mir vielleicht einwenden, daß nur der Mensch einen freien Willen besitzt. Aber ich will Ihnen verraten, daß auch die Tiere einen freien Willen haben. Wenn das nicht der Fall wäre, dann hätte ihre hübsche Katze da nicht beschlossen, auf Tod und Leben auf mich loszugehen, wenn ich etwa Hand an Sie legen sollte, denn so etwas liegt durchaus nicht in dem natürlichen Charakter der Katzen, die sonst außerordentlich vernünftig sind. Ich muß sagen, daß ich vor Tieren

Respekt habe, die ihresgleichen nicht umbringen oder betrügen oder gar Kriege gegen einander führen. Ich respektiere ihre edle Unschuld. Aber für den Menschen", sagte Luzifer, und seine Stimme klang wie ferner Donner, „habe ich nichts als Verachtung und Ekel."

Dem Bischof blieb der Mund offenstehen. „Sie — Sie empfinden wirklich Schrecken vor uns? Sie!"

„Gewiß", sagte Luzifer und lächelte verächtlich. „Seid ihr Menschen nicht der Schrecken all dessen, was lebt? Welches Lebewesen kennt eure Natur nicht und flieht nicht vor euch? Welches wilde Tier nähert sich euch mit Liebe und Vertrauen? Sogar der Wurm windet sich aus eurer unreinen, verpesteten Nähe. Der Mensch ist der Feind alles dessen, was lebt. Und ich bin des Menschen Feind, der Feind dieses unsäglich reizlosen, entsetzlich heruntergekommenen Wesens. Sie wissen, daß ich geschworen habe, ihn zu vernichten, weil ich ihn verachte. Als mir im Himmel — lange, bevor euer Sonnensystem und eure Welt geschaffen wurden —, Sein Ratschluß kundwurde, Seinen eigenen eingeborenen Sohn für eure Rettung hinzugeben, da lehnte ich mich voll Widerwillen und Grauen dagegen auf. Wollen Sie mir etwa deshalb einen Vorwurf machen? Welcher Engel oder Erzengel mit Verstand wäre vor diesem Gedanken nicht zurückgeschreckt und hätte sich aufgelehnt?"

Der Bischof vergaß seine Angst, achtete nicht auf das dauernde Fauchen Mustards und begann über das Gehörte nachzudenken. Er liebte es, zu philosophieren, und hörte sich auch gerne theologische Gegenargumente an. Nach einer Weile sagte er: „Da haben Sie schon recht, wir sind schrecklich und abscheulich. Wenn aber der Herr dennoch gewillt war, unsere menschliche Gestalt und Natur anzunehmen und für uns zu sterben, damit wir vor der tödlichen Verdammnis gerettet würden, dann muß doch irgend etwas dieses Opfers Würdiges an uns sein."

„Eure Seelen", sagte Luzifer. „Eure unsterblichen Seelen. Er und ich — wir kämpfen um sie. Es ist immer meine Absicht gewesen, Ihm unwiderleglich vor Augen zu führen, daß ihr und eure Welt Seiner unwürdig seid und daß ihr sterben müßt."

„Sie wollen über Gott triumphieren", sagte der Bischof in die Diskussion vertieft.

Luzifer schüttelte den Kopf. „Nein, ich will Ihm nur Seine Torheit beweisen."

„Das ist Gotteslästerung", sagte der Bischof mit bebender Stimme.

Luzifer lächelte wieder. „Nein, der Mensch ist die Gotteslästerung."

Der Bischof betrachtete Luzifer nachdenklich und fuhr dabei mit der Hand über Mustards gekrümmten Rücken. Ein sonderbarer Gedanke kam ihm, und er äußerte ihn sofort: „Sie hassen Gott gar nicht. Nein, Sie hassen Ihn nicht!"

„Nein", sagte Luzifer. „Diese letzte Ungeheuerlichkeit überlasse ich dem Menschen, der das einzige Wesen ist, das seinen Schöpfer haßt." Sein schönes Gesicht veränderte sich. Tiefer Grimm, Schmerz und schreckliche Einsamkeit zeichneten es. „Die Zeit ist nicht mehr fern, da Ihn fast alle Menschen hassen werden, und das wird meinen Triumph bedeuten. Ich werde diejenigen vernichten, die Ihn lieben — es sind immer nur sehr wenige! —, und diese Welt, deren Fürst ich bin, wird in ihrer ganzen Bosheit, ihrer völligen Gottlosigkeit als eine lebendige Gottesleugnung mir allein gehören."

„Das ist nicht wahr", sagte der Bischof, der wieder zu zittern begann. „Sie können nichts tun, das Gott nicht zuläßt." Er entsann sich der Vision in seiner Kirche, und von der schrecklichen Erinnerung wollten ihm fast die Sinne schwinden.

„Aber der Mensch wird es zulassen, denn nicht einmal Gott selbst nimmt Einfluß auf seinen freien Willen", sagte Luzifer.

Der Bischof schüttelte den Kopf. Der Mut stieg ihm wieder ein wenig. „Ich weiß um die Prophezeiungen Unseres Herrn und kenne Seine Worte über den Jüngsten Tag. Sie werden nicht triumphieren!"

„Aber unendlich viele Seelen werden mein sein!" sagte Luzifer. „Alle die Seelen, die Gott zurückgewiesen und das gewählt haben, was ihnen ihrer Natur nach zusagte — das Böse. Nicht einmal Er kann die retten, die Ihn von sich gewiesen und mir treue Gefolgschaft geschworen haben. Haben Sie vergessen, daß Er selbst gesagt hat, daß viele berufen seien, aber wenige auserwählt? Ich werde in meinem Reich über zahllose Seelen herrschen, aber nur wenige werden zu Ihm emporsteigen. Haben Sie das vergessen?"

Der Bischof mußte plötzlich an die Spekulationen denken, die die Kirchenväter schon vor undenklichen Zeiten über Luzifer angestellt hatten, an das, was über ihn geschrieben worden war und welche Vermutungen man gehabt hatte. Der Mensch sei die Ursache von Luzifers Fall gewesen, sagten sie. Er sei der Grund von Luzifers Verbannung, seiner Qualen und seiner Verzweiflung. Eigentlich habe der Mensch die Hölle geschaffen. Kein Wunder also, daß Luzifer den Menschen haßte! Wäre es etwa möglich, wie einige der alten Kirchenväter erwogen hatten, dachte der Bischof, daß der Mensch seinerseits Luzifer auch wieder erlösen könnte, indem er sich völlig von ihm abwendete und ein vollkommen makelloses Leben begann? Wie hatte doch ein großer Kardinal gesagt: „Wir müssen an die Hölle glauben, denn die Kirche erklärt, daß sie existiert, aber die Gnade Gottes ist so groß, daß ich daran zweifle, meine Kinder, daß sich auch nur eine einzige Seele in ihr befindet."

Wenn das wahr war, dann wartete die Hölle also leer — mit Ausnahme der Engel, die mit Luzifer aus dem Himmel gestürzt waren — auf den Jüngsten Tag, an dem Christus die reinen von den räudigen Schafen sondern wird. Von den räudigen mußte es dann nur wenige geben oder überhaupt keine! Gab es gar keine, dann war Luzifer überwunden, würde seine Niederlage zugeben und sich demutsvoll — vielleicht sogar dankbar — von seinem Haß und Zerstörungswillen abwenden. Dieser gewaltige Erzengel würde zu Gott zurückkehren, seine Hölle würde nicht mehr existieren und im Himmel würde Jubel herrschen. Luzifer war ja eigentlich nie niedrig und kleinlich gemein gewesen. Das waren Eigenschaften des Menschen.

Der Bischof erinnerte sich daran, daß das Zwiegespräch zwischen Gott und Luzifer immer mit Anstand und Verstehen geführt worden war. Besann sich Gott Seines Morgensterns, des mächtigsten und strahlendsten Seiner Engel? Sicherlich, denn das stand ja in der Heiligen Schrift. Zwischen Gott und Luzifer stand der Mensch wie eine lehmig-schmutzige, trennende Mauer des Todes. Gott vergab, aber Luzifer konnte nicht vergeben.

Der Schneesturm draußen vor dem Haus des Bischofs heulte immer wütender. Sein Toben war erfüllt von aufkreischenden, jammernden Stimmen, und der Bischof schrak aus seinen Gedanken auf. Mustard war auf seinen Schoß gesprungen und ließ die Augen nicht von Luzifer. Sie legte die Ohren an, fauchte und zeigte ihm ihre scharfen, weißen Zähne. Sie war auf der Hut.

„Unser kleines Geschäft", sagte Luzifer mit fast frommer Stimme. „Ihre Seele, Mylord, für das Leben und die Seelen Ihrer jungen Leute. Ich bin ewig, aber Sie haben nur wenig Zeit."

„Warum wollen Sie denn meine Seele haben?" fragte der Bischof. „Ich bin doch nur ein ganz unwichtiger Mann, der überhaupt keine Bedeutung besitzt. Daß Sie die Seelen der großen Herren der Erde haben wollen, kann ich verstehen, aber doch nicht die eines unglücklichen, halbverhungerten Bischofs, wie ich einer bin, in einem so armen, kleinen Land."

„Ihre Demut ist faszinierend", sagte Luzifer. „Die Sünden, die Sie als junger Mensch begangen haben, sind Ihnen vergeben worden. Seit Sie Priester geworden sind, haben Sie ein makelloses Leben geführt. Muß nicht so eine Seele sowohl Gott als auch Luzifer erstrebenswert erscheinen? Wenn ich Ihre Seele bekomme, dann bedeutet das für Ihn eine große Niederlage. Und unsere Triumphe sind nicht das kleinliche Frohlocken der Menschen. — Also?"

Wenn er in schrecklicher Not gewesen war, dann hatte der Bischof immer seine Zuflucht zu einem kleinen, aber unendlich kostbaren Gegenstand genommen, der ihm stets Trost und Erleichterung gebracht hatte. Seine Augen wanderten zu dem kleinen Schubladkasten hin, in dem er lag, und blieben an der Lade hängen, die ihn enthielt. Er fühlte Tränen in seinen Augen. Wieder begann er nachzudenken. Es hatte geheißen, daß Luzifer die verborgensten Gedanken des Menschen lesen könne. Der Bischof stellte sich den Gegenstand im Geiste vor und sagte: „Sie können doch meine Gedanken lesen, vermute ich."

„Sicherlich", sagte Luzifer.

„An was denke ich denn jetzt?"

„Sie überlegen, ob Sie nicht Ihre Seele opfern müßten, wenn sonst zweihundert junge Menschen dem Tode und vielleicht der Hölle verfallen wären."

Der Bischof mußte seine welken Lippen mit Gewalt zusammenpressen, um nicht zu lächeln. Aber er staunte. Warum wohl hatte Luzifer seine Gedanken nicht lesen können und den kleinen Gegenstand vor seinem inneren Auge nicht erkannt? Mut und Entschlossenheit strömten in sein heftig schlagendes Herz. Es war ein Wunder, aber jetzt war keine Zeit, über Wunder nachzudenken.

„Meine Seele kann ich Ihnen nicht geben, auch als Pfand nicht, auf gar keinen Fall", sagte er mit ruhiger Sicherheit und sah in die wunderbaren, blauen Augen Luzifers, in denen die Schatten ungezählter, endloser Jahrtausende lagen. „Aber mein Leben will ich Ihnen für das Leben meiner Kinder in den kalten Kerkern geben."

„Das ist ein schlechtes Tauschgeschäft", sagte Luzifer und lachte leise. „Was soll ich mit Ihrem Leben, und steht es nicht Gott allein und nicht Ihnen zu, über Ihr Leben zu entscheiden, Mylord? Schon Ihr Angebot als solches ist eine Todsünde, nicht wahr?" Luzifer schwieg eine Weile und schien tief nachzudenken. „War es eine Todsünde, Bischof? Wenn das der Fall ist, und Sie Ihr Angebot nicht bereuen, dann kann ich Ihr Leben in Zahlung nehmen und Ihre Seele wird mein sein."

Der Bischof sank schaudernd zusammen. Luzifer streckte seine mit Edelsteinen geschmückte Hand gegen ihn aus, an der jeder einzelne Finger aufzulodern schien, und er lächelte. Mustard warf unter fürchterlichem, wütendem Fauchen ihren Kopf vor, und ihre Kiefer schnappten nach der Hand. Luzifer betrachtete die Katze fast liebevoll und tappte ihr dann mit einem Finger seiner Hand auf den Kopf. Mustard heulte jämmerlich auf, es verbreitete sich sofort der Geruch von verbranntem Haar und angesengter Haut, und eine kleine Rauchwolke erhob sich. Laut aufschreiend legte der Bischof seine Hand auf den mißhandelten Kopf der Katze. Er konnte noch die Hitze fühlen. Er drückte Mustard an seine Brust, aber sie entwand sich unbändig seinen Armen, stellte sich auf seine Knie und war trotz des Schmerzes, den sie empfinden mußte, wieder bereit, Luzifer anzuspringen. Sie war jetzt nichts anderes als eine einzige rotbraune Drohung, obwohl sie wieder völlig ruhig war.

„Eine etwas dramatische Geste", sagte Luzifer bedauernd. „Übrigens eine, die ich normalerweise nicht mache. Das überlasse ich sonst geringeren Dämonen, wie etwa den Seelen von Menschen. Ich bitte um Entschuldigung. Ihre Katze hätte ich nicht zu überzeugen brauchen. Aber Sie hatten es notwendig. Die Zeit wird langsam knapp." Er hob sein edel geformtes Haupt und horchte hinaus, wo der wütende Schneesturm an den Dachrinnen, den Fenstern und Türen rüttelte.

„Das ist wirklich eine Grausamkeit!" rief der Bischof, und die Tränen rollten ihm über die Wangen. Er ergriff Mustards Hinterfüße, um sie daran zu hindern, nochmals zuzuspringen. „Sie irren sich übrigens. Ich hatte nicht die Absicht, eine Sünde zu begehen, sei es nun eine Todsünde oder eine läßliche, als ich Ihnen mein Leben gegen das meiner jungen Herde anbot. Ich wollte es opfern, genauso, wie viele Heilige ihr Leben geopfert haben, um andere vor Leiden und Tod zu bewahren. Das wird nicht als Sünde betrachtet."

„Ich bin kein Theologe", sagte Luzifer gereizt. „In derartigen Kleinlichkeiten kenne ich mich nicht aus. Also, wie ist es mit Ihrer Seele? Ich werde langsam ungeduldig."

„Meine Seele nicht", sagte der Bischof entschlossen. „Meine

Seele gehört Gott und niemals Ihnen. Aber ich besitze einen Schatz, den ich immer mehr als mein Leben geliebt habe, und diesen Schatz will ich Ihnen zum Tausch anbieten."

Er hielt den Atem an und beobachtete Luzifer gespannt. Wieder mußte er daran denken, ob sein Gegenüber wohl seine Gedanken lesen könne. Luzifer betrachtete ihn in heiterer Ruhe, und das Blau seiner Augen schien sein Licht auf das bleiche Gesicht des Bischofs zu werfen.

„Mein ganzes Leben, alle meine Freuden und Sorgen waren mit meinem Schatz verbunden", stammelte der Bischof. „All die langen Jahren meines Lebens. Er ist mir teurer als alles andere auf dieser Welt. Wollen Sie ihn hinnehmen?"

„Ist er Ihnen teurer als Ihr Leben?" sagte Luzifer. „Dann ist er Ihnen also ebenso teuer wie Ihre Seele."

Der Bischof gab keine Antwort. Mit zitternden Händen streichelte er Mustards Rücken.

„Wenn er Ihnen ebenso teuer ist wie Ihre Seele, dann hängen Sie also mit allen Fasern Ihres Herzens daran."

Der Bischof schloß vor Schmerz die Augen.

„Man hat gesagt, daß ich nie Mitleid mit einem Menschen empfinde", sagte Luzifer, „aber merkwürdigerweise empfinde ich Mitleid mit Ihnen. Man unterschätzt mich wirklich sehr. Was ist denn das für ein Schatz, den Sie da haben?"

Der Bischof wagte es, die Augen wieder zu öffnen, und er staunte von neuem. Sehr sanft sagte er: „Aber Sie wissen es doch sicher, denn Sie können ja in den Gedanken und Herzen der Menschen lesen. Das können Sie doch?"

„Hm", machte Luzifer nachdenklich. Wieder strich das feurige, blaue Licht aus seinen Augen über das alte Gesicht und über die Gestalt des kleinen Bischofs, der den Aufprall dieses Lichtes fühlen konnte, als träfe ein Blitz sein Herz. Aber jetzt zitterte er nicht mehr. Er wartete nur.

„Ein prächtiger Schatz", sagte Luzifer, „der Ihnen teurer ist als Ihr elendes Leben. Für andere hat er keinen Wert, und deshalb hat er für mich Wert. Lassen Sie mich einen Augenblick überlegen.“ Er ließ seine Augen nicht von dem Gesicht des Bischofs, der den Atem anhielt und dem Blick des gewaltigen Erzengels begegnete.

„Abgemacht“, sagte Luzifer ganz plötzlich. Er betrachtete seine Hand, in die Mustard sich verbissen hatte. Es war weder eine Verletzung noch eine Schramme zu sehen.

Der Bischof fühlte, wie ihn wieder eine fürchterliche Schwäche überkam. Ob aus neuerlicher Angst oder aus Erleichterung, wußte er nicht. Aber es war wohl beides.

„Diesen meinen liebsten Schatz werde ich Ihnen aber erst geben, wenn meine Kinder in Sicherheit sind.“ Er machte eine Pause und sagte dann, weil er die List Luzifers kannte, noch einmal mit Betonung: „In Sicherheit. Nicht in der Sicherheit des Todes und auch nicht durch irgendeinen billigen Trick in Sicherheit, denn das würde nicht wahre Sicherheit bedeuten. Frei, am Leben, in Sicherheit — und zwar in dem Sinne, wie ich es meine, so daß sie alle die Jahre ihres Lebens, die Gott ihnen vermeint hat, in Frieden und Hoffnung verbringen können.“

„Die Hoffnung und den Frieden kann ich nicht für jedes Herz und jede Seele garantieren“, sagte Luzifer. „Das liegt bei ihnen selbst. Aber ich werde dafür sorgen, daß sie aus dem Gefängnis entlassen werden. Sie sollen ihrer Fesseln ledig sein, und der Henker wird keine Macht mehr über sie haben. Und Sie werden mir dafür Ihren Schatz geben.“ Er streckte wieder die Hand aus, und der Bischof mußte Mustard zurückhalten.

„Ich bin ein Mann, der zu seinem Wort steht“, sagte der Bischof. „Das ist Ihnen ja wohl bekannt, glaube ich. Ich habe zwar in meiner Jugend auf manchen Schädel geklopft und auch einige eingedroschen, aber bewußt und absichtlich gelogen habe ich nie. Ich verspreche Ihnen also meinen Schatz, wenn Sie Ihren Teil des Tauschgeschäftes erfüllt haben. Sie brauchen nur zu kommen, und ich will ihn in Ihre Hand legen. Darauf haben Sie mein Wort.“

Als Luzifer nichts sagte, fuhr der Bischof eindringlicher fort: „Ich habe Ihnen mein Wort gegeben. Wollen Sie etwa Bezahlung, bevor Sie Ihr eigenes Wort erfüllt haben? Davon steht in den Geschichten über Sie nirgends etwas."

„Sie fordern mich also auf, Ihnen zu vertrauen", sagte Luzifer, „mich, der ich keinem Menschen traue. Aber gut, ich will glauben, daß Sie mir Ihren teuersten Schatz geben werden, das Geschäft ist also abgemacht." Er erhob sich. Er war so groß, daß er fast bis zur Decke reichte. Der ganze Raum zitterte und schien mit Blitzen und weißen Flammen erfüllt zu sein. Mustard kreischte auf, aber die Muskeln ihres Körpers waren noch immer gespannt, sie blieb in Angriffsstellung gegen den Erzengel, und es schien, als wolle sie jeden Augenblick von neuem zuspringen.

„Ruhig, Liebling", sagte der Bischof und streichelte den armen, verbrannten Kopf sanft. Mustard schrak zusammen und der Bischof blickte auf. Er und Mustard waren allein im Zimmer. Das Torffeuer war schon ganz heruntergebrannt, die Lampe flackerte und blakte, und der Schneesturm schüttelte das Haus wie ein Hund eine Ratte.

Die Tür wurde aufgerissen und auf der Schwelle stand Eileen, die irgendein geflicktes altes Kleidungsstück über ihr Nachthemd geworfen hatte. Sie blitzte ihren Bruder zornig an. „Darf ich vielleicht fragen, was du da mitten in der Nacht treibst, Bernhard! In zwei Stunden ist die Morgenmesse. Du, in deinem Alter und seit zwei Tagen keinen Bissen im Magen!"

„Ich — ich habe nachgedacht", stotterte der Bischof.

„Ha!" rief Eileen aus und stemmte ihre alten Hände, an denen die Adern heraustraten, in die Hüften. Sie runzelte die Stirn und sah sich suchend im Zimmer um. „Und mit wem zusammen hast du da nachgedacht, denn ich habe doch Stimmen gehört?"

„Stimmen hast du gehört?"

„Ja, deine alte knarrende Stimme und noch eine! Mit Mustard hast du jedenfalls nicht gesprochen!"

„Wie hat denn diese Stimme geklungen?"

Eileen sah ihn mißtrauisch an. „Wie die Stimme eines Mannes, du alter Narr. Oder war es vielleicht die eines Engels, der dich besucht hat?“ fragte die Schwester des Bischofs sarkastisch.

„Ja“, sagte der Bischof.

Eileen schnaufte. Sie liebte ihren Bruder von ganzem Herzen, aber er war jünger als sie, und sie betrachtete ihn als einen kleinen Jungen, auf den man aufpassen mußte und der es nötig hatte, gelegentlich einmal angeschnauzt zu werden. „Preis und Ehre allen Heiligen!“ schrie sie. „Aber was faselst und prahlst du da herum? Du wirst schon kindisch in deinen Sünden und hältst deine arme Schwester zum Narren! Jetzt aber marsch ins Bett mit dir, damit du noch ein bißchen Schlaf bekommst!“ Plötzlich hob sie den Kopf und schnüffelte. „Und nach was stinkt es denn hier so, Eure Lordschaft, wenn man fragen darf? Vielleicht nach Ihrer Pfeife?“

Der Bischof versuchte sich zu erheben, aber er fühlte sich mit einemmal so schwach, als wäre es aus mit ihm. Eileen staunte über Mustard. „Sieh mal einer an, die rotbraune Teufelin!“ sagte sie verwundert. „Sitzt auf deinem Schoß, wo sie dir doch sonst nie in die Nähe gehen wollte.“

„Ein — ein Stück Glut ist ihr auf den Kopf gefallen“, sagte der Bischof schwach. „Ich habe versucht, sie zu beruhigen.“

Eileen beugte sich zu Mustard hinunter und untersuchte ungläubig die verbrannte Stelle. „Na gut“, sagte sie nach einer kurzen Besichtigung des Schadens, „es ist nicht viel passiert.“ Sie packte Mustard ziemlich grob und wollte sie in den Sessel setzen, in dem Luzifer gesessen hatte. Aber Mustard fauchte laut, entwand sich ihr mit Gewalt und sprang auf den Fußboden.

„Ist doch ihr eigener Sessel!“ sagte Eileen. „Warum will sie denn nicht drauf?“

Mustard sprang unter den Stuhl des Bischofs und zitterte am ganzen Leibe. „Sieht ja aus, als wäre der Teufel hinter ihr her gewesen“, sagte Eileen erstaunt und wollte ihren Augen nicht trauen.

„War er auch“, sagte der Bischof mit letzter Kraft und wurde auf seinem Stuhl ohnmächtig. Seine letzte Erinnerung, bevor ihn die Sinne verließen, war das gewaltige Getöse des Sturmes draußen und das wimmernde Miauen Mustards, die sich unter seine Beine geduckt hatte.

Als er die Augen wieder öffnete, war es heller Tag, die Sonne blitzte und funkelte auf dem frischen Schnee draußen, und der Doktor saß an seinem Bett. Er fühlte sich todkrank. Er konnte sich nur an einen einzigen seiner Priester erinnern und flüsterte: „Jack! Holt mir Jack! Ich sterbe."

„Keine Spur", sagte der Doktor. „Das Fieber und der Hunger. Aber in der Küche kocht schon ein herrliches Huhn, das ich eigenhändig mitgebracht habe. Die Suppe davon und ein Flügel werden Ihnen gut tun." Er war ein herzensguter alter Mann, der selbst nicht viel hatte.

„Nein", sagte der Bischof und versuchte, den Nebel aus seinen Augen zu zwinkern. Als er wieder aufblickte, fühlte er warmes Behagen in seinem Magen, seine Füße waren auch warm, neben seinem Bett brannte eine Kerze, und der Mond schien zum Fenster herein. Eileen saß in einen dicken Schal gehüllt in einem Lehnstuhl nicht weit von ihrem Bruder und döste. Sie wurde fast im gleichen Augenblick wach, als er die Augen aufschlug.

Er hatte, wie sie ihm mit Befriedigung erzählte, eine ordentliche Mahlzeit zu sich genommen. Hühnersuppe mit Kartoffeln. Wie ein Wolf habe er alles verschlungen. Jetzt sei es Mitternacht und er solle weiterschlafen. Sie legte ihre runzelige Hand auf seine Stirn und nickte noch befriedigter. Der Bischof fühlte sich ganz wirr im Kopf. Er befeuchtete seine Lippen, versuchte etwas zu sagen, bewegte seinen Kopf, um ihn klar zu bekommen und — das Licht der Sonne blendete seine Augen. Es war also wieder Tag. Aber Eileen sagte ihm, daß es schon der zweite Tag sei, und der Doktor freute sich, weil das Fieber weg war. Der Bischof versuchte sich aufzusetzen, doch die Schwäche warf ihn wie eine Woge nieder. Er fiel in seine Kissen zurück und schlief wieder ein.

Als er am nächsten Tag erwachte, war er fieberfrei, hatte ein angenehmes kühles Gefühl und auch sein Geist funktionierte wieder. Auf den alten, abgebrauchten Decken hatte sich die Rotbraune auf den Füßen des Bischofs zusammengerollt. Sie sah ihn mit ihren goldenen Augen verständnisinnig an. Ihr Kopf war reichlich mit Eileens wohlriechender Haussalbe eingeschmiert worden, das konnte man in dem ganzen kleinen Schlafzimmer riechen, das von dem ruhigen Licht der Wintersonne erfüllt war.

„Mustard“, sagte der Bischof und erinnerte sich an alles. Sein Herz erholte sich von dem Schreck, als ihm sein Verstand sagte, daß er nur das Opfer eines Fiebertraumes und krankhafter Halluzinationen gewesen sein müsse. Ein Luzifer kam nicht persönlich zu einem alten, verhungerten Bischof in sein kleines Haus in Dublin. Ein Luzifer, der mächtigste aller Engel, vergeudete seine Zeit nicht damit, kleine Seelen zu fangen. Dieses Geschäft besorgten schon die minderen Teufel. Ein Luzifer konnte in den Seelen aller Menschen lesen, aber in dem Traum war er nicht einmal imstande gewesen, die Gedanken des Bischofs zu erraten. Erzengel vom Range eines Luzifer konnte man nicht hineinlegen. „Es ist nur meine elende Hoffart, die mich glauben läßt, Luzifer könnte mich würdig finden, mich persönlich in Versuchung zu führen! Ach Gott, es war mein hochmütiges, verderbtes Herz, mein schwarzes, sündiges Herz. Und ich will ein Bischof sein!“ Er sah seinen Ring an. Er saß jetzt so locker, daß Eileen ihn hinten mit weißem Zwirn umwickelt hatte, damit er ihm nicht vom Finger fiel.

Dann begann er zu weinen, als er sich der jungen Leute erinnerte, die in den Kerkern auf ihre Hinrichtung warteten, weil sie das Verbrechen begangen hatten, sich zu verteidigen und die Frucht ihrer Arbeit für ihre Kinder und Eltern zu verlangen ... Und das weitaus größere Verbrechen, von der Freiheit zu träumen und ihrem Recht, ihren Glauben so auszuüben, wie es ihnen vorgeschrieben war. Der Bischof barg sein Gesicht in dem prallen Kissen, und das grobe Leinen wurde naß von seinen Tränen. Mustard schien sich auf seinen Füßen nicht mehr behaglich zu fühlen, stand auf und rieb sich zart die Nase am Hals des Bischofs. Er wendete den Kopf, streichelte den dichten, rotbraunen Pelz und sah die große, schon verheilende Brandwunde auf dem Kopf der tapferen Katze. „War es ein Traum, Mustard?" fragte er eindringlich. Die Katze miaute leise, als wollte sie ihn trösten.

Jemand machte energisch die Tür auf. Jack war da, ein großer, starker Priester um die vierzig. Er hatte ein fröhliches, rosiges Gesicht und die blauesten Augen von ganz Irland. „Jack, Jack", sagte der Bischof schwach, „ich habe dich rufen lassen ..."

Der Priester strömte eisige Kälte, Lebhaftigkeit und frohe Erregung aus. Er kniete nieder, um den Bischofsring zu küssen, und seine Augen strahlten vor Frohlocken und Freude. „Ich war ja jeden Tag hier", rief er mit seiner sonoren Stimme. „Ich habe neben Ihrem Bett gebetet und gehört, was Sie da — Sie müssen mir vergeben, Eure Lordschaft — was Sie da im Fieber von Luzifer phantasiert haben!" Der Priester lachte herzlich. Bevor der Bischof auch nur ein Wort sagen konnte, redete Jack Morgan mit lauter Stimme weiter:

„Also heute habe ich eine herrliche Nachricht für Eure Lordschaft. Eine wirklich ganz große Neuigkeit!"

Der Bischof begann zu zittern und fuhr aus seinen Kissen auf.

Der Priester lachte herzlich in sich hinein und schüttelte vor Begeisterung immer wieder den Kopf. „Sie werden es mir gar nicht glauben wollen, Mylord, aber alle die Mädchen und Jungen sind frei und in Sicherheit! Dieser Sassenagh, der Richter — er ist vor drei Tagen von seinem Wagen in den Schnee gestürzt und hat sich seine verd ... ich meine seine beiden Beine gebrochen! Und deshalb hat Richter Rafferty den Vorsitz bei der Verhandlung geführt — zwar ein Protestant, aber doch immerhin ein Ire. Möge Gott ihn segnen!"

„Erzählen Sie! Erzählen Sie doch weiter!" rief der Bischof, als sein Priester eine Pause machte, sich die Knie rieb und den Kopf schüttelte.

Jack Morgans Augen strahlten vor Freude und Glück. „Ja, Richter Rafferty hat gesagt, die jungen Leute hätten sich nur verteidigt. Er hätte Sympathie für sie, trotz der dicken Knüppel und ihrer Revolte gegen die Ruhe und den Frieden des Reiches und gegen die Regierung Ihrer Majestät! Es sei traurig und bedauerlich, daß der andere Richter seinen Neffen verloren habe, aber wer könne so genau sagen, wer ihm den Schädel eingedroschen habe? Das sei eben das Risiko des Krieges und einer der Unfälle, die der Krieg mit sich bringt. Er sei übrigens ehrlich und aufrecht gestorben. Das Schädeleinschlagen sei ja in dieser Welt ein uralter Sport und es würde damit auch vorläufig kein Ende nehmen. Er selbst hätte beim Rugby manchen Schädelbruch verursacht. Sei das vielleicht im Krieg ein Verbrechen und beim Sport nicht? Ja, der hatte eine glatte Zunge, glatt wie Sahne und kalt wie frischer Quark im Winter. Der Staatsanwalt protestierte, und der Richter klopfte sofort mit seinem Holzhammer auf den Tisch, die Perücke rutschte ihm über die Augen und alle im Saal lachten. Der Richter", sagte Jack Morgan, der sich immer mehr begeisterte, „hat jeden der Jungen zu einem Pfund Strafe verurteilt und jedes Mädchen zu acht Shilling. Und alle bekamen eine Verwarnung."

„Gott sei Dank", flüsterte der Bischof, schlug die Hände zusammen und wagte es nicht, Gott wirklich zu danken.

„Und dann tauchte auf einmal ein feiner Herr auf", erzählte der Priester weiter, „der hat für alle die Strafe erlegt. Woher hätten auch die Jungen Pfundnoten und die Mädchen Shillinge auftreiben können, wo sie doch alle zusammen nicht mehr als ein paar Kupfermünzen besaßen?"

„Ein feiner Herr?" sagte der Bischof ängstlich. Sein Herz begann wieder heftig zu hämmern.

„Ja, das war er, und seinen Namen hat er gar nicht gesagt. Er sagte, er sei ein Gönner dieser jungen Leute. Ein Gentleman vom Scheitel bis zur Sohle. Wie ein Fürst."

„Hat er ein Gesicht wie ein Engel gehabt?" stöhnte der Bischof.

Jack Morgan starrte ihn erstaunt an. „Nein, Euer Exzellenz. Es war ein Mann mit einem großen, blonden Schnurrbart." Er lachte plötzlich auf. „Oder haben die Engel seit neuestem Schnurrbärte?"

„Ich bin überglücklich", sagte der Bischof, „daß meine Kinder wieder frei sind. Aber mein Herz ist schwer, denn ich habe ihretwegen einen Pakt mit dem Teufel abgeschlossen, weil ich nicht genug Gottvertrauen hatte."

Jack Morgan sah ihn verdutzt an. Er war ein Mensch, der einen gesunden, handfesten Hausverstand besaß, und er glaubte, daß der Bischof schon wieder Fieber hätte. Der Bischof aber legte seine Hand auf Mustards Kopf und zeigte Jack Morgan die verbrannte Stelle. Mühsam nach Worten ringend erzählte er seinem Lieblingspriester von der fürchterlichen Winternacht. Als er geendet hatte, flüsterte er mit belegter Stimme: „Ich weiß nicht, ob ich noch Vergebung finden kann, Jack."

Der Priester kratzte sich seinen mächtigen grauen Kopf, starrte den Bischof an und hustete. Die Erzählung hatte ihn gefesselt, aber er zweifelte an ihrer Wahrheit. Er wollte wissen, wie Luzifer ausgesehen habe, und der Bischof beschrieb ihn. Der Priester war ganz entzückt, und der Bischof dachte bestürzt: Ist Jack vielleicht nicht nur neugierig, sondern auch ein bißchen neidisch?

„Also eines steht wohl fest", sagte Jack Morgan mit kräftiger Stimme, „der Teufel war es meiner Meinung nach nicht, denn der hat doch Hörner und Hufe. Übrigens trägt er ja auch Rot — Scharlachrot!"

„Ich bin in bezug auf seine verschiedenen Erscheinungsformen keine Autorität", sagte der Bischof. „Aber ich zweifle sehr daran, daß er in dieser Gestalt erscheint. Dann gäbe es nicht viele verlorene Seelen, einfach deshalb, weil die Leute Angst hätten. Ich bin davon überzeugt, ihn gesehen zu haben, und daß alles wahr ist, und ich muß sagen, daß er das schönste Geschöpf war, das ich je in meinem Leben gesehen habe. Er ist doch ein Erzengel, und zwar der größte von allen, mit einem

Antlitz wie der lichte Morgen. Und war sein Gesicht nicht erfüllt von Schmerz und Sorge? In meinem Herzen habe ich ihn bemitleidet."

„Das ist eine Falle", sagte Jack Morgan, der sich plötzlich daran erinnerte, daß er ein Priester war.

„Sicherlich. Wahrscheinlich ist es so", sagte der Bischof.

„Er war es aber doch nicht", meinte der Priester. „Wenn es kein Traum war, dann war es ein Engel Gottes." Er bekreuzigte sich.

Der Bischof lächelte und meinte trocken: „Glauben Sie vielleicht, daß ein Engel Gottes der armen Mustard den Kopf versengen würde? Und würde die arme Katze es von diesem Zeitpunkt an ablehnen, in ihrem Lieblingssessel zu liegen? Nein, es nützt alles nichts, es war Luzifer. Und ich habe einen Pakt mit ihm geschlossen, um meine Kinder zu retten."

„Um den Preis Ihrer Seele?" rief Jack Morgan aus.

„Nein. Für meinen teuersten Schatz. Er wird ihn sich bald holen kommen."

Der Priester sah sich nervös um. Dann hustete er wieder. „Der Teufel nimmt nur Seelen, Mylord", sagte er. „So etwas wie — Schätze interessiert ihn nicht. Denn alles, was wertvoll ist in dieser Welt, gehört ja ohnehin schon ihm. Es ist ganz ausgeschlossen, daß er mit Ihnen um etwas anderes als Ihre Seele einen Pakt geschlossen hätte."

„Er weiß gar nicht, was mein Schatz ist, Jack."

Der Priester schien von dieser Mitteilung sehr erleichtert zu sein, und die Farbe kehrte in sein Gesicht zurück. „Wenn es der Teufel gewesen wäre, Mylord, dann hätte er es gewußt, daran kann es gar keinen Zweifel geben, denn er kann doch in den Herzen der Menschen lesen wie in einem Buch."

„In meinem konnte er es jedenfalls nicht. Ich habe es ausprobiert, und es ist ihm nicht gelungen."

Der Priester war noch mehr erleichtert. „Dann war es nicht der Satan und noch weniger einer von seinen Dämonen — wenn es überhaupt etwas gewesen ist, wo Sie doch Fieber hatten und

Hunger. Denn seinem Auge ist kein menschlicher Geist verschlossen."

Der Bischof hätte sehr gerne geglaubt, daß alles nur ein Traum gewesen sei. Vielleicht war wirklich ein Stückchen Glut auf Mustards Kopf gefallen, als sie sich dem Feuer zu sehr genähert hatte. Und es war die Gnade Gottes allein gewesen, die die jungen Leute gerettet und in Freiheit gesetzt hatte. Und irgendein unbekannter großherziger Wohltäter hatte die Strafen bezahlt. Schließlich konnte ja nichts geschehen, dachte der Bischof irgendwie unbestimmt, das nicht Gottes Billigung hatte. Mit diesem tröstlichen Gedanken fiel er in tiefen Schlaf, denn er war immer noch sehr schwach.

Als er wieder aufwachte, war es Mitternacht. Er konnte merken, daß seine alte Kraft wieder zurückkehrte. Er bat Eileen, schlafen zu gehen. Sie sah jetzt aus, als wäre sie nicht neunzig, sondern hundertneunzig. Sie ließ sich nicht lange bitten, hängte ihm eine Klapper an das Kopfende seines Bettes und ging in ihr eigenes Zimmer. Sie sah sehr alt und müde aus und ging tief gebeugt. Obwohl die Tür zu seinem kleinen Wohnzimmer offen stand, so daß von dem Feuer ein wenig Wärme hereinkam, war es in dem Schlafzimmer des Bischofs sehr kalt. Irgend jemand war so barmherzig gewesen, Kohlen zu schicken, damit das Haus des Bischofs geheizt werden konnte. Die armen Leute nannten es übrigens „Palais", ein Ausdruck, der nicht ganz paßte. Die Wärmflasche machte das Bett des Bischofs gemütlich. Er hatte seine Füße, die im Winter immer in langen, warmen Socken steckten, dagegengestellt, so daß sie warm waren. Die Kerze flackerte, und auf dem Tisch im Wohnzimmer brannte eine Lampe, die hereinschien.

Schwer atmend richtete er sich in sitzende Stellung auf, drehte dann den Kopf, blickte auf das Kruzifix an der Wand und dann auf seinen Betstuhl. Dann schob er langsam seine mageren, alten Beine aus dem Bett, wankte zu dem Betstuhl hin, fiel auf die Knie und beugte den Kopf über seine gefalteten Hände. Konnte er eines Traumes wegen um Vergebung bitten? Waren die

Menschen denn verantwortlich für die Alpträume ihrer Nächte, die Spukgestalten des Fiebers? Wenn es aber kein Traum gewesen war, konnte er dann Verzeihung erhoffen? In des Wortes eigentlicher Bedeutung hatte er keinen Pakt geschlossen. Er hatte den Schatz, der ihm lieb und teuer war, angeboten, und Luzifer hatte ihn angenommen. Und das war merkwürdig. Luzifer mußte gewußt haben, was es für ein Schatz war, denn wie hätte er sonst zustimmen können?

Plötzlich fauchte Mustard laut und verkroch sich wie der Blitz unter dem Nachthemd des Bischofs, zwischen seinen Beinen und dem Fußboden. Bevor der Bischof noch seinen gebeugten Kopf hob, wußte er, wen er zu Gesicht bekommen würde. Tatsächlich stand Luzifer da und war noch schöner, als der Bischof ihn in Erinnerung hatte. Er hatte einen Mantel aus schwerem Samt um, der reich mit Hermelin eingefaßt war. Der Samt war schwarz wie die dunkelste Nacht und der Hermelinpelz weißer als Schnee.

„Ich komme um den Schatz Eurer Lordschaft", sagte er sehr sanft und freundlich. „Denn, wie Sie wissen, habe ich meine Verpflichtung erfüllt."

„Sind Sie ein Traum?" fragte der Bischof, der wieder Angst bekam.

„Ich bin der Traum aller Menschen", sagte Luzifer. „Ob es nun Kinder oder Greise sind, Heilige oder Sünder, bin ich ihrer aller Traum."

„Und Sie können nicht getäuscht werden?" sagte der Bischof.

„Nein, ich kann nicht betrogen werden", antwortete Luzifer. „Darf ich Eurer Lordschaft beim Aufstehen behilflich sein?"

„Nein, nein!" rief der Bischof und wich erschrocken zurück. Er stand mühsam auf und starrte den dunklen, gewaltigen Engel an. „Sie werden meinen Schatz nicht wollen", sagte er und preßte seine Hände an die Brust, in der sein Herz heftig schlug.

„Natürlich will ich ihn", sagte Luzifer, „denn er ist Ihnen doch teurer als Ihr Leben."

„Und Sie wissen, was es ist?“ sagte der Bischof.

„Sicherlich. Ich weiß alles.“

Er sah den Bischof lächelnd an und trat dann höflich zur Seite, damit dieser in sein Wohnzimmer vorausgehen konnte. Er wankte bis zur Türschwelle. Dann drehte er sich voll Angst um. Luzifer betrachtete düster und schweigend das Kruzifix. Zwischen seinen Augenbrauen war eine tiefe Falte entstanden. Der Bischof ging in sein Wohnzimmer. Sein Nachthemd flatterte von dem Zug, denn die Fenster schlossen nicht gut. Übrigens hätten wohl nicht einmal fensterlose Wände den winterlichen Sturm draußen abhalten können. Er bewegte sich, mit den Händen an den Möbelstücken Halt suchend, weiter. Ohne daß er vorher einen Laut gehört hätte, war Luzifer plötzlich an seiner Seite.

„Den Schatz“, sagte Luzifer sanft und geduldig.

Der Bischof beugte den Kopf und ging zu seinem kleinen Schubladkasten. Er zog die oberste Lade heraus, in der eine sichtlich sehr alte, matt vergoldete Silberdose lag. Er nahm sie heraus und seine Augen füllten sich mit Tränen. Dann hob er den Deckel ab.

In der Dose lag ein wunderbar zart gearbeiteter Rosenkranz. Er bestand aus vergoldeten Silberfiligranperlen und Barockperlen, die auf einer rosafarbenen Schnur aufgefädelt waren. Das Kruzifix war mit großer Kunstfertigkeit aus reinem, gelbem Gold geschnitten. Der Rosenkranz war das Taufgeschenk, das seine Großmutter (vor langer, langer Zeit) von ihrer Mutter bekommen hatte. Sie hatte es dann seiner eigenen Mutter bei ihrer Taufe weitervererbt. Bis zu ihrem Tode hatte seine Mutter ihn nicht oft aus ihren lieben Händen gegeben. Lange bevor er Priester wurde, hatte sie ihrem Sohn gesagt, man solle sie nicht mit dem Rosenkranz begraben. Es war ihr Herzenswunsch gewesen, daß er ihn haben und dann mit ins Grab nehmen sollte. Denn sie liebte ihren Sohn über alles. Als sie starb, hatte er ihn aus ihren Händen empfangen.

Er hatte den Rosenkranz, der eine Erinnerung an seine geliebte Mutter war, immer wie seinen Augapfel gehütet. Als er seine erste Kommunion empfing, hatte er ihn in der Hand, und auch später, in seinen wüsten Flegeljahren, trug er ihn immer bei sich. Auch als er die Priesterweihe empfing, hatte er ihn bei sich getragen. Er war für ihn ein Talisman, der Wächter, den ihm seine Mutter mit auf den Lebensweg gegeben hatte. Einmal hatte er ihn verloren, weil seine Hosentasche ein Loch bekam, und damals war er völlig verzweifelt gewesen. Er hatte heiß und inbrünstig zum heiligen Antonius gebetet, daß er sich wieder finden sollte, und wirklich hatte ihm der Mesner den Rosenkranz eines Tages gebracht. Er hatte ihn in einer Spalte des Fußbodens beim Hochaltar gefunden, wie er erzählte. Aber dort war schon lange vorher jeder Winkel und jede Ritze genau und gewissenhaft durchsucht worden. Der Bischof selbst hatte es für ein Wunder gehalten. Nach dieser bitteren Erfahrung bewahrte er ihn in der Dose auf, in Erwartung des Tages, an dem er ihn im Sarge in seinen Händen halten würde.

Nun aber fielen seine Tränen auf den kostbaren Rosenkranz, er strich mit der Hand zärtlich über die glänzenden Perlen und das Kruzifix und wandte sich Luzifer zu. Die Augen schließend reichte er ihm die Dose hin.

Aber sie wurde nicht aus seiner Hand genommen, und nach einer kleinen Weile öffnete er die Augen. Luzifer starrte das Kruzifix an und runzelte die Stirn.

„Sie wissen doch, daß ich das da nicht annehmen kann“, sagte er drohend.

„Es ist mein teuerster Schatz. Er hat meiner Großmutter gehört und vorher ihrer Mutter. Vor langer Zeit hat ihn der Heilige Vater selbst gesegnet, wie man mir erzählt hat. Und dann gehörte er meiner geliebten Mutter, die ihn mir auf dem Sterbebett gab. Mein ganzes Herz hängt daran, es ist das Teuerste, das ich je besaß.“ Dem alten Bischof zitterte die Stimme. „Nicht einmal für Brot hätte ich ihn hergegeben. Auch nicht für mein Leben. Es ist mein größter Schatz, denn ich habe tausende Gebete damit gesprochen, und jede einzelne Perle ist mir heilig.“

Luzifer sah dem alten Bischof in die tränenfeuchten Augen.

„Ja", sagte Luzifer, „es ist Ihr Schatz. Und diesen Schatz haben Sie mir verpfändet. Sagen Sie mir, Mylord: wußten Sie, als Sie ihn mir versprachen, daß ich ihn aus sehr gewichtigen Gründen nicht würde annehmen können?"

Der Bischof prüfte die Frage voll Gewissenhaftigkeit. Dann gestand er: „Ich weiß es nicht. Mein Schmerz war so groß, ich war nicht ganz bei mir. Aber das eine muß ich offen sagen: Ich habe gehofft, daß Sie ihn nicht annehmen würden."

„Sie haben also gehofft, mich zu überlisten?"

Wieder dachte der Bischof nach. „Ich habe darum gebetet, daß es gelingen möge, obwohl ich gehört hatte, es sei unmöglich, Sie zu betrügen, weil Sie die Gedanken aller Menschen lesen könnten."

Luzifer schwieg. Nach einer Weile sagte der Bischof: „Konnten Sie meine lesen?"

Der große, dunkle Erzengel begann zu lächeln. „Soll ich Ihnen das wirklich sagen? Nein, es wird mein Geheimnis bleiben. Als eine Art Buße werden Sie Ihr ganzes Leben lang darüber nachdenken. Das wird Sie beschäftigen, wenn Sie einmal nichts zu tun haben. Es gibt nichts Besseres als solch endlose Spekulationen, um das Interesse an meiner Existenz wachzuhalten."

Der Bischof betrachtete die kostbare Dose und machte sie vorsichtig wieder zu. „Ich spekuliere schon jetzt, Luzifer."

Plötzlich lachte Luzifer. Es war aber kein böses, rauhes Gelächter, sondern ein herzliches. Ein vergnügtes, amüsiertes, männliches Lachen. Und merkwürdigerweise lachte der Bischof auch, und zwar so, wie er seit Monaten nicht mehr gelacht hatte.

„Sagen Sie mir", fragte der Bischof, der vor Lachen stöhnte, „haben wirklich Sie meine Kinder gerettet?"

„Das", sagte Luzifer lächelnd, „ist die zweite Sache, die ich Ihnen nicht verraten werde. Man nennt mich doch den hinterhältigen Teufel."

Seine gewaltigen, strahlend blauen Augen flammten und blitzten vor Vergnügen, und seine Zähne schimmerten im Licht der Lampe.

„Leben Sie wohl, Bischof Quinn. Sie werden mich nie wiedersehen, weder in diesem Leben noch in dem anderen. Das Gespräch mit Ihnen war mir ein Vergnügen. Ich muß Ihnen sagen, daß ich nur wenig andere Unterhaltungen so genossen habe. Völlig anständig und ehrlich sind Sie ja nicht, aber ich zweifle sehr daran, daß man Ihnen das einmal vorhalten wird, denn ich glaube schon jetzt das Gelächter im Himmel hören zu können."

Er warf den Kopf zurück und lachte von neuem, dröhnend und herzlich. Aber auf einmal war er wieder ernüchtert und ernst. Er sah den Bischof an.

„Sie werden sich doch sicher an die Vision erinnern, die Sie damals in Ihrer Kirche hatten, als Sie vor Hunger ohnmächtig wurden. Erzählen Sie niemandem jemals etwas von dieser Vision!"

„Warum soll ich das nicht?" fragte der Bischof.

„Weil es meine Wahrheit ist, obwohl sie ein anderer vorhergesagt hat. Sie werden es nicht mehr erleben, noch die jungen Priester, die Ihnen folgen werden. Aber die, die noch nicht geboren sind, werden es erleben, und es wird mein Triumph, mein endgültiger Triumph sein. Viele werden versuchen, zu entkommen, aber es wird ihnen nicht gelingen! Denn der Mensch ist für die Erde ein Fluch, und sie wäre seiner ledig, wenn Er auf mich hätte hören wollen. Aber Er wollte nicht, Er, der Allwissende. Nein, Er wollte es nicht. Aber dennoch wissen Er und ich, was über die Erde hereinbrechen wird, und dann", sagte Luzifer rachelüstern, „werden wir ja sehen, wer den Sieg davonträgt! Denn die Zeit ist schwanger mit einer Menschenrasse, die in allem mein Diener sein wird. Leben Sie wohl, Bischof, und freuen Sie sich darüber, daß Sie diesen Tag nicht mehr erleben werden . . ."

„Das ist", sagte Father Morley, „die Geschichte, die der Bischof mir erzählt hat, als ich noch jung und verzagt war. Ich verwunderte mich damals auch darüber. Wer hätte das wohl nicht getan?

Auch ein anderer Gedanke ist mir gekommen. Hat vielleicht mein Bischof — Gott segne seine Seele — durch den gelungenen Betrug Luzifer eine Stufe hinauf in den Himmel, den er verloren hat, gehoben? Durch diesen Betrug, der seine Ursache zum Teil in Fieber, Hunger und Sorge hatte? Bis an das Ende seiner Tage hat er sich die Sache gerne so ähnlich ausgelegt. Aber vielleicht war alles nur ein Traum. Wer kann das wissen?

Wenn ich aber mein geistiges Auge in die Zukunft richte, dann kommen mir wieder Zweifel daran, daß es nur ein Traum gewesen sein könnte. Welche Schrecken bereitet der Mensch wohl für sich vor, welche unermeßlichen Leiden für seine Welt? Seien Sie überzeugt davon, daß er an nichts anderes denkt!"

XII

„Ich habe noch Dutzende von ähnlichen Geschichten in Großmutters Haus gehört“, sagte Rose zu ihrem Mann. „An einige kann ich mich erinnern, aber andere wieder sind nur Bruchstücke in meinem Gedächtnis. Aber die, die ich erzählt habe, haben mein ganzes Leben verändert. Großmutter kehrte nie zu den Sakramenten zurück — oder besser gesagt, erst auf ihrem Sterbebett. Aber die Geschichten, die ich von ihren Freunden gehört hatte, brachten mich zu den Sakramenten, und das ist doch eigentlich merkwürdig, wenn man darüber nachdenkt. Denn nach meinem achten Lebensjahr habe ich Großmutter nur mehr sehr selten gesehen. Sie verließ Leeds und hielt sich an allen möglichen Orten auf. Sie wollte noch die ganze Welt sehen und genießen.“

Rose wurde ernst. „Ich weiß nicht, ich muß oft daran denken, wie sie da jetzt ganz mutterseelenallein auf dem Friedhof liegt, wo sie doch früher nie allein gewesen ist. Und ich muß an die letzten Jahre ihre Lebens denken. Ihr ganzes Geld war weg, ihre Brüder und Schwestern waren alle gestorben, und niemand kümmerte sich darum, ob sie tot oder noch am Leben war. Diese letzten Jahre verlebte sie bei einem ihrer Söhne. Es waren stille Jahre. Ich kenne Großmutter gut genug, um zu wissen, daß diese Jahre für sie eine Buße für alle ihre Sünden waren. Kannst du dich noch daran erinnern, wie sie als Tote ausgesehen hat? Friedvoll und ergeben sah sie jedenfalls nicht aus. Eher ein wenig amüsiert und — erleichtert. Ja, erleichtert, das ist das rechte Wort.“

„Aber“, sagte William, „sie hat auch Dinge erlebt, die wir nie erleben werden. Ihre Welt war eine heroische, aufregende und abenteuerliche Welt, wenn sie auch viele Fehler und Schattenseiten hatte. Sie hat in einer Zeit gelebt, in der die Menschen noch aus Fleisch und Blut waren, nicht Konformisten von der Stange, wie das heutzutage der Fall ist. Und die Priester, von denen du da erzählt hast, das waren echte Helden. Und Helden sind an und für sich schon voll von Legenden, und weitere Legenden werden über sie erfunden. Ich glaube fast, daß der moderne Mensch einmal vergessen werden wird, weil er weder in seinen Gedanken noch in seinem Leben Heroismus besitzt. Er ist nur eine kleine *quantité négligeable*, eine Mittelmäßigkeit, die nichts anderes will als Sicherheit. Deshalb hat die Brut des Satans jetzt herrliche Zeiten, weil niemand da ist, der sich ihr entgegenstellt."

„Ja, davon hört man nichts", sagte Rose und betrachtete den Smaragd an ihrem Finger.

„Ganz richtig, von solchen Leuten hört man wirklich nichts, wenn es sie vielleicht auch geben mag. Und wenn man nicht von ihnen hört, so ist das ebensogut, als existierten sie nicht. Wir hören nur immer von den Teufeln, und die werden von Tag zu Tag stärker. Und dabei verbringen unsere sogenannten Intellektuellen ihr halbes Leben damit, uns immer wieder zu versichern, daß der Mensch im Grunde genommen sehr gut und edel sei und daß ihm zur Vollkommenheit eigentlich nichts anderes fehlte als die Reform seiner sozialen Institutionen. Als ob der Mensch nicht verantwortlich wäre für die Welt, die er sich schafft! Aber er winselt, daß alles nicht seine Schuld sei. Er selbst sei nicht böse und schlecht. Nur sein Nächster!"

„Ich glaube", sagte Rose, „das Ärgste an unserer modernen Welt ist, daß wir nicht mehr träumen können. Unsere Großeltern hatten noch einen Traum. Den einen und einzigen Traum — Gott und Seine Liebe. Darauf bauten sie ihr Leben, und deshalb ging es den Völkern damals besser. Jetzt, höre ich, reden die Amerikaner von ‚neuen Zielsetzungen'. Wohl deshalb, weil sie, und wir alle in der übrigen Welt, vergessen haben, daß es für uns in Wirklichkeit nur ein einziges Ziel gibt, und das ist Gott. Die Offenbarung ist uns geworden, aber wir haben sie vergessen. Deshalb müssen wir lächerlich kleine andere als Ersatz erfinden, wie zum Beispiel Badewannen und Wasserklosetts für die Hottentotten, frische Kuhmilch für die Buschmänner und Fernsehen für die Kongoneger. Was für lächerliche, kleine Träume das doch sind! Unsere Welt ist zu einer Welt kleiner Kinder geworden, wir alle haben die Untugenden kleiner Kinder, wir müssen uns um jeden Preis kleine, kurzlebige Freuden schaffen, wir sind bockbeinig und launenhaft und lehnen uns widerborstig gegen jede Autorität auf. Aber was noch ärger ist, auch unsere weltlichen Behörden selbst sind schlimmer noch als kleine Kinder, außer es sind Teufel. Es ist eine Welt der unmündigen Kinder und des Bösen. Ich möchte wirklich gerne wissen, was Bischof Quinn wohl damals in seiner Vision vor so langer Zeit gesehen hat."

„Ich meine, wir wissen es alle nur zu genau", sagte William. „Deshalb haben wir auch solche Angst. Denn schließlich sind ja wir an allem schuld. Und deshalb haben wir Angst vor der unvermeidlichen Strafe, ob wir nun Russen oder Amerikaner, Engländer oder Franzosen sind.

Erinnerst du dich daran, was die Richter bei der Verkündigung eines Todesurteils immer sagen: ‚Möge Gott Ihrer Seele gnädig sein.' Überall in der Welt, Rose, gibt es unter denen, die ihr Leben Gott gewidmet haben, Männer und Frauen, die wir nicht kennen, die zu jeder Stunde des Tages für uns beten, daß der Herr unserer Seele gnädig sein möge. Sie sind die wahren Heroen dieser Welt, obwohl wir nie von ihnen hören. Und es mag sehr wohl sein, daß ihre Gebete letzten Endes wirklich unsere Seelen retten werden. Daß sie unsere Welt nicht retten können, das wissen wir."